BERND FRENZ

DIE MACHT DER ELFEN

DIE VÖLKERKRIEGE 2

FISCHER | TOR

Erschienen bei FISCHER Tor
Frankfurt am Main, August 2019

© 2019 S. Fischer Verlag GmbH,
Hedderichstr. 114, D-60596 Frankfurt am Main

Copyright © für die Karte S. 6/7: Jürgen Speh
Satz: Dörlemann Satz, Lemförde
Druck und Bindung: GGP Media GmbH, Pößneck
Printed in Germany
ISBN 978-3-596-29834-1

INHALT

Vurak

Drachenschwanzfelsen

Kusan

Bandor

Sperrfort

Eichenthron

Tafelweiden

Steinerner Wald

Asum

Splittersee

Scherbental

Gnomensümpfe

Felsklause

Felsheim

Silberfeste

Knochen senke

Hochwald

Stolze Ai

Brakelmeer

Druul

Conoss

Garon

Rapir

Norva

Friegburg

Imor

Bucht der
brennenden Schiffe

Graugard

Gohliks
Erdhütte

Große
Meeresöde

Vorspiel
Zur Zeit der Hexenkriege

»Sie passieren jetzt die Senke.« Amonees Augen waren geschlossen, als sie die Ankunft der gegnerischen Unterhändler ankündigte, wie immer wenn sie sich des *fremden Blickes* bediente.

Nur so vermochte sie das Erdhörnchen zu kontrollieren, das jede Bewegung vor seinem Bau aufmerksam verfolgte. Radra marschierte, ihr Ziel fest im Auge, mit raumgreifenden Schritten an dem Haselnussstrauch vorbei, unter dem sich das Tier verbarg. Syrm dagegen, der mühelos mit seiner Hohepriesterin Schritt hielt, sah zur Seite. Für einen kurzen Augenblick, ein Fingerschnippen nur, bohrte sich sein Blick in den des Erdhörnchens. Obwohl er nicht die geringste Miene verzog, war sofort klar, was Syrm damit sagen wollte: *Ich weiß, dass du uns beobachtest, Amonee – und ich beobachte euch.*

»Und ich weiß, welche Tiere du dafür kontrollierst, du eitler Geck!« Sie bemerkte erst, dass sie die letzten Worte leise vor sich hin gemurmelt hatte, als Beldor neben ihr unruhig wurde.

»Was ist los?«, fragte er. »Sind sie etwa nicht alleine?«

Die Anspannung, unter der er stand, war groß. Sonst hätte er sich diesen Anflug von Nervosität niemals erlaubt.

»Keine Sorge, die beiden halten sich an die getroffenen Abmachungen«, antwortete sie, noch ehe sie von dem Erdhörnchen abließ, um nacheinander auf den Geist eines am

Himmel kreisenden Falken und zwei in weiter Ferne umherstreifender Wölfe zuzugreifen. Was sie dabei zu sehen bekam, bestätigte ihre Worte. Die flache, weithin einsehbare Heidelandschaft, war elfenleer. Amonee entließ die Tiere aus ihrer Kontrolle, bevor sie die Augen öffnete.

Anstatt sich für ihren lautstarken Ausrutscher zu entschuldigen, sah sie zunächst an sich herab und legte anschließend ihre linke Hand auf den prall vorspringenden Bauch. »Mein Sohn hat mir einen Tritt versetzt«, sagte sie dabei.

Kleine Flunkereien dieser Art waren ihr in den letzten fünf Jahren in Fleisch und Blut übergegangen. Wie sehr sie es vermissen würde, sich auf diese Weise herausreden zu können. Und wie sehr sie sich darauf freute, ihr Kind in Händen halten zu dürfen, sobald sie es in einer Zeit zur Welt gebracht hatte, die friedlicher sein würde, als die, in der sie gerade lebten. Da fiel es leicht, auf lieb gewordene Fähigkeiten zu verzichten.

Amonee wurde zum ersten Mal Mutter, entsprechend war sie bereit, alles für das Wohlergehen ihres zukünftigen Kindes zu tun. Ganz im Gegensatz zu ihrem Gatten, dem die Einhaltung der Tradition über alles andere ging, selbst wenn deshalb das Volk der Elfen auszubluten drohte. Amonee hielt es eher mit Beldor, dem ein Ende mit Schrecken lieber war als ein Schrecken ohne Ende.

Der Hexenjäger spürte die Gedanken, die sie bewegten. »Wir tun das Richtige«, versicherte er in gedämpftem Tonfall, gerade laut genug, dass sie es verstehen konnte.

»Und wenn nicht, wäre es ohnehin zu spät, etwas zu ändern«, stellte Amonee klar, damit er wusste, dass er sich voll und ganz auf sie verlassen konnte.

Danach verfielen sie in tiefes Schweigen, weil zwischen den im Boden eingesunkenen Findlingen, die den ausge-

wählten Treffpunkt säumten, Radras und Syrms Köpfe auf-
tauchten. Eher energischen als gemessenen Schrittes kamen
die beiden näher. Die Königin der abtrünnigen Hohepriester und ihr junger Begleiter, der nur an dieser Verhandlung
teilnehmen durfte, weil er die Gabe hatte, sich die Sinne von
Tieren untertan zu machen. In diesem Punkt war er das per-
fekte Gegenstück zu Amonee.

Radra sah weiterhin so aus, wie sie die schwangere Elfin
in Erinnerung hatte. Eine Spur zu hager, selbst für eine Angehörige ihres Volkes, mit einer ans Herrische grenzenden
Durchsetzungsfähigkeit, die sich in ihren stahlblauen Augen
widerspiegelte. Die feinen Linien, die Radras Gesicht durchzogen, hatten sich in den Jahren des Bürgerkrieges weiter
vertieft, besonders dort, wo sie in den Hals übergingen.
Beim Anblick von Amonees gewölbtem Bauch glätteten sich
ihre strengen Züge ein wenig. Kein Wunder. Es gab wohl
nichts, was die weichen Seiten einer Frau besser zutage förderte, als ungeborene oder kleine Kinder. Außerdem flößte
Amonees Zustand der Alten Vertrauen ein. Ganz instinktiv,
ohne dass sie sich dessen bewusstwurde.

Ein feines Lächeln kerbte Radras Mundwinkel ein, als
sie ihren Eibenstab zwischen ihren und Beldors Füßen
in den Grasboden rammte. Der runde Kristall, der in der
Verdickung des Holzes steckte, war ausgesprochen beeindruckend. Wegen seiner länglichen Einschlüsse, die an
zerfasernde Pupillen erinnerten, nannte ihn alle Welt das
Krallenauge. Legenden besagten, dass dieser Kraftfokus
aus der Pupille eines Weltenwandlers bestünde, doch daran
mochte Amonee nicht glauben. Weltenwandler, das waren
bloß Ammenmärchen, wie sie sich die Menschen erzählten.

»Bist du endlich bereit zu kapitulieren?«, fragte Radra in
die Stille hinein.

»Ich bin bereit, alles zu tun, um unseren Konflikt zu beenden«, korrigierte Beldor.

Sein Opal, eine ebenso mächtige Kraftquelle wie das Krallenauge, schillerte bereits in den unterschiedlichsten Farben. Radra gestattete sich den Anflug eines Lächelns. »Nun, wir wissen wohl beide, wie unser Gespräch enden wird, sofern du dich an die getroffenen Abmachungen hältst.«

»Nur zwei mal zwei Elfen«, wiederholte Beldor ihre Vereinbarung. »Alle Magie soll für die Zeit unserer Zusammenkunft verboten sein. Und wenn du es wünschst, versichere ich dir auch noch, dass wir zwei euch nicht mit bloßen Händen töten werden.«

Radra ging nicht auf diese kleine Spitze ein. Sie streckte nur die Hand aus, die ihren Stab umklammerte, und sagte: »So sei es!«

Beldor tat es ihr gleich, in der Geste wie in der Formel. Als Opal und Kristall aneinanderstießen, ertönte kein Klacken, stattdessen begann es zu summen. Einen Herzschlag später vermischten sich beide Auren zu einer grünen Sphäre, die so rasch anwuchs, dass sie die vier Elfen plötzlich wie eine Kuppel überspannte. Innerhalb des Lichtdoms wurde jeder Zauber wirkungslos, bis Hexe und Hohepriester ihre magische Übereinkunft gemeinsam widerriefen. Selbst der Opal und das Krallenauge unterlagen dem Schutzbann, den sie selbst erzeugten. Damit war sichergestellt, das weder Radra noch Beldor die Blöße des anderen ausnutzen konnten.

Körperlicher Gewalt stand dagegen weiterhin nichts im Wege. In der Chronik der Elfen gab es so manches dunkle Kapitel, das von Parlamentären handelte, die sich unter der Obhut des Bannschirms an den Kragen gegangen waren oder Verstärkung hatten aufmarschieren lassen. Dank

Amonees und Syrms Begabung schien Letzteres vollkommen ausgeschlossen, und dass sich eine Hochschwangere in einen Zweikampf auf Leben und Tod stürzen würde, kam selbstverständlich ebenso wenig in Frage.

Arme Radra, die nicht sehen konnte, wie die Findlinge in ihrem Rücken durchscheinend wurden. Beldors Tarnzauber, der die Orks umgab, die bereits seit Mitternacht am Boden kauerten, löste sich allmählich unter dem Schutzbann auf.

Amonee unterdrückte das schlechte Gewissen, das in ihr aufzusteigen drohte. Natürlich war es eine Spitzfindigkeit gewesen, sich auf zwei mal zwei Elfen zu berufen, wenn nur wenige Schritte entfernt eine Handvoll Orks im Hinterhalt lauerten. Und natürlich hatte Amonees Zustand das Misstrauen der Hexe eingeschläfert. Aber es ging nicht anders. Radra war einfach zu unnachgiebig in ihren Forderungen, die nicht weniger als die totale Unterwerfung ihrer Gegner verlangten.

Das sinnlose Morden, das immer wieder nur zu neuen Toten führen würde, musste endlich ein Ende haben. Schon ihrem ungeborenen Sohn zuliebe.

Amonee bemühte sich, ihren Blick auf Syrm ruhen zu lassen, trotzdem verfolgte sie aus den Augenwinkeln, wie sich die inzwischen sichtbaren Orks langsam erhoben. Zunächst wirkten ihre Bewegungen ein wenig ungelenk, doch schon nach wenigen Schritten kehrte die tödliche Geschmeidigkeit zurück, die diesen geborenen Kämpfern von Natur aus innewohnte.

Als Radras feine Ohren hörten, was sich hinter ihr zusammenbraute, war es bereits zu spät. Eine durch die Luft zischende Kettensichel traf Syrm im Nacken. Seine Augen weiteten sich vor Überraschung, während der scharfe Stahl das Genick durchtrennte. Ohne einen Laut von sich zu geben, kippte er zur Seite.

Amonee fühlte heiße Blutspritzer auf ihrer rechten Wange.

»Miststück!«, schimpfte Radra, die an ihrem Eibenstab zerrte, obwohl sie genau wusste, dass sich Opal und Krallenauge erst wieder voneinander lösten, wenn beide Hohepriester es wollten oder einer von ihnen verstarb. »Elende Heuchlerin!«

Es dauerte ein wenig, bis Amonee begriff, dass die Beschimpfungen ausschließlich ihr und nicht dem nutzlos gewordenen Kraftfokus galten.

»Verdammt sollst du sein und ebenso dein nichtsnutziger …«

Aus irgendeinem Grund setzte Amonees Beteiligung am Hinterhalt der Hexe schlimmer zu als Beldors Verrat. Ihr ausgestreckter Finger deutete bereits auf den Mutterleib, aber noch ehe sie eine unheilvolle Verwünschung ausstoßen konnte, verlor Radra ihren Kopf.

Bortas, der Mächte, der den tödlichen Hieb ausgeführt hatte, ließ anschließend die blutverschmierte Waffe fallen und langte nach dem Stab der Macht. Ihn der toten Hexe zu entreißen und über seinem Knie zu zerbrechen war eins für den Orkkönig. Der grüne Schimmer, der alles umhüllt hatte, löste sich beinahe augenblicklich auf. Als das Sonnenlicht die Szene erreichte, presste Bortas bereits das lose Krallenauge fest gegen seinen Leib.

Vier seiner stärksten Krieger umringten ihn im Halbkreis, um ihn vor einem möglichen Angriff zu schützen. Dass sie dabei auf Radras Leichnam herumtrampelten, störte sie nicht.

»Das Krallenauge gehört jetzt mir«, grunzte der Ork.

»Solange ihr es nicht gegen uns Elfen einsetzt, bleibt es euch erhalten«, antwortete Beldor. »Ich stehe zu meinem Wort.«

Bortas rümpfte die Nase. Einige seiner Getreuen machten es ihm nach.

»Du hältst dein Wort?«, fragte Bortas. »So, wie du es gegenüber der Alten aus deinem Volk gehalten hast?«

»Ganz genau«, versetzte Beldor kühl. »Ich habe sie nicht belogen. Ich habe nur vergessen, eure Anwesenheit zu erwähnen. Und bis zu diesem Tage wäre wohl niemand darauf gekommen, dass ich mit euch Orks paktieren könnte.«

»So sei es!« Der Orkkönig mahlte mit seinem Unterkiefer. »Damit ist alles gesagt. Wir gehen jetzt, unser Teil der Abmachung ist erfüllt.«

Amonee kämpfte gegen bohrende Leibschmerzen an, während sich die Grünhäuter zurückzogen. Eine quälend lange Zeit fürchtete sie, dass ihre Wehen einsetzten, doch dann erfasste sie nur ein Anflug von Übelkeit, der allmählich nachließ. Amonee hatte zwar gewusst, dass Syrm und Radra sterben sollten, doch wirklich mit ansehen zu müssen, wie sie getötet wurden, war etwas anderes gewesen.

»Es musste sein.« Beldor legte seine Hand auf ihren Rücken, um seinen Worten Nachdruck zu verleihen. Eine unter Elfen sehr seltene Geste. »Nur Radras Tod kann das Morden beenden.«

Amonee nickte.

»Denk an deinen ungeborenen Sohn«, forderte Beldor, »das wird dir helfen, über das Geschehene hinwegzukommen. Hast du schon einen Namen für ihn?«

»Ja.« Amonee lächelte, von neuer Zuversicht durchströmt. »Sein Name soll Ascan sein.«

TEIL 1

IM FREIEN FALL

Menschen werden nicht alt,
sie sterben einfach!

AUS DEN HOCHWALD-CHRONIKEN,
SAIYL, DER WEISE

Bandor
Im Trollgebirge

❧❦❧

Lähmende Stille lastete über der Kultstätte im Steinernen Wald. Nicht einmal das Summen von Schmeißfliegen war zu hören, dabei lagen die toten Trolle, die den blutbesudelten Felsboden bedeckten, seit Tagen in der prallen Sonne. Trotz der Zeit, die seit dem Massaker an den Schamanen verstrichen war, suchte eines Fremden Auge vergeblich nach Spuren der Verwesung.

Ob von Pfeilen, Klingen und Streitkolben niedergestreckte Gestalten oder zerfetzte Körperteile, die das gefräßige Maul des Felszehrers übersehen hatte, alles wirkte, als wäre die Untat erst vor kurzem geschehen. Die magisch aufgeladenen Felsnadeln, die ringsum gen Himmel ragten, und die vielen Rituale, die dieser felsige Grund schon gesehen hatte, hielten das Geschmeiß fern, das sich für gewöhnlich an den Leichnamen gütlich tat.

Um selbst im Tode äußerlich unversehrt zu bleiben, war der Steinerne Wald der beste Ort zum Sterben. Wer hier nicht gefunden und zu Grabe getragen wurde, mumifizierte im Laufe der Zeit, denn nur die Sonne entfaltete hier ihre gewohnte Kraft. Den grauen Giganten, die überall verstreut lagen, war nicht anzusehen, das sie langsam austrockneten, doch das vergossene Blut hatte bereits allen Glanz verloren und war selbst dort, wo es tiefe Lachen bildete, vollständig ausgehärtet.

Die Sonne senkte sich bereits zum fünften Male über das Schlachtfeld, als das bedächtige Schlurfen von großen Füßen erklang. Unförmige Schemen tauchten zwischen den von Wind und Magie geschliffenen Felsnadeln auf, und je näher sie den Abbruchkanten kamen, die in den Felsabschnitt mit den Toten herabführten, desto deutlicher verfestigten sich die Umrisse zu Trollen, die den Steinernen Wald durchquerten, um nach den vermissten Schamanen zu suchen.

Vor allem die Ältesten und Mächtigsten der Priesterschaft, also jene, die das letzte Verbindungsglied in die ruhmreiche Vergangenheit ihres Volkes bildeten, hatten am Eingang zur unterirdischen Felskammer ihr Ende gefunden. Was nun vom Fuße der Tafelweiden nahte, waren ihre degenerierten Nachfahren. Novizen, die sich zwar redliche Mühe gaben, die überlieferten Rituale zu imitieren, denen es jedoch am nötigen Geist mangelte, um wirklich zu verstehen, was vor sich ging.

Am Ritualplatz angekommen, fanden Obra und die anderen ihre dunkelsten Vorahnungen bestätigt. Ungewöhnlich helle Laute entfuhren ihren Trollkehlen, als ihnen das ganze Ausmaß des Schreckens bewusstwurde. Laute des Entsetzens, die sich zu einem schrillen Chor vereinten, bis sie auf eine von Obra ausgeführte Geste hin schlagartig verstummten. Zum Jammern und Wehklagen war noch Zeit genug, zunächst mussten sie das ganze Ausmaß der Katastrophe ergründen und feststellen, ob nicht doch noch etwas zu retten war.

Obra, der Klügste unter diesen simplen Gemütern, übernahm das Kommando. Zunächst befahl er Horb und Azzizha, zur Ruhekammer vorzustoßen, um nachzusehen, wie viele Felszehrer ausgebrochen waren. Dass zumindest eine der gefährlichen Larven ihre magischen Fesseln abgeworfen hatte, erkannte er schon an den sauber abgetrennten Glied-maßen, die überall den Boden bedeckten. Leider war dieser Anblick nicht einmal das Schlimmste. Weitaus mehr Sorge bereiteten ihm die vielen Toten, die keine Fressspuren auf-wiesen, sondern massiver Waffengewalt zum Opfer gefallen waren. Demnach hatten die Priester nicht einfach nur die Kontrolle über den Felszehrer verloren, den sie mit einem neuen Schlafzauber belegen wollten, sondern waren wäh-rend der Zeremonie von Unholden überfallen worden, die sich selbst auf starke Magie verstanden. Andernfalls wären die Angreifer selbst in Stücke gerissen worden.

Furchtsam näherten sich Horb und Azzizha dem kreis-runden Schlupfloch, das am Ende des natürlichen Felsein-schnitts klaffte, und spähten vorsichtig hinein, bevor sie mit ungelenk wirkenden Bewegungen darin verschwanden. Die bloße Möglichkeit, dass ihnen in der Tiefe erwachte Fels-zehrer auflauern mochten, flößte ihnen große Angst ein. Nicht umsonst galt dieses Gebiet als tabu und durfte von Geringen wie ihnen nicht betreten werden. Aber der Tod der Eingeweihten änderte alles.

Schon allein aus diesem Grunde zweifelten sie Obras Be-fehlsgewalt nicht an, obwohl ihnen anzumerken war, dass sie am liebsten davongelaufen wären. Die Last der Verantwor-tung lag nun auf den Geringen, und ein jeder von ihnen war froh, dass es unter ihnen einen gab, der den Mut zum Vor-treten aufbrachte. Lieber in den Tod geschickt werden, als selbst eine verhängnisvolle Entscheidung zu treffen! Ganz so klar umrissen mochte der Gedanke vielleicht nicht sein, doch so oder ähnlich sah das unterschwellige Gefühl aus, das ihre Handlungen beeinflusste.

Als Mondraks persönlicher Diener verstand Obra ohne-hin noch am meisten von der alten Trollmagie, jedenfalls mehr als die übrigen Geringen. Für ihn war ohnehin klar, dass sie alle des Todes waren, falls sich der entfesselte Felszehrer wirklich in der Gegend herumtrieb. Die einen lediglich etwas früher als die anderen. Nur auf Obras Drängen hin hatten sich die meisten von ihnen auf den Weg gemacht, um an diesem heiligen Grund nach dem Rechten zu sehen, und wer seine Autorität anzweifelte, war ihm erst gar nicht gefolgt.

Auch Obra spürte eine lähmende Angst in den Knochen, doch er setzte sich in Bewegung, ganz einfach weil er es musste. »Helft mir, die Toten zu bergen«, verlangte er dabei über die Schulter hinweg, »damit wir sie an einem würdigeren Platz bestatten können.«

Viele der ringsum versammelten Trolle sahen beklommen zu der sauber aus dem Felsboden gefressenen Öffnung hinüber, die in das Gangsystem vor der Ruhekammer führte. Sollten sie Schreie aus der Tiefe hören, würde es um sie geschehen sein. Der vernichtenden Kraft der gefräßigen Larven hatte keiner von ihnen auch nur das Geringste entgegenzusetzen. Wenn es der Wille der Berggötter war, würden sie sterben. So lautete das harte Gesetz der Steinernen, die zum Anbeginn aller Zeiten den Mächten des Feuers trotzen mussten, um den Trollen eine lebenswerte Welt zu erschaffen.

Mochten die Lasten, die ihnen die Steinernen aufbürdeten, manchmal auch ungerecht und schwer erscheinen, so hielten sie doch immer wieder ihre schützenden Händen über das große Bergvolk, deshalb machten sich schließlich alle Trolle daran, Obras Beispiel zu folgen. Mit bedächtigen Bewegungen, die ihre massigen Körper tapsiger wirken ließen, als sie in Wirklichkeit waren, stiegen sie die Felshänge herab und begannen damit, blutige Körperteile aufzusammeln und zu einem Haufen aufzuschichten. Die Leiber der von Hand Erschlagenen reihten sie dagegen nebeneinander auf.

Während die anderen ihre leblosen Brüder über den rauen Felsboden schleiften, irrte Obra suchend umher. Der forschende Blick seiner traurigen Augen galt dem schlohweißen Haar, das Mondraks Haupt umflorte. Der treue Diener wollte einfach nicht glauben, dass der mächtigste ihrer Schamanen zu denen gehörte, die in dem Magen des entfesselten Felszehrers gelandet waren. Das hätten die Berggötter niemals zugelassen, davon war Obra überzeugt. Als er seinen Herrn und Meister endlich auf dem Ritualplatz entdeckte, fühlte er sich in seinem Glauben bestätigt. Erleichtert lief er auf die reglos daliegende Gestalt zu, die äußerlich unversehrt am Boden lag. Kein Zahn und keine Klinge hatten den hageren Alten versehrt, nur eine trollfaustgroße Stelle an seinem nackten Brustkorb war seltsam dunkel verfärbt, als wäre er dort mit einer rußenden Fackel in Berührung gekommen.

»Meister!« Unter leisem Seufzen sackte Obra neben dem Toten auf die Knie. »Warum nur? Warum hast du uns verlassen?«

In einer hilflosen Geste streckte er seine Hände aus und tastete mit ihnen über Mondraks Körper, als wollte er ihn mit Gewalt zurück ins Leben zerren. Dabei waren seine magischen Fähigkeiten so gering, dass er nicht einmal imstande gewesen wäre, eine kleine Maus wiederzubeleben, geschweige denn einen toten Schamanen.

Die starken Finger des Dieners kneteten die noch intakten Arme seines Herrn, die im Schatten der magisch aufgeladenen Felsnadeln überraschend geschmeidig geblieben waren. Auch der nackte Oberkörper fühlte sich an, als wäre der Oberste Schamane lediglich bewusstlos. Aber das war nur Einbildung. Obra spürte weder einen Herzschlag noch das winzigste Anzeichen einer Atmung, obwohl er seine flachen Hände auf die Herzgegend legte und auch den Bereich über den beiden Lungenflügeln abtastete. Gerade bei einem Troll, der so mager wie Mondrak war, wäre es nicht zu übersehen gewesen, wenn …

Obra!

Erschrocken riss der Diener seine Hände zurück. Er wusste nicht, wie das möglich sein konnte, doch die Stimme, die seinen Namen aussprach, hatte ganz nach Mondrak geklungen. Die raue Stimme des Alten war unverwechselbar.

Unsicher sah er in die Runde, um zu prüfen, ob sich keiner der anderen Trolle einen bösen Streich mit ihm erlaubte, doch alle anderen waren mit der Bergung der Toten beschäftigt. Ohnehin war keiner von ihnen fähig, an eine solche Geschmacklosigkeit auch nur zu denken. Nicht hier, auf heiligem Grund, in unmittelbarer Nähe zur Ruhekammer.

Außerdem bestand für ihn kein Zweifel daran, dass er die Stimme nicht etwa mit den Ohren gehört hatte, sondern dass sie direkt in seinem Kopf erklungen war. Fast so, als ob …

Ungläubig starrte er auf den Leichnam hinab, vor dem er kniete. Konnte es sein, dass doch noch so etwas wie Leben in ihm steckte?

Vorsichtig, als liefe er Gefahr, sich an dem Brustkorb des Obersten Schamanen zu verbrennen, senkte er seine Hände in die Tiefe. Statt glühender Hitze spürte er zum Glück nur rissige Haut unter seinen empfindsamen Fingerkuppen. Er schalt sich selbst einen Narren.

Natürlich! Diese Stimme in seinem Kopf war nur Einbildung gewesen, hervorgerufen von seinem innigen Wunsch, Mondrak möge sie weiterhin mit der alten Weisheit führen, die nach seinem Tode für alle Zeiten verloren war. Der Gedanke an den großen Verlust, den das ganze Volk der Trolle erlitten hatte, erfüllte Obra mit abgrundtiefer Trauer.

Mühsam kämpfte er gegen ein Schluchzen an, das in ihm aufsteigen wollte. Zum Glück traten gerade zwei Kameraden näher, um ihm mehrere Pfeile und eine Klingenspitze zu zeigen, die sie in den Körpern der Erschlagenen gefunden hatten.

»Elfenpfeile«, sagte der erste von ihnen und schüttelte dabei verständnislos den Kopf.

»Und die Spitze einer abgebrochenen Kettensichel«, fügte der andere hinzu, bevor er fortfuhr: »Elfen und Orks, die Seite an Seite kämpfen – wie passt das zusammen? Haben sich die beiden Völker miteinander verbündet, um dem unseren den Garaus zu machen?«

»Nein«, antwortete Obra mit einer Gewissheit, die ihn selbst überraschte. »Es war nur ein einzelner Elf, der an der Seite der Orks gekämpft hat. Einer jener Entwurzelten, die sich für jeden verdingen, der genügend Sold bezahlt.«

Die beiden vor ihm stehenden Trolle wichen erschrocken zurück und starrten ihn mit weit aufgerissenen Augen an. Obra konnte ihnen das nicht übelnehmen. Ihm lief es ja selbst eiskalt den Rücken hinunter, angesichts der Stimme, mit der er gesprochen hatte.

Der Stimme von Mondrak.

Alles in Obra schrie danach, die Hände vom Körper des Toten zu reißen und sie sich unter die Achseln zu pressen, doch sosehr er sich auch bemühte, es gelang ihm nicht. Jeder einzelne Muskel war wie gelähmt. Erst da ging ihm auf, dass er jede Kontrolle über seinen eigenen Körper verloren hatte, weil ihn ein fremder Geist als Sprachrohr benutzte.

»Mondrak!« Der Troll, der die Wahrheit genauso schnell

wie Obra begriffen hatte, ließ vor Schreck die Elfenpfeile fallen. Dadurch wurden auch die letzten der umstehenden Giganten auf ihr Gespräch aufmerksam.

Jene, die näher zu ihnen standen oder knieten, starrten bereits ungläubig herüber, denn sie hatten die Stimme des Greises ebenfalls erkannt. Aus einem fernen Winkel seines Verstandes verfolgte Obra gebannt, wie er erneut das Wort ergriff.

»Um den Elf und die Orks müssen wir uns die wenigsten Sorgen machen«, hob er an, diesmal so laut, dass ihn alle verstehen konnten. »Am gefährlichsten ist der Nekromant, dem sie dienen. Ich konnte kurz in sein Herz sehen, als er mich niederstreckte. Es ist durch und durch verdorben, erfüllt von unstillbarer Gier, die alles Lebende verschlingen will.«

Von allen Seiten kamen die Geringen angelaufen, wie einzelne Speichen, die auf eine Radnabe zustrebten. Nicht alle mochten recht glauben, was gerade vor sich ging.

»Was fällt dir ein, elender Frevler?«, grunzte einer aus der Menge. »Denkst du wirklich, du kannst dich zum Obersten Schamanen aufschwingen, indem du deine Stimme verstellst? Nie und nimmer glaube ich, dass aus dir der reglose Mondrak spricht. Hinfort mit dir, du Strolch, bevor ich dich zur Strafe in der Mitte durchbreche.«

Obra hätte der Aufforderung am liebsten sofort Folge geleistet, denn jener, der da zu ihm sprach, war kein anderer als Gambu, der stärkste, aber auch ungeschlachteste der Geringen, den sie in ihren Reihen duldeten. Seine Drohung, einem anderen Troll das Kreuz zu brechen, war also ernst zu nehmen, doch Obra konnte sich noch so sehr bemühen, es gelang ihm einfach nicht, sich zu rühren, geschweige denn, ein Wort der Mäßigung zu stammeln.

Das war auch nicht notwendig. Wer außer Mondrak wäre wohl besser in der Lage gewesen, diesen Grobian in seine Schranken zu weisen?

»Schweig still, du Klotz!«, forderte die Stimme in Obras Kehle mit solchem Nachdruck, dass Gambu mitten im Schritt innehielt. »Der Nekromant hat einen der Felszehrer in seine Gewalt gebracht. Gelingt es ihm, die Larve für seine Pläne einzuspannen, ist nicht nur Bandor dem Untergang geweiht, sondern auch alle angrenzenden Reiche, womöglich sogar die ganze uns bekannte Welt. Schafft mich deshalb schnellstmöglich in die Große Himmelskammer, damit das, was von uns geblieben ist, noch für uns kämpfen kann. Mag unser Volk auch dem Niedergang geweiht sein, noch liegt der Tag, an dem der letzte Troll für immer die Augen schließt, in weiter Ferne.«

Die meisten zeigten sich von diesen Worten ergriffen, nur Gambu trommelte sich wild auf die Brust, zum Zeichen, dass er all seinen Mut zusammennahm, um seinen Drohungen wirklich Taten folgen zu lassen.

»Die übrigen Felszehrer wurden in der Ruhekammer eingeschlossen«, fuhr Mondrak ungerührt fort. »Von ihnen geht im Moment keine Gefahr aus, doch der Nekromant wird auf sie zugreifen, sobald er die Zeit dafür gekommen hält. Fragt Horb und Azzizha, wenn ihr mir nicht glaubt.«

Sofort richteten sich alle Augen auf den Tunneleingang, der jedoch verwaist blieb. Erst nach zahllosen Herzschlägen zeichneten sich im Inneren undeutliche Bewegungen ab. Diffuse Schemen, aus denen allmählich die zurückkehrenden Späher wurden, die verdutzt stehen blieben, als sie die aufmerksamen Gesichter ihrer Brüder bemerkten.

»Was habt ihr entdeckt?«, rief Gambu, der es vor lauter Neugierde kaum aushielt.

»Nichts weiter!«, lautete die Antwort. »Die Gänge sind wie ausgestorben. Wir sind nur auf eine unsichtbare Barriere gestoßen, die den Zugang zur Ruhekammer versperrt. Soweit wir sehen konnten, befinden sich die Larven dahinter weiterhin im Tiefschlaf.«

Gambu gefiel nicht, was er da hörte, trotzdem ließ er die angriffslustig erhobenen Fäuste sinken.

»Das magische Siegel des Nekromanten, von dem ich gesprochen habe«, erklärte Mondrak dazu. »Nun weiß hoffentlich auch der Letzte von euch, mit wem wir es zu tun haben. Und nun trödelt nicht länger, denn die Zeit drängt. Obra soll einige von euch auswählen, mit denen er mich in die Große Himmelskammer schaffen kann. Alle anderen schaffen die Gefallenen nach Hause, um sie am Fuße der Tafelweiden würdig zu bestatten.«

»Ausgerechnet die Himmelskammer des Sperrforts.« Ein tiefes Seufzen begleitete Gambus Worte. Der Koloss ahnte bereits, dass er zu denen gehören würde, die für den Transport des leblosen Schamanen auserkoren waren. »Das wird ein langer und sehr beschwerlicher Weg werden.«

Falls er jedoch gehofft hatte, Mondrak würde ihm dafür Trost spenden, sah er sich getäuscht. Denn Obra, der schon die ganze Zeit über versucht hatte, die Verbindung zu seinem Meister zu lösen, flog jäh nach hinten. Endlich war er wieder Herr über seinen eigenen Körper. Keuchend sprang er in die Höhe, um den Abstand zu vergrößern. Niemand nahm es ihm übel.

»Mondrak hat durch dich zu uns gesprochen«, versuchte ihm einer der anderen unnötigerweise zu erklären.

»Ich weiß«, antwortete Obra, sah dabei aber genauso verwirrt aus wie zuvor. »Mein Geist war die ganze Zeit über wach, wenn auch gefangen wie in Ketten.«

Langsam wieder zur Ruhe kommend, sah er auf den Obersten Schamanen herab, der weiterhin wie tot vor ihm lag.

»Wie ist das alles bloß möglich?«, fragte Gambu, der sein Misstrauen inzwischen begraben hatte.

Obra kannte die Antwort, denn er hatte während der geistigen Verbindung noch weitere Erinnerungen in Mondrak aufblitzen sehen. »Der Energiestoß des Nekromanten hat nur die sterbliche Hülle unseres Meisters bezwungen«, erklärte er. »Das wahre Ausmaß seiner Kräfte blieb ihm hingegen verborgen. Das müssen wir uns zunutze machen, oder die Welt, wie wir sie kennen, wird untergehen.«

Dass er noch mehr gesehen hatte, behielt er wohlweislich für sich. Denn alleine die Erwähnung des Krallenauges hätte blankes Entsetzen bei den anderen auslösen können.

Unterhalb von Gohliks Erdhöhle

I.

Kopfüber fiel Binek in die Tiefe. Mit hinter dem Rücken festgebundenen Armen stürzte er senkrecht den Schacht hinab, vorbei an gebogenen Steigeisen, die links und rechts aus dem Fels ragten. Die unter ihm verlaufende Wasserader erwartete ihn mit kaltem Glitzern.

Von einem massiven Gesteinsbett umgeben, rauschte und strudelte der Wildlauf gefährlich schnell dahin. Er würde jämmerlich in ihm ertrinken, so viel stand fest. Gegen eine so starke Strömung vermochte sich selbst ein geübter Schwimmer nur schwer zu behaupten, und Binek, der schon Mühe hatte, sich in einem stillen Tümpel über Wasser zu halten, behinderten dazu feste Stricke, die ihm tief in die Handgelenke schnitten.

Vermutlich wäre es das Beste für ihn gewesen, sich seinem Schicksal zu ergeben. Einfach mit dem Gesicht voran auf die Oberfläche zu schlagen und sich beim Aufprall den Hals zu brechen. Das hätte den bevorstehenden Todeskampf zweifellos verkürzt, doch seine Überlebensinstinkte liefen diesem Gedanken zuwider.

Gleich einem Insekt, das den stachelbewehrten Unterleib krümmt, drehte er sich um die eigene Achse, bis er waagerecht fiel. Trotz der langjährigen Übung als Fassadenkletterer war es nur dem Elfenbein in seinem Körper zu verdanken, dass er dieses Manöver zustande brachte. Sich danach ruckartig auszustrecken und mit Schultern und Füßen gegen die runden Schachtwände zu stemmen war für ihn eins.

Seine Schuhsohlen radierten über den steil abfallenden Fels, ebenso die Schulterpartien des Lederharnisches. Der mausgraue Umhang, den er darüber trug, zerriss laut vernehmlich in Fetzen. Gleichzeitig erlitt er Abschürfungen am Hinterkopf, obwohl er sein Kinn fest auf die Brust presste, um sich vor scharfkantigen Vorsprüngen zu schützen.

Glühend heiße Stiche fuhren ihm durch den ganzen Körper, doch die Angst vor dem Ertrinken war stärker als der Schmerz. Keuchend stemmte sich Binek gegen den freien Fall, bis Fleisch und Wille über die an ihm zerrende Schwerkraft triumphierten.

Schweiß bedeckte sein vor Anstrengung verzerrtes Gesicht, während er in der unbequemen Haltung verharrte. Hastig zwinkerte er mit den Augenlidern, um den durch Steinstaub getrübten Blick zu klären. Einen kurzen Aufschub hatte der Halbelf herausgeschunden, mehr nicht. Obwohl ihm das schmerzlich bewusst war, setzte er alles daran, seine Überlebenschancen zu erhöhen.

Vergeblich drehte Binek die Hände gegeneinander, um mit seinen Fingern an die Fesseln zu gelangen. Doch der Mann, der ihn umzubringen versuchte, war ein erfahrener Waldläufer, der sich auf den Umgang mit Knoten verstand. Legte einer wie Velb Stricke an, dann konnte sich kein Gefangener von alleine befreien.

Eingesperrt in ein Verlies hätte Binek das Seil wohl an einer scharfen Kante durchscheuern können, doch ohne festen Halt in dem kreisrunden Schacht steckend, der Gohliks Erdhöhle mit einem unterirdischen Fluss verband, war das ein aussichtsloses Unterfangen. Bereits bei dem Versuch, nach den strammen Knoten zu tasten, geriet er mit den Schultern ins Rutschen. Sofort verharrte er völlig regungslos, um seine Lage nicht weiter zu verschlimmern. Was sollte er stattdessen tun, in der kurzen Zeit, die ihm bis zum Erlahmen seiner Kräfte verblieb?

Gelbstichiger Lichtschein sickerte durch den Einstieg herab. Selbst zehn Königsellen unterhalb der runden Öffnung war es hell genug, dass er die in den Fels getriebenen Steigeisen sah, die matt schimmernd aus der Dunkelheit hervortraten. Fieberhaft überlegte Binek, ob er es wagen sollte, seinen linken Fuß unter einen der Bögen zu klemmen. Brachte ihn das weiter? Und falls ja, war es wirklich das Risiko wert, dabei abzustürzen? Ein Schatten, der das über ihm einfallende Licht verdunkelte, entband ihn von einer Entscheidung.

»Warum machst du es uns beiden so furchtbar schwer?«, fragte Velb, der wohl vergeblich auf den klatschenden Einschlag eines ins Wasser stürzenden Körpers gewartet hatte. »Stirb endlich, damit die Quälerei ein Ende hat.«

»Hilf mir!«, bettelte Binek angesichts seiner verzweifelten Lage. »Noch ist Zeit für dich, auf den rechten Pfad zurückzukehren. Ich will auch vergessen, was du mir antun wolltest, wenn du nur …«

»Du dummer Junge!«, unterbrach ihn der Waldläufer mitleidig. »Weißt du eigentlich, wie du dich gerade anhörst? Selbst wenn du deinen eigenen Worten jetzt Glauben schenkst, wird sich deine Meinung ändern, sobald du dich in Sicherheit wähnst. Nein, hör mir zu. Wer so weit gegangen ist wie ich, für den gibt es kein Zurück mehr.«

Das waren harte, unbarmherzige Worte, die aber auch einen wahren Kern enthielten. Tief in seinem Inneren ahnte Binek sehr wohl, dass er in diesem Moment *alles* erzählt hätte, was Velb hören wollte, nur um wieder festen Boden unter den Füßen zu spüren. Sogar, dass er sich mit dem ehemaligen Weggefährten auf die Seite der Orks schlagen würde – obwohl das für ihn genauso wenig in Frage kam, wie einen Mord im Auftrag der Dunklen Gilden zu begehen.

Velbs Gesicht verschwand. Anstatt den schweren Felsdeckel über den Einstieg zu schieben, rumorte der Waldläufer in Gohliks Höhle herum. Unterdrücktes Keuchen erklang, das Binek weitaus mehr Angst einflößte als eine einfache Drohung.

»Vertrau mir!«, rief Binek in die Höhe. »Du hast mich vor Drokk und Marzz gerettet, dafür bin ich dir etwas schuldig.«

Gleichzeitig streckte er seine Arme in die Tiefe und presste sie so fest wie möglich gegen die Schachtwölbung. Leider gelang es ihm nicht, genügend Druck auszuüben, um die Stricke durchzuscheuern. Außerdem fehlte es ihm an der nötigen Zeit. Velb kehrte bereits an den Rand des Einstiegs zurück, diesmal aufrecht stehend, einen Amboss fest an den Oberkörper gedrückt.

Für schwere Schmiedearbeiten war der Metallblock zu klein. Gohlik musste darauf Kochgeschirr gefertigt haben, vielleicht auch feine Ketten für die Anhänger, die er auf seine alten Tage geschnitzt hatte. Auf jeden Fall war der ellenlange Amboss schwer genug, um einem Mann sämtliche Knochen im Leib zu zerschmettern, wenn er aus größerer Höhe auf ihn herabfiel.

Binek spürte, wie ihm heißer Schweiß über den Nacken rann. Er wollte noch etwas rufen, doch jedes Wort kam schon zu spät.

In Velbs Augen blitzte es entschlossen auf. Der Amboss entglitt seinen Händen mehr, als dass er ihn gezielt warf, trotzdem raste das Gewicht geradewegs auf Binek zu. Plötzlich wusste das Halbblut, was noch schlimmer war, als gefesselt zu ertrinken: gefesselt und mit zertrümmerten Knochen zu ertrinken!

Instinktiv drehte er sich zur Seite, um dem massiven Geschoss zu entgehen. Dabei krümmte er seinen Leib so stark, dass er die Bahn freigab, allerdings verlor er dadurch auch den Halt an Schultern und Füßen. Binek spürte, wie der Amboss seinen ärmellosen Harnisch streifte, kurz bevor er vollends abrutschte und hintendrein stürzte.

Obwohl es der Halbelf war, der sich bewegte, sah es so aus, als flöge der Fels an ihm vorüber. Sein verzweifelter Versuch, neuen Halt zu finden, schlug fehl, da der Schacht immer breiter und breiter wurde, bis er übergangslos in einer Felsgrotte aufging.

Binek sah noch, wie der Amboss vor ihm ins Wasser stürzte, bevor er selbst folgte. Eine Wasserfontäne spritzte auf, wo er in den reißenden Fluten versank.

Ein in den Berg geschlagener Sims säumte das Ufer, an dem ein kleiner Kahn vertäut war, das war das Letzte, was Binek aus den Augenwinkeln erblickte, bevor die kalten Fluten über ihm zusammenschlugen. Der Aufprall war schmerzhaft. Ohne den Harnisch hätte er wohl das Bewusstsein verloren. Trotzdem glühte sein Rücken, als hätte er sich mit nacktem Oberkörper in ein Brennnesselfeld geworfen. Die reißende Strömung zerrte ihn mit sich.

Verzweifelt kämpfte das Halbblut gegen die wild auf ihn eindringenden Kräfte an. Der kleine Holzkahn! Falls er den erreichte, gab es noch eine Chance auf Rettung!

Das kalte Wasser stach Binek empfindlich in die Augen. Blindlings strampelte er mit den gefesselten Beinen, von der vagen Hoffnung beseelt, näher ans Ufer zu gelangen, während die Strömung ihn mit sich riss. Die instinktiv gewählte Richtung erwies sich als die richtige. Er kam besser voran als erwartet. Prompt stieß er mit seinem Hinterkopf gegen die Unterseite des Bootes.

Bineks Muskeln erschlafften. Zwischen seinen Lippen strömte kostbare Atemluft hervor. Einen Herzschlag später schrammte er unter dem Heck entlang, und ehe er recht wusste, wie ihm geschah, war der rettende Kahn wieder außerhalb seiner Reichweite.

Aus! Vorbei! Die letzte Möglichkeit, einen Halt zu finden, war endgültig dahin! Damit konnte er jede Hoffnung auf Rettung begraben.

Trotzdem bäumte sich Binek im Wasser auf. Er setzte alles daran, erneut nach Atem zu schöpfen. Gierig sog er frische Luft in seine Lungen, schluckte aber auch viel Wasser, als ihn die Strömung erneut in die Tiefe zog.

Der Halbelf versuchte, einen aufsteigenden Hustenreiz zu unterdrücken, doch es gelang ihm nicht. Von Krämpfen geschüttelt, verlor er erneut kostbare Atemluft. Stoßweise stiegen die Blasen von seinen Lippen auf, während er selbst immer tiefer sank – bis sich irgendetwas in seinen Haaren verkrallte und ihn mit aller Gewalt in die Höhe zerrte.

Prustend stieg Binek aus den schäumenden Fluten und landete mit dem Brustkorb voran auf der Steinkante, die entlang des trockenen Gewölbes verlief. Von der untersten Eisensprosse an, am vertäuten Ruderboot vorbei, führte sie tiefer in die Dunkelheit.

»Dich darf man aber auch keinen Tag alleine lassen«, tadelte eine leise Stimme, während er eine überraschend zarte, aber dennoch kräftige Hand spürte, die ihn noch weiter ins Trockene wuchtete.

Zunächst sah Binek kaum mehr als eine abgestellte Laterne, die seine Umgebung mit flackerndem Kerzenschein ausleuchtete. Während er mit den Lidern zwinkerte, um einen klaren Blick zu bekommen, spürte er scharfen Stahl zwischen den Unterarmen. Zwei schnell ausgeführte Schnitte befreiten ihn von seinen Handfesseln. Kurz darauf konnte er auch die Füße frei bewegen.

Mühsam kauerte er sich auf allen vieren zusammen und spuckte das restliche Wasser aus, das in seine Atemwege gedrungen war. Dabei fiel sein Blick auf zwei nackte Frauenbeine, die vor ihm in die Höhe wuchsen. Die Messerklinge, die ihn befreit hatte, glitt gerade in eine an der rechten Wade getragene Lederscheide zurück.

»Ihr Kerle seid doch alle gleich«, bekam er zu hören. »Gerade erst dem Tod entronnen, gafft ihr schon wieder unter den nächsten Weiberrock.«

»Imtje?«, stieß er hervor.

Schon einen Lidschlag später kniete die junge Zwergenfrau vor ihm und umfasste sein kaltes Gesicht mit beiden Händen. »Oh, du Lieber!«, flüsterte sie ergriffen, ehe sie seine Wangen mit flüchtigen Küssen bedeckte. »Schlägt dein Herz für mich so sehr, dass du mich bereits am Anblick meiner wohlgeformten Knöchel erkennst?«

Unversehens überschattete ein strenger Zug ihren Blick. »Allerdings ist das auch dein Glück, dass du es nur weißt!«, fuhr sie fort. »Hättest du mich gerade Avea, Neene oder wie eine dieser anderen storchenbeinigen Elfenweiber genannt, hätte ich dir glatt beide Augen ausgekratzt!«

Noch während sie sprach, kehrte der schelmische Ausdruck zurück, den sie so gern zur Schau trug. Ihre Eifersucht und die damit verbundenen Drohungen waren nur gespielt, so weit durchschaute er sie bereits. Zumindest hoffte Binek das inständig.

»Wie …?«, brach es aus ihm heraus, und zwar so laut, dass sich das Wort über das Rauschen des Wildlaufs hinweg als

Echo von den Wänden fortpflanzte. Er hatte seine Stimme noch nicht richtig unter Kontrolle, trotzdem setzte er erneut an, um zu fragen: »*Wie kommst du hierher?*«

Schon während er sprach, presste ihm Imtje einen Zeigefinger auf die Lippen.

»Still, sonst hört Velb uns am Ende noch!«, forderte sie leise. »Und mir scheint, es wäre wohl besser, wenn er dich vorläufig für tot hielte. Komm, wir suchen uns einen Platz, an dem wir ungestört miteinander reden können.«

Ehe er zu widersprechen vermochte, nahm sie die Lampe mit den rußgeschwärzten Gläsern auf und zog seinen linken Arm über ihre Schultern. Als er sich mit Imtjes Hilfe aufrichtete, war Binek zunächst ein wenig wacklig auf den Beinen. Doch schon wenige Schritte später konnte er wieder alleine gehen.

Der Weg war eigentlich zu schmal für zwei nebeneinanderlaufende Personen, trotzdem nahm ihn Imtje bei der Hand und führte ihn bis zu einer Ecke, hinter der die Einmündung eines wesentlich ruhigeren Wasserarms verborgen war. Als sie dem sich dort fortsetzenden Sims folgten, ebbte das Getöse des rauschenden Wildlaufs allmählich ab.

2.

Binek begann, in seiner durchnässten Kleidung zu frieren, klagte aber mit keinem Wort. Die Zwergenfrau aus Felsheim hatte recht. Sie mussten Abstand gewinnen, bevor sie miteinander berieten, was als Nächstes zu tun war.

Der begehbare Vorsprung endete an einer natürlichen Grotte, in der ein kleiner Kahn vor Anker lag. Die dunkle

Felsaushöhlung schützte das Gefährt vor zufälligen Blicken. Erst als sie unmittelbar davorstanden, zeichneten sich schemenhafte Umrisse im Laternenschein ab.

Vor ihnen lag eines der flach geschnittenen Boote mit niedrigem Tiefgang, wie sie die Zwerge gerne benutzten, um das Wasserlabyrinth zu befahren, das ganz Graugard unterirdisch durchzog. Bei seinem Besuch in Felsheim waren Binek zahlreiche Wasserknechte begegnet, die sich, je nach Tiefe und Strömungsgeschwindigkeit, mit Hilfe von Stakhölzern oder Rudern vorwärtsbewegt hatten. Außer Imtje war niemand zu sehen. Offensichtlich hatte sie den weiten Weg von der Nekropole bis zu Gohliks Erdhöhle alleine bewältigt.

Die Selbstverständlichkeit, mit der sie einige Felle von Bord holte, ließ nicht den geringsten Zweifel daran aufkommen, dass es sich um ihren Kahn handelte. Während das Heck durch ein ausgeworfenes Bleigewicht an Ort und Stelle gehalten wurde, war der Bug mit Hilfe einer kurzen Leine an einer aufragenden Felsspitze vertäut.

»Ohne dich wäre ich jämmerlich ertrunken.« Erst jetzt, da er nicht mehr in unmittelbarer Gefahr schwebte, dämmerte Binek allmählich, wie knapp er dem Tode entronnen war. »Gut, dass du zur rechten Zeit am richtigen Ort warst.«

Einen Moment lang stand Imtje wortlos vor ihm, dann umschlag sie seine Taille fest mit beiden Armen. Obwohl sie ihm nur bis zum Brustbein reichte, fühlte er sich plötzlich ganz klein neben ihr.

»Bloß gut, dass ich dich beim ersten Versuch zu fassen bekommen habe«, hauchte sie. »Ich hätte es mir nie verziehen, wenn du vor meinen Augen ...« Mitten im Satz brach sie ab, um nicht näher ausführen zu müssen, was für ein schreckliches Schicksal sie sich gerade ausmalte.

»Was hat dich überhaupt hierherverschlagen?«, fragte Binek, um sie auf andere Gedanken zu bringen.

Imtje ließ von ihm ab, damit sie sich besser in die Augen sehen konnten.

»Obwohl wieder Frieden war, hast du Felsheim so eilig verlassen – da habe ich mir Sorgen gemacht«, erklärte sie. »Ich war halt neugierig, ob du …« Verlegen sah sie auf ihre Schnürstiefel, die unter dem Rocksaum hervorlugten, während sie nach den richtigen Worten rang. »Na ja, das kennst du doch bestimmt, dass dir die Weiber nachsteigen, um sich zu vergewissern, ob du nicht lieber das Lager mit einer anderen teilst.«

Binek errötete, als er begriff, was sie damit andeuten wollte.

»Nein, das kenne ich nicht«, versicherte er. »Überhaupt nicht. Ich war den Menschen von Imor stets unheimlich, auch ihren Frauen. Ich hätte schon mit klingender Münze zahlen müssen, damit sich eine von ihnen mit mir abgibt.«

»Ach was, so ein Unsinn!« Erneut schloss ihn die Zwergin in ihre Arme und presste ihr Gesicht gegen die nassen Fetzen seines Umhanges. »Du bist doch so ein ansehnlicher Kerl!«

Binek wusste nicht recht, wie ihm geschah, mit so viel Zuneigung überschüttet zu werden. Vergleichbares war ihm in Imors dunklen Gassen niemals widerfahren. Erst jetzt, da ihn Imtje so unverhofft beschenkte, wurde ihm klar, wie stark er solche Empfindungen ein Leben lang entbehrt hatte.

»Du zitterst ja wie Espenlaub«, stellte sie erschrocken fest. »Oh, ich dumme Pute! Dabei habe ich extra eine warme Decke aus dem Boot geholt. Rasch, zieh deine nassen Sachen aus. Unter Tage ist es zu kalt, um sie am Körper trocknen zu lassen. Eine Lungenentzündung wäre das Letzte, was uns noch fehlt.«

Beflissen faltete Imtje die aus zahlreichen Farbschattierungen bestehende Kaninchenfelldecke auseinander und hielt sie ihm entgegen. Vergeblich. Binek rührte keinen Finger, sondern sah sie nur erstaunt an.

»Oje, du scheues Reh!«, neckte sie ihn. »Sieh her, ich mache auch beide Augen zu.«

Tatsächlich kniff sie ihre Lider so fest zusammen, dass sich ihr Gesicht von der Stirn bis zu den Wangen in Falten legte. Allerdings mogelte sie ein wenig. Schon nach wenigen Herzschlägen öffnete sie die rechten Wimpern so weit, dass sie heimlich durch einen schmalen Spalt hindurchspähen konnte.

Binek, der gerade an seinem Lederharnisch nestelte, erwischte sie beim Kiebitzen.

»Ich verfüge über die Nachtsicht eines Elfen, schon vergessen?« Zur Bekräftigung seiner Worte streckte er einen Zeigefinger in die Luft, mit dem er eine kreisende Bewegung vollführte. »Also gib dich keinen falschen Hoffnungen hin – und dreh dich gefälligst um.«

Unter leisem Murren kam sie der Aufforderung nach. »Mir scheint, du warst zu lange unter Menschen«, spottete sie über die Schulter hinweg. »Zum Glück bist du so jung, dass sich das noch auswachsen kann.«

Er achtete nicht auf die wiegenden Bewegungen ihrer Hüften, während er sich seiner Kleidung entledigte. Es war allerhöchste Zeit, dass er den klammen Stoff vom Leibe bekam. Binek bibberte bereits erbärmlich. Kaum dass er Hemd und Hose zum Trocknen ausgebreitet hatte, warf ihm Imtje die Decke über und begann, ihn mit kräftigen Bewegungen abzurubbeln. Sie ging dabei nicht gerade zimperlich vor, denn es war wichtig, für eine gute Durchblutung seiner Haut zu sorgen. Auf ihre Anweisung hin ließ sich Binek auf einen Stein nieder, damit sie auch seine Schultern erreichte.

Trotz aller scherzenden Worte nahm die Zwergin ihre Aufgabe sehr ernst. Als echte Küchenmagd verstand sie sich auf die praktischen Dinge des Lebens. Sicher hätte sie genauso gut einen Schlangenbiss behandeln oder einen heilenden Kräutertrunk zubereiten können. »So wird es wohl gehen«, sagte sie, nachdem seine Haare strohig vom Kopf abstanden. »Ich würde dir gerne noch ein wärmendes Feuer entfachen, aber das dürfen wir nicht wagen. Der Rauch könnte in Gohliks Höhle zu riechen sein.«

»Dir ist seine Behausung wohl bestens bekannt?«, fragte Binek.

»Er ist schließlich mein Oheim, schon vergessen?« Imtje ließ sich neben ihm auf dem Stein nieder. »Nachdem der Gevatter Felsheim verlassen hatte, habe ich ihn einige Male besucht. Bis er immer wunderlicher wurde und keinen Verwandten mehr empfangen wollte. Schade, dass du Gohlik nicht kennengelernt hast, als er noch bei vollem Verstand war. Ich habe schöne Zeiten mit ihm erlebt.«

Die Erinnerungen versetzten Imtje in eine melancholische Stimmung. Plötzlich starrte sie in die vor ihnen liegende Dunkelheit, als könne sie dort ein Abbild der gerade beschriebenen Vergangenheit erblicken.

»Wie geht es dem alten Zausel?«, wollte Binek wissen.

»Das stärkende Mittel der Elfenheilerin zeigt Wirkung«, gestand Imtje widerwillig ein. »Er ist endgültig aus der Bewusstlosigkeit erwacht, schläft aber noch sehr viel. In einem seiner lichten Momente hat er mich beschworen, seine Höhle aufzusuchen. Zu deinem Glück, wie ich neidlos anerkennen muss. Er war sich ganz sicher, dass du fortgegangen bist, um mit Velb zu sprechen.«

»Vielleicht ahnte Gohlik insgeheim, dass es der Waldläufer war, der ihn während der Schlacht niedergestreckt hat«, überlegte Binek laut.

»Ist das wahr?« Die Zwergin sah ihn erschrocken an. »Hat dir das Velb gestanden?«

»Nein, das nicht – aber die Vermutung liegt zumindest nahe. Velb wusste dank der Freundschaft zu deinem Oheim, wie sich der Zufluss der Heiligen Quelle umleiten ließ. Und Gohlik stand kurz davor, allen sein Wissen um die Unsinnigkeit der Schlacht preiszugeben. Ich weiß nicht, ob du etwas von dem gehört hast, was Velb mit dem Fischer aus Norva besprochen hat?«

»Alles habe ich gehört, was diese Orkknechte mit ihren Schlangenzungen gezischelt haben!«, brauste Imtje erzürnt auf. »Über die unterirdischen Kanäle geht es wesentlich schneller voran, als mit deinem Bergpony, das Graugards Höhen über gewundene Pfade bezwingen musste. Obwohl ich noch lange an Gohliks Krankenlager gesessen habe, war ich vor dir am Ziel. So habe ich viel Zeit damit verbracht, lauschend unter dem Schachtdeckel auszuharren. Ich weiß selbst nicht, warum ich so misstrauisch war. Vielleicht war es wirklich die Eifersucht, die an mir nagte, denn obwohl mich mein Oheim gedrängt hat, hier nach dem Rechten zu sehen, hat er keinen direkten Verdacht gegen Velb geäußert. Erst als der Waldläufer Besuch von diesem Fischer erhalten hat und ich ihr Gespräch durch den offenen Schacht belauschen konnte, ging mir auf, wie gut ich daran getan habe, mich verborgen zu halten. Als ich dann plötzlich deine Stimme gehört habe, o weh, da wollte mir schier das Herz zerspringen! Zum Glück habe ich die Strömung des Wildlaufs gut eingeschätzt und an der richtigen Stelle auf dich gewartet, sonst wäre es um dich geschehen gewesen. Leider gab es keine andere Möglichkeit, dir zu helfen. Im offenen Kampf gegen Velb hätte ich niemals bestanden.«

»Du hast alles richtig gemacht«, versicherte Binek eilig. »Velb ist ausgesprochen gefährlich, das musste ich am eigenen Leib erfahren. Natürlich hat er mich auch überrascht, bei unserem nächsten Treffen werde ich besser vorbereitet sein. Leider macht es ihm nicht das Geringste aus, für seine Sache zu töten, das verschafft ihm einen Vorteil.«

Ein leises Klappern begleitete die Worte, ausgelöst durch seine Zähne, die rhythmisch aufeinanderschlugen.

»Dir ist immer noch kalt«, stellte Imtje erschrocken fest. »Wir müssen dich besser wärmen, bevor es zu spät dafür ist.«

Entschlossen sprang sie auf. Anstatt ein Feuer zu entfachen, begann sie jedoch, die Verschnürung ihres Mieders zu lösen. Ehe Binek begriff, was vor sich ging, faltete sie ihr Kleid schon sorgsam zusammen und verstaute es im Flachboot. Hemd und Unterrock folgten auf die gleiche Weise.

»Was soll das?«, fragte er überrascht. »Was hast du vor?«

»Eine alte Tradition meines Volkes«, erklärte Imtje. »Wenn es in unseren Höhlen zu kalt wird, rücken wir Zwerge dicht unter unseren Decken zusammen, um uns gegenseitig zu wärmen.«

»Im Ernst?« Binek blickte verschämt zur Seite, da sie nur noch die Messerscheide aus weichem Hirschleder am Leibe trug. Und auch die landete auf dem sich immer höher auftürmenden Kleiderstapel. »Bist du sicher, dass du diese … Tradition nicht nur erfindest?«

»Heißt das etwa, dass du mich eine Lügnerin schimpfst?« Empört stemmte sie ihre Hände in die nackten Hüften.

»Nein, natürlich nicht.« Er wagte kaum noch, sie anzusehen.

»Dann ist ja gut«, schnurrte Imtje sanft, bevor sie zu ihm unter die Decke schlüpfte und sich eng an ihn schmiegte. »Uhhh, du bist ja wirklich eiskalt.«

Der Halbelf wusste nicht recht, wie er sich verhalten sollte, vor allem, als sie auch noch seinen Brustkorb zu streicheln begann. In einem behielt Imtje jedoch recht. Ihre Körperwärme übertrug sich augenblicklich auf seine ausgekühlten Glieder. Als sie ihm auch noch den Hals und die Wangen küsste, wurde ihm sogar regelrecht heiß.

Unwillkürlich lachte Binek auf. Das war ein Fehler.

»Was soll das?«, fragte sie. »Machst du dich lustig über mich?«

»Nein, überhaupt nicht.« Rasch zog er die Decke enger, um sie fester an sich zu pressen. »Du bist nur ganz anders, als sich die Einwohner von Imor eine typische Zwergenfrau vorstellen.«

Imtjes Stirn legte sich in Falten. Erstmals entdeckte er einen Anflug von Unsicherheit in ihrem Gesicht. »Wenn du mich abstoßend findest, brauchst du es nur zu sagen«, forderte sie deutlich verletzt.

»So ein Unsinn.« Er versuchte, sie zu küssen, scheiterte aber an ihren Lippen, die sie trotzig aufeinanderpresste. »Bei den Menschen gibt es große wie kleine Frauen, nur die Weiber der Vurakier scheinen allesamt bis in den Himmel zu wachsen. Du siehst also nicht anders aus als viele Mägde, Händlerinnen oder Töchter aus gutem Hause.«

Rasch legte er Imtje einen Finger auf die Lippen, bevor sie laut aufbegehren konnte.

»Dieser Vergleich ist überhaupt nicht böse gemeint«, versicherte er, »auch wenn das für dich im ersten Moment so klingen mag. Der Grund, warum ich lachen musste, ist folgender: Die Zwerge, die Imor besuchen, um dort Handel oder anderes zu treiben, sind für gewöhnlich knarzige Kerle mit langen Bärten. Mögen sie dabei auch manchmal von ihren Weibern begleitet werden, so bekommen die Menschen doch nur selten bis niemals eine Zwergin zu Gesicht. Deshalb ist man in Imor und anderswo fest davon überzeugt, dass es entweder überhaupt keine Zwergenfrauen gibt oder, falls doch, dass sie nicht von ihren Männern zu unterscheiden sind.«

Imtje starrte ihn ungläubig an. »Bist du sicher, dass *du* nicht gerade etwas erfindest?«, fragte sie in strengem Ton.

»Ich schwöre, dass ich die Wahrheit sage«, versicherte Binek. »Vielleicht verstehst du jetzt, wie heilfroh ich bin, dass die Zwergin, die mich mit ihrem nackten Leib wärmt, keinen langen Bart trägt, der ihr bis zum Bauchnabel reicht.«

»Menschen!«, stieß Imtje verächtlich hervor. »Was für ein fürchterlich dummes Volk sie doch sind.« Ihr eben noch angespannter Körper war plötzlich wieder so weich und anschmiegsam wie zuvor.

»Sie sind nicht alle schlecht«, versuchte Binek ihren Zorn zu dämpfen. »Vergiss nicht, dass durch meine Adern zur Hälfte auch menschliches Blut fließt.«

Statt darauf einzugehen, strich sie mit ihren Fingerkuppen über seine Schultern. »Erzähl mir von diesen höheren Töchtern, die mir so ähnlich sind«, forderte sie dabei. »Sicherlich waren sie alle in Liebe zu dir entflammt, und du bist jede Nacht bei ihnen durchs Kammerfenster gestiegen.«

Er schwieg zu dieser Mutmaßung. Obwohl ihn Imtje nur aufzog, wollte er keine Eroberungen erfinden, die niemals stattgefunden hatten. Lieber strich er mit seinem Handrücken über ihre linke Wange. Sie erschauderte unter der sanften Liebkosung, so dass er sich traute, erneut zu einem Kuss anzusetzen.

Kurz bevor seine Lippen die ihren berührten, zuckte sie jedoch zusammen und fuhr wie von einem glühenden Eisen getroffen in die Höhe.

Nackt, wie sie war, eilte Imtje mit langen Sätzen zu der Laterne, die sie in einer Felsnische abgestellt hatte. Rasch öffnete sie die verglaste Tür, die die darin flackernde Flamme vor Zugluft bewahrte, und blies diese aus. Die zuckende Lichtinsel, die sie umgab, fiel auf einen Schlag in sich zusammen. Dunkelheit umfing die beiden wie eine zweite Haut.

Trotz seiner guten Nachtsicht hörte Binek lediglich, wie Imtje zurückkehrte.

Statt wieder zu ihm unter die Decke zu schlüpfen, schlich sie vorüber. Erst als sie die Ecke erreichte, von der aus die Einmündung in den Wildlauf zu sehen war, trat ihre schlanke Silhouette erneut aus der Finsternis hervor. Binek folgte ihr leise und umhüllte sie mit seiner weichen Decke, bevor sie gemeinsam in die Dunkelheit spähten. Als er einen Lichtschimmer entdeckte, der den Wildlauf immer stärker erhellte, wusste er, was Imtje alarmiert hatte. Die Zwergin hatte ein gutes Gehör, das musste er neidlos anerkennen. Vielleicht wusste sie aber auch nur besser, worauf sie in den Tiefen des Bergmassivs zu achten hatte.

Sicherlich war Velb beim Ablegen des Bootes irgendwo angeschlagen, oder die Halteringe hatten beim Lösen der Vertäuung geklirrt.

Das Licht wurde noch heller. Wie erwartet, ging es von einer Laterne aus, die sich im Bug des Kahns befand. An einer rostigen Eisenaufhängung befestigt, schaukelte sie vor und zurück, als sie langsam in Sicht kam. Der Mann, der den Kahn steuerte, war tatsächlich Velb. Wegen der starken Strömung brauchte der Waldläufer weder zu rudern noch zu staken. Er saß einfach an der Pinne und versuchte, sein schaukelndes Gefährt in der Mitte des Flusses zu halten. Für den Fall, dass er irgendwo aneckte, lag ein kräftiger Stecken bereit – das Stakholz.

Wie ein flüchtiges Trugbild tauchte Velb auf und verschwand gleich wieder aus dem begrenzten Sichtfeld. Doch schon sein kurzer Anblick versetzte Binek einen Stich ins Herz.

»Wir müssen ihm nach«, flüsterte er. »Er darf nicht ungestraft davonkommen.«

»Lass ihn ziehen«, verlangte Imtje. »Soll er doch zu seinen Orkfreunden gehen und dort elendig ums Leben kommen. Bestimmt ist ihm klargeworden, dass es in und um Graugard für ihn nicht mehr sicher ist. Bist du ihm auf die Schliche gekommen, mag das auch anderen gelingen. Er hat zu viele Spuren hinterlassen, um auf ewig unentdeckt zu bleiben, außerdem fürchtet er nichts so sehr wie Eyrons Peitsche.«

Binek wusste, dass es die brutale Strafe der Elfen gewesen war, die Velb in die Fänge des Geheimbundes getrieben hatte, doch wog ein erlittenes Unrecht ein selbst verübtes auf? Ganz sicherlich nicht.

»Halten wir ihn nicht auf, richtet er weiteres Unheil an«, gab er zu bedenken. »Das gilt es zu verhindern.«

»Velb wird in Imor den Tod finden«, beharrte Imtje auf ihrer Meinung. »So wie alle anderen, die sich auf einen Pakt mit den Orks einlassen. Es lag schon immer in der Natur der Menschen, nach schnellem Erfolg zu streben, ohne die Folgen ihres Handelns zu bedenken. Aus diesem Grunde haben die Götter ihnen nur ein kurzes Leben beschert, das sie dazu verdammt, sich wie die Karnickel zu vermehren, um nicht auszusterben. Der Weg der Orkknechte führt direkt ins Verderben, darauf kannst du dich verlassen. Außerdem musst du mich nach Felsheim begleiten. Das bist du mir schuldig, dafür, dass ich dir das Leben gerettet habe.«

War Velbs Schicksal tatsächlich vorgezeichnet? Oder behauptete Imtje das nur, um ihn zurückzuhalten? Binek wusste es nicht. Eines war hingegen sicher. In Imor konnte er sich immer noch nicht blicken lassen. Allein die Aussicht darauf, dass ihn die Verfolgung des Waldläufers in die alte Heimat verschlagen könnte, dämpfte seinen Eifer. Außerdem schien Imtje etwas Wichtiges auf dem Herzen zu haben.

»Die Felsheimer müssen umgehend erfahren, dass die Trolle keine Schuld an der aufgestauten Heiligen Quelle trifft. Orm und die Odemar-Sippe lechzen nach Rache für die erlittene Schmach und all die Gefallenen bei dem Kampf um Felsheim. Hoffentlich ist es noch nicht zu spät, das Schlimmste zu verhindern. Nachdem der Krieg mit den Elfen gerade noch abgewendet werden konnte, wäre es schrecklich, wenn es stattdessen zu einem tödlichen Zwist mit den Trollen käme. Sie mögen tumb sein, die groben Gesellen, und nicht mehr von großer Zahl, doch ihre Schamanen gebieten über furchtbare Mächte, wie die Schlacht von Scherbental bewiesen hat. Du musst unbedingt nach Felsheim kommen, um mir dabei zu helfen, Orm von der Wahrheit zu überzeugen. Verblendet, wie er ist, wird er dem Wort einer einfachen Küchenmagd vielleicht nicht glauben.«

Dem Halbblut lief es bei ihrer Ansprache kalt über den Rücken. Erneut wurde ihm bewusst, wie wenig er von der Welt jenseits der hohen Stadtmauern wusste, hinter denen er aufgewachsen war. Gerne wollte er mehr über Graugard, den Hochwald und all die anderen unbekannten Länder erfahren, die ihm so fremd und geheimnisvoll erschienen. Außerdem wollte er einen Platz finden, an dem es sich für ihn zu leben lohnte, wie konnte er also zulassen, dass diese

Gebiete der Zerstörung anheimfielen, ehe er sie richtig ken-
nenlernen durfte?

»Du hast recht«, gestand er ein. »Das Wohl deines Volkes
ist wichtiger als mein Rachedurst. Lass uns besser keine Zeit
verlieren.«

Imtje erbebte bei seinen Worten, hielt ihn jedoch mit
sanftem Griff zurück, als er sich von ihr zu lösen versuchte.
»Nicht so eilig«, verlangte sie, ihre weichen Rundungen fester gegen seinen nackten Leib pressend. »Vor dem Aufbruch
müssen wir alle Kälte aus deinen Gliedern vertreiben, denn
von Krankheit geplagt nützt du niemandem.« Diesmal war
sie es, die nach seinen Lippen suchte. Und sie auch fand,
obwohl sie sich dazu auf die Zehenspitzen stellen musste.

Schwarze Segel am Horizont

I.

Ihre Ankunft war standesgemäß. Untermalt von grollendem Donner, der durch die Wolken rollte, zerschnitten die Schiffe mit den schwarzen Segeln die hohen Wellen, die sich zwischen ihnen und der Küste auftürmten. Trotz der Blitze, die immer wieder am Himmel aufzuckten, fiel kein einziger Regentropfen, und das war gut so. Regen hätte die am Strand versammelte Menge vertrieben und den feinkörnigen Boden in eine Schlammwüste verwandelt. Beides wäre nicht in Grimms Interesse gewesen.

Die Menschen, die seit dem frühen Morgen alleine oder in kleineren Gruppen an der einsamen Bucht eingetroffen waren, um der Ankunft des Feldherrn beizuwohnen, sollten ergriffen seine Machtdemonstration bewundern und nicht frierend und durchnässt im Matsch herumstehen. Schließlich wurden sie noch gebraucht. Sei es als Kundschafter und Werber für neue Hilfstruppen oder um Grimms Wort im ganzen Reich zu verkünden. Denn eines hatte der junge Orkfürst in der Verbannung gelernt: Wer ein Land oder gleich mehrere erobern wollte, der durfte sich nicht allein auf Kraft und Kampfkunst verlassen, sondern brauchte auch mächtige Verbündete.

Angst und Schrecken, die dem Heer vorauseilten, waren zwei besonders verlässliche Bundesgenossen. Abtrünnige, die einen Vorteil in der Unterwerfung des eigenen Volkes sahen, ein dritter. Es entsprach den Sitten und Gebräuchen der Orks, einen Gegner vollständig zu zermalmen oder zumindest bis ans Ende der bekannten Welt zu vertreiben; genau aus diesem Grunde hatte keines ihrer Königreiche lange bestanden. Länder zu erobern war leichter, als die einmal errungene Macht zu halten, diese Erfahrung hatte schon König Gremm machen müssen, als er in die Verbannung geschickt worden war. Zu herrschen war nutzlos, solange es keine buckelnden Untertanen gab, denen sich der Zehnte abknöpfen ließ. Nur so konnte eine zu allem entschlossene Streitmacht ein weitläufiges Territorium bis in den letzten Winkel hinein kontrollieren.

Wie das zu bewerkstelligen war, hatten die Verbannten jenseits der Großen Meeresöde gelernt. Zuerst als Garderegiment, das der herrschenden Oberschicht der Nurmiden bei der Unterdrückung der Wiluren geholfen hatte, anschließend als neue Machthaber, die sich der alten Herren in einer Reihe von blutigen Kämpfen entledigt hatten. Verräterische Ränke hatten den Orks geholfen, die übernommene Macht zu festigen.

Grimm, der das ganze Geschehen von Kindesbeinen an verfolgt hatte, war deshalb auch zukünftig bereit, mit den alten Traditionen zu brechen. Die am Strand versammelten Abordnungen, die es aus allen Teilen Garons und darüber hinaus hierherverschlagen hatte, waren der beste Beweis dafür. Ein jeder Geheimbündler trug einen Anhänger um den Hals, der den Kreislauf des Fressens und des Gefressenwerdens symbolisierte. Uneingeweihte, denen es am richtigen Schmuck mangelte, waren nicht zugegen. Es hätte auch kein Fremder gewagt, sich unter die hier Versammelten zu mischen.

Selbst die neugierigen Fischer, die auf dem Rückweg von

ihren Fanggründen herangesegelt waren, um zu schauen, was in dieser namenlosen Bucht – weitab vom nächsten bewohnten Dorf – vor sich ging, hatten beim Anblick der Orks, die Mandu und Ascan flankierten, rasch das Weite gesucht. Mit dem sicheren Gespür derer, die selbst am untersten Ende der Hackordnung standen, hatten sie sofort erkannt, dass hier etwas Unheimliches geschah, von dem man sich besser fernhielt.

Die an der Ostküste Garons wartenden Menschen waren anders. Aus dem bloßen Umstand, dass sie einem geheimen Bund angehörten, der mit den mächtigen Orks paktierte, zogen sie ein Gefühl der Überlegenheit.

So waren die Kurzlebigen eben. Andere zu erniedrigen, um sich selbst zu erhöhen, lag den Menschen einfach im Blut. Es gab wohl kein anderes Volk, das sich untereinander so schlecht behandelte wie das ihre. Selbst Maßlosigkeit und Gier, die beiden größten aller Sünden, waren bei ihnen stärker ausgeprägt als bei den Zwergen. Außerdem fehlte es den Menschen an Mitleid, Traditionen und Gesetzen, insbesondere für die Schwachen, denen nicht einmal das Schwarze unter den Fingernägeln blieb. Das machte ihre Ärmsten der Armen zu idealen Vasallen, die sich selbst den Orks andienten, solange diese nur versprachen, die alte Ordnung hinwegzufegen.

Aber war Ascan wirklich so viel besser? Der Elf wusste es nicht. Er wusste nur, dass er an der Spitze eines gewaltigen Heeres im Hochwald einmarschieren wollte, um all jene leiden zu sehen, die einstmals seinen Stolz verletzt hatten. Vielleicht würde das die schwärende Wunde heilen, an der er schon so lange litt. Er hoffte es zumindest.

Elfen und Zwerge sind miteinander überkreuz, seit sie sich eine blutige Schlacht in Felsheim geliefert haben! Solche und ähnliche Gerüchte machten seit geraumer Zeit so laut die Runde, dass sie nicht mehr zu überhören waren. *Nun sind sie gemeinsam böse auf die Trolle, das wird unserer Sache dienlich sein.*

Da bis zur Ankunft der Armada noch einige Zeit verstreichen würde, nahm sich Krok der Sache an. Neuigkeiten wie diese würden seinen Feldherrn interessieren. Auf Kroks Befehl hin führten seine Krieger einen verwahrlost wirkenden Mann in zerschlissener Kleidung vor, der als Urheber der Nachricht galt. Es handelte sich um einen Fischer aus Norva, dessen faulige Zahnstummel beim Sprechen immer wieder hinter den Lippen hervorblitzten.

Ascan ignorierte, was der Kerl zu berichten hatte. Falls die Geschichte stimmte, würde sie der Elfensöldner ohnehin noch einmal zu hören bekommen. Und war sie gelogen, war sie es nicht wert, seine Zeit damit zu verschwenden. Lieber genoss Ascan den scharfen Wind, der ihm beinahe die Haut vom Nasenrücken schälte. Sein schlohweißes Haar flatterte über die Schultern hinweg.

So taub und leer, wie sich der Elf innerlich fühlte, nahm er die Witterung als Erfrischung wahr. Aus diesem Grunde wusste er genau, seit wann ihm die Böen so heftig entgegenschlugen. Als sich die Mastspitzen zum ersten Mal am Horizont abgezeichnet hatten, war noch kein Luftzug zu spüren gewesen.

Mandu verfügte offensichtlich über ebenso scharfe Augen wie er, denn das Wetter war beinahe augenblicklich umgeschlagen. Eine dunkle Wolkenschicht hatte den zuvor strahlend blauen Himmel bedeckt, bis sie die Sonne komplett verhüllte. Ob die umstehenden Menschen wohl ahnten, dass die Gewitterfront magischen Ursprungs war?

Ebenso wie die Wolken hatte Mandu die prallgeblähten

Segel der nahenden Flotte zu verantworten, mochte der Nekromant auch noch so unbeteiligt dreinblicken. Dass der undurchsichtige Kerl inzwischen ohne ein Zeichen von Ermattung so lange über die Naturgewalten gebot, gab dem Elfensöldner zu denken. Mandus Kräfte waren beträchtlich gewachsen, seit sie ihn im Wehrhof am Schwarzen Weiher aus den Fängen seiner Bewacher befreit hatten.

Prüfte der Zauberer gerade, wie viel er sich schon zumuten konnte, oder war er sich seiner Sache bereits sicher?

Ascan warf einen Blick auf die schäumende Brandung, die entlang der Küstenlinie gischend zerschellte. Nicht nur der Himmel war in Aufruhr geraten, auch das Meer spielte verrückt. Der stürmische Wind peitschte die Wasseroberfläche so stark auf, dass die Armada der Orks immer wieder in tiefen Wellentälern versank. Doch sooft die Schiffe auch absackten, immer tauchten sie mit dem Bugspriet voran auf und setzten ihren Weg unbeirrt fort. Trotz der schweren See würde die Flotte das Land innerhalb der nächsten Viertelstunde erreichen.

Die Meerestiefe nahm bereits ab, was das Anlanden jedoch nicht einfacher machte. Je flacher es wurde, desto höher türmten die Wellen sich auf. Zu wahren Monstern wuchsen sie heran, mit zerfasernden Schaumkronen, die zuckenden Tentakeln glichen, kurz bevor sie in sich zusammenbrachen. Feine Sprühnebel zogen landeinwärts, bis zu den Reihen der Wartenden und darüber hinaus.

Wären die Orks an Bord nicht schon grünhäutig geboren worden, hätten sie sich wohl spätestens im Laufe dieser Überfahrt entsprechend verfärbt. Das brachte Ascan auf eine Idee. Von Wind und Brandung umtost, wandte er sich dem Magier zu.

Mandu starrte mit unbewegter Miene aufs Meer hinaus,

aber das hatte bei einem Mann mit seinen Fähigkeiten nicht viel zu bedeuten. Er verfügte über Sinne, von denen Menschen nicht einmal zu träumen wagten. Sicherlich spürte er den auf ihn gehefteten Blick im gleichen Moment, da ihn Ascan auf Mandu richtete.

Eine ganze Weile lang geschah nichts. Der Magier zuckte nicht einmal mit der Wimper. Doch plötzlich bewegte er die Lippen. »Was starrst du mich an?«, fragte er, ohne die nahende Armada aus den Augen zu lassen.

»Du übertreibst es«, kam Ascan ohne Umschweife zur Sache. »Wie so viele deiner Zunft, die andere mit ihrer Macht beeindrucken wollen.«

Mandu gab sich nicht die Blöße, eine Erklärung zu verlangen. Von ihm erwartete jedermann, dass er wusste, worum es ging, noch ehe es ausgesprochen wurde.

»Es ist die Ankunft eines Eroberers«, erklärte er. »Ein wenig Theatralik kann da nicht schaden.«

»Du vergisst, dass die Verbannten keine Seeleute sind«, hielt Ascan dagegen.

In Mandus Gesicht zuckte nicht der kleinste Muskel, doch der Spott, der unversehens in seiner Stimme lag, war unüberhörbar. »Zweifelst du am Mut unserer Herren?«, fragte er. »Das wird Grimm nicht gefallen.«

»Wo der Boden schwankt, versagt der stärkste Streitkolben.« Der Elf erlaubte sich ein kurzes Zucken der Mundwinkel, bevor er fortfuhr: »Hast du noch nie die Fabel von dem Streit zwischen der Sonne und den vier Winden gehört, die im tiefsten Winter miteinander wetteifern, welchem von ihnen es zuerst gelingt, einem starken Vurakier seinen wärmenden Mantel auszuziehen? Die vier Winde versuchen zunächst alles, um dem Krieger die Kleidung vom Leibe zu pusten, doch umso schärfer sie über die Schneelandschaft pfeifen, desto fester schließt der Barbar seinen Mantel. Wo die vier Winde nach vielen Versuchen scheitern, trägt die Sonne auf Anhieb den Sieg davon. Sie entfaltet ihre volle Kraft, bis der Schnee schmilzt und der Vurakier derart ins Schwitzen gerät, dass er den Mantel ablegt, um im Schatten eines Felsens zu verschnaufen.«

Das Gesicht des Magiers blieb reglos, doch seine Pupillen wanderten in die Augenwinkel, um den Söldnerelf von der Seite her zu mustern.

»Was willst du mir mit diesem wirren Gleichnis sagen?«, fragte er misstrauisch.

»Das auch die Stärksten ihre Schwächen haben, selbst wenn sie nicht sofort als solche zu erkennen sind«, antwortete Ascan. »Glaube mir, nur weil starke Orkbeine an Land unverrückbar auf dem Boden stehen, finden sie noch lange keinen Halt auf einem schwankenden Deck.«

Mandu reagierte nicht auf die Erklärung, sondern richtete seinen Blick erneut auf die aufgewühlte Meeresoberfläche. Der Keim des Zweifels war trotzdem gesät. Ascan stellte mit Genugtuung fest, dass sich der peitschende Seegang allmählich beruhigte, obwohl der landeinwärts wehende Sturm unvermindert stark anhielt.

Des schweren Widerstands der Wellen beraubt, nahmen die Schiffe schnellere Fahrt auf. Sie würden eher eintreffen als erwartet. Gleichzeitig perlten auf Mandus Stirn kleine Schweißtropfen. Die Große Meeresöde vor den Gewalten des Himmels zu bewahren zehrte so stark an seinen Kräften, dass sich die Anstrengung nicht gänzlich verbergen ließ.

Seiner Macht waren weiterhin Grenzen gesetzt.

Gut zu wissen.

Unter der zum Empfang bereitstehenden Menschenmenge erklang verunsichertes Gemurmel, als sich die schwarzen Segel der Zweimaster immer deutlicher aus dem Unwetter hervorschälten. Bei den Seefahrern aller bekannten Königreiche war solch dunkles Tuch den Bestattungsschiffen vorbehalten, die brennend dem Jenseits entgegentrieben. Diese Tradition war Grimm durchaus bewusst, und genau aus diesem Grunde hatte er die Schiffe auch mit Segeltuch in dieser Farbe ausrüsten lassen.

Obwohl der Wind schlagartig abflaute, hielt die Armada mit unverminderter Geschwindigkeit auf die sanft geschwungene Bucht zu, die auf einem Breitengrad mit Imor lag. Rauschend schnitten die Schiffe auf ihrer letzten Seemeile durch das immer flacher verlaufende Wasser, obwohl sie dabei Gefahr liefen, mit voller Wucht auf Grund zu laufen. Erstes Knirschen war zu hören. Von gewaltigem Schwung getragen, glitten die Segler weiter, selbst dort, wo der Kiel bereits den Schlick durchpflügte.

Entsetzt liefen die Garoner auseinander.

Mit solch einem brutalen Anlegemanöver hatte keiner gerechnet. Anstatt in angemessener Entfernung vor Anker zu gehen und die Beiboote auszusetzen, befand sich die Flotte auf Rammkurs mit dem Festland. Dass die Schiffe dabei Leck schlagen würden, interessierte ihre Steuermänner nicht. Schon erzitterte die Luft unter dem Ächzen auf Grund gehender Rümpfe. Eine die Ohren beleidigende Kakophonie aus krachenden und splitternden Lauten verbreitete zusätzlichen Schrecken.

Einige der Zweimaster blieben vor Erreichen des Ufers in vorgelagerten Sandbänken stecken, die meisten von ihnen, wie das Flaggschiff, trug es aber mit dem Bug voran aufs Festland, wo sie sich tief in den nassen Strand bohrten. Der Großteil der sich an Bord drängenden Verbannten harrte bereits ungeduldig an der Reling aus. Sobald der harte Aufprall überstanden war, der die Boote ruckartig zum Stehen brachte, wollte jeder von ihnen zuerst festen Boden unter den Stiefeln spüren. Angesichts des Gebrülls, das beim Herabspringen ertönte, hoben viele der wartenden Menschen ihre kreisförmigen Amulette in die Höhe, um sich deutlich sichtbar als Verbündete zu erkennen zu geben.

Dabei wäre das überhaupt nicht nötig gewesen.

Das Spektakel, das die Orks veranstalteten, war nur ein Ausdruck der Freude, die sie über ihre gelungene Heimkehr empfanden. Man musste diese wilden Gesellen aber wohl schon so gut wie Ascan kennen, um zu wissen, worin sich Gefühle wie Mordlust oder Freudentaumel in ihren grobschlächtigen Gesichtern unterschieden.

Es waren ausschließlich Orkmänner, die sich vor den gestrandeten Schiffen zusammenrotteten. Weiber und Kinder würden ihnen erst folgen, wenn Garon unter ihrer Knute stand. Der größte Krieger der Horde war Grimm, ein wahrer Hüne, der die mit Eisenplatten und -stacheln überzogene Lederrüstung mit großer Leichtigkeit trug. Sein mit Fett und Asche silbergrau gefärbtes Haar, das über dem Kopf zurückgestrichen war, schimmerte von weitem wie ein Helm. Die über dem Nacken zerfransenden Spitzen symbolisierten dabei die Krone eines Kriegsfürsten, die auf dem bevorstehenden Feldzug nur hinderlich gewesen wäre.

Grimm trug eine aufgerollte Eisenkette am Gürtel, die in einem beidseitig geschliffenen Haken endete. In den richtigen Händen war die Kettensichel eine furchtbare Waffe, mit der sich ein halbes Dutzend Feinde auf Abstand halten ließ. Nicht, dass der Feldherr im Kampf gegen Menschen auf sie angewiesen gewesen wäre, für ihre schwachen Gestalten genügten schon seine bloßen Pranken, mit denen er Schädel einzuschlagen und Kehlen zuzudrücken wusste.

Mit vorgeschobenem Unterkiefer marschierte er auf Kroks Truppe zu, die sich – ebenso wie Mandu und Ascan – keinen Schritt von der Stelle gerührt hatte. »Was für ein Spaß!«, tönte Grimm zur Begrüßung. »Nur schade, dass der Wind zuletzt nachgelassen hat! Wie gerne hätte ich meine Brigg erst zwischen den Dünen auf Grund gesetzt!«

Von Seekrankheit war diesem Ork nichts anzumerken. Ascan hatte auch nichts dergleichen erwartet. Mandu bedachte ihn dafür mit bösen Blicken. Dass sich der Magier nicht besser im Griff hatte, war wohl ebenso seiner Jugend zuzuschreiben wie seiner Leichtgläubigkeit. Ascan deutete ein Schulterzucken an, um jede Schuld von sich zu weisen, dachte aber im Stillen: *Du hast noch viel zu lernen, Nekromanten-Adept.*

Während sich Grimm von seinem Statthalter Krok berichten ließ, bargen die mit ihm angelandeten Krieger das Hab und Gut aus den gestrandeten Schiffen. Viel war es nicht, was sie an Land schafften. Genau genommen hatten sie nur dabei, was sie an Waffen und Ausrüstung am Leib tragen konnten. Orks waren ausgesprochen genügsam, wenn sie zu Felde zogen. Pomp war ihnen zuwider, schlichten Nutzen schätzten sie höher ein als prunkvolle Eleganz. Eisen und Leder genügten ihnen als Zierrat, das unterschied sie nicht nur von Elfen und Zwergen, sondern auch von den aufs Gold versessenen Gnomen, denen sie mit Herablassung begegneten.

Dass sich auch Orks auf Handwerkskünste verstanden, war an dem einzigen größeren Frachtgut zu erkennen, das sie aus den Laderäumen zutage förderten: einem aus Eichenholz gedrechselten Stuhl, so hoch und schwer und mächtig, dass selbst ein Hüne wie Grimm darin Platz fand. Es handelte sich nicht um den altehrwürdigen Eichenthron, auf dem derzeit noch König Moron residierte, doch die geschnitzten Kragenechsen, die die Rückenlehne nach oben hin abschlossen, waren deutlich dem größten Heiligtum der Orks nachempfunden.

Trotz ihrer rohen Darstellung wirkten die geschuppten Tiere ausgesprochen lebendig. Ihr angriffslustiges Aussehen entsprach voll und ganz dem Geschmack eines Volkes, das ebenso hart gegen sich selbst wie gegen andere war und das sich auch im alltäglichen Miteinander an Drohgebärden und anderen Grobheiten ergötzte. Zwei an den Armlehnen emporkrabbelnde Echsen streckten ihre Köpfe so weit in die Höhe, dass ihre aufgerissenen Mäuler als Kerzenhalter taugten. Gleich nachdem der Thron auf festem Boden stand, wurden die beiden Leuchter mit dicken Wachsstumpen bestückt.

Obwohl Wind und Donner nachgelassen hatten, versank der Strandabschnitt weiterhin in tiefer Dämmerung. Wenn Ascans Zeitgefühl nicht trog, war die Sonne mittlerweile hinter dem Horizont versunken. Mandu brauchte also keine Wolken mehr zusammenzuziehen, die hereinbrechende Nacht nahm ihm die Arbeit ab.

Viele Orks, die sich zwischen den angestrandeten Schiffen verteilten, hielten blakende Fackeln in die Höhe. Nur wenige machten sich noch an Deck zu schaffen. Soweit sie hinter der Reling zu sehen waren, benetzten sie die erschlafften Segel mit Flüssigkeiten, die sie aus ledernen Weinschläuchen verspritzten. Andere leerten Krüge und Amphoren über den Planken aus oder schlugen Löcher in aufgebockte Fässer.

Ascan blähte unwillkürlich die Nasenflügel, als sich der vertraute Geruch von Pech und brennbaren Ölen breitmachte.

Obwohl die Orks ihren Vasallen nur wenig Aufmerksamkeit schenkten, gingen immer mehr Menschen auf Abstand zu ihnen und ihrem Tun. Die nahen Dünen schienen ein weitaus sicherer Platz zu sein, um zu beobachten, was weiter vor sich ging. Wahrscheinlich hätte sich der Fischer aus Norva ebenfalls davongestohlen, hätten nicht zwei von Kroks Kriegern dafür gesorgt, dass er wie festgewurzelt an seinem Platz blieb, wo er unfreiwillig Zeuge der Unterredung wurde, die Grimm mit seiner Rechten Hand führte.

»Also ist im Steinernen Wald alles nach Plan verlaufen?«, fragte der Feldherr.

Krok antwortete mit einem tiefen Brummen, das bei den Orks, je nach Situation, alles Mögliche bedeuten konnte. Grimm nahm es als die Zustimmung entgegen, als die es gemeint gewesen war. Wohlig mit seinem vorgeschobenen Unterkiefer mahlend, wandte sich der Feldherr erstmals dem in der Nähe stehenden Fischer zu, der instinktiv den Kopf einzog.

»Wie sieht es mit dir aus, du Jammerlappen?«, herrschte er den Mann an. »Was hast du mir Erfreuliches zu berichten?« Dabei schlug er dem zerlumpt Gekleideten mit seiner Pranke gegen die Brust, worauf dieser zwei Schritte zurückstolperte.

Freundliche Ansprache auf Orkart.

Wer sie nicht kannte, hätte sie glatt für einen Einschüchterungsversuch halten können.

Für den Fischer reichte der Hieb jedenfalls. In seinem Gesicht zuckte es unentwegt, während er um Worte rang. Er fürchtete um sein Leben, das war unübersehbar. Stammelnd stellte er sich vor. Sein Name war Rigo, aber das interessierte niemanden.

Grimm fletschte die Zähne. Ein tiefes Brummen, das

selbst für Ascans Ohren bedrohlich klang, entstieg der Ork-kehle.

Rigo erbleichte. Sich verzweifelt an sein Amulett klammernd, auf dem eine Reihe immer größer werdender Wildschweine einander von hinten verschlang, wiederholte er endlich, was er Krok berichtet hatte. Diesmal hörte Ascan zu und erfuhr so von der Schlacht um Felsheim, bei der sich Elfen und Zwerge erhebliche Verluste zugefügt hatten.

Der Söldner verfolgte den Bericht ohne große Anteilnahme, bis der Name seines Bruders fiel. Obwohl er äußerlich gelassen blieb, fühlte er plötzlich Mandus Blicke auf sich ruhen. Ob der Magier wohl spürte, wie Ascans Herz schneller schlug, weil er fürchtete, dass ihm jemand zuvorgekommen sein könnte? Sobald er den Worten des stinkmäuligen Fischers entnahm, dass Eyron noch am Leben weilte, hatte sich der Elfensöldner jedoch wieder in der Gewalt.

Rasch schirmte er sich gegen jeden geistigen Zugriff ab. An seiner Wirbelsäule stieg ein Kribbeln empor, als er dazu Kräfte weckte, die nur magisch Begabten zur Verfügung standen. Von da an konnte Mandu nicht mehr in ihn hineinhorchen. Jedenfalls nicht, ohne dass es Ascan aufgefallen wäre.

Grimm, der von dem unsichtbaren Scharmützel an seiner Seite nichts bemerkte, lachte immer wieder so laut auf, dass die Eisenspitzen an seinem Lederpanzer erzitterten. Ob er sich mehr über die Verluste freute, die Elfen und Zwerge erlitten hatten, oder darüber, dass sich die beiden Völker sowie die Trolle seitdem gegenseitig misstrauten, war nicht zu erkennen. Als erfahrener Feldherr wusste er natürlich den Vorteil zu schätzen, der von Zwietracht in den Reihen des Feindes ausging. Vor allem, weil sich sonst nur Menschen auf diese Weise gegeneinander ausspielen ließen.

Die vergnügten Laute aus Grimms vorgeschobenem Maul schüchterten Rigo immer stärker ein. Heilfroh, alles erzählt zu haben, wollte er so schnell wie möglich auf Distanz zu seinem neuen Herrn gehen. Für die Orks zu spionieren war ihm leichter gefallen, als sich die furchteinflößenden Riesen noch in weiter Ferne befunden hatten. Obwohl er nach Angstschweiß roch, ließ sich Grimm zu einem anerkennenden Schulterklopfen herab, das für seine Verhältnisse geradezu sanft ausfiel.

»Für deine guten Dienste sollst du belohnt werden«, versprach er dabei. »Sobald wir die erste Stadt plündern, beträgt dein Anteil an der Beute so viel, wie du mit bloßen Händen davontragen kannst.«

Ein solches Zugeständnis fiel Grimm nicht schwer. Gold und Geschmeide interessierten ihn nur insoweit, als dass sie Menschen gefügiger machten als jede Peitsche. Eine auf Sklaverei beruhende Herrschaft stand auf tönernen Füßen, das hatte die Vergangenheit bewiesen. Nahm man den Menschen alles und prügelte sie unentwegt, verloren sie irgendwann die Angst vor dem Tod, das machte sie gefährlich. Beschenkte man sie jedoch mit glänzendem Schmuck und klingender Münze, taten sie alles, was von ihnen verlangt wurde, nur um den wertlosen Plunder nicht wieder zu verlieren.

Rigo war ein gutes Beispiel dafür. Bereits die Erwähnung der in Aussicht gestellten Beute entfachte ein gieriges Funkeln in seinen Augen. Selbst seine Haltung veränderte sich. Eben noch gebeugt wie ein altersschwaches Männchen, straffte sich sein Rücken. Von neuem Selbstvertrauen durchströmt, drückte er die Brust heraus. Nur starke Zauberformeln hätten mehr bewirkt, doch im Grunde genommen hatte Grimm auch eine ausgesprochen.

Geschickt hatte er die richtigen Worte gewählt, um aus einem verängstigten Menschen, der den Pakt mit den Orks plötzlich bereute, einen selbstsicheren Vasallen zu machen, der davon überzeugt war, unter dem Schutz eines mächtigen Verbündeten zu stehen. Und das alles nur für so viel wertlosen Tand, wie Rigo mit bloßen Händen davonschleppen konnte.

Dass das Blut von Unschuldigen an der versprochenen Beute kleben würde, störte den Fischer nicht im Geringsten. Der Macht des Goldes wohnte schon etwas Beängstigendes inne …

Rigo wollte bereits hocherhobenen Hauptes davonmarschieren, als ihn Grimm noch einmal zurückhielt. »Wie heißt dieser Landstrich?«, wollte der Fürst der Verbannten wissen.

Das neugewonnene Selbstvertrauen des Fischers verflüchtigte sich schlagartig. Die überraschende Frage ängstigte ihn, weil er keine befriedigende Antwort auf sie wusste. »Ich weiß nicht genau«, gestand er ein. »Ich stamme nicht aus dieser Gegend. Zwar sind wir schon häufig an diesem Küstenabschnitt entlanggesegelt, aber einen Namen hat er nicht. Soweit ich weiß, heißt diese Bucht einfach nur Bucht.«

»Umso besser!« Grimm lachte dröhnend. »Von heute an soll sie als Bucht der brennenden Schiffe in eure Annalen eingehen.«

Rigo machte Anstalten, noch etwas zu fragen, doch Grimm hatte längst jedes Interesse an dem verwahrlosten Lumpensohn verloren. Mit ausgebreiteten Armen, als wolle er den ganzen Himmel herabreißen, drehte sich der Feldherr zu seinen Kriegern um. Tiefes Schweigen senkte sich über den Strand. Mit raschem Blick stellte Grimm sicher, dass sich keiner seiner Getreuen mehr auf den Segelschiffen befand. Dann riss er beide Arme ruckartig in die Tiefe. Das war der weithin sichtbare Befehl für alle Krieger, sich der brennenden Fackeln zu entledigen.

Glühenden Schwärmen gleich, erhoben sich die Lichter in die Lüfte und strebten ihren Zielen entgegen. Manche stießen während des Fluges aneinander, andere beschrieben einen perfekten Bogen, doch am Ende landeten ausnahmslos alle auf den mit Pech und Öl durchtränkten Decks. Fauchend schossen Flammen in die Höhe, die sich in Windeseile zu einer tosenden Feuersbrunst zusammenschlossen, die an Masten und Spieren emporzüngelte, um auch die Segel in Brand zu setzen.

Das schwarze Segeltuch – die Orks hatten es mit großem Bedacht ausgewählt. Auch ihre Schiffe waren für eine letzte Fahrt ausersehen, von der es keine Rückkehr geben sollte.

»Sieg!«, brüllte Grimm gegen das prasselnde Inferno an. »Sieg oder ehrenvoller Tod im Kampf!«

Die Antwort seiner Krieger erfolgte wie aus einem Munde.

»Sieg oder Tod!«, wiederholten sie seine Losung so laut, dass sie in den Ohren schmerzte. Damit leisteten sie einen Schwur, der sie unwiderruflich dazu verdammte, ganz Garon zu erobern oder bei dem Versuch, König Moron vom Eichenthron zu stoßen, zu sterben.

Ihre Worte hallten noch lange in allen vier Himmelsrichtungen nach, während die aufgelaufenen Schiffe in Flammen aufgingen – ein beeindruckendes Schauspiel, das seine Wirkung nicht verfehlte. Selbst Ascan spürte einen kalten Hauch, der seine Haut streifte.

Für die Menschen in den Dünen war der Anblick beinahe zu viel. Einige fielen in Ohnmacht, andere klammerten sich verzweifelt aneinander, um sich gegenseitig zu stützen. Ihre

Erleichterung darüber, dass jene furchteinflößenden Gestalten ihnen nichts taten, weil sie ihre Vasallen noch brauchten, war als körperliche Woge zu spüren. Grimms Saat würde aufgehen, für Ascan bestand daran kein Zweifel.

Furcht und Gier förderten den Gehorsam eines Untertanen. Fortan würden die Amulettträger jeden ihnen erteilten Befehl auszuführen. Und, was noch weitaus wichtiger war: Wohin es sie von nun an auch verschlug, überall würden sie voller Inbrunst von der Entschlossenheit der Invasoren erzählen.

Die brennenden Schiffe tauchten die Truppe in ein geisterhaft flackerndes Licht. Das Brausen und Tosen der gefräßigen Flammen übertönte jedes Wort, das gesprochen wurde. Bald darauf zerbarsten die ersten Spanten so laut, dass es klang, als würden sie explodieren. Masten und lodernde Takelage gaben nach, von feurigem Regen umhüllt, stürzten sie aufs Deck. Funken stoben auf und tanzten durch die Nacht davon.

Weithin sichtbar spiegelte sich das Flammenmeer im Wasser wider. Rötlicher Schein wölbte sich wie eine Glocke über die Linie der gestrandeten Schiffe, die sich nun in gelbe Feuersäulen verwandelten, die ihr Fanal bis tief ins Land hineintrugen. Funkenflug und mörderische Hitze machten es selbst den hartgesottenen Orks unmöglich, an ihren Plätzen auszuharren.

Auf Grimms Befehl hin zogen sich alle zu den Dünen zurück. Dort warteten sie, bis die Flammen in sich zusammensanken, weil sie keine Nahrung mehr fanden. Nur schwarzverkohlte Wracks blieben am Strand zurück. Und tiefste Finsternis. Doch der nächste Sonnenstrahl am Morgen würde folgen und mit ihm der Gewaltmarsch der Verbannten, der in Richtung Imor führen sollte.

»Ihr Götter, habt Erbarmen! Die Orks kommen!«

Kappok besah sich gerade einen größeren Schaden in der *Goldgrube*, als ihm der Schreckensruf, der im Pfuhl die Runde machte, zum ersten Mal zu Ohren kam. Erfreut sah er von der eingetrockneten Blutlache auf, die sich den Bürsten und Scheuerlappen der Schankmägde widersetzte. Der Leichnam des Zwerges, der hier sein Leben gelassen hatte, lag aufgebahrt in einem nahen Holzschuppen. Wäre er ein Mensch gewesen, die Schankknechte hätten ihn am Ende der Auseinandersetzung, bei der er leblos am Boden liegen geblieben war, einfach in der nächsten Jauchekuhle versenkt.

Die *Goldgrube* trug ihren Namen aus gutem Grund, kein anderes Wirtshaus im Pfuhl warf einen größeren Gewinn ab. Doch wo so viel getrunken wurde wie hier, lag stets ein handfester Streit in der Luft. Dass in der *Goldgrube* fast jeden Abend die Fäuste flogen, war kaum der Rede wert. Oberflächliche Stichwunden und abgetrennte Fingerkuppen brachten niemanden aus der Ruhe. Tote verdarben den übrigen Gästen hingegen den Durst und wurden deshalb nicht gerne gesehen.

Starben gar hochgestellte Personen am Klingenfieber, ließ sich sogar die Stadtwache sehen. Allzu laut traten ihre Gardisten zwar nicht auf, dazu bestach Kappok sie zu gut, doch Adel und Handelsgilden zahlten ebenfalls für eine bevorzugte Behandlung. Ab und an wurde deshalb eine Schänke geschlossen, zumindest für ein paar Monate, bis sich die Gemüter ausreichend beruhigt hatten.

Um lästigen Fragen zuvorzukommen, setzte man die Raufbolde am liebsten rechtzeitig vor die Tür, damit sie draußen in den dunklen Gassen starben. War es dafür zu spät, blieben noch die Jauchegruben, verlassene Katakomben oder der Stadtgraben. Bei Elfen und Zwergen lag der Fall jedoch ein wenig anders. Die Alten Völker lebten nach strengen Moral- und Ehrbegriffen und kehrten schon einmal mit Verstärkung zurück, um die Herausgabe eines Leichnams zu fordern. Und wehe dem, der ihnen dann gestehen musste, dass der Tote mit nach außen gestülpten Hosentaschen in irgendeiner Gosse lag.

Oder an schlimmeren Orten.

Zudem legten der Herzog von Imor und seine Ratsherren großen Wert auf gute Beziehungen zu Graugard und dem Hochwald und waren wenig geneigt, Partei zu ergreifen. Tote Elfen oder Zwerge waren wirklich das Letzte, was ein Wirt in seiner Schänke brauchen konnte. Umso schlimmer, dass es zwischen diesen beiden Völkern rumorte, seit Gerüchte die Runde machten, es wäre zu einer blutigen Schlacht in der Nekropole Felsheim gekommen. Niemand wusste genau, was sich dort wirklich zugetragen hatte, trotzdem lag seitdem Streit in der Luft, wenn sich Zwerge und Elfen im Pfuhl über den Weg liefen.

In der zurückliegenden Nacht war es nicht anders gewesen.

»Ihr Storchenbeine seid an allem schuld!« Kappok hatte mit eigenen Ohren gehört, wie das Unglück seinen Lauf nahm. Eben noch hatten vier zu kurz geratene Händler aus Hemrod gemeinsam gezecht, die Köpfe zusammengesteckt und es ansonsten bei bösen Blicken belassen, die sie zwei einige Tische weiter sitzenden Elfen zugeworfen hatten, dann waren sie auch schon, wilde Beleidigungen ausstoßend, auf die hageren Gestalten in den Kapuzenumhängen zugestürmt.

Die beiden Elfen hatten nicht unbedingt wie Silbergardisten oder Söldner gewirkt, trotzdem waren sie den Fäusten und Krügen, die die Zwerge drohend geschwungen hatten, mit blankem Stahl gegenübergetreten. Ein silbernes Flirren war alles, mehr hatte niemand von der Waffe gesehen, die sich nur einen Lidschlag später im Brustkorb des vordersten Zwerges wiedergefunden hatte.

Die Gefährten des tödlich Getroffenen hatten vor Entsetzen innegehalten, als er vor ihren Augen röchelnd zusammengebrochen war. Wie aus einem Springbrunnen kam stoßweise Blut aus der Wunde gespritzt, während seine Arme und Beine unkontrolliert umherzuckten. Nicht nur die Schankmägde hatten bei diesem Anblick laut aufgeschrien.

Die Elfen nutzten die allgemeine Erstarrung, um das Weite zu suchen. Einen Gegner vor Zeugen im Handstreich zu erledigen war auch für sie nicht alltäglich. Die drei überlebenden Zwerge waren ihnen – vermutlich aus Rachsucht – hinterhergestürzt. Seitdem hatte niemand mehr etwas von den Kontrahenten gehört oder gesehen. Entweder hatten sie einander umgebracht, oder sie waren aus der Stadt geflohen, um weiteren Unbilden zu entgehen. Wer wusste das in diesen unruhigen Zeiten schon zu sagen?

Der tote Zwerg hatte jedenfalls den Schankraum vollgeblutet – allein bei dem Gedanken daran kam Kappok die Galle hoch.

»Alles nur wegen dem bösen Omen!« Anka, eine der Küchenmägde, die den Boden schrubbten, hielt in ihrer mühseligen Arbeit inne. »Sonst wäre der Kerl doch irgendwo zu Boden gegangen, wo Sägemehl ausgestreut ist.«

Kappok wusste, was sie mit dem Omen meinte. Er war zwei Abende zuvor selbst auf die östliche Stadtmauer gestiegen, um den rötlichen Schein zu betrachten, der sich deutlich sichtbar am Horizont abgezeichnet hatte. In ganz Imor löste dieses geheimnisvolle Leuchten große Unruhe aus, ihn selbst erfreute es dagegen genauso wie die Meldung über die aufmarschierenden Orks.

Unbewusst tastete Kappok nach dem kunstvoll gearbeiteten Amulett, das er um den Hals trug. Die Zeit der Neuen Ordnung nahte, davon war er fest überzeugt. Eine Zeit, in der entschlossene Männer ihre Macht ausweiten konnten. Über den Pfuhl zu herrschen reichte ihm schon lange nicht mehr aus. Herzog von Imor wollte er sein, und als Statthalter der Orks konnte ihm das gelingen.

»Weiterschrubben«, befahl er Anka, die als Einzige eine Pause einlegte.

Anstatt zu gehorchen, sah sie keck unter ihren mit Eisenperlen geschmückten Filzsträhnen hervor. »Ich wüsste etwas, mit dem ich meine Zeit lieber verbringen würde«, sagte sie herausfordernd.

»Ich wiederhole mich nur ungern.« Kappok sprach leise, beinahe sanft, aber doch mit der ihm eigenen Schärfe in der Stimme, die jeden im Pfuhl erzittern ließ. Selbst vorwitzige Mägde, die sich etwas zu viel auf das einbildeten, was sich unter ihren Röcken verbarg. Als ob er sich nicht holen würde, was ihm zustand, sobald ihm danach gelüstete.

Kappok wartete noch, bis Anka unter den feixenden Blicken der übrigen Mägde wieder zu schrubben begann, bevor er zu einem der Fenster ging, vor denen das Wehklagen immer lauter anschwoll. Grelle Vormittagssonne stach ihm ins Gesicht, nachdem er die Holzläden geöffnet hatte. Bei seinem Anblick verstummten einige der Männer und Frauen, die auf dem gepflasterten Vorplatz ihrer liebsten Beschäftigung nachgingen: dem Tratschen und Zetern.

Bei Kappoks Anblick fürchteten sie, ihn gestört zu haben, dabei wollte er nur Näheres über die Neuigkeit erfahren, die gerade die Runde machte. Rasch zog er eine kleine Silbermünze aus seiner Hosentasche und warf sie dem ihm am nächsten stehenden Mann zu, der sie reflexartig auffing.

»Erzähl mir, was los ist«, verlangte der Großmeister der Dunklen Gilden von ihm.

In den Augen des so reich Beschenkten funkelte es erfreut auf.

»Bewaffnete Orks marschieren über die Küstenstraße heran«, antwortete er beflissen. »Hunderte von ihnen! Sie brandschatzen nur, was direkt am Wege liegt. All die vielen Bauernhöfe und kleinen Dörfer zwischen Imor und dem offenen Meer verschonen sie dagegen. Fast so, als hätten sie es nur auf *uns* abgesehen.«

»Erbarmen!«, stöhnten mehrere der Umstehenden auf, als wäre es besonders schrecklich, dass die Orks nicht wahllos, sondern gezielt mordeten und plünderten.

Kappok unterdrückte ein Lächeln, obwohl er es nicht nötig hatte, seine Gefühle zu verbergen. »Wie weit sind die Grünhäuter noch entfernt?«, fragte er.

»Die Berittenen, die ihre Ankunft gemeldet haben, schätzen, dass sie am frühen Nachmittag eintreffen werden. Die Stadtgarde besetzt bereits die Mauern. Die Ungeheuer werden vor verschlossenen Toren stehen.«

»Dann ist ja noch genügend Zeit, eine Henkersmahlzeit einzunehmen.« Kappok lachte, als er in die bestürzten Gesichter der anderen blickte. »Vergesst bis dahin eure Arbeit nicht.«

Als er durch den Schankraum davonging, hob draußen neuerlich das Jammern an, noch lauter und erbarmungswürdiger als zuvor. Ohne die im Scheuern innehaltenden

71

Schankmägde eines weiteren Blickes zu würdigen, marschierte er in die Küche, bis zu einer offenen Falltür, die zu den unterhalb der *Goldgrube* liegenden Gewölben führte, die den Mitgliedern der Dunklen Gilden vorbehalten waren. Obwohl er die Steintreppe – trotz seiner schlanken Gestalt – schwer herabpolterte, musste er, unten angekommen, erst in die Hintern einiger verschlafener Gesellen treten, um sich die nötige Aufmerksamkeit zu verschaffen.

Kappok platzte geradezu vor Tatendrang.

»Eilt euch«, verlangte er. »Benachrichtigt die Meister der einzelnen Gilden, dass ich sie zur Mittagszeit am Eingang der Großen Senke zu treffen wünsche.«

Nachdem sich alle getrollt hatten, berührte der Großmeister sein Amulett und atmete zufrieden durch. Endlich, der langersehnte Augenblick stand kurz bevor. Rasch stärkte er sich mit etwas leichtem Wein und kaltem Bratenfleisch, bevor er sich auf den Weg zur Ostmauer machte.

3.

Seine Anwesenheit auf dem Wehrgang wurde gerne gesehen. Die Stadtgarde war nur dreihundert Mann stark, das reichte bei weitem nicht aus, um die Zinnen gegen eine Übermacht zu verteidigen. Deshalb hatten der Herzog und seine Ratsherren für die Zeit der Belagerung angeordnet, Hilfstruppen auszuheben. Der Wert solcher Soldaten hing allerdings stark von ihren individuellen Qualitäten ab. Nicht jeder, der Schwert und Schild halten konnte, verstand auch, damit zu kämpfen. Besonders in den Reihen des Adels, der Handels- und der Handwerksgilden galt die alte Erkenntnis – je prunkvoller die Rüstung, desto weniger taugte ihr Träger zum Kampfe.

Die Männer und Frauen, über die Kappok gebot, wussten sich dagegen ihrer Haut zu wehren. Seine Unterstützung war den Gardisten sehr willkommen. *Angesichts des gemeinsamen Feindes ruhen die Rivalitäten zwischen Unterwelt und Wachleuten*, raunten die Hauptleute, als sich der Großmeister zu ihnen gesellte.

Überall entlang der Zinnen herrschte emsiges Treiben. Handwerker brachten Pechnasen in Schuss oder zimmerten Holzschrägen zurecht, die vor Pfeilhageln schützen sollten. Einfache Mägde und Knechte schafften Eimer voller Wasser herbei, das zum Löschen von Bränden dienen sollte. Aufgeregt umhereilende Gardisten ergänzten ihre Ausrüstung um lange Heugabeln, mit denen sich Sturmleitern zurückstoßen ließen.

»Wir werden es den Unmenschen schon schwermachen«, behauptete Marschall Oswin, der das Kommando führte. »Ich kenne diese Brüder. Haben sie sich erst einmal eine blutige Nase geholt, wenden sie sich rasch leichterer Beute zu. Und falls nicht, halten wir eben durch, bis Verstärkung naht.«

Oswin war ein in Ehren ergrauter Veteran, der trotz zahlreicher Blessuren noch das Schwert zu schwingen verstand. Fehlende Fingerkuppen an der linken Hand und mehrere Narben in seinem Gesicht zeugten von den vielen Schlachten, die er im Laufe seines langen Lebens geschlagen hatte. Vielleicht hatte er nicht alle von ihnen gewonnen, doch zumindest hatte er sie überlebt und war an ihnen gewachsen. Oswin besaß also taktisches Geschick, und durfte man den Geschichten glauben, die er gern in weinseliger Runde erzählte, hatte er als einfacher Schwertknecht am Großen

Krieg teilgenommen und dabei gegen Gremms wilde Scharen gefochten.

Angesichts der angespannten Lage machten Kampferfahrungen mit Orks einen Offizier doppelt wertvoll. Kappok plante deshalb, Oswin nach der Machtübernahme umgehend hinrichten zu lassen. Bis es so weit war, galt es jedoch, das Vertrauen des Marschalls zu erschleichen.

»Es heißt, die Orks verständen sich auf den Bau von schweren Katapulten?«, fragte er so unschuldig wie möglich. »Und sie wüssten genau, wie sich Stadtmauern sturmreif schießen lassen?«

Seine Worte weckten unangenehme Erinnerungen. Oswins Wangenknochen traten deutlich unter der Haut hervor, die aufeinandergepressten Lippen wurden dünn wie ein Strich. Selbst die lange Narbe entlang des Kinns, auf der kein Bart wuchs, leuchtete heller als gewöhnlich.

»Die Grünhäuter führen kein schweres Gerät mit sich«, antwortete der Marschall, nachdem er sich eine Weile über den grauen Sichelbart gestrichen hatte, der unter seiner Nase wucherte. »Sonst kämen sie niemals so schnell voran.«

Während er sprach, erzitterten die herabhängenden Bartspitzen, das konnten auch seine emsigen Finger nicht verbergen. Er war sich seiner Sache nicht so sicher, wie er vorgab, doch wer wollte ihm das verübeln?

Als Stadtkommandant war es seine Pflicht, überall Zuversicht zu verbreiten, obwohl er genauso gut wie jeder andere wusste, dass die nächstgelegenen Städte mit Neid verfolgten, wie Imor immer bessere Handelsbeziehungen zu Graugard und dem Hochwald unterhielt. Zwar gab es Bündnisse zwischen den Stadtstaaten und Herzogtümern, die Garon wie einen Flickenteppich überzogen, doch fehlte ihnen ein gemeinsamer Erzherzog oder König, der mit eiserner Hand dafür sorgte, dass die ausgehandelten Abkommen auch entschlossen eingehalten wurden.

Conoss und Rapir, die nördlichsten Städte des Landes, die an den Grenzen zu den Barbarenreichen lagen, hatten diesbezüglich bittere Erfahrungen gemacht. Auch Imors Ratsherren hatten sich nie dabei überschlagen, ihnen gegen Angriffe aus Vurak oder Druul zur Seite zu stehen. Bis zum Eintreffen der Entsatztruppen war meist schon alles vorbei gewesen. Zur Vergeltung in die unwegsamen Bergregionen vorzustoßen, in denen der Gegner, der jeden Stein kannte, die Passhöhen beherrschte, hätte außerdem nur unnötige Verluste bedeutet. Diesen Blutzoll wollte niemand zahlen, der keine toten Freunde oder Verwandten zu beklagen hatte.

Im Gegenzug legten auch Conoss und Rapir keinen großen Eifer an den Tag, wenn es galt, Aufstände in fremden Herrschaftsbereichen niederzuschlagen. Und was Asum und Friedburg betraf; die hätten Imors Mauern am liebsten selbst gestürmt, hätte ein solcher Feldzug nicht ihre eigene Verteidigungsfähigkeit gegenüber Dritten geschwächt. Da sie keine bedrohten Außengrenzen hatten, waren Imor, Asum und Friedburg vor allem damit beschäftigt, sich gegenseitig zu belauern, ohne dass sich eine von ihnen traute, gegenüber den anderen aus der Deckung zu kommen. So blieb es bei kleineren Überfällen, die wechselseitig den vogelfreien Vagabunden der verfeindeten Herzogtümer in die Schuhe geschoben wurden.

Die Rückkehr der Verbannten mochte den Zusammenhalt der Städte ein wenig fördern, doch verlief alles nach Grimms Plänen – für ein Umdenken war es bereits zu spät. Dafür sollten auch die Amulettträger sorgen, der Geheimbund der Zukurzgekommenen, der sich aus allen Teilen des Reiches rekrutierte.

Kappok war so sehr in seine Gedanken versunken, dass ihn ein missgestimmtes Brummen des Marschalls regelrecht zusammenfahren ließ. »Die elenden Zwerge, die uns beim Herrichten der Verteidigungsanlagen helfen sollten, sind noch nicht aufgetaucht«, beschwerte sich Oswin. »Wehe, die kleinen Scheißer schlafen irgendwo ihren Rausch aus.«

Die Erwähnung erinnerte Kappok unwillkürlich an den Toten in seiner Goldgrube. »Zwerge?«, fragte er mit leichtem Unbehagen. »Von was für Zwergen sprichst du?«

»*Von was für Zwergen? Von was für Zwergen?*«, äffte ihn Oswin nach. »Woher soll ich wissen, aus welchem Bergkaff die stammen? Zwerge aus Graugard halt, die sich auf Pechnasen, Katapulte und Riesenarmbrüste verstehen. Die wollten uns für klingende Münze auf den Zinnen beistehen. Ich hoffe nur, sie haben sich nicht in einer Eurer Schenken volllaufen lassen?«

»Hab schon seit Tagen keinen Zwerg mehr im Pfuhl gesehen«, log Kappok ungerührt. »Niemand ist scharf darauf, kampfbereite Orks aus der Nähe zu beobachten. Sofern keine dringenden Geschäfte zum Bleiben zwingen, haben alle Auswärtigen Imor verlassen.«

Das stimmte zwar nur zum Teil, klang aber einigermaßen glaubwürdig. Oswin gab sich jedenfalls mit der Erklärung zufrieden. Vor allem deshalb, weil ihn etwas anderes weitaus stärker beunruhigte.

»Hoffentlich ist es den Zwergen nicht wie Hanthor ergangen«, verkündete der Hauptmann düster. »Den haben wir heute Morgen tot im Bett aufgefunden. Und zwar mit durchschnittener Kehle.« Dabei deutete er eine Wunde an, die von einem Ohrläppchen bis zum anderen verlief.

»Hanthor?« Kappok gab nicht viel auf den altersschwachen Magier zweiter Ordnung, den sich der Herzog als

Haus- und Hofzauberer leistete, das war deutlich zu hören. »Was ist dem Trottel passiert? Ist er mit dem Rasiermesser ausgerutscht?«

Oswin winkte verärgert ab, weil er sich nicht ernst genommen fühlte.

Still in sich hineinlächelnd, sah Kappok über die Zinnen hinaus. Auf der freien Fläche, die vor dem Wehrgraben lag, strebten einige Bauern mit ihren Ochsenkarren der Sicherheit der Stadtmauern entgegen. Angesichts der Rauchsäulen am Horizont, die den Weg der Orks markierten, wären eigentlich mehr Flüchtlinge zu erwarten gewesen. Offensichtlich gingen große Teile der Landbevölkerung davon aus, dass es gesünder für sie war, möglichst viel Abstand zu Imor zu halten.

Die ins Umland ausgeschwärmten Amulettträger leisteten bereits ganze Arbeit. Nun lag es an ihm, dem Großmeister der Dunklen Gilden, die Schlacht um Imor zum Erfolg zu führen. Äußerlich ruhig, doch innerlich aufgewühlt, beobachtete Kappok weiterhin aufmerksam, was geschah, während sich Oswin seinen Pflichten widmete.

Gegen Mittag, als die Sonne bereits den höchsten Stand erreicht hatte, tauchten die ersten Orks am Waldrand auf. Sofort wurde die Zugbrücke in die Höhe gezogen. Wer sich jetzt noch in Sicherheit bringen wollte, kam zu spät, aber es war ohnehin weit und breit kein Mensch mehr zu sehen.

Die Vorhut der Verbannten blieb auf Abstand. Mit Keulen, Schwertern und Äxten vermochten zwei Dutzend Krieger nicht viel auszurichten. Die Untätigkeit zerrte allerdings an den Nerven der Grünhäuter. Unruhig stapften sie entlang der Baumgrenze auf und ab und brachen immer wieder starke Äste von den Stämmen, um überschüssige Kräfte abzubauen. Oder sammelten sie etwa Holz, um Sturmleitern und Katapulte zu bauen?

Kappok verabschiedete sich von dem Festungskommandanten, bevor er den Wehrgang verließ. Angeblich ging er, um seine Gildenbrüder zu benachrichtigen, in Wirklichkeit machte er sich auf den Weg zur Großen Senke, die sich nahe der Eckbastion befand, die Nord- und Ostmauer miteinander verband. Der Eingang zur Großen Senke befand sich in einem Lagerhaus der Diebesgilde, das Tag und Nacht bewacht wurde. Weniger wegen des Geheimgangs, von dessen Existenz nur ein kleiner Kreis aus Eingeweihten wusste, sondern vor allem wegen des dort aufbewahrten Diebesgutes, das ihnen niemand abjagen sollte.

Von außen sah das massive Feldsteinhaus wie ein normaler Speicher aus, in den Lastkarren regelmäßig ein- und ausfuhren. Bewaffnete Posten sorgten dafür, dass kein Unbefugter das Innere betrat. Beim Anblick des hellgekleideten Jünglings mit dem blassblonden Haar, der so selbstbewusst auf sie zuschritt, traten die Wachen jedoch ehrfürchtig beiseite. Jeder, der im Dienste der Dunklen Gilden stand, erkannte den Großmeister schon von weitem. Und tat er es nicht, lebte er für gewöhnlich nicht mehr lange.

Im Inneren standen die Meister der einzelnen Gilden beieinander. Sie warteten schon seit geraumer Zeit auf Kappok, doch kein Einziger von ihnen ließ sich die Ungeduld anmerken. Veit, der sein Amt erst vor kurzem von dem verstorbenen Hartwig übernommen hatte, wirkte ein wenig nervöser als die Übrigen, aber das war ganz natürlich. Neben dem Meister der Diebesgilde waren noch Odar, der Meister der Bettler, Luiif, das Oberhaupt der Falschmünzer, und Horvah, der Herr über die Todesschatten zugegen. Letzterer hatte kräftige Verluste in seinen Reihen zu beklagen. Seine besten Klingen, die Gnome Drokk und Marzz, waren immer noch nicht von ihrer letzten Kopfjagd zurückgekehrt, so dass man sie mittlerweile für tot halten musste.

»Wie lauten deine Befehle?«, fragte Odar, um zu erfahren, warum sie Kappok einbestellt hatte.

Wie die anderen im Halbkreis Versammelten trug auch er Kleidung in gedeckten Farbtönen, die bei Dunkelheit mit der Umgebung verschmolz. In seinem Fall waren das Hosen aus weichem Hirschleder, ein schwarzes Hemd sowie ein tannengrüner Kapuzenumhang. Andere bevorzugten mausgraue oder schwarze Umhänge, doch im Grunde ähnelten sie einander alle im Auftreten. Kappok war der einzige Weißgekleidete unter ihnen, der zudem nur Hemd und Hose trug. Als er sich von einem der Wachposten dessen Umhang geben ließ, begriffen die Übrigen, dass es nicht um eine gewöhnliche Unterredung ging.

»Wir unternehmen einen kleinen Ausflug durch die Große Senke«, erklärte er dazu.

»Nach draußen?«, fragte Odar überrascht. »Ausgerechnet jetzt, wo die Orks jeden Augenblick auftauchen können?«

»Die ersten von ihnen sind bereits da«, berichtigte ihn Kappok. »Deshalb können wir endlich los.«

Es dauerte eine Weile, bis den meisten aufging, was seine Worte zu bedeuten hatten. »Wir wollen zu den Orks?«, hauchte Odar entsetzt. »Wozu? Um sie im Alleingang zu besiegen? Willst du als Märtyrer in die Stadtchronik eingehen?«

Kappok setzte eine missbilligende Miene auf. »Also bitte!«, tadelte er den Alten mit dem aschgrauen Haarkranz. »Versuch dein Glück erneut, das kannst du doch besser.«

»Was dann? Verhandeln?« Odars Stimme war kaum mehr

als ein heiseres Flüstern, obwohl sie unter sich waren. »Oder gar mit ihnen paktieren? Mit den grünhäutigen Unholden?«

»Unser Großmeister weiß, was er tut«, mischte sich Luiif ein, der Einzige der Runde, der ebenfalls ein Amulett der Neuen Ordnung trug. »Frohlockt, denn wir sehen goldenen Zeiten entgegen. Entbietet unserem Herrn und Meister deshalb den Respekt, der ihm gebührt.«

Erschrocken neigten die übrigen Gildenmeister ihr Haupt und wagten nicht mehr, weitere Fragen zu stellen. Sie fühlten sich jedoch nicht wohl in ihrer Haut, als sie ihrem Oberhaupt in das turmhohe Labyrinth aus übereinandergestapelten Fässern und Kisten folgten, in dem sich ein Uneingeweihter glatt verlaufen konnte. Die scheinbare Unordnung, in der das Diebesgut im hinteren Teil des Speichers aufgeschichtet war, hatte ihren tieferen Sinn. Sie schützte einen Platz an der rückwärtigen Mauer, der einmal einen tiefen Brunnen beherbergt hatte. Nachdem sie das Dutzend mit Stroh ausgelegter Kisten beiseitegeräumt hatten, in denen verstaubte Weinamphoren lagerten, stießen sie auf eine schwere Steinplatte mit darin eingelassenen Eisenringen.

Normalerweise waren vier Männer nötig, um die Abdeckung aus ihrer Einfassung zu heben. Kappok räumte den Weg alleine frei, ohne ein einziges Mal zu ächzen. Kein anderer aus der Runde hätte das vermocht. Es war dieser Beweis seiner überlegenen Kraft, der auch den Letzten unter ihnen folgsam machte. Ihr Großmeister wollte den Orks entgegentreten? Dann würden die grünen Ungeheuer sicherlich bald dem Befehl der Dunklen Gilden unterstehen, anders konnte es gar nicht sein! Kappok war kein Schwächling, der um Gnade bettelte, sondern ein geborener Anführer, der aus der Position der Überlegenheit heraus verhandelte.

Der Weg durch die Dunkelheit, den sie mit Hilfe zweier Fackeln bewältigten, war den meisten unter ihnen vertraut. Die Große Senke war nichts anderes als ein langer Tunnel, durch den sich Waren schmuggeln ließen, auf die sehr hohe Zölle zu entrichten waren oder von denen die Stadtgarde aus anderen Gründe nichts erfahren durfte. Entführte Töchter beispielsweise, die nur gegen die Zahlung eines üppigen Lösegeldes unversehrt in den Schoß der Familie zurückkehrten.

Als sie die Stelle passierten, über die der Stadtgraben verlief, war die Feuchtigkeit im Boden deutlich zu spüren. Doch auch hier hielt der Stollen dem auf ihm lastenden Druck stand. Von zuckendem Feuerschein umgeben, marschierten sie durch den halbrunden Stollen, der genügend Platz zum Transport von sperrigen Waren bot. Wo große Weidenkörbe und Eichentruhen ihren Weg fanden, passten auch Orks hindurch, daran hegte Kappok nicht den geringsten Zweifel.

So tief in der Erde war es stets sehr kalt. Feine Atemwolken entstiegen ihren Mündern. Wirklich unangenehm wurde es aber erst, als sie ein leises Kitzeln unter den Fußsohlen spürten. Abrupt bleiben alle stehen, selbst der Großmeister der Dunklen Gilden.

»Was war das?«, flüsterte einer aus der Gruppe erschrocken. »Bebt da etwa der Boden?«

Ein paar Erdkrumen, die auf ihre Kapuzen herabrieselten, schienen den Verdacht zu bestätigen. Doch was auch immer die Erschütterung ausgelöst hatte, war nicht stark genug, um ihnen gefährlich zu werden.

»Vielleicht ein Fuhrwerk, das noch schnell in Richtung Stadt rumpelt«, vermutete Kappok laut, obwohl er selbst nicht an diese Möglichkeit glaubte.

Wahrscheinlich arbeitete es eben so tief unter der Erde, so, wie sich alte Holztreppen dehnten oder verzogen. Kappok hatte schon häufig Stufen knarren hören, obwohl weit und breit niemand in der Nähe war, der sie betrat. Aber darüber, dass es in der sie umgebenden Landschaft rumorte, dachten sie nicht lange nach. Lieber eilten sie schnellen Fußes weiter, bis sie nach zwei Königsmeilen an eine senkrecht in die Höhe führende Eisenstiege gelangten. Die Leiter endete in einem hohlen Eichenstamm, vor dessen gespaltener Vorderseite hohe Büsche wucherten.

Zwölf Sprossen ging es empor, dann stand Kappok an der Oberfläche. Veit, der vorangegangen war, wartete bereits vor dem toten Baum und hielt für ihn die Zweige der Sträucher auseinander. Nachdem sie alle Moos unter den Füßen spürten, richteten sie die Tarnung wieder so her, dass der Zugang selbst für Eingeweihte von außen nicht mehr einsehbar war.

Zufrieden mit ihrem Werk, stahlen sie sich durch das umliegende Dickicht davon. Zwanzig Königsschritte weiter sammelte sich die Gruppe auf einer kleinen Lichtung. Dort zog Kappok seinen Anhänger aus dem Hemdausschnitt und drapierte ihn so über dem Umhang, dass er jederzeit erreichbar war. Danach führte er seine Männer zielsicher in Richtung des breiten Handelsweges, der Imor mit der Küste verband.

Dichte Baumkronen filterten das Sonnenlicht. Grüne Dämmerung umgab sie, während sie über den weichen Waldboden schlichen. Nur ab und zu stach eine Lichtlanze durch eine Lücke im Blätterdach zu ihnen herab. Westlich von ihrer Gruppe, dort, wo die Baumgrenze verlief, war es merklich heller. Kappok nutzte das als Orientierungshilfe, um nicht versehentlich tiefer in den Wald zu geraten. Auf diese Weise kamen sie schnell voran, blieben aber von der Stadt aus unsichtbar.

Sie hatten etwa die Hälfte des Weges bewältigt, als es in ihrer Umgebung zu knacken und zu rascheln begann. Kappok wusste, dass es keine Waldbewohner waren, die dort umherstreiften. Tiere witterten Menschen schon auf große Entfernungen und wichen entsprechend aus. Doch irgendwer schlich umher und zertrat dabei die in der Laubdecke verborgenen Zweige.

Ein großer Schatten, der hinter einer dicken Trauerweide Form annahm, bestätigte seinen Verdacht, dass sie es mit Orks zu tun bekamen. Dass sich einer von ihnen so offen zeigte, bedeutete für gewöhnlich, dass es noch andere gab, die sie bereits umzingelt hatten. Schweigend trat der Koloss aus seiner Deckung hervor.

In seinen Pranken ruhte eine mächtige Streitaxt, groß genug, um eine ausgewachsene Birke mit einem einzigen Hieb zu fällen. Sein lederner Harnisch war daumendick, ebenso die Arm- und Beinschützer. Besaßen diese Schalen eine Zwischenschicht aus Eisengeflecht, machte sie das so gut wie undurchdringlich. Die Stacheln, die an verschiedenen Stellen hervortraten, dienten eher der Abschreckung, ebenso der Ruß unter den großen Glubschaugen und die in wilder Mähne abstehenden Haare, die vor Tierfett triefen.

Beim Anblick des Orks erstarrten Kappoks Begleiter vor Schreck, ihn selbst überkam eine unnatürliche Ruhe. Während die anderen stehen blieben, hob er seinen Elfenbeinanhänger deutlich sichtbar in die Höhe und ging gemessenen Schrittes weiter.

»Wir sind Verbündete«, rief er. »Wir kommen, um euch einen geheimen Weg in die Stadt zu zeigen.«

Zunächst war nicht zu erkennen, ob ihn der Riese verstand. Reglos harrte er an seinem Platz aus und musterte die Menschen mit unergründlichem Blick. Dabei mahlte er unablässig mit dem vorgeschobenen Unterkiefer, aus dem zwei lange Eckzähne wie Tierfänge emporragten.

»Wie lautet dein Name?«, wollte er nach einer gefühlten Ewigkeit wissen.

Zumindest klangen die Knurrlaute, die seiner Kehle entstiegen, nach dieser Frage.

»Ich heiße Kappok!«

»Guuuut!« Wieder die begleitenden Knurrlaute. »Grimm erwartet dich.«

Kappok ließ seinen Anhänger auf die Brust sinken und bedeutete seinen Gefährten mit einem Wink, ihm zu folgen. Als sich ihre Gruppe in Bewegung setzte, nahm der Ork die Axt über seine Schulter und machte auf dem Absatz kehrt, bevor er vorausging, um die Richtung zu weisen. Dass die Gildenmeister den Anschluss verloren, brauchte er dabei nicht zu fürchten. Links und rechts der Menschengruppe traten weitere Orks aus ihren Verstecken, um sie auf dem Weg in Grimms Lager zu eskortieren.

4.

Die Verbannten hatten sich bereits so weit entlang der Baumgrenze versammelt, dass der Eichenthron von dem erbeuteten Fuhrwerk gewuchtet und bereitgestellt worden war. Grimm war allerdings viel zu tatendurstig, um sich hinzusetzen.

»Wie lange noch?«, wollte er wissen.

Mandu wandte sich ihm zu, ohne die Haltung seiner vor

dem Bauch verschränkten Hände zu verändern. Die weit ausgeschnittenen Ärmel seines Gewandes stießen so dicht aneinander, dass nicht der kleinste Streifen Haut zwischen den Säumen hervorschimmerte.

»Wir sind bereit, wann immer du es wünschst, mein Gebieter.«

Grimm schnaufte zufrieden. Er wollte bereits den erwarteten Befehl erteilen, als aus dem Wald eine Menschengruppe auftauchte, die sich in der Begleitung von drei Orks befand. Den unter Bewachung stehenden Männern war es offenbar unangenehm, in Sichtweite der Stadtmauern herangeführt zu werden, sie hatten ihre Kapuzen tief ins Gesicht gezogen.

Angesichts der Entfernung, die zwischen ihnen und der Stadt lag, reichte der Schutz vollkommen aus. Von den Zinnen aus gesehen, wirkten sie kaum größer als ein paar Däumlinge. Es hätte schon eines sehr starken Zaubers bedurft, um sie besser erkennen zu können. Doch in Imor gab es keinen Magier mehr, der diese Bezeichnung verdiente, das wusste Mandu genau. Er hatte Hanthor persönlich die Klinge durch die Kehle gezogen.

Der wortkarge Barlog, der die Menschen vor den Thron führte, meldete seinem Fürsten, dass es sich bei ihnen um Verbündete handelte, die er nicht gefesselt habe, weil das Amulett ihres Anführers für seine Treue bürgte. Dass fünf Menschlein einem Orktrio nicht gefährlich werden konnten, verstand sich von selbst und verdiente deshalb keine nähere Erwähnung.

»Kappok!«, zeigte sich Grimm erfreut. »Tritt vor, ich habe schon viel von dir gehört.«

Barlog setzte seine Streitaxt ab und gab den Weg frei. Anstatt sofort auf den Feldherrn zuzugehen, der ihm die Gunst einer Audienz gewährte, blieb der blasse Jüngling nach wenigen Schritten vor Ascan stehen, der wegen der prallen Sonne nicht nur seinen weißen Ledermantel trug, sondern auch den dazu passenden Hut mit der breiten Krempe.

»Habe ich dich nicht schon einmal gesehen?«, fragte Kappok herausfordernd.

Ausgesprochen mutige Worte für einen Mann, der einen auffälligen Anhänger aus Elfenbein trug. Falls Ascan überrascht war, ließ er es sich nicht anmerken. Mit einem angewiderten Blick, mit dem er für gewöhnlich nur Schmeißfliegen bedachte, maß er den über die Grenzen Imors hinaus bekannten Großmeister von oben bis unten.

»Sicherlich nicht«, stellte er klar. »Wäre mir schon einmal eine Kreatur begegnet, die sich mit den Knochen meines Volkes schmückt, hätte sie es nicht überlebt.«

Jedem anderen Menschen wären diese Worte kalt ins Mark gefahren, doch Kappok zeigte sich nicht im mindesten beeindruckt. Auch sonst stimmte etwas nicht mit diesem Kerl.

»Ich spreche von der vergangenen Nacht«, bohrte der Großmeister nach. »Als der Zwerg in meiner Schänke starb, trugst du allerdings einen dunklen Umhang. Der Kerl mit der flinken Klinge, das warst doch du, oder etwa nicht?«

Ascan zischte verächtlich. »Dummes Geschwätz, das nur wieder beweist, dass wir Elfen für euch Menschen alle gleich aussehen.«

Kappok wollte etwas erwidern, doch Grimm stieß einen unwilligen Laut aus, so dass sich der Großmeister der Dunklen Gilden beeilte, dem mächtigen Verbündeten seine Aufwartung zu machen.

»Ich bringe frohe Kunde«, rief er so laut, dass es weithin zu hören war. »Ihr braucht Imors Mauern weder sturmreif zu schießen noch ein einziges Orkleben beim Erklimmen der Zinnen zu riskieren. Ich zeige euch einen Geheimgang, der hinter die Stadtmauer führt. Von innen heraus wird es für eure Krieger ein Leichtes sein, die Gardisten zu überwältigen. Obendrein könnt ihr auf die Unterstützung der Dunklen Gilden zählen. Und sobald ich als euer Statthalter in Imor herrsche …«

»Vielen Dank für dein Angebot«, unterbrach Grimm den Redefluss seines Gegenübers. »Aber wir haben andere Pläne. Für den Erfolg unseres Feldzugs ist es wichtig, ein Zeichen zu setzen.«

»Ein Zeichen setzen?«, echote Kappok verblüfft.

»Ein Exempel zu statuieren«, präzisierte Ascan mit steinerner Miene. »Eines, das selbst Grabschänder wie du auf Anhieb verstehen.«

Der Großmeister riss den Kopf so heftig herum, dass seine Kapuze verrutschte. Einige Locken blassblonden Haars kamen darunter zum Vorschein.

»Ich verstehe nicht«, stammelte er, während sein Blick zwischen Elf und Orkfürst hin und her pendelte. »Warum wollt ihr unnötig Leben riskieren? Wo ich euch doch die Möglichkeit biete …«

Alle bemerkten, wie gereizt Grimm reagierte, nur der Großmeister der Dunklen Gilden nicht. Anstatt zu schweigen, redete Kappok weiterhin auf den Feldherrn ein, der keinen Widerspruch gewohnt war. Schon gar nicht von einem Menschen. Seine Rechte nestelte bereits an der Kettensichel, mit der er den vorlauten Vasallen zum Schweigen bringen wollte.

Rasch trat Mandu dazwischen. Die gefalteten Hände des Magiers hatten sich voneinander gelöst. Zwischen ihren Fingern knisterten weißblaue Entladungen. Ehe jemand begriff, was vor sich ging, strich er mit ihnen eine Handbreit vor Kappoks Körper durch die Luft. Sich verästelnde Blitze verwoben sich zu einer dünnen Wand und streckten ihre Fühler nach Kappok aus, der wie unter einem Peitschenhieb zusammenzuckte. Mehr noch, überall dort, wo ihn das in der Luft verbliebene Geflecht berührte, begann sich seine Kleidung unter den zuckenden Entladungen aufzulösen. Zuerst verschwammen nur Formen und Farben, bis sie schließlich vollständig durchscheinend wurden. Unter dem wabernden Gespinst kam allerdings kein hagerer Jüngling zum Vorschein, sondern eine weitaus massigere Gestalt, der nichts Menschliches mehr innewohnte. Ein von einer großporigen, beinahe froschartigen Haut überzogener Oberkörper, dessen wuchtiger Umfang in krassem Gegensatz zu den vergleichsweise dünnen Beinen stand. Das alles passte erschreckend gut zu dem haarlosen Schädel, in dem ein Paar rote Augen schimmerte. Nur die bleiche, fast schon durchscheinend wirkende Haut erinnerte noch an den Kappok, den sie alle kannten.

»Ein Trugbild!«, rief Ascan aus. »Darum hatte ich sofort den Eindruck, dass sein Herzschlag viel zu stark für einen so schmächtigen Körper wie den seinen ist.«

»*Ein Albino-Gnom!*« Ausgerechnet der wortkarge Barlog brachte das, was sie alle sahen, auf den Punkt.

Umgehend brach eine Welle des Hohns und des Spottes über den Enttarnten herein. Selbst Grimms mächtiger Brustkorb erbebte unter lautem Gelächter. Seit alters her blickten die Orks voller Hochmut auf ihre schmächtigen Verwandten herab, und unter den Gnomen selbst gab es nichts Erbarmungswürdigeres, als mit weißer Haut und roten Augen geboren zu werden.

Andere Völker hielten Albinos für Auserwählte der Götter, die mit besonderer Weisheit geschlagen waren, bei den Gnomen wurden sie hingegen noch in der Wiege erdrosselt. Dass Kappok überlebt hatte, mochte bedeuten, dass es auch in seinem Volk Mütter gab, die sich für ihr eigen Fleisch und Blut aufopferten, vielleicht hatte man ihn aber auch ausgesetzt, und es war ihm gelungen, sich irgendwie durchzuschlagen.

Wieso Kappok einen Trugzauber verwendete, war leicht zu erraten. Wahrscheinlich war es ihm zunächst nur um eine grüne Haut und schwarze Augen gegangen, bevor er sich dazu entschlossen hatte, seine verhasste Herkunft vollständig abzustreifen. Angesichts der Macht und des Goldes, das er im Laufe seines Lebens angehäuft hatte, konnte es ihm nicht schwergefallen sein, sich die dafür nötige Magie zu kaufen.

Doch nun, da sein Geheimnis vor aller Augen gelüftet worden war, lag sein Leben in Scherben. Jedes Selbstbewusstsein war auf einen Schlag dahin. Zitternd wich Kappok zurück, als würde ihn der Spott der Orks körperlich schmerzen. Die Hände auf die Ohren zu pressen half dabei nicht weiter. In seiner Verwirrung lief er zu seinen Gefährten zurück, die ihn jedoch mit Gesten der Abscheu empfingen.

Ein Albino-Gnom!

Niemand spürte mehr Angst vor ihm. Plötzlich empfanden die Meister der Dunklen Gilden nur noch Ekel bei seinem Anblick, der auch nicht schwand, als sich das Trugbild wieder verfestigte und Kappok allmählich die alten Formen zurückgewann.

Zwischen Stadtmauer und Waldrand blieb alles ruhig, bis auch die letzten Orks eingetroffen waren. In ihrem Gefolge befanden sich jene Menschen, die auf ein besseres Leben unter der Herrschaft der Grünhäuter hofften. Einige Geheimbündler versammelten sich ganz offen um den Eichenthron, doch das Gros harrte verschämt zwischen den Bäumen aus. Sie wollten ihre Gesichter genauso wenig zeigen wie die Männer der Dunklen Gilde, die sich, ein Stück abseits ihres enttarnten Großmeisters, tief ins Unterholz zurückgezogen hatten.

Die in der Luft liegenden Zweifel waren deutlich zu spüren. Zweifel darüber, ob die nur wenige hundert Köpfe zählende Orkhorde wirklich ausreiche, um eine stark befestigte Stadt wie Imor zu erobern. Hölzerne Palisaden, ja, die wussten solche muskelbepackten Kreaturen wohl mühelos zu bezwingen, doch zehn Königsschritte hohe Mauern waren etwas ganz anderes.

Trotzdem standen die Geächteten siegesgewiss beisammen und trieben untereinander ihre groben Späße. Sich unentwegt an den Schultern zu stoßen oder mit ihren Brustkörben krachend gegeneinanderzuprallen war ebenso ihre natürliche Art, wie sich mit tiefen Brummlauten anzuknurren. Ihr König war der Einzige unter ihnen, der die ganze Zeit keinen Ton von sich gab, während er mit unergründlicher Miene auf seinem geschnitzten Eichenstuhl thronte.

Grimms Blick ruhte auf der unüberwindlich erscheinenden Ringmauer, die es zu erstürmen galt. Verlor er bei diesem schier aussichtlosen Vorhaben nur die Hälfte seiner Krieger, ließ sich die anschließende Schlacht nicht mehr gewinnen, geschweige denn ganz Garon erobern. Trotzdem gab er keinen Befehl, Rammböcke oder Steinschleudern zu bauen, und lehnte es auch ab, die Streitmacht durch Kappoks geheimen Tunnel zu schicken.

Nur wenige Menschen ahnten, dass Grimm genau wusste, was er tat. Im Gegensatz zur landläufigen Meinung besaßen Orks durchaus Verstand. Mochten sie auch wild anzuschauende Gesellen sein, die sich gerne disziplinlos verhielten, so verstanden sie sich doch seit alters her auf Kriegslisten und Angriffstaktiken. Drüben auf den Zinnen, wo Marschall Oswin das Kommando führte, war man sich dessen durchaus bewusst. Entsprechend vorsichtig traten die Verteidiger auf.

Nur das Aufblitzen von poliertem Stahl in der Nachmittagssonne kündete von den Bewaffneten, die sich auf den Wehrgängen drängten. Spottgesänge waren nicht zu hören, auch keine herausfordernden Gesten zu sehen, von einem zahlenmäßig überlegenen Ausfall zu Pferde ganz zu schweigen. Über dem freien Felde, das zwischen den beiden Parteien klaffte, lastete eine unnatürliche Stille. Dabei ahnte in Imor niemand, wie viel die Orks an Erfahrung hinzugewonnen hatten. Das Leben in der Fremde hatte sie ein Stück weit zivilisierter und damit gefährlicher gemacht.

Ohne die Verbannung hätte Grimm den Moment der Wahrheit niemals so weit hinausgezögert. Aber er kannte die Menschen weitaus besser als sein Vater Gremm. In der Fremde hatte er gelernt, dass Augenzeugen die besten Herolde waren, um eine überzeugende Botschaft zu verkünden. Deshalb wollte er seine menschlichen Knechte ebenso in den Grundfesten erschüttern wie die vor ihm liegende Stadt.

Äußerlich ungerührt harrte Grimm aus, bis die Anspannung ins Unerträgliche wuchs. Schließlich war es so weit.

Ruckartig sprang er auf und brachte seine Krieger mit einer herrischen Geste zum Schweigen. Auf einen Schlag kehrte Ruhe ein. Die eben noch zügellos erscheinende Horde beendete alle Handgreiflichkeiten. In Reih und Glied anzutreten war den Grünhäutern fremd, trotzdem zeichnete sich eine gewisse Ordnung ab, als sie sich mit dem Gesicht nach vorne ausrichteten.

Nur von ledernem Knirschen begleitet, trat Mandu zwischen ihnen hervor. Verglichen mit den Orks wirkte seine hagere Gestalt schmal und zierlich, ja geradezu unscheinbar. Dennoch umwehte den Magier eine Aura der Macht.

Natürlich war es nur Teil einer Inszenierung, dass er sich gemessenen Schrittes von den Orks entfernte. Wäre er mitten unter ihnen verblieben, hätte das nicht den geringsten Einfluss auf den Zauber gehabt, den er zu beschwören gedachte. Aber sein Auftritt sollte von allen Seiten aus gut zu sehen sein. Von den Stadtzinnen aus ebenso wie aus dem Wald.

Die Gräser auf der baumfreien Schneise erzitterten bereits, wenn auch kaum merklich. Es gab keinen Zauberspruch, den er bis zur letzten Silbe aufsagen musste, bevor er seine volle Wirkung entfaltete. Schon den ganzen Vormittag über stand Mandu mit den Kräften in Verbindung, die es zu entfesseln galt.

Genau dreihundert Königsschritte vor den Orks blieb er stehen. Als er seinen Geist öffnete, um den Kontakt mit dem Felszehrer zu verstärken, spürte er einen Herzschlag lang die geballte Aufmerksamkeit, die ihm von dies- und jenseits der Lichtung entgegenschlug. Hunderte von Empfindungen, die ihm und seinem Handeln galten, drangen gleichzeitig auf ihn ein. Manch unkundigem Magier hätte dieser heikle Augenblick die Konzentration gekostet, doch Mandu blockte die auf ihn einströmenden Einflüsse rechtzeitig ab. Geschickt bündelte er seine Gedanken, um sie direkt in den Verstand der Dienerkreatur zu pflanzen.

Im gleichen Moment, da er nach dem Willen des Felszehrers griff, überrollte ihn eine Welle der Übelkeit. Die winzige Zeitspanne, in der er sich eines fremden Verstandes bemächtigte, barg ihre Risiken, besonders wenn es sich um ein so großes und starkes Tier handelte. Ging ein Magier zu nachlässig vor, mochte sich der zu unterwerfende Geist gegen ihn wenden. Sprangen dabei die bestialischen Instinkte über, würde von ihm kaum mehr als eine sabbernde Hülle übrig bleiben.

Mandu konzentrierte sich, um den Zugriff zu verstärken. Seine Nackenmuskeln verkrampften unwillkürlich. Er fürchtete schon, sein Magen wolle sich umstülpen, als er endlich die vollständige Kontrolle über den Felszehrer erlangte. Ein Erdstoß erschütterte die Lichtung. Das Tier wand sich wie unter Schmerzen. Unter den Amulettträgern klangen überraschte Rufe auf, verstummten aber wieder, als keine weiteren Beben folgten.

Endlich gehorchte der Felszehrer. Weit unterhalb der Grasnarbe bahnte er sich einen Weg durch die Erde. In Imor ahnte niemand etwas von dem unsichtbaren Verderben, das sich der Stadtmauer näherte.

Das Untier, das die ganze Nacht unterhalb der Lichtung geruht hatte, brauchte nicht lange, um ans Ziel zu gelangen. Kurz bevor es die Fundamente erreichte, breitete Mandu beide Hände aus. Langsam hob er sie in die Höhe, bis die weit ausgeschnittenen Schlupfärmel an seinen Unterarmen herabrutschten. Eine theatralische Geste, die er nur vollführte, weil sie auch über große Entfernungen hinweg Wirkung zeigte.

Auf den Zinnen hatte man längst verstanden, dass die Orks einen Magier aufboten, was der Panik Vorschub leistete. Besonders die Ungewissheit zerrte an den Nerven der wartenden Truppe. Viele der Bewaffneten, ganz gleich, ob Freiwillige oder Gardisten, starrten sorgenvoll in den strahlend blauen Mittagshimmel, um nach ersten Anzeichen einer mit Blitz und Donner nahenden Sturmfront zu suchen.

Einige Bogenschützen verloren die Nerven. Erbost schossen sie in Richtung des Gegners, obwohl die Entfernung sogar für einen Zufallstreffer zu groß war.

Mandu blieb vollkommen gelassen. Er wusste, dass es in den Reihen des Gegners an kampferfahrenen Zwergen fehlte, die eine Riesenarmbrust oder ein Katapult zu bedienen wussten. Schließlich hatte er mit Ascan nicht nur die Verteidigungsanlagen ausgekundschaftet, sondern auch einen zweitklassigen Magier und mehrere Zwerge erschlagen, die ihnen hätten gefährlich werden können.

Gelassen wartete er ab, bis sich der letzte Pfeil in die Lichtung bohrte. Dann war die Zeit zum Handeln gekommen. Abrupt riss er beide Arme in die Tiefe. Noch während er die Geste vollführte, ertönte ein dumpfer Schlag, der die gesamte Schneise erfüllte. Auf den Zinnen kreischten die Verteidiger mit so hellen Stimmen auf, als wären sie jungfräuliche Weiber. Beim zweiten Hämmern war nicht mehr zu übersehen, dass die Stadtmauer auf einer Länge von fünfzig Königsschritten erzitterte.

Staub wölkte in der prallen Sonne auf. Mörtel sprang zwischen verfugten Feldsteinen hervor. Das Wehgeschrei auf den Wehrgängen riss nicht mehr ab.

Die Erdstöße waren so heftig, dass sie Gardisten und Hilfstruppen in die Höhe schleuderten. Wie mit Stroh gefüllte Vogelscheuchen wirbelten sie durch die Luft, bevor sie vor und hinter der Mauerkrone in den Tod stürzten. Wer sich irgendwo festklammern konnte, war nicht besser dran. Einmal in Rage geraten, kannte der Felszehrer kein Halten mehr.

Lautes Bersten ertönte, als sich der monströse Riesenwurm in die Höhe stemmte. Den Teil des Fundaments, den er im Maul hielt, schob er einfach mit sich in die Höhe. Handbreite Risse entstanden, wo sich ein zwölf Ellen breites Mauerstück aus der Wehranlage löste.

Die Angehörigen des Geheimbundes schrien ebenso entsetzt auf wie die Verteidiger. Die zerstörerische Kraft des Angriffs brach über alle Menschen gleichermaßen unerwartet herein. Das war ganz im Sinne der Orks, die sie als Botschafter der Angst bis in den letzten Winkel Garons entsenden wollten.

Obwohl der Boden unter seinen Füßen bebte, regte Mandu nicht den kleinsten Muskel, während er das Geschehen verfolgte. Wie ein fauler Zahn, der aus einem Gebiss brach, so stürzte das in die Höhe geschobene Teilstück der Länge nach in die Stadt hinein. Der Verbund aus Feldsteinen und Mörtel begrub zahlreiche Fliehende und Verletzte unter sich sowie die Frontfassade eines angrenzenden Fachwerkhauses. Doch nichts von alledem versetzte die Überlebenden derart in Schrecken, wie die Fleischsäule, die sich durch die entstandene Bresche in die Höhe schraubte. Mit ihrem kreisförmigen Maul schnappte sie nach einem Gardisten, der nicht abgestürzt war, weil er sich mit beiden Händen fest an ein über den Abgrund hinaus ragendes Trümmerstück klammerte.

Je näher der Riesenwurm kam, desto verzweifelter strampelte der Mann mit den Beinen, aber auch seine zusätzlich freigesetzten Kräfte halfen ihm nicht weiter. Noch ehe es ihm gelang, einen angesetzten Klimmzug zu vollenden, verschwanden zuerst seine Beine und dann sein Oberkörper in dem monströsen Schlund, der sich von unten her über ihn stülpte. Der schnelle Schnitt der rotierenden Zahnreihen war auf die Entfernung kaum zu erkennen, dafür trat das Ergebnis umso deutlicher zutage. Blut spritzte aus den sauber durchtrennten Waden hervor, direkt in das Maul der Bestie hinein, die sich umgehend noch weiter in die Höhe reckte, bis von dem unglücklichen Gardisten nichts mehr zu sehen war.

Einen Augenblick später pendelten nur noch zwei Armstümpfe an dem Trümmerstück.

Zu wenig, als dass sich der Felszehrer weiter um sie gekümmert hätte. Lieber wandte er sich den Leichtsinnigen zu, die ihm mit Waffengewalt zu Leibe rücken wollten. Pfeilspitzen prallten von der widerstandsfähigen Bestie ab, die dazu geboren war, sich durch Erde, Wurzelwerk und feste Gesteinsschichten zu wühlen. Mit seinem ekstatisch zuckenden Leib fegte der Felszehrer alle Angreifer von den Zinnen, um sich anschließend hungrig auf sie zu stürzen. Wer unter dem Gewicht des massigen Körpers begraben wurde, für den kam jede Hilfe zu spät.

»Scherbental!« Längst ging der heisere Ruf von einem Amulettträger zum anderen. »Das ist einer dieser Trolldämonen, von denen volltrunkene Zwerge gerne im Rausch erzählen!«

Dem Unbegreiflichen einen Namen zu geben linderte nicht den Schrecken, der den Geheimbündlern ebenso heftig in die Glieder fuhr wie den Städtern. Der süße Duft der Furcht, den die schockierten Menschen verströmten, breitete sich immer weiter aus, das spürte Mandu mit jeder Faser seines Körpers. Ein wohliges Stöhnen unterdrückend, badete er in dem allgegenwärtigen Leid wie in einer heilsamen Quelle. Die durchlittene Pein war ein anregendes Prickeln, das seiner Existenz erst die richtige Würze verlieh. Was den Nekromanten jedoch so richtig erfrischte, war der dutzendfache Tod, dem er beiwohnte.

Aus diesem Grunde war seine Art der Magie bei allen Völkern ebenso verhasst wie gefürchtet. Nekromanten waren Seelenfänger, die sich an der Lebenskraft labten, die ein Sterbender im Augenblick des Todes aushauchte. Nur dort, wo Starke rücksichtslos über Schwächere herrschten und Mord und Totschlag regierten, fühlten sich die Männer und Frauen seiner Zunft richtig wohl. Zeiten des Friedens waren Nekromanten zuwider, denn je mehr Macht sie ansammelten, umso stärker verlangte es sie nach weiteren Seelen.

Mandu atmete tief ein, um seine Lungen mit dem Odem der Verblichenen zu füllen. So wie sich jeder Krieg von der Plünderung der hilflosen Bevölkerung nährte, so lebten Nekromanten von den dunklen Taten, die sie im Auftrag ihrer skrupellosen Herren begingen. Für Kriegsfürsten wie Grimm, die bereit waren, zum Erreichen ihrer Ziele über Leichenberge zu steigen, ganz gleich, wie verheerend die damit verbundenen Verwüstungen auch sein mochten.

Mandu und Grimm hatten einander viel zu geben. Um seine Kraft voll zu entfalten, musste der Magier jedoch weiteres Unheil anrichten. Den hinter ihm versammelten Orks, die unruhig mit den Stiefeln scharten, bedeutete er mit einer unwilligen Geste, sich noch etwas zu gedulden.

Gleichzeitig spornte Mandu den Felszehrer an, tiefer in die Stadt vorzudringen. Endlose Schreie sowie das Krachen zusammenstürzender Gebäude markierten den Weg der Vernichtung. Weder schwere Balken noch herabhagelnde Ziegel hielten das Untier auf. Immer wieder bohrte es sich

in den vor ihm liegenden Grund, um keine zwanzig Königsschritte entfernt erneut an die Oberfläche zu schießen. Die
dabei durch die Erde gefressenen Tunnel brachen umgehend ein.

Häuser, Höfe und gepflasterte Gassen – alles versank in
der Tiefe.

Menschen, unter denen sich der Boden spaltete, waren
rettungslos verloren. Sofern sie nicht in kreisenden Zahnreihen endeten, wurden sie verschüttet. Nicht einmal die
Keller boten Imors Bürgern Schutz. Durch seine Gedanken-
verbindung erlebte Mandu hautnah mit, wie der Felszehrer
durch eine Feldsteinmauer brach, um eine ganze Familie zu
verschlingen, die sich zwischen aufgeschütteten Kartoffeln
und Steintöpfen voller eingelegter Gurken versteckt hatte.

Gebäude um Gebäude fiel der Zerstörung anheim, selbst
vor einem Wachlokal der Stadtgarde machte die Bestie nicht
halt. Nachdem selbst Axthiebe von dem umherzuckenden
Leib abgeprallt waren, suchten auch die tapfersten Verteidiger ihr Heil in der Flucht. Das war der Moment, in dem
Mandu das Tier zurück zur Verschanzung lenkte.

Der Nekromant fühlte sich so lebendig wie seit Jahren
nicht mehr. Sein Herz hämmerte so schnell, dass das pulsie-
rende Blut in seinen Adern schmerzte. Vor seinem inneren
Auge sah er die bläulich schimmernden Lebenslichter, die
über den Dächern der Metropole aufstiegen. Wie von einem
Magneten angezogen, strebten sie ihm entgegen und traten
in seinen Brustkorb ein. Sphäre um Sphäre verleibte er sich
ein. Der dutzendfache Tod in seinem Einflussbereich weckte
unerhörte Kräfte in ihm, gleichzeitig schürte er einen un-
stillbaren Hunger nach weiterem Leben, der, wurde er nicht
beizeiten gezügelt, alles um ihn herum zu verschlingen
drohte, bis ihn nur noch grenzenlose Einöde umgab.

Das Gefühl der Allmacht, das ihn durchströmte, entfremdete Mandu von den Gefühlen und Handlungen seiner Mitmenschen. Nur sein Wissen um die Folgen der Maßlosigkeit bewahrte ihn davor, der in ihm wühlenden Gier völlig nachzugeben. Mühsam bezähmte er sein Verlangen. Noch war die Zeit nicht reif, bis zum Äußersten zu gehen. Noch nicht ...

Für seine Verbündeten und ihre Vasallen verlief dieser Kampf unsichtbar ab. Ihre Aufmerksamkeit galt ohnehin der ins Wanken geratenen Ostmauer. Auf Mandus Befehl hin grub sich der Felszehrer unter den Fundamenten entlang, die hinter ihm absackten. Dunkles Rumpeln, wie von einer abgehenden Gerölllawine, marterte die Ohren der Menschen. Die gegeneinander wirkenden Kräfte führten zu langen Rissen, die das Mauerwerk wie Spinnweben durchzogen. Ecktürme stürzten in sich zusammen, Zinnen krachten zwischen Bresche und Osttor in die Tiefe. Trotzdem ragte ein guter Teil der auseinanderbrechenden Stadtmauer noch aufrecht in die Höhe, als Mandu das Tier im Inneren der Stadt an die Oberfläche schießen ließ.

Von der Lichtung aus war das erst zu erkennen, als der Felszehrer mit seinem weit aufgerissenen Maul durch das berstende Gemäuer stieß. Der dumpfe Knall, mit dem das gigantische Loch entstand, ließ alle Verteidiger zusammenfahren. Das war der Todesstoß! Unter lautem Getöse stürzte die Stadtmauer auf einer Länge von achtzig Schritten in sich zusammen.

Es dauerte eine Weile, bis sich der aufwallende Staub verzog. In den sich lichtenden Schleiern ragten nur einige spitz zulaufende Bruchstücke auf. Der übrige Trümmerhaufen ließ sich bequem erklimmen. Mandu sorgte dafür, dass der Felszehrer den letzten Überresten mit gezielten Schwanzhieben zu Leibe rückte.

Nie zuvor war eine befestigte Stadt der Menschen auf diese Weise geschliffen worden!

Hinter den Überresten der Mauer zeichnete sich ein zerklüftetes Meer aus Ruinen ab, zwischen denen das Riesentier wie zwischen steinernen Wellen abtauchte. Auf Befehl des Magiers fraß sich die Bestie zweihundert Ellen tief hinab, bevor sie sich unterhalb des Stadtzentrums eine Schlafhöhle schuf, in der sie zur Ruhe kam.

Imor sollte keineswegs dem Erdboden gleichgemacht werden, sondern den Orks als Ausgangsquartier für den bevorstehenden Feldzug dienen. Angesichts der Bedrohung, die weiterhin von dem Felszehrer ausging, war nur noch mit vereinzeltem Widerstand zu rechnen.

Mandu erlaubte sich den Luxus, seinen Geist vom Leib zu lösen, obwohl das seine sterbliche Hülle angreifbar machte. Bereits aus der Höhe erkannte er, dass Imors Gassen leergefegt waren. Als er durch einige unversehrte Gebäude streifte, entdeckte er Überlebende, die ihre Götter um einen gnädigen Tod anflehten, während sie hinter verbarrikadierten Türen ausharrten. Zufrieden glitt er in seinen vor Kraft strotzenden Körper zurück und wandte sich Grimm zu.

»Imor liegt dir zu Füßen, mein Gebieter!«, verkündete er dem Orkkönig. »Die Menschen dieser Stadt wissen nun, dass du über die Macht verfügst, sie und ihren Besitz jederzeit dem Erdboden gleichzumachen.«

Grimm bedachte seinen Magier mit einem anerkennenden Nicken, bevor er sich von dem geschnitzten Eichenstuhl erhob und an die Spitze seiner Krieger begab. Zu kämpfen lag den Orks im Blut. Den meisten von ihnen war anzusehen, dass sie am liebsten unter lautem Gebrüll auf die schutzlose Stadt zugestürmt wären. Doch ihr Feldherr hatte ihnen an mehr als einem Lagerfeuer eingeschärft, dass sie sich zu Beginn dieses Krieges, solange ihre Horde noch von geringer Zahl war, diszipliniert zu verhalten hatten.

Ascan, der Söldnerelf, marschierte an ihrer Seite. Mandu blieb hingegen als Reserve zurück, schließlich musste sich jemand um die Geheimbündler kümmern.

Bis zur Hälfte des Niemandslandes blieb in der Stadt alles ruhig, dann geriet Leben in den Schuttwall. Einzelne, staubbedeckte Gestalten schoben sich zwischen den Trümmern hervor. Ob es sich um Freiwillige oder Stadtgardisten handelte, war unmöglich zu unterscheiden. Kleidung, Hände, Gesichter, Haare – alles strotzte nur so vor Staub. Lediglich einige Klingen glänzten in der Sonne.

Der Mut, mit dem sich diese Überlebenden erneut dem Kampf stellten, war bewundernswert. Fast alle hatten Verletzungen davongetragen. Das Blut, das aus ihren Wunden rann, zog rote Bahnen in das allgegenwärtige Grau. So wenige, wie noch von ihnen lebten, und so benommen, wie sie wankten, stellten sie für die Orks allerdings keine ernstzunehmende Bedrohung mehr da. Trotzdem wollten sie ihre Stadt bis zum Letzten verteidigen.

Grimm und seine Horde schenkten dem kleinen Häuflein keine Beachtung. Ungerührt gingen sie weiter, selbst, als sich mehrere Bögen spannten. Noch ehe der erste Pfeil von der Sehne schnellen konnte, befahl Mandu dem Felszehrer, mit dem Schwanz um sich zu schlagen – und der Boden unter ihren Füßen begann zu beben.

Selbst auf freier Fläche vermochten die Erschütterungen einen Mann von den Füßen zu holen, umso mehr in einer Trümmerlandschaft. Manche der Verteidiger schlugen lang hin, andere klammerten sich an die Geröllberge, und nicht wenige wurden von ebendiesen verschüttet.

Der letzte Erdstoß brach den Willen der Verteidiger endgültig. Gut die Hälfte von ihnen ergriff die Flucht. Alle anderen, die irgendwo eingeklemmt waren oder so sehr unter Schock standen, dass sie sich ihrem Schicksal ergeben wollten, ließen ihre Waffen fallen. Alle bis auf einen großen Mann, dessen federbuschgeschmückter Helm ihn als Stadtkommandanten kennzeichnete.

Mühsam arbeitete sich Marschall Oswin den Steinwall herab und ging den anrückenden Orks entgegen. Sein Schwert mitsamt Scheide hatte er vom Waffengehänge gelöst. Als er auf Grimm zutrat, hielt er es in der rechten Hand. Einige Krieger hoben drohend ihre Keulen und Äxte, doch ihr König hielt sie zurück, als sie an ihm vorbeidrängen wollten. Auf seinen Befehl hin kam die Horde zum Stehen.

Wortlos warteten die Orks, bis Oswin, der sich mühsam vorwärtsschleppte, bei ihnen war. Zwei Schritte vor Grimm sank der Marschall auf die Knie. Das Haupt demütig geneigt, hob er sein Schwert mit beiden Händen in die Höhe. Eine klassische Kapitulation, wie sie Garon schon seit vielen Jahren nicht mehr gesehen hatte.

Grimm nahm das Schwert würdevoll entgegen, bevor er seinen Gegner aufforderte, sich zu erheben. Die Verbannung hatte aus ihm einen Feldherrn gemacht, der über eine einzelne Schlacht hinausdachte. Oswin, der schon mit seinem Leben abgeschlossen hatte, wusste nicht recht, wie ihm geschah. Verwirrt blinzelte er in die Höhe. Er rechnete fest mit einem tödlichen Hieb, der ihm den Kopf vom Rumpf trennte, doch nichts dergleichen geschah.

Warum auch? Ein lebendiger Stadtkommandant, der sich der gegnerischen Gnade ausgeliefert hatte, war weitaus wertvoller als ein toter. Grimm brauchte respektierte Männer, die in Imor für Ordnung sorgten, weil sie hofften, damit die Stadt und ihre Einwohner vor größerem Unheil zu bewahren. Oswin war für diese Aufgabe besser geeignet als jeder andere.

Ob der Kommandeur wohl ahnte, dass er der größten Plage gegenüberstand, die Garon jemals bedroht hatte? Einem Orkkönig, der seinen Verstand gebrauchte!

So ungläubig, wie er Grimm anstarrte, fasste der Marschall keinen einzigen klaren Gedanken, sondern freute sich nur darüber, unversehrt davongekommen zu sein. Wie betäubt machte er auf dem Absatz kehrt, um der Orkhorde auf Geheiß des Königs voranzugehen. Die übrigen Verteidiger, die noch laufen konnten, schlossen sich dem Marschall an. Ohne ein einziges Zeichen der Gegenwehr überquerten die Grünhäuter und der Söldnerelf den Trümmerwall und verschwanden im Straßenlabyrinth der Stadt.

Mandu lächelte zufrieden.

Alles verlief nach Plan. Und sollte es wider Erwarten doch noch Schwierigkeiten geben, ließ er die Erde einfach erneut erbeben. Aber das würde nicht nötig sein. Bestimmt hatten Imors Bürger begriffen, dass sie ihren Gegnern mit Haut und Haaren ausgeliefert waren.

Die Amulettträger betrachteten ihn ausnahmslos mit von Furcht gezeichneten und vor Schweiß glänzenden Gesichtern. Nicht wenige fürchteten wohl, an der Schwelle des eigenen Todes zu stehen, dabei hätten sie wissen müssen, dass sie lebendig weitaus wertvoller waren. Obwohl es Mandu für überflüssig hielt, erklärte er ihnen, was sie als Nächstes zu tun hatten.

Zum Glück kam es ihren eigenen Fluchtinstinkten entgegen, dass sie ins Land hinausziehen sollten, um überall zu verbreiten, was Imor widerfahren war. Jedem Einzelnen von ihnen war anzusehen, dass sie das ohnehin getan hätten, doch Mandu schärfte ihnen ein, darüber hinaus Unruhe zu verbreiten und gezielt zum Verlassen der Heimat aufzurufen. Kopflosigkeit war ein wichtiger Verbündeter, denn verwaiste Bauernhöfe zogen Missernten nach sich, die zu Hungersnöten in den Städten führten. In geräumten Zunfthäusern gab es niemanden, der die Waffen des Gegners ausbesserte, und Karren, die die Wege nach Westen verstopften, behinderten fremde Truppen bei all ihren Marschbewegungen.

Und das war nur der Anfang …

Nachdem er seine Rede gehalten hatte, wartete Mandu geduldig darauf, dass sich die Geheimbündler zerstreuten. Danach machte er sich auf die Suche nach Kappok und den Meistern der Dunklen Gilde, mit denen er etwas Besonderes vorhatte.

6.

Die Verwüstungen in der Stadt waren schlimmer als erwartet. Selbst jenseits der Ruinen, die sich nahe der Ostmauer erhoben, hatten die Beben schwere Schäden hinterlassen. Besonders die Dächer waren betroffen. Ein Meer aus zerschlagenen Pfannen füllte die Gassen mit tönernen Scherben. Dunkelrote Pfützen markierten Stellen, an denen herabstürzende Ziegel Menschen oder Tiere getroffen hatten. Dort, wo größere Stücke aus der Fassade gebrochen waren, lagen noch Verschüttete am Boden. Die meisten von ihnen waren tot, alle anderen schlossen mit ihrem Leben ab, als sie Grimms Horde erblickten.

Die Orks scherten sich nicht um die Verletzten am Wegesrand, obwohl es so manchem Krieger in den Pranken juckte, Keule oder Kettensichel niederfahren zu lassen.

Grimm hatte alle unnötigen Gräueltaten verboten, aber das ahnten Imors Bürger nicht. Wer von ihnen noch laufen konnte, war rechtzeitig geflohen. Straßen und Gassen wirkten deshalb wie ausgestorben. Nur ein paar Ratten, die von einer offenen Haustür zur nächsten wechselten, schien die Invasion kaltzulassen.

Ascan behielt die Gebäude, die sie passierten, genau im Auge. Nicht alle von ihnen standen leer. Hinter so manchem Fensterladen zeichneten sich helle Flecken ab – die Gesichter verängstigter Menschen, die sie aus dem Verborgenen heraus beobachteten. Auch von den Dächern herab verfolgte man die Horde mit Blicken.

Nichts fürchteten Menschen mehr, als von ihren eigenen Nachbarn ausgeplündert zu werden. Selbst hinter Fassaden, die handbreite Risse aufwiesen, harrten sie aus, um die ihnen verbliebenen Habseligkeiten zu schützen. Oder war alles nur zu schnell gegangen, um sich rechtzeitig abzusetzen? Hatten sie die panischen Warnrufe überhört, die den Orks vorauseilten? Ascan hätte sich trotzdem nicht ohne Not in einem Gebäude aufgehalten, das jeden Augenblick zusammenstürzen konnte.

Aus einem zerstörten Dachstuhl lugten gleich drei Haarschöpfe hervor. Die jungen Narren, die sich dort in Sicherheit wähnten, weil sie zwischen gelockerten Pfannen hindurchspähten, waren nicht zu beneiden. Ein falscher Schritt oder ein weiteres Schütteln des Wurms mochte genügen, um den brüchigen Boden unter ihren Füßen nachgeben zu lassen.

War das der Grund dafür, warum sich nirgendwo organisierte Gegenwehr formierte? Die Stadtgardisten, die ihren Dienst auf den übrigen Verteidigungswällen verrichtet hatten, mussten längst wissen, dass der Feind durch ihre

Straßen marschierte. Außerdem bot sich die enge Bebauung geradezu für erbitterten Widerstand an. Ascan hatte schon an Schlachten teilgenommen, in denen tagelang um jeden einzelnen Straßenzug gerungen worden war.

Gezielt gelegte Brände kürzten solche Kampfhandlungen häufig ab, aber nicht immer. Jenseits der Meeresöde hatte er einmal ein ganzes Viertel in Flammen aufgehen sehen, dessen Einwohner bei Rauch und Hitze so lange in den Kellern ausgeharrt hatten, bis sie die noch glühenden Ruinen wieder besetzen und weiterkämpfen konnten. Allerdings bestanden die Grundmauern wilurischer Gebäude aus großen Steinblöcken, die selbst schlimmsten Feuersbrünsten trotzten. In Imor sah das anders aus.

Diese Stadt war wesentlich leichter in Schutt und Asche zu legen. Grimm wollte sie jedoch nicht stärker zerstören als unbedingt nötig. Nicht solange er sie brauchte. Den Männern und Frauen, die in ihren Häusern zitterten, wurde deshalb kein einziges Haar gekrümmt. Auch nicht den drei Halbwüchsigen, die es schließlich doch wagten, ihre Nasenspitzen über die zersprungen Dachpfannen hinauszustrecken.

Ascan spannte einen unsichtbaren Bogen und nahm sie ins Visier. Allein diese Geste reichte, um sie hastig abtauchen zu lassen. Einige Orks, die alles beobachtet hatten, lachten dröhnend. Sein Humor war ganz nach ihrem Geschmack.

Bald darauf erreichten sie einen großen Platz, an dem fünf Straßen zusammentrafen. In seiner Mitte erhob sich eine mit Ornamenten überzogene Säule, die Magon, dem Allgewaltigen, gewidmet war. Sie sah noch genauso aus wie vor zwanzig Jahren, als er Imor das letzte Mal besucht hatte. Auch der rundum laufende Sockel mit den abgewetzten Stufen, auf dem sich an lauen Sommerabenden junge Frauen niederließen, die hier mit ihrem Liebsten verabredet waren, hatte sich nicht verändert.

Nun erzitterten die Stufen unter schweren Orkstiefeln, die sich auf dem Sandstein zusammenrotteten, um den Leichnam eines Gardisten in zerfetzter Uniform in Augenschein zu nehmen. Aus irgendeinem Grund hatte er sich, eine rote Schleifspur hinter sich herziehend, zum Sterben hierhergeschleppt. Vielleicht, weil er hier – im Angesicht des Todes – noch einmal seine Angebetete zu treffen hoffte? Bei den Menschen war alles möglich. So mancher von ihnen, der auf den Schlachtfeldern das Leben aushauchte, verfiel in einen schmerzlindernden Fieberwahn, der mit allerlei Visionen verbunden war. Ascan hatte schon die merkwürdigsten Dinge erlebt.

Mehr als der Tote, den die Orks mit ihren Stiefelspitzen anstupsten, interessierte ihn ein Eckgebäude mit eingestürzter Fassade. Der Rest des Hauses stand noch, so dass die einzelnen Räume zwar intakt aussahen, aber den Blicken der Straße preisgegeben waren. Aus dem ersten Stockwerk erklang ein leises Weinen.

Das etwa dreijährige Kind, das dort vor sich hin schluchzte, klammerte sich an einer hölzernen Wiege fest, aus der es längst herausgewachsen war. Es traute sich nicht, von ihr abzulassen und einen Weg ins Freie zu suchen, obwohl es leichter als die beiden Erwachsenen war, die den Versuch, es zu retten, mit Knochenbrüchen bezahlt hatten – sie lagen mit zerschmetterten Gliedern im Erdgeschoss, inmitten von Splittern und zerbrochenen Brettern. Allem Anschein nach waren sie durch die Zwischendecke gebrochen.

Eine Frau mit verheulten Augen, die vor den Trümmern der Fassade ausharrte, musste die Mutter des Kleinen sein.

Sie zitterte vor Angst, trotzdem trieb sie der Anblick der aufmarschierenden Orks nicht in die Flucht. Lieber wollte sie eines schrecklichen Todes sterben, als ihr Kind in seiner Not alleinelassen. Und mehr als das. Tief im Inneren hoffte sie wohl auf eine wundersame Rettung, sonst hätte sie sich nicht so flehentlich an die Gardisten gewandt, die die Orks begleiteten.

Oswin und die Seinen wichen ihren Blicken aus. Der Kampf gegen den Felszehrer hatte ihnen den Schneid abgekauft. Immer noch unter Schock stehend, wankten sie wie in Trance umher. Obwohl sie nicht einmal gefesselt waren, wagten sie nichts zu unternehmen, was den Unwillen ihrer Bewacher zu erregen vermochte. Aber vielleicht war dieses Urteil zu hart. So abgekämpft, wie sie wirkten, bereitete es den Geschlagenen schon sichtlich Mühe, sich überhaupt auf den Beinen zu halten.

Ascan hasste sich selbst dafür, dass ihm das Schicksal der Frau und ihres Kindes so naheging. Ohne dass er es wollte, sah er zu Grimm hinüber. Der Orkfürst hatte den Blick bereits erwartet, denn er antwortete mit einem leichten, kaum wahrnehmbaren Nicken.

Das genügte dem Elfen.

»Barlog!«, wandte er sich an den ihm am nächsten stehenden Krieger. »Komm mit und hilf mir.«

»Was hast du vor?«, wollte der vernarbte Ork wissen, der ihn schon am Schwarzen Weiher und im Steinernen Wald begleitet hatte.

»Uns bei den Einwohnern von Imor beliebt machen.«

»Wozu?« Allein die knurrende Betonung der Einwortfrage reichte aus, um seinem ganzen Unverständnis über Ascans Vorhaben Ausdruck zu verleihen.

Trotzdem trottete er neben dem Söldner her und folgte

dessen Befehl, sich mit seinen mächtigen Pranken auf den Trümmern der ehemaligen Hausfassade abzustützen. Ascan hatte bereits einen Plan. Obwohl er weniger als ein Ork und die meisten erwachsenen Menschen wog, war ihm der Weg durchs Haus zu gefährlich. Lieber wollte er seine Sprungkraft nutzen, um das Kind so schnell wie möglich an sich zu reißen und in Sicherheit zu bringen.

Drei Schritte Anlauf genügten dafür.

Mit katzenhafter Gewandtheit sprang er auf den Buckel, den Barlog für ihn machte, und federte in die Höhe. Nahezu senkrecht stieg der Elf auf, bis er das erste Stockwerk erreichte. Kein Mensch hätte auf diese Weise zu springen vermocht, das war der Grund für den Neid auf und die Gier nach dem legendären Elfenbein. Ascan verdrängte die dunklen Gedanken, die von ihm Besitz zu ergreifen drohten, während er mit den Armen ruderte, um die Balance zu halten, und, den rechten Fuß vorgestreckt, landete.

Die Bohlen des Bretterbodens knarrten verdächtig, als er mit den Zehenspitzen voran aufkam, doch sie hielten seinem Gewicht stand. Das bewahrte ihn davor, sich mit einer Rückwärtsrolle in Sicherheit bringen zu müssen. Ascan fürchtete weder Kampf noch Tod, doch die Vorstellung, unter einer zusammenstürzenden Ruine lebendig begraben zu werden, flößte selbst ihm Furcht ein. Entsprechend angespannt lauschte er in die Ruine, als er mit beiden Füßen auf der Kante stand. In dem über ihm ruhenden Gebälk rumorte es leise, ansonsten blieb alles ruhig.

Der Junge in dem vielfach geflickten Spielhemd sah ihn aus großen Augen an, sprach aber kein Wort. Seine Tränen, die schmutzige Bahnen in die staubbedeckten Wangen gewaschen hatten, waren längst versiegt. Er schluchzte auch nicht mehr, sondern wartete gespannt, was als Nächstes geschah. Ohne zu zögern, schlüpfte Ascan hinüber und schloss ihn in die Arme. Rasch wollte er mit dem Balg in die Tiefe springen, am besten bevor es überhaupt begriff, was vor sich ging. Anstatt ihm die Hände um den Hals zu legen, klammerte sich der Kleine jedoch weiter an der Wiege fest und begann zu schreien, als würde ihm ein schreckliches Leid angetan. Menschen! Schon als barfüßige Kinder zerrten sie an den Nerven jedes Vernunftbegabten!

Ascan wollte bereits grob werden, als sein Blick ins Innere der Wiege fiel. Da lag doch tatsächlich ein schlafender Säugling, der an seinem Daumen nuckelte. Darum hatte sich der ältere Bruder während des Bebens zu der geschnitzten Wiege geflüchtet. Ihn hatte die Sorge um den noch Kleineren und Hilfloseren getrieben.

Der Elf haderte mit sich, weil er so vorschnell geurteilt hatte. Dann langte er in die Strohfüllung und holte den Säugling mitsamt seiner Decken hervor. Die Augen unter der weißen Schnürhaube blieben fest geschlossen. Da verschlief der Winzling tatsächlich das ganze Chaos, das in Imor tobte.

Beneidenswert.

Endlich ließ der Größere von der Wiege ab. Ascan umschlang ihn mit seinem freien Arm und kehrte an den Rand des Schlafgemachs zurück. Auf dem Weg ins Freie bemerkte er einen schussbereiten Bogenschützen auf dem gegenüberliegenden Dach. Gesicht und Hände hatte der Mann notdürftig gereinigt, ansonsten strotzte er so sehr vor Staub, dass nicht einmal seine Haarfarbe zu erkennen war. Ein Überlebender der Ostmauer und der erste Bewaffnete, der den Kampf fortsetzen wollte.

Angesichts der Kinder, die er trug, begnügte sich Ascan damit, den Gegner wütend anzufunkeln. Daraufhin entspannte der Bogenschütze tatsächlich die Sehne und steckte seinen Pfeil in den Köcher zurück. Hoffentlich war er klug genug, es dabei zu belassen. Der Elf verdrängte die Gefahr, in der er weiterhin schwebte, bevor er vom Haus herabsprang. Erneut nutzte er seine Fähigkeit, den Fall zu verlangsamen, doch angesichts des zusätzlichen Gewichts, das er an den Brustkorb presste, fiel seine Landung härter als gewöhnlich aus.

Ein Brennen fuhr durch seine Fußsohlen, als er mit hartem Knall aufkam. Indem er in den Knien nachfederte, milderte er den Aufprall wenigstens für die Kinder ab. Vorsichtig übergab er sie den ausgestreckten Armen ihrer Mutter, die vor Aufregung kein einziges Wort herausbekam. Überraschung und Dankbarkeit hielten sich in ihrem Gesicht die Waage, vorbei letzteres Gefühl wohl ein wenig überwog.

Während Ascan den dreien nachsah, wurde hinter ihm erbarmungswürdiges Stöhnen laut. Es stammte von den beiden Männern, die Barlog aus dem Erdgeschoss heraustrug. Obwohl sich seine Pranken lediglich in den rückwärtigen Stoff ihrer Hemden gruben, jammerten sie bei jedem Schritt auf. Dass sie bei ihrem Sturz Knochenbrüche davongetragen hatten, interessierte den Ork aber nicht.

»Bedankt euch gefälligst!«, forderte er, als er sie jenseits des Trümmerhaufens zu Boden fallen ließ.

»Da... danke!«, brachte einer von ihnen mühsam über die Lippen, während der andere lieber still in sich hineinweinte.

Barlog war das zu wenig. »Undankbares Pack!«, grummelte er, bevor er sie ihrem weiteren Schicksal überließ.

Sicherlich würde sich die zweifache Mutter um sie kümmern, sobald sie von der Unversehrtheit ihres Nachwuchses überzeugt war. Grimm, der alles beobachtet hatte, wandte sich an Marschall Oswin.

»Ihr nennt uns Unmenschen, weil wir den Alten Völkern angehören!«, sagte er so laut, dass es alle hören konnten. »Und das sind wir auch! Nur Menschen führen Krieg gegen Kinder und Weiber, während es uns reicht, die Streiter unserer Feinde zu zerschmettern.«

Das war eine glatte Lüge. Jeder, der schon gegen Gremms Horden gestritten hatte, wusste das. Offensichtlich baute der König der Verbannten darauf, dass das Gedächtnis der Menschen ebenso kurz wie ihre Lebensspanne war. Oder es bereitete ihm einfach Freude, sich diesen Unsinn von einem unterlegenen Feind bestätigen zu lassen.

Oswin nickte jedenfalls gehorsam.

»Wo finden wir das Rathaus?«, fragte Grimm. »Ich will endlich mit eurem Herzog sprechen.«

Oswin wies in die Straße, die gen Westen führte.

»Es ist nicht mehr weit«, bestätigte Ascan, der sich hier von allen Angreifern am besten auskannte.

Grimm knurrte zufrieden. Bevor er seine Krieger weitermarschieren ließ, sandte er jedoch kleinere Gruppen aus, die sich durch die Nebenstraßen schleichen sollten. Die allgemeine Ruhe behagte ihm nicht, obwohl sie seinen Plänen entgegenkam. Wie recht der Kriegsfürst mit dieser Vorsichtsmaßnahme hatte, zeigte sich, als sie an dem Haus mit der eingestürzten Fassade vorüber waren.

Unversehens ertönte der trockene Schlag einer Bogensehne. Instinktiv zogen die Orks ihre Köpfe ein, während Ascan den seinen in den Nacken presste, damit die breite Krempe seines Schnallenhutes mit dem ledernen Mantelkragen abschloss. Ein unangenehmes Sirren, das immer lauter wurde, endete abrupt, als etwas mit lautem Schmatzen in

Barlogs Oberarm fuhr. Genau an der ungeschützten Stelle zwischen Schulterpanzer und Armschiene wuchs plötzlich ein gefiederter Schaft hervor.

Wütend griff er nach dem Pfeil. Ein prüfender Ruck genügte ihm, um sicherzugehen, dass die Spitze keine Widerhaken besaß. Daraufhin zog er ihn mit einem zweiten Ruck aus der Wunde.

Ein Trupp brüllender Krieger stürmte das Haus, von dessen Dach geschossen worden war. Ascan kannte das Gebäude. Es war das, auf dem er den Bogenschützen bemerkt hatte. Der Narr hatte seinen Pfeil wieder aus dem Köcher gezogen.

Da der Heckenschütze sie nicht weiter attackierte, setzte die Horde ihren Weg fort. Ascan spürte leichte Schuldgefühle, weil Barlog wegen ihm bluten musste. Dem vernarbten Ork machte die Verletzung aber nicht allzu viel aus. Ein wenig Heilkraut, das er direkt in den Wundkanal drückte, mehr brauchte er nicht. Ascan legte dem Grünhäuter noch einen Verband aus sauberem Leinen an, auf dem rasch ein roter Fleck in Münzgröße heranwuchs, der aber nicht weiter durchblutete.

Die Lebenssäfte der Orks kamen leicht ins Stocken, das hatte schon so manchem von ihnen das Leben gerettet.

»Die Dankbarkeit der Menschen«, brummte Barlog, während der Elf sein Werk vollendete.

»Du musst in größeren Zusammenhängen denken«, klärte Ascan ihn auf.

»Elfengeschwätz.« Angesichts der frischen Wunde war das fast als eine Art Zustimmung zu werten.

Ohne ein Zeichen des Schmerzes zu zeigen, machte sich Barlog wieder auf den Weg. Ascan blieb an seiner Seite. Sie waren noch nicht weit gekommen, als ein Todesschrei von den umliegenden Dächern widerhallte. Der Heckenschütze hatte die Behändigkeit der Orks unterschätzt – der letzte Fehler seines Lebens. Als sie das Ende der Straße erreichten, holten sie Grimm und die anderen Orks ein.

Seite an Seite mit ihren Gefangenen versammelte sich die Horde auf dem Rathausplatz, vor dem sich ein mächtiger Fachwerkbau mit schweren Eichentüren und vergitterten Fenstern erhob. Ecktürme und Balustraden dienten nicht nur der Zierde, von dort aus konnten Gardisten eine revoltierende Menge gut unter Beschuss nehmen. Der Sitz des Herzogs war eine wahre Trutzburg, die das Beben nahezu unversehrt überstanden hatte. Lediglich einige Fensterscheiben waren zersprungen. Ihre Scherben funkelten entlang des massiven Sockels in der Sonne.

Bürger oder Gardisten ließen sich nicht blicken. Der Vorplatz wirkte genauso ausgestorben wie die Gassen, durch die sie vorgedrungen waren.

Ascan überlegte schon, wie das Rathaus am besten zu erstürmen war, als ein Fensterflügel am rechten Eckturm aufschwang. Der Söldner schob seinen Hut zurück, um besser unter der Krempe hervorblicken zu können. Er vermutete zunächst, dass der Herzog zu ihnen sprechen wollte, um aus sicherer Entfernung die Bedingungen der Kapitulation zu verhandeln. Stattdessen löste sich eine vornehm gekleidete Gestalt aus dem Rahmen und stürzte kopfüber zu ihnen herab.

Der überraschte Elf erkannte blauen Brokat, vor dem sich goldene Amtsketten und ein schneeweißer Hermelinkragen abhoben. Bis zur Hälfte fiel der Unbekannte schweigend, angesichts des sich rasend schnell nähernden Pflasters begann er aber schließlich doch zu kreischen.

Der gellende Laut endete in einem dumpfen Aufschlag.

Das Knacken der Schädeldecke ließ sogar mehrere Orks zusammenzucken.

Weder federte der zerschmetterte Leichnam in die Höhe, noch rollte er zur Seite. Wäre nicht die Blutlache gewesen, die sich unter dem Körper ausbreitete, man hätte ihn für einen edel eingekleideten Mehlsack halten können, der durch den Aufprall geplatzt war.

Aber das war nicht alles. Zwei weitere Männer folgten dem ersten. Ebenfalls in edle Gewänder gehüllt und mit Ketten geschmückt, nur ohne Fell am ausgestellten Mantelkragen. Wenige Schritte von ihrem Vorgänger entfernt fanden sie ihr schreckliches Ende.

Erwartungsvoll starrten die Orks in die Höhe, doch das Schauspiel hatte seinen Höhepunkt bereits überschritten. Das Turmfenster wurde wieder geschlossen.

»Was hat das zu bedeuten?«, fragte Grimm nach einiger Zeit in die Stille hinein.

»Der Herzog und seine beiden Stellvertreter«, erklärte ihm Marschall Oswin. »Sie wollten lieber von eigener Hand sterben, als dem Feind lebend in die Hände fallen. Das hat in Imor Tradition.«

Zwei Duzend Orks lachten dröhnend auf. So etwas Verrücktes hatten sie noch nie gehört. Ascan auch nicht, ließ sich aber nichts anmerken. Grimm war einfach nur wütend. Mit einem zornigen Blick brachte er seine Krieger zum Schweigen.

Er hatte den Herzog nicht foltern, sondern zu seinem Lakaien machen wollen, das war nunmehr unmöglich. Mit mahlendem Unterkiefer stand er da, während er nach einem Ausweg sann. Als Grimm zu einer Lösung gekommen war, baute er sich drohend vor Oswin auf.

»Du bist der Stadtkommandant«, herrschte er den Marschall aufgebracht an. »Sprich mit den Gardisten, die sich mit den übrigen Ratsherren verbarrikadiert haben. Übergibst du mir das Rathaus unversehrt, ohne dass ich die Türen aufbrechen muss, sollst du für mich über die Einwohner dieser Stadt herrschen. Das ist zu ihrem eigenen Besten und soll auch dein Schaden nicht sein. Doch sei gewarnt: Wagst du es, den gleichen Weg wie der Herzog zu nehmen, lass ich Imor dem Erdboden gleichmachen. Du hast am eigenen Leib erfahren, wozu der Felszehrer fähig ist. Hast du mich verstanden?«

Geduldig hörte Oswin sich an, was Grimm zu sagen hatte, bevor er demütig das Haupt beugte und antwortete: »So soll es geschehen, mein Gebieter. Ich will alles unternehmen, um die Menschen dieser Stadt vor deinem Zorn zu bewahren.«

7.

Für jeden anderen als einen Nekromanten wäre es ein furchtbarer Anblick gewesen. Mit blutverschmierten Händen stand Kappok zwischen seinen toten Gefährten, die mit aufgerissenen Kehlen vor ihm lagen. In einem Akt ungezügelter Raserei hatte er sie mit bloßen Händen umgebracht, ja wie ein tollwütiges Tier regelrecht in Stücke gerissen. Und das alles nur, damit sie niemandem sein Geheimnis verrieten.

Einerseits bedauerte Mandu, dass Veit, Odar und die anderen Meister der Dunklen Gilden tot waren, denn sie hätten noch sehr nützlich sein können. Andererseits wusste er nun mit absoluter Sicherheit, das Kappok der Richtige für sein Ansinnen war. Ein Mann, dem alles genommen worden war, was ihm etwas bedeutet hatte, war für Einflüsterungen sehr empfänglich. Vor allem, wenn es sich um einen Gnom handelte, der nichts so sehr fürchtete, wie erneut von aller Welt verhöhnt und verachtet zu werden.

Mit einem Fingerbreit Luft unter den Sohlen schwebte Mandu über die Laubdecke hinweg, um sich lautlos zu nähern. Hinter Kappok angekommen, schlug ihm der Geruch von Blut und Aas entgegen. Sofort keimte in ihm der Wunsch auf, den süßen Odem tief in seine Lungen zu ziehen, aber dafür war weder die richtige Zeit noch der rechte Ort.

»Das muss dir schwergefallen sein«, behauptete er wider besseres Wissen. »Schließlich waren diese Männer deine engsten Vertrauten.«

Überrascht wirbelte Kappok herum. Ein animalisches Fauchen entfuhr seiner Kehle, während er eine leicht gebückte Kampfhaltung einnahm. Obwohl er die Gestalt des blondgelockten Jünglings zur Schau stellte, funkelten seine Augen so rot wie das Blut, das ihm von Händen und Lippen rann. Wie es schien, hatte er Luiif die Kehle lieber durchgebissen, anstatt sie nur aufzureißen.

Mandu spürte nicht die geringste Furcht, als der Gnom auf ihn zusprang. Schneller als ein Blitz glitt er zur Seite, ohne einen Muskel zu rühren. Dort, wo er eben noch gestanden hatte, schlug Kappok der Länge nach ins Laub, war jedoch sofort wieder auf den Beinen.

Nachdem er sich an den anderen Gildenmitgliedern ausgetobt hatte, war ein Großteil seiner Wut verraucht. Zumindest war Kappok klar genug im Kopf, um zu begreifen, dass sich ein Nekromant von Mandus Format nicht so leicht überrumpeln ließ. Ans Aufgeben dachte Kappok trotzdem nicht. Lauernd umrundete er seinen Gegner, jederzeit dazu bereit, sich durch einen Sprung zurückzuziehen oder in eine bessere Angriffsposition zu bringen.

Mandu hätte den Gnom mit einer kurzen Entladung niederstrecken können, wollte aber lieber dessen Vertrauen gewinnen. Obwohl es ihm widerstrebte, die auf der Lichtung gewonnene Energie zu verschwenden, schwebte er weiter in der Luft, um den durchs Laub stapfenden Kappok jederzeit im Blick zu behalten. Ihr gemeinsamer Tanz führte sie fast einmal im Kreis herum.

»Ich bin nicht dein Feind«, erklärte Mandu dabei. »Lass uns vernünftig miteinander reden.«

Wütend stieß der Gnom den rechten Fuß nach vorne, um eine Wolke aus rotbraunen Blättern aufzuwirbeln. Mandu blockte sie mit einer Handbewegung ab und zerstreute sie dabei in allen Himmelsrichtungen, bevor sie ihm die Sicht rauben konnten. Kappok schüttelte seine Fäuste in hilflosem Zorn, machte aber keine Anstalten, sich zu ergeben. Dass die drohende Geste nur dazu diente, Mandus Aufmerksamkeit zu fesseln, bemerkte dieser erst, als er auf seinem Rundkurs gegen Horvahs Leiche stieß.

Die Berührung an seinem Fuß war nicht sonderlich heftig, sie brachte ihn auch nicht aus dem Gleichgewicht. Aber nicht einmal Mandu hatte seine Instinkte so fest im Griff, dass er nicht überrascht in die Tiefe sah. Als er einen Wimpernschlag später wieder aufblickte, flog ihm Kappok bereits mit ausgestreckten Händen entgegen.

Die blutbesudelten Finger kamen Mandu bedrohlich nahe, aber seine Gedanken waren schneller als die ungestüme Attacke. Kurz bevor der Gnom sein Ziel erreichte, prallte er von einem unsichtbaren Hindernis zurück. Vor Wut und Schmerz aufheulend, fiel er auf den Rücken. Bevor er sich wieder aufrappeln konnte, schwebte Mandu mannshoch über ihm. Die drohende Geste, mit der der Magier in die Tiefe deutete, ließ Kappok erschlaffen.

»Schluss jetzt!«, forderte Mandu. »Sonst lasse ich dich Qualen spüren, die du dir mit deinem kleinen Verstand nicht einmal auszumalen vermagst! Und ich könnte wetten, dass du bereits so einiges in deinem Leben durchlitten hast!«

»Du hast mich vor aller Augen enttarnt!«, heulte Kappok auf, ohne sich von der Stelle zu rühren. »Damit hast du mir alles genommen, was ich mir ein Leben lang aufgebaut habe. Ausgerechnet jetzt, wo ich kurz davorstand, Grimms Statthalter in Imor zu werden.«

»Du standest höchstens kurz davor, von Grimm erschlagen zu werden«, korrigierte der Magier. »Ich habe dir das Leben gerettet, begreif das endlich. Und nimm gefälligst zur Kenntnis, dass du dich einem König gegenüber demütig zu verhalten hast. Was einstmals war, ist vorüber. Von nun an herrscht die Neue Ordnung, auch wenn sie anders aussieht, als du es dir vorgestellt hast.«

Kappoks Augen füllten sich mit Tränen. Wie jämmerlich schwach und eines Gnoms unwürdig er doch war. Vermutlich hatte er zu lange unter Menschen gelebt, aber das sollte Mandu nur recht sein. Langsam ließ sich der Magier neben seinem Opfer zu Boden sinken, bis seine Stiefelsohlen im weichen Waldboden versanken.

Kappok drückte sich auf einem Ellenbogen in die Höhe, um seinen Oberkörper aufzurichten. Seine Schultern erbebten unter leisem Schluchzen, bis er sich wieder einigermaßen in der Gewalt hatte. Nur er selbst wusste, wie viele Demütigungen ihm schon widerfahren waren, dass er solche Angst vor einer Zukunft hatte, in der es keinen Platz mehr für einen Großmeister der Dunklen Gilden gab.

Mandu ließ sich nicht anmerken, wie sehr ihn das Gewinsel des Gnoms anwiderte. Seit er die ersten Weihen zum Nekromanten erhalten hatte, war ihm jede Form von Mitleid fremd. Wenn er ehrlich zu sich selbst war, hatte er dieses Gefühl aber schon als Kind niemals verspürt, sondern höchstens vorgetäuscht, wenn es von ihm erwartet wurde. Sein kalter Verstand sagte ihm jedoch, dass er schneller vorankam, wenn er Kappok über seine wahren Empfindungen im Unklaren ließ.

»Du brauchst nicht traurig zu sein«, heuchelte er. »Die Neue Ordnung hält für dich die Möglichkeit bereit, Macht und Einfluss in einem dir unbekannten Ausmaß zu erlangen.«

»Ach, tatsächlich?« Kappoks Augen nahmen wieder ihre menschliche Farbe an, trotzdem war das Misstrauen, das sich in ihnen widerspiegelte, nicht zu übersehen. »Und was muss ich dafür tun?«

»Das ist ganz einfach, du musst nur den Weg des Nekromanten gehen. Meinen Weg, dem ich die überlegenen Kräften verdanke, denen du gerade hilflos ausgeliefert bist.« Während der Gnom über den Sinn dieser Worte rätselte, drehte sich Mandu zu dem am nächsten liegenden Toten um.

Veits aufgerissener Hals war für sein Vorhaben bestens geeignet. Zufrieden kniete er neben dem Leichnam nieder und langte mit seinen bloßen Fingern in die offene Wunde. Das blutige Fleisch war noch warm und geschmeidig, obwohl er bereits erste Anzeichen der Leichenstarre spürte.

Mit geübtem Griff riss Mandu einen roten Fetzen hervor, den er vorsichtig zwischen Daumen und Zeigefinger in die Höhe hob. Rasend schnell schrumpfte das fleischige Etwas zusammen und verfärbte sich dunkel. Es verdarb innerhalb von wenigen Herzschlägen, bis er nur noch einen kohlrabenschwarzen Wurm in Händen zu halten schien. Aasgeruch schwängerte die Luft, aber das machte dem Nekromanten nichts aus. Im Gegenteil. Er kitzelte seine Sinne.

Zufrieden kehrte er zu Kappok zurück, der wieder auf seinen Füßen stand. Unter zusammengezogenen Augenbrauen musterte der Gnom den verschrumpelten Fleischfetzen. Als sich die beiden Männer gegenüberstanden, biss Mandu ein Stück von dem zuckenden Ende ab und kaute darauf herum, während er die andere Hälfte in der offenen Handfläche präsentierte.

»Hier«, bot er an. »Es ist ganz leicht, du musst nur davon essen. Wirst sehen, es schmeckt so gut, dass du bald noch mehr davon haben willst.«

Für Kappok war das unvorstellbar, das war ihm deutlich anzumerken. »Das ist ein Stück von Veit«, stieß er hervor. »Von einem meiner Untergebenen, den ich seit zwanzig Sommern kenne.«

»Und wenn schon!« Schmatzend schob Mandu seine Hälfte des verdorbenen Fleisches von einer Wangentasche in die andere. »Es ist nur ein Stück Menschenfleisch. Für einen deines Volkes ist es doch ein Leichtes, davon zu probieren. Ich tue es auch, obwohl ich ein Mensch war, bevor ich zum Nekromanten wurde.«

Zögernd hob der Gnom die rechte Hand, verharrte aber auf halbem Wege.

»Iss es«, drängte Mandu, »und du erlangst die gleichen Fähigkeiten wie ich. Oder möchtest du lieber der Schwächling bleiben, der sich schämt, seine wahre Gestalt zu zeigen?«

Seine Worte erzürnten Kappok, so wie erhofft. Am liebsten hätte ihm der Gnom ins Gesicht geschlagen, aber natürlich wagte er das nicht. Noch nicht. Bevor er sich einem neuen Kampf stellen konnte, musste er zunächst die Kräfte eines Nekromanten erlangen. Das Misstrauen in Kappoks Blick schwand.

»Die Kunst der Levitation?«, fragte er hoffnungsvoll. »Blitze schleudern und Trugbilder erzeugen? All das?«

»Natürlich«, log Mandu.

Der Gnom wog ein letztes Mal ab, was er für die versprochenen Kräfte in Kauf nehmen musste, bevor er entschied, dass ein wenig Menschenfleisch zu essen nicht schlimmer war, als eine Wachtel zu verspeisen. Hastig griff er zu, ehe er es sich noch mal anders überlegen konnte. Ohne groß zu kauen, schlang er den schwarzen Streifen in einem Stück herunter.

Der Geschmack des verdorbenen Fleisches ließ Kappoks Magen revoltieren, doch er übergab sich nicht. Dazu war es ohnehin zu spät.

»Wie lange dauert es, bis die erste Wirkung ...« Ein halberstiktes Krächzen beendete die Frage vorzeitig.

Überrascht presste Kappok beide Hände auf den Bauch. Ein dichtes Netz aus Schweißperlen überzog sein Gesicht, während er unkontrolliert zu zittern begann. Die Beine knickten ihm unter dem Körper weg, aber auch am Boden liegend wälzte er sich unter Schmerzen umher. Das würde noch eine Weile so weitergehen, bis sich die kleinen Fadenwürmer aus dem verdorbenen Fleisch in sein Gehirn vorgearbeitet hatten.

Achtlos spuckte Mandu die Hälfte aus, auf der er die ganze Zeit über herumgekaut hatte.

»Ich hätte dir vielleicht sagen sollen, dass es beim ersten Mal sehr schmerzhaft werden kann«, erklärte er. »Und dass du niemals in meine Sphären aufsteigen wirst. Aber stellst du dich geschickt genug an, werden dir andere folgen, die du nach Herzenslust herumkommandieren darfst.«

»*Elender Lügner!*« Noch kämpfte der Gnom gegen den fremden Einfluss an, der von ihm Besitz ergreifen wollte. »*Verräterisches Schwein!*«

Mandu ging fort, um das Gewinsel nicht länger ertragen zu müssen. Sobald die Zeit dazu reif war, würde er Kappok schon zu finden wissen.

Hinter den Spiegeln

Mit weitaufgerissenen Augen schreckte Beldor aus dem Schlummer auf. Wellen der Übelkeit schüttelten seinen ausgemergelten Körper. Zunächst rätselte er, was ihm fehlte, bis er begriff, dass ihn kein leiblicher Schmerz geweckt hatte, sondern ein weitentfernter Schrecken. Ein Akt magischer Barbarei, der das Gleichgewicht der Kräfte ins Wanken brachte.

Bildfetzen blitzten vor seinem geistigen Auge auf. Erinnerungen an eine Vision, die er am liebsten sofort wieder verdrängt hätte. Aber das durfte er nicht. *Menschen, die zu Dutzenden starben.* Wer, wenn nicht er, war dazu bestimmt, den Hochwald zu behüten? *Gewaltige Steinmassen, die zusammenbrachen.* Er schuldete es den Waldgöttern, seine Hände schützend über sie zu halten. *Messerscharfe Zahnreihen, die im Kreise rotierten.* Selbst wenn es ihn das Leben kostete. *Ein Felszehrer, von einem Nekromanten geführt ...*

Beldors Brust verkrampfte so stark, dass ihm der Atem stockte. Diese Wahnsinnigen, was hatten sie getan?

Schlagartig fuhr sein Oberkörper in die Höhe.

Obwohl er sich vor den Konsequenzen fürchtete, öffnete er seinen Geist, um mehr zu erfahren. Vergeblich. Was ihm im Schlaf erschienen war, hatte nur einen vagen Eindruck hinterlassen, der kein vollständiges Bild ergab. Aber es war auch kein Albtraum gewesen, das wusste er genau. Er konnte die magischen Schwingungen, die ihn berührt hatten, weiterhin deutlich spüren. Etwas *war* geschehen, ein Frevel von solchem Ausmaß, dass er die körperlose Welt jenseits des Sichtbaren tief erschüttert hatte. Wie sich auf einer spiegelglatten Wasseroberfläche kreisförmige Wellen ausbreiten, wenn ein Stein in einen still ruhenden See fällt, so lösen magische Untaten ein Beben aus, das noch über weite Entfernungen hinweg zu spüren ist. Wenn auch nur für jene, die über die richtigen Talente verfügten, um die Welt der Magie mittels Träumen, Beschwörungen oder Spiegeltoren zu betreten.

Nur wenige Hohepriester waren in der Lage, solche Erschütterungen über weite Entfernungen wahrzunehmen. Er musste umgehend mit ihnen in Kontakt treten, um herausfinden, was geschehen war. »Hoffentlich war es keiner der Unseren!«, flehte er die Waldgeister an. »Das wäre schrecklich, gerade jetzt, da wir angesichts der Heiligen Quelle so sehr gefehlt haben.«

Ihm wurde erst bewusst, wie laut er gesprochen hatte, als sich etwas vor dem Durchgang zu seiner Schlafkammer bewegte. Er dachte an den Kampf um Felsheim, bei dem er sich so stark verausgabt hatte, dass ihn Neene in einen magischen Tiefschlaf versetzen musste, aus dem er erst wenige Tagen zuvor erwacht war. Er brauchte weiterhin Ruhe, um sich von den Anstrengungen zu erholen, doch der Gedanke an die Vision vertrieb die Schwäche aus seinen Gliedern. Rasch schlug er seine Decke zurück und schwang die dürren Beine von der Lagerstätte. Die kühlen Fliesen unter seinen nackten Fußsohlen machten ihn zusätzlich munter.

Er wollte gerade aufstehen, als der blaue Türvorhang zur Seite glitt. Neene sah zu ihm herein, wer sonst? Seit er erwacht war, kümmerte sich die Erste Priesterin rührend um ihn. Ihr und der Ersten Heilerin hatte es Beldor zu verdanken, dass er schon wieder so gut bei Kräften war, doch plötzlich war ihm jede Fürsorge lästig.

»Beldor, was fällt Euch ein?«, rief Neene erschrocken. »Ihr seid noch zu schwach, um alleine zu laufen. Legt Euch wieder hin, bevor ein Unglück geschieht. Ein Sturz könnte fatale Folgen haben.«

Als seine Stellvertreterin war es ihre Pflicht, streng mit ihm ins Gericht zu gehen, wenn er sich unvernünftig benahm, aber augenblicklich stand dem Hohepriester nicht der Sinn nach Belehrungen, mochten sie auch noch so gut gemeint sein. »Meinen Eibenstab!«, verlangte er. »Schnell, ich habs eilig.«

Neenes Augenbrauen wanderten über der Nasenwurzel zusammen. Sie spürte wohl, dass etwas Besonderes vorgefallen sein musste, trotzdem war sie nicht bereit, einfach nachzugeben. Mit ausgestreckten Händen kam sie auf ihn zu, um ihn bei den Schultern zu fassen und zurück aufs Lager zu drücken.

»Kommt gar nicht in Frage«, stellte sie klar. »Wenn Ihr etwas braucht, hole ich es Euch. Möchtet Ihr etwas trinken? Ihr seht verschwitzt aus.«

Brüsk stieß er sie am Arm zurück. Überrascht von der Heftigkeit seiner Bewegung, geriet Neene ins Straucheln. Grenzenlose Überraschung spiegelte sich auf ihrem sonst so beherrschten Gesicht.

»Meinen Stab will ich, und zwar sofort!«, fuhr er sie an. »Ich befehle es dir!«

Neenes Züge verhärteten sich. So hatte Beldor noch nie mit ihr gesprochen, und für gewöhnlich durfte auch niemand so mit ihr reden. Doch als Erste Priesterin schuldete sie dem Hohepriester absoluten Gehorsam, wenn er ihn so deutlich einforderte. Selbst wenn er sich mit seinen eigenen Befehlen schadete.

Nachdem ihre erste Überraschung abgeklungen war, strich Neene ihr enganliegendes Gewand glatt, trat in die Ecke, in der sein Eibenstab stand und reichte ihn stumm an Beldor weiter. Seine harten Worte taten dem Alten längst leid, doch die Gefühle, die in ihm wüteten, waren zu stark, um sich schon zu entschuldigen. Zunächst gab es Wichtigeres zu tun.

Erleichtert nahm er den Stab entgegen. Die bloße Berührung des vertrauten Holzes übte eine beruhigende Wirkung auf ihn aus. Dabei griff er keineswegs auf die Macht des Opals zurück, der in der oberen Verdickung eingelassen war. Einmal aktiviert, schillerte der Kraftfokus in allen Facetten des Farbspektrums, gegenwärtig glänzte er nur schwarz. Der Hohepriester hatte noch keine Zeit für das Ritual gefunden, mit dem sich der magische Stein unter einer natürlich wirkenden Holzschicht verbergen ließ. Vielleicht entsprach das dem Willen der Waldgötter, die vorausgesehen hatten, dass er ihn schneller wieder brauchen würde, als ihm lieb sein konnte.

Schnaufend presste Beldor das spitz zulaufende Ende auf den Boden und zog sich an dem Stab in die Höhe. Als er endlich aufrecht stand, schwanden ihm beinahe die Sinne. Rote Punkte tanzten vor seinen Augen, bis die Schwindelattacke allmählich abklang. Als sich seine Sicht klärte, stand Neene bei ihm. Sie berührte ihn nicht, war aber jederzeit dazu bereit, ihn zu stützen.

»Lass mich«, verlangte er, deutlich sanfter als zuvor. »Ich muss sofort in den Spiegelsaal, und zwar alleine.«

Ohne weitere Erklärungen abzugeben, setzte er sich in Bewegung. Die ersten Schritte wirkten noch ein wenig ungelenk, dann ging es besser voran. Neene folgte ihm, als er seine Gemächer verließ und Richtung Spiegelsaal strebte. Beldor verschwendete keinen Atem daran, sie zurückzuschicken. Sie hätte diese Anweisung ohnehin ignoriert, und wenn er ehrlich war, hätte er an ihrer Stelle genauso gehandelt.

Die Elfen, die ihm unterwegs begegneten, grüßten erfreut. Wie hätten sie auch ahnen können, aus welchen Gründen ihr Hohepriester auf den Beinen war? Am Spiegelsaal angekommen, brach Beldor das magische Siegel, das den Raum vor unbefugtem Betreten schützte. Die angelaufenen Silberflächen, die ihn im Inneren erwarteten, bedrückten ihn noch mehr als sonst.

Der achteckige Spiegelsaal war ihm seit Jahrhunderten vertraut. In ihm hatte er die Hexenkriege erlebt, aber auch die Zeiten, in denen die Macht der Elfen auf ihrem Höhepunkt war. Bis seine Zunft schmerzhaft erkennen musste, wohin es führte, wenn sie zu stark an den übernatürlichen Kräften rührte. Aus großer Macht erwuchs auch eine große Verantwortung, selbst wenn das bedeutete, sich in Verzicht zu üben.

Doch an diesem Tage war das Abkommen der Magier nichtig geworden. Irgendwo hatte irgendein Nekromant den fast dreißigjährigen Waffenstillstand gebrochen. Ein Felszehrer war eine zu mächtige Waffe, als dass die Elfen sie ignorieren durften. Natürlich besaß Beldor nicht das Recht, diese Entscheidung alleine zu fällen, deshalb hoffte er inständig, auch die Spiegelsäle in Rodenau, Siebensee, Eichental und den anderen Fürstentümern besetzt vorzufinden.

Beldor musste seinen ganzen Mut zusammennehmen, als er den Eibenstab anhob, um ihn gegen die vor ihm aufragende Spiegelfläche zu pressen. Der Opal war nur noch eine Handbreit von dem blinden Kristallglas entfernt, als ein entsetzter Ruf erklang. »Meister, haltet ein! Ihr seid ja von Sinnen!«

So tief war er also in der Meinung seiner Ersten Priesterin gesunken.

»Schweig besser, solange du nicht verstehst, worum es geht«, mahnte er, ohne sich zu Neene umzudrehen. »Tritt ein und schließ die Tür. Es ist gut, dass du hier bist. Aber warte ab, was geschieht, wir haben keine Zeit zu verlieren.«

Die Erste Priesterin tat, wie ihr geheißen. Endlich spürte sie, dass er bei glasklarem Verstand war. Beldor berührte die südlichste der acht über Eck angeordneten Spiegelflächen mit seinem Opal. Äußerlich ging mit der schwarzen Kugel keine Veränderung vor, trotzdem entfaltete sie ihre Macht. Von einem Herzschlag auf den nächsten spürte Beldor die Anwesenheit weiterer Magier im Raum. Simur, Orella und Jalon – ihre geistigen Attribute waren ihm gut bekannt. Wenn ihn nicht alles täuschte, war sogar Syk aus Dornholm zugegen. Sie war jung an Jahren, aber von großem Talent, das gab ihm Hoffnung.

Alle diese Hohepriester hatten die gleiche Erschütterung im Machtgefüge gespürt wie er, deshalb standen sie ebenfalls in den Sälen ihrer Herzogtümer. Mit ihren Machtstäben stimulierten sie die alten Energielinien gerade so weit, dass jeder die Gegenwart der anderen spüren konnte. Mehr war nicht nötig, um einen gemeinsamen Entschluss zu fassen. Ohne sich konkret mit Worten oder Gedanken abzustimmen, aktivierten sie gleichzeitig ihre Opale, einzig und allein auf die Gewissheit vertrauend, dass sie die Spiegelsäle aus demselben Grund aufgesucht hatten.

Zunächst gingen die fünf äußerst behutsam vor. Dort, wo Beldors Kraftfokus ruhte, klarte inmitten der angelaufenen

Glasfläche eine handtellergroße Stelle auf, wie bei einer frostbedeckten Scheibe, die man im Winter anhauchte, um sie durchsichtig zu machen. Anstatt sich selbst im Spiegel zu sehen, blickte Beldor in vier weitere oktogonale Säle, die über den gesamten Hochwald verteilt lagen.

»Also habt ihr es auch gespürt?«, fragte er die anderen.

Sie bejahten, wussten aber genauso wenig wie er zu sagen, wer für den Frevel verantwortlich zeichnete. Daraufhin vereinbarten sie, ihre Kräfte zu bündeln.

Neene unterdrückte einen Laut des Entsetzens, als auf der unregelmäßig umrissenen Stelle wechselnde Bilder erschienen, die Raum und Zeit überbrückten, um ein in der Vergangenheit liegendes Ereignis zu zeigen. Beldor erkannte rasch, dass es sich bei der Stadt, die sie sahen, um Imor handelte. Der Nekromant, der den Felszehrer kontrollierte, war ihm hingegen fremd. Ganz im Gegensatz zu dem Elfen in dem weißen Ledermantel, der neben einem Orkfürsten stand, der König Gremm wie aus dem Gesicht geschnitten war.

»Ascan! Er ist heimgekehrt!« Seltsamerweise entsetzte Neene diese Tatsache weitaus stärker als die Zerstörung der Stadt, die kurz darauf zu sehen war. Vielleicht hatte sie etwas erkannt, das ihm entgangen war? Sie war eine hervorragende Erste Priesterin. Beldor war froh, sie an seiner Seite zu wissen.

Nach dem Einsturz der Stadtmauer verlor das Abbild aus der Vergangenheit allmählich an Schärfe, bis es sich gänzlich in wallenden Nebel auflöste. Mit den übrigen Hohepriestern, die anschließend auf der widerspiegelnden Fläche erschienen, gab es nur wenig zu besprechen. Sie hatten das Geschehen mit eigenen Augen verfolgt. Nun waren Taten statt Worte gefragt.

»Die Orks sind aus der Verbannung zurückgekehrt«,

fasste Beldor ihre Gedanken laut zusammen. »Sie wollen Garon zurückerobern und schrecken dabei vor nichts zurück.«

»Wenn sie nur die Menschen aus ihrem angestammten Gebiet verjagen wollen, geht uns das nichts an«, antwortete Simur als Erster. Der Hohepriester von Rodenau vertrat schon lange die Meinung, dass sich die Elfen ausschließlich um ihre eigene Belange kümmern sollten. Das war typisch für die Einwohner der Königsstadt, die im Herzen des Hochwaldes lag.

»Das meinst du hoffentlich nicht im Ernst?«, erwiderte Orella heftig. Die Hohepriesterin mit dem rabenschwarzen Haar, in dem eine silberne Strähne wie eine Narbe hervorstach, residierte in Siebensee und war für ihre deutlichen Worte bekannt. »Die Orks haben einen Nekromanten in ihren Diensten, der einen Felszehrer beherrscht! Davon, dass auch ein Söldnerelf in ihren Reihen kämpft, wollen wir erst gar nicht sprechen.«

»Ist Garon erst erobert, werden sie nicht einfach Ruhe geben«, war Beldor überzeugt. »Außerdem wurde der Pakt von Scherbental gebrochen. Das dürfen wir nicht tatenlos hinnehmen.«

»Gerade die Priesterschaft der Silberfeste sollte sich in Zurückhaltung üben«, beschied ihm Simur kühl. »Habt ihr nicht erst kürzlich – aus nichtigem Anlass – beinahe einen Krieg mit den Zwergen heraufbeschworen? Und hast *du* dabei nicht so starke Magie eingesetzt, dass der Pakt bereits von *deiner* Seite aus unterlaufen wurde? Wer vermag schon mit Gewissheit zu sagen, ob deine unbedachte Handlungsweise nicht den Plänen dieses Nekromanten Vorschub geleistet hat? In dieser heiklen Frage möchte ich mich jedenfalls lieber nicht festlegen.«

Die treue Orella empörte sich über diesen Vorwurf, alle anderen schwiegen vornehm zu Simurs harten Worten. Beldor, der nach seinem Erwachen noch keinen Kontakt zu den anderen Hohepriestern hatte aufnehmen können, stellte fest, dass sein Ansehen durch die Schlacht um Felsheim gelitten hatte. Es galt also aufzupassen, dass Simur keinen Vorteil daraus zog, wenn er gegen ihn opponierte. Unter den jüngeren Hohepriestern vertraten so einige die Meinung, dass die Zeit des alten Hexenjägers abgelaufen war.

»Ob wir uns in Garons Belange einmischen sollten, ist im Übrigen eine Entscheidung der Waldfürsten, die sie im Kronrat zu treffen haben«, legte Simur nach.

»Und so soll es auch bleiben«, stimmte Beldor zu, um dem Rivalen den Wind aus den Segeln zu nehmen. »Wie wir auf den Bruch des Paktes reagieren, obliegt hingegen den Hohepriestern des Hochwaldes. Wenn ihr mich fragt, ist es an der Zeit, die verblassten Energielinien aufzufrischen. Um der Gefahr durch den Felszehrer zu trotzen, müssen wir zu alter Macht zurückfinden. Nur wenn wir genau wissen, was vor sich geht, können wir dem Kronrat mit Rat und Tat zur Seite stehen.«

Das überzeugte selbst Simur. So fassten sie den einstimmigen Beschluss, gemeinsam auf die erblindeten Spiegelsäle einzuwirken.

In Rodenau, Dornholm, Siebensee und Eichental schillerten bereits die Opale, während sich Beldor an seine Erste Priesterin wandte. »Du musst mir helfen, Neene«, bat er sie. »Alleine schaffe ich es vielleicht nicht.«

In der zerstörten Stadt

Die Kammer des verstorbenen Hofmagiers war wie geschaffen für Mandu. Über dem blutdurchtränkten Federbett schwirrten einige Fliegen, doch das störte ihn nicht. Er würde es noch vor Einbruch der Nacht fortschaffen lassen, genauso wie einige der Glaskolben, Ölbrenner und gläsernen Kühlspiralen auf dem Tisch, die nur dem Hokuspokus dienten, den Scharlatane vollzogen, um Magieunkundige zu beeindrucken.

Der große Kristallspiegel an der Wand mochte sich dagegen noch als nützlich erweisen. Zögernd strich er mit seiner Rechten über den aufwendig geschnitzten Holzrahmen, bevor er sich dazu durchrang, die offene Hand fest gegen das kühle Glas zu pressen. Nichts geschah. Noch nicht einmal ein leises Kitzeln war zu spüren.

Die Enttäuschung auf dem Gesicht, das ihm entgegenstarrte, war deutlich zu erkennen. Als er die Hand zurückzog, hinterließ sie deutliche Spuren. Nicht nur die Umrisse der gespreizten Finger, auch viele Hautlinien zeichneten sich mehrere Herzschläge lang ab, bevor die Fettreste allmählich verblassten. Ein Hofmagier, der seinen Zauberspiegel putzen musste, wäre sein Salär nicht wert gewesen.

Vom Marktplatz aus drangen laute Rufe in die Turmkammer.

Als Mandu ans offene Fenster trat, sah er die Überlebenden der Stadtgarde, die in Reih und Glied vor ihrem Kommandanten standen, um den neuesten Tagesbefehl entgegenzunehmen. Reglos hörten sie mit an, dass sie sich glücklich schätzen durften, unter König Grimm zu dienen, dem neuen Herrn ihrer Stadt. Angesichts des Felszehrers, der jederzeit wieder unter ihnen wüten konnte, blieb ihnen auch nichts anderes übrig. Wie große Teile der überlebenden Bevölkerung waren auch die Gardisten aus den unversehrten Stellungen zur Ostmauer gepilgert, um sich mit eigenen Augen von dem Ausmaß der Zerstörung zu überzeugen, die Imor innerhalb kürzester Zeit heimgesucht hatte. Inzwischen war jedem Einwohner klargeworden, dass die tief unter ihnen schlummernde Bestie stark genug war, die ganze Stadt mitsamt den darin lebenden Menschen dem Erdboden gleichzumachen.

Wo es keinerlei Aussicht auf einen Sieg gab, blieb nur die Resignation. Das Gros der Gardisten hatte das ebenso begriffen wie die Bürger. Mit leerem Blick starrten die Männer vor sich hin, nur ihre Hände, die sich krampfartig ballten und wieder öffneten, ließen ahnen, wie mühsam sie ihren Zorn unterdrückten. Gut die Hälfte von ihnen würde wohl im Laufe der Nacht desertieren, auch im Hinblick auf die Bürger war eine gewisse Entvölkerung zu erwarten.

Mandu störte sich nicht an dieser Vorstellung. Sicher würden genügend Menschen in der Stadt verbleiben, um das alltägliche Leben aufrechtzuerhalten, außerdem gedachte er, sein ganz persönliches Fußvolk zu rekrutieren. Kappok musste für dieses Vorhaben allmählich bereit sein.

Abgestützt auf dem Fenstersims, schloss der Nekromant seine Augen, um sich zu konzentrieren. Er brauchte keine Beschwörungen zu murmeln, um seine Sinne zu schärfen. Dank der erneuerten Lebenskraft fiel es ihm leicht, seine geistigen Fühler nach dem Albino auszustrecken.

Ein dünnes Lächeln spaltete seine Lippen, als er den gesuchten Verstand aufspürte. Die Parasiten aus dem verdorbenen Fleisch hatten Kappoks Willen geschwächt. Mühelos pflanzte er dem Großmeister der Dunklen Gilden mehrere Befehle ein, die dieser selbständig ausführen würde, ohne seine Motivation jemals in Frage zu stellen.

Plötzlich begann Mandus Kopfhaut zu kribbeln. Verwirrt öffnete er die Augen. Es dauerte einige Atemzüge lang, bis er begriff, was das Unbehagen ausgelöst hatte. In der Welt jenseits des Sichtbaren war etwas in Bewegung geraten! Mächtige uralte Kräfte, die jahrzehntelang geruht hatten.

Abrupt schlug sein Herz schneller. Zum Glück war er mit Kappok fertig, so dass er die Verbindung zu ihm abbrechen konnte. Schweiß perlte auf Mandus Oberlippe, während er zum Spiegel zurückkehre. Täuschte er sich, oder wirkten die Schnitzereien des Rahmens weitaus lebensechter als noch kurz zuvor? Die mit reifen Trauben behängten Weinranken – fast glaubte er, die Früchte pflücken zu können. Natürlich war das Unsinn, seine bis aufs Äußerste gereizten Sinne spielten ihm bloß einen Streich.

Am Spiegel angelangt, war sein Mund so ausgetrocknet, dass er nicht mehr richtig schlucken konnte. Falls ihn sein Gefühl nicht trog, war er einen großen Schritt vorangekommen. Zögernd streckte er die rechte Hand aus, um dicht vor der glatten Fläche durch die Luft zu streichen. Zunächst geschah nichts Besonderes, doch als er seine gebündelten Kräfte voll und ganz auf die Macht der Elfen konzentrierte, zuckten kleine Entladungen aus dem Spiegel hervor.

An seinen Fingerkuppen kitzelte es.

Ein wohliger Laut – eine Mischung aus Lust, Triumph und Erleichterung – drang über seine Lippen. Die Hohepriester der Elfen, sie reagierten wie erhofft! Aufgeschreckt durch die zügellose Zerstörungswut des Felszehrers erweckten sie die alten Energielinien jenseits des Sichtbaren zu neuem Leben. Er hatte also gut daran getan, jene Zurückhaltung aufzugeben, die er noch im Steinernen Wald hatte walten lassen. Erwachte die Magie der Alten Völker zu neuem Leben, würde es ihm von nun an leichter fallen, seine Zauber zu wirken. Insbesondere, wenn es ihm dabei gelang, die fremden Kräfte anzuzapfen.

Von neuem Mut durchströmt, presste er seinen Handteller fest gegen das reflektierende Glas. Zunächst stieß er auf den zu erwartenden Widerstand, doch seine Rechte begann, bis in die Fingerspitzen zu prickeln. Je stärker er sich auf die im Spiegel wirkenden Kräfte einstellte, desto heftiger schwoll der Schmerz an, bis er den Eindruck hatte, die Spiegeloberfläche würde sich verflüssigen.

Nur einen Wimpernschlag später sank seine Hand zur Hälfte ein.

Mandus Mundwinkel zuckten in die Höhe. Bei allen Göttern des Todes! Es war ihm tatsächlich gelungen, einen Zugang zu den Energielinien zu schaffen. Nun stand ihm die Macht der Elfen offen! Fasziniert fuhr er mit den gespreizten Fingern innerhalb der glänzenden Fläche herum. Es kam ihm vor, als würde er durch flüssiges Quecksilber gleiten, doch jedes Mal, wenn er tiefer einzutauchen versuchte, scheiterte er an einem sich verstärkenden Widerstand. All seine Magie reichte nicht aus, die Schutzsiegel der Hohepriester zu überwinden.

»Nur Elfen können zwischen den Spiegeln wechseln, das solltest du wissen.«

Mandu war so vertieft in seine Bemühungen gewesen, dass er Ascans Anwesenheit erst bemerkte, als er von hinten angesprochen wurde. Dunkler Zorn keimte in ihm auf, doch er kämpfte das Gefühl nieder, bevor es ihn zu überwältigen drohte. Natürlich ärgerte sich der Nekromant darüber, dass es dem Elfen gelungen war, unbemerkt in seine Kammer einzudringen, aber was spielte das schon für eine Rolle? Mandu war seinem Ziel einen großen Schritt näher gekommen, das allein zählte.

Rasch vollführte er einige kreisende Bewegungen, bevor er die Hand unversehrt zurückzog. Die Spiegelfläche glättete sich wieder. Nun war deutlich zu erkennen, dass der weißgekleidete Elf hinter ihm stand. Den milden Spott in Ascans Miene ignorierend, drehte sich Mandu um. Obwohl die beiden Männer mehr voneinander trennte, als miteinander verband, verfolgten sie ähnliche Ziele. Solange das der Fall war, wollte es sich der Nekromant nicht unnötig mit Ascan verderben. Schließlich brauchte er ihn noch.

»Die Siegel lassen *jeden* passieren, der das Gesicht eines Elfen trägt«, behauptete er selbstbewusst. »Aber das ist dir natürlich bekannt.«

Da Ascan ebenso wusste, dass sich unter den präparierten Gesichtshäuten im Maskenbeutel auch das Antlitz eines verstorbenen Elfen befand, brauchte Mandu keinerlei Zurückhaltung zu üben. Sie waren schon gemeinsam in Imor eingedrungen, um Zwerge und Hofmagier unschädlich zu machen, und sie würden noch weitere Missionen unternehmen, jetzt, da ihnen der Weg durch die Spiegel offenstand. Darum gebot es die Weisheit, jeden überflüssigen Zwist zu vermeiden, obwohl Mandu dem Söldner genauso gerne das Herz aus der Brust gerissen hätte wie jedem anderen Lebewesen, das seinen Weg kreuzte. Tag um Tag die maßlose Gier nach fremdem Leben zu zähmen, das war das schwere Los der Nekromanten.

»Grimm wünscht, dich zu sehen«, erklärte Ascan ungerührt. »Ich soll dich zu ihm begleiten.«

»Das hat Zeit«, widersprach Mandu. »Nun, da die Spiegelsäle deines Volkes im alten Glanz erstrahlen, sollten wir
uns schleunigst vor ihrer Beobachtung schützen. Ich nehme
an, das ist in deinem Sinne? Lass uns eine Beschwörung
durchführen, ehe es zu spät dafür ist. Danach kannst du mir
helfen, auch König Grimm und seine Krieger den Blicken
der Hohepriester zu entziehen.«

»Wie gut, dass es für jeden Zauber einen Gegenzauber
gibt.« In Ascans Stimme schwang eine Spur von Verach-
tung mit, trotzdem ließ er sich wie gewünscht vor dem Nekromanten nieder. »Aber was macht dich so sicher, dass im
Hochwald niemand weiß, wie sich deine Bannschleier lüften
lassen?«

Tief im Inneren des Söldners schlummerte ein angebore-
nes Talent, das er zu nutzen wusste. Mandu hatte es schon
bei ihrer ersten Begegnung gespürt, und das sichere Selbst-
verständnis, mit dem Ascan die Beine untereinanderschlug
und seine nach oben gewölbten Hände auf den Knien ab-
legte, machte deutlich, wie gut er sich mit Beschwörungen
auskannte. Zufrieden nahm Mandu exakt die gleiche Haltung ein. Die beiden ungleichen Männer im Dienste der
Orks saßen sich lediglich in einer Armlänge Abstand gegenüber, trotzdem war keinem von ihnen anzusehen, was
sie übereinander dachten. Dass sie niemals Freunde werden
würden, wussten jedoch beide.

»Unterschätz meine Kräfte nicht«, empfahl Mandu mit
einem freundlichen Lächeln, das so echt wie eine dreibei-
nige Krähe war. »Sie sind denen deines Volkes ebenbürtig.
Trotzdem kann ich deine Hilfe brauchen, um unsere Tarnung unbezwingbar zu machen. Öffne also bitte deinen

Geist, um die Macht der Elfen mit der der Nekromanten zu verbinden.«

Wie auf ein unsichtbares Kommando hin schlossen sie gleichzeitig die Augen. Die Luft zwischen ihnen begann zu knistern, als beide einen Teil ihres Geistes öffneten, um den Tarnschleier zu weben. Natürlich war Ascan nicht so dumm, sich schutzlos dem Nekromanten auszuliefern. Tief in seinem Inneren lagen seine Gedanken und Gefühle wie unter einer festen Schale verborgen. Mandu hatte nichts anderes erwartet, im Gegenteil. Gerade Ascans kluger Verstand machte ihn zu einem wertvollen Mitstreiter. Der dünne Faden Elfenmagie, den er zur Verfügung stellte, war jedenfalls nicht zu verachten. Erfreut griff ihn Mandu auf, bündelte ihn mit seinen eigenen wesentlich stärkeren Kräften und verwob sie zu einem dichten Schleier, den Spiegelblicke nicht zu durchdringen vermochten.

Im Hochwald

»Ist es wahr, was sich die Mägde und Knechte auf den Gängen erzählen? Ascan ist zurückgekehrt?« Neene war nicht erstaunt, dass Avea mit dieser Frage zu ihr in den Spiegelsaal kam. Immerhin hatte Ascan den Hochwald einst aus unerwiderter Liebe zu ihr verlassen.

»Ja, ich habe ihn mit eigenen Augen gesehen«, gestand sie zögernd ein. »Er hält sich in Garon auf, an der Seite der verbannten Orks und eines Nekromanten.«

»So etwas war wohl zu erwarten.« Aveas schmales Gesicht wirkte angespannt. Ihre geschwungenen Lippen verwandelten sich in einen harten Strich. »In all den Jahren haben wir nicht viel von ihm gehört, doch *was* uns erreicht hat, klang alles andere als erfreulich.«

Um Ascans Ruf war es wahrlich schlecht bestellt. Wie es hieß, hatte er den Werten der Elfen abgeschworen, um den Weg eines entwurzelten Kriegers zu gehen, der sich rückhaltlos für den Meistbietenden verdingte. Dass ihn eine verschmähte Gunst derart ins Straucheln gebracht hatte, mochte in den Ohren junger Mägde und Knechte romantisch klingen, verantwortungsvollen Elfen war sein Handeln dagegen ein Gräuel, das sich nur durch aufrechte Buße wiedergutmachen ließ. An der Seite der Orks hatte er allerdings nicht gerade wie ein reuiger Sünder gewirkt.

Hoffentlich plant er nicht, in den Hochwald oder gar nach Sil-

berfeste zurückzukehren. Neene hasste sich für diesen furchtsamen Gedanken, der sie schon quälte, seit sie ihn bei dem Angriff auf Imor gesehen hatte. Normalerweise war ihr das Gefühl der Angst fremd, und auch in der Schlacht um Felsheim hatte sie bewiesen, dass es ihr im Kampf keineswegs an Mut und Entschlossenheit mangelte. Doch alleine die Vorstellung, was passieren mochte, wenn sich Ascan und Avea erneut begegneten oder die alte Rivalität zu seinem Bruder wieder aufbrach, hinterließ ein flaues Gefühl in ihrer Magengegend.

Am meisten fürchtete sie jedoch, das Aveas Interesse an dem Söldner nicht völlig erloschen sein könnte. Neene wusste, dass es etwas gab, das ihre Gefährtin mit aller Macht von ihm wollte. Und vielleicht war dieser Wunsch stärker als die geheime Liebe, die Priesterin und Heilerin füreinander empfanden.

Äußerlich ungerührt, durchmaß Avea den Saal mit ruhigen Schritten. Ihre anmutige Gestalt in den reflektierenden Spiegeln vervielfältigt zu sehen ließ beinahe Neenes Atem stocken. So hart und unbeugsam sie auch sein konnte, wenn es die Situation erforderte, brachte Avea doch stets ihre weiche, gefühlvolle Seite zum Vorschein.

Ob sich ihre Gefährtin eine Mitschuld an Ascans Schicksal gab, war nicht zu erkennen, trotzdem hätte Neene sie am liebsten tröstend in die Arme geschlossen. Nur gut, dass sich der erschöpfte Beldor zum Ausruhen in seine Kammer begeben hatte. Er war ein guter Beobachter, der sie in dieser Situation möglicherweise durchschaut hätte.

Obwohl die beiden Gefährtinnen alleine im Saal waren, ließen sie sich zu keiner liebkosenden Berührung hinreißen. Die Angst davor, durch die Spiegelwände hindurch beobachtet zu werden, war zu groß. Um ihre hohe Stellung innerhalb der Priesterschaft nicht zu gefährden, mussten sie ihr Geheimnis unter allen Umständen bewahren, sowohl in Silberfeste als auch in den übrigen Fürstentümern des Hochwaldes.

Avea passierte den Tisch aus schwarzpoliertem Ebenholz, an dem der Festungsrat tagte, der in Silberfeste und anderswo Silberrat genannt wurde. Bei Neene angelangt, forderte sie: »Zeig ihn mir.«

Die Erste Priesterin fühlte einen Stich in der Brust wie von einem ins Herz gebohrten Dolch, der sich in der Wunde drehte. War es blanke Eifersucht, die sie so sehr quälte? Die Angst davor, das Ascan ihrer Gefährtin schenken konnte, was sie selbst nicht zu geben imstande war? Sie wusste es nicht. Das Gefühlschaos, das in ihr tobte, ließ sich einfach nicht entwirren.

Um sich abzulenken, wandte sich Neene der Spiegelwand zu, mit der sie sich schon seit Stunden beschäftigte, um den Vormarsch der Verbannten nachzuvollziehen. Auf einem milchig umflorten Ausschnitt zeichneten sich einige schwarzverkohlte Wracks ab, die in einer Bucht am Strand lagen. Dort waren die Orks nach ihrer Überfahrt gelandet, doch den Felszehrer konnten sie unmöglich mit an Bord gehabt haben. Dazu wirkten die Schiffe viel zu klein. Woher die Bestie stammte, ließ sich leider nicht so einfach ergründen. Dazu waren umfangreiche Beschwörungen notwendig, die durchaus ins Leere laufen mochten. Ohne konkrete Anhaltspunkte waren selbst den Spiegelsälen Grenzen gesetzt.

Avea interessierte sich ohnehin nur für eine Person – Ascan.

Neene konzentrierte sich entsprechend auf Imor. Prompt lösten sich die Umrisse der verwaisten Wracks auf, bis nur noch diffuse Schleier zu erkennen waren, aus denen neue Linien hervortraten, die von Tod und Zerstörung kündeten. Der Anblick der Trümmerlandschaft war bedrückend, doch inmitten der Ruinen ging das Leben weiter.

Die beiden Elfen entdeckten Menschen auf der Flucht, aber auch solche, die Schutt und Geröll beiseiteräumten, um nach Überlebenden zu suchen. Die Leichen, die sie dabei fanden, warfen sie auf Scheiterhaufen. Sie mussten schleunigst verbrannt werden, bevor sie in Verwesung übergingen und Seuchen verbreiteten. Kleine Gruppen von Orks beaufsichtigen die Arbeiten, unterstützt von Gardisten, die Handlangerdienste für sie leisteten. Ascan war nirgendwo zu entdecken, obwohl Neene sich bemühte, in die wichtigsten Gebäude zu schauen.

»Was ist denn nun?«, fragte Avea ungeduldig. »Das Leid der Menschen kannst du mir später noch zeigen!«

Neene gestand nicht gerne ein, dass es ihr an Erfahrung mit der Spiegelmagie mangelte. Lautlos bewegte sie die Lippen, um eine stille Beschwörung zu sprechen, die ihr beim Bündeln der Gedanken half. Erfolgreich konzentrierte sie sich so stark, dass Ascans Abbild vor ihrem geistigen Auge Formen annahm, doch als sie damit in die Spiegelwelt einzutauchen versuchte, spürte sie einen gleißenden Schmerz unter der Schädeldecke.

Tränen schossen ihr in die Augen. Plötzlich sah sie wie durch einen Wasserschleier hindurch. Blinzelnd klärte sie ihre Sicht, nur um festzustellen, dass die Orks von dem Spiegelbild verschwunden waren. Die Gardisten standen dagegen noch an Ort und Stelle.

»Was hat das zu bedeuten?«, fragte Avea verblüfft. »Warum haben sich alle Grünhäuter in Luft aufgelöst?«

Neene massierte ihre Schläfen, um den unangenehmen

Druck aus ihrem Kopf zu vertreiben. »Ich fürchte, der Nekromant ist sich unserer Fähigkeiten bewusst«, erklärte sie mehr sich selbst als ihrer Gefährtin. »Deshalb hat er die Truppen der Verbannten und sich selbst unseren Blicken entzogen.«

»Heißt das, dass du ihn nicht aufspüren kannst?« Der Vorwurf in Aveas Stimme war unüberhörbar. »Bist du überhaupt sicher, ihn wirklich gesehen zu haben?«

»Mit *ihn* ist wohl mein Bruder gemeint, nehme ich an, die Damen?«

Neene schalt sich eine Närrin, als sie Eyrons Stimme vernahm. Wie hatte sie sich nur so sehr in ihre Beschwörungen hineinsteigern können, dass sie darüber die Umgebung vergaß?

Obwohl sie sich ertappt fühlte, antwortete sie mit äußerlicher Gelassenheit: »Natürlich, Hauptmann. Dass Elfensöldner aufseiten der Orks streiten, darf uns nicht kaltlassen. Selbst wenn sie über enge Beziehungen zu hochrangigen Mitgliedern der Silbergarde verfügen.«

Angriff schien ihr bei Eyron die beste Verteidigung zu sein. Nicht, dass sich der Hauptmann davon sonderlich beeindruckt zeigte. Warum auch? Dass Ascan und er miteinander gebrochen hatten, war allgemein bekannt. Trotzdem unterließ er es von nun an, gegen sie zu sticheln.

Die sich zwischen ihnen aufbauende Spannung flaute auch deshalb ab, weil dem Hauptmann zwei hochgestellte Besucher folgten. Waldfürst Albriel selbst gab sich die Ehre und mit ihm Oriel von der Au, die edle Dame, der ein enges Verhältnis zu König Loyn und weiteren Mitgliedern des Kronrats nachgesagt wurde. Das verlieh ihrem Wort seit jeher ein großes Gewicht, nicht nur bei Albriel, sondern auch bei all seinen Untertanen.

Angesichts der hohen Gäste fürchtete Neene schon, der Festungsrat wäre einberufen worden, doch wie es schien, wollte sich das Trio nur ein Bild der Lage machen. Und sie war diejenige, die sie ihnen darlegen musste.

Von allen unbemerkt, kontrollierte sie den Schlag ihres Herzens, das beschleunigen wollte, obwohl sie ihrer Aufgabe selbstverständlich gewachsen war. Zunächst ergaben sich Fürst und Ratsdame aber in der Betrachtung der einstmals blinden Spiegelwände, die nun wieder jede ihrer Bewegungen achtfach reflektierten. Beide kannten diesen Effekt gut, dennoch genossen sie ihn, als sähen sie ihn zum ersten Mal. Dreißig Jahre waren eine lange Zeit, selbst für Elfen.

Eyron beteiligte sich nicht an diesen Eitelkeiten. Sich in Pose zu werfen wäre eines Hauptmanns der Silbergarde unwürdig gewesen.

Neene nutzte den kurzen Aufschub, um den Blick auf Imor über drei der acht sie umgebenden Spiegelflächen zu verteilen. Auf diese Weise konnten alle gut sehen. Sie hatte die dazu nötigen Handbewegungen gerade abgeschlossen, als die Neuankömmlinge neugierig näher traten. Avea machte den dreien höflich Platz, entfernte sich jedoch nicht aus der Runde. Als Erste Heilerin und Ratsmitglied hatte sie ebenso ein Recht auf ihre Anwesenheit wie alle anderen.

Obwohl die bloße Erwähnung eines Felszehrers auch in Silberfeste nacktes Entsetzen auslöste, begegneten die Ratsmitglieder dem Anblick von Imors Ruinen mit gepflegtem Gleichmut. *Pack schlägt sich, Pack verträgt sich*, lautete ein geflügeltes Wort, das die menschliche Neigung zu Neid und Missgunst umschrieb. *Kein Elf kann sich über jede Stadt in Garon den Kopf zerbrechen*, sollte das heißen. Dass die nicht minder streitsüchtigen Orks über Imor hergefallen waren, änderte nicht viel an dieser Einschätzung. Nur die Zerstörungswut des Felszehrers, der auch dem Hochwald und seinen Elfensiedlungen gefährlich werden konnte, weckte echtes Interesse.

Um die Abordnung des Rates aufzurütteln, beschwor Neene die Bilder herauf, die den Untergang der Ostmauer und des angrenzenden Stadtviertels zeigten. Selbst das Blutbad, das damit einherging, löste keine starken Reaktionen aus, doch es war nicht zu übersehen, dass Oriel von der Au die allgemeine Konzentration auf die Spiegel dazu nutzte, ganz nahe an Eyron heranzurücken.

Keine zwei Fingerbreit Luft trennten ihre Arme noch voneinander. Genauso gut hätte sie nach der Hand des Hauptmannes fassen können, um ihren Besitzanspruch zu bekunden. Es stimmte also, was die Mägde untereinander tuschelten. Seit seiner Rückkehr aus Felsheim suchte Eyron heimlich die Gemächer der edlen Dame auf, um ihr des Nachts beizuwohnen. Der Einfluss im Rat, den er damit gewann, ließ ihn wohl über einhundertzwanzig Jahre Altersunterschied hinwegsehen.

Wenn Eyron die Annäherung bemerkte, so ließ er es sich nicht anmerken. Sein Blick galt einzig und allein dem Felszehrer, der gerade endgültig im Erdboden verschwand.

»Wo hält sich die Bestie gegenwärtig auf?«, wollte er wissen.

»Das wissen wir nicht«, gestand Neene freimütig ein. »Um ihn im Erdreich aufzuspüren, müssten wir eine große Beschwörung mit der gesamten Priesterschaft durchführen, und selbst dann könnten wir an einem Bannzauber scheitern. Wie du schon beim Eintreten gehört hast, Hauptmann, verbirgt der Nekromant sich selbst sowie Ascan und die Orks vor unseren Spiegeln. Warum sollte ihm das nicht auch mit dem Felszehrer möglich sein?«

Eyrons Schläfenader trat pochend hervor. Als Einziger des Trios begriff er die ganze Tragweite ihrer Worte.

»Dass dieser Totenzehrer so gut mit der Macht der Elfen vertraut ist, gefällt mir nicht«, sprach er seine Bedenken aus. »Und dass er sich so früh um unser Interesse sorgt, lässt eigentlich nur einen Schluss zu …«

Zum ersten Mal, seit er den Saal betreten hatte, stimmte ihm Neene vorbehaltlos zu.

»Ja, das denke ich auch«, sagte sie. »Wir müssen damit rechnen, dass die Orks sich bei ihrem Feldzug nicht mit Garon begnügen werden. Zunächst vielleicht schon, aber sicherlich nicht für lange.«

»Keine voreiligen Mutmaßungen«, verlangte Albriel kühl. »Das ist etwas, das im Kronrat besprochen und entschieden wird.« Und zwar ausschließlich von König Loyn und Waldfürsten wie ihm, wie er damit klarstellen wollte. Eyron stand kurz davor, gegen diese Einstellung aufzubegehren, das war ihm deutlich anzumerken. Oriel von der Au hielt ihn noch rechtzeitig zurück, indem sie Eyron – nicht unbedingt unauffällig – mit dem kleinen Finger ihrer linken Hand knapp unterhalb des Ellenbogens berührte.

»Wie recht Ihr habt.« Sie wandte sich dabei an Albriel. »Aber bereitet sich nicht jeder kluge Waldfürst auf die Kronratsitzung vor, indem er zuerst die Meinungen seiner engsten Vertrauten einholt?«

Dass sie damit Eyron unterschwellig als wichtigen Berater einstufte, blieb niemandem im Raum verborgen. Die Ratsdame wusste, wie man einen Günstling in Stellung brachte, das musste Neene neidlos anerkennen. Doch auch Albriel verstand sich auf höfische Finessen, die es ihm erlaubten, seinen Willen durchzusetzen, ohne sich oder andere offen bloßzustellen.

»Wie aufmerksam von Euch, mich darauf hinzuweisen«, säuselte er. »Lasst mich Euch deshalb aufrichtig versichern, dass ich zuvor den Silberrat einberufen werde, um mich bestmöglich auf die Verhandlungen im Kronrat vorzubereiten. Dabei werde ich insbesondere der Ersten Priesterin mein Ohr leihen, denn Ihr werdet mir sicherlich zustimmen, werte Oriel von der Au, dass mich im Augenblick niemand besser als Neene über die Vorkommnisse in Garon unterrichten kann. Und damit Ihr seht, wie viel mir Euer wertvoller Rat bedeutet, möchte ich die Erste Priesterin gleich hier – in Eurer Gegenwart – bitten, noch heute mit den besten Priestern der Silberfeste eine Beschwörung durchzuführen, die uns besonders über die Pläne von Ascan, dem Geächteten, Aufschluss geben soll. Denn Ihr werdet mir sicherlich zustimmen, dass ich im Kronrat zweifellos Rede und Antwort darüber stehen muss, welche Gefahren von dem Bruder des hochrangigsten Offiziers unserer Silbergarde ausgehen, der selbst den Sold der verbannten Orks nicht verschmäht.«

Neene war unangenehm davon berührt, dass ihre Person dazu benutzt wurde, geradezu vernichtende Schläge in Eyrons Richtung auszuteilen. Offenbar fühlte sich der Hauptmann aber gar nicht besonders getroffen, sondern bedachte seine Geliebte lediglich mit einem kurzen Seitenblick, der ein kaum verhohlenes *Da-hast-du-mir-ja-was-Schönes-eingebrockt* enthielt.

In der immer länger werdenden Zeit, in der alle auf Oriels Replik warteten, entstand eine peinliche Stille. Offensichtlich hatte die hohe Dame nicht mit der heftigen Reaktion des Waldfürsten gerechnet und wog nun ab, mit welcher Antwort sich eine weitere Eskalation vermeiden ließ.

»Warum so aufgebracht?«, fragte sie schließlich. »Man

könnte fast glauben, ich hätte einen wunden Punkt bei Euch getroffen.«

In den Augen des Waldfürsten begann es zu flirren. Neene hatte an genügend Ratssitzungen teilgenommen, um zu erkennen, dass Albriel diese Spitze nicht auf sich sitzenlassen wollte. Ein Teil von ihr wünschte sich plötzlich auf ein blutdurchtränktes Schlachtfeld, auf dem sie mit Pfeil und Bogen gegen anstürmende Orks zu bestehen hatte, aber immer wenn man einmal einen ehrlichen Kampf brauchte, war keiner zu finden. Also blieb ihr nichts anderes übrig, als sich auf das vor Gift triefende Feld der Streitgespräche zu begeben.

»Euer Wunsch ist mir selbstverständlich Befehl, Hoheit«, wandte sie sich an den Waldfürsten, bevor dieser erneut das Wort ergreifen konnte. »Doch obwohl die Priesterschaft alles unternehmen wird, was in ihrer Macht steht, kann ich nicht für ein Gelingen garantieren. Ich möchte deshalb vorschlagen, dass die Silbergarde einige Späher ausschickt, die in Imor nach Ascan Ausschau halten.«

Zwischen Albriels Augenbrauen bildete sich eine tiefe Falte, ansonsten ließ er sich nichts anmerken.

»Dass Eure Macht so begrenzt ist, enttäuscht mich«, machte er Neene klar. »Aber natürlich spricht es für Euch, dass Ihr nichts gelobt, was Ihr nicht halten könnt.«

O bitterer Geschmack der falschen Anerkennung! Womit hatte sie das schon wieder verdient? Und schlimmer noch, hatte sie mit ihrem Versuch, die Wogen zu glätten, ihre Position im Silberrat nachhaltig geschwächt? Zum Glück zeigten weder Eyron noch Oriel von der Au irgendwelche Zeichen der Häme. Vermutlich werteten sie Albriels markige Worte nur als Rückzugsgefecht, das seine führende Stellung unterstreichen sollte.

»Es gibt noch etwas anderes, das wir tun können.« Avea

hatte die ganze Zeit geschwiegen, so dass sie beinahe in Vergessenheit geraten war, doch mit diesem Satz katapultierte sie sich unversehens in den Mittelpunkt des allgemeinen Interesses.

Neene rief im Stillen alle bekannten Wald- und Quellgeister an, da sie fürchtete, ihre Gefährtin hätte sich nur zu Wort gemeldet, um ihr beizustehen. Doch es zeigte sich, dass die Erste Priesterin ganz eigene Pläne verfolgte.

»Wir sollten Verbindung zu Ascans Sohn aufnehmen«, schlug sie dem staunenden Waldfürsten vor. »Für den Fall, dass uns der Geächtete gefährlich wird, mag es von Vorteil sein, sein eigen Fleisch und Blut auf unserer Seite zu wissen.«

»Ascans Sohn?«, echote Albriel. »Mir ist überhaupt nicht bekannt, dass er einen hat.«

»Er ist uns in Felsheim über den Weg gelaufen«, klärte ihn die Erste Heilerin auf, bevor sie nachlegte: »Ich halte das für ein Zeichen der Götter! Neene und Eyron können Euch bestätigen, dass ich die Wahrheit sage.«

Neene nickte nur stumm und verschwieg dabei wie ihre Gefährtin, dass Binek ihnen zum ersten Mal in der Knochensenke begegnet war. In Felsheim hatte Eyron dann die gleichen Schwingungen gespürt, allerdings sah er darin keinerlei Nutzen.

»Ein Bastard, gezeugt mit einem Menschenweib«, spie er geradezu aus. »Als ob mein Bruder etwas auf ihn geben würde. Vermutlich laufen jenseits der Meeresöde Dutzende von Bineks herum.«

Neene teilte seine Ansicht, auch wenn sie sie niemals auf so herabwürdigende Weise formuliert hätte. Albriel ging es vermutlich nicht anders, doch in diesem Moment reizte es ihn wohl, Eyron zu widersprechen.

»Bastard oder nicht«, stellte er klar, »wenn in den Adern dieses Jungen Elfenblut fließt, steht er unter dem Schutz der Waldgötter. Außerdem stimme ich unserer Ersten Heilerin zu, wenn sie meint, dass es ein Wink unserer Schutzgötter sein könnte, dass wir ausgerechnet in diesen unruhigen Zeiten von ihm erfahren. Also, holde Avea. Versucht bitte, diesen verlorenen Sohn unseres Volkes für mich aufzuspüren.«

Avea senkte demütig den Kopf, als wäre sie die Aufmerksamkeit des Waldfürsten nicht wert. Im Gegensatz zu den anderen erhaschte Neene jedoch noch eine Blick auf das triumphierende Funkeln ihrer Augen, das die Gefährtin auf diese Weise verbergen wollte.

Was geht bloß in dir vor?, fragte sich Neene im Stillen. *Wieso ist dir dieser Binek nur so wichtig?*

In der zerstörten Stadt

Kappok gaffte nicht lange, als er das Lagerhaus der Diebesgilde nahe der Eckbastion verließ, sondern machte sich sofort auf den Weg in den Pfuhl. Die Zerstörungen, denen er unterwegs begegnete, rührten ihn genauso wenig wie die allgemeine Aufregung. Dass die Orks über einen Felszehrer geboten, machte die Einwohner von Imor regelrecht kopflos. Anstatt sich zur Gegenwehr zusammenzurotten, krochen sie nur aus ihren Verstecken, um sich gegenseitig ihr Leid zu klagen. Die allgemeine Hilflosigkeit war mit Händen zu greifen. Manche packten schon alles zusammen, was sie tragen konnten, um mit Handkarren und Fuhrwerken das Weite zu suchen, solange die Orks sie noch fliehen ließen.

Ein Felszehrer, der jederzeit zurückkehren konnte, um die Stadt endgültig dem Erdboden gleichzumachen! Angesichts dieser Bedrohung, die wie ein Mühlstein über ihren Köpfen schwebte, konnten viele Menschen keinen klaren Gedanken fassen. Ob Männer oder Frauen, Greise oder Kinder, alle spürten die Furcht in ihren Herzen. Nur Kappok war von einer seltsamen Ruhe beseelt.

Zielstrebig schritt er aus, ungeachtet der Gefahren, die vor ihm liegen mochten. Von einer nie gekannten Klarheit durchdrungen, war er fest davon überzeugt, dass ihm nichts Böses widerfahren konnte. Die Orks und ihr Felszehrer standen auf seiner Seite, und auch sonst hatte er niemanden zu fürchten. Vorbei die Zeiten, in denen Zweifel an ihm nagten. Von nun an gab es nur noch klare Ziele, die über allem anderen standen. Ob die Menschen das Geheimnis seiner Herkunft kannten, scherte ihn inzwischen genauso wenig wie die Toten in den Gassen, über die er achtlos hinwegstieg, ohne sie eines näheren Blickes zu würdigen.

Große Skrupel hatten Kappok nie gequält, doch seit die Magie des Nekromanten in seinen Adern pochte, fühlte er sich stärker als je zuvor. Wer Mandu diente, den umgab der Nimbus des Unbezwingbaren, daran bestand für ihn kein Zweifel. Diese Gewissheit strahlte er nach außen hin aus.

Mochten sich auch viele darüber wundern, dass er mit starrem Blick vorübereilte, wo andere unentschlossen zusammenstanden, so sprach ihn niemand an oder wagte gar, ihm in den Weg zu treten. Die Entschlossenheit in seinem Blick ließ sogar die Neugierigsten zurückschrecken, vielleicht meinte so mancher gar, eine Spur von Irrsinn in seinen Augen glitzern zu sehen, doch wen störte das schon?

Kappok jedenfalls nicht.

Auch im Pfuhl, wo jeder das Gesicht des bleichen Jünglings kannte, wichen die Menschen vor ihm zurück. Unbehelligt von Fragen oder sinnlosem Geschnatter erreichte er die *Goldgrube*, die wie ausgestorben vor ihm lag. Seine Schritte hallten laut von den Wänden des Schankraums wider, als er über den frisch gescheuerten Boden lief. Sehr lange konnten die Knechte und Mägde nicht fort sein. Aus der Küche quoll der Duft von frisch gekochtem Essen hervor und verteilte sich im ganzen Gebäude. Zudem verdichtete sich das dumpfe Gemurmel, das in den unteren Gewölben erklang, zu einem vertraut wirkenden Stimmengewirr.

Wie es schien, kam Kappok gerade recht. Ein Blick in

den großen Kessel, der über einem langsam in sich zusammenfallenden Feuer hing, bestätigte seine Vermutung. Der Fleischeintopf, der darin Blasen warf, setzte bereits an.

Rasch legte er den eisernen Deckel zur Seite und nahm die große Kelle vom Haken, um mit ihr bis auf den Grund hinab herumzurühren. Der Duft von gekochtem Gemüse stieg ihm in die Nase, während er die eingedickte Flüssigkeit vor dem Verklumpen bewahrte. Kleingeschnittenes Wildbret mit gewürfelten Zwiebeln, Mohrrüben und scharfen Schoten im Kräutersud – das war ein Essen nach seinem Geschmack, trotzdem spürte er nicht den geringsten Appetit.

Daher füllte er auch keinen Teller für sich, sondern ging sofort mit einem Küchenmesser ans Werk. Erst als er die scharfe Klinge an den linken Handballen ansetzte, fiel ihm auf, dass er bis zu den Unterarmen hinauf vor Blut und Dreck starrte. Kappok nahm das zur Kenntnis, zögerte aber keinen Moment lang, sich tief ins Fleisch zu schneiden.

Dunkelrotes, fast schon schwarzes Blut trat aus der klaffenden Wunde hervor. Ungewöhnlich zähflüssig rann es in den Kessel hinab, bis sich die einzelnen Tropfen doch noch zu einem steten Strom vereinigten, der sich in einem leichten Bogen in den Eintopf ergoss. Ein feines Lächeln umspielte Kappoks Lippen, während er die Farbe seines durch und durch verdorbenen Blutes betrachtete. Andere hätten bei diesem Anblick gefröstelt, er hingegen sah darin den Ursprung seiner neuen Kräfte, die ihn unbezwingbar machten. Bar jeder Angst verfolgte er, wie das Leben aus ihm herausströmte, bis ihn ein Zittern seiner Knie davor warnte, dass er es nicht übertreiben durfte.

Ohne Hast legte er das blutige Messer auf den umlaufenden Sims des Rauchfangs ab und presste mit den Fingern der nun freien Hand die Wundränder zusammen, um die

Blutung zu stoppen. Erfreut beobachtete er, wie die durchtrennten Linien des Handballens zueinanderfanden, bis sie sich nahtlos aneinanderschlossen. Der innerhalb weniger Atemzüge verheilende Schnitt schmerzte nicht einmal mehr.

Nekromantenmagie.

Zufrieden wischte er die blutverschmierte Klinge an einem Lappen ab, den er anschließend ins Feuer warf. Erst danach begann er, mit der Schöpfkelle im Kessel zu rühren, um auch die letzten Spuren seiner Tat zu tilgen. Von dem Blut, das er mit dem Eintopf vermengte, war nichts mehr zu erkennen, als ein leises Geräusch erklang. Das Scharren von Schuhsohlen, direkt hinter ihm!

»Großmeister, was tust du?« Anka, die im Durchgang zum Schankraum stand, sah ihn mit weit aufgerissenen Augen an. Kein Wunder. Weder sie noch eine der anderen Mägde hatte Kappok je in der Küche hantieren sehen.

»Deine Arbeit«, antwortete er kurz angebunden.

Ein Blick auf ihre zarten Hände, die sie unbewusst weiter an der Schürze abwischte, bewies ihm, wie recht er hatte. Anka war herbeigeeilt, um nach dem Essen zu schauen.

Als er die Schöpfkelle aus dem Kessel zog, wich die junge Magd so erschrocken zurück, dass die Eisenperlen in ihren verfilzten Haaren aneinanderklirrten. Sie fürchtete wohl, dass er nach ihr schlagen wollte, aber überschäumende Gefühle passten nicht zu der kühlen Klarheit, die ihn neuerdings leitete. Lieber deckte er den Kessel zu, obwohl er sich ohne den in Rauch aufgegangenen Lappen die Fingerkuppen am Messingknauf verbrannte. Ohne richtigen Schmerz zu empfinden, betrachtete er die geröteten Stellen, die genauso schnell wie die Schnittwunde verheilten.

»Keine Angst«, sagte er, ohne Anka anzusehen. »Gib lieber allen Bescheid, die noch da sind. Sie sollen zum Essen in die Küche kommen, ich habe ihnen gute Neuigkeiten zu verkünden.«

Anstatt sich umgehend in Bewegung zu setzen, sah ihn Anka verstört an. Das dumme Ding begriff wohl nicht, warum es nicht längst grün und blau geschlagen in der Ecke lag.

»Nun geh schon«, forderte er freundlich. »Oder muss ich heute alles alleine machen?«

Das brachte sie auf Trab, wenn auch anders als beabsichtigt. Statt davonzuhuschen, ging sie zum Spülstein, um eine Tonschüssel voll Seifenlauge und einen sauberen Lappen zu holen. Zu Kappok zurückgekehrt, reinigte ihm Anka wortlos das Gesicht, bevor sie sich seinen verdreckten Fingern und Armen zuwandte. Dass er nicht nur mit seinen Händen gemordet, sondern auch eine Kehle durchgebissen hatte, war ihm völlig entfallen.

Kein Wunder, dass ihm zuletzt jedermann aus dem Weg gegangen war.

»Danke«, sagte er und meinte es ehrlich. Frisch gesäubert würde es leichter fallen, die anderen ins Unglück zu stürzen.

So viel gute Worte war Anka nicht von ihm gewohnt. Sie zog den Kopf ein, als hätte er den Arm zu einer Ohrfeige erhoben. Ob er sie rasch prügeln sollte, damit sie keinen Verdacht schöpfte?

Zum Glück war das nicht nötig. Der neue Großmeister aller Dunklen Gilden gefiel Anka so gut, dass sie sich zu einer Frage ermuntert sah.

»Wo sind die anderen Meister hin?«, fragte sie in gedämpftem, fast schon verschwörerischem Tonfall. »Unter den Mördern, Dieben und Bettlern herrscht große Aufregung, weil uns niemand sagt, was zu tun ist, jetzt, da die Orks in Imor herrschen. Vor allem, weil überall gemunkelt wird, dass unsere Oberhäupter in der Großen Senke verschüttet wurden.«

Kappok konnte sich gut vorstellen, wie es in den Gewölben zu seinen Füßen zuging. Eine Bande ohne Anführer, das war wie eine Schlange mit abgetrenntem Kopf, deren Leib sich ziellos über den Boden wand. Das Gros der Menschen scheute sich nun einmal davor, Entscheidungen zu treffen, deshalb brauchte es stets einen Starken aus ihrer Mitte, der die Last der Verantwortung übernahm, und sei es auch nur, damit sich anschließend alle lautstark über den Unsinn und die Ungerechtigkeit der erhaltenen Befehle beklagen konnten.

»Hat sich schon jemand um meine Nachfolge beworben?«, wollte er wissen.

Anka schüttelte erschrocken den Kopf.

Kleine Lügnerin, dachte der Großmeister amüsiert, wohl wissend, dass ihm die Meute schon in Kürze mit einem Gehorsam folgen würde, der sich – selbst mit härtester Hand – nicht auf natürlichem Wege einfordern ließ. Bis es so weit war, galt es jedoch, listig zu sein.

»Die Große Senke ist unversehrt«, beruhigte er Anka, bevor er wild draufloslog: »Doch wir wurden in Kämpfe verwickelt, in denen einige von uns gefallen sind. Die Überlebenden sind überall dabei, alle Gildenbrüder und -schwestern aus dem Pfuhl zusammenzutrommeln. Es gibt frohe Botschaft zu verkünden. Jetzt, da die Orks in Imor herrschen, wird unsere Zunft stärker gebraucht als je zuvor. Schon bald sind wir der neue Adel dieser Stadt, während jene, die über uns standen, uns dienen werden.«

Wie nicht anders zu erwarten, war die Magd von seinen Worten begeistert. Jeder im Pfuhl lechzte nach einem Aufstieg in bessere Kreise. Mit vor Aufregung geröteten Wangen eilte Anka davon, um alle im Gildengewölbe versammelten Männer und Frauen herbeizuholen. Kappok rief ihr nach, dass sie einige Krüge voll Wein mitbringen sollte, bevor er sich daranmachte, eine schwere Eichentafel über zwei Holzböcke zu legen und den so entstandenen Tisch mit leeren Schüsseln und sauberen Löffeln einzudecken.

Er wollte sicherstellen, dass wirklich jeder der Eintreffenden eine Portion des Blutgerichts erhielt und bis zum letzten Bissen verspeiste. Genau so, wie es ihm Mandu aufgetragen hatte und wie es auch den eigenen Machtgelüsten des Großmeisters aller Dunklen Gilden entsprach.

TEIL 2

AUF VER- SCHLUNGENEN PFADEN

Ost ist Ost und West ist West,
sagte einst ein weiser Zwerg aus dem Norden,
der im Süden lebte.

ZWERGENMUND

Felsheim

1.

Obwohl die immerwährende Dunkelheit ungewohnt für ihn war, genoss Binek die Stunden und Tage, die sie auf den unterirdischen Kanälen verbrachten. Eine Gefährtin, die alle Freuden und Nöte mit ihm teilte, hatte er in Imor stets vermisst. Dass er solch eine Frau ausgerechnet bei den Zwergen finden würde, hätte er niemals für möglich gehalten. Natürlich hatte Imtje genau genommen *ihn* gefunden, und nicht umgekehrt, aber wahrscheinlich war das gut so.

Angesichts seiner mangelnden Erfahrungen war sie ihm in Liebensdingen weit voraus. Sicherlich hatte sie schon erkannt, wie gut sie zueinanderpassten, als er noch über ihre vorlaute Art gestaunt hatte. Obwohl noch jung an Zwergenjahren, war Imtje mindestens doppelt, wenn nicht sogar dreimal so alt wie er. Wie alt genau, ließ sie sich nicht entlocken, in diesem Punkt war sie ebenso eitel wie ein Mensch.

Manchmal allerdings, wenn sie nicht staken oder rudern mussten, weil das Boot schnell genug in der Strömung trieb, fragte sich Binek, ob er das Lager nicht nur mit ihr teilte, um einfach *irgendeine* Gefährtin an seiner Seite zu wissen. Doch wann immer sich dieser Verdacht in seine Gedanken stehlen wollte, schüttelte er ihn sofort wieder ab.

Nein, so ein Unsinn.

Was in den vergangenen Tagen ihrer Zweisamkeit gewachsen war, entsprang nicht der Verzweiflung, sonst hätte sie längst die Langeweile befallen. Ein solches Band der Vertrautheit gedieh nur, wo echte Gefühle im Spiel waren, die nicht anders bezeichnet werden konnten als mit dem im Pfuhl so gefürchteten Wort *Lie*...

»Wir sind fast da«, riss ihn Imtje aus seinen Überlegungen. Dabei deutete sie auf einen gelblichen Lichtschimmer, der die zwischen ihnen liegende Wasseroberfläche in einiger Entfernung zum Glitzern brachte.

Binek kam die Umgebung auf Anhieb bekannt vor, aber das hatte nicht viel zu bedeuten. Schon an zwei anderen Stellen war er fest davon überzeugt gewesen, den Zugang zu den Dampfwerken zu sehen, durch den er Felsheim bereits betreten hatte. In beiden Fällen hatte sich seine Vermutung als Irrtum herausgestellt. Leider sah für ihn ein schwarzglänzender See wie der andere aus, das ließ sich nicht leugnen. Ohne Imtjes Orientierungssinn hätten sie sich schon an der ersten Abzweigung des unterirdischen Labyrinths rettungslos verirrt.

»Schade«, sagte er laut, ohne dass es ihm bewusstwurde.

Sofort drehte sich die Zwergin zu ihm um. »Freust du dich überhaupt nicht, die Sonne wiederzusehen?«, fragte sie.

»Was?« Ein paar letzte Gedankenfetzen verschleierten seinen Blick auf die Wirklichkeit, bevor auch sie endgültig zerfaserten. »Ach so, die Sonne, doch, natürlich.«

Imtjes Mundwinkel zuckten in die Höhe. Sie amüsierte sich gern über Binek, aber nie so, dass es ihn verletzte.

»Gib es ruhig zu«, neckte sie, »dein größter Sonnenschein, das bin ja wohl ich.« Dabei richtete sie sich so weit auf, dass sie Binek mit gespitzten Lippen erreichen konnte.

Prompt geriet der schmale Kahn ins Wanken.

»Nicht so wild«, warnte er, »oder wir kentern.«

Da sie – wie üblich – nicht auf ihn hörte, blieb ihm nichts anderes übrig, als den Kuss zu erwidern. Lachend ließ sich Imtje auf ihre Sitzbank zurückfallen und legte ein Ruder in die Dolle.

»Vorwärts, du Faulpelz!«, rief sie dabei. »Die starke Strömung, die uns so schön mit sich gezogen hat, verebbt bereits! Da heißt es in die Hände gespuckt!«

Unangenehm berührt spähte Binek in alle Richtungen. Laute Stimmen trugen sehr weit über glatte Wasseroberflächen hinweg, doch der befürchtete Spott aus anderen Booten blieb aus. In unmittelbarer Nähe war kein einziger Zwerg auszumachen, und aus den beiden einzigen Kähnen in weiterem Umkreis stiegen weißgraue Schmauchwolken auf. Wasser- und Schleusenknechte waren dafür bekannt, dass sie ihre Zeit gerne auf dümpelnden Kähnen vertrödelten. Eine dritte Besatzung, die flott vorankam, fuhr so weit entfernt, dass sie nur an ihrer glimmenden Buglaterne zu erkennen war, die scheinbar schwerelos über dem schwarzglänzenden See zu gleiten schien.

Vom Ufer aus gesehen waren Imtje und er vermutlich kaum besser zu erkennen. Dazu waren die Distanzen einfach zu groß und das Licht der Laternen zu schwach. Erleichtert nahm Binek das zweite Ruder zur Hand und drehte sich genauso auf seiner Ducht wie Imtje, so dass sie nun mit dem Rücken zum Ziel saßen. Der Zufluss, durch den sie in das stehende Gewässer gelangt waren, lag bereits so weit hinter ihnen, dass sie ziellos umhertrieben.

Mit vereinten Kräften gelang es ihnen, den See rasch zu überqueren. Die Erfahrungen, die Binek seit dem Beginn der gemeinsamen Reise gesammelt hatte, zahlten sich nun aus. Aus Imtje und ihm war eine eingespielte Besatzung geworden, jeder verstand es, den natürlichen Drall des anderen geschickt auszugleichen. Schnurgerade zogen sie über das Wasser. Selbst die leichte Strömung, die die südlichen Abflüsse verursachten, brachte sie nicht vom Kurs ab.

Am steinernen Ufer angelangt, vertäuten sie ihr Boot an einem der dafür vorgesehenen Liegeplätze, bevor sie auf die gelblich ausgeleuchteten Schwaden zugingen, die aus dem Reich der Dampfknechte hervorwallten. Binek kannte die große Höhle über der Pechgrube bereits, dennoch lief ihm beim Anblick der rotierenden Zahnräder und Förderbänder erneut ein Schauer über den Rücken.

Was die Zwerge von Felsheim alles zu bewerkstelligen wussten, lag weit jenseits der Fähigkeiten, die die Menschen aufzuweisen hatten. Mit Imtje an seiner Seite brauchte er sich aber nicht zu sorgen, als Eindringling zu gelten. Dampf und Pechausdünstungen legten sich schwer auf ihre Atemwege, trotzdem bedeutete ihm die Gefährtin, sich mit ihr am Rande des Gewölbes aufzuhalten. Dabei kniff Imtje ihre Augen zusammen, um die grauen Schwaden besser durchdringen zu können.

Sie hielt Ausschau nach Riebich, dem Oberknecht, der hier unten das Sagen hatte. Allesamt angetan mit ledernen Schürzen, ähnelten sich für Binek die geschäftig umhereilenden Zwerge wie ein Hühnerei dem anderen, das machte es schwierig. Trotzdem sah er den kräftigen Kerl mit den kohlrabenschwarzen Augen zuerst. Riebich hatte die beiden bereits entdeckt und eilte ihnen entgegen.

»Schon wieder zurück?«, begrüßte er Imtje mit einem breiten Lächeln, das seinen üppigen Vollbart spaltete. »Wie ich sehe, hast du dein Netz ausgeworfen, um einen dicken Fang an Land zu ziehen.«

Auch ohne das listige Funkeln in Riebichs Augen wäre Binek klar gewesen, dass mit dem Fang er gemeint war.

»Nur nicht so frech«, verlangte sie, während sie dem Dampfknecht forsch an der Bartspitze zog. »Sonst spucke ich dir nächstes Mal ins Essen, bevor ich es dir am Tisch serviere.«

Solche Drohungen vermochten Riebich nicht einzuschüchtern.

»Na hoffentlich«, forderte er sie heraus. »Vielleicht schmeckt der Fraß, den uns die Köche Tag für Tag zusammenrühren, dann mal.«

Darüber musste Imtje so lachen, dass sie wieder von der Bartspitze abließ. Ehe Riebich den Schlagabtausch fortsetzen konnte, fragte sie rasch nach dem Befinden ihres Oheims. Riebich wurde übergangslos ernst.

»Gohlik geht es gut«, versicherte er. »Nach allem, was wir hier unten hören, sogar so gut wie schon lange nicht mehr. Er läuft bereits wieder ohne Hilfe herum und ist bei überraschend klarem Verstand. Die Hüter der Nekropole nutzen das aus, um mit seiner Hilfe mehr über die in Vergessenheit geratenen Kanäle und Staubecken zu erfahren. Es werden genaue Karten angefertigt, denn so etwas wie das Versiegen der heiligen Elfenquelle soll nie wieder geschehen.«

»Ist Gohlik noch beim Dreiergestirn?«, fragte Imtje hoffnungsvoll. »Mit dem müssen Binek und ich ohnehin noch sprechen.«

Riebich kratzte sich am Kopf.

»Ich glaube, an der Oberfläche ist noch Nachmittag«, überlegte er laut. »Könnte gut sein, dass der alte Kauz gerade bei den Hohen weilt. Beschwören mag ich es aber nicht. Was willst du denn von Hezio und den Seinen? Du weißt, dass die Hohen nicht für jeden zu sprechen sind?«

»Für uns werden sie sich schon Zeit nehmen«, behauptete Imtje keck. »Über Garon ziehen dunkle Wolken auf!

Wir müssen aufpassen, sonst war die Schlacht mit den Elfen nicht das letzte Unheil, das über uns hereinbricht.«

Ihre Worte zeigten Wirkung. Aus Riebichs Gesicht wich alle Freude.

»Weitere Kämpfe drohen?«, fragte er besorgt. »Wie dumm, das Orm und die Odemar-Sippe bereits aufgebrochen sind. Bestimmt hätte sie das interessiert.«

»Orm ist fort?«, fragte Imtje überrascht. »Ausgerechnet jetzt, da seine Ernennung zum Festungskommandanten seinem Ansehen zu neuem Glanz verholfen hat? Was trieb ihn dazu, mit Ragatz und den Seinen fortzugehen?«

»Na, was glaubst du wohl?« Riebich starrte sie an, als hätte sie die letzte Vollmondphase im Tiefschlaf verbracht. »Den Trollen sind sie auf der Spur, was sonst? Dass die tumben Tore an den vergessenen Schleusen herumgepfuscht haben, um einen Krieg zwischen Elfen und Zwergen heraufzubeschwören, darf nicht ungesühnt bleiben! Diese Schmach kann nur mit Blut abgewaschen werden!«

»Sie hetzen die Lastenträger, die die Nekropole vor den Kämpfen verlassen haben?« Imtje wirkte bestürzt. »Aber die haben nicht das Geringste mit dem Unheil zu tun! Das ist es doch, was wir den Hohen berichten wollen.«

Riebich starrte sie verblüfft an, aber statt näherer Erklärungen erhielt er einen Schlag gegen die Schulter, als Imtje eilig an ihm vorüberdrängte. Einen Mann, der ihn so hart angegangen wäre, hätte der Dampfknecht sicherlich am Arm zurückgehalten, um ihm gehörig die Meinung zu sagen, so aber beließ er es bei einem verständnislosen Kopfschütteln.

»Diese Imtje ist schon eine«, wandte er sich an Binek, den die Gefühlswallung seiner Gefährtin nicht minder überrascht hatte. »Hoffentlich hast du mehr Glück mit ihr als deine Vorgänger.«

Ein aufmunterndes Schulterklopfen später wandte sich der Dampfknecht auch schon ab, um wieder seine Arbeit aufzunehmen. Binek verspürte nicht übel Lust, in den Bart des Zwergs zu greifen, um ihn mit einem harten Ruck zurückzuhalten und eine Erklärung für seine Worte zu verlangen. Leider verschluckten die allgegenwärtigen Dampfschwaden bereits Imtjes Gestalt, die in ihrer Aufregung davoneilte, ohne sich nach ihm umzusehen.

Passte Binek nicht auf, verlor er den Anschluss zu ihr. Dann war er in diesem unterirdischen Labyrinth, in dem sich nur Eingeweihte zurechtfanden, ganz auf sich allein gestellt. Und sich von einem Zwerg zum nächsten durchzufragen erschien ihm wenig reizvoll.

2.

Der bedeckte Himmel lockte viele Zwerge ins Freie. Gerade weil die Sonne *nicht* vom Himmel brannte, sondern nur ab und zu hinter den weißen Wolkenbänken hervorblitzte, herrschte für ihre an Dunkelheit gewöhnten Augen eine angenehme Helligkeit, die sich gut aushalten ließ. Dazu wehte ein frischer Wind über die Bergkämme, der lange Bärte und muffige Kleidung kräftig durchlüftete.

Die langen Tische und Bänke der ersten Ebene waren dicht besetzt. Überall schlemmte und trank das muntere Völkchen, was die Speiseaufzüge hergaben. Birol und Wighild, die zusammen mit Hezio das Dreigestirn der Hohen bildeten, hatten sich mit Gohlik unter die Handwerker und Mägde gemischt, die hier den Tag ausklingen ließen. Zwischen den dreien, die an einem Tischende weilten, lagen verschiedene mit Zeichnungen übersäte Pergamente, die an Landkarten erinnerten. Statt Flüsse, Wälder, Berge und Städte bildeten die Bogen jedoch die genaue Lage von unterirdischen Schleusen und Kanälen ab. Ein Tintenfass und ein Federkiel, dessen frisch zugespitzter Schaft schwarz glänzte, ließen keinen Zweifel daran aufkommen, dass die Eintragungen noch lange nicht abgeschlossen waren. Wann immer Gohlik ein neues Detail einfiel, ergänzten die Hohen den Plan entsprechend.

Binek hätte Imtjes Oheim fast nicht wiedererkannt. Vom einstigen Siechtum des alten Zausels war nichts mehr zu entdecken. Der Heiltrank der Elfen hatte gleichermaßen Körper und Geist gestärkt, den Rest hatten Wasser, Seife und eine scharfe Schere übernommen. All dem Ungeziefer, das sich in Gohliks Haaren eingenistet hatte, war der Garaus gemacht worden. In dem nun schneeweißen Bart fühlte sich das Geschmeiß nicht länger wohl. Gekämmt und gestriegelt, wie er nun war, konnte sich Gohlik überall sehen lassen. Sein neuer Lederwams, ein frisches Hemd und tannengrüne Hosen rundeten das Bild ab. Die Begrüßung zwischen Oheim und Brudertochter fiel besonders herzlich aus. Imtje drückte den Alten so fest, dass ihm beinahe die Luft wegblieb. Erst als es ihm gelang, sich aus ihrer Umarmung zu befreien, nahmen Zwerge und Halbelf Platz.

Angesichts der überall lärmenden Gäste hatten Gohlik und die Hohen die ganze Zeit über vertraulich miteinander reden können. Vielleicht versäumten sie es deshalb, sich an einen verschwiegeneren Ort zurückzuziehen. Wer interessierte sich auch schon für die genaue Lage vergessener Schleusen, Staubecken und Kanäle mit Ausnahme der Wasserknechte? Was Imtje und Binek zu berichten hatten, war jedoch wesentlich heikler.

Ihre Entdeckung ging ganz Graugard etwas an.

Allerdings verlangte es die gute Sitte, zunächst die Hohen von den Neuheiten in Kenntnis zu setzen. Birol und Wighild wussten den Respekt, der ihnen damit gezollt wurde, selbstverständlich zu würdigen. Nachdem Imtje und Binek damit begonnen hatten, abwechselnd von Velbs Verrat und seinem Treffen mit dem Fischer aus Norva zu berichten, hingen die Hohen so gebannt an ihren Lippen, dass auch jetzt niemand auf die Idee kam, einen Ortswechsel anzuordnen.

Das ganze Ausmaß der aufgedeckten Verschwörung alarmierte Birol und Wighild, ganz im Gegensatz zu zwei Zwergen, die sich im Verlaufe des Gesprächs auf die letzten noch freien Plätze am Tisch – direkt neben ihnen – niederließen. Binek erkannte in den Neuankömmlingen Ornus und Endrik wieder, zwei Holzknechte mit kahlgeschorenen Schädeln, deren Bärte umso üppiger sprossen. Die zwei hatten den ganzen Tag an neuen Katapulten und riesigen Armbrustgeschützen gearbeitet, die überall entlang der Schanzanlagen in Stellung gebracht wurden, um Felsheim in Zukunft besser verteidigen zu können.

Schon als sie sich setzten, bemerkte Binek, dass die Augen der Holzknechte von roten Adern durchzogen waren, ein Anblick, der auf üppigen Schmauchgenuss hindeutete. Der mit dem gerauchten Moos einhergehende Rausch reichte Ornus und Endrik offenbar nicht aus, sie bestellten obendrein reichlich zu trinken. Verschwitzt und erschöpft, wie sie waren, schlug das kühle Bier schnell an. Im gleichen Maße, wie ihre Wangen zu glühen begannen, schwand dabei der Respekt vor Wighild und Birol, zumal sie wussten, dass Hezio, das knurrige Oberhaupt des Dreiergestirns, bei einer wichtigen Zusammenkunft in Hemrod weilte.

Nicht einmal zehn Tage waren seit Bineks Abreise aus der

Nekropole vergangen, trotzdem hatte sich in der Zeit seiner Abwesenheit viel verändert. Die Felsheimer bewaffneten sich mit schwerem Gerät, und einige waren sogar ausgezogen, um jene zu strafen, die Elfen und Zwergen gegeneinander aufgewiegelt hatten – dumm nur, dass sie dabei vollkommen Unschuldige verfolgten.

»Ganz Graugard wird zu den Waffen rufen, sobald unsere Anführer von den Plänen der verbannten Orks und ihrer menschlichen Helfer erfahren«, verkündete Wighild düster, nachdem Imtje und Binek alles berichtet hatten.

»So wird es, ja so muss es wohl einfach kommen«, bekräftige Birol, der sich immer wieder mit den Ärmeln seines felsgrauen Gewandes den Schweiß aus dem Gesicht wischte. »Fallen die Verbannten wirklich in Garon ein, gilt es für uns Zwerge, wehrhafter denn je zu sein. Wenn es dir recht ist, Wighild, reise ich Hezio gleich morgen früh nach, um die Würdenträger von Graugard über die drohende Gefahr zu unterrichten. Wer weiß, ob die wilden Horden nicht schon an der Küste gelandet sind und bereits in unsere Richtung marschieren.«

Das war der Moment, von dem an sich die lauschenden Holzknechte nicht länger zurückhielten.

»Sollen nur kommen, diese Stinkmorcheln!«, hob Ornus mit schwerer Zunge an. »Die werden sich ihre vorstehenden Zähne genauso an Felsheim ausbeißen wie ihre menschlichen Vasallen.«

»Un' ob«, stimmte Endrik nicht weniger trunken ein. »Das Armbrustgeschütz, das wir heute aufgestellt haben, durchschlägt glatt fünf, ach, was sag ich, zehn Grünhäuter auf einmal.«

Erst jetzt wurde den Hohen bewusst, dass sie ungebetene Zuhörer hatten.

»Still, ihr beiden«, herrschte sie Wighild an. »Steckt eure Nasen lieber in eure Krüge als in unsere Angelegenheiten.«

Dieser Aufforderung kamen die Holzknechte eilends nach, aber nur, um weiterhin ihren Durst zu stillen.

»Birol hat recht«, stimmte Wighild in der dabei eintretenden Pause ihrem Priesterbruder zu. »Einer von uns beiden muss Meldung erstatten, solange Graugards Oberhäupter noch alle in Hemrod versammelt sind. Schneller lässt sich die schlimme Kunde nicht verbreiten. Ich bin gerne bereit, die Geschicke der Nekropole solange alleine zu leiten.«

»Aber was ist mit Orm und den Odemars?«, drängte Imtje. »Wie holen wir die Rachsüchtigen ein, bevor sie neues Unrecht begehen? Ihr wisst, wie sehr sie Archat und den anderen Lastenträgern grollen. Bekommen unsere Helden die Trolle zu fassen, machen sie kurzen Prozess mit ihnen, mögen die grauen Riesen auch noch so sehr ihre Unschuld beteuern. Dass auch das Volk der Trolle in Aufruhr gerät und wohlmöglich aus Rache zu den Waffen ruft, wäre nun wirklich das Letzte, was wir brauchen. Ehe wir uns versehen, wird Graugard zwischen Bandor und dem Hochwald zerrieben und anschließend von den Orks überrannt!«

Wighilds zerfurchte Gesichtszüge verfinsterten sich wie unter einem dunklen Schatten. Die gemischten Gefühle, die sie bewegten, waren ihr deutlich anzusehen. Sie focht einen Widerstreit der übelsten Sorte aus, einen jener inneren Kämpfe, die stets schlecht ausgingen, ganz egal, zu welcher Entscheidung man sich auch durchrang.

»Du sprichst die Wahrheit, mein Kind«, sagte die Zwergenpriesterin nach einer Weile. »Aber ich fürchte, es gibt nichts, was wir in dieser Angelegenheit unternehmen können. Orm und die Odemars haben Felsheim nicht als Einzige verlassen. In den letzten Tagen sind fast alle auswärtigen

Zwerge aufgebrochen, die uns gegen die Elfen beigestanden haben. Wie soll jemand unter den zahlreichen Spuren, die frisch in alle Himmelsrichtungen führen, ausgerechnet die von Orm und seinen Getreuen aufnehmen? Ich sehe keine Möglichkeit, den Weg zu finden, den er und Ragatz eingeschlagen haben. Außerdem fehlt es uns an Kriegern, die wir mit dieser Aufgabe betrauen könnten. Durch die Schlacht sind wir stark geschwächt, und bedenke, wie viele Waffenträger uns alleine die beiden Eskorten kosten, die zwei Hohe nach Hemrod begleiten müssen – da können wir nicht auch noch eine Abteilung in Marsch setzen, die nicht einmal weiß, wo sie anfangen soll zu suchen.«

Damit war Imtje nicht zu überzeugen.

»Warum gleich eine bewaffnete Truppe?«, fragte sie. »Orm mag ein alter Eisenbeiß sein, doch spricht man vernünftig mit ihm, ist er auch verständig. Erfährt er aus vertrautem Munde, dass die Trolle unschuldig sind, wird er schon von ihnen ablassen.«

Leises Gekicher begleitete ihre Worte. Ein sinnloses Gackern, das sich immer weiter steigerte, bis Endrik und Ornus lauthals losbrüllten. Selbst die bösen Blicke, die sie von Birol und Wighild erhielten, konnten ihre Heiterkeit nicht zu zügeln.

»Orm und verständig!«, japste Ornus zwischen zwei Lachsalven. »Gerade der!«

Endriks Gesicht rötete sich ebenso wie das seines Zunftbruders. Kleine Lachtränen quollen aus seinen Augenwinkeln. Einige von ihnen wischte er zur Seite, bevor er hinzufügte: »Wozu die Aufregung? Der alte Gnatterkopf kehrt ohnehin unverrichteter Dinge zurück. Vom Fährtenlesen versteht der genauso viel wie eine Ziege vom Tanzen.«

Binek beschlich allmählich der Verdacht, dass die beiden

weit mehr als nur *einen* Pfeifenkopf voll Schmauch genossen hatten. Anders ließ sich ihre Albernheit nicht erklären. Schließlich wussten sie so gut wie jeder andere, dass Ragatz von Odemar der Ruf vorauseilte, ein ausgezeichneter Jäger zu sein, der ein Wild über weite Entfernungen zu verfolgen wusste. Davon abgesehen waren Trolle keine Leisetreter, die einfach spurlos verschwanden.

Nicht, dass die grauen Riesen deshalb leichte Beute gewesen wären. Ihre langen Arme und Beine verschafften ihnen im Gebirge große Vorteile. Selbst steilste Bergrücken bewältigten sie auf Wegen, auf denen ihnen weder Mensch noch Zwerg zu folgen vermochten. Um in ihre Heimat zu gelangen, führte ihre Route jedoch früher oder später nach Nordosten. Auf diesem Terrain ließ sich so ein Haufen gut aufspüren, sofern jemand wusste, wie das anzustellen war.

»Meldet euch doch freiwillig, wenn ihr Schlauberger so viel mehr von der Sache versteht als Orm!«, stichelte Imtje, um Ornus und Endrik zum Schweigen zu bringen.

»Gute Idee!«, lobte Endrik spöttisch. »Allerdings haben wir den Anfang eures Gespräches verpasst und deshalb nicht richtig verstanden, warum die Trolle plötzlich unschuldig sein sollen? Wie wärs? Ich hole noch ein paar Bierkrüge, und du erklärst es mir in aller Ruhe – am besten irgendwo, wo es ruhig genug dafür ist. Wie wäre es mit meiner Unterkunft?«

»Ich fürchte, du bist viel zu dumm, um zu verstehen, was vorgefallen ist, selbst wenn es dir jemand die ganze Nacht hindurch erklären würde«, antwortete Imtje mit säuerlicher Miene. »Außerdem hat mein Liebster etwas dagegen, dass ich mich mit Holzköpfen wie dir abgebe.«

»Ohhh, ein *neuer Liebster*!«, hob Ornus theatralisch an.

»Wer ist diesmal der Glückliche?«, legte Endrik lachend

nach. »Dieses Viertelhemd von einem Halbelf etwa? Einer Zwergin wie dir ist so ein armer Tropf doch nicht gewachsen.«

Unversehens sah sich Binek im Mittelpunkt des allgemeinen Interesses. Obwohl er wusste, dass Ornus und Endrik im Grunde nette Kerle waren, aus denen vor allem der Schmauch und das Bier sprachen, begann es, in ihm zu brodeln. Nach Riebich waren die beiden Holzknechte schon die Zweiten, die ihm innerhalb kürzester Zeit prophezeiten, dass seine Liebe zu Imtje nicht lange halten würde.

Was hatte das zu bedeuten? War sie wirklich eine Schwärmerin, deren Feuer ebenso schnell erlosch, wie es entflammte? Oder foppten ihn die Zwerge aus Eifersucht oder weil sie es nicht verknusen konnten, dass ihnen ein Fremder eine der Ihren ausspannte?

Was auch immer dahintersteckte, ihre dummen Bemerkungen störten das Halbblut gewaltig. Angesichts der schönen Zeit, die er mit Imtje verbracht hatte, wuchs in ihm der unbezähmbare Wunsch heran, Felsheim wieder so schnell wie möglich zu verlassen, um erneut mit ihr alleine zu sein.

Zusammen mit der Wut überfiel ihn eine unnatürliche Ruhe.

»Ich bin allem gewachsen!«, stellte er mit fester Stimme klar. »Insbesondere Zwergen wie euch, die keinen ordentlichen Schluck vertragen können, ohne ausfällig zu werden.« Binek spürte, wie ihm das Blut in die Wangen schoss, bis sie glühten, trotzdem fuhr er unbeirrt fort: »Außerdem bin ich jederzeit imstande, Orm und die Trolle aufzuspüren, auch ohne dass mir jemand ausschweifend erklären muss, welch wichtigen Dienst ich damit leiste. Falls ihr aber genau wissen wollt, warum ich mich morgen auf den Weg machen will, eine Aufgabe zu erledigen, die jeden Felsheimer zum

Volkshelden erheben würde, so seht euch meine gespaltene Ohrspitze an.«

Bei dieser Aufforderung tippte er an die auffällige Narbe, die er einer Gnomenklinge verdankte.

»Ich weiß nämlich besser als jeder andere am Tisch, was es bedeutet, ungerecht behandelt zu werden«, erklärte er dazu. »Schon deshalb drängt es mich, die Auseinandersetzung zwischen Orm und den Trollen zu verhindern, ganz abgesehen davon, dass ein solcher Streit in diesen unruhigen Zeiten neue Kriege zwischen den Völkern nach sich ziehen könnte.«

Je länger Bineks Ansprache dauerte, desto tiefer sackte die Kinnlade der Holzknechte herunter. Mit solch einer Replik hatten sie nicht gerechnet. Einen Moment lang waren sie vollkommen sprachlos. Als sie sich schließlich doch zu einer Erwiderung aufraffen wollten, fuhr ihnen Wighild über den Mund.

»Keinen Ton mehr, ihr Trunkenbolde!« Etwas in ihrer Stimme ließ die hartgesottenen Kerle zusammenzucken. Zu Recht, denn sie fügte an: »Ihr habt wohl vergessen, dass ich ab morgen alleine über das Wohl und Wehe der Zwerge von Felsheim gebiete?«

Imtje schnitt den beiden Holzknechten eine schadenfrohe Grimasse, bevor sie *ihren* Binek mit stolzen Blicken bedachte. Sein selbstbewusstes Auftreten schien ihr mächtig zu imponieren. Das flößte ihm den nötigen Mut ein, ihr eine entscheidende Frage zu stellen.

»Möchtest du mich auf meinen Weg begleiten?«, wollte er wissen. »Oder fehlt dir ebenso der Mut dazu wie diesen Schmauchköpfen?«

Das verächtliche Schauben, mit dem sie antwortete, fiel heftiger aus als erwartet. »Natürlich komme ich mit!«, stellte Imtje klar. »Einer muss dich ja beschützen, wenn du dir wieder Ärger einhandelst.«

Gohlik, der die ganze Zeit über geschwiegen hatte, betrachtete sie voller Stolz, bevor er seine rechte Hand auf ihren linken Unterarm legte. Es sprach für seinen genesenen Verstand, dass er nicht anbot, sie auf ihrer Reise zu begleiten. Obwohl er sich erholt hatte, waren seine alten Knochen weiterhin zu morsch, um die Strapazen einer langanhaltenden Hatz auszuhalten.

»Glaubst du wirklich, du kannst Orm aufspüren?«, mischte sich Wighild vorsichtig ein. »Als Städter verstehst du noch weniger vom Fährtenlesen als wir, möchte man meinen.«

»Keine Sorge«, versicherte Binek der Hohen. »Ich habe bei den Dunklen Gilden so manches gelernt, was mir in dieser Sache nützlich sein kann. Allerdings brauchen wir zwei Pferde, um den Vorsprung der anderen aufzuholen.«

Bei dieser Forderung wich Birol alles Blut aus dem Gesicht.

»Pferde aus unserem Gestüt?«, jammerte der Hohe, als hätte jemand seinen Erstgeborenen eingefordert. »Hast du nur die geringste Vorstellung davon, was für Werte wir dir damit anvertrauen sollen? Gehen wir auf dieses Begehren ein, ist uns Hezios Schelte gewiss. Am Ende wird er das Risiko auf uns abwälzen und verlangen, dass wir jeden Verlust aus eigenem Geldbeutel begleichen müssen.«

Ornus und Endrik schluchzten übertrieben herum, um das Gejammer des Hohen nachzuahmen, bis Wighilds Faust so hart auf die Tischplatte knallte, dass ihre Krüge in die Höhe sprangen. Die Priesterin war ebenfalls blass um die Nase geworden, sah aber die Notwendigkeit ein, Binek und Imtje vernünftig auszurüsten.

Grübelnd suchte sie nach einem Ausweg.

Birol und sie waren keineswegs von Geiz zerfressen, so wie es den Zwergen gerne nachgesagt wurde, bei Hezio sah die Sache allerdings schon anders aus. Und das Wort des Hohepriesters besaß nun einmal das stärkste Gewicht innerhalb des Dreiergestirns.

Plötzlich glättete sich das Faltenlabyrinth im Gesicht der Priesterin.

»Was ist mit den beiden Bergponys, die Velb und du den Gnomen abgenommen habt?«, fragte sie hoffnungsvoll.

»Die grasen noch vor Gohliks Erdhöhle«, erklärte Imtje, ehe Binek dazu kam, eine Antwort zu geben. »Wir sind zusammen mit meinem Boot gefahren, weil die Zeit drängte.«

Wighild presste die Innenflächen ihrer Hände gegeneinander und stützte ihr Kinn auf den vorspringenden Daumen ab. Plötzlich sah sie sehr zufrieden aus.

»Ich hoffe, ihr habt die armen Tiere nicht angepflockt?«, mischte sich Gohlik erstmals ein.

»Aber nein, Oheim«, beruhigte ihn die Brudertochter. »Nur ihre Zügel auf den Boden gelegt. So wissen sie, dass wir wiederkehren, können sich aber frei bewegen.«

»Dann ist es gut«, antwortete der Alte. »In und um meinen kleinen Hain herum gibt es genügend Futter und Wasser für sie. Da werden sie nicht so schnell das Weite suchen.«

»Dann ist doch alles in bester Ordnung«, freute sich Wighild. »Wir stellen euch zwei Tiere aus unserem Gestüt zur Verfügung, und ihr überlasst uns solange die Ponys von Binek und dem verräterischen Velb als Pfand. Wie es der Zufall so will, kenne ich auch schon zwei Freiwillige, die sich mit Freuden zu Gohliks Erdhöhle schiffen lassen, um von dort aus zurück nach Felsheim zu reiten.«

Ornus und Endrik, die gerade ihre Krüge leerten, brauchten eine Weile, bis sie begriffen, von *wem* dabei die Rede war. Erst als sie die Blicke der anderen auf sich spürten, setzten sie ihre Trinkgefäße von den Lippen ab – und ließen sie langsam auf die Tischplatte sinken.

»Zu Gohliks Erdloch reisen?«, fragte Endrik verdutzt. »Aber wir sind Holzknechte! Wer übernimmt unsere Arbeit an den Verteidigungsmaschinen?«

Wighilds Falten wirkten plötzlich wie mit dem Messer geschnitzt. Ein falsches Lächeln umspielte ihre rauen Lippen. »Oh, macht euch darum nur keine Sorgen. Ich stelle euch solange kraft meines Amtes von allen Arbeiten frei.«

»Und wenn sich diese Ponys einer vorüberziehenden Wildpferdherde angeschlossen haben?«, wagte Ornus einzuwenden. »Oder von Zwergen eingefangen wurden, die Gohlik einen Besuch abstatten wollten?«

»Ohhhhh«, stieß Wighild einen bedauernden Klagelaut aus, in den Birol mit einstimmte, nachdem sie ihn durch einen Seitenblick dazu aufgefordert hatte. »Ohhh-Ohhh-Ohhh. Das wäre natürlich schrecklich für euch, denn das würde bedeuten, dass ihr den ganzen Weg zu Fuß zu uns zurückkommen müsstet.«

Silberfeste

Neene wandte sich von dem Abbild ab, in dessen Betrachtung sie versunken war, als die Tür leise knarrte. Das Treiben in und um Felsheim herum bot nicht viel von Interesse, lieber wollte sie wissen, wer sich uneingeladen Zutritt zum Spiegelsaal verschaffte. Das gebrochene Eingangssiegel bedeutete keineswegs, dass sich jeder Bewohner der Silberfeste nach Herzenslust in diesem Raum umsehen durfte. Was Mägde, Knechte und Gardisten mühelos respektierten, wurde leider von Höhergestellten gerne ignoriert.

Erleichtert stellte sie fest, dass es sich bei dem Besucher nicht um Eyron oder Oriel von der Au handelte, sondern um Avea, die zu ihr hereinschlüpfte und die Spiegeltür am Kristallknauf vorsichtig hinter sich zuzog.

Außer Neene reagierte niemand auf das Eintreten der Ersten Heilerin. Die Priesterinnen und Priester, die rund um den oktogonalen Ratstisch saßen, ruhten in tiefer Trance. Die gespreizten Hände flach auf die Tischplatte gepresst, bildete ihr Zirkel einen geschlossenen Kreis, in dem ein jeder von ihnen seine Sitznachbarn mit den Spitzen seiner kleinen Finger berührte. Unter den geschlossenen Lidern ruckten die Augäpfel unruhig von links nach rechts und wieder zurück.

Für einen flüchtigen Betrachter mochte es so aussehen, als schliefen die acht Priester auf den Ebenholzstühlen. In

Wirklichkeit hatte sich ihr Verstand im Zuge der Beschwörung über das Fleisch hinaus erhoben und zu einem gemeinsamen Willen zusammengeschlossen. Nur dank ihrer vereinten Kräfte ließ sich die Spiegelmagie vollständig ausschöpfen.

»Ich habe Beldor auf dem Gang getroffen«, wisperte Avea, als sie vor der Ersten Priesterin stand. »Er hat mir berichtet, dass ihr das Halbblut aufgespürt habt.«

Neene verkniff sich die Frage, wie lange die oberste Heilerin vor dem Spiegelsaal herumgeschlichen sein mochte, um dem Hohepriester rein *zufällig* über den Weg zu laufen. Das starke Interesse, das ihre heimliche Gefährtin an Ascans illegitimem Bastard zeigte, ärgerte sie ohnehin schon genug. Um ihren Unmut zu demonstrieren, ließ Neene ein spöttisches Lächeln aufblitzen, bevor sie Avea belehrte: »Du brauchst nicht zu flüstern. So leicht lässt sich ein Zirkel nicht aus der Trance reißen. Eher nehmen die Priester deine Anwesenheit auf astraler Ebene wahr.«

Avea reagierte nicht auf den herablassenden Tonfall, der ihr entgegenschlug. Ihr ganzes Augenmerk galt der Zwergen-Nekropole, die sich über vier Spiegelwände hinweg ausbreitete. Der Blick der Heilerin saugte sich regelrecht an den unterschiedlich großen Zwergengruppen fest, die, wie durch die Augen eines in der Luft schwebenden Vogels gesehen, kleinen Ansammlungen von Ameisen glichen, die auf ihrem Bau herumkrabbelten. Als Avea endlich begriff, dass sie Binek auf diese Weise niemals ausfindig machen würde, sah sie Neene flehentlich an.

Die Erste Priesterin fühlte einen kalten Stich durchs Herz.

Warum nur?, blitzte es in ihr auf. *Warum interessierst du dich so sehr für dieses Halbblut?* Noch mehr als die Frage selbst fürchtete sie eine Antwort darauf. Hastig verscheuchte sie eine unangenehme Ahnung, die in ihr aufsteigen wollte, noch ehe sie sich in ihrem Kopf festsetzen konnte. Im Spiegelsaal war schon so manches sichtbar geworden, was besser verborgen geblieben wäre. Besonders die Priester, die am Tisch ihren Beschwörungen nachgingen, mahnten sie zur Vorsicht. Schon ein aufgeschnapptes Gedankenfragment mochte ihre Gefühle verraten. Ein jeder Zauber, und lagen ihm noch so edle Motive zugrunde, besaß eben seine guten wie schlechten Seiten.

Um das Durcheinander in ihrem Kopf zu beenden, erfüllte sie Aveas Wunsch. Die Kraft des magischen Zirkels anzuzapfen kostete Neene nicht mehr als einen kurzen Gedanken. Die Handbewegung, die sie dabei in Richtung Felsheim ausführte, diente lediglich der Konzentration.

Schleier verhüllten die bisherige Ansicht. Magisches Gewebe aus Raum und Zeit, aus dem sich ein neues Trugbild hervorschälte, auf dem Dutzende von Zwergen an Tischen und Bänken saßen. Sie aßen und tranken auf dem mit schwerem Gerät geschliffenen Bergrücken der Nekropole, der von einer natürlichen Brustwehr umfriedeten Ersten Ebene, auf der so viel Blut zwischen Elfen und Zwergen vergossen worden war. Obwohl Binek die Zwerge um eine Handbreit überragte, deutete Neene mit dem Finger auf ihn, damit ihn Avea schneller entdeckte. Als ihn die Heilerin endlich in dem Gewühl ausfindig gemacht hatte, erfreute sie sein Anblick so sehr, dass es Neenes Gefühle verletzte.

Was nur? Sie konnte nicht anders. Alles in Neene schrie danach, den Bengel kleinzureden. *Was siehst du nur in ihm, was du schon in seinem verfemten Vater gesehen hast?*

»Die Zwerge sind völlig ohne Arg«, kommentierte sie das Treiben in Felsheim laut. »Sieh doch nur, wie sich ihre

Hohen mit den einfachen Handwerkern und Küchenhilfen gemeinmachen, anstatt sich um die Gefahren zu sorgen, die von dem Felszehrer ausgehen.«

»Ihre Würdenträger sind volksnäher als die unseren«, gestand Avea ein. »Gleichzeitig sind sie so misstrauisch wie alle Zwerge. Siehst du nicht die vielen Katapulte und Armbrustgeschütze, die entlang der Brustwehr entstehen?«

»Ja, natürlich, aber diese Betriebsamkeit gilt uns Elfen. Die Felsheimer wollen sich gegen weitere Belagerungen durch die Silbergarde wappnen.«

Avea zuckte mit den Schultern. Das Halbblut zu beobachten war ihr wichtiger, als über Taktik und Lageeinschätzungen zu streiten. Sie beugte sich sogar vor, um ihr Gesicht so nahe wie möglich an die Spiegelfläche zu bringen. Dabei wischte sie eine Strähne ihrer kastanienbraunen Haare zur Seite, die ihr in die Stirn zu rutschen drohte.

Was sucht sie nur in diesem Kerl, das sie immer noch nicht gefunden hat? Neene konnte nicht anders, sie musste noch ein wenig weiterstichen.

»Binek will sich wohl vermählen«, vermutete sie laut. »Warum sonst sollte er mit seiner Liebsten bei den Zwergenpriestern vorstellig werden?«

Ihre Worte waren wie Pfeile, die sie mit dem Langbogen verschoss. Und sie trafen allesamt ins Ziel.

In Aveas Augen blitzte es auf. »Binek ist von unserem Blute«, stieß die Erste Heilerin atemlos hervor. »Wir müssen ihn nach Silberfeste holen, wo er hingehört.«

»Du willst ihn hierherverpflanzen?« Zwischen Neenes Schulterblättern schien ein Eiszapfen herabzuwandern. »Er hat das schon einmal abgelehnt. Und wer soll ihn in seine Obhut nehmen? Eyron vielleicht?«

»Selbstverständlich nicht.« Ihre Gefährtin krauste verärgert die sonst so glatte Stirn. »Binek ist ein Wanderer zwischen den Welten, der unbedingt der Anleitung der Priesterschaft bedarf. Mit deiner und meiner Hilfe könnte aus diesem unerfahrenen Jüngling ein Mittler zwischen den Völkern werden.«

»Was für ein Unsinn!«, begehrte Neene so heftig auf, dass es sie selbst erschreckte. »Er ist bloß ein Herumtreiber, der unabsichtlich zwischen die Fronten geraten ist, weiter nichts. Du siehst doch, dass er lieber mit den Zwergen zecht, als sich Gedanken über das Wohl und Wehe der Welt zu machen.«

Ein halbersticktes Keuchen störte den Zwist, der sich zwischen den beiden Elfinnen anzubahnen drohte. Erschrocken wirbelte Neene zu dem Ratstisch herum. Dort warf einer der Priester gerade den Kopf in den Nacken. Unter seinen flatternden Lidern verdrehten sich die Augen ins Weiße. Von seiner Unterlippe sickerte Blut herab. Seine Zähne gruben sich in sie hinein, ohne ihn aus seinem entrückten Zustand zu wecken.

Rasch kappte Neene alle geistigen Verbindungen zu den Spiegeln.

Die Szene in Felsheim begann zu verschwimmen, bis sie gänzlich in weißen Schwaden versank. Einen Herzschlag später warfen die verspiegelten Wände nur noch zurück, was im Saal passierte. Die verkrampfte Haltung des zusammengebrochenen Priesters entspannte sich umgehend. Seine Augenlider fielen herab, aber er stöhnte weiter leise vor sich hin.

»Da siehst du, wie sehr die Beschwörung an den Kräften des Zirkels zehrt«, sagte Neene in vorwurfsvollem Ton. »Geh jetzt bitte, ich muss die Rückführung der verschmolzenen Geister in die einzelnen Körper überwachen.«

»Ich übernehme den Platz des Erschöpften«, bot Avea hastig an. »Dann kann die Zeremonie bis zum vorgesehenen Zeitpunkt durchgeführt werden.«

Neene schüttelte den Kopf. »Nein, das würde gegen die Regeln verstoßen. Das weißt du genau.«

Ihre Gefährtin ballte die Hände.

»Was soll das?«, fragte sie ärgerlich. »Ich habe als Novizin die gleiche Ausbildung durchlaufen wie du. Nur, weil ich mich voll und ganz der Heilkunst widme, heißt das nicht, dass ich die Spiegel nicht genauso gut beschwören kann wie jeder andere hier im Saal.«

Allerdings würden sich alle anderen in den Dienst der Sache stellen und nicht heimlich nach Ascans Bastard forschen.

»Mag sein«, antwortete Neene. »Aber unsere Sitten und Gebräuche besagen nun einmal ...«

»Im Krieg ist es auch Heilern gestattet, hohe Magie walten zu lassen«, unterbrach sie Avea.

Neene spürte, dass die übrigen Priester auf ihren Streit aufmerksam wurden. Nun galt es, diese Posse schnell zu beenden, bevor das Ansehen ihres Amtes noch Schaden nahm.

»Aber es herrscht kein Krieg«, stellte sie in scharfem Ton klar. »Noch nicht jedenfalls. Also folge meinen Anweisungen, oder wir sprechen vor Beldor weiter.«

Dass sie auf ihre höhere Position verwies, brachte Aveas Blut so sehr in Wallung, dass die Heilerin ihren Zorn nicht länger verbergen konnte. Der in ihr aufsteigende Ärger schwoll an wie eine rauschende Woge, die drohte, sie mit sich zu reißen. Das ganze Ausmaß der auf sie einwirkenden Verbitterung überraschte die Erste Priesterin. Zwar nahmen es viele Heiler übel, dass sie in der Hierarchie unter den Priestern standen, obwohl sich ihre Kräfte jenseits des Kräuterwissens aus der gleichen Quelle speisten, doch gerade Avea hatte keinen Grund zur Klage. Hätte sie die Priesterweihen empfangen, wäre sie nur eine unter vielen geblieben, denn im Kampf und in der Beherrschung der Elemente fehlte ihr die Begabung, um in die erste Riege vorzustoßen. Ganz bewusst hatte sie sich deshalb für den Weg der Heiler entschieden, der sie bis an die Spitze geführt hatte und zur zweiten Statthalterin des Hohepriesters machte.

Reichte ihr das immer noch nicht?

Trotz der unmissverständlichen Warnung, Beldor von diesem Vorfall in Kenntnis zu setzen, rührte sich Avea nicht von der Stelle. Plötzlich spiegelte sich in ihrem Gesicht Misstrauen wider, fast so, als machte sie Neene für ihre missliche Lage oder gar den Schwächeanfall des Zirkelmitglieds verantwortlich.

»Versprich mir, dass du Binek im Auge behältst«, verlangte sie.

»Das kann ich nicht, selbst wenn es in meiner Macht stünde.« Entschlossen schüttelte Neene den Kopf. »Wir müssen unsere Kräfte gut einteilen. Und die Orks zu beobachten ist weitaus wichtiger als das Schicksal von Ascans Sohn.«

Aveas Augen bekamen einen harten Glanz, den Neene nur zu gut kannte. Wenn sie ihre Gefährtin so ansah, bedeutete das, dass es kein nächtliches Treffen geben würde und damit keine heißen Küsse oder kundigen Hände, mit denen sie einander gegenseitig verwöhnten.

»Jetzt, wo Binek aufgestöbert ist, wäre es dir doch ein Leichtes, ihn im Auge zu behalten«, beharrte die Heilerin auf ihrer Forderung.

Gib nach, wisperte eine leise Stimme in Neenes Kopf. *Früher oder später lenkst du sowieso ein.* Aber noch war sie dazu nicht bereit. Nicht jetzt, in Gegenwart so vieler Priester, die sich im Dienste der Gemeinschaft bis an die Grenze ihrer Leistungsfähigkeit verausgabt hatten.

»Nein!«, bekräftigte sie.

Wütend machte Avea auf dem Absatz kehrt und stürmte mit laut widerhallenden Schritten aus dem Spiegelsaal.

Bandor

Morons Augenlider platzten auseinander wie überreife Früchte. Überrascht starrte der greise Ork in die Höhe. Dass er in zwei Elfengesichter blickte, steigerte seine Verwirrung. Wahrscheinlich glaubte er, nur zu träumen, trotzdem gerieten die schweren Bärenfelle, die ihn bis zum Hals bedeckten, in Bewegung.

Ein feuchtes Röcheln entstieg seiner Kehle.

Ascan wartete ab, ob der greise Regent wirklich die Kraft aufbrachte, seine Arme zu erheben, doch er schaffte es nicht einmal, sie freizukämpfen. Erster Schmerz mischte sich in die von Unverständnis geprägten Gesichtszüge.

Zufrieden beugte sich der Söldner tief über sein Opfer hinab. Die schmale Lichtbahn, die durch einen hinter ihm auseinanderklaffenden Vorhang fiel, beleuchtete das Nachtlager stark genug, um zu sehen, dass er die volle Aufmerksamkeit des Sterbenden genoss.

»Weißt du, warum du gerade aufgewacht bist?«, fragte er leise. »Ich habe dir die Kehle durchgeschnitten.«

Moron wollte etwas antworten, doch die gekappten Stimmbänder verhinderten, dass er einen Ton hervorbrachte. Ein dunkelglänzender Blutschwall war alles, was über seine Lippen drang. Die Erkenntnis, dass der Tod mit schnellen Schritten nahte, weckte die letzten Kraftreserven des einstigen Giganten. Das von weißen Haaren umrahmte Ledergesicht verzerrte sich vor Anstrengung, als die großen Pranken unter der Zudecke hervorschossen. Moron versuchte, den ihn verhöhnenden Elfen zu packen, vergeblich.

Mit einer geschmeidigen Bewegung wich Ascan zur Seite. Den Blick fest auf den pulsierenden Strom gerichtet, der aus der klaffenden Halswunde sprudelte, stellte er fest, dass sein Plan aufging. Der von ihm entfachte Zorn ließ das Herz des Orks schneller schlagen, wodurch sich der Blutverlust beschleunigte – und der tödlich Verletzte rascher dahinschied.

Als Moron die Arme schwer wurden, griff er nach seinem Hals, in dem hilflosen Versuch, das Unvermeidliche noch hinauszuzögern. Zu spät. Sein Kopf schwamm bereits in einer roten Lache. All das trockene Stroh, auf dem er ruhte, vermochte die Flüssigkeit nicht mehr aufzusaugen.

Morons Muskeln verkrampften. Er schüttelte sich.

Ascan hatte das schon häufig gesehen. So sah es aus, wenn es mit einem Mann zu Ende ging.

Mandu, der auf der anderen Seite des Nachtlagers stand, regte die ganze Zeit über keinen Finger. Stumm und starr sah er auf den Sterbenden herab. Auf den Zügen des Nekromanten zeichneten sich keinerlei Empfindungen ab, aber das hatte nichts zu bedeuten. Immerhin war es nicht sein eigenes Antlitz, das er trug, sondern das Gesicht eines Elfen. Ob er die Haut des Toten eigenhändig gegerbt hatte, war Mandu nicht zu entlocken, auf jeden Fall hatte er sie so präpariert, dass sie seinen Kopf straff umspannte. Selbst durch Elfenmagie geöffnete Spiegelportale ließen sich davon täuschen.

Mandus Zurückhaltung hatte einen guten Grund. Er labte sich an der entweichenden Seele des Orkkönigs, was große Teile seine Aufmerksamkeit in Anspruch nahm. Aber ob ihn das auch verwundbar machte? Ascan wollte lieber nicht die Probe aufs Exempel machen. Für Moron war es jedenfalls ein grauenvolles Ende. Nicht nur, weil er den Strohtod erlitt, sondern auch, weil er nach dem Glauben der Orks so keinen Einlass in die Anderswelt fand. Auf dem Schlaflager erstochen und der Seele beraubt, übler konnte es einen Grünhäuter nicht erwischen. Der Nekromant wurde dagegen wieder ein Stück mächtiger.

Kaum war das letzte Quäntchen Leben aus Moron gewichen, sah Mandu auf. Der silberhaarige Elf, dessen Gesicht er trug, war schon hochbetagt gewesen. Oder die Gesichtshaut rund um Nase und Mundwinkel hatte die lange Zeit im Maskenbeutel schlecht überstanden. Das machtgierige Funkeln in den Augen passte jedenfalls nicht zu dem restlichen Gesicht, das von Weisheit kündete.

»Ich kann dich beruhigen«, versicherte der Magier herablassend. »Die große Niederlage und das hohe Alter haben Moron schwach gemacht. Sein Tod bedeutet keinen großen Machtzuwachs für mich.«

Ascan erschrak. Woher wusste der Nekromant, worüber er nachgedacht hatte? War der Kerl unbemerkt in seine Gedanken eingedrungen?

»Keine Sorge, du schirmst dich gut ab.« Mandus Elfenlippen spalteten sich zu einem breiten Grinsen. »Allerdings steht dir ins Gesicht geschrieben, was du gedacht hast.« Etwas Schlimmeres konnte man einem Elfen gar nicht sagen, außer natürlich: »Du hältst dich schon zu lange unter den Orks auf.« Ascan ging nicht auf die Provokation ein. Der Nekromant trieb nur seine Spielchen mit ihm und versuchte, ihn aus der Fassung zu bringen. Dabei befanden sie sich tief im Lager eines gefährlichen Feindes.

Ohne sich äußerlich etwas anmerken zu lassen, reinigte der Söldner sein blutbesudeltes Messer an einem der Bärenfelle, die das Schlaflager des Toten bedeckten. Anschließend steckte er die Klinge zurück in den weichen Schaft seines rechten Lederstiefels.

Mandu schnippte mit den Fingern. Ein kalter Hauch strich durch den Raum, wie so oft, wenn ein Zauber zu wirken begann. Fauchend entzündeten sich zwei heruntergebrannte Fackeln, die in eisernen Wandhalterungen staken. Zuerst schlugen nur kleine Flammen aus dem verkohlten Holz hervor, schon wenige Herzschläge später brannten sie lichterloh. Die Dunkelheit wurde allmählich verdrängt. Gelblicher Lichtschein zuckte über die Wände des Schlafgemachs, das durch schwere Vorhänge vom Rest des Gebäudes abgetrennt war.

Die meisten strohgedeckten Hütten des Dorfes bestanden aus mit Baumrinde verkleidetem Astwerk, doch es gab auch feste Holzhäuser mit Grassodendächern. Dem König war sogar ein Gebäude für die Ewigkeit errichtet worden, mit steinernen Mauern und groß genug, um darin mit seinem Hauptweib und mehreren Konkubinen zu leben. Aber Moron hatte schon lange keinen Wert mehr auf weibliche Gesellschaft gelegt. Früher hätten die Orks einen wie ihn vom Eichenthron verscheucht, doch seit der großen Niederlage stand seine Herrschaft für ein friedliches Leben als Jäger und Sammler fern der blutigen Kriege, in die Gremm sie alle verwickelt hatte. Die Erinnerung an die hohen Verluste war in den Stämmen noch so lebendig, dass der von Moron ausgehandelte Frieden großes Ansehen genoss.

Genau aus diesem Grunde hatte der alte Orkkönig sterben müssen.

Ascan sah mit einiger Besorgnis auf die grob zusammengenagelten Holzläden, die die runden Fenster an der Rückseite versperrten. Durch ihre daumendicken Spalten drang der Fackelschein ungehindert ins Freie.

»Muss es unbedingt so hell sein?«, fragte er. »Die verbliebenen Wachen könnten misstrauisch werden.«

»Sollen sie uns ruhig entdecken«, entgegnete der Nekromant. »Um in Bandor Hass zu schüren, müssen die Orks ihren Anführer in seiner ganzen Hilflosigkeit sehen.«

An den Feldsteinwänden reihten sich Truhen und Wandbretter aus Menschenhand auf. Für so feines Handwerk waren Orkpranken ungeeignet, das förderte seit alters her die räuberischen Instinkte dieses Volkes. Was in oder auf den Möbeln aufbewahrt wurde, war nur von geringem Interesse. Mandu machte sich nicht die Mühe, alles von Hand zu durchwühlen. Lieber nahm er Magie zu Hilfe.

Lächelnd betrachtete er seine schlanken Hände. Zwischen den Fingern züngelten blauweiße Lohen hervor, die rasend schnell zerfaserten. Die kleinen Blitze verwoben ihre gezackten Bahnen miteinander, bis sie Drahthandschuhen ähnelten. Derart ausgestattet, strich Mandu über die geschlossenen Truhen, ohne dabei die Deckel zu berühren. Nachdem er die Prozedur selbst unter dem Nachtlager ausgeführt hatte, ohne eine Reaktion auszulösen, wandte er sich dem Hauptraum zu.

Fünf Schritte hinter dem Vorhang lag Morons Leibwächter, den sie bei ihrem Eindringen überwältigt hatten. Eine Kochstelle oder andere Arbeitsbereiche suchten sie vergeblich. Das Essen des Königs wurde in den Nebengebäuden von ergebenen Dienerinnen zubereitet. Der vor Ascan und Mandu liegende Raum diente ausschließlich für Audienzen.

Ein mächtiger Baumstumpf, der als Thron fungierte, war tief im Erdreich verwurzelt. Solange die Orkschamanen zurückdenken konnten, war unter der hier gewachsenen Eiche Recht gesprochen worden. Als der Baum vor achtzig Wintern – schon alt und morsch geworden – einem Sturm zum

Opfer gefallen war, hatte Bortas der Mächtige den in der Mitte zerbrochenen Stamm auf Kniehöhe kürzen lassen, um aus dem verbliebenen Stumpf eigenhändig einen Herrschersitz zurechtzuhauen. Später waren die Schnitzereien verfeinert und die Königsresidenz, sofern der einfache Steinbau diesen Ausdruck verdiente, um den unverrückbaren Stumpf herumgebaut worden.

Die aus dem Holz gearbeiteten Kragenechsen erinnerten an den tragbaren Stuhl, den sich Grimm hatte machen lassen. Doch der wahre Machtanspruch gebührte alleine dem Herrscher, der den *wahren* Eichenthron sein Eigen nannte.

Selbst für einen Elfen ging von dem versteinerten Baumstumpf eine beeindruckende Wirkung aus. Die an den Handläufen emporsteigenden Echsen balancierten Rubine von doppelter Faustgröße, die im Licht der hier brennenden Funzeln geheimnisvoll schimmerten. Die hohe Rückenlehne, die auch den größten Ork überragte, begrenzten zwei Echsen, die einander anstarrten. Ihre aufgerissenen Mäuler berührten ein leeres Holzrund, das einmal einen noch größeren Edelstein beherbergt hatte – das Krallenauge.

Einst der mächtige Kraftfokus einer abtrünnigen Hohepriesterin, war die transparente Kugel mit der dreifach geschlitzten Pupille am Ende der Hexenkriege in den Besitz der Orks übergegangen. Die unheilige Allianz, die Beldor mit Bortas dem Mächtigen geschmiedet hatte, um seine ärgste Widersacherin vernichtend zu schlagen, gehörte zu den dunkelsten Kapiteln der Elfenchroniken. Wohl ein jeder ihres Volkes hatte vorausgesehen, dass ein Sieg, der auf diese Weise errungen wurde, bereits den Keim der nächsten Auseinandersetzung in sich trug. Auch Beldor war sich dieses Risikos bewusst gewesen, trotzdem hatte er richtig gehandelt. Anstatt sich weiterhin in einem Bürgerkrieg zu zerfleischen, erholten sich die Elfen von ihren Verlusten, während andere Völker unter der neuen Machtfülle der Orks zu leiden hatten. Alles schien gut zu laufen, bis zu jenem verhängnisvollen Tage, als Gremm den Eichenthron bestieg, ein Herrscher, dessen Machthunger größer war als alle Besonnenheit, die der Umgang mit einem Artefakt wie dem Krallenauge erforderte.

Selbst unter den Orks keimte Unmut auf, als Gremm sich die Felszehrer untertan machte. Er wischte alle Bedenken zur Seite, denn die Versuchung war zu groß. Seine Reue erfolgte in der Schlacht um Hohenstein, als ihm alle Kontrolle entglitt und die kreisrunden Mäuler der Riesenwürmer nicht nur durch die Schlachtreihen der Feinde, sondern auch durch die der Orks pflügten. Ohne das Eingreifen der Trollschamanen hätte wohl keine der kämpfenden Parteien überlebt.

Ob der Kraftfokus noch existierte, war fraglich, denn als ihn die Orks nach ihrer Niederlage herausgeben sollten, erklärten sie, er wäre verschwunden. Selbst Beldor hatte ihn nicht ausfindig machen können. Dadurch waren Zweifel an der Glaubwürdigkeit der Verbannten aufgekommen. So mancher glaubte, das Krallenauge wäre in Scherbental vernichtet worden. Grimm wusste es jedoch besser. Sein Vater hatte ihm versichert, dass es weiterhin existierte. Ob es von Moron oder anderen Verrätern gestohlen worden war, wusste allerdings niemand zu sagen. Viele Orks glaubten, die Trolle hätten das Krallenauge in den Wirren der Schlacht an sich gebracht, auch wenn diese das stets bestritten. Wer auch immer die Wahrheit kannte, gab sie nicht preis, so viel stand fest.

Dass Ascan beim Anblick der verwaisten Halterung einen kalten Hauch im Nacken spürte, hatte jedoch ganz persönliche Gründe. Seine eigene Familiengeschichte war eng mit Beldors Sündenfall verknüpft. Genau genommen war Ascan persönlich zugegen gewesen, als Radras Krallenauge in den Besitz der Orks übergegangen war, wenn auch als Ungeborener im Leib seiner Mutter. Um ihm eine friedliche Zukunft zu bescheren, hatte sie sich auf Beldors Pläne eingelassen, sehr zum Missfallen ihres Gatten, der diese von Anfang an abgelehnt hatte.

Ascan hatte das von Kindesbeinen an zu spüren bekommen, obwohl er derjenige war, der das väterliche Familienerbe in sich trug. Eyron hatte die Bevorzugung allerdings keinen Vorteil eingebracht, im Gegenteil. Keiner der beiden Brüder hatte eine Träne unterdrücken müssen, als ihr früh verstorbener Vater in Mijnsor zur letzten Ruhe gebettet worden war.

Während der Söldner seinen Gedanken nachhing, kroch Mandu auf seinen Knien über den gepflasterten Boden. Über jeden einzelnen Feldstein strich er mit den Händen hinweg, ohne dass sich die weißblauen Energielinien irgendwie verfärbten.

Erst als er seiner Sache wirklich sicher war, nahm er den Baumstumpf in Augenschein. In der leeren Holzfassung war nichts von dem Opal verblieben, trotzdem ging um seinen rechten Zeigefinger herum eine Wandlung vor. Wann immer er der ausgehöhlten Halbkugel zu nahe kam, erhielten die betreffenden Energielinien rote Konturen.

»Ein gutes Zeichen«, frohlockte der Nekromant. »Hier war tatsächlich einmal ein mächtiger Kraftfokus eingelassen.«

»Der leider nicht zwischen den Wurzeln des Eichenthrons vergraben liegt.«

»Zum Glück.« Mandus Hochstimmung war durch nichts

zu trüben. »Sonst hätte ihn Beldor seinerzeit ausfindig gemacht.«

»Zweifellos.« Ascan wusste genau, wozu der ehemalige Hexenjäger fähig war. Deshalb fragte er: »Glaubst du ernstlich, dir gelingt, woran Beldor einst gescheitert ist? Er war nach der Schlacht um Scherbental davon überzeugt, dass das Krallenauge für alle Zeiten verloren wäre.«

Über der Nasenwurzel der Elfenmaske erschien eine steile Falte, und erstmals schimmerten Mandus menschliche Gesichtszüge hindurch. »Ich beherrsche einen Felszehrer, vergiss das nicht«, erinnerte der Nekromant drohend. »Auch das ist deinem großen Beldor nie gelungen. Ohne die Trollschamanen wäre das Volk der Elfen den Bestien hilflos ausgeliefert gewesen.«

Das ließ sich nicht abstreiten. Trotzdem durfte man die Fähigkeiten des Hohepriesters nicht unterschätzen.

Mandu wandte sich erneut der verwaisten Holzfassung zu. Immer wieder strich er mit dem Zeigefinger darin herum, bis die magischen Entladungen, die die Fingerkuppe umhüllten, durch und durch rot waren. Zufrieden hob er die Hand, um den gefärbten Bereich näher zu betrachten. Lautlos gesprochene Machtworte verließen seine Lippen. Zunächst schienen sie keine Wirkung zu erzielen, bis sich die betreffenden Lichtbögen aus dem Verbund lösten und allmählich in die Höhe stiegen.

Schlagartig erstarb das Flirren rund um Mandus Hände. Nur die rote Lichtkuppel setzte ihren Weg unbeirrt fort. Der Nekromant schnappte nach ihr wie nach einem lästigen Insekt, das sich zu weit vorgewagt hatte. Wie um es zu zerquetschen, ballte er seine Rechte zur Faust, bis die Sehnen am Unterarm hervortraten. Augenblicke später präsentierte er Ascan eine rosafarbene Perle.

»Was sagst du nun?«, fragte der Magier herausfordernd.

»Sieht nett aus. Ist sie etwas wert?«

»Mehr als ein ganzer Karren voller Gold!«, behauptete Mandu. »Komm, es wird Zeit für uns zu gehen.«

Zumindest mit dem zweiten Teil der Einschätzung stimmte der Söldnerelf überein. Rasch nahm er seinen Langbogen vom Rücken und folgte Mandu zum Eingang. Als sie nach draußen schlüpften, mussten sie den verräterischen Lichthof durchqueren, doch kaum war die Tür des Anwesens wieder geschlossen, verschmolzen sie mit der Dunkelheit.

Von Mond und Sternen war in dieser Nacht nicht viel zu erkennen. Schwarze Wolken, schwer wie Blei, bedeckten den Himmel. Zwischen den Hütten strichen kalte Böen entlang. Ascan fröstelte unwillkürlich. Der Wind hatte aufgefrischt. Hoffentlich behinderte das nicht den Rückweg!

Mandu schien sich deswegen nicht zu sorgen. Selbstsicher zeigte er nach Westen, obwohl die Stelle, an der sie den ersten Wachposten erdrosselt hatten, im Osten lag. Also hielt er am abgesprochenen Plan fest.

Trotz der allgegenwärtigen Finsternis zog Ascan einen Pfeil aus dem Köcher und legte ihn auf. Selbst mit geschlossenen Augen hätte er die Bogensehne in die Nocke führen können. Nun brauchte er nur noch zu spannen und anzuvisieren, um den gefiederten Tod zu verbreiten. Seine beiden Kurzschwerter vervollständigten die Bewaffnung. Mandu verließ sich hingegen voll und ganz auf seine magischen Fähigkeiten.

Seite an Seite eilten die ungleichen Kampfgefährten über den Marktplatz hinweg, in den nächstbesten Weg hinein. Die meisten Behausungen innerhalb der Palisade lagen im Dunkeln. Aus einigen Rauchfängen stieg Qualm auf, der sofort mit dem Wind verwehte. Manchmal schob sich etwas

Licht unter Türen hindurch oder zeichnete die Rechtecke von Fenstern in den Fassaden nach.

Orks hielten sich keine Wachhunde, die wären höchstens auf ihrem Teller gelandet. Sie verfügten selbst über feine Nasen. Als der Wind drehte und ihnen in den Rücken blies, war es nur noch eine Frage der Zeit, bis sie der Posten an der Westpalisade witterte. Aber so weit kam es gar nicht mehr.

Bereits wenige Schritte später verließ sie ihr Glück.

Rechts vor ihnen, in einer verwitterten Rundhütte, schwang die Tür nach außen auf. Der Ork, der zum Vorschein kam, trug nicht mehr als einen Lendenschurz und kniehohe Stiefel. Blaue Tätowierungen überzogen seine Arme und den Brustkasten, die Augenlider befanden sich auf Halbmast. Kaum dass er das nach draußen fallende Licht mit seinem massigen Körper versperrte, zuckte er alarmiert zusammen. Er roch die Anwesenheit der Fremden, noch ehe er sie sah.

Ascan hob den Bogen.

Um unentdeckt zu bleiben, hätte er ihren Gegner durch einen Treffer in den Kehlkopf mundtot machen müssen, doch das wäre ihren Plänen zuwidergelaufen. Laut wie ein Peitschenknall schlug die zurückschnellende Sehne in der nächtlichen Stille an. Nur einen Herzschlag später wuchs ein gefiederter Schaft aus der Schulter des Lendenschurzträgers hervor.

Halb sprang der Getroffene zurück, halb schleuderte ihn die Einschlagswucht – auf jeden Fall war er bereits wieder in der Eingangstür verschwunden, als sie die Hütte im Laufschritt passierten. Von Schmerzen gepeinigte Alarmschreie erklangen. Laut genug, um nicht nur die Mitbewohner seiner Hütte zu wecken, sondern auch die der umliegenden Behausungen.

Nun hieß es, in Bewegung zu bleiben.

In ihren Instinkten glichen Orks wilden Tieren. Einmal aufgeschreckt, dachten sie nicht lange nach, sondern reagierten auf die einzige Art, die sie kannten: mit Angriff.

Überall stießen grünhäutige Krieger Pechfackeln in die Restglut ihrer Feuerstellen. Hütten und Häuser begannen, von innen heraus zu leuchten, während Ascan und der Magier in Richtung Ringwall hetzten. Türen flogen auf. Mit Fackeln, Keulen und Klingen bewaffnete Orks stürzten ins Freie. Irgendwo pfiff eine Kettensichel durch die Luft.

Ascan wartete, bis ein Koloss, der ihnen den Weg versperrte, aber zur Palisade starrte, sich zu ihnen herumdrehte. Ihre Schritte waren zu leicht, um von Orks zu stammen. Deshalb war seine Streitaxt schon halb erhoben, als er ihre Umrisse entdeckte. Ein gut gezielter Pfeil flog Ascan voran. Die Spitze bohrte sich tief in den Oberschenkel des Grünhäutigen, der vor Wut und Schmerz aufschrie, aber nicht in die Knie ging.

Sturer Hund!

Ascan mochte kein zweites Geschoss an den Ork verschwenden, außerdem fehlte ihm die Zeit dazu. Überall um sie herum wurden Alarmrufe weitergetragen. Ohne im Laufen innezuhalten, stieß sich Ascan mit der rechten Fußspitze ab. Ein gewaltiger Satz beförderte ihn blitzschnell voran.

Der verletzte Krieger glotzte nur blöde, als er zwei Stiefelsohlen auf sich zufliegen sah. Von einem unverletzten Grünhäuter wäre der Söldner wie von einer Felswand zurückgeprallt, doch die Pfeilwunde zeigte Wirkung. Das getroffene Bein gab nach, so dass der gesamte Fleischberg ins Wanken geriet.

Stöhnend fiel der Ork auf den Rücken.

Der ungefederte Aufschlag erschütterte den Boden. Ascan

spürte es, als er neben dem Kopf landete und sich zu dem Verletzten umdrehte. Anstatt mit dem hilflos Zappelnden ein Ende zu machen, stellte er sicher, dass er als Elf erkannt wurde, bevor er weiterrannte.

Mandu war bereits neben ihm.

Um sie herum hellte die Nacht immer weiter auf. Von überall rückten Fackeln näher, deren zuckender Schein sie dem Schutz der Finsternis entriss.

»Elfen!«, schrie einer, der durch eine Seitengasse heranstürmte. »Elfen innerhalb der Palisade.«

Sofort wurde die Nachricht von Maul zu Maul weitergetragen und durch ein »Schützt den König!« ergänzt. Nun konnte es nicht mehr lange dauern, bis sie Moron tot auf seinem Nachtlager fanden.

Höchste Zeit, sich abzusetzen.

Endlich lag die letzte Hüttenreihe hinter ihnen, damit waren sie aber noch lange nicht gerettet. Links und rechts von ihnen schufen Fackeln kleine Lichtinseln, in denen sich direkt zur Palisade laufende Krieger abzeichneten, die nun die fliehenden Elfen erblickten. Ascan nutzte seine gute Sicht, um einige der beleuchteten Orks mit Pfeilen zu spicken. Als sich die ersten beiden schreiend am Boden wälzten, warfen die übrigen ihre brennenden Pechscheite in Richtung der Elfen, um den Gegner zu illuminieren und selbst im Dunkel zu versinken.

Mochten die Orks aus Bandor auch friedlicher leben als die Verbannten, dumm waren sie noch lange nicht. Und keineswegs ungefährlich.

Entlang der Hütten formierte sich bereits eine lockere Angriffslinie, die die Elfen einzukreisen drohte. Gegen eine solche Übermacht auf halbnaher Distanz half der beste Langbogen nicht weiter. Langsam wurde es brenzlig.

»Der Posten«, warnte Ascan seinen Begleiter. »Er darf uns nicht in den Rücken fallen.«

Zum Glück war Mandu nicht untätig geblieben. Seiner Rechten entsprang eine glühende Sphäre, die in Richtung des aufgeschütteten Ringwalls zischte, der das Fundament für die Palisade aus angespitzten Baumstämmen bildete. Auf halbem Wege prallte das Geschoss gegen ein Hindernis. Erst im Licht der Entladung schälte sich eine massige Gestalt aus der Dunkelheit – ein bewaffneter Ork, der bewusstlos zusammenbrach.

Der magische Schlag löste allgemeines Entsetzen aus. Orks fürchteten weder den körperlichen Schmerz noch die Verletzungen, die mit Feuer und Stahl einhergingen. Zauberei rief hingegen Urängste in ihnen wach. Ascan und Mandu nutzten den ersten Schrecken, um bis zur Palisade vorzudringen. Noch im Laufen schickte Mandu eine weitere Sphäre auf die Reise. Als sie einschlug, zersplitterten drei Pfähle auf einmal. Die dabei entstandene Öffnung war groß genug, um ihnen den Weg durch die Umzäunung zu ebnen.

Aus Morons Residenz wehte lauter Klagegesang zu ihnen herüber. Der tote König war gefunden worden.

Ascan stand bereits auf der anderen Seite, als sich der Nekromant noch einmal zu den Kriegern umdrehte, die gerade die Lähmung aus ihren Gliedern schüttelten.

»Für den Hochwald!«, rief er ihnen entgegen, bevor er sich ebenfalls absetzte.

Ein vielstimmiges Gebrüll war die Antwort. Kurz darauf hörten sie die stampfenden Schritte ihrer Verfolger. Solch eine Übermacht würde selbst einen Zauberer überwältigen. Denn alles, was blutete, ließ sich töten, selbst wenn es das Leben mehrerer Orks kostete, um bis auf Klingenlänge an den Blitzeschleuderer heranzukommen.

Ascan und Mandu waren sich der Gefahr, in der sie schwebten, durchaus bewusst. Atemlos rannten sie einen kleinen Hohlweg entlang, der sie ans Ufer des stillen Sees führte, über den sie nach Bandor gelangt waren. Am Ziel frischte der Wind weiter auf. Über ihnen rauschten die Bäume. Abgerissene Blätter wehten von den Ästen herab und landeten auf der gekräuselten Wasseroberfläche.

Aus der Ferne war das Geschrei der anrückenden Streitmacht zu hören. Aus den Rufen hörten sie heraus, dass sich die Umstände von Morons Tod bereits herumsprachen. Fielen sie diesen Orks in die Hände, war es um sie geschehen.

Ascan trieben ernste Sorgen um. Was nur, wenn die Energieentladungen Mandu stark geschwächt hatten? Als ihm der Nekromant jedoch die rosafarbene Perle zeigte, die sich von einem Herzschlag auf den nächsten in vier durchscheinende Lichtkugeln verwandelte, wusste er, dass alle Befürchtungen grundlos waren. Langsam stiegen die Sucher in die Höhe und kreisten einen Moment lang über ihren Köpfen, bevor sie in verschiedene Himmelsrichtungen davonjagten, um nach dem verschwundenen Krallenauge zu suchen.

Sobald die Energiebälle außer Sicht waren, streckte Mandu eine Hand in Richtung See aus. Augenblicklich trat Windstille ein. Die Wasseroberfläche glättete sich, bis der See wie eine glänzende Spiegelfläche vor ihnen lag. Die auf den Wellen schwimmenden Blätter waren verschwunden. Als die Wolkenbank aufriss, reflektierte das einfallende Mondlicht so grell, dass es in den Augen schmerzte.

Um sie herum zerbrachen Äste unter dem Ansturm der anrückenden Orks.

»Also los«, sagte Mandu, »wir haben keine Zeit mehr zu verlieren.«

Seite an Seite stürzten sie sich in den See, ohne einen

einzigen Wassertropfen zu verspritzen. Ascan wurde nicht einmal nass, als er in die Fluten tauchte. Er konnte sogar atmen, während sie durch ein schwarzes Nichts wirbelten, das an einen Tunnel erinnerte, an dessen Ende gleißendes Sonnenlicht wartete.

Er wusste nicht zu sagen, wie lange er durch die Unendlichkeit stürzte, ob einen oder einhundert Herzschläge lang, doch plötzlich erfasste ihn ein Sog, der ihn mit großer Kraft in Richtung des runden Lichtscheins riss. Im letzten Moment erkannte er durch die Öffnung hindurch die Einrichtung von Mandus Turmzimmer, da schossen sie auch schon durch den Spiegel, der in Imors Rathaus hing.

Mit den Armen voran raste Ascan auf den Steinboden zu. Er ließ den Bogen fallen und rollte sich über den Fliesen ab. Die Welt um ihn herum verwischte in einem Wirbel aus oben und unten. Als er endlich wieder klar sehen konnte, lag er neben Mandu am Boden.

Der Magier wirkte im höchsten Maße vergnügt.

»Für den Hochwald?«, fragte Ascan. »Was hast du dir bloß dabei gedacht?«

»Ein Kampfruf«, erklärte der Nekromant. »Damit die Orks wissen, wer für den Strohtod ihres Königs verantwortlich ist.«

»Aber das würde kein Elf aus dem Hochwald jemals rufen«, belehrte ihn der Söldner. »Höchstens *Für Silberfeste*, *Für Rodenau* oder *Für Wehrheim*.«

»Und wenn schon!« Mandu griff sich an den Hals, schob zwei Finger unter seine Gesichtsmaske und zog sie mit einem schnellen Ruck über den Kopf. »Um die Orks aus Bandor gegen das Volk der Elfen aufzuwiegeln, wird es schon reichen.«

Die Felsklause

Ihre Reise begann an einem natürlichen Schwundloch, das lotrecht in finstere Tiefen abfiel. Seit Binek gefesselt in den reißenden Lauf unter Gohliks Höhle gestürzt war, löste fernes Wasserrauschen unangenehme Beklemmungen in ihm aus, trotzdem folgte er Imtjes Beispiel und bestieg den schwankenden Förderkorb, der über der kreisrunden Öffnung pendelte. Mittels Dampfkraft und quietschenden Seilrollen fuhren sie in die Tiefe, vorbei an glatten, durch die Jahrtausende in den Fels geschwemmten Wänden, bis ihre rasende Fahrt gerade noch rechtzeitig an Geschwindigkeit einbüßte, um mit einem Ruck anzuhalten, der sie *nicht* über die Brüstung schleuderte.

Imtje, die derlei gewohnt war, jauchzte vor Vergnügen, während Binek Mühe hatte, eine in ihm aufsteigende Übelkeit niederzukämpfen. Nur eine Königselle über dem *Feuchten Grund* schwebend, dem tiefsten der durch Graugards Gebirgsstock führenden Wasserwege, pendelten sie aus, umgeben von zahllosen Liegeplätzen für die flachen Lastkähne, die Waren zur Felsklause und zurück transportierten.

In der allumfassenden Finsternis, in der sie bloß so weit sehen konnten, wie das Licht der Buglaterne reichte, verlor der Halbelf jedes Zeitgefühl, doch sie schossen so schnell auf der reißenden Strömung dahin, dass ihnen noch Tageslicht in die Augen stach, als sie nach dem Anlegen durch einen niedrigen Verbindungsstollen ins Freie gelangten.

Imtjes Zwergenaugen verkrafteten den Wechsel ins Helle wesentlich besser als seine. Im Gegensatz zu ihr presste Binek einen Arm gegen das Gesicht, bis sich seine Pupillen auf die grellen Sonnenstrahlen eingestellt hatten. Derart in der Sicht behindert, blieb er in den Zweigen der Büsche hängen, die den Ausgang tarnten.

Dass seine Freundin wegen des Missgeschicks laut auflachte, wurmte Binek sehr. »Ich weiß gar nicht, was das Gestrüpp hier soll?«, maulte er. »Das stört doch beim Rein- und Rausschleppen, und dass hier ein Weg endet, ist ohnehin nicht zu übersehen.«

Tatsächlich wand sich ein ausgetretener Pfad zu dem befestigten Gasthof hinab, der am Fuße einer steil aufsteigenden Bergwand lag und deshalb zu Recht den Namen *Felsklause* trug. Es handelte sich um einen der wenigen Außenposten, die die Zwerge im Norden Graugards unterhielten, um mit den Menschen Handel zu treiben. Neben dem Wirtshaus mit seinen Gästezimmern gab es deshalb ein halbes Dutzend Nebengebäude, die als Stallungen und Vorratsspeicher dienten. Außerdem viele wehrhafte Zwerge, die jederzeit einen hohen Aussichtsturm nebst umlaufendem Steinwall besetzen konnten.

Wo andere Völker ihre Handelsplätze an einer Flussbiegung ansiedelten, um stets mit frischem Wasser versorgt zu sein, hatten sich die Zwerge eine besonders trockene Stelle in der Landschaft ausgesucht. Wer dumm genug war, sie hier zu belagern, den quälte rasch der Durst, während sie sich aus ihrem verborgenen Zufluss versorgen konnten. Außerdem erzählte man sich in Imor, dass das hinter ihm aufragende Massiv nur so von Verteidigungsanlagen strotzte.

Steinschleudern und Armbrustgeschütze waren nun einmal die Art der Zwerge, die Nachteile ihrer kleingewachsenen Gestalten auszugleichen.

»Ach je, du Naseweis«, riss Imtje ihn aus seinen Gedanken. »Dieser Zugang ist doch nur getarnt, damit feindliche Kundschafter nach einigen Tagen des Ausspähens glauben, sie hätten schon alles ergründet, was wir zu verbergen haben. Dabei lässt sich der hinter uns liegende Gang mühelos verschließen, während die Transporte weiterhin über die Kellergänge der Vorratsspeicher vonstattengehen.«

Binek glaubte ihr aufs Wort, denn er hatte in der Schlacht um Felsheim mit eigenen Augen gesehen, wie gut sich die Zwerge auf Sackgassen, Geheimtüren und verborgene Fallgruben verstanden. »Dann haben wir also gerade den Weg für Gäste benutzt, um mich nicht zu tief in eure Geheimnisse einzuweihen?«, fragte er leicht eingeschnappt.

»Nicht böse sein, mein Großer.« Imtje stellte sich auf die Zehenspitzen, um ihm einen Kuss auf die Wange zu hauchen. »Andere Zwerge können ja nicht ahnen, dass du unser Volk nicht einmal unter härtester Folter verraten würdest, weil deine Liebe zu mir stärker als jeder erdenkliche Schmerz ist.«

Binek spürte einen Schauer durch seinen Körper rieseln, ohne recht zu wissen, ob er auf ihre Worte oder die sanfte Berührung ihrer Lippen zurückzuführen war.

»Folter?«, fragte er verblüfft. »Wer wollte mich wohl foltern lassen?«

»Bedenke außerdem, wohin es geführt hat, dass ein Grenzgänger wie Velb so gut in Felsheim Bescheid wusste«, fuhr Imtje fort, ohne näher auf seine Frage einzugehen. »Mit seinem Wissen hätte er beinahe einen Krieg zwischen Elfen und Zwergen ausgelöst.«

Obwohl sie sich liebevoll an Binek schmiegte, um ihm die Botschaft zu versüßen, fühlte er sich unangenehm berührt. Es stimmte schon, die Zwerge hatten Grund genug, allen Menschen gegenüber misstrauisch zu sein. Dabei war Binek mit seiner menschlichen Hälfte noch einigermaßen im Reinen, während er mit seinem elfischen Erbe weniger denn je anfangen konnte, obwohl es zuweilen recht nützlich für ihn war.

Mit einem Lächeln auf den Lippen zog er Imtje an sich, bevor sie sich gemeinsam zum Gasthof begaben. Die meisten Zwerge, die zwischen den Gebäuden ihrer Beschäftigung nachgingen, bemerkten das ungleiche Paar, maßen ihm aber nicht genügend Bedeutung bei, um deshalb ihre Arbeit zu unterbrechen. Nur ein grauhaariger Zwerg in blutbefleckem Lederschurz, der sich noch kurz zuvor am Taubenschlag des Wirtshauses zu schaffen gemacht hatte, schaute längere Zeit herüber und kam ihnen schließlich ein Stück entgegen.

Es stellte sich heraus, dass er Murin hieß und einer jener Schankwirte war, die für ihre Gäste selbst den Kochlöffel schwangen. Das Blut an seiner Schürze stammte von drei Kaninchen, die ihr Leben auf einem Hauklotz ausgehaucht hatten, um als Ragout auf dem abendlichen Teller zu landen.

»Ihr müsst Imtje und Binek sein«, begrüßte er sie, ehe er sich selbst vorstellte. »Die Brieftaube, die euch angekündigt hat, war kaum schneller als ihr selbst.«

Dabei wedelte er mit einem kleinen Zettel, auf dem sich Schriftzeichen der Zwerge drängten. Wighilds Nachricht, die ihr persönliches Siegel trug, wirkte wie ein Passierschein, der insbesondere Binek das volle Vertrauen aussprach. Murin führte sie deshalb nach einer kurzen Begrüßung zur Pferdekoppel, damit sie sich für ihre bevorstehende Reise die beiden Reittiere aussuchen konnten, die ihnen die Hohe als Ersatz für Bineks und Velbs Bergponys zugesagt hatte.

Binek sah sich die zur Verfügung stehenden Pferde zwar mit an, überließ die Auswahl aber seiner Freundin, die sich mit derlei Dingen besser auskannte. Er blickte hingegen immer wieder zum Himmel auf, an dem ein Bussard kreiste, der es auf einige Nagetiere jenseits der Palisade abgesehen hatte. Hoffnungsvoll streckte Binek seine geistigen Fühler nach dem Vogel aus. Es war höchste Zeit, dass er Imtje unter Beweis stellte, dass er wirklich die Spur einer Zwergenbande aufnehmen konnte.

Nordöstlich der Knochensenke

Lonin stolperte keuchend durch das kniehohe Gras. Er war ein ausdauernder Läufer, so wie jeder Elfenkrieger, doch die Stichwunde oberhalb der Hüfte schwächte ihn mit jedem Schritt. Allein sein Überlebenswille hielt ihn noch aufrecht. Er musste weiter, den Vorsprung ausbauen, bis er außerhalb der Sichtweite seines Verfolgers war. Nur so konnte er sich lange genug verbergen, um die Blutung zum Versiegen zu bringen. Und um genügend Kraft zu schöpfen, einen weiteren Angriff abzuwehren.

Unter anderen Umständen hätte er dem Kampf gelassen entgegengesehen – aber mit dieser Verletzung? Er konnte immer noch nicht fassen, *wer* ihn da so hinterrücks attackiert hatte. Um ausgiebig mit sich selbst und seiner zu großen Vertrauensseligkeit zu hadern, fehlte ihm jedoch die Zeit.

Ein Windstoß strich über die ausgedehnte Grasebene.

Lonin hörte das Blätterrauschen der nahen Baumgruppen, die Schutz versprachen, doch auch den schweren Hufschlag in seinem Rücken, der langsam, aber unerbittlich näher kam. Der Depeschenläufer spürte, wie ihm die Angst den Brustkorb zusammenschnürte. Das Gefühl der Beklemmung wuchs ins Unermessliche. Plötzlich spürte er den unbändigen Wunsch, mit der ganzen Kraft seiner Lungen um Hilfe zu rufen, doch schreien hätte nicht nur gegen seine Erziehung verstoßen, es wäre auch vollkommen sinnlos gewesen.

So weit nordöstlich der Knochensenke, außerhalb der Hörweite der dort stationierten Wachmannschaft, musste er sich schon selbst helfen.

Mit einer heftigen Bewegung warf er sich herum, stolperte, fing sich wieder und rannte weiter auf die bewaldete Hügelgruppe zu seiner Rechten zu. Die langen Halme, die er niedertrampelte, hinterließen eine deutliche Spur. Erst als das Gelände langsam anstieg, verringerte sich das Wachstum der Gräser so weit, dass ein Verfolger schon ein gutes Auge brauchte, um seiner Fährte mühelos zu folgen.

Sein Gegner mochte alles Mögliche sein – zu allem entschlossen oder völlig von Sinnen –, dass er auch ein guter Spurenleser war, konnte sich Lonin jedoch beim besten Willen nicht vorstellen. Allerdings hätte er es bis vor kurzem auch für unmöglich gehalten, von ihm mit blanker Klinge niedergestochen zu werden.

Einige Atemzüge lang überkam den Silbergardisten ein Gefühl der Unwirklichkeit, das sich wie ein Vorhang über seine Sinne legte. Das durfte doch alles nicht wahr sein! Was trieb den anderen nur dazu, ihm nach dem Leben zu trachten? Ging es um die Lederrolle an seiner Hüfte, in der die Depeschen für die Wachen von Mijnsor steckten? Oder um einen Ehrenhandel? Elfen gerieten häufig aneinander, wenn sich einer vom anderen geschmäht fühlte, aber deshalb brachten sie sich noch lange nicht um! Stattdessen duellierten sie sich nach strengen Regeln, die das Schlimmste verhinderten. Elfenblut war zu kostbar, um sinnlos vergossen zu werden.

Aber – wenn das alles nicht in Frage kam, was war es dann? Verrat? In solch dunklen Zeiten wie diesen? Ausgerechnet von einem wie *ihm*?

Lonin hielt sich links und umrundete eine der vor ihm

liegenden Erhebungen im Schatten der darauf wachsenden Birken, Buchen und Pappeln. Trotz der schwarzen Punkte, die vor seinen Augen tanzten, lavierte er geschickt um mehrere aus dem Boden ragende Baumwurzeln herum, die ihm den Weg versperrten. Seine Füße schmerzten, er hatte sich bei mehreren Stürzen beide Knie aufgeschlagen, zugleich schöpfte er Hoffnung. Auch hinter der ersten Hügelkette blieb das Gelände unübersichtlich. Dort boten kleinere Busch- und Baumgruppen zahlreiche Unterschlupfmöglichkeiten.

Feinkörniger, über die flache Steppe herangewehter Sand hatte sich vor langer Zeit in dieser Umgebung angesammelt. Ein schlechter Nährboden, auf dem vor allem Moos und anspruchslose Kräuter gediehen. Keuchend rannte er ein Stück weiter und rammte seine rechte Stiefelspitze tief in eine grüne Moosflechte hinein. Dieser unübersehbare Abdruck würde hoffentlich gebührende Aufmerksamkeit erregen.

Rasch kehrte er um und hielt auf den kurz zuvor umrundeten Hügel zu, dessen dichtbewachsener Westhang mit vielen Deckungsmöglichkeiten lockte. Wenn nur nicht das glitschige Nass in seiner linken Hand gewesen wäre! Lonins Lungen brannten, seine Knie gaben allmählich nach.

Er stolperte.

Hart landete er auf der freien Hand und den Knien. Nur mühsam unterdrückte er einen in ihm aufsteigenden Schmerzensschrei. Von jenseits der bewaldeten Kuppe drang entnervend gleichmäßiger Hufschlag an seine Ohren. Warum brauchte sein Gegner so lange, um zu ihm aufzuschließen?

Spielte der Kerl nur mit ihm? Vermutlich, aber das sollte ihm schlecht bekommen.

Aufstöhnend kämpfte sich Lonin in die Höhe, ohne die

Hände zu gebrauchen. In seinem glatten Gesicht zuckte es. Schweiß brannte in seinen Augen, das verschwitzte Haar hing ihm wirr in die Stirn. Er hetzte weiter. Sechs, sieben Schritte – endlich ragte vor ihm der sandige zerklüftete Abhang auf. Er konnte es schaffen!

Warum der Reiter sein Pferd nicht schneller antrieb, Lonin verschwendete keinen Gedanken mehr daran. Keuchend zog sich der Elfenkrieger an der Spitze einer Krüppelkiefer die Schräge empor. Er riss sich die Finger blutig, aber das kümmerte ihn nicht. Mit wilden Bewegungen kämpfte er sich die Böschung hinauf. Bleigewichte schienen an seinen Beinen zu zerren, das Herz hämmerte wie rasend, und in seinem Mund schmeckte er den schalen Blutgeschmack totaler Erschöpfung. Schon glaubte er, den Atem seines Verfolgers im Nacken zu spüren. Lonin stemmte sich noch stärker in den Hang. Ein scharfer Schmerz durchzuckte seine Brust, doch er gab nicht auf.

Trotz aller Anstrengungen rutschte er kurz vor der Abbruchkante ab. Der Geschmack von trockenem Sand breitete sich in seinem Mund aus, während er sich an einer freiliegenden Baumwurzel festklammerte. Blutrote Schleier tanzten vor seinen Augen, die Lungen pumpten wie Blasebälge, doch er hatte nicht einmal mehr die Kraft, die Sandkörner abzuwischen, die an seinen Lippen klebten. Nur die Angst vor einem Stich in den Rücken hielt ihn bei Bewusstsein.

Lonin wusste selbst nicht recht, wie ihm geschah, doch plötzlich fand er sich zwischen zwei über ihm aufragenden Bäumen wieder. Irgendwie war es ihm doch gelungen, sich über die Abbruchkante hinwegzuziehen. Gerade noch rechtzeitig, bevor eine braune Stute aus dem Hügeleinschnitt hervortrabte und genau auf die Stelle zuhielt, an der er das Moos absichtlich aufgerissen hatte.

Lonin wollte sich fest auf den Boden pressen, um so gut wie möglich mit der Umgebung zu verschmelzen, aber das erwies sich als unnötig.

Der Sattel auf dem Pferderücken war leer. Sein Verfolger schien wie vom Erdboden verschluckt.

Flüchtig überlegte Lonin, ob er zu dem Tier hinablaufen sollte, um sich in den leeren Sattel zu schwingen, doch er verwarf den Gedanken sofort wieder. Für solch eine Anstrengung fehlte ihm die Kraft. Außerdem wartete sein Gegner sicher nur darauf, dass er seine Deckung verließ.

Oder …

Lonins Kopf ruckte herum, als ein trockener Zweig zwei Armlängen von ihm entfernt zerknackte. Alles, was er danach zu sehen bekam, war der Stiefel, der absichtlich auf das dürre Holz getreten war.

Sein Gegner – er hatte ihn unterschätzt!

Zusammen mit dieser Erkenntnis durchzuckte Lonin eine Glevenspitze, die sich tief in seinen Hals bohrte.

Östlich der Gnomensümpfe

»Hey, träumst du schon wieder?«

Binek reagierte nicht auf Imtjes Frage, sondern starrte weiterhin aus leeren Augen geradeaus. Seine Hände waren auf das Sattelhorn gesunken, während er seinem vor sich hin trottenden Pferd die Führung überließ. Die Zwergin war nicht beunruhigt, denn sie kannte diese Momente der Abwesenheit bereits, die meistens einer Richtungskorrektur vorausgingen. Sie wusste noch nicht, *wie* ihr neuer Freund es machte, aber er fand sich überraschend gut in dem unbekannten Gelände zurecht. Und das, obwohl er – seinen eigenen Worten zufolge – sein Leben lang nicht aus Imor herausgekommen war, bis er vor den Dunklen Gilden fliehen musste, die ihn zu einem Todesschatten machen wollten. Einem gedungenen Mörder, der für Kopfgeld tötete.

Das Gras am Wegesrand und die Blätterdächer der sich rechts von ihnen erstreckenden Bäume glänzten noch nass. Nach einem ausgiebigen Regenguss am Vormittag hatte sich die Sonne lange Zeit hinter einem bedeckten Himmel versteckt. Erst ein jäh auffrischender Wind riss die Wolkendecke so weit auf, dass es hell und warm wurde.

Über dem breiten Streifen zwischen Gebirge und Wäldern tanzten bereits die ersten Mückenschwärme. Zum Glück schienen sie friedfertig zu sein. Jedenfalls verirrte sich keiner der gierigen Blutsauger zu den beiden Reitern herüber, die an der ausgedehnten Baumgrenze entlangritten. Imtje und Binek saßen auf zwei braunen Stuten, die sie nur anhand der Größen ihrer Blessen unterscheiden konnten. Zumindest Flocke hatte ihren Namen der Stirnzeichnung zu verdanken, denn bei ihr war es wirklich nur eine einzelne fingernagelgroße weiße Stelle, die sich zwischen den Augen abzeichnete. Nachtstern hingegen war vermutlich von einem Farbenblinden getauft worden, der sie mit einem Rappen verwechselt haben musste, denn sie unterschied sich von Flocke nur durch einen schmalen weißen Streifen, der sich über den gesamten Nasenrücken zog.

Ansonsten zeichneten sich die beiden Tiere, mit denen sie in der Felsklause ausgerüstet worden waren, dadurch aus, dass sie groß, kräftig, schnell und ausgesprochen gutmütig waren. Den beiden eher ungeübten Reitern war das insbesondere in den ersten Tagen ihrer Reise sehr entgegengekommen. Mit der mittlerweile zurückgelegten Strecke konnten sie zufrieden sein. Bereits die Bootsfahrt durch das unterirdische Wasserlabyrinth hatte ihnen einen langwierigen Abstieg aus dem Gebirge erspart. Dank Flocke und Nachtstern ging es ebenso zügig weiter. Die Entfernung zu Orm und seinen Gefährten musste bereits kräftig zusammengeschrumpft sein, es sei denn, die grimmigen Gesellen hatten die Trolle, die sie verfolgten, bereits im Gebirge gestellt. Aber davon war bei den langen Beinen der grauhäutigen Riesen nicht auszugehen.

Imtje und Binek befanden sich in dem von Menschen bewohnten Abschnitt zwischen Scherbental und den Gnomensümpfen, der Graugard und Bandor voneinander trennte. Wer so schwer war wie Archat und die anderen Trolle, musste hier früher oder später entlangkommen, wollte er nicht Gefahr laufen, im Morast zu versinken. Und Scherbental im Osten zu umgehen hätte einen großen Umweg bedeutet. Den wollten sich die Trolle bestimmt sparen, zumal die dichten, sich über hundert Königsmeilen hinweg erstreckenden Westwälder genügend Möglichkeiten für eine sichere Passage bereithielten.

Wie sie die grauen Riesen oder Orms Mannen in diesem immer noch weitläufigen Gebiet aufstöbern wollten, war Imtje zwar ein Rätsel, aber sie vertraute auf Binek, der sich seiner Sache sehr sicher zu sein schien. Außerdem gab es Schlimmeres, als die Tage durchzureiten und die Abende dicht aneinandergeschmiegt vor einem knisternden Lagerfeuer zu verbringen.

Obwohl sie dem Volk der Menschen gerne aus dem Weg ging, vermisste Imtje allmählich die Annehmlichkeiten eines heißen Bades und eines erholsamen Schlafes auf weichen Betten unter noch weicheren Daunenkissen. Sie wollte gerade den Vorschlag machen, zur Abwechslung Quartier in einem Gasthof zu beziehen, und sei es nur, weil Orm und die Odemars ebenfalls nicht durchgehend im Freien kampieren würden, als ihre Pferde unruhig wurden. Zuerst war es nur Flocke, die ihren Kopf in die Höhe warf und fordernd wieherte, doch schon bald schloss sich Nachtstern der anderen Stute an.

»Was ist los mit den beiden?« Binek war aus seinem Zustand der Entrückung in die Wirklichkeit zurückgekehrt. Das erkannte sie schon an der angespannten Haltung, mit der er plötzlich im Sattel saß, und an der Art und Weise, wie er die Zügel wieder fest in Händen hielt.

»Ich glaube, unsere Pferde wittern Wasser.« Imtje ging nicht näher auf seinen Trancezustand ein, denn er wich ihren Fragen zu diesem Thema regelmäßig aus. Aber das machte nichts. Sie konnte geduldig sein, wenn sie wollte. Vor allem da sie fest davon überzeugt war, dass Binek sein Geheimnis von alleine lüften würde, wenn die Zeit dafür reif war.

»Wasser?« Binek klang erleichtert. »Es wäre gut, wenn wir endlich welches fänden. In unseren Lederschläuchen befinden sich nur noch kleine Pfützen.«

Er hatte recht. Es wurde höchste Zeit, dass sie auf etwas Trinkbares stießen. Insbesondere im Hinblick auf die Pferde, die sie nicht so stark rationieren konnten wie sich selbst. Leider waren Quellen und Bäche nicht gleichmäßig über die Landschaft verteilt, und sie trabten schon den zweiten Tag in Folge durch trockenes Gelände. Die Abendsonne wärmte ihre Schultern, während sie die Stuten beruhigten, damit sie besser lauschen konnten. Doch sosehr sich Imtje und Binek auch bemühten, es war nicht mal das leiseste Rauschen oder Glucksen zu hören. Nirgendwo das kleinste Geräusch von fließendem Wasser, das zwischen Felsen hervorquoll oder über Steine hinwegströmte. Seltsam, *irgendwas* hatten Flocke und Nachtstern doch gewittert.

Da entdeckte Imtje einen grünen Streifen entlang einer Felslinie. Das Gras schimmerte frisch und sah nicht so grau und staubtrocken aus wie auf den Wiesen, die den ansteigenden Bergstock vom nahen Wald trennten. Wo Pflanzen so gut gediehen, gab es auch Wasser, und so heftig wie die Pferde reagierten, brauchten sie nur danach zu graben.

Die Klippe ragte etwa dreißig Königsellen auf. Aus den Spalten ihrer schartigen Oberfläche wucherte Gestrüpp. Diese Felsformation bot eine gute Rückendeckung, wenn sie hier übernachteten. Das gab für Imtje den Ausschlag.

»Dort drüben«, sagte sie zu Binek. »Dort schlagen wir unser Lager auf.«

»Wollen wir nicht lieber warten, bis wir Wasser gefunden haben?«

»Vertrau mir einfach«, forderte sie von ihrem Begleiter. »Immerhin vertraue ich dir auch.«

Binek zuckte mit den Schultern, um sein Einverständnis zu erklären.

Kurz darauf stiegen sie ab und warfen ihre Sättel und das Gepäck ins Gras. Anstatt den mitgeführten Hafer zu verschwenden, ließen sie Flocke und Nachtstern frei umherlaufen, damit sie sich ihr Futter selbst suchten. Es gab genügend Gräser und Moose, die sie fressen konnten. Ehe sich Flocke abwandte, blieb sie an einer Vertiefung stehen und klopfte mit ihrem linken Vorderhuf auf den Boden.

»Gut gemacht!« Imtje tätschelte sie zur Belohnung am Hals, bevor sie fortfuhr: »Und jetzt geh zur Seite und lass mich machen.«

Sobald sie genügend Bewegungsfreiheit hatte, zog die Zwergin ihr Messer, das sie an einer Beinscheide trug, unter ihren Röcken hervor und machte sich daran, die Erde mit Hilfe der Klinge armtief aufzuwühlen. Der Sand wurde rasch kühler und feuchter, und als sie einen Moment an dem gegrabenen Loch verharrte, sickerte darin Wasser zusammen. Nachdem Binek ihr eine kleine Holzschüssel gereicht hatte, schöpfte sie es heraus und seihte es durch ihr Halstuch in einen Kochkessel. Als dieser zu drei Vierteln gefüllt war, überließ sie das Loch den schnaubenden Pferden, die abwechselnd ihre Mäuler hineinsteckten und langsam daraus tranken.

Sie selbst stellte den Kessel auf ein von Binek entzündetes Feuer, um das gewonnene Wasser abzukochen.

»Toll, wie du das gemacht hast«, lobte er. »Ohne dich müssten wir heute Abend dursten und unsere Tiere ebenso.«

»Ach, hör auf. So jemand wie du findet doch immer ein

hilfsbereites Weib, das ihn unter ihre Fittiche nimmt.« Sie
bedauerte ihre Worte schon, noch ehe sie zu Ende gesprochen hatte. Denn anstatt mit all den Weibern zu prahlen,
die sich überall nach ihm verzehrten, so wie es die Holz-
und Stallknechte aus Felsheim gemacht hätten, sah Binek
nur verlegen zur Seite. Allzu oft hatte ihm die Liebe wohl
noch nicht gelacht, und falls sich Imtje nicht völlig täuschte,
war sie es gewesen, die ihm unter Gohliks Höhle die Jung-
fräulichkeit genommen hatte. Obwohl es sie sehr interessiert
hätte, fragte sie ihn jedoch nicht danach.

»Um mich hat sich nie jemand gekümmert«, erklärte
Binek plötzlich, ohne sie dabei anzusehen. »Höchstens die
Dunklen Gilden, aber die hatten dabei nur ihren Vorteil im
Sinn.«

»Ach, diesen dummen Menschenweiber …«

»Meine Mutter war ebenfalls ein Mensch, vergiss das
nicht.« Manchmal war Binek wirklich empfindlich und
nahm sich Dinge zu Herzen, die nur so dahingesagt waren. Er war nicht so wie die Zwerge, die sie kannte, aber
irgendwie machte ihn das auch interessant, ebenso wie das
Geheimnis seiner guten Orientierung, das ihn umgab.

»Weißt du schon, wie es weitergeht?«, fragte sie, um die
plötzlich eingetretene Stille zu füllen.

»Morgen gelangen wir an einen Fluss, hinter dem das Ge-
lände gen Norden lichter wird«, antwortete er nach einigem
Zögern. »Dort stoßen wir auf die Spur von Orm und den
Odemars.«

Sie nahm ihn in den Arm, um ihm zu zeigen, dass sie
mindestens so stolz auf seine Fähigkeiten war wie er auf ihr
Wissen um die Wassergewinnung. Es dauerte nicht lange,
bis er ihren fordernden Lippen, die zuerst seinen Hals und
die gespaltene Ohrspitze liebkosten, nicht länger widerste-

hen konnte. Endlich entspannte er sich und küsste sie sanft, während die Sonne im Westen als roter Glutball unterging.

An viel mehr war leider nicht zu denken.

Der lange Ritt hatte sie beide müde gemacht. Sobald sie unter den Decken lagen, wurden ihre Augenlider schwer wie Blei. Nur ihre schmerzenden Hinterteile hielten sie noch eine Weile wach. Doch obwohl sie beide zu erschöpft waren, um sich so heftig zu lieben, wie es jungen Paaren wie ihnen zustand, fühlte sich Imtje so glücklich wie nie zuvor in ihrem Leben.

Zwischen Graugard und dem Hochwald

Wenn es zwei des Reitens unkundige Zwerge gab, denen das Hinterteil in jener Zeit noch stärker schmerzte als Imtje und Binek, dann hießen sie Ornus und Endrik. Zwar gehörte es zu ihren Aufgaben als Holzknechte, hin und wieder auf den Arbeitspferden der heimischen Stallungen zu reiten, doch meistens ging es dabei nur bis zu nahe gelegenen Orten, an denen die Tiere schwere Lasten zu tragen oder zu ziehen hatten. Tagelang über ausgedehnte Ebenen zu traben strengte jedoch weitaus mehr an, als kurze Wege über gewundene Bergpässe zurückzulegen.

Aber was blieb den beiden Felsheimer Holzknechten anderes übrig, als sich ihrem Schicksal zu ergeben? Sich gegen die Hohen aufzulehnen bedeutete, aus der Nekropole verstoßen zu werden, und das wäre die Sache nicht wert gewesen. Ohnehin hatten sie sich Wighilds Befehle selbst eingebrockt, und natürlich gab es schlimmere Strafen, als zwei Bergponys heimzureiten.

Eine Mondphase lang Ställe auszumisten beispielsweise. *Das* wäre eines Holzknechtes unwürdig gewesen, in dem Fall hätten sie ihr Bündel geschnürt und wären in die Fremde hinausgezogen. So aber taten sie, was ihnen aufgetragen worden war, und nutzten dabei die Gelegenheit, mit ihrem bejammernswerten Schicksal im Allgemeinen und ihrer Dummheit im Besonderen zu hadern, während sie das zwischen Hochwald und Graugard gelegene Grenzgebiet durchquerten.

»Finger weg vom Schmauch!«, hob Ornus wohl schon zum hundertsten Mal an diesem Tage an. »Schon tausendmal habe ich das gesagt. Und doch lasse ich mich immer wieder von dir zu einem Pfeifchen überreden!«

Endrik, der sich ebenso wie sein Weggefährte mit einer an den Seiten hochgerollten Strickmütze vor den sengenden Strahlen der Sonne schützte, wandte sich abrupt im Sattel um.

»Schon tausendmal hast du das gesagt?«, empörte er sich über die gegen ihn gerichtete Anschuldigung. »Aber sicherlich nicht zu mir! Und auch kein anderes Zwergenohr hat wohl jemals zuvor solche Worte aus deinem Munde vernommen.«

»Rieselt dir jetzt schon der Kalk aus den Ohren?« In den Augen des größeren Zwerges flackerte es erbost auf, als er ebenfalls zur Seite schaute. »Willst du ernsthaft behaupten, du könntest dich nicht daran erinnern?«

»Aber nie und nimmer!«, bekräftigte Endrik.

»Holzkopf, elender!«, schallte es zurück.

»Immer noch Holz*knecht*, werter Herr! Da sieht man schon, wer von uns beiden wirklich verkalkt ist.«

Längst starrten sich beide Zwerge tief in die Augen, anstatt auf ihren Weg zu achten. Ornus setzte gerade dazu an, den Disput durch eine scharfe Erwiderung weiter anzuheizen, als sein Pony den Kopf in die Höhe warf und laut durch die Nüstern schnaubte. Die vielen lauten Worten reizten das Tier. Ebenso wie das zweite, das plötzlich zu tänzeln begann.

Rasch stellten die Zwerge ihren Streit ein, um die Pferde zu beruhigen. Nach vielen Streicheleinheiten am Hals und noch mehr gutem Zureden hörten die im Grunde gehorsamen Ponys endlich auf zu bocken.

»Jetzt haben sie plötzlich ihren eigenen Kopf«, brummte Ornus, sobald es normal weiterging. »Hätten sie ihn doch schon eher gehabt und sich aus dem Staub gemacht, als sie noch konnten.«

»Sei froh, dass sie noch in der Nähe von Gohliks Waldhain gegrast haben«, empfahl Endrik. »Wir hätten sonst den ganzen Weg bis Felsheim zu Fuß laufen müssen.«

»Das wäre zumindest besser für meinen Hintern gewesen!« An den feigen Fährmann, der das Boot gleich nach ihrer Ankunft unterhalb der Erdhöhle zur Rückfahrt gewendet hatte, verschwendete Ornus dagegen keinen Gedanken. Wozu auch? Dieser Wurm hatte nur Befehle ausgeführt.

Anstatt auf das Naheliegende hinzuweisen, nämlich, dass sie sich bei einem Rückmarsch jede Menge Blasen an Zehen und Fersen gelaufen hätten, schnitt Endrik ein neues Thema an. »Sieh es einmal von der guten Seite«, forderte er. »Dafür müssen wir nicht in Felsheim knechten.«

Ornus schnaubte verächtlich, bevor er antwortete: »*Ich* bin ein Zwerg, der *gerne* arbeitet!«

»Ich doch auch«, stellte Endrik eilig klar. »Aber ein kleines Abenteuer von Zeit zu Zeit verleiht dem Leben doch erst die richtige Würze! Findest du nicht?«

»Abenteuer?« Ornus hob schon wieder so laut an, dass die Pferde zu scheuen begannen. »Was soll daran abenteuerlich sein, sich den Hintern im Sattel wundzureiten? Da hätten wir genauso gut Orm und die Odemars begleiten können.«

»Diese Stinkstiefel?« Überrascht riss Endrik die Augen auf. »Soll das ein Witz sein?«

Die beiden Freunde wechselten einen kurzen Blick miteinander – und lachten schallend auf.

»Bei allen Ahnen!« Ornus schüttelte den Kopf. »Mit Orm und den anderen Trauerklößen auf Trolljagd! Schlimmer kann ein Zwerg seine Zeit überhaupt nicht vergeuden.«

Endrik nickte hastig. »Ja, den ganzen Tag den Spuren nachrennen und abends feststellen, dass man Archat und den anderen Grauhäutern keinen Schritt näher gekommen ist. Langweiliger geht es kaum.«

Endlich waren die beiden Holzknechte wieder einer Meinung.

»Das kannst du laut sagen«, legte Ornus nach. »Mit solchen Helden bist du von Neumond bis Halbmond unterwegs, und alles, was du dabei erlebst, taugt für zwei armselige Sätze am Lagerfeuer.«

Über Orm und die Odemars herzuziehen half den beiden Zwergen, über den eigenen Ärger hinwegzukommen. Frohgemut ließen sie ihren Lästerzungen freien Lauf, bis Ornus irritiert in die Ferne blickte.

»Was ist los?«, fragte sein Freund und Weggefährte, den der jähe Stimmungswandel erstaunte.

Ornus zügelte sein Pony und beschattete die Augen mit der rechten Hand, bevor er mit ihr in die Richtung eines seltsamen Phänomens deutete. »Siehst du das?«, fragte er dabei.

Endrik musste mehrmals blinzeln, um sich gegen die hochstehende Sonne durchzusetzen, bevor er erkannte, was die Aufmerksamkeit seines Kameraden erregte: Eine Vielzahl am Himmel kreisender Silhouetten, die sich immer wieder aufs Neue in die Tiefe stürzten, um schon nach kurzer Zeit unverrichteter Dinge zurück in die Höhe zu steigen. Weit über einhundert Raben und Krähen stiegen auf diese Weise auf und ab, dazu kam ein halbes Dutzend Lämmergeier, die oberhalb des aufgeregten Spektakels träge ihre Kreise zogen, um den richtigen Augenblick zum Zuschlagen abzuwarten. Nur, was hielt die Aasfresser überhaupt davon ab, sich der Beute zu nähern, die sie über viele Königsmeilen hinweg angezogen hatte? Und die sogar – den schwarzen Punkten am Horizont nach zu urteilen – noch weitere anlockte?

»Ein Schlachtfeld?« Angesichts der Kämpfe in und um Felsheim, bei denen sie tapfer mitgefochten hatten, lag Endriks Verdacht durchaus nahe. Allerdings versperrte ausgerechnet dort, wo die Opfer am Boden liegen mochten, eine Hügelkette die Sicht.

»Gut möglich«, gestand Ornus ein. »Zumindest würde das erklären, warum sich die Ratten der Lüfte in so großer Zahl versammeln. Aber wenn dort wirklich Aufgeschlitzte und Erschlagene im Gras verrotten, warum tun sich die Schwarzgefiederten nicht längst an ihren Gedärmen gütlich?«

»Gute Frage, werter Holzknecht.«

Die beiden zum Halten gebrachten Ponys begannen zu grasen, während sich ihre Reiter auf die Sattelknäufe stützten und in die Ferne starrten. Nur der Wind strich über das unendlich scheinende Meer aus Halmen, das sie von allen Seiten umwogte. Von irgendwelchen Anzeichen einer Siedlung war genauso wenig zu entdecken wie von umherstreifenden Menschen, Elfen oder Zwergen. Abgesehen von den Vögeln, die sich am Himmel zusammenrotteten, befanden sich Ornus und Endrik allein auf weiter Flur.

Nach einem lauten Krächzen lauschten sie vergeblich, dazu war das Federvolk noch zu weit von ihnen entfernt. Hielten sie weiter nordwestlich auf Graugard zu, würden die schauerlichen Laute auch niemals an ihre Ohren dringen. Und wozu hätten sie die Strapazen eines Umwegs auf sich nehmen sollen?

»Vielleicht befindet sich zwischen den Hügeln etwas, das die Vögel von dem Schlachtfeld fernhält?«, überlegte Ornus laut. »So etwas wie ein magisches Artefakt, das eine schützende Sphäre bildet, die für Angreifer undurchdringlich ist?«

»So was könnte Felsheim gut gebrauchen, für den Fall, dass dieser elende Beldor erneut seine Blitze schleudert.«

»Eben, werter Holzknecht. Eben.«

Endrik rieb sich die Nase, um einen jäh aufgetretenen Juckreiz zu vertreiben. »Glaubst du wirklich, da liegt ein Elfenmagier herum, den wir gefahrlos bemausen können?«

»Zum Schutze Felsheims zu handeln wäre eine Heldentat und keine Leichenfledderei«, stellte Ornus klar. »Bei unserem Glück ist dort aber nur eine Ziegenherde an einem vergifteten Wasserloch verendet, und die Aasfresser können nicht entscheiden, ob sie es wagen dürfen, von ihrem Fleisch zu kosten.«

»Das meinst du doch nicht im Ernst?«

Der größere der beiden bärtigen Zwerge zuckte mit den Schultern. »Eines ist so unwahrscheinlich wie das andere. Sicher ist nur eins: Dort geht etwas Besonderes vor. Fragt sich nur, was?«

Schweigend blickten sie in die Ferne, in der sich ein gerade neu eingetroffener Krähenschwarm dem weithin sichtbaren Treiben anschloss.

»Tja, wir können hier jetzt bis zum Abend ausharren, ohne es jemals herauszufinden«, merkte Endrik nach einer Weile an. »Oder wir opfern einen halben Tag und sehen nach, was dort vor sich geht, selbst auf die Gefahr hin, dass dort nur ein paar tote Schafe oder Ziegen herumliegen.«

Ornus nickte, bevor er die Zügel seines Ponys anzog. Das Tier, das mittlerweile drei Disteln und mehre Handvoll Löwenzahn vertilgt hatte, setzte sich gehorsam in Bewegung, als es die Hacken des Reiters in den Flanken spürte.

»Also gut«, rief Ornus dabei. »Auf ins Abenteuer!«

2.

Je näher sie der bewaldeten Hügelgruppe kamen, desto lauter wurde das Krächzen der hungrigen Vögel, die den Himmel verdunkelten. Dennoch blieb den Zwergen ein Rätsel, was die flatternden Schwärme anlockte. Weit und breit zeichneten sich nur die Spuren ab, die ihre eigenen Ponys im Gras hinterließen. Von einer verendeten Herde war genauso wenig auszumachen wie von einer kriegerischen Auseinandersetzung. Nur die Raben- und Krähenschwärme, die einen bestimmten Hügel bevölkerten, wiesen den Weg zum Ziel.

Einige der Aasfresser flatterten kreischend auf, doch nur um sich zu denen zu gesellen, die bereits in den Kronen der Ulmen und Pappeln hockten, die sich aus dem dichten Buschwerk der vor ihnen anwachsenden Kuppe erhoben. Oberhalb eines Sandabbruchs, auf dem sich tiefe Fußspuren mit eingebrochenen Rändern abzeichneten, war blickdichtes Unterholz zu erkennen.

Unbehaglich blickten die Zwerge zu den kreisenden Schwärmen auf, deren Flügelschlag die Luft erfüllte. In immer neuen Formationen ballten sich die schwarzen Gefiederten zusammen und stoben auseinander. So mancher Pulk nahm vorübergehend das Aussehen eines Riesenvogels an, bevor er sich wieder in viele kleine angriffslustige Dohlen und Kolkraben auflöste, die sich um ihre Beute betrogen fühlten.

Eine gemeinsame Attacke der krächzenden Scharen hätte unangenehme Folgen gehabt. Endrik zog ein unterarmlanges Messer aus der Gürtelscheide, um sich notfalls der Schnäbel und Krallen erwehren zu können. Auch die Ponys wurden zunehmend nervöser. Umkehren kam für die Holzknechte aber nicht mehr in Frage. Ihre Neugier war stärker als die Angst, die nun wie mit scharfen Messern in ihren Eingeweiden wühlte. Sie wollten unbedingt wissen, was die riesige Ansammlung von Vögeln zu bedeuten hatte. Ein Leichenberg hatte sie nicht angelockt, sonst wäre ihnen längst der damit verbundene Verwesungsgeruch in die Nase gestiegen.

Als die robusten Ponys nicht mehr weiterwollten, stiegen Ornus und Endrik aus ihren Sätteln. Zu Fuß gingen sie auf den Abhang zu und arbeiteten sich auf allen vieren in die Höhe. Neben den vorhandenen Fußabdrücken, denen sie neue hinzufügten, zeichneten sich dunkle Flecken in dem hellen Sand ab.

Die beiden Zwerge unterdrückten den natürlichen Reflex, die betreffenden Stellen zwischen den Fingern zu zerreiben, um an den anhaftenden Krümeln zu riechen. Sie ahnten auch so, dass es sich um eingesickerte Blutstropfen handelte.

Ein plötzlich anwachsender Schatten veranlasste Endrik dazu, sein Messer in die Höhe reißen. Zu spät. Der Kolkrabe, der sich auf ihn herabgestürzt hatte, wich bereits aus. Flügelschlagend gewann er an Höhe, um zu den über ihnen kreisenden Schwärmen aufzuschließen. Der Rest der in den Bäumen hockenden Vögel blieb an seinem Platz, verfolgte aber jeden ihrer Schritte mit ruckartigen Kopfbewegungen.

»Vielleicht hoffen sie, dass wir ihre Beute aufscheuchen«, sagte Endrik im Weiterklettern.

»Vermutlich denken oder hoffen diese Viecher überhaupt

nichts«, knurrte sein Weggefährte zurück. »Schließlich sind es nur Vögel.«

Auf der Hügelkuppe angekommen, sahen sie sich von dichtem Grün umgeben. Erst ein summender Fliegenschwarm machte sie auf einige braun umrissene Blätter aufmerksam. Beim Nähertreten entdeckten die Zwerge, dass die verwelkten Blätter zu abgeschnittenen Brombeerranken gehörten, die einen von Hand aufgeschichteten Haufen aus Ästen und Dornengestrüpp abdeckten.

»Bockmist.« Wütend trat Ornus gegen das stachlige Gebilde, das die Vögel daran hinderte, an die gewitterte Beute zu gelangen. »Von wegen magisches Artefakt. Hier hat ein Jäger bloß vergessen, seine von ihm gebunkerte Beute abzuholen.«

Möglicherweise war der betreffende Weidmann bei seiner weiteren Hatz auch verletzt worden, so dass er nicht zu seinem Versteck zurückkehren konnte – genau genommen war ihnen das mutmaßliche Schicksal des unbekannten Grenzläufers herzlich egal.

Endrik machte seinem Ärger auf die gleiche Weise Luft wie der Handwerksbruder. Unter seinem halben Dutzend Tritten rutschte eine belaubte Abdeckung zur Seite. Dabei kam ein Gestell aus Hölzern und Dornengestrüpp zum Vorschein, zwischen dessen Sprossen eine feingliedrige Hand kalkweiß hervorschimmerte. Dicke Schwaden übelriechenden Aasgeruches quollen in die Höhe.

»Bei Runert dem Allmächtigen«, rief Endrik einen seiner Vorfahren an. »Ein toter Elf.«

Nun zog auch Ornus sein Kurzschwert aus der Gürtelscheide. Mit ihren blanken Klingen schoben die beiden Zwerge den Haufen so weit auseinander, dass sie die leblose Gestalt in der Uniform eines Silbergardisten mit all ihren

Hieb- und Stichwunden vollständig erkennen konnten. Alleine vier der fünf sichtbaren Verletzungen wären für sich genommen tödlich gewesen. Da hatte jemand wie im Rausch immer wieder aufs Neue ausgeholt und zugestoßen. Für die Holzknechte sah das mehr nach einem Mord aus Leidenschaft als nach einem gewonnenen Kampf aus.

»Den hat jemand sauber zerlegt«, bemerkte Endrik angesichts der klaffenden Halswunde, die von einem Ohr zum anderen reichte.

Das wächsern schimmernde Gesicht, an dem Laub und Erde klebte, wirkte bereits, als hätte es niemals einem Lebenden gehört. Trotzdem kam den beiden Zwergen das entstellte Antlitz bekannt vor.

»Wären wir bloß weiter Richtung Felsheim geritten«, seufzte Ornus.

Endrik sah überrascht auf. »Seit wann so feinfühlig? Wahrscheinlich ist das ein Silbergardist, gegen den wir noch vor kurzem gefochten haben.«

»Todsicher sogar«, verkündete Ornus düster. »Ich erkenne den Kerl. Er gehörte zu dem Stoßtrupp, der die Beerdigung des Eisel von Odemar gestört hat. Jetzt liegt er tot am Boden, niedergestreckt von scharfen Klingen. Und zwei Zwerge, die gegen ihn gekämpft haben, stehen über ihm. Was glaubst du, wie das auf andere Elfen wirken wird?«

Endrik schob eine Hand unter die Mütze, mit der er seinen kahlgeschorenen Schädel vor einem Sonnenbrand schützte, um sich am Kopf zu kratzen.

»Da gibt es nur eins«, entschied er nach kurzem Nachdenken. »Wir verscharren den Kerl, damit die Vögel verschwinden, und machen uns so schnell wie möglich davon.«

Der größere Zwerg sagte nichts dazu, sondern sah den eine Handbreit kleineren Kameraden missbilligend an.

»Was passt dir jetzt schon wieder nicht?«, brauste Endrik auf.

»Sieh dich einmal in Ruhe um«, forderte Ornus. »Entdeckst du hier irgendwelche Fußspuren außer den unseren?«

»Natürlich nicht. Dieser Tote modert schon seit Tagen vor sich hin! Sicher hat es inzwischen geregnet, und der Schauer hat das niedergedrückte Gras rund um den Hügel wieder aufgerichtet.«

»Vollkommen richtig«, bestätigte Ornus. »Deshalb nützt es auch nicht das Geringste zu fliehen. Im Gegenteil. Das würde die Elfen bloß in ihrem üblen Verdacht bestärken, wenn sie den Leichnam finden.«

Unbehaglich sah Endrik sich um. Unversehens schien die bewaldete Hügelkuppe vor Spitzohren zu wimmeln, die, hinter den Bäumen verborgen, nur auf ein Signal zum gemeinsamen Zuschlagen warteten. Zum Glück waren es ausschließlich Vogelaugen, die sie mit kalten Blicken bedachten.

Dennoch fragte er: »Warum sollten die Elfen ausgerechnet jetzt auftauchen?«

Ornus sah durch eine Lücke im Blätterdach zu dem schwarzgefiederten Tumult auf, der über ihnen am Himmel wütete. »Aus dem gleichen Grunde wie wir – um nachzusehen, was hier vor sich geht. Die Knochensenke liegt keinen Tagesritt südwestlich von uns. Das Spektakel ist für die dort stationierte Wachmannschaft unübersehbar. Wahrscheinlich haben die Elfen längst einen Spähtrupp ausgesandt, um nach dem Rechten zu sehen.«

»Die Knochensenke! Natürlich!« Endrik rieb mit seinem rechten Daumen über die wulstige Unterlippe. »Dass wir nicht eher daran gedacht haben! Wegen des großen Friedwaldes ist dem gefiederten Pack der Verwesungsgeruch von

Elfen seit Generationen bekannt. Solche Bestattungsriten gehen über Generationen hinweg ins Blut über. Deshalb warten sie geduldig darauf, dass wir ihnen die Leiche überlassen, so, wie sie es durch die Elfen gewohnt sind.«

Ornus nickte zum Zeichen, dass ihn ähnliche Vorstellungen bewegten. »Also, was machen wir jetzt?«, wollte er wissen.

»Wenn wir stramm durchreiten, schaffen wir es bis zur Behausung meines Vaterbrudersohns Myhm. Er lebt im Verborgenen wie Gohlik. Bei dem stöbern uns die Elfen niemals auf. Wir müssen nur beizeiten eine falsche Fährte legen, indem wir die Ponys so davonjagen, dass sie eine tiefe Spur ins Nirgendwo ziehen.«

»Was wird Wighild dazu sagen?«

»Mir doch gleich.« Endrik schnaubte durch die Nase. »Schlimmstenfalls können wir nicht mehr nach Felsheim zurückkehren, was solls? Gute Holzknechte werden überall gebraucht.«

Ornus antwortete nicht darauf, sondern sah seinen Kameraden stumm an.

»Ja, ich weiß, was du sagen willst.« Endrik ließ das Kinn auf seine Brust sinken. »Wir dürfen nicht nur an uns selbst denken. Nicht in diesen Zeiten, in denen das kleinste Missverständnis einen Krieg zwischen Elfen und Zwergen nach sich ziehen könnte. Ein neuer Konflikt ist das Letzte, was wir brauchen, nun, da wir wissen, dass die verbannten Orks zurückkehren wollen. Also, was schlägst du vor?«

Ornus öffnete den Mund, sprach aber zunächst kein Wort. Was er sagen wollte, kam ihm nur schwer über die Lippen. Schließlich gab er sich doch einen Ruck. »Wir könnten eine Schlepptrage bauen, um den Toten zur Knochensenke zu schaffen«, schlug er vor. »Treten wir den Elfen offen und ehrlich gegenüber, erkennen sie hoffentlich, dass wir nichts mit diesem Meuchelmord zu tun haben.«

Endrik heulte auf, wie unter großen Schmerzen.

»Du klingst wie ein Blag, das noch gesäugt werden muss!«, warf er seinem Weggefährten vor. »Was ist bloß aus Ornus, dem erfahrenen Holzknecht, geworden, den ich schon so lange kenne?«

»Der bringt gerade das nächste Armbrustgeschütz in Stellung! Solange wir neben einem toten Silbergardisten stehen, müssen wir aber wie Wighild und die anderen Hohen denken, obwohl mir das ebenso wenig schmeckt wie dir.«

Endrik seufzte schicksalsergeben. Was blieb ihm anderes übrig? Ornus hatte leider recht.

»Elender Krieg!«, fluchte er dennoch. »Und verdammte Neugier, die uns in diesen Schlamassel geritten hat.«

Nachdem die beiden Holzknechte ausgiebig geflucht hatten, setzte sich endlich ihre tatkräftige Seite durch. Endrik schlug vor, zu den Pferden zu gehen, um eine Decke zu holen, in die sie den Toten einwickeln konnten. Ornus, der damit einverstanden war, begann seinerseits damit, zwei gerade gewachsene Birken auszusuchen und zu fällen.

Als sie den von Schmeißfliegen umschwirrten Elfen auf die Decke zogen, hielten sie die Luft an, bis er fest eingewickelt war. Die Kleidung des stinkenden Kadavers nach Hinweisen zu durchsuchen kam für sie nicht in Frage. Nicht einmal dem Lederköcher am Gürtel schenkten sie nähere Beachtung, sonst hätten sie erkannt, dass es sich um eine verschließbare Rolle handelte. Dass der Tote ein Meldeläufer war, der eine Depesche zu überbringen hatte, war ihnen völlig egal. Sie interessierte nur, dass die Vögel die ganze Zeit über ruhig blieben, selbst, als sie erkannten, dass sie ihrer Beute beraubt wurden.

Aus frischem Rindenbast und den zurechtgehauenen Stangen ein Schleppgestell zu bauen und hinter eines der Ponys zu hängen war eine Kleinigkeit für zwei Holzknechte. Die Sonne war auf ihrer Himmelsbahn nur wenig mehr als eine Handbreit weitergewandert, als sie Richtung Westen aufbrachen. Zahlreiche Vögel erkannten, dass sie hier ihr Spiel verlorengeben mussten, und stoben in alle Himmelsrichtungen davon, aber ein nicht geringer Teil der Raben, Krähen und Geier folgte ihnen wie eine dunkle Regenwolke, die einen Wanderer fortwährend mit Niederschlag bedrohte, während rings um ihn herum strahlender Sonnenschein herrschte.

3.

Auf die Wachmannschaft der Knochensenke, die tatsächlich einen Spähtrupp ausgesandt hatte, wirkten die gefiederten Begleiter wie ein weithin sichtbares Fanal, das ihnen den richtigen Weg wies. Ornus und Endrik hatten noch nicht einmal ein Viertel ihres Weges zurückgelegt, als sie die hochgewachsenen Gestalten entdeckten, die ihnen über das wogende Grasmeer aus südwestlicher Richtung entgegenkamen.

Die Zwerge wussten sofort, dass es sich bei der Gruppe um Elfen handelte. Kein anderes Volk war so schlank gewachsen und wusste sich so schnell zu Fuß fortzubewegen. Durchschnittlich großen Menschen hätten die langen Halme bis zum Bauchnabel gereicht. Den Kriegern, die direkt auf die beiden Berittenen zuhielten, gingen die Halme nur bis zur Hüfte.

Angesichts der Glevenspitzen, die in der Sonne funkelten,

schrie alles in den Zwergen danach, die Ponys herumzureißen und das Weite zu suchen, aber dazu war es jetzt zu spät. Selbst wenn die Pferde vorübergehend schneller galoppieren mochten, mit Sätteln und Reitern auf dem Rücken waren sie der Ausdauer der Elfen niemals gewachsen – zumal diese auch als ausgezeichnete Fährtenleser galten. Selbst die Schlepptrage abzuschneiden, um den verräterischen Vogelschwarm über ihren Köpfen loszuwerden, nutzte daher wenig.

Es half alles nichts. Sie mussten ihren einmal gefassten Plan auch zu Ende bringen.

»Gut, dass wir vorausschauend genug waren, uns nicht blindlings abzusetzen«, sagte Ornus, bevor er mit seinem Pony direkt auf den sich nähernden Spähtrupp zuhielt.

»Ja«, brummte Endrik zustimmend, während er dem Beispiel seines Handwerksbruders folgte. »Wirklich unendlich schlau von uns, freiwillig ins Verderben zu reiten.«

Ob sich die Elfen über den Richtungswechsel wunderten, war nicht auszumachen. Jedenfalls änderte sich der gleichmäßige Rhythmus, mit dem sie durch die wogenden Gräser pflügten, nicht im Geringsten. Die Zwerge setzten ihren Weg in langsamerer Gangart fort, um die Kräfte ihrer Reittiere zu schonen. Der Augenblick des Zusammentreffens rückte auch so schnell genug näher.

Die anwachsende Spannung schlug Ornus und Endrik auf die Stimmbänder. Schweigend hing jeder von ihnen seinen Gedanken nach. Es gab ohnehin nicht viel zu besprechen. Sie wussten beide, dass sie bereits das Beste aus ihrer verzwickten Situation herausholten. Alles Weitere lag nicht mehr in ihrer Hand. Sie konnten nur noch hoffen, dass die Elfen aus Silberfeste genauso an der Einhaltung des Waffenstillstandes interessiert waren wie sie.

Je rascher die Entfernung zwischen den beiden Gruppen

schrumpfte, desto genauer sahen die Zwerge, mit wem sie es zu tun bekamen. Der Spähtrupp bestand aus sechs Elfen, die in Zweierreihe liefen. Die drei auf der linken Seite trugen die Rüstung der Silbergarde, die schon von weitem durch die schützenden Gesichtsmasken und die Bewaffnung mit den Gleven, wie die Stangenschwerter der Elfen hießen, zu erkennen war. Die anderen drei gehörten zu Albriels Soldaten, auf deren ledernen Uniformen das fürstliche Wappen prangte.

Warum sich die Elfen der Grenzsiedlung den Luxus zweier miteinander konkurrierender Einheiten leisteten, war den Holzknechten unbekannt, sie wussten nur, dass beide nicht zu unterschätzende Gegner darstellten. Die Elfen sprachen ebenfalls nicht miteinander. Nicht mal ein leises Keuchen pflanzte sich über die Ebene fort. Nur das schleifende Geräusch der Schlepptrage und das *Krah-Krah-Krah* der Raben erfüllte die Luft.

Sicherlich sparten die hochgewachsenen Krieger ihren Atem nicht nur zum Laufen. Ihr Schweigen diente auch als Waffe, mit der sie den Gegner einzuschüchtern versuchten. Aber das war ein Spiel, auf das sich auch Ornus und Endrik verstanden. Längst hatten die beiden ihre grimmigsten Gesichter aufgesetzt und sahen dabei drein, als würden sie jeden Morgen ein halbes Dutzend Elfen zum Frühstück verspeisen.

Kurz bevor die Elfen sie erreichten, zügelten die beiden ihre Ponys, um die entgegenkommende Doppelreihe zu erwarten. Endrik nutzte die noch verbleibende Zeit, um sich so weit in den Steigbügeln aufzustellen, dass er sein Hinterteil aus dem Sattel lüpfen konnte. Ornus wollte gerade fragen, wozu das gut sein sollte, als es in der Hose des Kameraden zu knattern begann.

Die Blähungen, die sich dort Bahn brachen, waren nicht

von schlechten Eltern. Rasch hielt der größere der beiden Zwerge die Nase gegen den Wind, doch es half nichts. Blitzartig umgab ihn ein Geruch, der auf einen üblen Fall von innerer Verwesung schließen ließ. Selbst die Ponys wieherten protestierend.

»Wenn da mal bloß kein Land mit dabei war.« Ornus versuchte, durch den Mund zu atmen, bis sich der Gestank allmählich verflüchtigte.

Unter einem Seufzer der Erleichterung sank Endrik zurück in den Sattel. »Mit Land klingt anders, das weißt du genau«, erklärte er zufrieden. »Das war ein furztrockener Laut aus bestem Hause.«

Ornus schüttelte den Kopf. Es galt, ernst zu bleiben, obwohl er am liebsten schallend aufgelacht hätte. »Warum hast du nicht noch ein wenig gewartet?«, gab er trotzdem zum Besten. »Die Elfen wären bestimmt in Ohnmacht fallen, wenn sie das gerochen hätten.«

»Glaubst du wirklich, ich möchte, dass mich die Spitzohren für einen Hosenscheißer halten?«

Ornus verstand, was der Kamerad damit sagen wollte. In seinen Eingeweiden rumorte es ebenfalls gewaltig. Zwar waren Endrik und er zähe Burschen, die ihre Haut teuer zu verkaufen wussten, doch gegen eine dreifache Übermacht konnten auch sie nicht bestehen. Nicht gegen geschulte Elfenkrieger und noch viel weniger, wenn sie ihre leichte Bewaffnung bedachten, die lediglich aus Langmessern bestand. Sollten sie die Elfen tatsächlich für den Tod des Silbergardisten verantwortlich machen, durften sie nur auf einen schnellen Tod hoffen.

Inzwischen war die Doppelreihe auf Hörweite heran.

Jetzt gilt es, rief sich Ornus zur Ordnung. *Steinerne Miene präsentieren und kein Fünkchen Angst zeigen!*

Angesichts des Hochmuts, den die fürstlichen Soldaten offen zur Schau stellten, fiel es ihm leicht, seine mürrischen Gesichtszüge weiter zu vertiefen.

Ob es die Elfen wohl genauso machen?, schoss es ihm durch den Kopf. *Sich nach außen hin kühn geben, um zu verbergen, wie es in ihrem Inneren aussieht?*

Als die Elfen bei ihnen anlangten, verflüchtigte sich der Gedanke ebenso rasch, wie er in Ornus aufgeflackert war. In einer geschmeidigen Bewegung scherte der vorderste der fürstlichen Krieger aus seiner Reihe aus und baute sich direkt vor den Ponys auf, während die übrigen fünf Späher auffächerten, um die Zwerge mitsamt ihren Ponys zu umstellen.

Ornus genügte ein gespielt müder Seitenblick, um den Ernst der Lage zu erfassen. Zu seiner Linken standen plötzlich zwei Silbergardisten mit der Gleve in Vorhaltestellung, während rechts von Endrik zwei Wachsoldaten Pfeile auf ihre von den Rücken genommenen Bögen legten. Der dritte Silbergardist versperrte ihnen den Rückweg.

Fast schon zu viel der Ehre für zwei Holzknechte, die nur selten im Sattel saßen.

Der fürstliche Soldat, der das Kommando über den Spähtrupp führte, hielt es nicht für nötig, eine Waffe zu ziehen. Mit unbeweglicher Miene starrte er zu ihnen empor. Den Kopf in den Nacken zu legen, um zu zwei Zwergen zu sprechen, war ungewohnt für ihn. Eine gewölbte Augenbraue ersetzte deshalb die offensichtliche Frage nach ihrem Begehr.

Ornus ließ sich nicht aus der Ruhe bringen. Äußerlich ungerührt, starrte er zurück. Endrik tat es ihm gleich, ohne sich mit einem Seitenblick vergewissern zu müssen, wie sein Freund auf den Elf reagieren würde. Sie arbeiteten, feierten und rauften schon so lange Seite an Seite, dass sie einander blind vertrauten, weil sie wussten, dass sie aus demselben Holz geschnitzt waren.

Mochten die beiden Holzknechte auch geschwätzig sein, wann immer sie tranken, schmauchten oder mit den Mägden anbändelten – sobald es darauf ankam, überfiel sie eine unnatürliche Ruhe, die sie schnell, aber überlegt und ohne Hast handeln ließ. Da brauchte es schon mehr als eine Handvoll Elfenstahl, um sie ins Schwitzen zu bringen.

Eine Weile sahen sich die Holzknechte und der Elf an, ohne ein einziges Mal zu blinzeln. Nur das Krächzen und Flattern oben am Himmel störte die gespannte Ruhe, bis Endrik als Erster das Schweigen brach.

»Gut, dass wir uns treffen«, knurrte er. »Das erspart meinem Kameraden und mir den Weg bis zur Knochensenke.«

Eine gute Eröffnung, stellte Ornus zufrieden fest. Er hätte nicht besser beginnen können.

»Ihr geleitet also einen der Unseren zu seiner letzten Ruhestätte?«, fragte der Offizier mit dem haselnussbraunen Haar, das ihm bis weit über die Schultern fiel.

»So ist es«, antwortete Endrik grimmig, als sei ein solcher Ehrendienst für einen Felsheimer selbstverständlich. »Warum sonst hätten wir auf euren Trupp einschwenken sollen, als wir ihn am Horizont sahen?«

Bevor einer der Elfen die naheliegende Antwort gab, dass ihnen ja wohl kaum etwas anderes übriggeblieben wäre, hätten sie sich nicht im höchsten Maße verdächtig machen wollen, ergriff Ornus das Wort.

»Als wir nach Graugard ritten, wurden wir von den am Himmel versammelten Vögeln angelockt«, erklärte er, um etwaigen Missverständnissen vorzubeugen. »Euch ging es vermutlich ebenso, und wir sind euch nur zuvorgekommen.

Als wir nach dem Rechten sahen, haben wir einen toten Silbergardisten gefunden, der einem halben Dutzend Hieben oder Stichen zum Opfer gefallen ist. Wer auch immer ihn umgebracht hat, wollte ganz sichergehen. Anschließend hat er den Leichnam unter Dorngestrüpp verborgen, so dass die Vögel zwar von der Verwesung angelockt wurden, sich aber nicht an dem Toten vergreifen konnten. Nicht sonderlich schlau von dem Mörder, wenn ihr mich fragt. Es seid denn, er wollte, dass euer Kamerad schnell gefunden wird.«

Der Anführer des Spähtrupps ließ sich nicht anmerken, was er von der Lageeinschätzung des Zwerges hielt. Er streckte lediglich seine rechte Hand in einer fordernden Geste aus. »Eure Waffen, wenn ich denn bitten darf.«

Ornus spürte ein kaltes Prickeln im Nacken.

»Warum sollen wir unsere Klingen ablegen?«, fragte er so beherrscht wie möglich. »Wir sind nur die Überbringer der schlechten Nachricht, nicht ihre Verfasser.«

Der Kommandierende setzte ein falsches Lächeln auf, das ein paar ebenmäßige Zähne freilegte, die strahlend weiß hinter den geschwungenen Lippen hervorschimmerten. »Seht es einfach als Geste des guten Willens«, bot er an, bevor er härter hinzufügte: »Außerdem bleibt euch beiden gar nichts anderes übrig.«

Ornus sah sich zu Endrik um, der den fragenden Blick mit einem Schulterzucken beantwortete. »Warum nicht?«, sagte er. »Wenn es dazu dient, ihre Furcht vor uns zu lindern …«

Ornus wäre es lieber gewesen, sein Kamerad hätte weniger herausfordernde Worte gewählt, aber dies war nicht der geeignete Zeitpunkt, um untereinander zu streiten. Einigkeit zu zeigen war wichtiger denn je. Gemeinsam zogen sie ihre langen Messer mit der linken Hand hervor und übergaben sie mit dem Griff voran an den Kommandierenden des Spähtrupps.

Erst als der ihre Waffen in Händen hielt, bedeutete er den Silbergardisten mit einem Wink, sich ihres toten Kameraden anzunehmen. Die Pfeilspitzen der beiden Bogenschützen zielten weiter auf die Zwerge, während der Tote von der Trage hinter Endriks Pony gehoben wurde. Rasch trugen die Silbergardisten den fest Umhüllten nach vorne und legten ihn neben den Kommandanten ins Gras.

Als sie den Leichnam auswickelten, begann es, nach Fäulnis und Tod zu stinken. Obwohl Elfen dazu erzogen waren, ihre Gefühle zu beherrschen, wichen zwei von ihnen unwillkürlich vor dem Geruch zurück. Nur der vorderste blieb reglos neben dem Toten knien.

»Lonin!«, drang es unter seiner reichverzierten Silbermaske hervor.

Sicherlich war es nicht nur dem Gesichtsschutz geschuldet, dass seine Stimme schwankte, denn gleich darauf schleuderte der erschütterte Gardist Helm und Maske zur Seite, um sein Blickfeld zu vergrößern. Es handelte sich um niemand Geringeren als Kervis, Erste Gleve und enger Vertrauter des Gardehauptmannes, denen sie beide nicht nur in der Schlacht um Felsheim begegnet waren, sondern auch danach, als Elfen und Zwerge gemeinsam die wahre Ursache für das Versiegen der Heiligen Quelle entdeckt hatten: Die absichtliche Umleitung des Quellflusses in einen vergessenen Teil des unterirdischen Wassersystems, das Graugard durchzog.

Der Tod seines Kameraden ging Kervis sichtlich nahe. Zwerge hätten an seiner Stelle lauthals geklagt und dicke Tränen der Trauer vergossen, anstatt nur das Kinn des Toten so weit anzuheben, dass sich der Schnitt durch den Hals eingehend betrachten ließ. Den übrigen Elfen war das trockene Schluchzen, das Kervis' Kehle entfuhr, aber bereits so unangenehm, dass sie peinlich berührt zu Boden blickten.

Selbst der Kommandierende betrachtete lieber eingehend die Zwergenklingen in seinen Händen, als offen Mitleid zu zeigen. »Keine Spuren frischen Blutes zu entdecken«, sagte er, als er seine Untersuchung abgeschlossen hatte.

»Natürlich nicht, Etego«, antwortete die Erste Gleve, die sich inzwischen wieder in der Gewalt hatte, mit schneidender Stimme. »Ich erkenne diese beiden traurigen Gestalten wieder. Sie stammen aus Felsheim und sind Vertraute des Halbbluts, das die Missetaten der Trolle aufgedeckt hat. Das sind einfache Holzknechte, die nur zu den Waffen greifen, wenn die regulären Zwergentruppen Verstärkung brauchen. Sie wüssten gar nicht, wie man einen solchen Schnitt ausführt, selbst wenn sie eine passende Klinge dafür zur Verfügung hätten.«

Obwohl er seine Worte recht unfreundlich wählte, drückte er mit ihnen aus, dass er die Zwerge für unschuldig hielt. Endrik wurmte es trotzdem über alle Maßen, dass seine Fähigkeiten als Krieger in Zweifel gezogen wurden.

»Die abgezogenen Trolle waren gar nicht für das Abgraben des Quellflusses verantwortlich«, platzte es aus ihm heraus. »Da staunst du, was, du Schlauberger?«

Ornus hätte am liebsten beide Handflächen vors Gesicht geschlagen, aber das hätte alles bloß noch schlimmer gemacht. Nachdem sich nun alle Elfenblicke auf Endrik richteten, merkte der Holzkopf auch selbst, dass er ein wenig zu vorlaut gewesen war.

»Soso, die Trolle waren überhaupt nicht für das Versiegen der Heiligen Quelle verantwortlich?«, sprach Etego aus, was allen Spitzohren gemeinsam durch den Kopf ging. »Wer war es dann? Wohl doch ihr Zwerge, wenn ich mich nicht irre?«

»Unsinn!«, schleuderte ihm Endrik entschlossen entgegen. »Ihr Storchenbeine habt ja wirklich überhaupt keine Ahnung! Vermutlich wisst ihr noch nicht einmal etwas von dem Geheimbund der Menschen, der mit den abtrünnigen Orks paktiert, weil er sich von Grimms Rückkehr so manchen Vorteil für das eigene jämmerliche Dasein erhofft. Genau wie dieser verdammte Waldläufer, der für alles verantwortlich ist.«

Dem Kommandierenden fehlten vor Überraschung die Worte.

»Genau genommen hat Velb auf eigene Faust gehandelt«, fügte Ornus erklärend hinzu. »Aber der bevorstehenden Invasion kommt es natürlich entgegen, wenn Elfen und Zwerge zerstritten sind.«

Eigentlich hatte er nicht vorgehabt, den Elfen von dieser Sache zu erzählen, schließlich konnte es sein, dass die in Hemrod versammelten Oberhäupter der Zwergensippen beschlossen, über die Orkpläne Stillschweigen zu bewahren. Doch nun, da das Kind bereits in den Brunnen gefallen war, legten sie ihr Wissen besser völlig offen, *um ihren guten Willen zu demonstrieren*, wie es bei den Elfen zu schön hieß.

Leider hätte er sich seine ehrlichen Worte getrost sparen können.

Etego war deutlich anzusehen, dass er ihnen keine einzige Silbe glaubte. Während er die Zwergenmesser in seinen Händen so fest am Griff umfasste, dass sich die Haut über seinen Fingerknöcheln bis zum Zerreißen spannte, trat ein harter Glanz in die Augen des Offiziers. Unbewusst begann er, die blanken Klingen gegeneinanderzuziehen, als wollte er sie aneinander schärfen.

Dafür ergriff Kervis, der mittlerweile die zylindrische Lederrolle des Toten an sich genommen hatte, das Wort. »Velb soll für das ganze Unglück der letzten Wochen verantwortlich sein?«, fragte er. »Und das erzählt ihr nicht nur, weil Hauptmann Eyron einen alten Groll gegen ihn hegt?«

»Tut er das?«, blaffte Ornus angriffslustig, denn es stimmte ihn allmählich verdrießlich, dass ihre Enthüllungen nicht recht für voll genommen wurden. »Davon ist mir nichts bekannt, und es interessiert mich auch nicht im Geringsten. Ich berichte euch lediglich, was das Halbblut Binek unter Einsatz seines Lebens herausgefunden hat, weil es auch für euer Volk von Interesse sein dürfte, dass die verbannten Orks einen Angriff auf Garon planen. Aber wahrscheinlich habt ihr keine Zeit, euch deshalb zu sorgen, weil ihr gerade mitten in irgendwelchen Angriffsvorbereitungen steckt. Sicherlich müsst ihr euch dringend an irgendeiner Zwergenstadt dafür rächen, dass die Früchte eures Heiligen Birnenbaums bei der letzten Ernte kleiner als gewöhnlich ausgefallen sind.«

Das Scharren der gegeneinandergezogenen Klingen verstummte abrupt.

»Jetzt wird dieser Waldschrat auch noch frech«, sagte Etego schneidend kalt. »Erst will er uns verkohlen, und dann …«

Kervis, der inzwischen die mit Kupfer beschlagene Kappe des Lederzylinders abgezogen hatte, unterbrach seinen Vorgesetzten mit ruhiger Stimme. »Die Nachricht, die uns Lonin überbringen sollte, wurde nicht geöffnet.«

Zum Beweis hielt er das unversehrte Wachssiegel des aufgerollten Schreibens in die Höhe.

»Natürlich!«, fauchte Ornus gereizt. »Glaubt ihr vielleicht, wir interessieren uns für eure schwülstigen Liebesbriefe?«

Am liebsten hätte er seine Frage mit einigen deftigen Ausdrücken garniert, aber er wollte die Situation nicht stärker zuspitzen als unbedingt nötig.

Kervis zeigte sich unbeeindruckt. »Ich wollte nur darauf hinweisen, dass sein Mörder offenbar kein feindlicher Kundschafter war, der es auf die für Mijnsor bestimmten Depeschen abgesehen hatte.«

Obwohl die Silbergarde in Felsheim manchen Verlust hinnehmen musste, schien Kervis an die Unschuld der Zwerge zu glauben. Vielleicht, weil er Ornus und Endrik in der Schlacht erlebt hatte. Respekt vor dem ehemaligen Gegner, der das gleiche Schicksal durchlitten hatte, war unter Kriegern keine Seltenheit. Immerhin teilten alle Teilnehmer einer Schlacht ein einschneidendes Erlebnis in ihrem Leben, das kein Außenstehender – auch keiner des eigenen Volkes – jemals so nachempfinden konnte, wie die, die dabei gewesen waren.

Etego hatte beispielsweise nicht in Felsheim gekämpft, sondern nur in der Knochensenke in Stellung gelegen, daran bestand für Ornus kein Zweifel. Entsprechend sah der fürstliche Kämpe die Lage weiterhin anders.

»Ihr werdet uns zur Silberfeste begleiten«, beschied er, während Kervis das Wachssiegel der Pergamentrolle zerbrach, um die an ihn gerichtete Nachricht zu lesen. »Wenn ihr dort dem Festungsrat Rede und Antwort steht, wird sich schon zeigen, ob ihr Zwerge nicht doch Schuld an dem Versiegen der Heiligen Quelle getragen habt.«

Obwohl er nur von einer Befragung sprach, ließ der eisige Tonfall keinen Zweifel daran aufkommen, das Etego nicht einmal vor Folter zurückschrecken würde, um an die gewünschten Antworten zu gelangen. Ornus erzürnte diese unterschwellige Drohung mehr, als dass sie ihm Furcht einflößte.

»Ihr nehmt uns gefangen?«, begehrte er auf. »Dazu habt ihr kein Recht!«

Instinktiv zog er die Zügel an, lockerte sie aber sofort wieder, als er spürte, dass sich sein Pony sprungbereit machte. Ein Fluchtversuch wäre purer Wahnsinn gewesen. Gleich von welchem Volke, ob Elf, Mensch oder Zwerg – auf diese Entfernung verfehlte kein Bogenschütze sein Ziel.

»Seid euch darüber im Klaren, dass die Hohen von Felsheim keinen Angriff auf ihre Untertanen dulden«, ergriff nun Endrik das Wort. »Ihr gefährdet den brüchigen Frieden zwischen unseren Völkern, wenn ihr …«

»Jetzt wird euch wohl der Boden unter den Füßen heiß?«, fiel ihm Etego ins Wort. »Aber für Drohungen und Ausflüchte ist es zu spät. Spart euren Atem lieber für die Ratsmitglieder auf, denn ihr werdet …«

Irritiert unterbrach der Kommandant seinen Appell, weil Kervis plötzlich neben ihn trat, um ihm die entrollte Depesche vors Gesicht zu halten.

»Lest das«, forderte er dabei.

Überraschend unbeherrscht schlug Etego den Arm des Silbergardisten zur Seite. »Was fällt Euch ein?«, schnauzte er den neben ihm Stehenden an. »Erste Gleve oder nicht – in Mijnsor untersteht Ihr meinem Befehl, Kervis. Verhaltet Euch entsprechend.«

»Selbstverständlich«, entgegnete Kervis, ohne die geringste Haltung anzunehmen. »Und nun seid so gut und lest. Bitte. Die Nachricht von Hauptmann Eyron ist zwar an mich gerichtet, aber sie geht alle Elfen des Hochwaldes etwas an. Gerade hier und heute.«

Der Nachdruck, mit dem er sprach, bewog den fürstlichen Unteroffizier, das Schreiben zu nehmen und zu lesen. Anfangs überflog er die Zeilen nur, bis er plötzlich innehielt und noch einmal von vorne begann. Je länger seine Augen von rechts nach links und wieder zurück ruckten, umso größer wurden sie dabei.

Kervis nutzte die eingetretene Pause, um sich den Zwergen zuzuwenden. »Verfügt ihr auch über eine Art Spiegelmagie, oder woher wisst ihr, dass die Schiffe der Orks bereits die Küste erreicht haben?«

Dass die Verbannten bereits in Garon waren, war den Zwergen neu, aber das ließen sie sich nicht anmerken. Wichtiger war ohnehin, dass die Depesche ihre Berichte zu bestätigen schien.

»Jede Form der Magie ist unserem Volk zuwider«, lautete Endriks Antwort. »Dass ihr Elfen, die ihr dieser bösen Macht aus gutem Grunde abgeschworen habt, sie wieder einsetzt, gibt unsereinem schwer zu denken.«

Der zu erwartende Protest blieb aus. Die Storchenbeine hatten noch kräftig an dem Inhalt der Depesche zu kauen.

Ornus ging es nicht viel besser. Dass Grimms Invasion bereits begonnen hatte, war eine schlechte Nachricht, die sie so schnell wie möglich den Hohen mitteilen mussten. Statt darauf hinzuweisen, dass die Zwerge von der Geschwindigkeit der Ereignisse genauso überrollt wurden wie die Elfen, legte er jedoch nach: »Als ich euch erzählt habe, dass Binek ein Gespräch zwischen Velb und einem weiteren Geheimbündler belauscht hat, was genau habt ihr daran nicht verstanden?«

Kervis' Mundwinkel zuckten in die Höhe. »Diplomatie ist wohl nicht unbedingt deine Stärke?«

»Diploma... was?«

»Schon gut.« Die Erste Gleve der Silbergarde zog das

Gespräch gänzlich an sich, obwohl Etego das Schreiben mittlerweile gesenkt hatte. »Wenn dieser Pakt zwischen Menschen und Orks tatsächlich besteht, und daran zweifle ich nicht mehr, müsst ihr unserem Rat davon berichten. Natürlich nicht als Gefangene, sondern als Abgesandte eures Volkes, die vor der Gefahr warnen, in der wir alle schweben. Und die im Gegenzug dafür mit neuem Wissen über die Orks zu ihren Hohen zurückkehren werden. Was haltet ihr davon?«

In dem Gesicht eines Elfen zu lesen war schwierig, doch Ornus verspürte das untrügliche Gefühl, dass Kervis es ehrlich mit ihnen meinte. Außerdem klang sein Angebot sehr verlockend. Nachdem Endrik und er bei Wighild in Ungnade gefallen waren, würde es ihr Ansehen hoffentlich kräftig steigern, wenn sie mit wichtigen Nachrichten aus Silberfeste heimkehrten. Wohlmöglich sogar mit einem Bündnisangebot?

Andererseits mochten die verlockenden Worte des Elfen auch eine Finte sein, um sie ohne große Mühe in den Hochwald zu verschleppen. Als Ornus einen Seitenblick riskierte, hob Endrik die Schultern. Der Kamerad war sich ebenfalls unsicher, was er von der ganzen Sache halten sollte.

Ornus zog die Nase kraus.

»Ihr beschuldigt uns also nicht, für den Tod des Gardisten Lonin verantwortlich zu sein? Und hegt auch keinen Zweifel mehr daran, dass es der Grenzläufer Velb und nicht die Zwerge waren, die unsere Völker gegeneinander aufhetzen wollten? Keiner von euch?«

Etego, der sich zu Recht angesprochen fühlte, wedelte mit dem Pergament in seiner Hand herum, als wollte er ein paar lästige Mücken verscheuchen. »Dieses Schreiben wirft tatsächlich ein neues Licht auf eure Worte!«

»Zudem wurde Lonin mit einer Gleve getötet, und zwar von jemandem, der mit dieser Waffe umzugehen versteht«, fügte Kervis hinzu. »Er ist auch schon mindestens zwei Tage tot. Ich wüsste nicht, warum ihr Zwerge so lange bei seiner Leiche ausgeharrt haben solltet, um sie dann plötzlich fortzuschaffen. Aber natürlich möchte ich mich mit eigenen Augen von dem Dornenhaufen überzeugen, von dem ihr erzählt habt. Sollten die Spuren, die dort zu finden sind, eure Geschichte bestätigten, erhaltet ihr eure Waffen wieder. Dazu noch freies Geleit als Parlamentäre in die Silberfeste und zurück nach Graugard. Darauf habt ihr mein Ehrenwort als Erste Gleve der Silbergarde. Was haltet ihr davon?«

Ornus und Endrik wechselten erneut Blicke miteinander. Die Angehörigen der Silbergarde waren die stolzesten aller stolzen Elfen, denen ihre Ehre mehr galt als das eigene Leben, das war hinlänglich bekannt. Ein solcher Eid besaß Gültigkeit, daran zweifelten sie nicht.

Ornus sah die gleiche Zuversicht in den Augen seines Kameraden, die er selbst verspürte. Deshalb sprach er laut aus, was beide Zwerge dachten: »Also gut, so soll es denn sein.«

4.

Die Gardisten wickelten Lonin erneut in die Decke, legten ihn aber nicht zurück auf die Schlepptrage. Den Riten ihres Volkes entsprechend, fertigten sie aus zwei Gleven und einem Umhang eine Bahre, auf der sie ihn im Laufschritt trugen. Während Kervis, wie angekündigt, die nordöstlich gelegene Hügelgruppe aufsuchte, auf der die Zwerge den Leichnam gefunden hatten, übernahmen seine beiden Kameraden die Überführung in die Knochensenke – dem Friedwald, den die Elfen Mijnsor nannten.

Endrik befreite sein Pony von der Last des Holzgestells, bevor die Gruppe nach Südwesten aufbrach.

Den Gedanken an Flucht hatten Ornus und Endrik aufgegeben. Ein solches Verhalten wäre mit ihrer neuen Stellung als Unterhändler nicht zu vereinbaren gewesen. Unversehens eine so wichtige Position einzunehmen hob ihre Stimmung ungemein. Die herablassenden oder sogar feindseligen Blicke, mit denen sie zu Anfang noch bedacht worden waren, hatten sich seit der Erwähnung der Orks gewandelt. Es vereinte eben nichts so schnell wie ein gemeinsamer Feind.

Natürlich bildeten sie sich nicht ein, dass von nun an unverbrüchliche Freundschaft zwischen den Elfen und ihnen herrschte. Aber dass sie von Dingen wussten, die dem Hochwald verborgen geblieben waren, nötigte ihren Bewachern einigen Respekt ab. Das wollte bei den Elfen aus dem Hochwald schon etwas heißen.

Wissen bedeutete eben Macht, das war ihnen als Holzknechten bekannt. Mochte es hier auch nicht um Baupläne für haltbare Holzverzapfungen gehen oder darum, an welcher Stelle ein Nagel eingeschlagen werden musste, damit er für Jahrhunderte hielt – aber entscheidende Kleinigkeiten für sich zu behalten, bis andere Holzknechte dafür Tricks und Kniffe von gleichem Wert herausrückten, war ein Manöver, das Ornus und Endrik gut beherrschten.

»Hoffentlich tragen uns die Oberhäupter der Zwergensippen nicht nach, dass wir derart auf eigene Faust handeln.« Endriks halblaute Bemerkung kühlte ihre Stimmung vorübergehend ab.

»Genau genommen handeln wir unter Zwang«, versuchte Ornus, die aufkeimenden Zweifel zu zerstreuen.

»Besser, wir kehren das nach unserer Rückkehr nicht zu sehr heraus«, mahnte sein Kamerad. »Sonst hält man uns noch für Verräter, die bei der ersten Androhung von Folter alles ausplaudern.«

»Stimmt, das wäre möglich«, räumte Ornus ein. »Glänzen wir jedoch mit Neuigkeiten, die Graugard sonst erst Mondphasen später erfahren hätte, kommt garantiert niemand auf solch einen Gedanken.«

»Wollen wir es hoffen, werter Holzknecht.«

»Ich bin mir dieser Sache ganz sicher.«

»Trotzdem wäre es vielleicht klug, zuerst der Hohen Wighild zu berichten? Wenn wir sie davon überzeugen, dass wir die Kunde aus dem Hochwald nur dem Befehl verdanken, uns die Ponys überführen zu lassen, verbreitet sie sicherlich mit Freuden, dass wir in ihrem Auftrag gehandelt haben.«

»Hört, hört! Auf diese Weise wären wir glatt aus dem Gröbsten raus, egal, was danach passieren mag. Wieder einmal schlau wie der Fuchs, der werte Holzknecht!«

»Selbstverständlich! Meine Frau Mutter hat schließlich keinen Dummkopf geboren.«

»Wie wahr, wie wahr! Und würde jemand etwas anderes behaupten, bekäme er deine Faust im Gesicht zu spüren, oder vielleicht nicht?«

»Aber gewiss, mein Wertester.«

»Für dich immer noch Allerwertester, bitte schön.«

Mit sich und ihrer Welt versöhnt, verkürzten sie sich ihren Ritt noch eine ganze Weile mit der Art von unsinnigem Gerede, wie sie es von den Zwangspausen her gewohnt waren, die sie manchmal bei der Arbeit an den Zahnrädern und Getrieben der Dampfknechte einlegen mussten. Die in einigem Abstand zu ihnen laufenden Elfen ließen sich nicht anmerken, ob sie verstanden oder missbilligten, was zwischen den Sätteln ausgetauscht wurde, sondern schwiegen zu alledem.

Die Entfernung zur Knochensenke hatten die Zwerge leicht überschätzt, trotzdem warf die Sonne bereits lange Schatten, als sie die nordöstliche Baumgrenze des ausgedehnten Friedwaldes erreichten. So weit in den Süden hatte es noch keinen von ihnen verschlagen. Von dem Ring aus dichtem Unterholz, der die heilige Ruhestätte umgab, hatten sie zwar schon gehört, doch die beeindruckenden Dornenwälle mit eigenen Augen zu sehen war etwas ganz anderes.

Bis hoch zu den Baumkronen schlängelten sich die grünbelaubten Brombeerranken an Ulmen, Buchen oder Eichen empor, ohne diesen – wie es Schmarotzerpflanzen sonst gerne zu tun pflegten – das Licht und die Lebenskraft zu rauben. Schon wenige Schritte hinter der Baumgrenze erhob sich das verfilzte Gestrüpp, von dem es hieß, dass es die Elfen so pflanzten und in Form brachten, dass für jede Ranke, die ein unbefugter Eindringling daraus entfernte, zwei neue den frei gewordenen Platz einnahmen.

Schon mancher, der sich trotzdem einen Weg hindurchschneiden wollte, hatte sich nach wenigen Schritten so rettungslos verklettet und verfangen, dass er sich nicht mehr alleine aus der tödlichen Umklammerung zu befreien vermochte. Und wer dem Unglücklichen zu Hilfe kam, den ereilte rasch das gleiche Schicksal. Angeblich wimmelte es im Dornenwall nur so von zweibeinigen Skeletten, die jämmerlich verdursteten und verhungerten Elfenbeindieben gehörten.

Vielleicht waren das aber auch alles nur Schauermärchen,

die die Spitzohren zur Abschreckung verbreiteten, um andere Völker davon abzuhalten, nach den begehrten Knochen zu suchen, denen geradezu magische Fähigkeiten zugeschrieben wurden.

Leider überwand Gier alle Ängste und Gefahren, und so gelang es ab und zu doch einem Grabräuber, bis zu den Stellen vorzudringen, an denen Knochenhaufen in der Sonne bleichten. Doch wehe dem, den die Wachen bei der Störung der Totenruhe überraschten! Diesem Unglücklichen drohten noch weitaus drakonischere Strafen als jenen, die bei einem Streifzug durch das Grenzland auf das Skelett eines in freier Natur verstorbenen Elfen stießen und sich darauf beriefen, nichts von dem Frevel gewusst zu haben, den sie begingen, wenn sie die sterblichen Überreste an sich nahmen.

Wurde solche Tat ruchbar, drohte große Pein durch Hiebe mit der Flammenpeitsche.

Als Holzknechte einer Nekropole verspürten Ornus und Endrik eine natürliche Abneigung gegen jede Art von Grabschändern, gleichwohl fiel es ihnen schwer, die Bestattungsriten der Elfen als ebenbürtig zu den ihren anzusehen. Durfte sich ein Volk, welches seine Toten dem Gewürm der Erde preisgab, anstatt sie in massiven Grabkammern vor den Unbillen der Natur zu schützen, wirklich wundern, wenn andere ihre im Gras schimmernden Gebeine genauso als Gemeingut betrachteten wie unter Bäumen aufgefundene Kastanien, Bucheckern oder Tierknochen, aus denen sich ebenfalls nützliche Dinge anfertigen ließen?

Selbstverständlich waren die beiden Zwerge klug genug, solche Dinge nicht anzusprechen. Schließlich zeigten sich die Elfen bereits sehr empfindlich, wenn es um Heiligtümer ging, die ihren Wald- und Quellgöttern gewidmet waren.

Endrik und Ornus erhielten ebenso wenig Zutritt zur

Knochensenke wie andere Zwerge, Menschen, Orks oder Trolle. Stattdessen wurden sie von ihren Bewachern zu einem nördlichen Waldausläufer geleitet, in dem sie ein befestigter Lagerplatz für Besucher erwartete. Während sie sich an einer mit Feldsteinen eingefassten Feuerstelle niederließen, drangen die Silbergardisten tiefer ins Gehölz vor, bis sie den Dornenwall erreichten, der in diesem Abschnitt erst nach fünfzig Königsschritten aufragte. Inmitten der natürlichen Barriere erhob sich eine entastete Trauerweide, deren mächtiger Hauptstamm ein hölzernes Wachhaus trug.

Die dort postierten Krieger verfügten über einen Seilzug, an dem ein länglicher Transportkorb mit den Abmessungen eines Sarges hing, groß genug, um einen toten Elfen aufzunehmen. Mit dessen Hilfe hievten sie Lonin ins Innere des Friedwaldes. Die beiden Silbergardisten folgten dem Leichnam, ohne auf die Rückkehr des Transportkorbes zu warten. Lieber sprangen sie mit grotesk anmutenden Sätzen zur Turmberüstung empor. Von dort aus stießen sie sich sofort wieder ab und verschwanden auf der gegenüberliegenden Seite.

Ornus und Endrik taten so, als beeindruckte sie die zur Schau gestellte Sprungkraft nicht sonderlich. Die Botschaft, die ihnen vermittelt werden sollte, war ohnehin klar. Nur Elfen war es möglich, die Knochensenke ungestraft zu betreten. Dabei ließen die Storchenbeine außer Acht, dass sie es mit erfinderischen Zwergen aus Felsheim zu tun hatten. Für sie stand noch lange nicht fest, dass es keine geheimen Wege durch den Dornenwall gab oder gar Tunnel, die darunter hindurchführten.

»Was dagegen, wenn wir rauchen?«, fragte Endrik den Unterfeldwebel, der mit seinen Kriegern am Lagerplatz geblieben war.

»Macht, was ihr wollt«, antwortete Etego geringschätzig. »Hauptsache, ihr glaubt nicht, dass wir euch auch noch die Ponys striegeln.«

Schon aus Trotz stopften sich die beiden Zwerge zuerst die Pfeifenköpfe mit Tabak und bliesen dicke Rauchkringel in die Luft. Vom Schmauch ließen sie lieber die Finger. Falls es unversehens hart auf hart kam, war es von Vorteil, alle Sinne beieinanderzuhaben.

Nach der kleinen Ruhepause hängten sie den Ponys Haferbeutel um den Hals, sattelten sie ab und rieben ihnen mit weichen Lappen den aufgeflockten Schweiß von den Flanken. Ein mit hellem Kies bestreuter Pfad wies ihnen den Weg zu einem Bachlauf, der sich als ideale Stelle zum Tränken entpuppte. Auch sonst hatten die Elfen den Platz rund um die Feuerstätte äußerst planvoll angelegt. Neben dem fließenden Wasser gab es eine eingezäunte Lichtung, die den Tieren genügend Auslauf bot, außerdem führten weitere Kieswege zu einer Handvoll sorgfältig gestutzter Hecken, die weiche Moosflächen umfriedeten, auf denen kein einziges Laubblatt die windgeschützten Schlafstellen verunzierte.

Die beiden Zwerge grinsten sich vielsagend an, als sie ihre Decken ausrollten. Der Reinlichkeitsfimmel der Elfen war tatsächlich so schlimm, wie sich das ihresgleichen in bierseliger Runde vorzustellen pflegte. Als echte Holzknechte hätten sie ebenso gut auf hartem Fels zwischen leckgeschlagenen Fässern, aufgebrochenen Kisten und anderem Gerümpel schlafen können, aber natürlich nahmen sie auch die Bedingungen an der Knochensenke so an, wie sie sie vorfanden.

Trockenes Bruchholz stand sauber aufgeschichtet für die Gäste bereit. Endrik und Ornus hatten gerade ein kleines

Feuer aus trockenen Zweigen entzündet, als Kervis zwischen den Bäumen auftauchte. Die Erste Gleve bot einen ungewöhnlichen Anblick. Schwer atmend und vollkommen verschwitzt wankte er näher und stützte sich sogar an einer Ulme ab, als er verschnaufte. Er hatte sich bis ans Ende seiner Kräfte hin verausgabt, um den Fundort der Leiche so schnell wie möglich aufzuspüren und in den Friedwald zurückzukehren.

Ein Knistern lag in der Luft, während er seine Atmung unter Kontrolle brachte. Alle harrten gespannt, was Kervis zu berichten hatte. Selbst Ornus und Endrik, die wussten, wie es auf dem von ihnen zurückgelassenen Hügel aussah.

»Die Zwerge sagen die Wahrheit«, sprach Kervis die erlösenden Worte. »Ich habe die Stelle des Todeskampfes gefunden, die keinerlei Zwergenspuren aufweist, aber dafür die eines zweiten Elfen. Außerdem den Abdruck eines Glevenknaufs. Und wenn der Dornenverschlag für Lonin nicht von unseresgleichen errichtet worden ist, will ich kein Silbergardist mehr sein.«

Das waren deutliche Worte, die keinen Zweifel zuließen.

Obwohl Etegos Haut von der Farbe frisch vergossener Milch war, wurde er noch ein wenig bleicher um die Nasenspitze. Wortlos reichte er die langen Messer an die Zwerge zurück, bevor er sich an seine Untergebenen wandte: »Ihr beide bleibt heute Nacht hier, um unsere Gäste zu beschützen. Zeigt auch gegenüber jedermann misstrauisch, der sich nähert, auch gegenüber fremden Elfen, die nicht zu unserer Stammmannschaft gehören. Ich lasse euch in Kürze etwas zu essen bringen.«

Den beiden Kriegern im fürstlichen Wappenrock war nicht anzumerken, ob ihnen der Befehl behagte. Ohne sich von der Stelle zu rühren, verharrten sie in einiger Entfernung zu dem Lagerfeuer, während Kervis und Etego über die Trauerweide in der Knochensenke verschwanden.

Erst als einige Körbe mit Brot, Früchten, Käse und gebratenem Geflügel am Seilzug herabgelassen wurden, gerieten die frisch ernannten Leibwächter in Bewegung. Während sie von den Speisen weniger als ein Spatz zu sich nahmen, langten Ornus und Endrik kräftig zu. Dass die mitgeschickten Steinkrüge nur klares Wasser enthielten, verhagelte ihnen allerdings die Laune.

»Schmauch?«, fragte Endrik, der sich der gelobten Enthaltsamkeit seines Kameraden erinnerte, und hielt dabei seinen leeren Pfeifenkopf in die Höhe.

»Angesichts der heimeligen Stimmung, die hier herrscht?«, gab Ornus zurück. »Auf jeden Fall.«

Knisternd brannte das trockene Moos an und entfaltete schon bald seine berauschende Wirkung. Nachdem die Pfeife zweimal zwischen ihnen hin und her gegangen war, wandte sich Endrik an ihre Leibwache, die wieder ihre alte Stellung eingenommen hatte.

»Hier«, bot er freundlich an. »Ihr seid am Zug.«

Weder regten die beiden Elfen einen Muskel, noch antworteten sie mit einem Wort, aber der Holzknecht ließ nicht locker.

»Nun kommt schon, das ist bei uns Zwergen so Brauch«, flunkerte er, während er ihnen die qualmende Pfeife entgegenstreckte. »Wenn in Graugard Abordnungen verschiedener Sippen zusammenkommen, rauchen sie gemeinsam Pfeife, als Zeichen ihrer friedlichen Absichten und des gegenseitigen Respekts.«

Immerhin sahen sich die beiden Elfen fragend an. Von einer solchen Zwergensitte hatten sie nie zuvor gehört. Woher auch? Endrik hatte sie gerade erst erfunden. Einer der fürstlichen Krieger wandte sich sogar in Richtung Trauerweide um, wo ein aufmerksamer Posten Nachtwache hielt. Ob er alles im Blick behielt, was am Lagerfeuer vor sich ging, war allerdings nicht zu erkennen.

Endrik wurde der Arm allmählich schwer.

»Wenn ich gleich vor Erschöpfung vorneüber ins offene Feuer kippe, ist es mit meiner Berufung zum Botschafter Essig«, warnte er. »Überlegt euch gut, ob ihr das auf eure Kappe nehmen wollt.«

Endlich kam Bewegung in die hageren Gestalten. Zögernd hockten sie sich mit an den Steinkreis und nahmen die langstielige Pfeife entgegen, als handele es sich um einen Gegenstand, den sie zum ersten Mal in ihrem Leben sahen. Offenbar genossen Rauchwaren bei ihnen keine große Tradition. Statt am Mundstück zu ziehen, schnupperte der, der die Pfeife in Händen hielt, zuerst an dem feinen Rauchfaden, der aus der Glut des verglimmenden Mooses aufstieg.

»Das hat hoffentlich keine Wirkung, die unsere Sinne beeinträchtigt?«, argwöhnte er.

»I wo, nicht im Geringsten«, log Endrik munter drauflos. »Und jetzt macht schon, sonst müssen wir uns wegen Missachtung unserer Sitten beim Rat über euch beschweren.«

Um keinen diplomatischen Zwischenfall zu provozieren, spitzte der Krieger die schmalen Lippen und nahm einen tiefen Zug.

»Nicht nur paffen«, wies ihn Ornus zurecht. »Schön den Rauch in den Lungen behalten.«

Ein Husten unterdrückend, reichte der Elf die Pfeife an seinen Kameraden weiter, der mit ihm gleichzog, bevor er sie Ornus zurückgab.

Anfangs war die Stimmung am Feuer noch verhalten,

doch bereits nach dem zweiten gestopften Pfeifchen lockerte sie auf. Und später in der Nacht, als der Rauch über den knisternden Scheiten zum Schneiden dick war, stellten die Zwerge zu ihrer freudigen Überraschung fest, dass auch Elfen lauthals lachen konnten.

Silberfeste

Seit der Schlacht um Felsheim bestand Silenes Gesicht aus zwei Hälften, wie sie unterschiedlicher nicht hätten sein können. Während die linke Seite weiterhin das einer stolzen, aber durchaus anmutigen Silbergardistin war, sah die rechte nach einer Portion zerkochten Kohls aus. Das siedende Öl, das ihr bei dem Vorstoß in die Nekropole unter die Silbermaske gedrungen war, hatte furchtbare Verbrühungen hinterlassen und sie zudem mit Blindheit geschlagen. Mit dem rechten Auge, das unter den aufgeworfenen Fleischschichten wie eine weiße Made zuckte, konnte sie nur noch helle von dunklen Schemen unterscheiden.

Avea behandelte die Verletzung täglich mit einer schmerzlindernden Kräutersalbe. Bereits so gut wie fertig, strich sie nur noch die besonders empfindsamen Stellen rund um die milchig gewordene Pupille ein. Besonders den aneinanderklebenden Lidern, die zu stark geschrumpft waren, um noch richtig zu schließen, widmete sie ihre volle Aufmerksamkeit. Dass die *weiße Made* jede ihrer Handlungen mit ruckenden Bewegungen verfolgte, bewies, wie viel Leben noch in dem Augapfel steckte, trotzdem jagten ihr die blinden Blicke kalte Schauer über den Rücken.

Als Erste Heilerin ließ sie sich diese Gefühle natürlich nicht anmerken, während sie mit der Kuppe ihres kleinen Fingers – ohne ein einziges Mal zu zittern – vorsichtig die letzten Striche entlang des Lidkanals ausführte. Avea verwendete eine besonders milde Salbe, aber auch diese brannte schrecklich, wenn sie mit der angegriffenen Bindehaut in Berührung kam. Aus diesem Grunde führte sie die heikle Behandlung stets selbst aus und überließ sie niemals den ihr unterstellten Novizen. Der Seufzer der Erleichterung, der ihr zum Schluss über die Lippen drang, galt dem tadellosen Gelingen der schweren Aufgabe, doch die Wirkung auf die Silbergardistin war eine ganz andere.

»Wenn meine Behandlung eine solche Tortur für Eure zarten Hände ist, sollte ich sie in Zukunft besser selbst ausführen«, bemerkte Silene bissig.

Avea musste auf ihren Herzschlag einwirken, um zu verhindern, dass ihr die Schamesröte ins Gesicht schoss. »Verzeih, dass ich mich so gehenließ, Obergardistin«, gab sie mühsam beherrscht zurück. »Allerdings liegt ein Missverständnis vor. Die Versorgung deiner Wunden ist eine leichte Übung für mich. Es war vielmehr meine Freude über deine fortschreitende Genesung, die ich so unkontrolliert zum Ausdruck gebracht habe. Bitte trage mir meine Unbeherrschtheit nicht nach.«

Silenes Gesicht blieb vollkommen ausdruckslos, doch die Funken, die in ihrem gesunden Augen tanzten, ließen keinen Zweifel daran, dass sie der Ersten Heilerin kein einziges Wort glaubte.

»Oh, wie erfreulich! Das Schandmal in meinem Gesicht verheilt zu Eurer großen Zufriedenheit?« Die Kriegerin gab sich keine Mühe, den Hohn in ihrer Stimme zu unterdrücken. »Nur schade, dass nicht das Geringste davon zu erkennen ist.«

»Eure Verbrennungen sind kein Schandmal«, wandte Avea reflexartig ein – dabei hätte sie es besser wissen müssen.

»Natürlich sind sie das!« Ruckartig erhob sich Silene von dem Schemel, auf dem sie gesessen hatte. »Ein ewiges Zeichen meiner Niederlage, das ich bis zum Lebensende mit mir herumtragen muss. So, wie ich es nach dem Willen der Waldgötter verdient habe.«

Avea bezähmte die Wut, die in ihr aufzusteigen drohte. Für gewöhnlich konnte sie es nicht ausstehen, wenn Kranke ihren Unmut an ihr auszulassen versuchten, andererseits wusste sie um den Druck, unter dem die Elitekriegerin stand. Silenes Verstümmelungen hätte jedem Elfen, gleich welchen Geschlechtes, schwer zu schaffen gemacht, doch als Silbergardistin hatte sie die Pflicht, die in ihr tobenden Gefühle noch stärker zu bezähmen als die übrigen Bewohner der Silberfeste. Nach außen hin stets beherrscht und nie die kleinste Träne im Augenwinkel, richtete sich die angestaute Verbitterung schon einmal gegen jene, die zu helfen versuchten.

Eine Küchenmagd, die spritzendem Bratfett zum Opfer gefallen war, hätte Avea in so einem Fall still umarmt, aber Silene gegenüber hätte diese Geste alles bloß noch schlimmer gemacht.

Schweigend langte sie nach einem sauberen Lappen, um sich die Finger abzuwischen. Auf diese Weise ließ sich hervorragend Zeit schinden. Silene stand indessen unschlüssig herum, peinlich berührt von ihrem eigenen Gefühlsausbruch.

»Meinen Möglichkeiten als Heilerin sind Grenzen gesetzt«, nahm Avea das Gespräch wieder auf, während sie die Tiegel und Töpfe, aus denen sie die Brandsalbe mischte, zurück ins Regal räumte. »Aber wir stehen erst am Anfang deiner Behandlung. Übe dich noch ein wenig in Geduld, so schwer es dir auch fallen mag, dann wirst du Fortschritte sehen, die du jetzt noch für unmöglich hältst.«

Silene klemmte sich Flügelhelm und Schutzmaske unter den Arm, um zu zeigen, dass sie zum Aufbruch bereit war.

»Außerdem gibt es noch die Priesterschaft«, fügte Avea hinzu. »Seit die magischen Ströme wieder ungehemmt fließen, ist es Beldor sicher möglich …«

»Der Hohepriester hat in diesen Tagen weitaus Besseres zu tun, als sich um mein Äußeres zu sorgen«, fiel ihr die Gardistin schroff ins Wort. »Stellt nur meine volle Kampfkraft her, mehr ist nicht nötig.«

Unbelehrbar wie eine echte Silbergardistin, was sollte Avea bloß machen?

»Du hast vollkommen recht«, bestätigte sie. »Dann bis morgen, um die gleiche Zeit. Sei gewiss, dass du schon in wenigen Tagen wieder an den Waffenübungen teilnehmen kannst.«

Die Gardistin nickte nur knapp. Anschließend ging sie ohne Abschiedsgruß oder ein Wort des Dankes davon.

Avea machte sich Sorgen um sie.

»Sonne und Luft fördern die Heilung«, rief sie der Davonstürmenden nach. »Verzichte deshalb besser auf das Tragen der Silbermaske.«

Silene, die bereits nach dem gewebten Faltenvorhang langte, der den Behandlungsraum von der Diele trennte, drehte sich noch einmal zu ihr um.

»Warum sollte ich die Maske auch aufsetzen?«, fragte sie, bevor sie sich endgültig anschickte, nach draußen zu verschwinden. »Vorläufig ist innerhalb des Dornenwalls kein Angriff zu erwarten.«

Avea zählte still bis zwanzig, bevor sie ans Fenster trat, um ins Freie zu blicken. Die forsch ausschreitende Gardistin, die Richtung Zitadelle eilte, hatte bereits die Baumreihe erreicht, die die Hütten der Heiler und das Langhaus, das ihnen als Lazarett diente, von den Wirkungsbereichen der anderen Zünfte abgrenzte. Die Tempel der Priesterschaft, in denen Neene ihrer Arbeit nachging, lagen nur einen Steinwurf von den Heilern entfernt.

Silene zog es jedoch zu den Exerzierplätzen der Silbergarde. Zwischen den Bäumen blieb sie stehen, um ihren Flügelhelm aufzusetzen. Nun fehlte nur noch die Schutzmaske, um die Brandwunde vollkommen zu verdecken.

Avea nahm sich vor, Beldor auf die Gardistin anzusprechen. Sobald sie mit ihren Künsten am Ende war, sollte er Silene in seine Obhut nehmen. Hoffentlich verfügte er über einen Zauber, der ihre inneren und äußeren Leiden zu kurieren vermochte. Das Letzte, was Silberfeste in diesen unruhigen Zeiten brauchte, waren weitere Krieger, die sich, eingeschnürt in übertriebener Selbstdisziplin, nicht mehr anders zu helfen wussten, als ihre geistigen Fesseln für immer zu sprengen, um ein neues Leben zu führen, das in völligem Gegensatz zu ihrem alten stand.

Aus Aveas Sicht war es nämlich kein Zufall, dass der gewissenloseste aller Elfensöldner ein ehemaliger Silbergardist war.

2.

»Haltet ein, das ist Eurer nicht würdig!«

Silene hob überrascht den Kopf, als sie den fremden Griff auf ihrem Unterarm spürte. Abrupt ließ sie die Maske in ihren Händen sinken. Sie war so sehr in ihre Gedanken vertieft gewesen, dass sie Roburs Annäherung gar nicht bemerkt hatte. Der junge Krieger, der die gleiche Uniform wie sie trug, sah sie mit glühenden Blicken an. Noch während sie im Stillen die Frage formulierte, wie er es wagen konnte, sie am Anlegen der Schutzmaske zu hindern, fuhr er fort: »Diese Erinnerung an Felsheim ist ein Ehrenzeichen, das Ihr offen und voller Stolz tragen solltet! Es unterstreicht Eure natürliche Anmut und flößt all jenen Respekt ein, die nicht dabei sein durften, als die niederträchtigen Zwerge in ihre Schranken verwiesen wurden – so wie ich.«

Silene fühlte sich einige Atemzüge lang wie betäubt.

Ausgerechnet Robur von der Au umgarnte sie wie ein liebeskranker Pfau? Der kleine Gernegroß, der seinen Gardebeitritt nur dem Einfluss seiner Mutter zu verdanken hatte, der man nachsagte, dass sie zum Erreichen ihrer Ziele gerne einmal die Schenkel spreizte? Im Gegensatz zu anderen beeindruckte es Silene jedoch nicht im Geringsten, dass Oriel von der Au ihr Schlaflager mit den Mächtigsten des Hochwaldes teilte.

»Seid nicht so bescheiden.« Ihre eigene Stimme klang seltsam fremd in Silenes Ohren. »Nur Eure schwere Verletzung hat Euch daran gehindert, an dem Feldzug teilzunehmen, zu dem es ohne Eure flammende Ansprache niemals gekommen wäre.«

Robur senkte den Blick.

»Zu viel der Ehre«, hauchte er ergriffen.

Silene mochte es kaum fassen. Ahnte der junge Spund denn nicht, dass sie zu den Gardisten gehörte, die ihm einst eine nächtliche Abreibung mit den Glevenknäufen verabreicht hatten? Sie selbst hätte es gerne vergessen, doch es gelang ihr nicht. Seit das siedende Öl sie verbrannt hatte, verging kein einziger Tag, an dem sie es nicht reute, an dem Femegericht teilgenommen zu haben.

Irgendetwas *musste* ja den Unmut der Waldgötter erregt

haben, dass sie so sehr bestraft worden war! Sonst fiel ihr kein nennenswerter Fehltritt ein. Bloß die Schläge in dunkelster Nacht, die auf den schlafenden Robur eingeprasselt waren. Sicher, seine zugleich übereifrige wie ungeschickte Art hatte alle bis aufs Blut gereizt, vor allem aber die Tatsache, dass er an einem Vorstoß teilnehmen durfte, für den es ihm noch an der nötigen Reife gemangelt hatte. Aber war das wirklich ein Grund gewesen, ihn derart zu demütigen?

Immerhin hatte er ihre Prügel klaglos eingesteckt und bei der Beerdigung des Eisel von Odemar seinen Gardisten gestanden. Den Rückweg hatte er trotz seiner Blessuren still leidend bewältigt. Seine flammende Rede bei ihrer Ankunft, nach der er vor Erschöpfung zusammengebrochen war, hatte ihm in ganz Silberfeste Bewunderung eingebracht. Der Plan seiner Mutter, die seinen Dienst in der Silbergarde als notwendiges Fundament für seinen Aufstieg in den höchsten Rat des Hochwaldes sah, trug damit erste Früchte.

Trotzdem hofierte Robur nun ausgerechnet die eine, von der alle anderen Elfen den Blick abwendeten.

Silenes Gedanken zerstoben wie Staubschleier im Wind, als sie seinen Handrücken an ihrer unversehrten Wange spürte. Noch vor kurzem hätte sie Robur für diese Unverschämtheit mit der Gleve gezüchtigt, doch ausgehungert nach Berührungen, wie sie war, fielen die Jahre der strengen Disziplin von ihr ab wie eine zweite Haut.

Unbewusst schloss sie die Augen.

Ein heißes Rieseln durchströmte ihren Körper, während der Handrücken an ihr herabglitt und das Kinn umrundete, nur, um ihre verbrannte Seite noch sanfter zu liebkosen. Genau genommen spürte sie dort nichts als dauerhaft dumpfen Schmerz. Allein das Zeichen, das er mit dieser Geste setzte, ließ ihre Brustwarzen hart wie Kirschkerne werden. Wie alle

Elfen verstand es auch Silene, jedem körperlichen Begehren zu entsagen, doch die tiefen Wunden, die sie in Felsheim erlitten hatte, erschütterten ihr Gleichgewicht.

Gerade jetzt, wo ihr alle anderen auswichen und sie mit ihrem Schmerz alleinließen, sehnte sie sich mehr denn je nach einem Gefährten, der ihr Halt zu geben verstand. Aber selbst Kervis, der sonst so gerne zu ihr in die Kammer geschlichen war, hielt plötzlich Abstand zu ihr – angeblich, um sie zu schonen. Dass sie das Krankenlager verlassen hatte und schon wieder umherlief, hatte ihn wohl so sehr erschreckt, dass er höchstpersönlich nach Mijnsor marschiert war, um in dem vorgeschobenen Vorposten nach dem Rechten zu sehen.

Er persönlich – als Erste Gleve der Silbergarde!

Mit diesen Gedanken schob sie Roburs Hand zur Seite und öffnete mit aller Kraft die Augen.

»Verzeiht meine Kühnheit«, bat er mit Worten, doch seine Haltung drückte das Gegenteil von Unterwürfigkeit aus, zudem glänzten seine Augen vor Begehren.

Es war kaum zu fassen. Er wollte sie, ganz und gar, so geschunden sie auch vor ihm stand. Vielleicht, weil er sie immer noch für die Favoritin der Ersten Gleve hielt?

Und wenn schon!

»Solcher Mangel an Disziplin ist kaum zu entschuldigen!«, behauptete sie leise. »Aber Euch zuliebe will ich Gnade vor Recht ergehen lassen.«

Das aufmunternde Lächeln, das sie ihm dabei zu schenken versuchte, erstarb schon im Ansatz, weil bereits das bloße Zucken des rechten Mundwinkels zu sehr schmerzte. Außerdem wusste sie, dass ein Öffnen der Lippen in der verbrannten Gesichtshälfte für andere stets wie ein Zähnefletschen aussah.

»Ich wollte die Maske aufsetzen, um Zeit für den Exerzierplatz zu gewinnen«, log sie stattdessen. »Aber Ihr habt recht, junger Gardist, ich sollte den Weg lieber in Ruhe bewältigen, um etwas Luft und Sonne an die Verletzung zu lassen. Wollt Ihr mich ein Stück begleiten, um zu sehen, wie ich der Silberfeste mein *Ehrenzeichen* präsentiere?«

Nun zeigte der Junggardist doch einen Anflug von Verlegenheit, stellte sich aber artig an ihre Seite und marschierte mit ihr im Gleichschritt los. Trotz des ungewöhnlichen Anblicks, den sie boten, schenkte ihnen – scheinbar – niemand große Beachtung. Doch Silene wusste all die versteckten Seitenblicke zu deuten.

Sobald sie außer Sicht- und Hörweite waren, würde das Gerede losgehen, das wusste sie genau. Unwillkürlich drückte sie den Rücken durch. Und wenn schon! Das fachte ihren Kampfgeist nur an! Sollten sich ruhig alle das Maul darüber zerreißen, dass sie sich einen Knaben von gerade mal vierzig Jahren hörig gemacht hatte, dazu noch einen *von der Au.*

Kurz vor der Zitadelle kündigte gleichmäßiger Hufschlag die Ankunft auswärtiger Reiter an. Beim Anblick der Bergponys, die das Rankentor im Dornenwall passierten, blieben Robur und Silene abrupt stehen. Auch sonst hielten alle Elfen in ihren Tätigkeiten inne, um die Ankunft der beiden berittenen Zwerge zu verfolgen, die niemand Geringerer als die Erste Gleve eskortierte.

Falls jemand geglaubt hatte, die Zwerge wären Kervis' Gefangene, sah er sich rasch getäuscht. Die beiden einfach gekleideten Rauschebärte, ihrer derben Kleidung nach zu urteilen von niederem Rang, trugen noch ihre Waffen am Gürtel. Sie machten auch keinen sonderlich geknickten Eindruck, sondern blickten mit vor Erstaunen geweiteten Au-

gen in die Runde, als wäre Silberfeste die erste Elfensied-
lung, die sie besuchten.

Noch vor wenigen Monaten hätte ihre Ankunft keinen
großen Auflauf verursacht, doch sie waren die ersten Angehörigen ihres Volkes, die sich nach der Schlacht um Felsheim in die nördlichste aller Hochwaldsiedlungen wagten.
Dass sie nicht aufkreuzten, um Handel zu treiben, bewies
ein Blick auf ihr schmales Gepäck, dazu kam der hochrangige Gardist, der sie begleitete.

Das Eintreffen der beiden Zwerge sprach sich rasch
herum. Wo die Elfen nicht schon schweigend beisam-
menstanden, eilten weitere aus der Umgebung herbei, um
mit eigenen Augen zu verfolgen, was vor sich ging.

Selbst aus dem Priesterhain, der die Heilige Quelle be-
herbergte, kamen die Neugierigen, unter ihnen auch Beldor
und Neene, die wohl gespürt hatten, dass etwas Wichtiges
vor sich ging. Im Torbogen der Zitadelle gehörten Eyron,
Oriel von der Au und der Hofmarschall Rumetin zu den ersten Würdenträgern, die sich blicken ließen. Zweifellos war
Fürst Albriel bereits informiert, wartete aber zunächst ab,
was ihm andere Ratsmitglieder zu berichten hatten.

Kervis wies die beiden Zwerge an, ihre Ponys auf der
Mitte des ausgedehnten Vorplatzes anzuhalten und aus dem
Sattel zu steigen. Das gab Priestern wie weltlichen Würdenträgern die Möglichkeit, gleichzeitig bei den bärtigen Gestalten anzukommen und einen Halbkreis um sie herum zu
bilden. Scheinbar hatten sie etwas Wichtiges zu verkünden,
sonst hätte Eyrons Stellvertreter nicht solches Aufhebens
um sie gemacht.

Manche Gärtner, Mägde oder Knechte rückten zu der
Gruppe auf, um zu hören, was gesprochen wurde. Silene
blieb dagegen auf Abstand. Bereits beim Anblick der Zwerge

begann ihre verbrannte Gesichtshälfte so heftig zu pochen wie am Tage der Verwundung. Mühsam bezähmte sie die dunklen Gedanken, die ihren Verstand zu überfluten drohten. Alles in ihr schrie danach, sich auf die kleinwüchsigen Kerle zu stürzen und sich für das zu rächen, was ihr angetan worden war.

»Das sind Felsheimer«, bemerkte Robur.

»Woher wisst Ihr das?«, fragte sie. »Sie tragen keine Wappen, die diesen Schluss zulassen. Und die Brandzeichen ihrer Ponys deuten auf Imor hin.«

»Ihre Gesichter sind uns vertraut, davon bin ich überzeugt. Unter den Steinmetzen bei der Trauerzeremonie habe ich sie nicht gesehen, doch ich könnte darauf wetten, dass sich unter ihren Mützen kahlgeschorene Schädel verbergen.«

Der Hinweis auf die Glatzen beseitigte Silenes letzten Zweifel. »Jetzt kommen sie mir ebenfalls bekannt vor«, gestand sie ein. »Ihr habt recht, Robur, das sind keine Bergleute, die sich in ihren Stollen verstecken. Gegen diese beiden habe ich während der Schlacht auf der Ersten Ebene gekämpft, da bin ich mir sicher.«

Robur sah sie von der Seite her an. »Das muss nicht heißen, dass sie die Kessel mit dem siedenden Öl bedient haben.«

»Falls doch, macht es keinen Unterschied. Ich bin Gardistin mit Haut und Haar! Solange der Waffenstillstand gilt, haben die beiden nichts von mir zu befürchten. Außerdem hätte ich ebenso gehandelt wie sie, hätte ich Silberfeste gegen die Zwerge verteidigt.«

Rund um Kervis und die Zwerge hob gerade ein Raunen an, das nur von Eyrons erregter Stimme übertönt wurde, mit der er rief: »Velb also – das hätte ich mir gleich denken können!«

Kurz darauf nahmen Stallknechte die Pferde entgegen, um sie in die Hofstallungen zu führen. Die Zwerge folgten hingegen Beldor und Neene, die ihnen die Heilige Quelle zeigen wollten, an der sich der Zwist zwischen ihren Völkern entzündet hatte und die längst wieder sprudelte, als wäre nie etwas geschehen. Eyron und einige weitere Würdenträger folgten den Gästen, während Rumetin in die Festung lief, um dem Fürsten zu berichten.

Oriel von der Au, die dem Tross zunächst folgte, scherte aus, als sie ihren Sohn bemerkte. Silene war ihr beim Näherkommen nur einen kalten Blick wert, doch die Obergardistin dachte nicht einmal im Traum daran, deshalb auch nur einen Fußbreit von Roburs Seite zu weichen.

»Das darf doch wohl nicht wahr sein«, sagte die Ratsdame vorwurfsvoll, als sie vor ihnen stand. »Seit Tagen öffnest du mir nicht die Tür, wenn ich dich in deiner Kammer besuchen will. Dann heißt es, du wärst mit dem Pferd ausgeritten, und jetzt erwische ich dich dabei, wie du in der Gegend herumspazierst.«

»Auf Anweisung der Ersten Heilerin«, erwiderte Robur, ohne zu zögern. »Luft und Sonne fördern die Genesung. Die Obergardistin zu meiner Rechten erhielt den gleichen Ratschlag wie ich, sie kann es dir bestätigen.«

Oriel würdigte Silene weiterhin keines Grußwortes. Damit stand endgültig fest, was sie von ihr und ihrer niederen Herkunft hielt.

»Du bist ein *von der Au*«, erinnerte die elegant gekleidete Ratsdame ihren Sohn. »Unser Rang und unser Name bringen *Pflichten* mit sich. Ich hoffe, dir ist bewusst, dass wir in unruhigen Zeiten wie diesen, in denen viele nach einem Halt suchen, durch tadelloses Benehmen glänzen müssen. Wie uns gerade zwei Unterhändler des Zwergenvolkes berichtet haben, droht uns nicht nur ein Konflikt mit den verbannten Orks, nein, obendrein haben sich auch noch *Menschen* mit den Grünhäutern verbündet. Knüpfe deshalb bitte an deine letzte Heldentat an und …«

Ihr Monolog besaß etwas Einschläferndes, doch Robur schien dagegen immun zu sein.

»Ich bin Silbergardist«, unterbrach er seine Mutter schroff. »Auf dein Drängen hin, aber inzwischen mit ganzem Herzen. Entschuldige uns deshalb, aber Silene und ich haben unsere Gardepflichten zu erfüllen. Die *einzigen Pflichten*, die für uns von Belang sind. Dir weiterhin viel Spaß beim Ränkeschmieden.«

Allzu oft konnte er seine dominante Mutter noch nicht auf diese Weise abgefertigt haben, möglicherweise war es sogar das erste Mal gewesen. Wie von einer Giftschlange gebissen, verkrampfte Oriel am ganzen Körper.

Die Erlebnisse vor, in und nach Felsheim hatten Robur offenbar gestählt. Ohne ein weiteres Wort an die zur Steinsäule erstarrte Ratsdame zu verlieren, gingen er und Silene davon. Dass sie dem adligen Kameraden wie ein Schatten folgte, verstärkte Oriels Schrecken. Ja, schlimmer noch; purer Ekel trat auf ihre hochwohlgeborenen Gesichtszüge. Nicht nur dass Silene von niederem Stand war, mit ihr hatte sich Robur auch noch die hässlichste Frau in ganz Silberfeste zur Begleiterin erwählt.

Allein die Vorstellung, dass der Junggardist und seine Vorgesetzte miteinander vertrauter waren, als es sich zwischen Kameraden ziemte, musste Oriels Weltbild in ihren Grundfesten erschüttern. Ob das vielleicht sogar der Grund war, aus dem er sich plötzlich so sehr für Silene interessierte? Wollte er seine Mutter für ihre Arroganz bestrafen?

Warum auch nicht? Es hätte ihr gefallen. Ein warmes Rieseln erfüllte Silenes Körper. Plötzlich musste sie sich innerlich zur Ordnung rufen, damit sie ihm nicht bereits an diesem Nachmittag anbot, sie einmal nach Anbruch der Nacht in ihrer Kemenate zu besuchen.

3.

Endrik und Ornus wussten besser zu zimmern und zu tischlern, als vor einer versammelten Menge zu sprechen, doch im Mittelpunkt des allgemeinen Interesses zu stehen war nicht ungewohnt für sie. Schmutzige Witze in großer Runde zu reißen oder sich vor grölenden Zuschauern im Messerwerfen zu beweisen fiel ihnen sehr leicht.

Dass sich ausgerechnet Elfen für ihre Possen interessierten, glaubten sie aber selbst nicht.

Je näher der Moment rückte, in dem sie dem Festungsrat Rede und Antwort stehen sollten, desto stärker spürten sie die Last auf ihren Schultern, dass alles, was sie nun taten oder sagten, das weitere Schicksal ihres Volkes beeinflussen mochte. Da sie zu den Zwergen gehörten, die unter zunehmendem Druck immer verschlossener wurden, schwiegen sie schon eine ganze Weile. Sich vor dem Rat einsilbig zu geben mochte ihnen allerdings zum Nachteil gereichen. Am Ende glaubten die Edlen noch, sie wären Aufschneider, denen im Augenblick der Wahrheit die Stimme versagte.

»Irgendwie habe ich mir unser Abenteuer ganz anders vorgestellt«, raunte Ornus, nur, um sicherzugehen, dass er seine Sprache wiederfand, wenn es darauf ankam.

»Wir werden gleich einen Spiegelsaal der Elfen von innen

sehen«, flüsterte Endrik zurück. »Nur wenigen Zwergen vor
uns war das vergönnt. Was verlangst du noch mehr?«

Der größere der beiden bärtigen Glatzköpfe verstand,
was ihm sein Freund damit sagen wollte. Für gewöhnlich ta-
ten die Elfen sehr heimlich mit dem Zentrum ihrer Macht.
Zwar hatten während des Großen Krieges hochrangige
Zwergenfürsten in Silberfeste und anderswo an gemeinsa-
men Besprechungen teilnehmen dürfen, doch kein einfacher
Krieger oder gar Handwerker ihres Volkes hatte mit eigenen
Augen erblickt, was sie gleich zu sehen bekamen.

»Ja, ja, schon gut«, wiegelte Ornus ab. »Trotzdem stelle
ich mir unter einem Abenteuer eher etwas mit verborgenen
Schätzen in dunklen Verliesen vor oder mit in Ketten geschlagenen Weibsbildern, die aus den Klauen eines geflügel-
ten Drachen befreit werden müssen.«

»Ja, mit drallen wohlgeformten Weibern, denen die Kleidung bereits in Fetzen herunterhängt!«, spann Endrik lüs-
tern weiter. »Und die sich ihren Rettern gegenüber ausgesprochen *dankbar* zeigen!«

»Richtig, so was in der Art!«

Eyron, der Hauptmann der Silbergarde, der ihnen voranging, blieb abrupt stehen, bevor er sich zu ihnen umdrehte.
Irgendetwas von dem, was Ornus und Endrik gerade gesagt
hatten, erregte seine Aufmerksamkeit.

»Was war das gerade?«, fragte er eine Spur zu schrill.
»Was erzählt ihr da über geflügelte Drachen?«

Die beiden Zwerge tauschten überraschte Blicke aus,
während sie ihre Schritte verlangsamten.

»Nichts von Belang«, versicherte Ornus nach kurzem
Zögern. »Wir schmieren nur ein wenig unsere Kehlen, um
nicht krächzend vor Euren Rat zu treten.«

Der mit einem schimmernden Umhang gekleidete Elf

wirkte zunächst, als wolle er sich mit dieser Antwort nicht zufriedengeben. Angesichts der offenen Tür, aus der silberglänzender Lichtschein in das Halbdunkel des fensterlosen Ganges fiel, besann er sich jedoch eines Besseren. Die schmalen Lippen fest aufeinandergepresst, übertrat er die angrenzende Schwelle und verschwand in dem Gleißen des dahinter gähnenden Schlundes.

Endrik und Ornus folgten ihm, ehe sie noch einer der beiden Posten, die den Durchgang flankierten, dazu aufforderte. Hinter der schmalen Tür, die gerade so hoch war, dass sich ein eintretender Elf nicht zu bücken brauchte, wuchs der Raum auf vielfache Höhe an. Angesichts des hellen Lichts, das sie erwartete, kniffen die Zwerge ihre Augen zusammen, als wären sie in die pralle Sonne hinausgetreten.

Gleichzeitig zogen sich ihre Mägen vor Aufregung zusammen.

Zwar hatten sie schon von dem Spiegelsaal gehört, doch selbst zu erleben, was andere nur vage zu beschreiben vermochten, war zweierlei. Dass sie sich nur in einer der reflektierenden Flächen sahen, die sie von acht Seiten umgaben, und ansonsten in zahllose Elfengesichter starrten, für die es kein entsprechendes Ebenbild im Raum gab, irritierte sie sehr.

Obwohl der bis unter die Decke verspiegelte Raum überraschend klein ausfiel, kam es ihnen so vor, als ständen sie inmitten einer weitläufigen Arena, umgeben von schweigenden Zuschauern. Allein die Vorstellung, dass die Abbilder an den Wänden zu Elfen gehörten, die sich in weitentfernten Spiegelsälen aufhielten, ließ Übelkeit in ihnen aufsteigen.

Magie war Zwergen zuwider, und das aus gutem Grund. Diese Macht, über die die Elfen geboten, war nichts Greifbares, so wie ein Hammer, ein Beil oder eine Streitaxt, sondern eine Art von Werkzeug, dessen Funktionsweise ihresgleichen auf ewig unverständlich bleiben würde. Aus diesem Grunde flößte sie ihnen immerwährendes Unbehagen ein, vor allem, weil diese Macht den Elfen schon einmal entglitten war und dabei großes Unheil über alle Völker gebracht hatte.

Von widerstrebenden Gefühlen erfüllt, entdeckten die Holzknechte zwei leere Plätze an einem eckigen Tisch, der dem oktogonalen Grundriss des Spiegelsaals folgte. Eyrons einladende Geste bewies, dass die betreffenden Stühle für sie freigehalten wurden. Er selbst und ein weiteres Ratsmitglied blieben dafür stehen.

Mit so viel Entgegenkommen hatten die Zwerge nicht gerechnet. Entweder zollten ihnen die Elfen damit großen Respekt, oder sie wussten um die einschüchternde Wirkung der magischen Spiegelwände und versuchten, ihnen die Sitzung auf diese Weise zu erleichtern. Das wahre Motiv zu erkennen fiel schwer, denn für Zwerge war auf den glatten Elfengesichtern nicht die geringste Gefühlsregung abzulesen. Wo es ihr Volk verstand, allein auf zwei Dutzend unterschiedliche Weisen mürrisch dreinzublicken, schienen die Spitzohren nur einen einzigen Gesichtsausdruck zu kennen. Aber vielleicht kam das nur anderen Völkern so vor und stellte sich für Elfen untereinander ganz anders dar?

Ornus und Endrik wussten es nicht.

Mit nur leicht herabgezogenen Mundwinkeln ließen sie sich an dem glänzend polierten Ebenholztisch nieder, dessen passgenaue Verarbeitung ihren kritischen Blicken standhielt. Die Platte war gut geölt, die geschnitzten Ornamente zeugten von einer ruhigen Hand, und nicht das kleinste Staubkorn störte das Auge des Betrachters.

Ornus strich mit seiner rechten Hand über die glatte

Oberfläche. Er wusste die gute Arbeit eines anderen Handwerkers zu schätzen, trotzdem juckte es ihn, den ihm direkt gegenübersitzenden Elfen anzusehen, dessen silberner Stirnreif ihn als den Waldfürsten Albriel auswies.

»Wenn Ihr einmal einen angemesseneren Tisch für diesen Raum benötigt, gebt uns Bescheid«, bot er an. »Für einen gebührenden Obolus sind Endrik und ich gerne bereit, etwas Passendes für Euch zu tischlern.«

Den Tritt unter dem Tisch, den ihm der Handwerksbruder für diese gezielte Frechheit verpasste, nahm Ornus ohne äußere Regung hin. Auch sonst verzog niemand im Raum – oder in den Spiegeln – eine Miene. Kein Lächeln, kein Grollen. Elfen eben. Die hatten sich jederzeit völlig in der Gewalt.

Fünf Herzschläge verstrichen, bevor Albriel seine rechte Augenbraue wölbte und dazu sagte: »Dies ist nicht der richtige Zeitpunkt für launiges Zwergengeschwätz.«

Es stimmte also, was man über den Fürsten der Silberfeste erzählte. Er hatte bereits mit verbündeten Zwergen an einem Tisch gesessen und wusste entsprechend, wie sie zu nehmen waren. Dreißig Jahre waren für Elfen eine ebenso kurze Zeitspanne wie für das kleinwüchsige Volk.

Artig richtete Ornus einige Falten in seinem Gesicht neu aus, um seine *Ihr beeindruckt mich alle nicht im Geringsten*-Maske in eine *Obwohl ihr mich nicht im Geringsten beeindruckt, bin ich gerne bereit, offen und ehrlich mit euch zu sprechen*-Miene zu verwandeln.

Rechts neben dem Fürsten saß eine Elfin, in der Ornus die Erste Priesterin wiedererkannte. Sie öffnete ihre feingeschwungenen Lippen so weit, dass ihre strahlend weißen Zähne aufblitzten. Ornus wertete das als ein aufmunterndes Lächeln, deshalb widmete er ihr seine volle Aufmerksamkeit. Erfreulicherweise nahm sie diese Aufforderung, das Gespräch zu eröffnen, umgehend an.

»Sicherlich ist es euch schwergefallen, hierherzukommen, nach allem, was kürzlich in Felsheim passiert ist«, begann sie mit überraschend warmer Stimme. »Umso mehr freut es den Silberrat, dass ihr euer Wissen mit uns und den Elfen des gesamten Hochwaldes teilen möchtet.«

Der Hohepriester an ihrer Seite nickte würdevoll, als spräche sie im Namen aller Anwesenden.

Es fiel den beiden Zwergen immer noch schwer, in dem Alten etwas anderes zu sehen als den Magier, der mit Blitz und Donner in ihre Reihen gefahren war, was so manchem ihrer Kameraden das Leben gekostet hatte. Andererseits waren auf beiden Seiten viele Opfer zu beklagen, und bei dem Anblick der entstellten Silbergardistin im Hof hatten weder Ornus noch Endrik Triumph verspürt. Im Gegenteil. Schließlich hatten sich beide Parteien am Ende im Frieden getrennt sowie in dem Wissen, von fremder Seite gegeneinander aufgehetzt worden zu sein.

Die Toten machte das leider nicht wieder lebendig, und bis die Wunden der Überlebenden verheilt waren, die körperlichen wie die geistigen, würde noch viel Wasser die Stolze Au herabfließen. Dass die Situation auch für die Elfen beklemmend war, dämmerte den Zwergen erst, als Eyron das Wort ergriff, um all das, was sie bereits im Hof berichtet hatten, noch einmal für die sieben mal acht Elfen in den Spiegeln zu wiederholen.

Ornus spürte, wie sich der Knoten in seinem Magen, der sich beim Betreten der Silberfeste gebildet hatte, allmählich löste.

Der Hauptmann der Silbergarde machte seine Sache gar nicht schlecht. Für den Geschmack der Holzknechte hielt er sich nur etwas zu lange damit auf, allen darzulegen, wie lange er Velb schon verachtete und dass diesen niederträchtigen Grenzläufer, wäre es nach ihm gegangen, schon vor langer Zeit die gerechte Strafe ereilt hätte. Da es dieser persönliche Groll war, der Eyron neuerdings für die Zwerge einnahm, ließen sie ihn jedoch gewähren.

Die Rede kam gerade auf den menschlichen Geheimbund, der mit den verbannten Orks paktierte, als Endrik sich zu seinem Freund hinüberbeugte und hinter vorgehaltener Hand flüsterte: »Was für ein Abenteuer! Wir beide im Spiegelsaal, wie wir den bibbernden Elflein berichten, welche Gefahren sich für sie zusammenbrauen. Nach unserer Rückkehr werden uns alle Mägde Felsheims zu Füßen liegen ...«

Ornus und Endrik wechselten verschwörerische Blicke miteinander.

»Worauf du Gift nehmen kannst«, stimmte Ornus erfreut zu.

Allerdings hielt ihre gute Laune nur so lange an, bis ihnen die Elfen mit Hilfe einer Spiegelwand zeigten, wie der Magier der verbannten Orks Imors Stadtmauer zu Fall gebracht hatte.

4.

Auch in den Küchen der Silberfeste wurde gerne gegessen, das war nicht zu übersehen, als ihnen zwei Küchenmägde eine glänzende Servierplatte brachten, auf der, inmitten von frischem Brot und dampfendem Gemüse, zwei knusprig gebratene Hühnchen thronten. Die beiden freundlichen Erscheinungen mit den überraschend geröteten Wangen hatten weitaus weniger Fleisch auf den Rippen als das Weibsvolk von Felsheim, wirkten aber beileibe nicht so asketisch wie die Elfen, denen Ornus und Endrik bisher begegnet waren. Und was das Überraschendste war – sie kicherten sogar ein wenig vor sich hin, während sie das Essen, zu dem auch ein offener Rotwein gehörte, der in einem zwar bauchigen, aber nach oben hin schmal zulaufenden Glasbehälter schwappte, auf dem Tisch abstellten

Kein Wunder, dass Ornus und Endrik diese beiden Erscheinungen mit großen Augen betrachteten.

»Was ist mit euch?«, fragte die Mutigere der beiden, nachdem alles auf einem Marmortisch zurechtgerückt war. »Ihr tut ja fast so, als wären wir die ersten Elfen, denen ihr in eurem Leben begegnet.«

»So welche wie euch beide sehen wir auch zum ersten Mal«, gestand ihnen Ornus ein. »Aus welchem Zwergenhort haben sie euch denn gestohlen, um euch auf der Streckbank langzuziehen?«

»Das soll wohl ein Kompliment sein?« Die Stillere der beiden kicherte geschmeichelt und errötete anschließend über ihr Verhalten.

»Es können eben nicht alle von Adel sein«, erwiderte die Forsche stattdessen. »Auch bei uns muss es welche geben, die die alltägliche Arbeit erledigen.«

Dass es selbst zwischen Elfen Standesunterschiede gab, hatten die Zwerge wirklich nicht gewusst, aber im Grunde war eigentlich klar, dass auch in Silberfeste nicht ausschließlich Fürsten, Gardisten und Priester leben konnten. Aber die, die wirklich schuften mussten, kamen eben nicht so viel herum, das war wohl bei allen Völkern so.

Vielleicht hätte die gesprächige Magd noch mehr über das Leben in der Elfenküche erzählt, hätte ihr die andere nicht einen Ellbogen in die Seite gestoßen, um sie zum Verstummen zu bringen. Sich gegenüber Gästen, die den Spiegelsaal betreten durften, abfällig über den Adel zu äußern hielt sie für unklug, das war ihr deutlich anzumerken.

Ihr Einschreiten zeigte Wirkung.

»Ihr beide seht aber auch nicht aus, wie wir uns euch Zwerge vorgestellt haben«, wechselte die Wortführerin das Thema. »Gar kein struppiges Haar und wilde Bärte bis zu den Knien, in denen allerlei krabbelndes Getier zu Hause ist. Vor euch müssten wir uns ja gar nicht fürchten, wenn wir euch im Dunkeln begegneten.«

Unbewusst langte Endrik nach seinem Bart, der ihm bis zur Brust reichte.

»Soll das heißen, du findest unsere Bärte zu kurz?«, fragte er empört. »Pass bloß auf, du, die sind unser größter Stolz!«

»Stutz deinen lieber noch ein wenig, und du wirst sehen, dass dir so manches Weibsbild hinterhersieht, das dich vorher keines Blickes gewürdigt hat«, riet die Elfenmagd im Hinausgehen. Dabei schloss sie die Tür so eilig, dass er ihr eine passende Antwort schuldig bleiben musste.

»Was für ein Tag.« Seufzend wandte sich Endrik dem herrlich duftenden Geflügel zu. »Hättest du dir das jemals vorstellen können? Wir beide zusammen in der Silberfeste?«

»Höchstens im Kerker, fest in Eisen geschlagen.«

»Ja, bei Wasser und Brot, auf dass wir so dürr wie Elfen werden, das wäre vielleicht noch denkbar gewesen.«

Gemeinsam rissen sie das dampfende Fleisch mit bloßen Fingern auseinander, wo Elfen mit feinstem Besteck hantiert hätten. Kaum hatten sie die ersten Bissen verschlungen, ging ihnen auf, wie hungrig sie wirklich waren. Draußen gab sich die Sonne geschlagen und machte der hereinbrechenden

Nacht Platz, und sie hatten seit dem Frühstück nichts mehr zu sich genommen. Die Zeit im Spiegelsaal war wirklich wie im Fluge vergangen. Obwohl sie nicht körperlich gearbeitet hatten, fühlten sie sich so ausgelaugt wie nach einem harten Tag auf einer Baustelle.

»Mein Leben zwischen fremden Spiegelbildern zu verbringen, das wäre nichts für mich«, verkündete Ornus mit vollem Munde.

»Für mich erst recht nicht!«, behauptete Endrik kauend.

Obwohl sie undeutlich sprachen, gab es zwischen den beiden Freunden keine Missverständnisse. Völlerei und anregende Gespräche schlossen sich für echte Holzknechte nicht aus. Erst als sie ihren Durst löschten, kehrte Schweigen ein. Nachdenklich sah Endrik zu einem Wandspiegel in einem verschnörkelten Silberrahmen, in dem er gerade sehen konnte, wie er sich Bratensaft von den Fingern leckte.

Gab es bei den Elfen überhaupt normale Spiegel?, fragte er sich unwillkürlich. Oder mussten ihre Weiber fürchten, heimlich beobachtet zu werden, wenn sie im dünnen Nachthemd am Frisiertisch saßen?

»Hängt sicherlich davon ab, ob der Spiegel verzaubert wurde«, vermutete Ornus, nachdem sein Kamerad den Gedanken laut ausgesprochen hatte.

»Elendes Hexenwerk!« Endrik goss sich noch ein wenig von dem Wein ein, den die Küchenschwestern gebracht hatten, aber irgendwie wollte ihm der kühle Trunk plötzlich nicht mehr richtig munden. Verdrossen setzte er das fettverschmierte Kristallglas ab und durchquerte den Raum. An dem Spiegel angekommen, beugte er sich so weit vor, dass seine Nase beinahe die des Ebenbildes berührte. Doch sosehr er sich auch bemühte, es gelang ihm einfach nicht, etwas anderes zu sehen als seine buschigen Augenbrauen.

Vorsichtig klopfte er mit dem Fingerknöchel gegen das mit Silber bedampfte Glas, aber das führte zu keiner Veränderung. Trotzdem fühlte er sich unwohl in seiner Haut. Entschlossen packte er den aus Hirschhorn gefertigten Rahmen und schob den Spiegel in die Höhe.

»Zerbrich ihn nicht«, warnte Ornus in seinem Rücken, »sonst sehen wir den Elfenkerker doch noch von innen.«

Endrik ließ sich nicht beirren. Vorsichtig hob er den Spiegel vom Haken und ließ ihn durch seine Finger in die Tiefe gleiten. Einige Atemzüge lang balancierte er ihn auf seinem linken Schuh, dann hatte er ihn auch schon mit der Vorderseite zur Wand gedreht und auf dem gefliesten Boden abgestellt. Unterhalb des angestammten Platzes gegen die getünchte Mauer gelehnt, ließ er ihn zurück. Von der mit Eichenholz verkleideten Rahmenrückseite ging mit Sicherheit keine Gefahr aus.

»Warum legst du so viel Wert darauf, unbeobachtet zu bleiben?«, fragte Ornus. »Willst wohl in deiner dicken Nase bohren? Dann schließt du besser noch die Fensterläden, damit auch wirklich niemand die schleimigen Fäden sieht, die du dabei ziehst.«

»Ich dachte eher daran, mir ein Pfeifchen zu stopfen.«

»Mit Schmauch?«

»Das ist wohl gutes Zwergenrecht.«

»Schon«, gestand Ornus ein. »Andererseits hat uns das Kraut hierhergebracht.«

»Und wenn schon.« Ungerührt zog Endrik die langstielige Pfeife und den Lederbeutel hervor. »Man hat uns bereits kühler empfangen.«

»Aber auch schon herzlicher.« Trotz aller Bedenken packte Ornus seine eigenen Schmauchutensilien aus. »Und sonst? Nach den Küchenschwestern rufen?«

Endrik verzog das Gesicht. »Und wenn eine von ihnen Bruder, Schwester oder Vater in Felsheim verloren hat?«, gab er zu bedenken.

»Dann hätten sie uns wohl das Essen mit Tollkraut gewürzt, anstatt uns schöne Augen zu machen.«

»Nicht, wenn ihnen der Adel befiehlt, uns in Frieden zu lassen. Immerhin haben wir uns als nützlich erwiesen.«

Unangenehmes Schweigen kehrte ein. Mochte die aufziehende Gefahr durch die Orks auch die Gedanken an vergangene Schlachten für kurze Zeit verdrängt haben, so wussten die Zwerge doch genau, dass sie in Silberfeste allenfalls geduldet, aber keineswegs wohlgelitten waren. Draußen senkte sich gerade eine tiefe Dunkelheit über das Land, nur punktiert von erleuchteten Fenstern und den Wachfeuern auf den Zinnen.

Nach dem langen, harten Tag wäre es nun an der Zeit gewesen zu ruhen, doch die beiden Holzknechte waren noch viel zu aufgewühlt, um sich schon auf den weichen Seidenbetten niederzulassen. Dass sie nicht die gewohnten Felllager besteigen würden, war nur einer der vielen Gründe, die ihnen Unbehagen bereiteten.

»Hab noch ein bisschen Schmauch«, nahm Endrik das Gespräch wieder auf. »Und je besser wir gleich schlafen, desto ausgeruhter können wir morgen den Elfen gegenübertreten.«

Ornus legte seine sonnenverbrannte Stirn in Falten. »Also gut, wenn es denn der Völkerverständigung dient …«

Nur wenige Handgriffe später saßen sie am Tisch, zogen an ihren langstieligen Pfeifen und behielten den inhalierten Rauch so lange wie möglich in ihren Lungen. Sobald der erste Rausch einsetzte, verflogen alle Bedenken, dass sie sich mutterseelenallein inmitten der Elfen befanden, mit denen sie sich vor nicht einmal einer Mondphase noch auf Leben und Tod geschlagen hatten.

Unter leisem Gnickern und Kichern erzählten sie sich die übliche Mischung aus halb wahren und halb erfundenen Erlebnissen, in denen es meist um anderer Zwerge Missgeschicke und wüste Weibergeschichten ging. Dazu löschten sie ihren Durst, bis auch der letzte Tropfen Wein aus der bauchigen Glaskaraffe den Weg in ihre Kehlen gefunden hatte.

Der ursprüngliche Plan, sich frühzeitig zu Bett zu begeben, war zu dieser Stunde längst vergessen. Lieber knabberten sie mit geröteten Wangen das letzte Fleisch von den Geflügelknochen, um einen geeigneten Brustbogen freizulegen, der stabil genug war, der ersten Berührung ihrer dicken Finger zu widerstehen.

Wenn sie beide am Gabelbein zogen, durfte es nur an einer Stelle des halbrunden Knochens brechen, anders ließ sich kein Gewinner ermitteln, der das längere Stück in der Hand zurückbehielt. Und somit auch kein Verlierer, der sich auf den Weg machen musste, neuen Wein aus der Küche zu holen, die sich wer weiß wo in dieser großen Feste befinden mochte.

Die beiden Holzknechte machten gerade einen Wettbewerb draus, wer von ihnen als Erster seinen Wunschknochen sauber abnagen konnte, als es vor der Kammer laut wurde. Verdutzt blickten sie auf die schwere Eichentür, die krachend nach innen flog. Nur einen Herzschlag später stand ein halbes Dutzend ranghoher Elfen vor ihnen, flankiert von zwei Wachsoldaten im fürstlichen Waffenrock. Angeführt wurde die aufgebrachte Meute von Eyron, der sie mit der üblichen Herablassung, aber keineswegs unfreundlich ansah.

»Wie ich es mir dachte«, erklärte der Hauptmann zufrieden. »Mit nichts anderem als Völlerei beschäftigt, die beiden.«

»Egal, was eure Küchenmägde auch erzählen, wir haben sie nicht angerührt«, rief Endrik aus, da er sich keinen anderen Reim auf diesen Aufmarsch zu machen wusste.

Die Elfen schenkten seinen Beteuerungen keine Beachtung, nicht einmal Rumetin, der vor Erregung am ganzen Körper bebte. Dem Hofmarschall, der schon während der Beratung im Spiegelsaal durch heftige Gefühlsausbrüche aufgefallen war, stach etwas ganz anderes ins Auge.

»Seht nur!«, rief er aus und deutete dabei auf den hellen Fleck, der den ursprünglichen Platz des Kammerspiegels markierte. »Seht doch, was sie getan haben! Also haben sie etwas zu verbergen.«

»Sie wurden doch gar nicht von unseren Magiern beobachtet«, wandte Eyron mit ruhiger Stimme ein.

»Das wussten diese Gnome offensichtlich nicht«, schallte es triumphierend zurück.

»Macht Euch doch nicht lächerlich, Rumetin«, verlangte der Hauptmann kühl. »Unsere Gäste konnten diese Kammer nicht verlassen, ohne dass es die vor ihrer Tür postierten Wachsoldaten bemerkt hätten. Seht euch außerdem diesen Rauch an …«

Mit wedelnden Armbewegungen vertrieb er die grauen Schwaden über ihren Köpfen, bevor er fortfuhr: »… diese Kerle verpesten schon seit Stunden die Luft. Wie passt das mit euren Anschuldigungen zusammen?«

Die Holzknechte atmeten innerlich auf. Endlich kam ihnen ihr ausgiebiger Schmauchgenuss einmal zugute.

»Was ist überhaupt vorgefallen?«, mischte sich Ornus in den Streit ein, denn es gefiel ihm nicht, das zwar reichlich *über sie*, aber nicht *mit ihnen* gesprochen wurde.

»Ein Attentat«, erklärte Eyron knapp. »Auf jemanden, den ihr gut kennt.«

Trotz des vielen Krauts, das die Zwerge geraucht hatten, verflog ihr Rausch auf einen Schlag. Nur die rotgeäderten Augen verrieten noch, wie es um sie stand.

Verrat!, ging es beiden unabhängig voneinander durch den Kopf. *Nun, da wir alles erzählt haben, was die Elfen interessiert, wollen sie uns festsetzen. Tief unten, im finstersten Loch, oder ganz oben, auf einer Turmspitze, wo uns die Sonne die Augen im Kopf rösten soll, weil diese Bohnenstangen glauben, dass wir die Finsternis über alles lieben.*

Die fürstlichen Wachen hatten ihre Hände auf den Schwertgriffen, erweckten aber nicht den Eindruck, als wollten sie blankziehen. Ornus und Endrik unterdrückten trotzdem jede Reflexbewegung in Richtung ihrer Messer. Dieser Übermacht waren sie hoffnungslos unterlegen.

»Wir haben die beiden die ganze Zeit über feixen gehört«, verkündete einer der fürstlichen Soldaten, die unbemerkt vor ihrer Kammer Posten bezogen hatten.

»Das besagt gar nichts«, rügte der Hofmarschall. »Vielleicht hat einer der beiden mit sich selbst geredet und sogar für zwei geraucht, nur um einen falschen Eindruck zu erwecken, während der andere aus dem Fenster geklettert ist, um …«

»Einer dieser *Gnome*, wie Ihr zu sagen geruhtet, soll mit seinen kurzen Beinen aus dem dritten Stockwerk gestiegen sein?« Eyron lachte auf. »Ihr verwechselt die beiden wohl mit Silbergardisten?«

»Wer ist überhaupt verstorben?«, warf Endrik ein, weil schon wieder über sie statt mit ihnen geredet wurde.

Ehe Eyron auf die Frage antworten konnte, kam Bewegung in die Reihen der Elfen. Ohne sich umzudrehen, tra-

ten die Anwesenden auseinander, um Platz für drei Neuankömmlinge zu machen. Es war die Aura der Macht, die
dem alten Magier an ihrer Spitze den Weg bahnte. Selbst die
Zwerge, die nicht über feine Elfensinne verfügten, spürten
Beldors Ausstrahlung.

Bereits beim Eintreten erfasste der Hohepriester, was in
der Kammer vor sich ging. Beim Anblick des umgedrehten
Spiegels umspielte ein feines Lächeln seine Lippen. Die
beiden Frauen in seinem Gefolge, die die Zwerge als Erste
Priesterin und Erste Heilerin kannten, wirkten wesentlich
ernster als er. Aber weder Ornus noch Endrik ließen sich
von Beldors freundlicher Miene täuschen. Sie wussten aus
eigener Anschauung, wie gefährlich er war, wenn er seine
Kräfte voll ausspielte.

Falls der Magier ihre Ablehnung spürte, ließ er es sich
nicht anmerken. »Ihr braucht euch wegen der Spiegel nicht
zu fürchten«, erklärte er ihnen. »Es ist für uns tabu, den
Spiegelblick innerhalb von Silberfeste zu verwenden, und es
wäre auch eine Verschwendung unserer Kräfte.«

Ornus und Endrik wechselten einen kurzen Blick miteinander, der auf andere ausdruckslos wirken mochte, mit dem
sie sich aber ihrer unverbrüchlichen Waffenbrüderschaft
versicherten. Gemeinsam in den Tod und noch viel weiter –
dazu waren sie bereit, egal, was es sie kosten mochte.

»Das sollen wir dir glauben?«, brummte Ornus in ihrer
beider Namen. »Das würde ja bedeuten, dass ihr unsereins
neuerdings wie euresgleichen behandelt.«

Angesichts dieser Respektlosigkeit ging ein Ruck durch
Eyrons Gestalt. Doch ehe er die Zwerge zurechtweisen
konnte, hielt ihn Beldor mit einer Geste zurück.

»Das war ein schwerer Tag für zwei einfache Holzknechte
wie euch«, wandte sich der Hohepriester stattdessen an

die Zwerge. »Doch ihr habt euch gut geschlagen und, was noch wichtiger ist, Weitsicht bewiesen. Die Orks stellen eine große Gefahr dar, der unsere beiden Völker gemeinsam trotzen müssen. Deshalb mag ich auch nicht glauben, dass ihr Kervis ermordet haben sollt.«

Als sie den Namen des Toten hörten, fühlte es sich für Ornus an, als drehe sich eine Klinge in einer Brustwunde herum.

»Kervis?«, brachte Endrik seine Verblüffung als Erster laut zum Ausdruck. »Aber ... den haben wir noch vor wenigen Stunden lebend gesehen.«

»Nur seiner Fürsprache war es zu verdanken, dass wir Silberfeste als freie Zwerge betreten durften«, fügte Ornus hinzu. »Warum hätten wir ausgerechnet ihm ein Leid zufügen sollen?«

»Das ist eine gute Frage«, gestand Beldor ein.

Nicht alle anwesenden Elfen teilten diese Meinung. Und zumindest einer der Zweifler besaß den Rang und die Macht zum offenen Widerspruch.

»Es bleibt die unübersehbare Tatsache, dass tote Silbergardisten den Weg dieser Holzknechte säumen«, warf Rumetin ein. »Erst Lonin, dann Kervis. Das geht doch nicht mit rechten Dingen zu!«

»Kervis war meine Erste Gleve!«, erhob Eyron die Stimme. »Glaubt Ihr wirklich, er könnte sich nicht gegen zwei Zwerge wehren?«

»Immerhin wurde er im Schlaf überfallen«, gab der Hofmarschall zu bedenken. »Mit der richtigen Portion Niedertracht ausgestattet, können Gnome auch den Besten von uns gefährlich werden.«

Das reizte nicht nur Eyron zum Widerspruch, auch Ornus und Endrik hätten am liebsten Protest eingelegt. Allerdings nur, um darauf hinzuweisen, dass schon eine ganze Reihe von hellwachen Elfen ihr Ende unter ihren Klingen gefunden hatten.

Zum Glück kam ihnen Beldor zuvor.

»Vielleicht sind diese beiden kleinen Kerle wirklich die Meister der Täuschung, die einige von uns in ihnen sehen wollen«, sagte er. »Doch ich weiß ein Mittel, wie wir die Wahrheit mit absoluter Gewissheit herausfinden. Dazu müssen wir bloß die Kammer des Verstorbenen aufsuchen.«

Ehe sich Endrik und Ornus versahen, wurden sie von einer bewaffneten Eskorte umringt, die sie nach draußen begleitete. Wie vor den Kopf geschlagen, folgten sie der stummen Aufforderung zum Losmarschieren, ohne Widerstand zu leisten. Eben hatten sie noch gelacht und gescherzt, und ihre größte Sorge war gewesen, woher sie frischen Wein bekamen, und plötzlich befanden sie sich in der Hand von Feinden, die sie für gemeine Meuchelmörder hielten. Alles ging so schnell, dass Ornus nicht einmal mehr dazu kam, sich des abgenagten Gabelbeins in seiner Hand zu entledigen.

Durch schwacherleuchtete Gänge ging es zur Kammer des Toten, von der die Zwerge nicht einmal wussten, wo sie lag. Die Elfen, denen sie unterwegs begegneten, schien das nicht zu kümmern. Obwohl es bereits auf Mitternacht zuging, sprach sich das gewaltsame Ende der Ersten Gleve rasend schnell herum. Von überall eilten sie herbei, die Adligen ebenso wie die Knechte, Mägde und Zofen, um die Fremden zu sehen, die den Tod nach Silberfeste getragen hatten.

»Erst Lonin, dann Kervis«, raunte es überall von den Wänden. Vielfach trugen die Elfen, die sich so äußerten, lange Nachtgewänder, weil sie sich bereits zur Ruhe begeben hatten.

Sogar die beiden Küchenmägde, die Ornus und Endrik

das Essen aufs Zimmer gebracht hatten, lugten ängstlich aus einem Seitengang hervor. Dabei umfassten sie einander bei den zarten Händen und murmelten leise vor sich hin. Fast so, als dankten sie ihren Waldgeistern dafür, dass sie noch einmal mit dem Leben davongekommen waren, wo sie doch den mörderischen Unholden bereits von Angesicht zu Angesicht gegenübergestanden hatten.

Je länger sie marschierten, desto klarer erkannten die Zwerge, dass die Eskorte durchaus ihrem Schutz diente. An Flucht war für sie ohnehin nicht zu denken, dazu wimmelte es überall von zu vielen Elfen, die sie lieber tot als lebendig gesehen hätten. Das unangenehme Gefühl, von einer stetig wachsenden Zahl von Gegnern umgeben zu sein, die, wenn vielleicht auch mehr aus Angst als aus Zorn, am liebsten über sie hergefallen wären, verstärkte sich noch, als sie Oriel von der Au begegneten, die ungeduldig an einer offenen Kammertür auf sie wartete.

So wenig die Holzknechte auch über die wahren Machtverhältnisse in der Zitadelle wussten, dass diese Ratsdame einen Sohn hatte, der bei einem Handgemenge in Felsheim verletzt worden war, war ihnen genauso im Gedächtnis geblieben wie ihre durchdringende Stimme, die selbst die reflektierenden Wände des Spiegelsaals zum Erbeben gebracht hatte.

»Wann wird endlich etwas unternommen?«, empfing sie ihre Ratsbrüder und -schwestern, die die Eskorte anführten. »Wie viele Silbergardisten müssen noch sterben, bevor die Meuchler, die sich bei uns eingeschlichen haben, in Ketten liegen?«

Selbst die beiden Zwerge hörten heraus, dass es die Sorge um ihren Sohn war, die ihre Anklage diktierte.

»Robur wird schon nichts geschehen, schließlich ist er der

Harmloseste von uns«, murmelte ein Gleventräger aus der Eskorte so leise, dass der Marschtritt der Stiefel den Großteil seiner Worte verschluckte. Trotzdem erhielt er einen missbilligenden Blick seines Hauptmannes, während Beldor die hohe Dame zu beschwichtigen versuchte.

Für die Zwerge ging es ohne Halt weiter, bis sie unvermittelt vor dem Totenbett standen, einem zerbrechlich wirkenden Holzgestell, auf dem sich Seidendecken und Daunenkissen türmten. Über dem Bett hing ein weißer Baldachin, von dem feingewebte Mückennetze wie gesponnenes Silber herabfielen. Nicht einmal zarte Zwergenprinzessinnen durften ein solches Nachtlager ihr Eigen nennen, und hätte sich ein Holzknecht darauf geworfen, wäre es garantiert in sich zusammengebrochen.

Kervis, den Elitekrieger, der so schnell und ausdauernd wie ein Pferd laufen konnte, trug es dagegen mühelos, im Leben wie im Tode.

Wie er so inmitten der zerwühlten Laken lag, mit blau angelaufenem Gesicht und aus dem Mundwinkel hängender Zunge, war er kaum wiederzuerkennen. Dunkle Striemen umschlossen seinen Hals, dort, wo ihn kräftige Hände gepackt und zu Tode gewürgt hatten. Nicht nur einige Wachsoldaten mussten bei diesem grausigen Anblick trocken schlucken. Auch die Zwerge spürten einen dicken Kloß im Hals.

Als Beldor zu ihnen aufschloss, hielt er plötzlich eine Fackel in Händen. Ihre knisternde Flamme leuchtete den Oberkörper der Ersten Gleve vollständig aus. Als Handwerker in Graugards größter Nekropole waren Ornus und Endrik die Gegenwart von Verstorbenen gewohnt, doch das ungläubige Erstaunen, das sich tief in die Gesichtszüge des Elfen eingegraben hatte, machte auch ihnen zu schaffen.

»Du da!«, wandte sich Beldor an Endrik, indem er mit

dem freien Zeigefinger auf ihn deutete. »Tritt näher und lege deine Hände um den Hals des Toten.«

»Was?«, rief der Angesprochene entsetzt. »Auf keinen Fall! Ich schände keinen Leichnam. Nicht einmal der tote Körper meines erbittertsten Feindes hätte etwas zu befürchten, geschweige denn der eines Mannes, der mich anständig behandelt hat, so wie dieser Gardist dort.«

»Du brauchst Kervis nicht zu berühren«, sprach der Hohepriester beruhigend auf ihn ein. »Es reicht, wenn du so tust, als wolltest du den Toten würgen.« Als sich Endrik weiterhin zierte, fügte Beldor nachdrücklich hinzu: »Nun komm schon, hab keine Furcht! Es ist wichtig, dass du meinen Worten Folge leistest. Für dich und für uns alle.«

Widerstrebend kam der Zwerg der Aufforderung nach. Obwohl er sich Zeit ließ, trieb ihn keiner der Bewaffneten an, etwa, indem er ihn mit einer Klingenspitze kitzelte. Endrik meinte eher Mitleid im Raum zu spüren. Niemand wollte in diesem Moment mit ihm tauschen. Atemlose Stille breitete sich aus, während er vortrat und seine zum Halbkreis geformten Hände ausstreckte. Erst als sie Kervis' Hals beinahe berührten, ging ihm auf, was Beldor allen demonstrieren wollte.

Zwar hätten seine kräftigen, mit dicken Schwielen versehenen Hände einen Elfenhals mühelos brechen können, doch seine eher kurzen und dicken Finger passten nicht zu den schwarz unterlaufenen Druckstellen, die sich auf der blütenweißen Haut abzeichneten. Wer auch immer den schlafenden Kervis überwältigt hatte, besaß schmale, feingliedrige Hände, wie sie für Menschen oder Elfen typisch waren. Wäre Endrik der Mörder gewesen, hätte der Bluterguss dagegen wie der umlaufende Abdruck einer Schraubzwinge ausgesehen.

Selbst Rumetin und Oriel von der Au konnten vor dieser Tatsache nicht die Augen verschließen.

»Wie ist das möglich?«, flüsterte die Ratsdame. »Es ist doch vollkommen undenkbar, dass ein Mensch unbemerkt in Silberfeste oder unsere Zitadelle eingedrungen ist, um eine solch abscheuliche Tat auszuführen.«

Die weitaus naheliegendere Möglichkeit, dass der Meuchelmörder ein Einwohner der Grenzsiedlung war, kam ihr gar nicht erst in den Sinn. Oder sie schreckte vor dem Gedanken zurück, weil er ihr Weltbild zu sehr ins Wanken gebracht hätte. Auch andere sprachen nicht aus, was ihre Vorstellungskraft überstieg.

»Es gibt Menschen, denen das möglich wäre«, erklärte Eyron stattdessen. »Etwa einem starken Magier wie diesem Nekromanten, der sich dem Blick unserer Spiegel zu entziehen vermag.«

Seine Worte erleichterten und beunruhigten die Elfen gleichermaßen.

So tröstlich der Gedanke auch sein mochte, dass sie niemandem aus ihrer Mitte zu misstrauen brauchten, sosehr erschreckte es sie, dass all ihre Dornenwälle, Mauern und Wachen plötzlich keinen ausreichenden Schutz mehr boten.

»Eine Aura wie die des Nekromanten wäre mir nicht verborgen geblieben«, erklärte Beldor in die Stille hinein. »So eine starke Präsenz lässt sich nicht so einfach verschleiern.«

»Und wenn er durch diesen Spiegel dort hindurchgegriffen hat?«, fragte Endrik, dem das auf der gegenüberliegenden Wand angebrachte Silberglas im höchsten Maße unheimlich war.

Kaum dass er seinen spontan aufgeflackerten Gedanken ausgesprochen hatte, zog er schon den Kopf ein, doch die zu erwartende Schelte blieb aus.

»Die Gesetze der Magie funktionieren nicht so, wie ihr Zwerge euch das ausmalt«, belehrte ihn Beldor gutmütig. »Außerdem können sich nur Elfen der Spiegelportale bedienen.«

»Allerdings steht ein Elf in den Diensten des Nekromanten.« Eyrons Stimme troff nur so vor Ekel, als er das erwähnte.

»Das ist richtig«, gestand Beldor ein. »Aber wäre Euer Bruder am Werke gewesen, müsstet dann nicht eher Ihr tot in Eurem Bette liegen?«

»Wer weiß schon, was in Ascans Kopf vorgeht?« Dem Hauptmann kamen die Worte nur schwer über die Lippen. »Vielleicht will er mich quälen, indem er meine besten Männer tötet? Oder er trachtet einfach nur danach, so viel Verwirrung wie möglich zu stiften.«

Beldor legte den Kopf auf die Seite, als würde ihn eine plötzliche Müdigkeit überwältigen oder als würde er in weite Ferne lauschen. Niemand wagte zu atmen, während er in sich versunken war. Dann erwachte seine Gestalt zu neuem Leben.

»Ich glaube nicht an eine Spiegelpassage«, erklärte er mit großer Entschlossenheit. »Doch ich werde vorsichtshalber entsprechende Abwehrzauber ausführen. Zuvor müssen wir jedoch alles tun, um uns gegen die Orks und ihren Nekromanten in Stellung zu bringen. Dazu muss einer der beiden Zwerge nach Felsheim zurückkehren, um seine Hohen von den neuen Entwicklungen zu unterrichten.

»Und der andere?«, fragte Ornus vorsichtig.

»Muss mich nach Rodenau begleiten, um den Kronrat mitsamt Waldkönig Loyn aufzurütteln«, forderte der Alte überraschend heftig, bevor er etwas milder gestimmt hinzufügte: »Natürlich kann ich keinen von euch beiden zwingen, mir zu folgen, schließlich seid ihr keine Gefangenen. Aber ...«

»Schon gut, schon gut«, unterbrach Ornus verärgert, bevor er Beldors Satz selbständig beendete: »... aber wenn keiner von uns beiden mitkommt, wären wir Feiglinge, die das Schicksal ihres eigenen Volkes nicht kümmert, während ihr edlen Elfen die Lasten unserer Welt alleine auf euren Schultern tragen müsst. Das könnt ihr schön vergessen, denn ihr habt es mit echten Holzknechten aus Felsheim zu tun, die euresgleichen schon einmal kräftig Paroli geboten haben.«

Noch ehe seine harschen Worte Protest hervorrufen konnten, wandte er sich Endrik zu. Herausfordernd hielt er ihm den sauber abgenagten Hühnerknochen entgegen. »Los«, verlangte er von seinem Weggefährten, »wer das längere Stück in Händen hält, darf nach Felsheim zurückkehren. Der andere muss sich weiter mit diesen Elfen herumärgern.«

Bevor sie beide an dem Gabelbein zu ziehen begannen, riefen sie schnell ihre Ahnen an. Ornus versprach dabei den seinen, für alle Zeiten dem Schmauch zu entsagen, wenn sie seine Heimkehr unterstützten. Sie glaubten ihm wohl nicht recht, denn nach einem lauten Knacken hielt er das kürzere Knochenende zwischen den Fingern.

»So will ich von nun an auch kein Fleisch mehr essen«, schwor er verbittert.

»Lass uns tauschen«, bot Endrik an. »In den Hochwald vorzustoßen ist das größere der beiden Abenteuer.«

»Nichts da! Abgemacht ist abgemacht.« Damit ließ Ornus den Knochensplitter fallen und streckte seine Rechte aus, die sofort von Endrik bis auf Höhe des Unterarms ergriffen wurde.

»Ost ist Ost«, begann Ornus, woraufhin Endrik fortfuhr: »Und West ist West.«

Während sich die Elfen im Raum verwundert ansahen, weil sie mit der alten Abschiedsformel der Zwerge nichts anzufangen wussten, traten den beiden Holzknechten Tränen der Rührung in die Augen, als sie gemeinsam zu Ende sprachen: »Sagte einst ein weiser Zwerg aus dem Norden, der im Süden lebte.«

Danach umarmten sie einander, um zu bekräftigen, dass sie sich, wenn schon nicht in diesem Leben, so doch spätestens im nächsten wiedersehen wollten.

Östlich der Gnomensümpfe

... nach Scherbental!

Die beiden Worte hallten lange in Archat nach, als er röchelnd aus dem Schlaf aufschreckte. Am ganzen Körper bebend, stemmte er sich aus dem trockenen Laub empor. Irgendwo in weiter Ferne erklangen die von Hörnerschall begleiteten Klagegesänge der Orks, die sie schon seit Tagen begleiteten. Bei Morons Untertanen musste etwas Einschneidendes vorgefallen sein, so viel Aufhebens wurde nicht um einen einfachen Stammeshäuptling gemacht. Aber das ging die Trolle nichts an. Sie hatten ihre eigenen Kämpfe auszufechten.

Mattes Mondlicht bahnte sich einen Weg durch die dichtbegrünten Baumkronen, unter denen ihre Gruppe Schutz gefunden hatte. In dem Zwielicht, das zwischen den Buchen herrschte, erkannte er, dass auch die übrigen Trolle aufrecht saßen.

Vermutlich, weil sie der gleiche *Ruf* aus den Träumen gerissen hatte wie ihn. Angesichts der schwachumrissenen Schatten, in denen nur das Weiße der Augen hervorstach, war keiner der ehemaligen Lastenträger vom anderen zu unterscheiden. Groß, unförmig und von gewaltiger Kraft erfüllt waren sie alle, und da jeder Troll die gleiche Art von Lendenschurz trug, glichen sie einander im Dunkeln wie ein Ei dem anderen. Selbst Archat erkannte nur, dass einer aus ihrer Gruppe am Oberarm herumpulte, bis die lästige Buch-ecker zum Vorschein kam, die sich im Laufe der Nacht in seine zähe Haut gedrückt hatte. Zwischen Daumen und Zei-gefinger geklemmt, hob der Troll den lästigen Störenfried vor seine Augen, betrachtete ihn eine Weile nachdenklich, als hätte es damit etwas Besonderes auf sich, und schnippte ihn letztlich achtlos davon.

Ein Stück davon entfernt schaukelte ein weiterer Lasten-träger mit dem Oberkörper vor und zurück und murmelte dabei in einem fort: »Scherbental! Auf nach Scherbental!« An dem Ledergeschirr, das er um den Oberkörper trug, als wäre es eine Zierde, war zu erkennen, dass es sich um Xaah handelte.

Archat nickte verständnisvoll. Er verspürte denselben in-neren Drang, der Aufforderung so rasch als möglich nach-zukommen. All das konnte unmöglich Zufall sein, nein, da-hinter steckte Magie! Schamanenmagie, wie sie nur noch ein Einziger ihres Volkes beherrschte – Mondrak!

Augenblicklich spürte er einen bitteren Geschmack im Mundraum, unterdrückte aber das aufkeimende Verlangen, sofort auszuspucken. Er wusste aus Erfahrung, dass das die Übelkeit nicht vertreiben, sondern noch verstärken würde.

»Also habt ihr es auch gehört?«, fragte er in die Runde.

»Diesen unwiderstehlichen *Ruf*? Die Aufforderung, nach Scherbental zu ziehen?« Die glänzenden Augenpaare, die Archat umgaben, gerieten in Bewegung. Alle nickten, so-gar der arme Tropf, den die Bucheckern piesackten und der gerade mit großer Konzentration einer zweiten zu Leibe rückte.

Archat hatte sich nicht getäuscht. Die Stimme in seinen Träumen war eine Botschaft gewesen. Tiefer Schlaf, in dem der Verstand ruhte, eignete sich gut dazu, solcherlei zu empfangen, das wusste er besser als alle anderen. Vor allem wusste er jedoch, was jenen passierte, die solche Botschaften missachteten.

Abrupt stand er von seinem Lager auf und trat unter der Baumgruppe hervor. »Was sollen wir tun?«, rief ihm einer der anderen nach.

Archat reagierte nicht auf die Frage. Eine Antwort hätte dem Klotzkopf nur vorgegaukelt, dass sie eine Wahl hätten, doch die besaßen sie nicht. Schlug er ihnen vor, den *Ruf* zu ignorieren und weiter gen Bandor zu ziehen, half es ohnehin nichts. Früher oder später würde sich einer nach dem anderen absetzen, weil der in ihnen anwachsende Drang die Oberhand gewann. Er hatte das alles schon mehrfach am eigenen Leibe erfahren. Pflanzte ein Schamane seinen Trollen einen Befehl ein, wuchs dieser im Laufe der Nächte immer stärker an, bis jeder Widerstand gebrochen war.

Sich dagegen aufzulehnen war sinnlos. Gelang es einem Troll dennoch, so schrie das nach Vergeltung. Zwar war die Zeit, in der Aufrührer als Kettensklaven an die Zwerge verkauft wurden, lange vorbei, doch es gab mehr als einen Weg, um Ungehorsam zu bestrafen.

Schweigend blickte Archat nach Osten. Obwohl Bäume und Hügel die Sicht versperrten, wusste er genau, dass ihr neues Ziel drei stramme Tagesmärsche entfernt lag. *Auf nach Scherbental!*, das bedeutete nichts anderes als: *Zieht zur Geborstenen Feste und sucht nach der verschütteten Himmelskammer!* Daran hegte er keinen Zweifel.

Sicherlich entsprach das dem Willen der Berggötter, anders konnte er sich die schicksalshafte Wende nicht erklären.

Von innerer Unruhe getrieben, umrundete Archat die Buchen, die ihr Nachtquartier überdachten. Erst als er das winzige Flackern entdeckte, das südlich von ihnen – etwa einen halben Tagesmarsch entfernt – die Nacht punktierte, hielt er inne. Das musste das Lagerfeuer von Orm und den anderen Zwergen sein, die ihnen aus irgendeinem Grund folgten. Natürlich waren die kurzbeinigen Narren nicht in der Lage, sie einzuholen, solange es die Trolle nicht wollten. Trotzdem ärgerte sich Archat über ihre anfängliche Trödelei, die sie mit angeln, in der Sonne dösen und sonstigem Müßiggang vertan hatten; bis ihnen endlich aufgefallen war, dass ihnen jemand an den Fersen klebte.

Angesichts des nächtlichen *Rufes* erschien ihre Nachlässigkeit in einem neuen Licht. Vielleicht hatten es die Steinernen absichtlich so eingerichtet, dass Scherbental noch auf dem Weg lag, wenn sie dort am dringendsten gebraucht wurden? Archat wusste es nicht. Aber vielleicht würde er es zur Abwechslung einmal erfahren.

Als er zum Nachtlager zurückkehrte, standen die übrigen Lastenträger, die Felsheim gemeinsam mit ihm verlassen hatten, unentschlossen beieinander.

»Was sollen wir tun?«, fragten sie ratlos.

»Legt euch wieder hin«, empfahl er ihnen. »Versucht, so viel wie möglich zu schlafen, solange ihr noch könnt. Wir brechen beim ersten Sonnenstrahl auf, um dem uns ereilten Befehl Folge zu leisten.«

Alle nickten. Mehr brauchte er nicht zu erklären. Längst wühlte in ihnen der gleiche Trieb wie in ihm, trotzdem wollte einer wissen: »Warum dieses Begehren?«

Archat zuckte mit den Achseln.

»Etwas geht vor«, versuchte er sich an einer vagen Erklärung. »Etwas, das nur die alten Schamanen verstehen – und das unseren einfachen Verstand überfordern würde.«

TEIL 3

AUF DER JAGD NACH DEM KRALLENAUGE

Schwingt ein Troll die Keule, bebt die Erde.
Trifft er mit der Faust, wächst kein Grashalm mehr.

TROLLMUND

Silberfeste

»Auf gar keinen Fall, Frau Mutter!« Der scharfe Tonfall, in dem Robur sprach, war vollkommen unangemessen, und die Art und Weise, wie er seine letzten Worte betonte, grenzte fast an Beleidigung.

Oriel von der Au spürte, wie sich ihre Kiefermuskeln so stark anspannten, dass sie kantig unter den Wangen hervortraten. Zu der Verblüffung über die Widerspenstigkeit ihres Sohnes gesellte sich aufsteigender Ärger. Der bloßen Tatsache, dass er einen eigenen Willen entwickelte, gewann Oriel noch etwas Gutes ab, schließlich musste er sich irgendwann einmal – in ferner Zukunft – alleine durchsetzen können, aber dass ihr edles Antlitz unter seinem Trotz zu leiden hatte, hielt sie für unverzeihlich!

Robur schien es nicht einmal zu stören, dass ihre Gefühle so stark hervortraten. Anstatt sich zu entschuldigen, starrte er sie wild entschlossen an, als wäre er ein ungehobelter Zwerg oder, gar schlimmer noch – sie hasste sich selbst dafür, dass ihr dieser Vergleich in den Sinn kam –, *ein Mensch*.

Ihr Sohn hatte sich verändert, kein Zweifel. Seit seiner Rückkehr aus Felsheim erkannte sie ihn kaum wieder. Das Scharmützel, bei dem er sich bewährt hatte, hatte ihn zwar gestählt, allerdings auf eine Weise, die ihr immer stärker missfiel. Erstmals bereute sie, ihn zum Dienst in der Silbergarde gedrängt zu haben, obwohl sein Verhalten im Kampf, beim Rückmarsch und bei seiner Ankunft vorbildlich gewesen war. Besonders seine flammende Rede, mit der er den Kampfgeist in Silberfeste geschürt hatte, hatte sich tief ins Bewusstsein vieler Elfen gegraben. Aber was nützte das, wenn er plötzlich all ihre Ratschläge und Weisungen in den Wind schlug?

Gleichmäßig ein- und ausatmend, wartete Oriel, bis ihre Gemächer von völliger Stille erfüllt waren, bevor sie die Unterredung fortsetzte.

»Es geht doch nicht nur um dich«, appellierte sie an den Familiensinn ihres Sohnes, »sondern auch um das Geschlecht der von der Au.«

»Welches Geschlecht?« Seine Frage klang wie ein Peitschenknall. »Außer uns gibt es niemanden mehr aus unserer Blutlinie.«

»Das ist es ja gerade!« Ihre Lautstärke stand der seinen in nichts mehr nach. »Jetzt liegt die ganze Verantwortung auf dir.«

In seinen Augen funkelte es gänzlich unadlig auf. Ein sicheres Zeichen dafür, dass er genau verstanden hatte, was sie ihm mit diesen wenigen Worten sagen wollte. Kein Wunder. Dass sein Weg vorgezeichnet war, hatte sie ihm schon oft genug erklärt. Nur wenn er einen standesgemäßen Lebensbund einging, konnte ihre Dynastie zu alter Größe erwachsen. Ein von der Au liebte daher nicht, er begehrte nur, und zwar vorzugsweise Frauen, die seinem gesellschaftlichen Aufstieg nutzten. Das galt sogar für die Nächte, die er außerhalb des Ehebettes verbrachte. Eine zerschundene Gardistin von niederem Stand, die nie wieder richtig genesen würde, kam deshalb nicht einmal als Mätresse in Frage.

»Die Last spürt nur, wer sie trägt!« Diesmal war sie auf alles vorbereitet, entsprechend perlten seine Worte an ihr ab wie Morgentau von einem Eichenblatt. »Die einzige Bürde, der ich mich verpflichtet fühle, ist die Ehre der Silbergarde, die mir gebietet, mich voll und ganz in den Dienst meines Volkes zu stellen. Deshalb zieht es mich in die Ferne, dorthin, wo der Feind steht, dem ich – Seite an Seite mit Silene – die Stirn bieten will. Das ist das Schicksal, das mir die Waldgötter vorherbestimmt haben, anstatt meine Zeit in irgendwelchen Ratssitzungen zu vergeuden so wie du oder mich in meiner Garnison zu verkriechen wie Eyron.«

Dass er seinen Hauptmann in einem Atemzug mit ihr erwähnte, war ein deutlicher Hinweis darauf, dass Robur um ihre nützliche Liaison mit dem Ratsbruder wusste. Während sie diese geschickt gesetzte Spitze durchaus zu würdigen wusste, erschreckte sie das spöttische Lächeln auf den Lippen ihres Sohnes, das allem widersprach, wozu sie ihn erzogen hatte.

Was war nur in Felsheim geschehen, dass sich Robur so gehenließ? Ob es mit den Prellungen zusammenhing, von denen ihr ein Vertrauter unter den Heilern berichtet hatte, weil sie auf zahlreiche Schläge mit dem Glevenknauf hinwiesen? Aber war das ein Grund, jede Zurückhaltung aufzugeben und sie mit zur Schau gestellten Gefühlen zu peinigen?

Zur Disziplin mahnende Zucht gehörte ebenso zur adligen Ausbildung wie eine standesgemäße Vermählung. Wer sie nicht ertrug, konnte sich gleich zu den Knechten und Mägden gesellen, die die niederen Arbeiten im Hochwald verrichteten. Oriel hatte sich in seinem Alter ebenfalls durchsetzen müssen, vor allem gegen konkurrierende Hofdamen, die es an Grausamkeit mit jedem Ork aufnehmen konnten. Anstatt deshalb alles abzustreifen, was einen Elfen zum Elfen machte, oder verrücktzuspielen, wie Eyrons Bruder, war sie am Schluss diejenige gewesen, die andere

Damen zur Raison brachte. Das hatte ihr ebenso den Weg in den Kronrat geebnet wie in das Bett von König Loyn.

Doch was nur, wenn es Robur an ihrer Leidensfähigkeit gepaart mit dem richtigen Durchsetzungsvermögen mangelte? Und er lieber den zügellosen Weg einschlug, den er mit seinem übertriebenen Gebaren andeutete?

Unversehens säte die Erinnerung an Ascan, den Söldnerelfen, einen dunklen Keim in ihr Herz, der rasch schwarze Blüten trug. Vielleicht war ein zeitweiser Aufenthalt, weitab allen höfischen Lebens, doch nicht die schlechteste Idee für ihren Sohn? Zumindest so lange, wie er brauchte, um wieder ins seelische Gleichgewicht zurückzufinden?

»Ich stimme dir voll und ganz zu«, log sie, um dem fruchtlosen Gespräch eine neue Richtung zu geben. »Solange du dienst, stehen die Belange der Silbergarde über deinen eigenen. Trotzdem solltest du deine Sicherheit genauso wenig vernachlässigen wie die deiner Kameradin.« Darauf, dass sie Roburs Wunsch nach Silenes Begleitung geschickt gegen ihn verwendete, war sie besonders stolz. »Wir müssen sicherstellen, dass niemand eure Spur aufnehmen kann, wenn ihr euch alleine auf diesen langen, gefährlichen Weg begebt.«

Über Roburs Nasenwurzel gruben sich zwei steile Falten in die Stirn. Was für eine Folter für ihre Augen! Machte er das absichtlich, um sie zu quälen? Obendrein troff seine Stimme vor Pathos, als er antwortete: »Ich fürchte mich nicht vor einem Verfolger, ganz gleich, aus welchem Volk er stammen mag.«

»Das ehrt dich, lieber Sohn, aber …« Oriel wusste noch nicht genau, wie sie den Erhalt ihrer Blutlinie einfädeln sollte, doch glücklicherweise eilte ihr in diesem Moment die Vorsehung in Gestalt einer ihr ergebenen Zofe zu Hilfe.

Nach einem kurzen Anklopfen, dass Oriel umgehend verstummen ließ, schlüpfte das äußerlich unscheinbare Ding zu ihnen in die Gemächer. Trotz Oriels vernichtendem Blick, der sie kurz zusammenzucken ließ, huschte Hortrud, ohne zu zögern, näher. Ein deutlicher Hinweis darauf, dass sie etwas von solcher Wichtigkeit zu melden hatte, dass es die Störung rechtfertigte. Wie richtig die Zofe mit ihrer Einschätzung lag, zeigte sich, als sie sich mit vorgehaltener Hand zu ihrer sitzenden Herrin herabbeugte, um ihr etwas ins Ohr zu flüstern.

Was Oriel dabei erfuhr, löste gleichzeitig Triumph wie Erleichterung in ihr aus. Mit einem huldvollen Nicken signalisierte sie Hortrud, dass sie gut daran getan hatte, keine Zeit verstreichen zu lassen.

Genauso schweigsam, wie sie eingetreten war, zog sich die Zofe wieder zurück. Oriel wartete, bis sie wieder allein mit ihrem Sohn war, bevor sie erneut das Wort ergriff: »Leider erfordern unaufschiebbare Angelegenheiten meine Anwesenheit, geliebter Sohn. Doch bevor wir voneinander scheiden, möchte ich dir versichern, dass ich dich in deinen Wünschen und Pflichten voll und ganz unterstütze. Räume mir nur ein wenig Zeit ein, damit ich dein Anliegen an den richtigen Stellen vortragen kann.«

»Bei meinem Hauptmann?« Die Stimme ihres Sohnes klang, als spräche er etwas Unanständiges aus. Dabei war es im Hochwald nicht unüblich, über das Wohl und Wehe einzelner Elfen zu entscheiden, während schweißnasse Körper auf den Bettlaken trockneten.

»Bei ihm und bei anderen Ratsmitgliedern, gleich welchen Geschlechts«, antwortete sie kühl, bevor sie hinzufügte: »Aber besonders bei Eyron, da gebe ich dir recht.«

Seltsamerweise senkte sich ausgerechnet jetzt ein Schleier

über Roburs Augen, der es unmöglich machte, irgendetwas von ihnen abzulesen. Gleichzeitig wich jegliches Gefühl in seinem Gesicht einer kühlen Starre, die jedem von der Au zur Ehre gereichte. Wie war das möglich? Hatte er seine Unbeherrschtheit die ganze Zeit über nur vorgegaukelt, damit sie ihn ziehen ließ? So ein raffiniertes Vorgehen traute sie ihm eigentlich nicht zu, trotzdem erfüllte sie der bloße Gedanke, dass es so sein könnte, mit einem gewissen Mutterstolz. Sollte es Robur wirklich gelungen sein, sie zu manipulieren, gab es noch Hoffnung, ihn einmal in gehobener Ratsstellung zu erleben.

Obwohl er natürlich leichteres Spiel mit ihr hatte als jeder andere. Trotz ihres strengen Gebarens war er Blut von ihrem Blute, das machte sie ihm gegenüber verletzlich, ganz gleich, was auch geschah.

Ungeachtet der Gedanken, die in ihrem Kopf kreisten, beugte sich Robur über den runden Marmortisch, der sie voneinander trennte.

»Drei Tage und der Rest von heute«, sagte er, sie fest ins Auge fassend. »Wenn du bis dahin nichts erreicht hast, handele ich auf eigene Faust.«

Oriel ging nicht auf das Ultimatum ein, das war auch nicht nötig. Ihr Sohn stand bereits auf und verließ die Gemächer. Zufrieden wartete sie eine Weile, bis sie sicher sein konnte, ihm nicht mehr vor der Tür zu begegnen, dann folgte sie ihm nach.

Draußen empfing sie die Stille verwaister Treppen und Flure. Um diese Zeit spielte sich das Leben nicht im fürstlichen Trakt ab, der hochgestellten Persönlichkeiten und ihren engsten Bediensteten vorbehalten war, sondern in anderen Bereichen der Zitadelle.

Nahezu lautlos eilte Oriel über die Steinfliesen, die die

unangenehme Eigenschaft hatten, unter hartem Stiefeltritt laut zu hallen. Die wenigen Diener, die ihr auf diesem Weg begegneten, senkten den Blick. Niemand hätte je gewagt, sie nach ihrem Ziel oder gar dem Begehr zu fragen. Am Spiegelsaal angekommen, stellte sie zufrieden fest, dass die Eingangstür unbewacht war. Die Wachposten im fürstlichen Wappenrock, die hier stehen sollten, hatten ihren Platz verlassen. Nur ein Mitglied des Silberrates besaß die Macht, einen solchen Befehl auszusprechen.

Ohne das magische Siegel, das den Raum bis vor kurzem zwischen den Ratssitzungen versperrt hatte, ließ sich die Tür mühelos öffnen. Geräuschlos drückte Oriel sie auf. Ein drei Finger breiter Spalt genügte ihr, um zu erspähen, wer dort alleine vor einer Spiegelwand saß, um die in Fluss geratenen magischen Ströme für seine persönlichen Zwecke zu nutzen.

Wie gut, dass sich niemand auf dem Gang aufhielt. Oriel konnte nicht verhindern, dass ein unbewusstes Lächeln ihre adligen Mundwinkel einkerbte. Hortrud hatte nicht übertrieben. Was hier vor sich ging, spielte dem Geschlecht der von der Au in höchstem Maße in die Hände.

Im Grenzland

Je weiter sie sich von Graugard entfernten, desto häufiger trafen Imtje und Binek auf menschliche Ansiedlungen, doch keine von ihnen wirkte einladend genug, um aus dem Sattel zu steigen. Im Grenzland zu den Gnomensümpfen lebten nur Familien, die anderswo nicht zurechtgekommen waren. Gescheiterte Existenzen, die allen Fremden misstrauten, ganz gleich, welchem Volk sie angehörten.

Wurden sie einmal eines Kleinbauern auf seinem Felde ansichtig, so sah dieser nur düster zu ihnen herüber, und ritten sie auf ihn zu, verzog er sich in einen angrenzenden Wald, ehe sie ihn nach Trollen oder Zwergen fragen konnten, die vor ihnen durchs Land gezogen sein mochten. Zwei Jäger in zerschlissener Kleidung, die ein totes Reh, kopfüber an einen entasteten Stamm gebunden, auf ihren Schultern trugen, hoben sogar drohend ihre Bögen, um die Reiter auf Abstand zu halten.

Selbst die Pferde an eine Tränke zu führen entwickelte sich zu einem Abenteuer, wenn Hüttentüren zugeschlagen und Querbalken schabend von innen vorgelegt wurden. Ob jene, die sie durch die Ritzen ihrer Fensterläden beobachteten, nicht auch scharfen Stahl in Händen hielten, wussten sie nicht. Binek und Imtje gaben deshalb alle Pläne auf, in einem Gasthaus zu nächtigen, stattdessen kampierten sie weitab von allen menschlichen Ansiedlungen.

In den windschiefen Hütten, die ihren Weg säumten, hätten sie ohnehin nicht schlafen mögen. Angesichts der eingesunkenen Strohdächer, die von Feuchtigkeit und Fäulnis kündeten, hätten sie sich darin nur eine der vielen Krankheiten zugezogen, die die Siedler, derer sie ansichtig wurden, offen zur Schau trugen. Sogar die Kinder, die noch die geringste Scheu zeigten und schon einmal mit dem Kopf nickten, wenn man sie nach Trollen oder Zwergen fragte, waren nicht selten mit Pusteln und anderen Ausschlägen übersät.

Binek versicherte Imtje mehrmals, dass selbst das Leben in Imors berüchtigtem Pfuhl lebenswerter als in diesem trostlosen Landstrich zwischen Scherbental und den Gnomensümpfen war. Mochten die Zwerge auch unter Tage wohnen, so hatte er bei ihnen doch alles sauber, trocken und recht heimelig vorgefunden. Die Siedler der Grenzregion vernachlässigten hingegen ihr Äußeres sowie ihren kargen Besitz, als ständen sie ohnehin kurz davor, alles zu verlassen, um irgendwo in der Ferne völlig neu zu beginnen. Dabei würden sie bleiben, bis sie auf diesem schäbigen Flecken Erde ihr armseliges Ende fanden, das wussten sie ganz genau.

Binek schämte sich ein wenig für die Menschen, die hier hausten, das spürte Imtje deutlich. Er tat ihr deshalb leid. Gleichzeitig quälte sie die Sorge, dass ihnen die Siedler so ablehnend gegenübertraten, weil sich Orm und die Odemars bei ihrem Durchzug danebenbenommen hatten. Sie schüttelte diesen Gedanken erst wieder ab, als sie daran erinnert wurde, dass des Menschen größter Feind immer noch andere Menschen waren.

Diese Erkenntnis verdankte sie ihrem Gefährten.

Zum ersten Mal fiel ihr auf, dass Binek von seinem ursprünglich eingeschlagenen Pfad abwich, als sie einen flachen Flusslauf durchfurteten, um zu einem allein stehenden Gebäude zu gelangen. Es bestand aus roh zusammengenagelten Brettern, die sich in der Sonne verzogen hatten, so dass sie stellenweise bis zu einem Fingerbreit auseinanderklafften. Einen Stall gab es nicht, dafür einen Ziehbrunnen, neben dem eine einfach gekleidete Frau lag, mit dem Gesicht nach unten, die Finger in den Staub gekrallt.

Ihr Rücken war in Blut gebadet.

Imtje hatte während der Schlacht um Felsheim zu viele Zwerge und Elfen genau so daliegen sehen, um nicht sofort zu wissen, dass diesem Menschenweib nicht mehr zu helfen war. Trotzdem wunderte sie sich darüber, dass Binek die Tote keines zweiten Blickes würdigte, sondern einfach weiter zu einer halbmondförmigen Lichtung ritt, die den nahen Waldrand eindellte. Dort flatterten ein paar Raben umher, deren Sitz- und Landeplatz auf Anhieb Unbehagen einflößte.

Als sie Binek auf Flocke folgte, entdeckte sie rasch, was seine Aufmerksamkeit erregt hatte. Ein großes Speichenrad, das waagerecht auf einem kniehohen Baumstumpf ruhte und durch lange Zimmermannsnägel an seinem Platz gehalten wurde. Die darauf hockenden Vögel beobachteten die beiden Neuankömmlinge mit schief geneigten Köpfen, bis sie, wie auf einen lautlosen Befehl hin, gemeinsam aufflogen, um in den Himmel davonzustieben.

Dabei gaben sie den Blick auf einen Mann frei, dem schon zu Lebzeiten jeder einzelne Knochen im Leib gebrochen worden war, so dass ihn seine Peiniger mühelos aufs Rad flechten konnten. Allein die unnatürliche Stellung seiner Arme und Beine, die sich um die einzelnen Speichen wanden, ließ Imtjes Magen revoltieren. Dazu kam der Anblick des mit Knüppeln oder Stangen zertrümmerten Brustkorbs, den eine steife Schicht schwarzgeronnenen Blutes überzog, sowie der ekelhafte Gestank beginnender Verwesung, den die Leiche verströmte.

»Ob das der Ehemann des toten Weibes ist?«, fragte Imtje betroffen.

Binek wollte gerade antworten, als ihm ein lautes Rascheln das Wort abschnitt.

Flocke erschrak genauso stark wie ihre Reiterin, so dass es eine Weile dauerte, bis Imtje das Tier wieder unter Kontrolle bekam. Als sie endlich ihr Messer unter dem Rocksaum hervorgezogen hatte, war Binek bereits aus dem Sattel gesprungen. Unerschrocken ging er auf den Waldrand zu. Warum er das tat und damit die Möglichkeit einer schnellen Flucht aufgab, war ihr ein Rätsel. Wenigstens hatte er blankgezogen, ließ das unterarmlange Zwergenmesser aber lang am Körper herabhängen.

»Was tust du?«, fuhr sie ihn an. »Sei gefälligst vorsichtig.«

»Nur die Ruhe«, forderte er. »Das ist kein Mensch, den du im Unterholz hörst.«

War Binek neuerdings unter die Hellseher gegangen? Oder einfach nur lebensmüde geworden? Imtje wusste es nicht. Was blieb ihr also anderes übrig, als sich dicht über Flockes Hals zu beugen, um eventuell in den Büschen lauernden Bogenschützen ein möglichst kleines Ziel zu bieten? Atemlos verfolgte sie, was ihr Gefährte vorhatte. Einfach davonreiten kam für sie nicht in Frage, obwohl sie es am liebsten getan hätte.

Der befürchtete Klang einer zurückschnellenden Bogensehne blieb zum Glück aus. Stattdessen ertönte ein erbarmungswürdiges Jaulen.

Binek schien nichts anderes erwartet zu haben. Ungerührt trat er auf einen raschelnden Busch zu, dessen grüne Blätter laut aneinanderrieben. Als er einige Äste zur Seite zog, legte er einen jungen Fuchs mit hellrotem Fell frei, der in der Schlinge eines Fallenstellers zappelte. Die fest in den Hals schnürende Sehne führte über dem Kopf hinweg zu einem biegsamen Ast, so dass sich das Tier unmöglich selbst frei beißen konnte. Hilflos schlugen die Vorderpfoten durch die Luft, so stark wurde es vom Boden angehoben. Schon seit Stunden oder Tagen gewürgt, schnitt die Schlaufe so stark ein, dass sie bereits rundum blutgetränkt war.

»Gib acht«, warnte sie Binek, obwohl die Leiden des Fuchses ihr Herz rührten. »Vielleicht ist er tollwütig.«

»Ist er nicht«, antwortete der Halbelf. »Nur von Angst und Schmerzen gepeinigt.«

Als wollte der Rotfuchs diese Behauptung bestätigen, verhielt er sich mit einem Mal vollkommen ruhig, so dass Binek den flexiblen Ast herabbiegen und die daran befestigte Sehne mit einem schnellen Schnitt durchtrennen konnte. Leise japsend fiel das Tier auf alle viere und verharrte in dieser Position, bis ihm sein Befreier die immer noch stramm sitzende Schlinge gelockert und über den Kopf gezogen hatte. Erst danach machte der Fuchs auf den Hinterläufen kehrt und schoss in den Wald davon.

Mit einer angewidert wirkenden Geste entledigte sich Binek der blutbefleckten Sehne, bevor er das Blattwerk des Strauches zurück in die natürliche Position schlagen ließ. Danach durchsuchte er das umliegende Unterholz, bis er ein zugeschnapptes Fangeisen fand, in dem ein abgebissener Vorderlauf steckte. Den dazugehörigen Fuchs, der sich lieber selbst verstümmelt hatte, als gefangen zu bleiben, fand er, einige Schritte weiter, verendet zwischen den Wurzeln einer Ulme.

Während Imtje verblüfft aus dem Sattel stieg, setzte Binek seine Suche fort. Zwei gespannte Fangeisen, auf die er stieß, löste er mit einem abgebrochenen Ast aus, damit sie keinen Schaden mehr anrichten konnten. Weitere ausgelegte Schlingen zerschnitt er mit dem Messer.

»Was hat das alles zu bedeuten?«, fragte Imtje, als er endlich eine Pause einlegte.

»Kannst du dir das nicht denken?«, fragte er zurück. »Der Mann, den sie aufs Rad geflochten haben, dient nicht nur zur Abschreckung, sondern auch als Köder für Aasfresser wie Füchse, Dachse, Marder oder gar Wölfe.«

»Nein«, antwortete Imtje gepresst. »Eine solch schändliche Tat fiele mir nicht einmal in meinem schlimmsten Albtraum ein. So etwas würde kein Zwerg einem Toten antun, ganz gleich, was er sich in seinem Leben auch zuschulden kommen lassen hat.«

»Genau deshalb bleibt ihr kleinen Wichte auch so mickrig, wie ihr seid!« Die Stimme, die ihr diese Beleidigung an den Kopf warf, ertönte in Imtjes Rücken. Als sie auf dem Absatz herumwirbelte, entdeckte sie zwei zerlumpte Gestalten, die hinter ihnen aus dem Wald getreten waren.

Dass es sich um Fallensteller handelte, war auf den ersten Blick zu erkennen. Aus ihren prallgefüllten Jagdbeuteln, die sie an Lederriemen über den Schultern trugen, ragten Hasenohren, Wieselschweife und die Schwanzfedern einer toten Krähe hervor. Sonderlich zimperlich in der Auswahl ihrer Beute schienen sie nicht zu sein. Bei ihnen kam offenbar alles in den Kochtopf, was in den Fallen zappelte.

Ihre Hände starrten vor Blut und Dreck, denn sie schlugen alles, was noch nicht stranguliert oder verblutet war, mit dem Knüppel tot. In den Augen, die tief in ihren von Falten zerfurchten Gesichtern ruhten, flackerte es tückisch, während sie langsam, aber unaufhaltsam näher kamen. Das waren keine Menschen wie Velb, der Grenzläufer, sondern genau die Art von unheimlichen Schauergestalten, mit denen Zwergenmütter ihren Nachwuchs ängstigten, wenn er seinen Teller nicht leer essen wollte oder unbegleitet ins Freie hinauslief.

»Das ist aber nicht nett von euch, dass ihr unsere Fallen zerstört«, sagte der größere der beiden Grenzsiedler, dem die rostroten Haare wie eine verschorfte Wunde am Kopf klebten. »Dafür müssen wir euch leider eine anständige Lektion erteilen. Am besten so eine wie unserem alten Freund Knooke, der einfach nicht mehr dabei zusehen wollte, wie wir unseren Spaß mit seiner Alten haben.«

Der Seitenblick, den er in Richtung des Toten warf, der mit gebrochenen Gliedern im Wagenrad klemmte, ließ keinen Zweifel daran aufkommen, von wem die Rede war. Bei dem Gedanken daran, was die tote Frau am Ziehbrunnen hatte erdulden müssen, stülpte sich Imtje beinahe der Magen um. Insbesondere, da die gierigen Blicke, die sie auf sich spürte, deutlich machten, welches Schicksal sich die Fallensteller für sie ausmalten. Aber so weit würde sie es niemals kommen lassen. Dazu hatte sie schon zu viele Geschichten über Menschen gehört, die gefangene Zwerge in Käfigen hielten, um sie darin zu mästen oder ihnen unaussprechliche Dinge anzutun. Bevor sie sich notfalls in den eigenen Dolch stürzte, wollte sie ihr Leben allerdings so teuer wie möglich verkaufen.

»Keinen Schritt weiter, ihr Vogelscheuchen«, drohte sie den verlausten Kerlen mit erhobener Klinge. »Oder ihr bekommt meinen Stahl zu spüren.«

Die beiden Menschen lachten auf, als hätte sie einen dreckigen Witz gerissen, und gingen einfach weiter. Erst als sich Binek schützend vor sie stellte, blieben der Rostrote und sein gedrungener Begleiter abrupt stehen.

»Ihr habt die Frau gehört«, sagte der Halbelf ruhig, ohne die Stimme zu erheben. »Verschwindet, oder es wird euch leidtun.« Obwohl er das Messer in seiner Rechten gesenkt hielt, zeigten sich die Fallensteller von seinem Auftritt beeindruckt.

Wenn auch anders, als Imtje sich erhofft hatte.

»Sieh an, sieh an, ein echtes Spitzohr der Bengel«, frohlockte der Rostrote, den Blick fest auf Binek gerichtet. »Zweifellos der beste Fang, den uns das Speichenrad bisher beschert hat.«

»Ganz genau«, bestätigte der Untersetztere des unheimlichen Gespanns mit einem brutalen Grinsen, das eine lückenhafte Reihe von schwarz angelaufenen Zahnstummeln entblößte.

»Für den werden uns die Orks ein hübsches Kopfgeld bezahlen.«

»Und ob«, dienerte der Nebenmann erneut.

Imtje gefiel nicht, wie die beiden redeten, noch mehr Sorgen bereitete ihr jedoch das leise Rascheln, das rundum im Wald erklang.

Sehnsüchtig sah sie zu Flocke und Nachtstern hinüber, die längst aufmerksam verfolgten, was zwischen ihren Reitern und den Neuankömmlingen vor sich ging. Imtje wurde ganz bang ums Herz bei dem Gedanken, dass die beiden Pferde, die sie frei grasen lassen hatten, bei einem plötzlich einsetzenden Kampf erschrocken davongaloppieren könnten.

Wäre es nach ihr gegangen, hätten sie sich längst in Richtung der Reittiere zurückgezogen, doch Binek machte nicht die geringsten Anstalten, ihre Ausgangslage zu verbessern. Nun wusste die Küchenmagd, dass er kämpfen konnte, wenn es darauf ankam, und sie war ebenso in der Lage, sich ihrer

Haut zu wehren. Aber schätzte er die Situation, in der sie steckten, wirklich richtig ein? Noch mochte das Kräfteverhältnis zwischen ihnen und den Feinden ausgeglichen sein, aber sobald ein paar Bogenschützen auf das Halbrund der Lichtung traten, würde es zu ihren Ungunsten kippen.

Vorsichtig tippte sie ihrem Gefährten in den Rücken, um ihn aus der intensiven Betrachtung seiner Gegner zu reißen, die ihn die übrige Umgebung vergessen ließ. Anstatt Imtje nähere Aufmerksamkeit zu widmen, langte Binek hinter seinen Rücken und umklammerte ihren Unterarm mit seiner Linken, als wollte er sie am Davonlaufen hindern.

Seine Berührung war fest, aber nicht unangenehm. Weder zitterte er, noch triefte sein Handgriff vor Schweiß. Binek war sich seiner Sache vollkommen sicher, das spürte sie deutlich. Seine Zuversicht übertrug sich auf Imtje und flößte ihr neuen Mut ein.

»Was lässt euch beide glauben, dass die Orks etwas für mich springen ließen?«, fragte er mit ehrlichem Interesse in der Stimme. »Wo es doch viel wahrscheinlicher ist, dass sie euch den Schädel einschlagen?«

Die rostroten Augenbrauen des Wortführers zogen sich über der Nasenwurzel zusammen. »Hältst du uns für blöde?«, blaffte er wütend. »Glaubst du, wir wissen nichts von dem Zwist, der zwischen Elfen und Orks aufgeflammt ist, seit König Moron den Strohtod erlitten hat?«

Binek wusste ebenso wenig, wovon der Kerl sprach, wie Imtje, doch noch ehe einer von ihnen klärende Fragen stellen konnte, meldete sich der Untersetzte zu Wort. »Nee, nee, wir sind nicht blöde, du halbe Portion!«, rief er meckernd. »Hier, im Grenzgebiet, wissen wir die Klagegesänge und Hornsignale der Orks sehr wohl zu deuten. Deshalb wissen wir auch von der Belohnung, die es für jedes Spitzohr gibt. Selbst wenn es sich um die zerfledderten Lauschlappen eines Ausgestoßenen handelt.«

»Binek wurde nirgendwo ausgestoßen!«, protestierte Imtje, die, hinter dem Rücken ihres Gefährten hervorlugend, alles genau verfolgte.

»Binep ipp nipp ausgedoszen«, ahmte sie der Gedrungene in verballhornender Weise nach. »Natürlich ist er das! Warum sonst gibt er sich mit einem kleinen Furz wie dir ab, anstatt mit einer schlank gewachsenen Elfin durchs Land zu ziehen, der die Beine bis zum Hals reichen? Natürlich nur, weil er ein säumiger Schuldner und Betrüger ist, den man zur Warnung aller, die ihm begegnen, mit der Klinge gezeichnet hat!«

Imtje wusste nicht, was sie mehr anwiderte. Dass sie dieser ekelhaft verlauste Hund als kleinen Furz bezeichnete oder dass sich bei seiner Beschreibung einer Elfin weißer Speichel in seinen Mundwinkeln sammelte. Auch an ihrem Gefährten gingen die Beleidigungen des Grenzsiedlers nicht spurlos vorüber. Der Griff um Imtjes Handgelenk löste sich, doch es gelang Binek noch rechtzeitig, den Reflex, nach seinem Schlitzohr zu langen, zu unterdrücken.

»Was hat es mit dem Tod des Orkkönigs auf sich?«, fragte er stattdessen, wenn auch mühsam beherrscht. »Wieso wird der den Elfen zur Last gelegt?«

Noch ehe der Untersetzte darauf antworten konnte, brachte ihn sein Gefährte, der sich lieber selbst reden hörte, mit einer herrischen Geste zum Verstummen. Der Blick des Rostroten ging an Binek und Imtje vorbei in hinter ihnen liegende Fernen, bevor er mit den Fingern schnippte und schrie: »Herbei mit euch, meine wilden Gesellen! Damit uns die wertvolle Beute nicht am Ende entkommt, weil sie uns ganz schwindlig quatscht!«

Der angebliche Dritte, der sich unbemerkt von hinten ange-schlichen hat. Einen kurzen Moment lang fragte sich Imtje, ob die Tricks und Finten dieser Hinterwäldler genauso ver-altet waren wie ihre Beleidigungen, aber dann hörte sie es in ihrem Rücken laut im Unterholz knacken.

Als sie herumfuhr, nahm sie gerade noch wahr, wie drei weitere Fallensteller, die ebenso verdreckt wie ihre beiden Kameraden waren, am Ende des Lichtungsbogens zwischen den Bäumen hervortraten. Einer der drei war ein grünhäuti-ger Gnom in kurzen Hosen, der einen nackten Oberkörper sowie ein herausforderndes Grinsen zur Schau stellte, wäh-rend er sich mit eindeutiger Geste zwischen die Beine langte.

»Weine deinem Schlitzohr keine Träne nach«, forderte er in der schrillen, für sein Volk typischen Tonlage. »Mit uns wird dir schon nicht langweilig werden.«

Imtje drängte sich mit ihren Schultern gegen Binek, da-mit ihr Gefährte wusste, dass sie ihm den Rücken deckte. Danach warf sie dem Gnom ein Schimpfwort an den Kopf, das dessen Manneskraft derart in Frage stellte, dass dem Grünhäutigen glatt die Spucke wegblieb, während die bei-den Menschen in seinem Gefolge schadenfroh auflachten. Imtje war sich im Klaren darüber, dass sie den Gnom un-bedingt im Kampf niederstechen musste, um einer brutalen Rache zu entgehen, aber das war ihr sein Schweigen wert. Angesichts der plötzlichen Übermacht hätte sie jedoch am liebsten das Weite gesucht.

Fünf gegen zwei, das war kein gutes Verhältnis, und wer wusste schon, ob nicht noch weitere Unholde im Wald lau-erten?

Doch um die Flucht zu ergreifen, war es leider schon zu spät. Flocke und Nachtstern tänzelten angesichts der vielen Fremden und des ganzen Geschreis unruhig auf der Stelle herum. Mochte ihre gute Dressur sie auch an dem Platz halten, an dem ihre Zügel auf dem Boden lagen, von Natur aus waren sie nun einmal Fluchttiere, die irgendwann ihrem Instinkt folgen würden.

»Flocke! Nachtstern!«, rief sie ihnen lockend zu. »Hierher, zu uns!«

Aber so gut sie sich mit den Tieren auch verstanden, so stark war das Vertrauen zwischen ihnen noch nicht gewachsen, dass sich die beiden für sie in Gefahr begaben. Am Ende waren sie eben doch nur Mietpferde, mit denen sie erst wenige Tage reisten.

»Gehorchen ja aufs Wort, eure Gäule!«, rief der Gnom hämisch, ohne einen Schatten zu beachten, der sich auf seinem Gesicht ausbreitete. »Schadet aber nichts. Bei uns wandern sie ohnehin auf die Schlachtbank.«

Ein dumpfer Schlag aus dem Nichts, der den Unhold an der Stirn traf, beendete seine Schmähungen. Auch auf die Menschen zu seiner Linken und Rechten stürzte etwas Schemenhaftes herab, mit der Geschwindigkeit von Steinen, die vom Himmel fielen. Erst als sich schwarze Flügel entfalteten und scharfe Krallen in die schmutzige Gesichter hieben, begriff Imtje, dass es sich bei den vermeintlichen Geschossen um Kolkraben handelte, die ihre Gegner im Sturzflug attackiert hatten.

Auch der Rostrote und sein gedrungener Gefährte schrien unter Schnabelhieben auf.

Verwundert sah sie Binek an. Anstatt auf den Gegner zuzustürzen, um den Augenblick der Verwirrung zu nutzen, krümmte ihr Gefährte den Rücken, als durchlitte er die gleichen Qualen wie seine Feinde. Sein Messer hatte er fallen lassen, um sich beide Schläfen mit den Fingerspitzen zu massieren.

»Verschwindet, oder es geht euch ans Leder!«, rief Binek laut aus, ohne einen der Grenzsiedler direkt anzublicken.

Statt auf den Halbelf zu hören, schlugen die wilden Gesellen blindlings um sich, in der von Panik genährten Hoffnung, den scharfen Krallen auf diese Weise zu entgehen. Wie auf einen lautlosen Befehl hin, flatterten die Raben gemeinsam empor, hinauf in den Himmel, wo ein weiteres Dutzend ihrer Artgenossen angriffsbreit kreiste.

Gleichzeitig raschelte es am Waldesrand.

Zu Imtjes Erleichterung tauchte dort keine Verstärkung für die Fallensteller auf, sondern mehr als ein halbes Dutzend Füchse und Dachse, die aus dem Unterholz hervorbrachen, um im gestreckten Lauf auf die Lichtung zu stürmen. In Windeseile erreichten sie die fünf Fallensteller, denen sie in Waden und Kniekehlen bissen.

Sich wie unter Krämpfen windend, tanzten der Rostrote und seine wilden Spießgesellen umher, in dem hilflosen Versuch, ihre tierischen Peiniger abzuschütteln. Überall dort, wo sie sich mit ihren Messern zu verteidigen versuchten, wurde ihnen in die Hände gebissen. Als sich obendrein ein weiterer Pulk Raben vom Himmel stürzte, um über ihre gebeugten Nacken zu rasieren, brach jede geordnete Gegenwehr in sich zusammen. Der Gedrungene wälzte sich sogar im Gras und strampelte mit den Beinen, um die in ihm festgebissenen Tiere loszuwerden.

»Lauft!«, rief Imtje, um die Panik der Feinde zu schüren. »Lauft, so schnell ihr könnt, wenn ihr nicht an Tollwut sterben wollt!«

Das wirkte.

Außer dem Gestürzten, der sich nicht aufzurappeln vermochte, rannten alle so schnell wie möglich davon. Verfolgt von Füchsen und Dachsen, deren Jagdtrieb durch die

Fluchtbewegung weiter angeheizt wurde. Selbst die Tiere, die den am Boden Liegenden gebissen hatten, schlossen sich der wilden Hatz an. Dachse und Füchse, gemeinsam Seite an Seite, eine solche Jagdgemeinschaft hatte Imtje noch nie zuvor gesehen. Trotzdem konzentrierte sie sich völlig auf den leise seufzenden Binek, der unversehens zu schwanken begann. Kurz bevor ihn das Schwindelgefühl endgültig überwältigte, packt sie ihn fest am Arm, um ihn vor einem Sturz zu bewahren.

»Jetzt aber hübsch artig, mein Großer«, forderte sie. »Ein echter Held wie du klappt doch nicht einfach zusammen.«

Sein Gesicht war käseweiß, gewann aber rasch an Farbe zurück. Als sie sah, dass er wieder ohne Hilfe stehen konnte, langte sie ihm mit beiden Händen liebevoll ins Gesicht und sah ihm tief in die Augen.

»Warst du das gerade?«, hauchte sie dabei. »Hast du die Tiere dazu gebracht, uns zu verteidigen?«

Binek nickte schwach, bevor er anfügte: »Ich habe zu viele auf einmal unter meinen Befehl genommen. Das ist mir schlecht bekommen.«

»Du Schuft!« Obwohl er noch geschwächt war, stieß sie ihm mit der flachen Hand vor die Brust. »Wie kannst du solch eine große Naturbegabung nur vor mir verbergen?«

Natürlich wollte sie Binek vor allem necken, aber ein bisschen beleidigt war sie wegen seiner Heimlichtuerei schon. Noch während er um Worte rang, nahm sie aus den Augenwinkeln wahr, dass sie der im Gras liegende Fallensteller mit offenem Mund anstarrte. Sofort zog sie ihr Messer hinter dem Gürtel hervor und trat auf ihn zu. Er verkrampfte vor Furcht, als sie ihm einen Fuß auf den zitternden Brustkorb stellte.

»Was spitzt du die Ohren, häh?«, fuhr sie den Kerl an.

»Müssen wir erst Wölfe und Bären auf dich hetzen, damit du begreifst, dass du uns in Zukunft besser aus dem Wege gehst? Also verschwinde wie ein Furz im Winde!«

Vor Angst zitternd, brachte der Fallensteller keinen zusammenhängenden Satz mehr hervor. Die Aussicht auf ein paar Wolfsfänge, die ihm weitaus schlimmere Wunden zufügen konnten, als es Füchse und Dachse vermochten, setzte ihm gewaltig zu. Trotz der zahlreichen Stellen, aus denen er an Armen und Beinen blutete, hielt sich Imtjes Mitleid in Grenzen.

Mochte dieser Mensch auch nicht der hellste Geist unter Garons Sonne sein, so gehörte er doch zu jenen finsteren Gesellen, die mitmachten, wenn die restliche Meute über ein Opfer herfiel.

»Was hat es mit dem Zwist zwischen Elfen und Orks auf sich?«, erhöhte sie unnachgiebig den Druck auf ihn. »Rede schon, oder ich hetze meinen Magier auf dich!«

Das half.

Von da an sprudelten die Worte nur so aus dem Grenzsiedler hervor. Was er von sich gab, war zwar ein einziges Gestammel, aber gerade noch deutlich genug zu verstehen, um sich zusammenzureimen, dass König Moron von zwei Elfen umgebracht worden war. Unter den zuletzt recht friedfertigen Orks herrschte seitdem Aufruhr, obwohl weder sie noch die Menschen des Grenzgebietes etwas von Grimms Rückkehr ahnten.

Nachdem Imtje dem Fallensteller einen Fußtritt in den Hintern gegeben hatte, verschwand der Mann, so schnell ihn seine blutüberströmten Beine trugen. Flocke und Nachtstern, die inzwischen wieder seelenruhig grasten, sahen dem Kerl nur gelangweilt hinterher.

»Du darfst nicht so offen über meine Fähigkeiten sprechen oder gar mit ihnen prahlen«, bat Binek, als Imtje zu ihm zurückkehrte. »Mein väterliches Erbe, das ich mir selbst nicht richtig erklären kann, lastet wie ein Fluch auf mir. Sobald andere Leute davon erfahren, weckt es Begehrlichkeiten in ihnen. Das bringt viele Gefahren mit sich. Wenn ich dir also mein Talent verschwiegen habe, dann vor allem, weil ich dich vor seinen Folgen schützen wollte.«

»Oh, wie fürsorglich.« Imtje stellte sich auf ihre Zehenspitzen, um ihm einen Kuss zu geben, der noch viel süßer schmeckte als alle anderen, die sie bisher ausgetauscht hatten. »Also gut, ich verspreche dir, dass ich in Zukunft schweigen werde wie ein Grab. Es sei denn, Flocke zickt mal wieder herum, dann darfst du gerne mit deinen Zauberkräften auf sie einwirken.«

»Ich bin kein Zauberer«, begehrte Binek auf.

»Oh, jetzt hab dich nicht so.« Ein weiterer Kuss brachte ihn zum Schweigen. Außerdem kannte er sie inzwischen gut genug, um zu wissen, dass er sich voll und ganz auf sie verlassen konnte, wenn es darauf ankam.

Imtje mochte ihn schon sehr, diesen hochgewachsenen Kerl mit den langen Beinen und den spitzen Ohren. Und nun, da sie um sein Geheimnis wusste, sogar noch ein bisschen mehr. Schon bei ihrer ersten Begegnung hatte sie gespürt, dass er etwas Besonderes war. Und welche Küchenmagd träumte nicht davon, ihre Familie mit einem Mann zu gründen, der neben seinen handwerklichen Fähigkeiten mehr zu bieten hatte als das Talent, ordentlich Wein oder Bier saufen, unendlich viel Schmauch rauchen und die schmutzigsten Zoten von ganz Felsheim erzählen zu können?

Dass Binek leiser und bedächtiger als die meisten Holz- und Dampfknechte war, die sie kannte, und nicht gleich jedem auf die Nase band, was er zu leisten imstande war, gefiel ihr fast so gut an ihm wie seine weiche Haut und die zarten Hände, die Imtje regelmäßig in Flammen setzten, wenn er damit über ihren Hals oder ihre Wangen strich.

Und so erwischte sich die Zwergin nicht zum ersten Mal bei dem Gedanken, dass sie wirklich gut aufpassen musste, damit ihr kein anderes Weibsstück diesen tollen Fang wieder abspenstig machte …

Silberfeste

Avea spürte, wie ihr das Herz bis zum Halse schlug, als sie den Blick auf ihre zitternden Hände senkte. Ihre Schläfen pochten unangenehm, denn die Ausübung der Spiegelmagie war für sie ungewohnt, doch die Freude über ihre Entdeckung verdrängte jeden Schmerz. Ihr Wissen als ehemalige Novizin hatte ihr dabei geholfen, sich in die notwendige Trance zu versetzen, und nun waren ihre Anstrengungen belohnt worden. Nachdem Binek durch Graugards lichtlose Tiefen aus Felsheim verschwunden war, hatten Neene und ihre Beschwörungszirkel tagelang vergeblich nach ihm gesucht. Und jetzt war es ausgerechnet ihr, der Ersten Heilerin, gelungen, ihn zu finden. Das musste einfach ein Zeichen der Waldgötter sein, die ihren geheimsten aller heimlichen Wünsche billigten. Anders konnte – ja *durfte* – es Avea nicht deuten! Wie sonst wäre es zu erklären gewesen, dass sie Binek ausgerechnet in jenem heiklen Augenblick aufgespürt hatte, in dem er eine so überzeugende Darbietung seiner Kräfte bot?

Wie talentiert er doch war, trotz seiner Jugend! Viel talentierter, als Avea zu hoffen gewagt hatte. Das Erbe, das tief in ihm verborgen schlummerte, hätte nicht stärker sein können, wenn er mit einer Elfin gezeugt worden wäre.

Bastard oder nicht – er muss mir gehören, wenn auch nur für eine Nacht. Koste es, was es wolle! Heiße Schauer ließen die Heilerin erbeben. Nur gut, dass sie alleine im Spiegelsaal war. Trotzdem biss sie sich auf die Lippen, um ein leises Aufstöhnen zu unterdrücken. Sich ganz dem unverhofften Genuss hingebend, schloss sie die Augen. So fühlte es sich also an, ein Günstling der Götter zu sein! In diesem Augenblick empfand sie einen Zustand höchster Verzückung, dutzendfach stärker als in den zärtlichen Stunden, in denen Neene ihre empfindsamsten Stellen liebkoste.

Endlich, nach den vielen Jahren des Zweifels, verspürte sie die absolute Gewissheit, zu etwas Besonderem berufen zu sein. Zu weit mehr, als ein Dasein als Erste Heilerin zu bieten hatte. Sie war also doch dazu bestimmt, das Schicksal ihres Volkes entscheidend zu prägen, bis ihr eines Tages, wenn die Zahl ihrer guten Taten nicht mehr zu übersehen war, zwangsläufig das Amt der Hohepriesterin angetragen werden musste. Und das alles, obwohl sie schon einmal viel gewagt und noch mehr verloren hatte. Damals, als sie Ascan und seinen Bruder umworben hatte, ohne für ihn oder Eyron den geringsten Funken Liebe zu empfinden.

Es stimmte also, wovon die alten Chroniken zu berichten wussten: Mit wem die Waldgötter Großes planten, den stellten sie zuvor auf die Probe! Aveas Probe, die sie in tiefe Verzweiflung gestürzt, aber nicht zerbrochen hatte, war Ascans Flucht gewesen. Bei seinem Sohn Binek würde sie nichts dem Zufall überlassen, selbst wenn sie dafür die wichtigsten Gebote ihrer Zunft verletzen musste!

Derart von ihren eigenen Gefühlen überwältigt, schrak die Heilerin zusammen, als sie die Augen öffnete. Statt der halbmondförmigen Lichtung, auf der sich Binek und sein Zwergenflittchen gegen eine Handvoll Menschen gewehrt hatten, zeigte die vor ihr aufragende Spiegelwand ein Abbild von Oriel von der Au, die Avea über die linke Schulter hinweg anblickte.

Das konnte nur eins bedeuten!

Avea fuhr herum. Unbewusst kreuzte sie ihre Arme über dem Oberkörper, als wollte sie eine plötzliche Nacktheit bedecken. Tatsächlich kam sie sich gegenüber der Ratsdame, die den Spiegelsaal unbemerkt betreten hatte, vollkommen entblößt vor.

»Verzeiht mir, Erste Heilerin, es lag mir fern, Euch zu erschrecken.« Oriels Lächeln wirkte wie festgefroren. In ihrem Gesicht zu lesen war unmöglich. »Ich wollte mich nur mit eigenen Augen davon überzeugen, dass es stimmt, was auf Silberfestes Fluren gewispert wird. Und siehe da, Ihr versteht Euch wirklich fast so gut auf die Spiegelmagie wie die Priesterschaft.«

Ein Gefühl der Angst strich über Avea hinweg wie ein kalter Luftzug. Durch ihre Adern schien plötzlich Eiswasser zu fließen. Was nur, wenn die Ratsdame mit der edlen Blutlinie, die sich so gut aufs Ränkeschmieden verstand, ihren schwachen Moment dazu genutzt hatte, um tief in ihre Gedankenwelt einzudringen? Waren die Götter wirklich so grausam, sie einer anderen Elfin auf solche Weise auszuliefern?

»Wie Ihr seht, stehe ich voller Demut vor Euch, Erste Heilerin.« Selten hatte die Welt eine größere Lüge gehört. Denn während Avea noch einen geistigen Kokon um ihren Verstand spann, hatte Oriel ihre Deckung niemals fallenlassen. Trotzdem enthielt die ungewöhnliche Eröffnung nicht einmal die Spur einer Drohung, das überraschte sie.

»Ich habe mich zu entschuldigen, edle Oriel«, versicherte Avea rasch. »Mein Mangel an Konzentration war unverzeihlich. Es scheint, als hätte ich mir zu viel zugemutet.«

Oriel hob abwehrend die Hände. Für eine Ratsdame mit ihrer Erfahrung war das eine geradezu theatralische Geste.

»Seid nicht so furchtbar streng zu Euch, Erste Heilerin«, forderte sie dabei. »Kein Priester hat in den vergangenen Tagen so viele Stunden im Spiegelsaal verbracht wie Ihr. Selbst jetzt, da alle großen Beschwörungen ruhen, wie es Beldor vor seiner Abreise angeordnet hat, setzt Ihr Euch mit aller Kraft für Euer Volk ein. Mit gutem Recht, denn Ihr gehört keinem der Zirkel an, die wieder zu Kräften kommen müssen.«

Nicht der leiseste Unterton schwang in diesen Worten mit, obwohl sich Avea mit ihrem Alleingang durchaus dem Befehl des Hohepriesters widersetzte. Warum nur ließ Oriel die Gelegenheit aus, sie zu maßregeln? Oder damit zu drohen, bei Fürst Albriel vorstellig zu werden? Wäre es nicht ausgerechnet um Oriel gegangen, hätte Avea glauben können, dass ihr die Edle zugeneigt war.

Was führst du bloß im Schilde? Noch während Avea über die Motive der hohen Dame rätselte, ergriff diese erneut die Initiative.

»Ihr hattet also Erfolg bei der Suche nach Ascans Sohn?«, kleidete sie ihre Feststellung in eine Frage, die Avea gegen ihren Willen erbleichen ließ. »Oh, leugnet es nicht, Erste Heilerin. Ich habe sein Abbild erkannt, obwohl es bereits verblasste.« Ganz entgegen ihrer Art unterstrich Oriel ihre Worte erneut mit einer Geste. Geschah das bewusst, vielleicht sogar um eine nicht vorhandene Schwäche vorzutäuschen, oder war sie tatsächlich aufgewühlter als sonst?

»Es verbreitet sich bereits über die Flure und Gänge, dass Ihr in diesem Halbblut einen Gewinn für unser Volk seht«, fuhr Oriel fort. »Oder ist es eher Mitleid mit seinem Schicksal, das Euer Herzen rührt?«

Da waren sie, diese gefürchteten Spitzen, auf die sich Oriel von der Au so gut verstand. Anstatt Aveas Verlegenheit auszukosten, fuhr die Edle jedoch fort: »Auch wenn es nur das Mitgefühl wäre, verstände ich Euer Motiv gut, Erste Heilerin. Gerade in diesen Tagen, in denen sich mein Sohn so rührend um eine Obergardistin kümmert, die mit ihm in der Silbergarde dient. Sie ist aber auch zu bedauern, das arme Ding. So schrecklich im Gesicht entstellt – welcher Mann, der was auf sich hält, will jetzt noch das Lager mit ihr teilen?«

Obwohl sich Oriel sonst so gut aufs Lügen verstand, erbebten ihre Hände, während sie sprach. Das war keine Finte, um Schwäche vorzutäuschen, nein, natürlich nicht. Ihr Sohn war wirklich ihre verwundbarste Stelle.

Dass Robur schon seit Tagen nicht mehr von Silenes Seite wich, nagte am Stolz der Mutter, die so großen Wert auf standesgemäßen Umgang legte. Das vertraute Miteinander mit der Obergardistin war ihr ein Dorn im Auge, das war ebenfalls Teil der gefürchteten Flurgespräche, die überall die Runde machten. Aber das schien Robur nicht zu stören, im Gegenteil. Wann immer in den Gängen und Gärten über das ungleiche Paar getuschelt wurde, gab es einen Elfen, der schadenfroh vermutete, dass Robur der entstellten Silene nur den Hof machte, um seiner Mutter finsterste Albträume zu bescheren.

Oriel war nicht nur bei Kammerzofen und einfachen Wachsoldaten gefürchtet, sondern in ganz Silberfeste. Entsprechend groß fiel der Spott aus, den Roburs Umgang mit einer Frau niederen Geblüts hervorrief.

War das der Grund dafür, dass die Edle, die sich für gewöhnlich so herablassend benahm, Avea unverhofft umschmeichelte? Weil sie eine Verbündete brauchte, die ihr dabei half, die unerwünschte Verbindung aufzulösen? Sollte Avea vielleicht ihren Einfluss als Silenes Heilerin geltend machen? Und wenn ja, was ließ sich dafür im Gegenzug von Oriel fordern?

Denn *dass* die Edle etwas von Avea wollte, war schon an dem erwartungsvollen Blick zu erkennen, den sie ihr zuwarf. Außerdem schwieg sie nun, ein untrüglicher Hinweis darauf, dass sie den Spiegelsaal gezielt aufgesucht hatte, um mit Avea alleine zu verhandeln.

Was für ein seltenes Zeichen der Schwäche, das die junge Heilerin so stark wie möglich auszunutzen gedachte.

»Rührt daher Eure Demut, von der Ihr gesprochen habt?«, fragte sie scheinbar mitfühlend.

Kaum merklich, aber für das geschulte Auge durchaus erkennbar, erzitterten Oriels Hände ein weiteres Mal. Aveas Worte wühlten die Edle auf, obwohl sie sonst nicht viel preisgab. Gut einhundert Jahre Ratserfahrungen machten den geistigen Panzer, der sie umgab, nahezu undurchdringlich. Zusammen mit ihrem angeborenen Talent, innerhalb eines Wimpernschlages auf neue Situationen zu reagieren, machte sie das zu einer gefährlichen Gegnerin, die immer wieder ihren Willen durchsetzte, selbst wenn dazu ein Umweg nötig war.

»Ist in unruhigen Zeiten wie diesen nicht jeder auf Hilfe angewiesen?«, fragte sie zurück. »Und sollten nicht gerade wir Ratsschwestern uns im Angesicht der aufziehenden Gefahr dabei unterstützen, unsere kleinen Geheimnisse zu bewahren? Zu unserem eigenen Wohle, aber auch dem unseres Volkes?«

Aveas Atem stockte. Luft zu holen fiel ihr plötzlich so schwer, als schnürte ihr ein schmales Metallband den Brustkorb zusammen.

»Geheimnis?«, wisperte sie.

Auf Oriels Lippen erschien ein warmes, freundliches Lächeln, das schon deshalb falsch sein musste, weil sie dergleichen noch nie dort gesehen hatte.

»Oh, sicherlich habt Ihr schon davon gehört, dass mich der Hauptmann der Silbergarde von Zeit zu Zeit in meiner Kammer aufsucht«, gab sich die edle Dame überraschend vertraulich. »Wir verhalten uns zwar sehr diskret, aber ach, diesen Zofen und nächtlichen Wachen entgeht einfach nichts, und nie können sie ihre Klatschmäuler halten. Und so ist vieles eben vielen bekannt, auch wenn es nicht offen ausgesprochen wird. Eure Vorlieben, gute Schwester, und die der Ersten Priesterin bilden dabei keine Ausnahme.«

Avea kam es so vor, als geriete der Boden unter ihren Füßen ins Schwanken. Mühsam kämpfte sie gegen den Schwindel an, der ihr die Knie weichwerden ließ. War es wirklich möglich, dass ihre Liebe zu Neene, von der niemand erfahren durfte, Oriel von der Au bekannt war? Und wenn ja, wer war noch alles in dieses Geheimnis eingeweiht? Und warum enthüllte die Edle ausgerechnet jetzt, zu diesem Zeitpunkt, was sie wusste? Zweifellos, um eine Gegenleistung für ihr Schweigen zu verlangen …

Aveas Gedanken stürzten so schnell auf sie ein, dass sie kein einziges Wort des Leugnens oder der Rechtfertigung herausbekam. Der Schock der Offenbarung war so groß, dass sich ihr Verstand weigerte, die Folgen auszumalen, die es für sie und Neene haben mochte, wenn ihr Geheimnis aufgedeckt wurde. Der Verlust ihrer Stellungen und Ratssitze, Ächtung und Vertreibung – all das und noch viel Schlimmeres drohte ihnen, sobald Oriel sie in aller Öffentlichkeit bloßstellte.

Aveas Wangen schienen zu vereisen, als ihr alles Blut aus dem Gesicht wich. Ansonsten behielt sie sich bemerkenswert gut in der Gewalt.

Oriel von der Au erlaubte sich das kurze Aufblitzen eines triumphierenden Lächelns, bevor ihr Gesicht erneut den warmherzigen Ausdruck annahm, der so wenig zu ihr passte.

»Habt keine Furcht, Erste Heilerin«, bat sie mit einschmeichelnder Stimme. »Mir ist nichts Elfisches fremd, obwohl ich Eure Gefühlsverirrungen nicht nachempfinden kann. Andererseits ...«, dabei schüttelte die Edle mitleidig den Kopf, »... wenn Ihr wüsstet, was ich schon alles in den Schlafkammern der mächtigsten Fürsten des Hochwaldes erlebt habe! Ihr dürft mir glauben, wenn Kopfkissen reden könnten, hätte schon mancher, der das Schicksal der Elfen mit sicherer Hand zu bestimmen wusste, allen Respekt bei seinen Untertanen verloren. Nein, nein, das einfache Volk braucht nicht alles zu wissen, das ist zu seinem eigenen Besten. Deshalb dient es dem Wohle aller, dass wir uns ratsschwesterlich verbunden sind.«

In Oriel eine Schwester sehen – alleine bei diesem Gedanken wurde Avea speiübel. Worauf wollte dieses eiskalte Biest hinaus? Dass sie Silene vergiftete? Nein, ein Mord war zu viel verlangt! So weit würde Avea niemals gehen. Lieber ließ sie sich mit Schimpf und Schande aus Silberfeste jagen.

Die Edle ließ ihre Worte einige Herzschläge lang wirken, bevor sie fortfuhr: »In Zeiten wie diesen müssen jene, die von den Wald- und Quellgöttern dazu bestimmt sind, die Macht der Elfen zum Wohle aller mehren. Ich unterstütze deshalb Euer Vorhaben, das von großem Talent gesegnete Halbblut in Eure – nun, sagen wir einmal – Obhut zu nehmen. Ich hoffe, dass Ihr mir im Gegenzug dabei helft, meinem Sohn einen brennenden Wunsch zu erfüllen. Er möchte die Stadt Imor auskundschaften und dabei dem Nekromanten, der sich unseren Spiegelblicken entzieht, den Tarnumhang entreißen. Und weil er ein so gutes Herz hat, wünscht er obendrein, dass ihn Silene dabei begleitet. Er fürchtet um ihre Sicherheit, wenn er sie in Silberfeste zurücklässt. Denn wie es scheint, macht irgendwer Jagd auf die Silbergardisten, die dem Erkundungstrupp nach Felsheim angehört haben. Und wie sollte sich das einäugige Ding wohl gegen einen Attentäter wehren, der sogar die Erste Gleve im Schlaf zu überwältigen vermochte?«

Es dauerte einige gepresste Atemzüge lang, bis Avea endlich begriff, worauf Oriel hinauswollte, anschließend überkam sie eine große Erleichterung. Die eiserne Klammer, die ihren Oberkörper eingeschnürt hatte, fiel von ihr ab. Endlich konnte sie wieder frei atmen.

Angst! Pure, nackte Angst um ihren Sohn, das war es also, was die Edle antrieb. Sie wollte Robur außer Gefahr bringen, so weit fort wie möglich, so dass er vor den mysteriösen Morden sicher war, die seit einiger Zeit in und um Silberfeste geschahen. Um dabei jeden Gesichtsverlust für ihre Dynastie zu vermeiden, schreckte sie nicht einmal davor zurück, die ungeliebte Silene vorzuschieben. Dabei wusste Avea besser als jeder andere in Silberfeste, dass die Obergardistin mit Freuden in einem Kampf gefallen wäre. Trotzdem – oder gerade deshalb – brauchte Oriel die Unterstützung der Ersten Heilerin.

»Ist Eyron mit Eurem Vorhaben einverstanden?«, fragte Avea, um sich in die neue Situation einzufinden.

In Oriels Augen blitzte es selbstzufrieden auf.

»Lasst das nur meine Sorge sein«, forderte sie. »Eure Aufgabe wird es sein, einen Spiegelzauber zu wirken, stark genug, dass er Robur und Silene bis kurz vor die Tore Imors trägt und Euch in die Nähe von Ascans Sohns. Allerdings solltet Ihr Eure Mission nicht vor dem Hauptmann der Silbergarde ausbreiten. Er ist auf den Bastard seines Bruders nicht gut zu sprechen. Überhaupt sollten wir vorläufig niemanden aus dem Silberrat mit unserem Vorhaben behelligen. Zum Glück verschafft uns Beldors Reise ins Herz des Hochwaldes einige Tage Verschnaufpause, die wir in unserem Sinne nutzen können. Ich halte es für einen Wink der Waldgötter, dass Beldor zu schwach für einen Spiegeldurchgang ist und obendrein auf die Begleitung durch diesen rüpelhaften Zwerg besteht.«

Nun, da der angebotene Handel offen ausgesprochen war, legte Oriel eine beträchtliche Eile an den Tag. Mochte sie auch ein Miststück sein, die Liebe zu ihrem Sohn war anscheinend wahrhaftig. Oder ging es ihr am Ende nur um den Machterhalt der eigenen Blutlinie?

»Was ist mit Albriel?«, wandte Avea ein, immer noch nicht überzeugt davon, ungestraft auf eigene Faust handeln zu dürfen.

Für solche Bedenken hatte Oriel nur ein mildes Lächeln übrig. »Lasst auch den Waldfürsten meine Sorge sein«, erklärte sie leichthin.

Die Erste Heilerin schwieg dazu, denn sie suchte den Haken an der Sache.

»Machen wir uns nichts vor«, redete Oriel weiter auf sie ein. »Während Beldors Abwesenheit leiten wir Frauen die Geschicke von Silberfeste. Wer sollte uns also daran hindern, Euch einen kleinen Ausflug nach Garon zu ermöglichen? Verhelft meinem Sohn zu einer Passage durch die Spiegel, und ich halte Euch den Rücken frei. Mein Wort darauf, als *von der Au*!«

Ein Ehrenwort, das wog schwer. Alles in Avea drängte danach, auf den Handel einzugehen, doch es gab ein Problem, das sie zögern ließ.

»Eine Spiegelpassage übersteigt meine Kräfte«, gestand sie ein.

»Dann überredet Eure Liebste dazu, ihre Kräfte walten zu lassen«, antwortete Oriel, ohne zu zögern.

»Ich weiß nicht, ob Neene sich darauf einlässt«, machte Avea im selben Atemzug geltend.

In Oriels Stirn grub sich eine tiefe Zornesfalte ein. »Gebt Euch Mühe, sie zu überzeugen«, verlangte sie von der Priesterin. »Setzt dazu die gleichen Mittel ein, mit denen ich mir auch Eyron und Albriel gefügig mache! Und macht mir bloß nicht vor, dass ihr dazu nicht fähig wärt. Nicht, wo es um das Halbblut geht. Um ihn und sein besonderes Talent. «

An anderen Tagen und unter anderen Umständen hätten diese Worte Avea zutiefst verletzt. Doch in diesem Moment, in dem die Erfüllung ihres größten Wunsches zum Greifen nahe schien, spürte sie, dass Oriel schlicht und einfach recht hatte. Einen Herzschlag lang blickten sich die beiden Elfinnen gegenseitig auf den Grund ihrer Seelen und entdeckten dabei, dass es in ihnen eine gleiche Saite gab, die, zum richtigen Zeitpunkt angespielt, denselben Ton erklingen ließ.

»Die Beschwörung für den Spiegeldurchgang soll also so schnell wie möglich stattfinden?«, fragte Avea.

»Am besten noch heute«, drängte ihre Ratsschwester.

»Zum Wohle aller Elfen, nehme ich an?«

Oriels Mundwinkel zuckten. Zum ersten Mal wirkte ihr Lächeln echt, als sie sagte: »Ich sehe, wir beide verstehen uns.«

Imor

I.

Ascan stutzte, als er die Tür zu Mandus privaten Gemächern öffnete. Mit allem hatte er gerechnet, als er zu dem Magier bestellt worden war, aber nicht mit den flackernden Irrlichtern, die ihn in der Kammer erwarteten. Es dauerte einen Herzschlag lang, bis er in den glühenden Punkten, die Mandu umkreisten, die Sucher erkannte, die sie im Lande der Orks auf die Reise geschickt hatten. Offenbar waren die durchscheinenden Kugeln fündig geworden.

Der Nekromant saß mit untergeschlagenen Beinen auf dem kalten Steinboden, beide Augen geschlossen und den Kopf ein wenig zur Seite geneigt, als lausche er einem tonlosen Bericht. Seine Lider öffneten sich erst, nachdem Ascan die Tür hinter sich ins Schloss gedrückt hatte und einen Schritt vorgetreten war.

»Machen wir uns sofort auf den Weg?«, fragte der Söldner mit Blick auf den Spiegel, durch den sie zum Eichenthron gereist und wieder zurückgekehrt waren.

»Noch nicht.« Mandu erhob sich, ohne seine Hände zu Hilfe zu nehmen. Die Sucher folgten seiner fließenden Bewegung. Auch im Stehen umkreisten sie ihn in gleichmäßiger Geschwindigkeit auf sich kreuzenden Bahnen, ohne ein einziges Mal miteinander zu kollidieren. »Ein magisches Siegel verbirgt den genauen Fundort, aber ich hege schon lange den Verdacht, dass Kappok die Gegend kennt, in der das Krallenauge zu finden ist. Er soll das Artefakt aufspüren und aus seinem Verlies befreien. Das spart mir Zeit, die ich sinnvoller verwenden kann.«

»Dann darf ich dich wohl in die *Goldgrube* begleiten?« Ascan war nicht sonderlich erstaunt, dass ihn Mandu als Leibwächter benötigte, obwohl sich der Magier jederzeit selbst zur Wehr setzen konnte. Wozu Kräfte verschwenden, die an anderer Stelle dringender benötigt wurden? Gerade in Zeiten wie diesen.

Trotzdem bewegte den Elfen eine Frage.

»Warum rufst du Kappok nicht zu dir?«, wollte er wissen. »Er steht doch unter deinem Bann.«

Der Nekromant hatte sich bislang noch nie zu der Macht geäußert, die er über den Großmeister der Dunklen Gilden und weitere Menschen ausübte, doch Ascan erkannte eine geistige Kontrolle, wenn er sie sah. Und er wollte wissen, welches Ziel Mandu damit verfolgte.

Der Magier ließ sich nicht anmerken, was er von der Neugier des Elfen hielt. Er hob nur die rechte Hand. Augenblicklich verließen die rosa durchscheinenden Lichtkugeln ihre Umlaufbahnen. Sie sammelten sich in der dargebotenen Handwölbung, die sich schloss, sobald der letzte Sucher darin verschwunden war.

»Übe dich noch ein wenig in Geduld«, forderte Mandu, während er die geballte Faust sinken ließ. »Dann wirst du es von alleine verstehen.«

2.

Velbs Träume von einem sicheren Hafen zerplatzten, noch ehe er den ersten Fuß in die Stadt gesetzt hatte. Natürlich hatte er mit Zerstörungen gerechnet. Ein Aufstand gegen die Obrigkeit ging niemals ohne Blutvergießen ab, insbesondere, wenn Orks zum Kampf aufmarschierten. Allein aus diesem Grunde hatte sich ihre Bruderschaft auf einen Pakt mit dem wilden Zweig der Grünhäuter eingelassen. Wo die Obrigkeit ein Volk mit hohen Steuern, absurden Vorschriften und Waffengewalt unterdrückte, waren Aufrührer schlichtweg dazu gezwungen, gewagte Bündnisse einzugehen, um das Unterste nach oben zu kehren. Denn nur wer bestehende Strukturen zerschlug, konnte eine bessere Welt erschaffen, die allen die gleichen Rechte einräumte.

Kein Pfeffersack gab seine Pfründe freiwillig auf. Entsprechend hätten ein paar schwarze Rauchsäulen über Imors Dächern, wo die Paläste der Wucherer, der reichen Händler und des faulen Adelspacks in Schutt und Asche lagen, Velbs Herz jubilieren lassen. Aber eine geborstene Stadtmauer, hinter der sich ein Meer aus unbewohnbaren Ruinen erstreckte? Was nützte die Neue Ordnung, wenn es keine kleinen Leute mehr gab, die sie erlebten?

Wie betäubt stolperte der Waldläufer durch das bizarre Labyrinth aus aufgerissenen Straßen und zusammengestürzten Gebäuden. Kein Erdbeben hätte schlimmer wüten können, doch für eine Naturkatastrophe war das Trümmerfeld zu klein.

Velb erschauderte.

Was war bloß geschehen? Selbst Trolle hätten bei einem Sturm auf die Stadt keine solche Schneise der Verwüstung hinterlassen. Über allem schwebte eine strenge Mischung aus Moder und Fäulnis, die sich schwer auf die Lungen legte. Unter den hohen Schutthaufen verrotteten Leichen, die zu bergen sich kein Mensch die Mühe machte. Für viele der Einwohner war der Untergang völlig überraschend gekommen. Nur Hunde und andere Vierbeiner scharrten Löcher in die staubige Landschaft aus ineinander verkeilten Steinen, Balken und Tonscherben, um Essbares freizulegen.

Die wenigen Überlebenden, die umherirrten, trugen über Nase und Mund geschlungene Tücher, um sich vor dem Gestank und ansteckenden Krankheiten zu schützen. Mit Weidenkörben oder Schubkarren ausgerüstet, versuchten sie aufzustöbern, was noch brauchbar erschien. In den wenigen Gebäuden, in denen nur die Fassade abgerissen war, gab es noch das eine oder andere zu entdecken. Ob sie nach ihren eigenen Habseligkeiten suchten oder Leichenfledderer waren, fragte niemand. Auch Velb nicht, der erleichtert aufatmete, als er endlich unversehrtes Gebiet erreichte.

Ausgerechnet am Markplatz stand noch jeder Stein auf dem anderen. In einigen Erkern des Rathauses fehlten die Buntglasscheiben, so dass die dahinterliegenden Zimmer an leere Augenhöhlen erinnerten, ansonsten entdeckte er nicht die geringsten Kampfspuren. *Typisch*, dachte er. *Wo die Reichen und Mächtigen leben, sieht weiterhin alles wie geleckt aus.*

Von den Angehörigen der Handels- und Handwerkszünfte lief ihm niemand über den Weg. Dafür begegneten ihm die ersten Orks, die die Stadt so brutal erobert hatten. Knurrige Gesellen, die Velb unbehelligt ließen, sobald sie den Anhänger um seinen Hals sahen, dessen Motiv ihn als Geheimbündler auswies. Immerhin erfuhr er von ihnen, dass sich seinesgleichen vornehmlich im Pfuhl zusammenfand.

Obwohl ihm die Orks Angst einflößten, erweckten sie nicht den Eindruck, als könnten sie ganze Straßenzüge mit bloßen Händen einreißen. Sie zu fragen, wer die Stadtmauer derart geschliffen hatte, wagte Velb trotzdem nicht. Grimms Scharen waren aus ganz anderem Holz geschnitzt als die Stämme unter Morons Führung, mit denen er einstmals Handel getrieben hatte. Damals, in Bandor, waren ihm die ersten Orks begegnet, die die Rückkehr der Verbannten herbeisehnten, weil es unter Gremm zwar hart zugegangen wäre, aber auch gerecht. Vetternwirtschaft und Wucherzinsen, die der Menschheit seit jeher das Leben schwermachten, hatte das wilde Kriegervolk nie gekannt – bis zu ihrer großen Niederlage, die König Moron auf den Eichenthron gehoben hatte.

Die kehligen Gesänge über ein freies Leben ohne Knechtschaft hatten Velb tief beeindruckt und direkt in die Arme der geheimen Bruderschaft geführt, in dem sich die Amuletträger bei Wein und Bier gegenseitig die Vorteile der Neuen Ordnung ausgemalt hatten, nur um jetzt vor einem Trümmerfeld voller toter Freunde zu stehen.

Auf dem Weg zur *Goldgrube* begegneten dem Grenzläufer weitere Menschen, die in Imor geblieben waren, anstatt ins Umland oder in benachbarte Fürstentümer zu fliehen. Sie nach der Ursache für die großflächigen Zerstörungen zu fragen führte zu keinerlei Antworten. Das Grauen der Schlacht hatte die Menschen innerlich ausgebrannt. Mit glanzlosen Augen starrten viele von ihnen leer vor sich hin, ohne zu bemerken, was um sie herum geschah.

Reagierte doch einmal eine Frau oder ein Mann auf Velbs Ansprache, löste sein Begehren pures Entsetzen aus.

»Sei doch still, Unseliger!«, zischten sie ihm zu, während sie ängstliche Blicke über ihre Schultern warfen. »Die Orks verbreiten, es könnte ihn wecken, wenn er hört, dass wir über ihn sprechen.«

Über welche Gefahr die Einwohner so eisern schwiegen, um sie nicht aus Versehen heraufzubeschwören, erfuhr Velb erst, als Kappoks Hauptquartier nur noch wenige Häuser entfernt lag.

»Denk an Hohenstein!«, raunte ihm ein Greis zu, der noch einigermaßen helle im Kopf war, obwohl seine ausgezehrten Gesichtszüge von einem allmählich verlöschenden Lebenslicht kündeten. »Vermutlich hast du die Legenden über die große Schlacht um die Elfenfeste ebenso als Ammenmärchen abgetan wie wir alle, doch inzwischen wissen es Imors Bürger besser. Dort, wo sich die Wüstung Scherbental ausbreitet, haben einmal blühende Landschaften gelegen.«

Ein Felszehrer!

Velb spürte, wie seine Kopfhaut zu prickeln begann. Niemals hätte er für möglich gehalten, dass die Orks in der Lage wären, sich eines dieser Ungeheuer untertan zu machen. Obwohl, gab es nicht Gerüchte, die besagten, die Grünhäuter hätten Hohenstein mit einer ganzen Armee solcher Bestien angegriffen? Oder waren es doch die Elfen gewesen, denen die Kontrolle entglitten war? Die Geschichten, die die alten Völker zu diesem Thema erzählten, widersprachen sich in vielerlei Hinsicht. Das machte es ja so schwer, überhaupt etwas davon zu glauben.

»Wo ist er jetzt?« Die allgemeine Verunsicherung steckte an. Auch Velb wagte nicht, die Bestie laut beim Namen zu nennen.

»Tief unter den Fundamenten der Stadt, dort, wo ihn Grimms Nekromant zur Ruhe gebettet hat«, lautete die Antwort.

»Ein Nekromant in den Diensten der Orks?« Diese Eröffnung traf Velb noch härter als die Zerstörungswut des
Felszehrers. Eigentlich hätte es nur noch schlimmer kommen können, wenn …

»Warum denn kein Nekromant? Er ist ein Mensch wie ihr
Geheimbündler, und ihr habt euch doch auch in den Dienst
der Verbannten gestellt!« Die Augen des Greises funkelten
vor Zorn, während er auf den Anhänger deutete, den Velb
offen über dem Lederwams trug. »Sogar ein Söldnerelf marschiert in Grimms Reihen.«

Velb schnürte es die Kehle zusammen. *Bei meinem vernarbten Rücken, mir bleibt aber auch nichts erspart.*

Übergangslos wurde der Alte, mit dem er redete, von
Trauer übermannt. »Was habt ihr euch bloß dabei gedacht?«, fragte er kopfschüttelnd. »Euch den Verbannten
anzudienen?«

Unbewusst zuckte Velb mit den Schultern.

»Warum denn nicht?«, versuchte er, sich zu rechtferti-
gen. »Die Ungerechtigkeit in Garon stank schon genauso
zum Himmel wie der Pfuhl, der nur existieren durfte,
weil Kappoks Bestechungsgelder in die Schatztruhen des
Herzogs flossen. Auf unseren geheimen Zusammenkünf-
ten klang alles so einfach. Wir gewähren den Orks freien
Durchmarsch, damit sie die Herrschaft über Bandor zurückerobern können, dafür werden wir unsere Tyrannen los.
Und dieser Pakt hat Bestand! Immerhin ist Imor nun unser!
Dass so viele Unschuldige sterben mussten, war nicht abgesprochen.«

Eigentlich hatte er noch, *wo gehobelt wird, da fallen Späne,*
anfügen wollen, wagte es aber nicht mehr, als er sah, dass
erneut ein harter Glanz in die Augen des Alten trat.

»Vielleicht war es nicht abgesprochen, aber ihr hättet es

euch denken können«, fauchte es aus dem zahnlosen Maul hervor. »Die Amulette, mit denen ihr euch gegenüber den Grünhäutern offenbart, besagen doch wohl alles.«

Obwohl er wusste, was er zu sehen bekam, blickte Velb auf das Motiv seines Anhängers herab, eine kunstvolle Arbeit aus kostbarem Elfenbein, die Gohlik für ihn angefertigt hatte. Sie zeigte eine Variation des höchsten Grundsatzes, nach dem sowohl Orks als auch Menschen lebten: *das Recht des Stärkeren*. In seinem Fall wurde es durch eine Reihe von Raubvögeln symbolisiert, die einander im Kreis jagten und sich dabei ohne Ausnahme von hinten verschlangen.

»Das besagt doch gar nichts!«, begehrte er auf. »Diese Motive sind nichts weiter als ein Erkennungszeichen, das kein Außenstehender aus Versehen tragen würde. Hätten wir uns lieber Magnons *Mühlstein des Lebens* um den Hals hängen sollen, den Abertausende im Lande tragen, ob sie nun der von den Priestern gepredigten *ewigen Mühsal* anhängen oder nicht?«

Der Alte wirkte plötzlich zu müde zum Streiten. Anstatt auf Velbs Frage zu antworten, beugte er sich vor und sog mehrmals geräuschvoll Luft durch die Nase ein. Obwohl hinter dem Waldläufer eine lange Reise von Graugard nach Imor lag, bei der er des Nachts in seiner Kleidung geschlafen hatte, störte sich der Alte nicht an seinem Schweißgeruch. Im Gegenteil. Was er schnuppernd wahrnahm, erleichterte ihn offensichtlich.

»Du bist noch jung und stark«, verkündete er. »Lass dir von mir raten: Wirf dein Amulett fort und folge denen, die nach Friegburg und Asum fliehen. Oder verkriech dich in den Wäldern, in denen du dich so wohl fühlst. Nur verschwinde aus Imor! Diese Stadt ist dem Untergang geweiht, seitdem die Nekromantie Einzug gehalten hat.« Velb beschlich ein unbehagliches Gefühl, trotzdem versuchte er, die Prophezeiung des Alten leichthin abzutun. Sicher, Magie flößte jedem normalen Menschen Furcht ein, aber waren die Quellen, aus denen die Nekromanten ihre Kräfte speisten, wirklich so viel schlimmer als die anderer Hexen und Hexenmeister?

»Wenn die Schatten den Himmel derart verdunkeln, warum bist *du* dann noch hier?«, fragte er.

Die Augen des Greises schwammen plötzlich in Tränen, wodurch das Grau, das seine Pupillen umkränzte, noch verwaschener als zuvor erschien. »Ich kann nicht fort«, erklärte er traurig. »Wegen denen dort. Ich muss mich um sie kümmern muss.«

Dabei deutete er auf eine kleine Gruppe aus zwei Männern und drei Frauen, der Velb bislang keine Beachtung geschenkt hatte. Angesichts der Ähnlichkeit, die einige der fünf mit dem Greis aufwiesen, mochte es sich um die Familie des Mannes handeln, die unter anderem aus einer Tochter und einem schon erwachsenen Enkelsohn bestand. Obwohl sie alle jünger als der hagere Greis waren, hatten die fünf die letzten Tage weitaus schlechter überstanden. Sie gehörten zu den vielen in Imor verbliebenen Menschen, die auf eine merkwürdige Weise ausgelaugt und entrückt wirkten. Obwohl äußerlich bei Kräften, lungerten sie im Schatten des gegenüberliegenden Fachwerkhauses herum, ohne miteinander zu sprechen oder sich auch nur anzusehen.

Velb spürte, wie ihn eine Welle des Mitleides erfasste. »Ich hole euch etwas zu essen«, bot er als kleinen Dank für die vielen Auskünfte an.

»Nicht nötig«, wehrte sein Gegenüber im Davongehen ab. »Der Nekromant lässt jeden Tag Suppe an die Bedürftigen austeilen.«

Das klang nun überhaupt nicht nach dem unmenschlichsten aller Magier, den das Leid, das er verursachte, nicht weiter scherte. Ehe Velb diesen Widerspruch ansprechen konnte, war der Greis schon davongeschlurft. Wie er sich wieder im Kreise seiner Familie befand, wirkte er gar nicht mehr so klar im Kopf, wie es die ganze Zeit über den Anschein gehabt hatte, trotzdem zweifelte Velb nicht daran, dass die Geschichten über den Felszehrer stimmten. Drei aufeinanderfolgende Sommer mit Gohlik hatten ihn gelehrt, das wirre Gewäsch alter Leute von klaren Lichtblicken zu unterscheiden.

Nachdenklich setzte er seinen Weg fort.

Kurz bevor er die *Goldgrube* durch den Vordereingang betrat, rief ihm der Alte nach: »Iss dort besser nichts! Ich hungere lieber, als deren Fraß in mich hineinzuschaufeln.«

Velb reagierte nicht auf diese Worte, schon alleine um sich keinen Ärger mit Kappok oder seinen Schankknechten einzuhandeln. Er war ein geborener Waldläufer, der lange Aufenthalte in den Städten vermied und lieber durch die Wildnis streifte. Mit dem Großmeister der Dunklen Gilden hatte er sich nur eingelassen, weil Kappok ebenfalls der geheimen Bruderschaft angehörte und weil der unheimliche Kerl am meisten für das Elfenbein herausrückte, für das Velb mit den Narben auf seinem Rücken bezahlt hatte.

Der Schankraum war menschenleer, doch die Essensdünste, die aus der Küche herüberzogen, beseitigten jeden Zweifel daran, dass das Hauptquartier der Dunklen Gilden weiterhin bewohnt war. Wahrscheinlich schlief noch ein guter Teil der Zunftbrüder und -schwestern, die für gewöhnlich bis zum Morgengrauen arbeiteten. Velb unterließ es deshalb, durch laute Rufe auf sich aufmerksam zu machen.

Vorsichtig sah er sich hinter dem Tresen und in einigen

angrenzenden Kammern um. Ihm fiel nichts Ungewöhnliches auf, außer dass dringend einmal Staub gewischt werden musste. Als er sich endlich in die große Küche vorwagte, klapperten die Deckel auf den heißen Töpfen. Es war niemand zu sehen, aber irgendwer musste hier doch kochen!

Holz lag jedenfalls genügend in den Öfen auf.

Nachdem er einen Lappen gefunden hatte, um seine Finger vor dem Verbrennen zu schützen, blickte er in einen Kessel, der über offenem Feuer hing. Was darin vor sich hin köchelte, sah nach einem ungewöhnlich dunklen Eintopf aus, der nicht sonderlich appetitlich roch. Kein Wunder, dass der Alte vor dem Essen gewarnt hatte, das die *Goldgrube* an die Bedürftigen austeilte.

Velb bezähmte gerade das Knurren, das in seinem Magen aufstieg, als hinter ihm ein Scharren erklang.

»Nimm dir ruhig eine Schüssel voll«, sagte Anka, die mit ihm sprach, als hätten sie schon die ganze Zeit beieinandergestanden. »Es ist genügend für alle da.«

Es war ihm ein Rätsel, wie er die quirlige Schankmaid, die als ausgesprochen redselig galt, hatte übersehen können. Offensichtlich hatte sie zwischen einem Stoß Holzscheite und dem heißen Herd auf dem Boden gekauert, obwohl überall unbesetzte Schemel herumstanden.

Velb lehnte dankend ab. Trotzdem füllte ihm Anka eine Schüssel und hielt sie ihm auffordernd entgegen. Statt des freundlichen Lächelns, das sie sonst jedem Gast schenkte, starrte sie ihn nur stoisch an. Dass ihr dabei ein schwarzer Käfer mit langen Kopffühlern aus dem Haar krabbelte und über die Halsbeuge hinweg in den Ausschnitt lief, bemerkte sie gar nicht. Nur einen Lidschlag später war das Insekt in der Furche zwischen ihren Brüsten verschwunden.

Velbs Nacken begann zu kribbeln. Nach außen hin

mochte Anka noch das bildhübsche Ding sein, nach dem sich die Männer umdrehten, doch ansonsten erkannte er sie kaum wieder.

Zögernd nahm er die angebotene Schüssel entgegen. Als er Anka dabei ganz nahe kam, ließ er das Essen beinahe fallen, weil ihm ein unangenehmer Geruch in die Nase stach. Velb hatte Mühe, seine Überraschung zu verbergen. Das durfte doch nicht wahr sein! Anka *stank*, als hätte sie in einem Misthaufen übernachtet. Das passte weder zu ihr noch zu einer anderen Schankmaid der *Goldgrube* und ließ sich auch nicht durch Imors Erstürmung erklären, deren Schrecken den Pfuhl nicht erreicht hatten. Nach dem Einmarsch der Orks hatte es weder Mord noch Plünderungen noch Brandschatzung gegeben. Abgesehen von den Zerstörungen durch den Felszehrer war die Bevölkerung keinerlei Gräuel ausgesetzt gewesen, schon gar nicht im Pfuhl, der sich völlig in der Hand der geheimen Bruderschaft befand. Zudem hatte Anka im Dienste der Dunklen Gilden schon ganz andere Grausamkeiten mit angesehen, ohne in ihren seelischen Grundfesten erschüttert worden zu sein.

Rasch brachte Velb einige Schritte zwischen sich und die Schankmaid, die sich an seiner heftigen Reaktion nicht störte. Stattdessen wandte sie sich erneut dem Herd zu, um mit stetigen, aber träge wirkenden Bewegungen nach den Töpfen und Pfannen zu sehen.

Entsetzt starrte der Waldläufer auf die Schüssel in seinen Händen, deren Inhalt zwar harmloser als Anka roch, aber trotzdem jedes Hungergefühl in ihm auslöschte. Nachdem er ein wenig mit dem Löffel in dem schleimigen Brei herumgerührt hatte, beschloss er, lieber nicht davon zu kosten. Von zwiespältigen Gefühlen überwältigt, zog er sich in den Schankraum zurück. Anka schenkte ihm ohnehin keine Beachtung mehr, was ebenso wenig zu ihr passte wie die mangelnde Körperpflege.

Velb entschloss sich, den Eintopf aus dem Fenster zu schütten. Sollten sich doch streunende Hunde und Katzen daran laben. Kaum hatte er eines der Straßenfenster erreicht, nahm er durch die Ritzen der Holzläden verdächtige Bewegungen wahr. Als er sein Auge gegen die rissigen Bretter drückte, blieb ihm beinahe das Herz stehen. Entsetzt entdeckte er einen bewaffneten Elfen, der sich in Begleitung eines hageren Menschen der Eingangstür näherte. Angesichts des bodenlangen Gewandes mit den ausgestellten Schlupfärmeln, das der Begleiter trug, war nicht schwer zu erraten, um wen es sich bei den beiden Männern handelte – um den Magier und den Söldnerelfen, die beide in Grimms Diensten standen.

Ohne auch nur einen Herzschlag zu zögern, stahl sich Velb in eine angrenzende Kammer davon, in der leere Fässer und Leinensäcke übereinandergestapelt lagen. Neben der unangenehm starken Ähnlichkeit mit Eyron, die der ganz in Weiß gekleidete Elfenkrieger aufwies, mahnten ihn die seltsamen Umstände zur Vorsicht, die in der *Goldgrube* herrschten. Und was den Magier anbelangte, dem ging man ohnehin besser aus dem Weg, wo man nur konnte.

Die dampfende Schüssel noch in den Händen, verbarg sich Velb hinter der offenen Tür, die ihn genauso vor fremden Blicken schützte wie das Halbdunkel der Rumpelkammer. Zum Glück sah sich das ungleiche Pärchen nicht großartig um, sondern rief sofort nach einer Bedienung.

Rasch eilte Anka herbei, den Kopf demütig gebeugt. In dieser Haltung hatte sie Velb noch nie gesehen, nicht einmal gegenüber Kappok. Plötzlich war er doppelt froh, sich rechtzeitig verborgen zu haben.

»Schaff mir den Großmeister der Dunklen Gilden herbei«, befahl der Magier, woraufhin Anka schweigend in Richtung Kellerräume verschwand.

Obwohl sie sich beeilte, wohnte ihren Bewegungen etwas Unbeholfenes inne, das an eine Schlafwandlerin gemahnte.

Velb, der alles durch den klaffenden Spalt zwischen Tür und Angel beobachtete, wagte nicht einmal, seine Suppenschüssel abzustellen, aus Angst, ein Geräusch zu verursachen. Was ein Nekromant und ein Söldnerelf mit ihm anstellten, wenn sie ihn in seinem Versteck entdeckten, mochte er sich besser nicht ausmalen. Mit klopfendem Herzen beobachtete er, wie der Magier eine Hand ausstreckte, aus der plötzlich vier blassrosa Lichter aufstiegen, die einander zu umkreisen begannen, bis sie in einem kurzen Aufleuchten zu einer einzigen Sphäre verschmolzen. Ebenmäßig rund wie eine Perle, aber von der Größe eines Taubeneis, kehrte sie in die ausgestreckte Handfläche zurück.

Ob sich der Magier mit diesem faszinierenden Schauspiel nur die Zeit vertrieb? Oder steckte mehr dahinter? Noch während Velb über diese Fragen rätselte, tauchte Kappok aus dem Keller auf. Auch der Großmeister wirkte geschwächt, hatte sich aber weitaus besser in der Gewalt als Anka.

»Mandu, mein Herr und Meister«, dienerte er vor dem Nekromanten und sprach anschließend den Söldner als Ascan an.

Zwischen den dreien bestand ein gewisses Vertrauensverhältnis.

»Du leistest gute Arbeit im Pfuhl«, lobte der Magier, »doch jetzt habe ich eine Aufgabe von größerer Wichtigkeit für dich.«

Bei diesen Worten präsentierte er Kappok die Lichtkugel in seiner Hand, aus der unversehens ein Blitz hervorschlug.

Einen Herzschlag lang umhüllte den Großmeister gleißende Helligkeit, danach stieg Dampf von der Stelle auf, an der er eben noch gestanden hatte. Statt seiner schälte sich ein schneeweißer Gnom aus der Rauchfahne hervor, der nur feste Stiefel und eine knielange Lederhose trug.

»Warum nur, Meister?«, kreischte der Neuankömmling auf. »Warum tut Ihr mir das an?«

Velb verschüttete vor Schreck ein wenig aus der Schüssel, so dass es heiß über seinen Handrücken schwappte. Diese Stimme! Es war weiterhin die von Kappok!

»Du musst zurück in die Sümpfe, in denen du geboren wurdest«, erklärte Mandu bereits. »In deiner wahren Gestalt kommst du dort besser zurecht.«

Kappok versuchte zu antworten, brachte aber nur einen unartikulierten Laut zustande. Sein Körper wand sich, als gierte alles in ihm danach, gegen diese Behandlung aufzubegehren, doch irgendetwas schien seinen Willen einzuschnüren.

»Hast du dich nie gefragt, warum du überlebt hast, obwohl das Volk der Gnome seine Albinos unnachgiebig verfolgt?«, fragte Mandu. »Ich bin mir sicher, der Grund dafür, dass du so viel stärker und gerissener als andere Gnome bist, findet sich an der Stelle, an der dich deine Mutter ausgesetzt hat. Dort müssen besondere Kräfte walten. Ob sie den Platz absichtlich gewählt hat oder nur aus Zufall, ist einerlei. Wichtig ist hingegen, dass dieser Sucher reagiert, sobald ich ihn in deine Hand lege. Das würde zweifelsfrei beweisen, dass das Krallenauge für deinen Zustand verantwortlich ist.«

Unendlich langsam, als bewegte er sich gegen seinen Willen, streckte der Albino-Gnom seine Rechte aus, um die Lichtkugel in Empfang zu nehmen. »Was passiert, wenn der

Sucher schweigt?«, würgte er dabei hervor. »Muss ich dann sterben?«

Mandu blieb ihm eine Antwort schuldig. Sie war auch nicht von Belang, denn die Kugel begann, in einem schnellen Rhythmus zu pulsieren. Erleichtert presste die rotäugige Kreatur, die mit Kappoks Stimme sprach, beide Hände fest gegen ihren nackten Brustkorb.

»Erinnere dich an die Gegend, in der du aufgewachsen bist«, forderte der Magier von ihr. »Dort existiert ein Verlies, in dem das Krallenauge ruht. Rufe mich mit dem Sucher herbei, sobald du es gefunden hast, und ich will dich reichlich belohnen. Der Wind, auf dem du reiten sollst, lässt sich von deinem Gedächtnis leiten und hält nach Verbündeten für dich Ausschau.«

»Wind?«, jaulte der Albino ängstlich. »Von welchem Wind ist hier die Rede?«

Statt eine Erklärung abzugeben, entblößte Mandu seine Zähne in einem breiten Grinsen. Gleichzeitig sank die Temperatur im Gebäude. Der kalte Hauch, der sich im Schankraum ausbreitete, reichte bis in die angrenzenden Kammern hinein. Übergangslos begann Velb zu frieren. Mühsam presste er seine Kiefer aufeinander, um ein Klappern der Zähne zu unterdrücken. Noch während er sich daran erinnerte, dass starke Magie oftmals mit eintretender Kälte einherging, begannen die Fensterläden der *Goldgrube* zu klappern.

Mandu brauchte nicht einmal Machtworte auszusprechen, um seinen Zauber auszuführen. Eine Geste in Kappoks Richtung genügte.

Krachend flogen die Holzläden nach außen. Die Sturmbö, die plötzlich durch den Schankraum brauste, pfiff nicht etwa von außen herein, nein, sie entstand direkt vor ihren Augen.

Natürlich ging es nicht mit rechten Dingen zu, als plötzlich Tische, Stühle und Bänke so heftig in die Höhe gerissen wurden, dass sie an der Decke zerschellten, bevor sie in Einzelteilen zurück in die Tiefe fielen. Nur wenige von ihnen landeten auf dem Boden, der Rest tanzte in der Luft umher als hilfloser Spielball der tobenden Elemente.

Die Regale hinter dem ächzenden Tresen brachen ebenfalls auseinander. Trinkkrüge zersplitterten, als sie knallend gegeneinanderprallten. Immer mehr Holz und Scherben drehten sich in der Luft, wie in einem riesigen Mahlstrom.

Mandu und Ascan nahmen all das ungerührt zur Kenntnis, doch Kappok jaulte vor Angst, besonders als er selbst in die Höhe geschleudert wurde. Kaum in das Zentrum des Schankraums geflogen, umgab ihn ein grauer Wirbel, der ihn Velbs Blicken entzog. Je weiter die Windhose auf die Größe des Albinos zusammenschrumpfte, desto lauter toste es im Saal, bis der Wirbelwind mitsamt Kappok unter lautem Fauchen zum Fenster hinausschoss.

Schlagartig trat Stille ein, bis all die Trümmerteile, die einen Lidschlag lang unbeweglich in der Luft hingen, zur Erde herabprasselten. Nachdem der Hagel versiegt war, gab es im Schankraum kein einziges heiles Möbelstück mehr. Selbst der Tresen war aus seiner Verankerung gerissen.

»Verstehst du jetzt, warum ich Kappok nicht zu mir gerufen habe?«, fragte Mandu den Elfen an seiner Seite.

Wie durch ein Wunder waren die beiden unverletzt geblieben. *Nicht durch ein Wunder*, korrigierte sich Velb umgehend. *Sondern durch die Macht des Nekromanten.*

»Gut möglich, dass Grimm das Chaos nicht gefallen hätte«, gestand Ascan ein. »Trotzdem eine unbequeme Art des Reisens. Hoffentlich überlebt der Albino sie.«

»Für einen Menschen wären die Strapazen wohl tödlich,

aber Kappoks äußere Hülle war nur ein Trugbild. Er ist in Wirklichkeit ein Gnom, der unter dem Einfluss des Krallenauges aufgewachsen ist. Tötet ihn der Ritt auf dem Wirbelwind, verdient er es ohnehin nicht, mir zu dienen.«

»Dir?«, fragte Ascan nach.

»Mir!«, bestätigte der Nekromant. »Und damit König Grimm, dem meine ganze Treue gilt.«

Die Abneigung, die plötzlich zwischen den beiden lastete, war nicht weniger schneidend als die kalte Luft im Raum. Ihr Atem verdichtete sich zu hellen Dunstwolken, sobald er die Lippen passierte, während sie einander geringschätzig musterten, bis sie sich, wie auf ein lautloses Einverständnis hin, gleichzeitig umwandten und zur Tür hinausgingen.

Velb wagte nicht, den kleinsten Muskel zu rühren, selbst dann noch nicht, als sie längst auf der Straße waren. Es dauerte einige Zeit, bis er den Zauber, dessen unfreiwilliger Zeuge er geworden war, in seinem ganzen Ausmaß begriff. Wäre nicht das zerschlagene Mobiliar gewesen und die von weißglitzerndem Frost überzogene Suppe auf seinem Handrücken, er hätte geglaubt, einem Tagtraum erlegen zu sein.

Kappok, der Großmeister der Dunklen Gilden, in Wahrheit ein Albino-Gnom. Entsprach denn nichts von dem, was er wusste und kannte, der Wirklichkeit?

Erst als Anka zurückkehrte, begannen sich seine angespannten Muskeln zu lockern. Ohne das überall herumliegende Kleinholz zu beachten, steuerte sie die Küche an, um weiter in den Töpfen zu rühren. Eine solche Gleichgültigkeit war nicht normal, dahinter musste ein Bann stecken oder gar noch Schlimmeres.

Ankas seltsames Verhalten gab den Ausschlag.

Irgendetwas in Imor übte einen dunklen Einfluss auf die Menschen aus, davon war Velb überzeugt. Rasch stellte er die Suppenschüssel ab und wischte sich die Hände an einigen Säcken sauber. Danach stahl er sich ungesehen aus der Kammer und rannte über den Hinterausgang davon. In den Gassen, die er in Richtung Stadtmauer passierte, nahm niemand Notiz von ihm.

Asum oder Friegburg, er hatte noch nicht entschieden, wie sein nächstes Ziel lautete. Er wusste nur eins – er musste Imor verlassen, bevor es zu spät für ihn war.

Scherbental

I.

Archat und fünf seiner Gefährten standen bis zum Hals in der Geröllgrube, als Xaah von oben herabrief: »Die Zwerge kommen!«

Sofort beschattete der Anführer der Trolle seine graugesprenkelte Stirn mit der rechten Pranke, um in die angezeigte Richtung zu spähen. Trotz der prallen Sonne, die unbarmherzig auf sie niederbrannte, machte er eine Staubfahne aus, die langsam, aber unaufhaltsam näher rückte.

»Haben es ganz schön eilig mit ihren kurzen Beinen!«, brummte er verstimmt.

»Sehen wohl endlich die Gelegenheit, unserer habhaft zu werden«, bestätigte Xaah. »Sicherlich haben sie bemerkt, dass wir mit etwas beschäftigt sind.«

»Wäre auch ein Wunder, wenn nicht.« Archat sah zu dem Staub auf, den ihre Grabung aufwirbelte. Hoch über ihnen tanzten Myriaden von feinen Sandkörnern in der Sonne auf und ab. Die Luft war zum Schneiden dick, da fiel selbst Trollen das Atmen schwer.

Von weitem gesehen, türmte sich die Staubwand zu einer gut sichtbaren Säule auf, die nur langsam mit dem Wind verwehte. Das war der große Nachteil dieser Einöde, in der so viele Zauber- und Bannsprüche aufeinandergeprallt waren, dass die entfesselte Magie alles auf Ewigkeiten vergiftet hatte. Die eingesunkenen Mauerreste, in deren Schatten die

Trolle arbeiteten, waren die einzigen Erhebungen, so weit das Auge reichte.

Xaah, der auf der Spitze eines schräg aus dem Schutt ragenden Granitpfeilers hockte, war unzufrieden mit ihrer Lage. »Wie geht es weiter?«, wollte er wissen.

Die Frage richtete sich an Archat, der als Ältester und Erfahrenster der Gruppe das Kommando führte. »Wie schon?«, schnappte der zurück. »Wir graben weiter, bis wir am Ziel sind. Wird uns dabei die Zeit knapp, kämpfen wir.«

»Ohne Waffen?« Xaah wusste nur zu gut, wie gefährlich Zwerge sein konnten. Trotzdem führten seine Einwände zu nichts.

Archat sah an seinem grauen Körper herab, den nur ein staubbedeckter Lendenschurz verhüllte. Die Trolle gruben mit bloßen Händen. Unter den Habseligkeiten, die sie in ihren Lastkörben mit sich führten, befanden sich nur wenige Klingen. Wozu hätten sie die auch mitschleppen sollen? Die Berggötter hatten sie mit Kräften ausgestattet, die sie anderen Völkern gegenüber von Natur aus überlegen machten. Schwang ein Troll die Keule, bebte die Erde. Traf er mit der Faust, wuchs kein Grashalm mehr.

»Was willst du mit Keulen oder Faustkeilen?«, fragte er deshalb. »Unsere Hände sind so groß wie Menschenschaufeln. Fische nehmen wir aus, indem wir sie mit dem Daumennagel aufschlitzen. Werden die Zwerge frech, bekommen sie die Hucke voll, wie es sich gehört. Und nun halte weiter Ausschau, anstatt uns mit deinen Fragen zu stören.«

Damit war die Ordnung wiederhergestellt. Einige andere in der Grube begannen bereits, mit Abraum beladene Lastkörbe in die Höhe zu wuchten, wo sie Trollbrüder entgegennahmen, die sie ein Stück weiter entfernt ausleerten. Die intakte Kellerwand, an der sie sich herabarbeiteten, wirkte weiterhin so glatt, wie aus einem Stein gemeißelt. Als Archat weiteres Geröll in einen Korb schaufelte, stieß er auf eine vorstehende Kante. Erleichtert atmete er auf. Die Ruine, in der sie schufteten, war selbst für ihre Verhältnisse riesengroß, aber der *Ruf* hatte sie genau zur richtigen Stelle geführt.

Das musste der Einstieg in die Himmelskammer sein.

Mit vereinten Kräften legten sie eine halbrunde Einfassung frei, auf der drei Kreise reliefartig hervortraten. Im Gegensatz zu den anderen Trollen wusste Archat, dass es sich bei den Bildnissen um Himmelskörper handelte. Und zwar um ihre Heimatwelt, die ihnen die Berggötter geschenkt hatten, sowie um den Mond, der ihre Welt umkreiste, und die Sonne, ohne die alle Völker in ewiger Nacht leben müssten.

»Die Zeit wird knapp«, drängte Xaah von seinem Ausguck aus.

»Erzähl was Neues«, forderte Archat ärgerlich, dabei wusste er, dass der Trollbruder nur die Wahrheit sprach.

Eigentlich hätten sie den schräg vor ihnen liegenden Einstieg vollständig freilegen müssen, doch alles in ihm drängte danach, die Kammer so rasch wie möglich zu betreten. Also tastete er mit seinen Fingern nach dem Mond, der links von ihrer Heimatwelt kreiste, während die Sonne direkt über ihr stand. Archat wandte all seine Kraft auf, um das mit Kratern übersäte Bildnis zurück in die Einstiegsplatte zu drücken.

Unter den erstaunten Blicken der Kameraden verschwanden Archats Finger in einem zylindrischen Schacht, bis ein leises Klacken ertönte. Danach war es ihm ein Leichtes, die Öffnung, die weiterhin den Mond symbolisierte, auf ihrer eingravierten Umlaufbahn zu verschieben, bis sie genau zwischen Sonne und Heimatwelt stand.

»Sonnenfinsternis«, erklärte er die Bedeutung der neuen Stellung, die im krassen Gegensatz zu dem geheimnisvollen Schimmern stand, das plötzlich die runde Einstiegsplatte erleuchtete. Im Inneren des Steins begann eine Mechanik zu surren. Weitere Sterne und Planeten traten hervor, um auf glühenden Bahnen zu kreisen. Was wie pure Magie wirkte, klang nach einem ausgeklügelten Getriebe, das die Verriegelung des Einstiegs öffnete.

Stein schabte über Stein, während sich die Planetenkonstellationen auf der Himmelskarte neu sortierten. Im selben Augenblick, da alle Bewegungen erstarben, schwang die schwere Pforte kratzend nach innen.

Geröll rutschte durch die entstandene Öffnung, zum Glück polterte weniger davon ins Innere, als Archat befürchtet hatte. Noch ehe der Boden unter ihren Füßen gefährlich in Bewegung geraten konnte, blockierten sich die kantigen Brocken gegenseitig. Die glühenden Symbole auf der Pforte erloschen, trotzdem blieb der dahinterliegende Raum in gedämpftes Licht getaucht. Was das bedeutete, war ihm sofort klar.

Sie wurden erwartet.

Archat schwang sich als Erster in die Tiefe.

Seine nackten Fußsohlen landeten auf abschüssigem Boden, fanden jedoch ausreichenden Halt. Die einem Oval nachempfundene Himmelskammer war beim Einsturz der Festung Hohenstein in Schieflage geraten, dadurch zog sich das einem Sternenhimmel nachempfundene Deckengewölbe unnatürlich tief herab. Trotzdem kannte er sich auf Anhieb aus. Im Grunde sah es hier genauso aus wie in der Himmelskammer des Sperrforts, auch wenn dieser Raum wesentlich kleiner war.

Neben leuchtenden Sternen, deren Anordnung mit der

Natur übereinstimmte, waren auch Himmelskörper zu sehen, die das nächtliche Firmament verschluckte. Planeten, die von einem oder sogar mehreren Monden umkreist wurden.

Was es genau mit der Himmelsmechanik auf sich hatte, überstieg Archats Verstand, doch er wusste, dass ihr große Magie innewohnte. Seit grauer Vorzeit bedienten sich Schamanen ihrer geheimnisvollen Kräfte, die an bestimmten Tagen, wenn die Sterne richtig zueinanderstanden, besonders stark waren. Aber das Wissen um die richtigen Beschwörungen geriet allmählich in Vergessenheit. Das war bedauerlich, besonders hinsichtlich der gefährlichen Felszehrer, die ihr Volk im Steinernen Wald gefangen hielt. Wer sie dereinst im magischen Schlummer halten sollte, wenn Mondrak nicht mehr unter den Lebenden weilte, wusste niemand zu sagen.

Als hätte der Gedanke an den mächtigen Schamanen den Anstoß gegeben, erklang eine fremde Stimme hinter Archats Stirn. Sie sprach: *Gut, dass du zu den Trollen gehörst, die meinen Ruf vernommen haben, alter Querkopf! Du bist in Dinge eingeweiht, die anderen auf ewig verborgen bleiben werden. Angesichts der Gefahr, die allen Völkern unserer Welt droht, ist es an der Zeit, unser beider Streit zu begraben. Nur wir Trolle können verhindern, dass der Nekromant weitere Felszehrer in seine Gewalt bringt.*

»Mondrak?«, fragte Archat, obwohl er die Stimme auf Anhieb erkannt hatte. »Bist du hier? Oder in einer anderen Himmelskammer? Was hat es mit diesem Nekromanten auf sich, von dem du sprichst?«

Einige der mit ihm eingetretenen Lastenträger sahen sich verwundert um. Sie hatten keine geistige Botschaft erhalten und wunderten sich nun, warum er Selbstgespräche führte.

Zwei waren jedoch anderweitig beschäftigt. Vergeblich griffen sie nach den glitzernden Sternen über ihren Köpfen, weil sie die glühenden Erscheinungen für wertvolle Diamanten hielten.

Archats eigene Fragen hallten noch eine Weile in seinem Kopf nach, als lausche er einem in weiter Ferne verklingendem Echo. Das mochte Einbildung sein, erinnerte ihn aber daran, dass sich Gespräche von einer Himmelskammer zu einer anderen sehr lange hinziehen konnten.

»Ihr da«, bestimmte er die beiden Trolle, die sich nicht darüber einig wurden, wer von ihnen auf wessen Schultern klettern durfte, damit er an die so heißbegehrten Glitzersteine gelangte. »Hinaus mit euch! Greift euch alle anderen außer Xaah und versteckt euch vor den Ruinen, um die Zwerge gebührend in Empfang zu nehmen.«

Leise murrend folgten sie seinen Anweisungen. Die übrigen drei Trolle waren fortan bemüht, ihre großen Hände bei sich zu behalten. Gerade noch rechtzeitig, bevor Mondrak erneut von sich hören ließ. Diesmal vernahmen auch die anderen seine Stimme, wie an ihren verdutzten Blicken zu erkennen war. Da es in der geneigten Kammer nichts anderes zu sehen gab als nackten Fels und einen falschen Sternenhimmel, fanden sie sich schnell damit ab, eine fremde Stimme in ihren Köpfen zu hören.

Hört her und merkt euch gut, was ich zu sagen habe, begann der Oberste Schamane, bevor er mit bildhaften Schilderungen, die das Ereignis in ihren Köpfen lebendig machte, davon berichtete, wie eine Orkschar in Begleitung eines Elfen und eines menschlichen Nekromanten die Beschwörung des Schlummerzaubers gestört und einen der Felszehrer geraubt hatte. Bei dieser Gelegenheit war es Mondrak gelungen, einen Blick in das dunkle Herz des Magiers zu werfen.

Leben bedeutet fortwährende Veränderung, erklärte er dazu. *Nur wo Festgefügtes ins Wanken gerät, nur dort, wo sich die Spreu vom Weizen trennt, sinkt der Geist nicht zurück ins dumpfe Tal der Ahnungslosigkeit, wie es unserem Volk seit Generationen widerfährt.*

Die Ewigkeit kennt kein Erbarmen. Mitleidlos blickt sie auf jene herab, deren Existenz für sie nicht mehr ist als ein Flackern im Wind. Schon zahllose Völker haben sich aus dem Urschlamm dieser Welt erhoben und sind wieder von ihrem Antlitz verschwunden. Wie Wellen eine Küste heimsuchen, so streicht das Zerstörerische über alles Lebende hinweg. Nur jene, die sich gegen die Umwälzungen behaupten, verdienen sich das Recht auf ihre weitere Existenz.

Die Himmelsmechanik unterscheidet weder in Gut noch Böse. Misslingt es uns, dem Nekromanten zu widerstehen, wächst seine Macht an wie ein wucherndes Geschwür, an dem erst alle anderen Lebewesen und zuletzt er selbst zugrunde gehen werden. Mandu weiß um das allumfassende Nichts, das ihn erwartet, und kann doch nicht anders, als den einmal eingeschlagenen Weg bis zum Ende zu gehen.

Dabei ergeht es ihm wie einem Tyrannen, der seine Untertanen auspresst, bis sie weder sich selbst noch ihn ernähren können. So wie Könige am Ende ihrer Herrschaft in vergoldeten Hallen verhungern, so verwüstet der Nekromant die Welt, bis sie selbst für ihn zu unwirtlich ist. Es liegt an uns, ihm Einhalt zu gebieten oder den Weg für andere Völker freizugeben, die sich nach unserem Untergang aus dem Urschlamm erheben werden.

Besonders wir Trolle sind gefordert, Mandus finstere Pläne zu durchkreuzen. Nicht nur aus Rache für das, was er uns im Steinernen Wald angetan hat, sondern auch, weil er nach der Energie des Krallenauges trachtet, das wir vor aller Welt verborgen halten, damit seine Macht nie wieder missbraucht werden möge.

Nicht einmal die Orks haben gewagt, damit den Weltenbrand zu beschwören, doch einem Totenzehrer ist selbst dieser Frevel zuzutrauen.

»Ist diese Aufgabe nicht zu groß für ein paar einfache Lastenträger?«, wagte Archat einzuwenden. »Wäre es nicht besser, es würde sich ein Mächtiger wie du auf den Weg machen?«

Mondraks Antwort zog sich so lange hin, dass Archat schon fürchtete, den Obersten Schamanen erzürnt zu haben. Als die Erklärung folgte, brach sie umso beeindruckender über sie herein. Noch ehe die ersten Silben in ihren Köpfen erklangen, stiegen in den Trollen Bilder auf, die einen leblosen Mondrak im Kreise seiner Diener zeigten, die sich um einen Steinaltar versammelt hatten. Archat erkannte darunter Obra, Gambu und noch ein paar weitere Adepten.

Der Kampf mit dem Nekromanten hat mich schwer gezeichnet, erklärte Mondrak. *Ich kann weder laufen noch sprechen noch ein Augenlid bewegen. Die niederen Schamanen, die mich ins Sperrfort brachten, ersetzen mir Arme, Beine und Stimme. Deshalb sind sie ebenso unabkömmlich wie ich.*

Der eigene Körper als Verlies, das jede Bewegung verwehrte. Für ein kraftstrotzendes Volk wie das der Trolle, das sich vor allem über seine Muskelkraft ausdrückte, war kein schlimmeres Schicksal denkbar. Archat wagte nicht, Mondrak noch einmal zu unterbrechen. Schweigend ließ er sich das Bild von dem Ort einpflanzen, an dem die Schamanen das von den Orks zurückeroberte Krallenauge verbargen, vor allem, um es vor dem Zugriff der Elfen zu schützen.

Tragt keine Furcht im Herzen, sagte Mondrak, um ihnen die Angst zu nehmen. *Nur jene, die einen Weltenwandler zu zähmen vermögen, sind in der Lage, das Krallenauge aus seinem*

Verlies unter dem Himmelssplitter zu bergen. Das bedeutet, dass es eigentlich nur noch wir Trolle berühren können, ohne dabei Schaden zu nehmen. Aber einem Nekromanten ist natürlich alles zuzutrauen.

Mehrere Trolle schüttelten den Kopf, als ihnen der neue *Ruf* bis tief in die Gehirnwindungen drang. Gerade erst von einem unruhigen Drang befreit, pulsierte bereits der nächste durch ihre Adern. *So zieht von dannen und gebt euer Bestes*, forderte Mondrak von ihnen. *Wendet euch nach Westen, in Richtung der Berge. Dort öffne ich euch eine Verwerfung, denn die Zeit eilt.*

Was ist mit den Zwergen, die uns draußen auflauern?, warf einer der anderen Lastenträger ein. Nicht mit Worten, sondern indem er intensiv an Orm und die Odemars dachte.

Setzt euch zur Wehr, wenn es sein muss, aber lasst sie möglichst am Leben, lautete die Antwort. *Die Orks und ihr Nekromant sind unser Feind, nicht die anderen Völker.*

Die Bilder, die Mondrak in ihren Köpfen hervorgerufen hatte, verblassten allmählich, bis seine Stimme gänzlich verstummte. Gleichzeitig verloren die Sterne der Himmelskammer an Strahlkraft. Noch konnten die Trolle einander gut erkennen, doch auch die dümmsten unter ihnen verstanden, dass es nur eine Frage der Zeit war, bis sie völlig im Dunkeln standen.

»Also los, ihr habt den Obersten Schamanen gehört«, trieb sie Archat zur Eile an.

Gemeinsam tapsten sie zu dem runden Einstieg, durch den eine helle Sonnenbahn einfiel. Damit es schneller ging, kniete sich Archat in dem Lichtkegel nieder, so dass die anderen auf seine Schultern treten konnten. Nachdem sich alle über seinen Rücken in die Höhe geschwungen hatten, streckten sich Archat zwei lange Arme entgegen, die ihn an den Händen emporzogen. Kaum hatte er die Himmelskammer verlassen, schloss sich die Eingangsluke langsam hinter ihm.

Draußen wirkte auf den ersten Blick alles unverändert, bis er bemerkte, dass Xaah seinen Ausguck verlassen hatte und bei ihnen in der Mulde kauerte. Vorsichtig kroch Archat den Geröllhang hinauf, ohne ihn ins Rutschen zu bringen. Fels und Gestein waren ihre natürlich Umgebung, in der sie sich zu Hause fühlten. Oben angelangt, spähte er vorsichtig über die Abbruchkante.

Vor ihnen lag die sonnendurchglühte Ebene, die vor Hitze flimmerte. Die Zwerge waren inzwischen bis auf dreihundert Schritte heran. Staub wallte unter ihren großen Füßen empor. Die Sonne brannte fast senkrecht auf Scherbental herab, als ziele sie mit feurigen Speeren auf die untersetzten Krieger. Orm und seine Spießgesellen waren zum Kampf gerüstet. Sie trugen ihre Helme, ihre kantigen Schilder und die an ihnen übergroß wirkenden Hieb- und Stichwaffen, die selbst in lederner Trollhaut so fürchterliche Verletzungen hinterließen.

Plötzlich wünschte sich Archat eine Eichenkeule, die ihm gut in der Hand lag. Sie mussten sich bewaffnen, sobald die Möglichkeit dazu bestand, sonst konnten sie es nicht mit Nekromanten und Orks aufnehmen. Vielleicht noch nicht einmal mit Zwergen, die so viel vom Kriegshandwerk verstanden wie Orm und die Odemars. Dass der alte Eisenbeiß seine Doppelaxt so zu schwingen wusste, dass sie einem Troll das Bein unterhalb des Knies wegrasierte, war allgemein bekannt. Trotzdem mussten sie gegen die kleine Streitmacht bestehen, die so grimmig dreinblickend nahte.

Der Oberste Schamane verlangte es so.

Von den Lastenträgern, die Archat nach draußen geschickt

hatte, war weit und breit nichts zu sehen. Unwillkürlich gruben sich seine Hände in das von Felsezehrern zertrümmerte Gestein, auf dem er lag. Würden die Brocken, die er mit seinen Fingern umschloss, genügen, um gegen Äxte und Streithämmer zu bestehen? Auf diese Frage erhielten sie bald eine Antwort.

Je näher die Zwerge kamen, desto deutlicher schälten sich ihre Konturen aus dem Sonnenglast, der sie lange Zeit verschleiert hatte, wie die herabstürzenden Fluten eines Wasserfalls. Von einem Schritt auf den nächsten wirkten sie bedrohlich nahe.

Um nicht in ihrer Grube in Bedrängnis zu geraten, war es an der Zeit, die Entscheidung zu suchen. Warum ließen die anderen Lastenträger nur so lange auf sich warten?

»Immer mit der Ruhe«, forderte Xaah, der die Rastlosigkeit seines Anführers bemerkte.

Doch Archat hielt es nicht länger in der Deckung. Mit zusammengebissenen Zähnen spannte er alle Muskeln an, um sich den Zwergen entgegenzustürzen.

2.

Je länger ihr Sturmlauf andauerte, desto stärker spürte Orm die Bürde des Alters, die ihm nicht nur auf den Schultern lastete, sondern auch tief in den Knochen steckte. Immer lauter musste er schnaufen, um noch genügend Luft in seine Lungen zu pumpen. Beißender Schweiß floss ihm in dicken Strömen die Stirn herab, direkt in seine Augen. Weit mehr, als sich durch hektisches Zwinkern vertreiben ließ.

Den Helm abzunehmen, unter dem sich die Hitze staute,

verbat sich jedoch, wollte er nicht den Anschluss an die Odemar-Sippe verlieren. Ach, wäre er noch achtzig Jahre jung gewesen, wie die anderen ihrer Angriffslinie. Dann hätte er die Attacke angeführt, die nun einmal handstreichartig ausgeführt werden musste, damit ihnen die zwar trägen, aber leider auch sehr langbeinigen Trolle kein weiteres Mal entkamen.

Ihre anfängliche Befürchtung, ihr Gegner könnte durch einen Stollen entkommen, erwies sich zum Glück als unbegründet. Die Grube, in die sich der weithin sichtbare Xaah gerettet hatte, war mit Trollen besetzt. Selbst Orms alte Augen machten die dunkelgrauen Kahlköpfe aus, die dort immer wieder über den Rand spähten. Warum diese tölpelhaften Idioten ihren Größenvorteil verschenkten, indem sie sich ängstlich verkrochen, mochten ihre Berggötter wissen. Orm war das herzlich egal. Hauptsache, er konnte endlich seinen glühenden Rachedurst stillen.

Scherbental mutete immer noch an wie von einer Riesenfaust zertrümmert. Selbst die verbliebenen Mauerreste der Ruine Hohenstein boten keine Deckung für einen Hinterhalt. Wäre nur nicht diese verdammte Hitze gewesen! Die Sonne über ihren Köpfen schien wie weißglühendes Metall zu zerfließen. Zwischen ihnen und dem Gegner stand die Luft. Leichte Böen wirbelten Staub auf, der seltsame Konturen in das heiße Flirren modellierte.

Längst waren Orms Augen von Schweiß und Staub gerötet. Mühsam versuchte er, den flirrenden Sonnenglast zu durchdringen, auf der Suche nach Anzeichen eines bevorstehenden Gegenangriffs. Doch den Gefallen taten ihnen die Trolle nicht. Sie beobachteten lieber, wie sich die Zwerge verausgabten.

Orm überlegte, ob er seine Kameraden nicht zu einer

langsameren Gangart anhalten sollte. Die Trolle waren schon zu nahe, als dass sie noch entkommen konnten. Selbst wenn sie jetzt flohen, gab es weit und breit keinen Ort, an dem sie sich verbergen konnten. Aber wirkte es nicht wie ein Zeichen von Schwäche, wenn er plötzlich vor der Vergeudung ihrer Kräfte warnte? Sein Schnaufen war längst in ein Keuchen übergegangen, und seine Lungen pumpten wie Blasebälge.

Da stimmte Ragatz von Odemar lautes Kriegsgeschrei an, um den Verteidigern Angst einzujagen. Orm hatte zu lange gezögert. Von nun an war es zu spät, an die Vernunft zu appellieren.

Obwohl ihm die Brust langsam eng wurde, brüllte er lauthals mit. Prompt rann ihm der Schweiß noch stärker übers Gesicht, denn es war nicht nur die Hitze, die ihn schwitzen ließ. Sein Sichtfeld verschwand wie hinter einem Wasservorhang. *Verflucht, verfurzt und verschissen noch einmal!* So traf er doch keinen Gegner, selbst wenn er so groß wie ein Troll aufragte!

Orm gab sich geschlagen. Nach Luft ringend, hielt er an, um sich den Schweiß abzuwischen. Selbst wenn die Odemars als Erste zuschlugen, würde es für seine Doppelaxt noch genügend zu tun geben.

Nach einem kurzen Moment völliger Blindheit klärte sich seine Sicht. Der Himmel über dem Schlachtfeld dehnte sich hell und leer. Trotzdem quälte ihn das Gefühl, dass sich etwas verändert hatte. Es dauerte ein wenig, bis ihm dämmerte, dass es um nichts ging, was er sah, sondern, was er hörte und spürte.

Der Boden unter seinen Füßen geriet in Bewegung!

Unbewusst senkte er den Blick, deshalb sah er, was den Odemars verborgen blieb, weil sie so heftig gegen Archat anschrien, der aus der Grube heraussprang, um ihnen entgegenzustürzen. Nur noch ein Dutzend Schritte trennte Orms Kameraden von dem verräterischen Troll, doch so weit kamen sie nicht mehr, weil direkt vor ihnen staubige Pranken aus dem Geröllboden brachen. Riesige graue Trollhände, die in die Höhe wuchsen, um an ihren Füßen zu zerren.

Wo sie sich in die Stiefel krallten, saßen die Zwerge so fest wie in einem Fangeisen. Kein gespanntes Stolperseil hätte verheerender gewirkt. Mitten im Lauf stürzten die Odemars vorneüber. Selbst die wenigen, die den zuschnappenden Händen entkamen, schlugen lang hin, weil sie von anderen Zwergen mit zu Boden gerissen wurden.

Trotz des Schmerzes, den sie aus sich herausschrien, rappelten sich die braven Odemars wieder in die Höhe, an einen festen Stand war für sie jedoch nicht mehr zu denken. Mühsam kämpften sie um ihr Gleichgewicht, als das Geröll unter ihren Sohlen noch stärker auseinandertrieb. Erst jetzt, da sich zahlreiche Trolle mit dem Oberkörper in die Höhe wuchteten, wurde das ganze Ausmaß des Hinterhalts deutlich. Flach ausgestreckt hatten ihre Gegner im Boden gelauert, bedeckt von einer geschlossenen Gerölldecke, unter der jeder Angehörige eines anderen Volkes erstickt wäre.

Aber nicht dieses wilde Bergvolk, das sich zwischen nackten Felsen am wohlsten fühlte. Wahre Steinlawinen stürzten von ihnen herab, während sie mit bloßen Händen um sich schlugen. Wie der Schnitt einer Sense krachten graue Arme seitlich gegen Zwergenbeine. Selbst der tapfere Ragatz wirbelte unter dieser Attacke durch die Luft und landete mit dem Gesicht voraus im scharfkantigen Gestein. Blut spritzte, zumeist aus Nasenlöchern oder aufgeschürften Wangen. Was nicht schon dabei an Waffen durch die Gegend flog, ging spätestens verloren, als sich die Trolle auf die am Boden wälzenden Gegner stürzten, um sie mit harten Schlägen oder Griffen zu überwältigen.

Die fünf Trolle aus der Grube unterstützten dabei jene, die sich im Vorfeld eingegraben hatten. Einen Hinterhalt wie diesen erlebte Orm zum ersten Mal, allerdings hatte er auch noch nie auf einem vergleichbaren Terrain gekämpft. Die hinterlistigen Trolle mussten sich von der Grube aus durch tiefere Gesteinsschichten vorgearbeitet haben so wie Schwimmer, die durch schlammiges Wasser tauchten; anders war nicht zu erklären, wie sie die Falle unbemerkt hatten aufstellen können.

Orm hatte einmal einen ähnlichen Trick angewandt, war dabei allerdings nur durch eine dichte Laubdecke gekrochen. Auf gleiche Weise durch Geröllmassen zu gleiten, das vermochten nur die grauen Giganten.

Trotzdem entsetzte es ihn, wie schnell die Linie der Odemars zusammenbrach. Orm war der einzige Zwergenkrieger, der noch aufrecht stand. Und das auch nur, weil er den anderen hinterhergehechelt war.

Während der Kampf gegen die Odemars noch in vollem Gange war, brach der Troll, der seinen Abschnitt versperrte, an die Oberfläche. Faustgroße Steine flogen in alle Richtungen, während der Kopf des Giganten, in dem er den Lastenträger Ugat erkannte, unmittelbar vor ihm in die Höhe schoss. Mehr aus einem Reflex heraus langte Orm mit der Axt zu. Dass er weniger einen Angriff als eine Abwehrbewegung ausführte, war schon daran zu erkennen, dass er nur mit der Breitseite traf.

Trotzdem heulte Ugat vor Wut und Schmerz auf.

Sich die Schläfe haltend, die unliebsame Bekanntschaft mit dem Axtkopf gemacht hatte, grub sich der Troll weiter aus dem lockeren Gestein hervor. »Das sollst du mir büßen, alter Eisenbeiß!«, grunzte er dabei.

Orm erkannte eine Todesdrohung, sobald er sie hörte. Rasch holt er mit seiner Waffe aus, um Ugat den Schädel zu spalten, solange er sich noch in Reichweite befand. Leider hatte sein Gegner bereits das rechte Bein aus dem Untergrund befreit.

Orm sah den Tritt erst kommen, als es zu spät war.

Tosender Schmerz explodierte in seinem Brustkorb. Rasselnd entwich die Luft aus seinen Lungen, während er nach hinten geschleudert wurde. Einen wahnwitzigen Moment lang fühlte es sich an, als flöge er durch eine Flammenhölle. Das Blut rauschte in seinen Ohren, alles drehte sich – aber seine Kiefer pressten sich zusammen wie Schraubstöcke. Kein Schrei, kein Stöhnen, kein Schmerzenslaut kam über seine rissigen Lippen, während er mit dem Rücken aufprallte.

Der Schmerz war überall – wie eine rote Lohe, die ihn umhüllte.

Von Krämpfen geschüttelt, richtete sich Orm wieder auf. Sein Schild lag irgendwo auf dem Boden, aber die Axt umklammerte er fest mit seiner Rechten. Er mochte alt sein, ein grauhaariger Veteran, dem der Staub aus dem Bart rieselte, aber dank seiner großen Erfahrung wusste er, dass sich ein Zwerg manchmal quälen musste, wollt er ans Ziel gelangen.

Und Orms Ziel hieß – *zu überleben!*

Hustend bewegte er sich auf Ugat zu, der immer noch Mühe hatte, sich zu voller Größe zu erheben. Solange der Riese seine Hände in den Boden stemmte, blieb er verletzlich. Stand er erst einmal aufrecht, lagen alle Vorteile bei ihm.

Noch immer kullerte Geröll von Ugats Schultern. Rund

um die selbstgeschaffene Vertiefung, in der seine nackten Füße standen, türmten sich mehrere Steinhaufen auf, von denen Orm einen als Sprungblock anvisierte.

Die Axt in beiden Händen, holte er im Laufen weit aus.

Versenkte er das Schnittblatt tief im Knie des Trolls, brauchte sich Orm nicht weiter um ihn zu sorgen. Dann würde sich Ugat schreiend auf dem Rücken wälzen, während sich der Zwerg dem nächsten Gegner zuwenden konnte.

Nur noch drei Schritte trennten Orm von dem entscheidenden Sprung, als ihn eine unsichtbare Macht mitten in der Bewegung zurückriss. Verblüfft starrte er in die Höhe, nur um eine riesige Trollpranke zu sehen, die seine Handgelenke mitsamt dem Axtknauf umklammerte. Ausgerechnet Archat schüttelte Orm wie eine überreife Frucht umher, bevor er ihn schwungvoll in die Landschaft schleuderte.

Zu dem Schmerz in Orms Armen gesellte sich der des harten Aufpralls. Einen kurzen Moment lang fühlte er sich, als spitze jemand seine Nervenenden mit dem Messer an. Wellenförmig raste die Pein durch seinen Leib, die erst nachließ, als ihn Dunkelheit wie eine zweite Haut umgab.

Als er die Augen wieder aufschlug, konnte nur wenig Zeit vergangen sein, trotzdem hatte sich die Lage während seiner Bewusstlosigkeit verändert. Orm lag auf dem Rücken, eine Trollhand umschloss seinen Hals wie eine Schraubzwinge, die ihn am Atmen hinderte.

»Was soll der Unsinn?«, fuhr ihn Archat an. »Warum verfolgt ihr Felsheimer uns seit Tagen? Und wieso greift ihr uns grundlos an?«

»Grundlos?«, ächzte Orm. »Bist du selbst jetzt noch zu feige, für eure Untaten einzustehen?«

»Wen nennst du feige?« Archats Augen weiteten sich vor Zorn. »Wie redest du überhaupt mit mir? Nicht einmal als

Kettensklave hätte ich mir das ungestraft von dir bieten lassen.«

Der Druck auf Orms Kehlkopf verstärkte sich. Die Luft wurde ihm knapp. Er glaubte schon, ersticken zu müssen, als sich der Griff allmählich lockerte, bis er wieder atmen konnte. Archat hatte seine Fassung noch rechtzeitig wiedergewonnen.

»Von was für Untaten redest du?«, wollte der Troll wissen. »Könnt ihr Zwerge so schlecht verknusen, dass wir nicht mehr in eurer geliebten Nekropole schuften wollen?«

Orms Blick bohrte sich in den des Trolls. Trotz seiner hilflosen Lage mochte er nicht klein beigeben. Lieber wollte er sterben.

»Ich rede von den Quellen, die ihr umgeleitet habt, um die Elfen gegen Felsheim aufzuhetzen«, würgte er mühsam hervor. »Diese Gemeinheit hatte eine Schlacht zur Folge, die Hunderten von Zwergen und Elfen das Leben gekostet hat. Also los, worauf wartest du noch? Bring mich genauso um. Aber eines schwöre ich dir! Auf uns werden andere folgen, die euch ebenso erbarmungslos hetzen, bis ein jeder eurer elenden Schar in seinem eigenen Blute schwimmt.«

Archats Gesicht verhärtete sich. Trotz aller Abscheu, die es ausdrückte, spiegelte es aber auch eine Spur von Ratlosigkeit wider. Sein Zaudern wuchs, als Xaah neben ihn trat.

»Die Odemars behaupten das Gleiche«, erklärte der Lastenträger mit dem Lederkoppel. »Es gab eine Schlacht zwischen Elfen und Zwergen, weil die Heilige Quelle in Silberfeste auszutrocknen drohte. Nun glauben alle, wir wären schuld daran.«

Archats linker Mundwinkel öffnete sich weit genug, dass dahinter die Zähne aufblitzten. Etwas Rohes, Raubtierhaftes mischte sich in seine Züge.

»So ein Stuss«, knurrte er. »Wieder einmal typisch für diese arroganten Elfen und Zwerge, dass sie die Schuld für ihre Dummheit bei anderen suchen.«

»Und wenn diese Schlacht das Werk der Orks und ihres Nekromanten ist?«, gab Xaah zu bedenken.

Nun sah Orm die Gelegenheit, verächtlich zu schnaufen.

»Hah! Wer sucht jetzt die Schuld bei anderen?«, wollte er wissen. Die weiteren Sticheleien, die ihm auf der Zunge lagen, gingen in einem Röcheln unter, weil ihm Archat erneut die Kehle zudrückte.

»Sei bloß still, du Zwerg!«, verlangte der Troll. »Oder ich bringe dich auf ewig zum Schweigen.«

Entgegen dieser Androhung ließ er von Orm ab, um sich zu erheben. Dabei gab er die Sicht auf die Odemars frei, die, einander den Rücken zugewandt, im Kreis knieten. Ihre Hände waren mit Stricken gefesselt. Neben ihnen postierte Trolle verhinderten, dass von ihnen eine Gefahr ausging.

Hinter den Gefangenen schütteten Trolle die Grube zu, die als Köder für ihren Hinterhalt gedient hatte.

Orm war der einzige Zwerg, der noch Bewegungsfreiheit genoss. Seine Axt und der Schild lagen nur wenige Schritte von ihm entfernt im Geröll, während sich die Waffen der Odemar-Sippe auf einem großen Haufen türmten.

Hinter einem Mauerrest trat ein Troll hervor, dem die Aufregung an jeder einzelnen Geste abzulesen war. »Die Verwerfung!«, schrie er laut. »Sie erzittert bereits!«

Eine Verwerfung? Orm kannte dergleichen aus der Zeit des Großen Krieges. Daher wusste er, dass einfache Trolle, die sich als Lastenträger verdingten, nicht in der Lage waren, solch einen Zauber zu beschwören.

Klugerweise ließ sich Orm nicht das Geringste anmerken. Archat bedachte ihn bereits mit prüfenden Blicken.

»Sei bloß froh, dass mir die Zeit fehlt, mich näher mit dir zu beschäftigen, alter Eisenbeiß«, drohte er, bevor er zu Xaah sagte: »Binde ihn, aber hurtig. Uns läuft die Zeit davon.«

Während Xaah tat, wie ihm geheißen, befahl Archat den übrigen Trollen, sich mit Waffen aus dem großen Haufen der erbeuteten Kriegslanzen, Streithämmer und Doppeläxte zu bedienen. Unter den Odemars hob deshalb großes Geschrei an, das erst wieder abebbte, als ihnen einige der Wächter klatschende Backpfeifen verabreichten.

»Ich kenne dich, Orm«, raunte Xaah indessen dem Zwerg zu, der jahrelang sein Oberster Steinmetz gewesen war. »Du magst mürrisch sein und ein wenig wirr im Kopf, aber keiner, der anderen Lügen auftischt. Darum lass dir eins gesagt sein: Wir Lastenträger sind aus Felsheim abgezogen, ohne uns etwas zuschulden kommen zu lassen. Sollte wirklich jemand Elfen und Zwerge gegeneinander aufgehetzt haben, hat das nichts mit uns zu tun.«

Orm wusste, dass Xaah bei weitem nicht so aufsässig war wie Archat. Gleichzeitig spürte er, dass ihm der Troll, der über zehn Sommer in Felsheims Diensten gestanden hatte, seine Fesseln sehr locker anlegte.

»Mondrak hat verlangt, dass wir euch schonen«, erklärte der Lastenträger leise. »Und ich will auch nicht, dass ihr ernstlich Schaden nehmt. Also suche dir einen scharfkantigen Stein, um deine Fesseln durchzuscheuern, sobald wir fort sind. Nachdem du die anderen befreit hast, wendet ihr euch am besten nach Osten, dort findet ihr am schnellsten Wasser.«

»Danke«, sagte Orm, ohne lange nachzudenken.

»Schon gut«, erwiderte Xaah. »Wenn sich die Geschichten über den Totenzehrer bestätigen, sind die Alten Völker aufeinander angewiesen. So wie schon einmal, vor dreißig Sommern.«

Irgendetwas schien an diesen Geschichten von dem Nekromanten dran zu sein. Aber noch ehe Orm diesbezügliche Fragen stellen konnte, machte sich Xaah aus dem Staub.

Am Waffenhaufen erhielt er eine der letzten Äxte, die in seiner großen Hand wie ein Beil wirkte. Danach marschierten die Trolle Richtung Norden davon. Sobald der letzte von ihnen hinter der Ruine verschwunden war, lief Orm zu seiner Doppelaxt, die sich die ganze Zeit über nicht von der Stelle bewegt hatte. Nie zuvor in seinem Leben hatte es sich für einen Zwerg besser ausgezahlt, mitten im Angriff zu verschnaufen. Nicht nur, dass er deshalb als Einziger ihrer Truppe Gelegenheit zum Kampf erhalten hatte, nein, seine Waffen waren auch weit entfernt von allen anderen gelandet und deshalb von den Trollen übersehen worden, als plötzlich alles ganz schnell gehen musste.

Zufrieden ließ er sich mit dem Rücken zur Axt nieder und zerrte seine Arme so weit auseinander, wie es die lockeren Fesseln zuließen. Dank der scharfen Schneide benötigte er nur drei kurze Schnitte, um die Stricke zu durchtrennen. Erleichtert riss er seine Arme nach vorne und befreite sie von den letzten Seilresten. Mit der Axt in seiner Rechten eilte er zu den anderen, um ihnen zu helfen.

Verhaltener Jubel erklang, als er die Gefangenen erreichte.

»Alter Eisenbeiß, der Retter unserer angeschlagenen Ehre«, schmeichelte selbst Ragatz von Odemar. »Wie ist es Euch gelungen, den Trollen so lange Widerstand zu leisten?«

»Bedenkt, wie viele Schlachten ich schon geschlagen habe«, wich Orm einer klaren Antwort aus, während er das schwarzbärtige Sippenoberhaupt als Ersten befreite. »Seid versichert: Habt Ihr erst mal an Erfahrung mit mir gleich-gezogen, werden Eure Instinkte ebenso gut ausgeprägt sein wie die meinen.«

Was sollte er schon tun, außer zu lügen? Die Wahrheit er-zählen? Vor versammelter Mannschaft eingestehen, dass er nicht mehr mithalten konnte, wenn es unter großem Hurra gegen feindliche Stellungen ging? Nein, das hätte seinen Ruf zu sehr geschädigt.

Nachdem Ragatz die Handfesseln abgestreift hatte, machte er sich mit Hilfe eines Messers daran, die Stricke weiterer Odemars zu durchschneiden. Orm unterstützte ihn eine Weile, aber als die Zahl der befreiten Zwerge weit ge-nug angewachsen war, hielt er es nicht länger aus.

»Solche Verwerfungen halten nicht ewig«, erklärte er rasch. »Wollen wir den Trollen auf der Spur bleiben, müs-sen wir ihnen schnellstmöglich folgen. Ich laufe schon ein-mal vor, um die Lage auszukundschaften. Kommt mir nach, sobald alle frei sind.«

»Den Trollen weiter auf den Pelz rücken?«, fragte Ragatz überrascht. »Jetzt, wo sie unsere Waffen tragen? Wir konn-ten sie nicht überwältigen, als sie noch mit leeren Händen kämpften. Wie soll es da umgekehrt besser laufen?«

»Sie vermochten uns nur zu überwältigen, weil wir nicht mit ihrer Hinterlist gerechnet haben«, antwortete Orm ge-reizt, doch ein kurzer Blick in die Runde zeigte ihm, dass keiner der Odemars den Drang verspürte, sich sofort wieder ins Getümmel zu stürzen. »Also gut, macht was ihr wollt. Ich lasse mich jedenfalls nicht abschütteln.«

Sein Schild zu holen dauerte ihm zu lange. Eine innere Stimme mahnte Orm zur Eile, deshalb rannte er los, ohne weitere Worte zu verlieren. Kaum war die Ruine umrundet, erkannte er, dass ihn seine Instinkte nicht trogen.

Keine zwanzig Schritte entfernt sah er gerade noch ein letztes Trollbein in einem flirrenden Luftriss verschwinden. Danach war die Verwerfung kaum noch auszumachen. Zwar zerflossen die Konturen von Himmel und Erde an der betreffenden Stelle, aber das hätte genauso gut an der Hitze liegen können, die über der Geröllwüste lastete.

Orm wusste es besser.

Die betreffende Stelle genau im Blick behaltend, rannte er weiter. Seine Erschöpfung kehrte zurück, die Beine wurden ihm schwer wie Blei. Nur der pure Wille hielt ihn aufrecht, sein brennender Wunsch, weiter Rache an Archat und den Seinen zu nehmen, die offensichtlich mit ihrem Obersten Schamanen im Bunde standen. Außer Mondrak gab es keine Trolle mehr, die Verwerfungen zu beschwören wussten. Das warf ein ganz neues Licht auf das, was die Lastenträger an der alten Schleusenanlage getrieben hatten. Konnte es sein, dass sie die Machenschaften ihres Obersten Schamanen unterstützten, ohne zu wissen, worum es dabei ging?

Orm würde es herausfinden.

Erst an dem magischen Durchlass angelangt, sah er, wie sich in dem Flirren eine grüne Landschaft mit niedrigen Büschen, Bäumen und hohem Schilf widerspiegelte. Die Gnomensümpfe, kein Zweifel!

Zu Orms Überraschung war der Riss in der Landschaft gerade noch groß genug, um einen Menschen aufrecht passieren zu lassen. Ein Troll hätte schon kriechen müssen, um noch durch die Öffnung zu passen. Offensichtlich schrumpfte die Verwerfung bereits. Er musste sich sputen, bevor sie sich gänzlich schloss.

»Orm! Warte auf uns!«

Als sich der alte Eisenbeiß umwandte, quoll ihm eine Träne der Rührung aus dem rechten Augenwinkel. Hinter den Mauerresten der zerstörten Festung tauchte Ragatz von Odemar mit seinen Männern auf. Nur Messer und Stichlanzen in Händen, wollte ihm die gesamte Sippe beistehen. Ob sie es noch rechtzeitig zu ihm schafften? Er glaubte es nicht.

Als er sich der Verwerfung erneut zuwandte, stellte Orm erschrocken fest, dass es selbst für ihn knapp wurde. Das flirrende Grün war bereits kleiner als er und fiel rasend schnell in sich zusammen. Ohne zu zögern, hechtete er flach über den Boden. Hinter ihm wurden Schreie laut, als er in der Verwerfung eintauchte. In seinen Ohren begann es zu rauschen, bis nur noch ein dunkler Ton zu hören war.

Plötzlich stach ihm ein Licht, heller als tausend Sonnen, in die Augen.

Zu spät!, schoss es ihm durch den Kopf. *Ich stecke fest – und bin von nun an zwischen den Welten gefangen.*

Sein Herz blieb ihm stehen, bis er sich in feuchtem Gras wiederfand. Seine anfängliche Erleichterung wich jedoch blankem Entsetzen, als er die grüne Landschaft, in der er lag, genauer betrachtete. Irgendetwas stimmte hier nicht! Die über ihm aufragenden Bäume, sie wuchsen viel zu hoch empor! Und wo waren die niedrigen Büsche, die den Rand eines Feuchtgebietes säumten?

Orm heulte auf wie ein weidwundes Tier.

Der magische Durchschlupf, er war nicht nur geschrumpft, er hatte auch seinen Weg verändert. Der Ort, zu dem er ihn geführt hatte, war nicht derselbe wie der, an den die Trolle geschlüpft waren. Orm war in der Fremde gelandet.

Irgendwo allein im Nirgendwo mit seiner Kriegsaxt als einzigem Freund.

In den Gnomensümpfen

I.

Neene konnte selbst kaum fassen, wie ihr geschah. Wie war es Avea nur gelungen, sie zu diesem Wagnis zu überreden? Sich in ihrer gehobenen Stellung das Recht herauszunehmen, auf eigene Faust durch die Spiegel zu reisen, war eine Sache, aber zwei Silbergardisten eine Passage zu ermöglichen, ohne zuvor Rücksprache mit dem Silberrat zu halten, eine ganz andere. Von großem Unbehagen erfüllt, beobachtete sie die im Saal versammelte Gruppe in der ihnen gegenüberliegenden Spiegelwand.

Sicher, dass Oriel von der Au ihre schützende Hand über sie hielt, beruhigte die Erste Priesterin ein wenig, trotzdem übersprang ihr Herz zwei Schläge, als die kleine Eingangstür zu knarren begann. Schon die berechtigte Neugier einer fürstlichen Wache wäre zutiefst unangenehm gewesen, doch wie um Neenes schlimmste Albträume zu erfüllen, trat Eyron persönlich zu ihnen herein.

Ähnlich wie Oriel hatte er sich herausgeputzt, als gälte es, einen königlichen Abgesandten zu empfangen. Neben seiner besten Uniform trug der Hauptmann den Schimmermantel, der seinem Erscheinen einen offiziellen Anstrich verlieh. Anstatt ein Dutzend Gardisten anzuführen, die die Fahnenflüchtigen und ihre Helfershelfer arretierten, nickte er jedoch allen Anwesenden wohlwollend zu, bevor er sich zu Oriel gesellte. Dass er in ihr Vorhaben eingeweiht war, hätte Neene erleichtern müssen, aber noch ehe sich die allgemeine Anspannung lockern konnte, streckte Oriel ihre Hände aus, die der Hauptmann mit Freuden ergriff.

Diese offen zur Schau gestellte Nähe beseitigte jeden Zweifel daran, dass es zarte Bande zwischen der reifen Ratsdame und dem so viel jüngeren Hauptmann gab, der die einhundert Lenze, die für einen schicklichen Treuebund notwendig gewesen wären, noch lange nicht erreicht hatte. Dass Avea und Neene durch diese Geste zu Eingeweihten wurden, gab der Ersten Priesterin zu denken. Offensichtlich betrachtete Oriel sie von nun an als Verbündete, vor denen sie nichts geheim zu halten brauchte.

Leider lag sie damit sogar richtig!

Wie sollten sie zukünftig noch ihre Ratsstimmen gegen Oriel oder Eyron erheben, wenn diese sie doch von Stund an für das, was gleich geschehen würde, bloßstellen konnten? Genau auf diese Weise wurden im Hochwald die stabilsten Koalitionen geschmiedet. Jeder wusste etwas über den anderen, das besser geheim blieb, selbst wenn man auf den Fluren bereits hinter vorgehaltener Hand darüber tuschelte.

Ob die Rührung, die Oriel im Angesicht des Abschieds zeigte, wohl echt sein mochte? Ihr Sohn hatte jedenfalls nur Augen für die Obergardistin an seiner Seite. Dass er sich ausgerechnet die vom Schicksal geschlagene Silene als Gefährtin ausgesucht hatte, sprach für die Ernsthaftigkeit, mit der er seine geheime Mission anging.

Seinem Beispiel folgend, konzentrierte sich Neene völlig auf ihre Aufgabe. Unbewusst hob sie ihre Arme und vollführte mit gespreizten Fingern kreisende Bewegungen, als wollte sie den vor ihr aufragenden Spiegel mit unsichtbaren Tüchern polieren. Die intensiven Beschwörungen durch die Priesterzirkel hatten die magischen Ströme zum Fließen gebracht, doch trotz der ganzen Energie, mit der der achteckige Saal aufgeladen war, bedurfte es einiger Anstrengung, die Kontrolle zu gewinnen. Nur einen Blick durch Raum und Zeit zu werfen oder gleich jemandem einen Weg zu bahnen war schlicht und einfach zweierlei. Aveas stille Unterstützung war Neene deshalb willkommen, obwohl es auch ohne sie gegangen wäre.

Innerhalb des Spiegels begann es zu wabern, als sie den Gedankenfaden ihrer Gefährtin aufnahm, um ihn mit ihrem eigenen, wesentlich kräftigeren zu verweben. Sobald sie die mit Silber bedampfte Glasfläche geistig durchdrang, verschwammen die darin sichtbaren Gestalten. Wo der Rest der Gruppe nur noch grauen Nebel sah, raste ihr geistiger Blick über Graugards Gipfel hinweg, durchmaß blauen Himmel und weiße Wolken, bis eine markante Waldformation in Garon auftauchte, die ihr als wichtige Geländemarke diente. Von hier aus war es nicht mehr weit bis zu der verlassenen Fluchtburg, in der sie am frühen Morgen einen intakten Spiegel entdeckt hatte, der sich gut als Gegenpol eignete. Feine Schweißtropfen perlten an Neenes Haaransatz auf, während sie die Passage verankerte.

Angesichts des schwarzen Schlundes, der sich in der Spiegelwand öffnete, reagierte Oriel nervös. Vielleicht hing das mit dem kalten Hauch zusammen, der ihnen plötzlich aus der Öffnung entgegenwehte, aber der ging mit jeder mächtigen Beschwörung einher.

»Wohin schickt Ihr meinen Sohn?«, fragte die Dame aufgewühlt. »In ein dunkles Verlies, aus dem es kein Entkommen gibt?«

Roburs Haltung spannte sich an. Zum Glück fiel er seiner Mutter nicht ins Wort, das hätte die Situation nur noch komplizierter gemacht.

»Die beiden Silbergardisten reisen in einen geheimen Keller«, beschwichtigte Neene. »Läge er nicht verborgen da, wäre der dort stehende Ankleidespiegel sicherlich schon entzweigegangen.« Da das die besorgte Mutter nur eingeschränkt zu beruhigen schien, fügte die Erste Priesterin hinzu: »Robur und Silene nehmen Fackeln mit. Sobald diese entzündet sind, verfolgen wir ihren Weg ins Freie, bevor ich die Passage schließe.«

Sichtlich darüber verärgert, dass sich seine Mutter so sehr in den Mittelpunkt drängte, trat Robur vor den Spiegel. Silene und er trugen ihre Waffenröcke und leichtes Gepäck, dazu Bögen und Kurzschwerter. Die Gleven eigneten sich nicht so gut für Kundschafter, deshalb blieben sie in der Waffenkammer. Kühl wandte sich Oriels Sohn noch einmal zu seinem Vorgesetzten um, als ihm dieser ein paar Abschiedsworte mit auf den Weg gab. Das Zeremoniell wirkte ausgesprochen freudlos, selbst für Silbergardisten. Bevor Oriel den Akt noch weiter in die Länge ziehen konnte, bedachte Robur die Erste Priesterin mit einem dankbaren Nicken, bevor er den Spiegel betrat. Lautlos verschwand sein Fuß in der silbernen Fläche, fast so, als tauchte er ihn in ein senkrecht aufragendes Gewässer ein. Ohne den kleinsten Tropfen zu verspritzen, ging er ganz normal weiter, doch sobald er das zweite Bein nachzog, beschleunigten sich seine Bewegungen, als söge ihn die Spiegelwand regelrecht auf.

Silene folgte ihrem Kameraden, ohne zu zögern.

Nachdem sie der dunkle Schlund ebenso verschluckt hatte, wurde es so kalt im Saal, dass einige der umliegenden Spiegel zu knacken begannen. Atemlos starrten die Verbliebenen ins Nichts, bis inmitten der lichtlosen Schwärze zwei Punkte aufglühten, die rasch zu zitternden Flammen anwuchsen. In den engumrissenen Lichtglocken, die sie schufen, wurden Silene und Robur sichtbar, die sich inmitten eines prallgefüllten Gemäuers wiederfanden. Neben schweren Tischen und Stühlen aus Eichenholz versperrten ihnen vor allem Truhen und aufgerollte Wandteppiche den Weg. Alles war fingerdick mit Staub bedeckt, selbst die Weinfässer und Amphoren, deren Inneres vermutlich längst nach Essig schmeckte.

Vorsichtig tasteten sich die beiden zu einer in die Höhe führenden Steintreppe vor, die abrupt an der massiven Decke endete. Je näher sie ihr kamen, desto stärker zuckten und flackerten die Flammen der Pechfackeln. Von oben zog Luft zu ihnen herab, während die grobbehauenen Quader, die sich ringsum zu schimmelbesetzten Wänden auftürmten, nicht den geringsten Hauch durchließen.

Sie befanden sich in einem Erdkeller, so viel stand fest.

Auf den obersten Stufen angelangt, beleuchtete Robur keine normale Falltür, sondern eine massive Steinplatte. Neene wunderte das nicht. Sie hatte die Fluchtburg auch von außen begutachtet, einen leeren Wehrturm, in dessen offen begehbaren Vorratsräumen sich jede Maus die Pfoten blutig gelaufen hätte, ohne den kleinsten Käsebrocken zu finden. Um die Geheimkammer mit dem gebunkerten Inventar ausfindig zu machen, bedurfte es schon einigen Geschicks.

»Die Fackelhalterung zu deiner Rechten!«, rief Oriel aus, um ihrem Sohn zu helfen, doch das war sinnlos. Er konnte sie nicht hören.

Robur kam auch von alleine darauf, an dem rostigen Eisengestell zu rütteln. Als er den Korb nach links drehte, geriet die über ihm ruhende Steintafel in Bewegung. Wie von Geisterhand bewegt, fuhr sie waagerecht zurück, bis sie so weit in der vor ihm liegenden Wand verschwunden war, dass ihre Kante mit der obersten Stufe abschloss.

Eine breite Lichtbahn fiel auf die Stiege herab. Zufrieden richtete sich Robur auf und überwand die letzten Schritte, die ihn noch vom Erdgeschoss trennten. Im Gegensatz zu ihm winkte Silene zum Abschied, bevor sie ebenfalls aus dem Blickfeld des Kellerspiegels entschwand.

Neene hielt die magische Verbindung aufrecht, bis sich der Eingang wieder schloss. Die beiden Silbergardisten waren sicher ins Freie gelangt, mehr gab es durch die Passage hindurch nicht zu sehen. Jedes weitere Zögern hätte Kräfte vergeudet, die sie später noch benötigen würde.

Oriel sprach kein Wort, als der Schlund auf Faustgröße zusammenschrumpfte. Worüber hätte die edle Dame auch klagen sollen? Sie hatte erreicht, was sie wollte. Ihr Sohn war weit fort, im Lande Garon, und damit dem Zugriff des heimtückischen Attentäters entzogen, dem Lonin und Kervis zum Opfer gefallen waren.

Sich wie eine Schlange windend, suchte sich der schwarze Schlund im Spiegel sein nächstes Ziel. Neene malte unsichtbare Symbole in die Luft, um die Kräfte, über die sie gebot, besser zu bündeln. Mit Erfolg. Unversehens weitete sich das in einem schwarzen Knoten endende Band, das wild im Spiegel umherzuckte, zu einer glitzernden Öffnung, über der sich ein strahlend blauer Himmel dehnte. Sie würden bei dieser Reise nass werden, trotzdem wirkte ihr Ziel wesentlich verlockender als das von Robur und Silene.

Die Reflexionen der Wasseroberfläche, die sie vom Grunde eines Mühlteichs aus sahen, weckte romantische Gefühle in ihr. Zum ersten Mal, seit Avea sie zu diesem Unternehmen gedrängt hatte, sah Neene ihre Gefährtin wieder mit den Augen einer Liebenden an. Im Gegensatz zu den vorangegangenen Silbergardisten trug Avea keine Blankwaffen an den Hüften, sondern einen Gürtel, an dem sich kleine Ledertaschen aneinanderreihten. Darin führte sie ihre wichtigsten Salben, Pulver und Tinkturen mit sich, aber auch einige kleine Phiolen, die den Glasgranaten der Silbergarde ähnelten. Auch sie entfesselten blendende Blitze und betäubende Nebel, sobald sie auf dem Boden zerschmetterten.

Aveas tannengrünes Kleid reichte bis zu den Fußknöcheln, war aber so raffiniert geschnitten, das es ebenso viel Beinfreiheit bot wie Silenes Hosen. Neene trug fast die gleiche Tracht, die sich nur durch ihre himmelblaue Farbe und einige silberdurchwirkte Stickereien unterschied. Ihre Bewaffnung wich stärker von der Gefährtin ab. Als Priesterin verließ sich Neene vor allem auf ihr magisches Talent – und natürlich auf den Eibenbogen, den sie über dem Rücken trug.

Wenn es nach ihr ging, würde sie ihn während des Ausfluges kein einziges Mal in die Hand nehmen müssen, andererseits führte ihr Weg ins Land der Menschen, und dort musste eine Elfe mit allem rechnen. Schnell bis zu Binek vorstoßen und noch vor Einbruch der Dämmerung mit ihm zurückkehren, lautete deshalb ihre Devise.

»Mach dich bereit, ein wenig nass zu werden«, warnte sie Avea vor.

»Für das Wohl unseres Volkes würde ich sogar durchs Feuer gehen«, lautete die Antwort, die für Neenes Geschmack ein wenig zu pathetisch ausfiel.

Eyron nickte andächtig, aber als Hauptmann der Silbergarde hielt er selbst jeden zweiten Tag einpeitschende Reden auf dem Appellplatz – er war das Pathos gewohnt. Oriel wirkte hingegen in sich gekehrt, vielleicht, weil sie an ihren Sohn dachte.

Neene und Avea verstanden sich wortlos. Ohne sich miteinander abstimmen zu müssen, traten sie gemeinsam vor die geöffnete Passage.

»Das Luft anhalten nicht vergessen«, mahnte Neene leise, bevor sie voranging.

Roburs Beispiel folgend, tastete sie sich zunächst mit dem linken Fuß vor, ohne auf das geringste Hindernis zu stoßen. In ein von heißem Dampf erfülltes Badehaus zu treten wäre schwieriger gewesen. Alles, was sie spürte, war ein leichtes Kribbeln auf der Haut. Im gleichen Moment, da sie der Sog ergriff, stellte Neene ihre Atmung ein und ließ sich vornüberfallen.

Avea folgt ihrem Vorbild.

Gemeinsam fielen sie durch einen lichtlosen Schlauch, dem Glitzern der Wasserlinie entgegen. Die Reise durch das Zwischenreich verwirrte ihre Sinne, weil sich oben und unten für sie verschoben, aber noch ehe ihre Körper mit Übelkeit reagieren konnten, tauchten sie schon durch klares Wasser. Zu ihrer eigenen Überraschung blieb Neene vollkommen trocken. Wie von einem Katapult geschossen, jagten sie der Oberfläche entgegen. Seite an Seite mit Avea brach sie aus dem Mühlteich hervor.

Erst nach dem Wiedereinsinken sog sich ihr Kleid mit Wasser voll.

Verdammt, das wäre Beldor niemals passiert. Aber es war nun einmal ihre erste Spiegelreise, die in einer Wasseroberfläche endete. Einen besseren Gegenpol hatte sie nicht gefunden. So nahe bei den Gnomensümpfen besaßen die Grenzfrauen höchstens polierte Metallscheiben, in denen sie sich betrachten konnten, aber keine Ankleidespiegel, die einem Elfen den Durchgang ermöglich hätten.

Beim nächsten Mal stelle ich mich geschickter an, nahm sich

Neene vor, während sie auf das nahe Ufer zuschwamm. *Sofern es ein nächstes Mal geben sollte.*

2.

Imtje und Binek löschten gerade das kleine Lagerfeuer, an dem sie gerastet hatten, als das Laub über ihren Köpfen zu rascheln begann. Wie aus dem Nichts frischten starke Böen auf, denen sich selbst die stärksten Baumwipfel beugten.

»Ein böses Omen«, behauptete die Küchenmagd mit ernstem Blick. »Ich habe doch geahnt, dass etwas nicht stimmt.«

»Unsinn«, wiegelte er ab. »Du darfst nicht zu viel von meinen Fähigkeiten erwarten. Wenn die Adler und Falken, derer ich mich bediene, keine Spur von Orm finden, dann kommen dafür …«

Er brach ab, weil das anschwellende Heulen seine Worte übertönte.

Das Laub zu ihren Füßen wirbelte auf. Der jähe Wetterumschwung wuchs zu einem richtigen Sturm heran, dabei war an dem Himmel, der sich über den angrenzenden Wiesen und Feldern dehnte, nicht die kleinste Wolke zu sehen.

Obwohl nichts auf ein Gewitter hindeutete, ertönte plötzlich ein infernalischer Lärm. Imtje und der Halbelf klammerten sich aneinander, weil es in der neben ihnen aufragenden Buche so laut splitterte und krachte, als schlüge ein Blitz in die Krone ein. Nur wenige Schritte von ihnen entfernt hagelten grünbelaubte Äste zu Boden, gefolgt von einem hellen Schemen, der mitsamt einer ihn umgebenden Windhose zu Boden krachte.

Von einem Herzschlag auf den nächsten flaute der Sturm ab. Ruhe kehrte ein. Bis zu dem Moment, in dem das bleiche Etwas zu ihren Füßen, das Arme und Beine besaß, zu stöhnen begann. Erstaunt blickten sie auf eine schneeweiße Gestalt, die feste Stiefel und eine grünbraune Lederhose trug, die bis kurz über die Knie reichte. Hellrote Augen glühten unter einer in Falten gelegten Stirn hervor. Das typische Kennzeichen eines Albinos, was auch die unnatürlich helle Hautfarbe des Gnoms erklärte.

Nur was den Gnom zu ihrem Lagerplatz geweht hatte, blieb ihnen ein Rätsel. Ihn zu fragen war zunächst sinnlos. Hustend wälzte er sich auf dem weichen Boden umher, als hätte er jede Orientierung verloren. Binek wollte nach ihm sehen, doch Imtje hielt ihn mit hartem Griff zurück. Dass der Fremde einfach so vom Himmel gefallen war, mahnte sie zur Vorsicht.

Trotz des tiefen Sturzes waren seine Knochen unversehrt. Bereits nach überraschend kurzer Zeit rappelte er sich auf, taumelte umher, fand aber schließlich doch sein Gleichgewicht wieder. Sein ganzer Körper war mit Rissen und blauen Flecken übersät, aber die Wunden bildeten sich so schnell zurück, dass man ihnen beim Verschwinden zusehen konnte. Eine so rasche Heilung war nicht normal. Dahinter steckten unnatürliche Kräfte!

Der Gnom fuhr sich mit einer Hand über das Gesicht, wie um seinen Blick zu klären. Als er danach seine roten Augen auf die Zwergin und den Halbelf richtete, grinste er breit.

»Da brat mir doch einer einen Storch!«, rief er halb erfreut, halb hämisch aus. »Binek! Dass die Sucher ausgerechnet dich zu meinem Helfer auserkoren haben, lässt mein Herz vor Freude höherschlagen.«

Dem Halbblut wurde heiß und kalt zugleich. Nicht nur,

weil ihn die groteske Gestalt mit seinem Namen angesprochen hatte, sondern auch, weil er ihre Stimme gut zu kennen glaubte. Das konnte doch unmöglich wahr sein …

»Kappok?«, fragte er ungläubig.

Plötzlich erinnerte er sich wieder daran, das Drokk und Marzz kurz vor ihrem Tode erzählt hatten, dass der Großmeister der Dunklen Gilden ein Albino-Gnom sei. Er hatte das als dummes Geschwätz abgetan, wurde aber gerade eines Besseren belehrt. Seit er Beldors Magie im Kampf um Felsheim gesehen hatte, wunderte ihn ohnehin nichts mehr.

»Kennst du diesen Gnom etwa?«, erkundigte sich Imtje vorsichtig.

»Eigentlich nicht«, antwortete er. »Jedenfalls nicht in dieser Gestalt.«

»Lass dich niemals vom Äußeren täuschen«, knurrte Kappok leise. »Dir sieht man auch nicht an, dass du ein geborener Auftragsmörder wärst, wenn du nur wolltest. Ich dagegen bin noch genauso gefährlich, wie du mich in meiner menschlichen Gestalt kennst.«

Binek zog die widerstrebende Imtje zurück, um sich schützend vor sie zu stellen. »Daran hege ich keinen Zweifel«, sagte er.

Als der Gnom eine drohende Haltung einnahm, hielt es die Magd nicht in Bineks Deckung. Rasch zog sie ihr Messer unter dem Rocksaum hervor und zerschnitt damit den Staub, der vor ihr in der Luft tanzte.

Sie kannte Kappok eben nicht.

Blitzschnell war er heran und packte ihr Handgelenk mit solcher Kraft, dass er es nur heftig nach innen drehen musste, damit die Waffe ihren Fingern entglitt. Geschickt fing er den Griff mit der freien Pranke auf und hielt ihr die Klingenspitze an den Hals, so dass sie sich nicht mehr bewegen konnte, ohne sich selbst an dem scharfen Stahl zu verletzen.

Imtje biss sich auf die Lippen, um nicht vor Schmerz aufzuschreien, doch es war nicht zu übersehen, dass der Albino sie fest im Griff hatte.

»Ganz ruhig, kleine Wildkatze, oder du wirst es bereuen«, warnte Kappok, bevor er sich an Binek wandte: »Was dich angeht, so versuchst du besser nicht, irgendwelches Viehzeug unter deine Kontrolle zu bringen. Du weißt, ich kenne dein kleines Geheimnis. Vermutlich ist es sogar der Grund dafür, dass die Magie des Nekromanten dich aufgespürt hat und keine anderen Albinos, die wie ich im Schatten des Himmelssplitters aufgewachsen sind, wie ich erwartet hätte.«

»Lass sie los«, forderte Binek. »Imtje hat nichts mit unserem Zwist zu tun. Ich bin derjenige, dem du ans Leder willst.«

»Halts Maul!«, blaffte Kappok. »Der Einzige, der hier Bedingungen stellt, bin ich.«

In Bineks Brust rangen Angst und Kampfgeist miteinander. Wäre es nur um ihn gegangen, wäre er vielleicht vor Kappok auf die Knie gefallen, um sich ihm zu unterwerfen, oder er hätte sich auf ihn gestürzt, um im Kampf zu sterben. Doch um Imtje zu schützen, sah er nur die Möglichkeit, sich so hart und entschlossen zu geben wie möglich.

»Loslassen«, wiederholte er, »oder du musst auf meine Hilfe verzichten. Und meine Hilfe brauchst du ja, sonst läge ich schon tot zu deinen Füßen.«

Kappoks Grinsen verbreiterte sich.

»Pfuhl bleibt Pfuhl«, sagte er lachend. »Ich sehe, wir verstehen uns.«

Schlagartig ließ er von Imtje ab und machte einen Schritt zurück.

»Hast jetzt also eine kleine Freundin«, stellte er fest, während sich Imtje, ihre Tränen tapfer verbeißend, das schmerzende Handgelenk rieb. »Das freut mich sehr für dich und noch mehr für mich. Sehe ich nur einen Falken am Himmel kreisen oder einen Wolf durchs Unterholz schleichen, büßt es deine Liebste mit ihrer Nase oder einem Ohr. Ja, du hast richtig gehört! Ich bringe sie nicht um, falls du nicht parierst, sondern schneide Stück für Stück etwas von ihr ab, bis ich das Krallenauge für meine Herren finde. Streng dich also kräftig an, dass ich schnell Erfolg habe und du mich die ganze Zeit über nicht verärgerst. Hast du verstanden?«

Binek nickte.

»Sehr gut, dann mach auch deiner kleinen Kratzbürste klar, dass sie folgsam sein soll. Sie hat vielleicht noch nicht begriffen, dass ich zu schnell und zu stark für euch bin, als dass ihr euch gegen mich zur Wehr setzen könntet.«

Binek legte seinen Arm um Imtje und zog sie dicht an sich heran. Instinktiv presste sie ihren Kopf an seine Brust, ohne ein Wort zu sagen. Gnome waren nicht umsonst als stark und heimtückisch bekannt, doch für Kappok galt das in besonderem Maße. Anders hätte er wohl die Verfolgung, der alle Albino-Gnome durch ihr eigenes Volk ausgesetzt waren, auch nicht überlebt.

»Er ist der Großmeister der Dunklen Gilden«, klärte Binek sie auf. »Er hat sich gegen die stärksten und hinterlistigsten Banden des Pfuhls durchgesetzt. Ich habe selbst mit angesehen, wie er einmal ein halbes Dutzend Todesschatten mit bloßen Händen getötet hat. Wir tun also besser, was er von uns verlangt.«

Imtje presste ihr Gesicht fest gegen sein Wams, um ihre Tränen vor Kappok zu verbergen. Sich derart zu unterwerfen war demütigend, auch für ihn. Aber vorläufig blieb ihnen gar nichts anderes übrig. Das hatte auch Imtje begriffen, der er zum Glück während ihres langen Ritts schon einiges aus seiner Zeit im Pfuhl erzählt hatte.

»Brav!«, lobte der Gnom und sah sich dabei in der Gegend um, als müsste er sich zunächst einmal orientieren.

Dass er keine Zeit damit verschwendete, sie mit weiteren Worten oder Taten zu erniedrigen, zeigte, wie eilig er es hatte. Wenn er wirklich einem Nekromanten diente, war das auch kein Wunder. Gegen einen Totenzehrer war ein unbarmherziger Hohepriester wie Beldor eine geradezu freundliche Erscheinung.

»Es ist nicht mehr weit«, stellte Kappok zufrieden fest. »Und ihr seid zu Pferde unterwegs. Das kommt mir sehr entgegen. Also los, bringt sie her, damit wir den Himmelssplitter suchen können.«

Gemeinsam gingen sie zu Flocke und Nachtstern, die sich nicht von der Stelle gerührt hatten. »Wir reiten beide auf Flocke«, sagte er leise zu seiner Freundin.

»Nichts da!«, rief Kappok, ohne sich umzudrehen. »Ich sitze hinter deiner Kleinen im Sattel, damit du immer weißt, wem deine Treue gehört.«

Gnome hatten wirklich ein verdammt gutes Gehör, aber zum Glück keine Augen im Hinterkopf. Binek warf Imtje einen vielsagenden Blick zu, den sie mit einem kaum wahrnehmbaren Nicken beantwortete. Sie wussten beide, dass sie nur so lange vor dem Zorn des Gnoms sicher waren, wie er sie brauchte. Deshalb mussten sie die erstbeste Gelegenheit dazu benutzen, ihm zu entkommen. Oder sich seiner für immer zu entledigen.

3.

Das Schaufelrad der Wassermühle stand still, vor der geschlossenen Zulaufrinne staute sich der Seitenarm zu einem spiegelglatten Teich. Nur leises Vogelzwitschern war zu hören, während die beiden Elfen in raschen Zügen auf das Ufer zuschwammen. Als sie hinter kleinen Felsen und angeschwemmter Erde an Land wateten, ließ das Sonnenlicht die Wassertropfen auf ihrer Haut wie flüssiges Gold schimmern. Ihre durchweichten Kleider klebten an den Körpern.

Die junge Heilerin und ihre Gefährtin dehnten geschmeidig ihre Glieder. Aus den nassen Haaren rann Wasser über ihre biegsamen Rücken.

Wind fächerte über ihre Haut. Einen Moment lang überließen sie sich dem Spiel der kühlen Luft, bevor sie mit geschlossenen Augen mitten in der Bewegung erstarrten.

Leises Hämmern drang an ihre Ohren.

Nachdem sie sich ein wenig orientiert hatten, entdeckten sie weitere Fachwerkhäuser, die sich nahe der Wassermühle gruppierten. Jenes, aus dem die hellen Schläge erklangen, schien die Schmiede zu sein. Es war das einzige Gebäude, aus dessen Rauchfang dunkler Qualm aufstieg.

»Wenn es hier irgendwo Pferde zu mieten gibt, dann wohl dort«, stellte Neene fest.

»Versuchen wir unser Glück.« Avea klopfte zuversichtlich auf eine ihrer Gürteltaschen. »Ich bin mir sicher, dass unsere Halbmond-Münzen den Menschen gut genug sein werden.«

Für eine Grenzsiedlung in Sumpfnähe sah alles recht sauber und ordentlich aus. Die meisten Gebäude standen auf einem soliden Fundament und besaßen Lehm- oder sogar Steinwände. Der Betrieb einer Kornmühle lohnte eben nur dort, wo Menschen geregelten Ackerbau betrieben und nicht nur von Schafherden oder der Jagd lebten. Frauen, die einem Tagwerk nachgingen, sahen sie nicht. Alles schien wie ausgestorben bis auf die Schmiede, aus der auch Stimmen erklangen. An einem Haltebalken vor dem Eingang waren mehre Pferde angebunden. Drei von ihnen trugen Sättel, ein viertes, das seinen linken Vorderlauf nicht belastete, hatte nur eine alte Decke über dem Rücken. Als sie genauer hinsahen, erkannten die Elfinnen, dass der geschonte Huf nicht mehr beschlagen war.

Vermutlich hatte der Rappe sein Eisen verloren und war deshalb von seinem Reiter hierhergebracht worden. Die gescheckte und die beiden braunen Stuten, die danebenstanden, hätte man nur loszubinden brauchen, um mit ihnen davonreiten zu können. Aber natürlich wäre das den Elfen niemals in den Sinn gekommen.

Ganz auf die Macht des Geldes vertrauend – sie hatten neben silbernen Halbmonden auch noch eine Handvoll Streitburger Fischtaler dabei –, zogen sie das Eingangstor auf, um in das dahinterliegende Halbdunkel zu treten. Die glühenden Kohlen der Esse schufen eine Lichtinsel inmitten der Düsternis, ohne die Ecken des weitläufigen Raumes zu erreichen. Stützbalken und Pferdeboxen warfen lange Schatten, die unheimliche Muster auf dem Boden zeichneten.

Irgendwo musste das Dach undicht sein, denn es roch nach vermodertem Holz und Taubendreck. Vor ihnen standen drei Männer um einen großen Amboss, auf dem ein massiger Schmied ein glühendes Hufeisen mit dem Hammer in Form brachte.

Die Torangeln waren gut geschmiert, trotzdem quietschten sie laut genug, um Aufmerksamkeit zu erregen. Zunächst wandten sich die drei untätigen Zuschauer mit mäßigem Interesse um, doch sobald sie sahen, wer da zu ihnen hereintrat, ging ein Ruck durch ihre Gestalten. Selbst der Schmied, der mit dem Gesicht zu Avea und Neene stand, ließ sein schweres Werkzeug sinken und starrte sie mit offenem Mund an.

Aus Sicht eines Elfen verstanden sich Menschen nicht sonderlich gut darauf, ihre Gefühle zu verbergen. Das begehrliche Flackern in den Augen der Männer war daher nicht zu übersehen. Selbst der kleinste der vorderen drei, bei dem es sich überraschenderweise um einen Zwerg mit stark verwitterten Gesichtszügen handelte, machte keinen Hehl aus seiner Lüsternheit. Genüsslich leckte er sich über die rissigen Lippen, während er Avea und Neene förmlich mit seinen Blicken auszog.

Zum ersten Mal kam den Elfinnen in den Sinn, dass es klüger gewesen wäre, zunächst ihre Kleidung zu trocknen und dann erst Verhandlungen mit Menschen aufzunehmen; dazu noch mit Grenzsiedlern, die selten Kontakt zu Fremden und einen schlechten Leumund hatten. Unter Elfen hätte ihr triefnasses Erscheinen eine Welle der Hilfsbereitschaft ausgelöst, ganz gleich, ob sie auf Mägde oder Knechte getroffen wären, aber obwohl sie eben noch im Spiegelsaal gestanden hatten, befanden sie sich jetzt Hunderte von Meilen entfernt in einer vollkommen anderen Welt, in der ihnen fremde Sitten und Gebräuche galten.

Anstatt zu hadern, dass sie so wenig über das Leben außerhalb der Silberfeste oder des Hochwaldes wussten, beschlossen Avea und Neene zu handeln. Für einen Rückzug war es zu spät, also blieb ihnen gar nichts anderes übrig, als in die Offensive zu gehen. Statt ihre vermeintlichen Blößen verschämt zu bedecken, reckten sie das Kinn vor und sahen den Kerlen fest in die Augen.

»Gibt es hier Pferde zu mieten?«, fragte Avea. »Wenn ja, soll es euer Schaden nicht sein.«

Die Aussicht auf ein lohnendes Geschäft brachte Leben in den Schmied. Rasch stieß er die Zange mit dem Hufeisen in die glühenden Kohlen und wischte sich seine verschwitzten Hände an der rußbefleckten Lederschürze ab.

»Aber natürlich«, sagte er dabei. »Wenn es um Pferde geht, bin ich der Richtige für euch.« Er war ein breitschultriger Hüne mit schweißnass angeklatschtem Haar und Ambosskinn, der zweifellos das Sagen in seinen vier Wänden hatte. Entsprechend wandte er sich an jenen seiner drei Gäste, der am weitesten von dem Zwerg entfernt stand. »Hey, Skage, hol doch mal die beiden Pferde rein, die auf der Koppel weiden«, verlangte er von dem ausgezehrt wirkenden Menschen mit der markanten Sichelnase.

Der Angesprochene zeigte zunächst Unverständnis, aber schon einen Herzschlag später hellten sich seine Augen auf, bis sie in intensivem Glanz erstrahlten. Gelbliche Funken tanzten im Irisring, während die Pupillen weiterhin mattschwarz und unergründlich wie Brunnenschächte glänzten.

»Die Pferde von der Koppel?«, wiederholte er, als wäre er begriffsstutzig. »Natürlich! Ich helfe, wo ich kann.«

Das devote Lächeln, das er bei diesen Worten aufblitzen ließ, fiel eine Spur zu schmierig aus, um die Elfinnen wirklich zu überzeugen. Doch er machte sich sofort auf den Weg und umrundete dabei Avea und Neene in einem großen Bogen. Auch sein rothaariger Kamerad sowie der gedrungene Klotz von einem Zwerg, mit dem von Falten eingekerbten Gesicht und Augen von kaltem Grau, taten plötzlich recht freundlich.

Die Frauen spürten trotzdem brennende Blicke auf ihren Körpern.

»Ihr müsst schon verzeihen«, heischte der Schmied um Entschuldigung. »In dieser Einsamkeit bekommen wir so etwas nicht häufig zu sehen.«

»Was denn?«, fragte Neene unschuldig. »Spitze Ohren?«

Die Lippen des Hünen spalteten sich so weit, dass ein lückenhaftes Gebiss zum Vorschein kam. »Ja genau«, behauptete er.

Die zweifache Spiegelpassage hatte das magische Potential der Ersten Priesterin zu sehr erschöpft, als dass sie ernstlich Lust verspürte, den Mann zur Wahrheit zu zwingen. Müde sah sie zur Esse, deren Wärme bis zum Eingang strahlte. Am Rande der Glut, in der das Hufeisen mitsamt der Zange erhitzte, lag eine Handvoll Hufnägel zum Beschlagen bereit. Die dicken Metallstifte interessierten sie gerade mehr als alles andere.

»Macht es dir etwas aus, wenn ich mich am Feuer wärme?«, fragte sie den Schmied.

Die Mundwinkel in dem schweißbedeckten Gesicht zuckten.

»Aber natürlich nicht«, heuchelte der Hüne freundlich.

Die Erste Priesterin drückte ihren Rücken stärker durch als nötig, als sie ihren Bogen über den Kopf zog, um mehr Bewegungsfreiheit zu erhalten. Die Blicke des Zwerges saugten sich derart an ihren Brüsten fest, dass er ganz verdutzt reagierte, als sie ihm den Bogen zum Festhalten gab. Dumm, wie er war, griff er tatsächlich zu. Und hielt nun eine Waffe in Händen, mit der er nicht das Geringste anfangen konnte, weil die dazugehörigen Pfeile in dem Köcher an Neenes Hüfte steckten.

Direkt über den Hufnägeln streckte sie ihre Hände aus, um sich an der Esse zu wärmen. Die Hitze, die die Kohlen abstrahlten, reichte längst nicht mehr aus, das darin steckende Hufeisen zum Durchglühen zu bringen, trotzdem machte keiner der Anwesenden Anstalten, den Blasebalg zu betätigen. Natürlich planten die Männer längst etwas anderes. Neene spürte es deutlich, im Gegensatz zu Avea, die völlig überrascht aufschrie.

Als Neene sich umwandte, war es bereits passiert.

Kurz vor Erreichen des offenen Tores hatte Sichelnase auf dem Absatz kehrtgemacht, um sich von hinten auf die Heilerin zu stürzen. Blitzschnell schlang er seine Hände um ihre schmalen Oberarme und riss sie mit einem harten Ruck zurück. Gleichzeitig stieß er ihr ein Knie in den Rücken. Der Angriff kam so plötzlich, dass Avea ihr Gleichgewicht verlor. Hätte Skage sie nicht festgehalten, sie wäre zu Boden gestürzt. So verlor sie nur ihren sicheren Stand.

Neene blickte von einem Mann zum anderen. Vergeblich suchte sie in den Gesichtern der restlichen Gruppe eine Spur von Mitleid. In dem verwitterten Zwergengesicht lief eine glänzende Speichelspur aus dem linken Mundwinkel und zog sich über sein Kinn.

»Ihr begeht einen Fehler«, warnte Neene, aber das löste nur allgemeines Gelächter aus.

Der Schmied zog die in die Esse gestoßene Zange aus den Kohlen hervor. Ihre Spitze glühte inzwischen. Die mit dicken Lappen umwickelten Griffe schützen ihn selbst vor der Hitze, während er sich drohend auf Neene zubewegte. Das rotleuchtende Metall schwebte genau auf ihrer Augenhöhe.

Als Avea begriff, welches Schicksal ihnen zugedacht war, bäumte sie sich in Skages Griff auf. Ihre ungestümen Bewegungen brachten den Hageren ins Schwitzen.

»Los, helft ihm«, wies der Schmied die anderen beiden an, »ich kümmere mich um die Zweite.«

Der Zwerg rührte sich nicht von der Stelle, während der Rothaarige sofort losstürzte, um sich an Aveas Kleidung zu schaffen zu machen.

Der Schmied fluchte.

»Dass sie bloß nicht zu viele Schrammen und blaue Flecken zurückbehält«, forderte er, ohne die glühende Zange einen Fingerbreit zu senken. »Niemand zahlt mehr als ein paar Münzen für die Hexen, wenn sie total zerschunden sind.«

Avea versuchte, nach dem Rothaarigen zu treten. Sie war zu hastig und traf nur seine Hüfte.

Neene stand immer noch an der Esse. Ruckartig warf sie sich herum und hob die rechte Hand. Zwischen ihren Fingern wuchsen zwei der Hufnägel hervor.

Die Augen des Zwerges weiteten sich vor Schreck.

»Vorsicht, Elfenpriesterin!«, rief er und zog sich dabei rückwärtsgehend zurück. Bis dahin hatte ihn Neene für den Dümmsten der Truppe gehalten, aber scheinbar besaß er noch genügend Hirn, um zu erkennen, mit wem er es zu tun hatte.

Plötzlich stand niemand mehr zwischen ihr und dem Schmied, der sie um einen ganzen Kopf überragte. Er war der gefährlichste ihrer Gegner, an dem sich alle anderen der Gruppe orientierten. Wer ihn bezwang, gewann den Kampf, doch die Sorge um ihre Gefährtin ließ Neene eine andere Reihenfolge wählen.

Geschickt visierte sie den Rücken des Rothaarigen mit dem Ellenbogen an, bevor sie ihren Unterarm nach vorne schnellen ließ. Beinahe gleichzeitig zuckte der Getroffene zusammen. Der Nagel, den sie eben noch zwischen Daumen und Zeigefinger gehalten hatte, wuchs aus seinem linken Schulterblatt hervor. Bis zur Hälfte war er ins Fleisch gedrungen, der dumpfe Laut, mit dem die Spitze auf den Knochen geschlagen war, hallte noch von den Wänden wider.

Rund um die Eintrittswunde sog sich das Hemd mit Blut voll. Mit einiger Verzögerung schrie Skage schmerzvoll auf. Vergeblich tastete er mit seinen Händen nach der schmerzenden Stelle. Avea nutzte seine Ablenkung, um ihre Beine in die Höhe zu werfen und ihm einen kräftigen Tritt vor den Brustkorb zu verpassen. Keuchend stolperte er zurück und ging dabei zu Boden.

Neene rollte den zweiten Nagel, den sie zwischen Mittel- und Ringfinger in Reserve hielt, zweimal nach links, bis er zwischen Daumen- und Zeigefingerkuppe klemmte. Ihre Bewegung in Richtung des Schmiedes kam jedoch zu spät.

Der Hüne war vorgewarnt. Instinktiv riss er die glühende Zange zur Seite und lenkte das Wurfgeschoss ab. Klirrend prallte der Nagel hinter ihm auf den festgestampften Erdboden.

Triumphierend bleckte er seine schadhaften Zähne.

»Das hast du dir wohl so gedacht, mein Täubchen«, sagte er. »Aber es hilft alles nichts. Wir beiden werden unseren Spaß miteinander haben. Wenn wir mit euch fertig sind, sperren wir euch in den alten Schafstall und lassen euch nur noch heraus, wenn jemand mit klingender Münze für eure langen Beine bezahlt.«

Die Distanz zwischen ihnen war auf zwei Schritte zusammengeschmolzen. Neene erwartete den Schmied mit leeren Händen. Noch einmal nach den Nägeln zu greifen hätte bedeutet, dem kräftigen Mann ihre ungeschützte Seite zu präsentieren.

Er zögerte dennoch, was für seine Instinkte sprach.

»Schön artig«, drohte er, »oder ich verpasse dir ein Brandzeichen.«

Der unablässig von links nach rechts wandernde Glut-punkt besaß etwas Hypnotisches, doch Neene versenkte ih-ren Blick in den ihres Gegners, anstatt auf seine grausame Waffe zu achten. Die Hitze, die ihr von der Zangenspitze entgegenschlug, erinnerte sie auch so an die Gefahr, die von ihr ausging.

Die Drohungen des Schmiedes flößten dem Rothaarigen neuen Mut ein. Trotz seiner Schmerzen rappelte er sich auf, um erneut auf Avea loszugehen.

Sofort trat die Heilerin ein zweites Mal zu. Diesmal traf sie die richtige Stelle. Der Mann stieß einen wilden Schmer-zensschrei aus, presste beide Hände zwischen die Beine, krümmte sich und fiel auf die Knie.

Gellend schrie er auf – ein langgezogenes Heulen, das nicht enden wollte.

Skage entsetzten die Leiden des Kumpans so sehr, dass er seinen Griff unbewusst lockerte. Sofort bäumte sich Avea auf, warf beide Arme in die Höhe und verschränkte ihre Hände in Skages Nacken. Ruckartig zog sie den Kopf ihres Peinigers zu sich herunter und drückte ihm dabei den Hals zu.

Röchelnd ließ er von der Elfin ab.

Avea drehte sich mit so starkem Schwung nach links, dass Skage von den Füßen gerissen wurde. Keuchend krachte er auf den Rücken. Genau im richtigen Moment löste die Hei-lerin den Griff und sprang zurück. Dicht vor ihren Füßen wälzte sich Skage auf die Seite. Ein gezielter Tritt gegen den Kopf stellte ihn endgültig ruhig.

Der Rothaarige, der immer noch am Boden kniete, konnte nicht fassen, was geschah. »Hexe!«, fluchte er wüst. »Elende Hexe!«

Der Schmied hielt die Ungewissheit nicht länger aus.

Mit einem kurzen Seitenblick fand er heraus, was bei seinen Kumpanen vor sich ging. Die winzige Ablenkung genügte Neene, um auf ihn zuzuschnellen.

Ihre ausgestreckten Fingerspitzen trafen die Innenseite seines Oberarms, bevor er die Zange herabsausen lassen konnte. Die glühende Waffe fiel ihm aus den kraftlosen Fingern und landete mit dumpfem Klacken vor seinen Füßen. Ungläubig starrte er auf seinen erschlafften Arm, der wie gelähmt herabhing. Nur die unerträglichen Schmerzen sagten ihm wahrscheinlich, dass er noch zu seinem Körper gehörte.

Seine Augen schwammen in Tränen, trotzdem mochte sich der Schmied nicht geschlagen geben. Ein Eisenbieger, der seinen Willen selbst mehrfach gefaltetem Stahl aufzwang, verwand nicht so schnell, einer scheinbar schwächlichen Frau unterlegen zu sein.

Urplötzlich warf er sich nach vorne und schlug mit der ihm verbliebenen Linken zu. Die Elfin fing seine Faust mit überraschend hartem Griff ab. Gleichzeitig landete ihre geballte Rechte wie ein Pferdehuf in seinem Magen. Keuchend stolperte er zurück und warf sich erneut nach vorne.

Einfach unbelehrbar, dieser Mensch. Neene verlor die Geduld mit ihm.

Ihre Hand wischte blitzartig durch die Luft. Ein knorpeliges Knacken erklang, als ihre Fingerspitzen in die Kehle des Schmiedes einschlugen. Der Getroffene krachte so hart aufs Kreuz, dass der Boden bebte.

Ausgestreckt lag er da, ohne sich zu regen. Sein Mund stand offen wie eine klaffende Wunde. Über seinen wässrigen Augen zitterten die Lider. Einen Moment später hörte auch das auf.

Die Priesterin wandte sich von dem reglos Daliegenden

ab. Er würde es überleben, doch es würde Tage dauern, bis er wieder schmerzfrei schlucken konnte.

Der Zwerg stand noch genauso da wie zu Beginn des Kampfes. Widerstandslos ließ er sich ihren Bogen abnehmen, den er die ganze Zeit über krampfhaft mit den Händen umklammert hatte.

»Welches von den draußen angebundenen Pferden gehört dir?«, wollte sie von ihm wissen.

»Das Gescheckte«, stieß er unter leisem Wimmern hervor.

»Dann werden wir uns die beiden Braunen nehmen«, klärte sie ihn auf.

Dankbar schniefend zog er sich tiefer in die Schmiede zurück, bis ihn die Schatten verschluckten. Neene nutzte den Moment, um an den Bottich zu treten, in dem Hufeisen und andere Schmiedestücke zum Kühlen getaucht wurden. Eine kurze Handbewegung von ihr genügte, um die spiegelglatte Oberfläche magisch zu verhärten. Zuerst sah sie nur ihr eigenes Gesicht, doch ihre Prägung auf Binek war stark genug, um ihn sofort aufzuspüren. Er konnte nicht mehr weit entfernt von ihnen sein, so schnell erschien sein Gesicht in dem Wasser, doch was sie dabei erblickte, trieb sie zu höchster Eile an.

Avea schloss sich wortlos an, als Neene die Schmiede verließ. Auf dem Weg zum Haltebalken endeckten sie einige mit Heugabeln und Dreschflegeln bewaffnete Frauen, die von den umliegenden Häusern her auf sie zuliefen. Das Geschrei des Rothaarigen hatte sie wohl aufgeschreckt.

»Was habt ihr Hexen mit unseren Männern angestellt?«, kreischte die vorderste von ihnen, der die weiße Stoffhaube, die sie alle auf dem Kopf trugen, tief in die Stirn gerutscht war.

Neene schoss einen Pfeil in ihre Richtung, der so dicht über die Weiber hinwegflog, dass die sofort in alle Richtungen auseinanderstoben. »Eure Männer sind Schweine!«, rief sie der Meute zu, die sich plötzlich nicht mehr weitertraute. »Aber das wisst ihr bestimmt schon.«

»Glaubst du wirklich, die hätten mit den Kerlen da drinnen gemeinsame Sache gemacht?«, fragte Avea, als sie die beiden braunen Stuten bestiegen.

»Wo es nur um ein paar spitzohrige Hexen wie uns und keine richtigen Frauen ging? Darauf kannst du wetten.«

Die Pferde, die sie ritten, setzten sich nicht gegen ihre neuen Besitzerinnen zur Wehr, im Gegenteil. Sie schienen froh, in bessere Hände geraten zu sein. Willig galoppierten sie in die von Neene gewiesene Richtung. Kaum waren sie an den Frauen der Siedlung vorbei, wurden wieder Heugabeln und Dreschflegel in die Höhe gereckt, aber erst nachdem die Elfinnen schon zu weit entfernt waren, um noch einmal umzukehren.

»Warum die große Eile?«, wollte Avea wissen, als sie den Waldrand erreichten. »Was hast du in dem Bottich gesehen?«

»Frag nicht«, wiegelte Neene ab. »Reite!«

4.

Je sumpfiger das Gebiet wurde, durch das sie ritten, desto unangenehmer roch es, aber das war nicht die einzige Veränderung, die ihnen auffiel. Die Feuchtwiesen, Wasserläufe und Teiche, die ihren Weg säumten, wechselten sich mit immer gedrungeneren Baumarten ab, bis ihnen nur noch

Büsche und Kleinhölzer den Blick auf die nächste Biegung versperrten. Der Sand unter den Hufen der Pferde verwandelte sich allmählich in zähen Matsch, obwohl die wahren Treibgründe noch weit entfernt lagen.

Was dieser Himmelssplitter genau war, von dem er immer wieder redete, darüber ließ sich Kappok nicht aus. An anderer Stelle zeigte er sich dafür umso redseliger. Etwa, wenn es um die hohe Anzahl von Albinos ging, die ihnen in der Tierwelt begegneten. Ob Schlangen, Eidechsen oder Frösche – überall wand, huschte oder sprang es kalkbleich durchs Gras und Unterholz.

Anfangs hatte Imtje ihren Ekel noch mit spitzen Lauten zum Ausdruck gebracht, mit der Zeit gewöhnte sie sich aber an den Anblick. Auf einem hüfthohen, stark bemoosten Stein, auf dem ein Albino-Frosch weithin sichtbar thronte, ließ Kappok die Reiterin seines Pferdes anhalten. Den weißen Frosch von der Farbe frisch vergossener Milch schien es nicht weiter zu stören, dass er aus nächster Nähe betrachtet wurde. Herausfordernd sah er aus seinen roten Augen zu ihnen auf.

»Ob Tiere oder Völker«, hob Kappok unversehens an, »überall kommt es zu Missgeburten wie der meinen. Dennoch sind in der freien Natur nur selten Albinos so sehen. Weißt du warum?«

Imtje hob nur die Schultern. Ihr war nicht an einem Gespräch mit ihrem Entführer gelegen.

»Weil sie ohne ihre Tarnfarben allen natürlichen Fressfeinden hilflos ausgeliefert sind«, erklärte der Gnom bereitwillig. »Sieh dir nur diesen Frosch an. Wäre er grün, hätten wir ihn im Vorbeireiten gar nicht bemerkt. So aber hebt er sich weithin sichtbar von dem Moos ab, auf dem er hockt. Trotzdem hält ihn noch kein Storch im Schnabel, um ihn an seine Brut zu verfüttern. Kannst du dir denken, warum?«

»Weil er ungenießbar ist?« Imtjes Tonfall machte deutlich, wen sie noch für ungenießbar hielt.

Kappok störte das nicht.

»Gar nicht mal so falsch«, lobte er, bevor er sich zur Seite lehnte und mit einer schnellen Armbewegung über den Findling wischte.

Der Frosch, den er plötzlich in seiner Faust hielt, zischte so laut, als wäre er eine verwunschene Schlange. Dabei entblößten seine wulstigen Lippen zwei Reihen messerscharfer Zähne, die an ein gefräßiges Raubtier erinnerten.

»Niedlich, nicht wahr?«, fragte der Gnom. »Die unheimliche Aura rund um den Splittersee, die so viele Albinos hervorbringt, sorgt auch dafür, dass die entsprechende Brut viel wehrhafter als vergleichbare Artgenossen ist. Aus diesem Grunde jagt hier kein fremdes Tier, das anderswo geboren wurde. Meine dumme Mutter, die Sumpfgase mögen sie verschonen, hat mich wohl hierhergebracht, weil mich mein Vater totschlagen wollte, wie es in meinem Volk so üblich ist. Vielleicht hat sie auch gedacht, ich wäre hier unter meinesgleichen und hätte ein paar Spielgefährten. Auf jeden Fall hat sie dafür gesorgt, dass ich, als normale Missgeburt, die unter dem Einfluss des Himmelssplitters aufgewachsen ist, stärker und schlauer als jeder andere Gnom geworden bin.«

»Muss schön sein, wieder heimzukehren«, bemerkte Binek, um Kappoks Aufmerksamkeit von Imtje abzulenken.

»Nein, überhaupt nicht.« Kappok blickte so grimmig drein wie immer, doch seine Stimme klang bitterer als gewöhnlich. Ruckartig zog sich seine Faust so fest zusammen, dass der darin gefangene Frosch zu schreien begann. Es war kein Quaken, das der kleine Albino von sich gab, sondern ein helles, durchdringendes Kreischen, das dem einer Frau in höchster Not ähnelte. Hexen, die auf dem Scheiterhaufen brannten, kreischten so, zumindest erzählte man sich das im Pfuhl.

Imtje hielt sich die Ohren zu. So hörte sie auch nicht, wie die feinen Knochen im Reptilienleib zerknackten. Blut spritzte aus dem Maul hervor. Als der zerquetschte Körper endlich erschlaffte, erstarb auch der fürchterliche Ton.

Binek, der das Ganze für eine Machtdemonstration hielt, ekelte Kappoks Tat zutiefst an. »Warum hast du das getan?«, fragte er, ohne eine vernünftige Antwort zu erhoffen.

»Weil wir weitere Truppen in unseren Reihen brauchen«, gab der Gnom zurück, bevor er sich des toten Leibes mit einer achtlosen Handbewegung entledigte. Mit einem leisen Klatschen landete der totgedrückte Frosch auf dem Findling, rutschte ein Stück durchs Moos und blieb mit verrenkten Gliedern liegen.

Kappok sah ihn schon gar nicht mehr an.

»Vorwärts!«, forderte er. »Wir haben keine Zeit zu verlieren.«

Schweigend gehorchten sie dem Befehl und folgten dem immer schmaler werdenden Pfad tiefer in das verwunschene Gebiet hinein. Kamen sie dabei auf eine Weggablung zu, wies ihnen Kappok mit sicherer Hand die Richtung.

Immer häufiger klebten Baumstämme eng aneinander, als wären sie von Geburt an miteinander verwachsen. Ansonsten blieb alles ruhig, sah man von den weißen Schemen ab, die links und rechts von ihnen durchs Unterholz wieselten. Wenn das die Truppen waren, von denen der Gnom sprach, schrumpften die Chancen, ihm noch zu entkommen, weiter zusammen. Ehe sich Binek zu einer Verzweiflungstat

durchringen konnte, tauchten vor ihnen jedoch drei weißhäutige Gnome auf, die den Weg versperrten.

Ihre Kleidung ähnelte der von Kappok, nur dass sie Lum-
pen als Hosen trugen und barfuß unterwegs waren. In ihren
Händen hielten sie lange fingerdicke Stäbe, grün wie Schilf,
aber aus einem wesentlich widerstandsfähigeren Gewächs
geschnitzt. Von den Oberschenkeln des Trios hingen finger-
hohe Köcher herunter. Öffnete man ihre Kappe, traten darunter kleine Pfeile hervor, die sich mit Blasrohren verschie-
ßen ließen, der bevorzugten Waffe in den Sümpfen.

»Sei gegrüßt, Stärkster der Unseren«, rief der Vorderste
aus, als sie die Pferde zügelten. »Dein Froschruf hat uns erreicht. Was führt dich zurück in die alte Heimat?«

Der Wortführer der Albino-Truppe, der direkt zu Kappok sprach, hatte eine gespaltene Augenbraue und trug
noch weitere Blessuren im Gesicht und auf den Armen.
Die Selbstheilungskräfte, die Kappok besaß, schienen keine
Selbstverständlichkeit zu sein. Kein Wunder, dass er sich
in den Sümpfen den gleichen Führungsanspruch erkämpft
hatte wie später in Imor.

»Mein Ziel ist der Splittersee«, erklärte er ohne Umschweife. »Folgt mir und meinen Getreuen, wir können
eure Unterstützung brauchen.«

Obwohl sein Befehl eindeutig war, rührten sich die
Gnome nicht von der Stelle. »Steigt besser ab und geht zu
Fuß weiter«, riet der Wortführer des Trios. »Am Splittersee
wimmelt es von Trollen, die sich an einem Findling zu schaffen machen. Es wird besser sein, wenn sie uns nicht zu früh
bemerken.«

»Dann kommen wir zur rechten Zeit!« Kappok knurrte
zufrieden. »Also los, raus aus den Sätteln.«

Was blieb Imtje und Binek übrig, als sich dem Befehl zu

beugen? Sie befanden sich in der Gewalt des Gnoms, der nun auch noch über ihm ergebene Helfer verfügte. Also stiegen sie ab und führten Flocke und Nachtstern an ihren Zügeln hinter sich her.

Der Weg wurde immer enger, bis er in einen schmalen Trampelpfad überging. Wildwucherndes Unterholz strich an ihren Beinen entlang. Die drei Albinos, die voranschlichen, waren nicht die einzigen Gnome, die der Ruf des sterbenden Frosches angelockt hatte. Vielleicht hatten sie sich aber auch schon wegen der Trolle zusammengerottet, die ihr Gebiet unsicher machten? Jedenfalls sah Binek weitere hellumrissene Schemen, die sich durch den Wald bewegten. Ab und zu schimmerte auch eine dunklere Gestalt durchs Unterholz, die für einen Troll allerdings zu klein war.

Möglicherweise täuschten ihn aber auch seine angespannten Sinne.

Dunkles Grummeln kündigte ihr Ziel an. Die Gnome bewegten sich von nun an noch vorsichtiger. Auf dem letzten Stück mussten Imtje und Binek ihre Pferde zurücklassen, um wie ihre Bewacher auf dem Bauch zu robben. Vor einigen tiefhängenden Zweigen, die ihnen die Sicht auf den Splittersee versperrten, nahmen alle Deckung.

Genau genommen war der See lediglich ein von zahlreichen Bäumen umstandener Tümpel, dessen rückwärtiges Ufer an eine steil aufragende Felswand grenzte. Zahlreiche Blätter trieben auf der dunklen Brühe herum. Der Eindruck verstärkte sich durch die vielen Trolle, die an beiden Ufern herumwateten. Zwei von ihnen machten sich an einem Findling zu schaffen, der die spitze Teicheinmündung flankierte.

»Das sind unsere ehemaligen Lastenträger!«, staunte Imtje. »Da, bei dem großen Stein, das sind Archat und Xaah. Und da drüben …«

Sie konnte auch alle anderen Trolle bei ihrem Namen nennen. Kappok unterbrach sie nicht, denn ihm war jede Information wertvoll.

»Wusste ich doch, dass es sich lohnen würde, euch mitzunehmen«, sagte er zufrieden schnaufend. »Obwohl ich davon ausgegangen bin, dass mir allein Binek von Nutzen sein würde.«

»Sollen wir angreifen?«, fragte der Gnom mit der gespaltenen Augenbraue von der Seite.

»Wir warten noch.« Kappok grinste tückisch. »Wie mir scheint, wollen uns die Trolle die Arbeit abnehmen. Außerdem habe ich noch etwas zu erledigen.«

Bei diesen Worten zog er aus der rechten Hosentasche eine blassrosa Lichtkugel hervor, die Binek unwillkürlich an die Sucher der Elfenpriesterin erinnerte, die er in Felsheim gesehen hatte. Ohne dass der Gnom einen Anstoß geben musste, stieg die Sphäre aus seiner Hand auf. Höher und höher schwebte sie empor bis zu den Wipfeln der sie umgebenen Bäume. Dort angekommen, kreiste sie zweimal, als müsste sie sich orientierten, bevor sie lautlos in den Himmel davonschoss.

5.

Archat war ratlos.

Ein ums andere Mal fuhren seine große Hände über den tief im Erdreich versunkenen Findling, der ihnen den Weg zum Krallenauge zeigen sollte, doch nichts geschah. Die dicke Moosschicht, die ihnen zunächst den Blick auf die Oberfläche verwehrt hatte, war längst abgetragen. Der nackte

Stein lag vor ihnen, trotzdem entdeckte er weder eine Einkerbung noch den geringsten Hinweis auf eine Unebenheit oder eine bewegliche Stelle, die sich mit entsprechendem Kraftaufwand ins Innere drücken ließ. Die von der Natur selbstgestaltete ungleichmäßige Form des Felsens eignete sich sowieso nicht für eine komplizierte Mechanik, wie sie zum Beispiel die Himmelskammer schützte.

Widerwillig gestand sich Archat ein, dass seine Suche nach einer verborgenen Vorrichtung sinnlos war. Was da vor ihnen lag, war ein ganz normaler Findling und kein von kunstfertigen Steinmetzen bearbeiteter Quader, der ihnen den Einstieg zu einem Geheimgang öffnen würde.

»Zwergenrotz und Flammenpeitsche«, zürnte er. »Was hat sich Mondrak nur dabei gedacht? Das ist doch der Stein, der uns in der Himmelskammer erschienen ist! Genau so sah er aus! Und nicht umsonst hat sich die Verwerfung keine zehn Schritte von hier geöffnet. Nur ein Stück weiter, und wir hätten nasse Füße bekommen.«

Xaah, der neben ihm stand, nickte die ganze Zeit bestätigend, doch seine in Falten liegende Stirn bewies, dass ihm etwas auf dem Herzen lag.

»Was ist?«, donnerte Archat. »Wenn du eine bessere Idee hast, sprich sie aus.«

Die übrigen Trolle, die entlang des Ufers im Schilf herumstocherten, sahen von ihrer unnützen Tätigkeit auf. Falls sich ein Streit anbahnte, wollten sie nichts davon verpassen.

Xaah hob zunächst die Schultern.

»Es ist nur«, begann er schließlich, »dieser Brocken hier ...«, dabei deutete er auf den kantigen Findling, »... sieht überhaupt nicht nach einem Splitter aus.«

»Natürlich nicht, du Dummkopf!«, polterte Archat los. »Der Himmelssplitter ist hier noch irgendwo verborgen.

Außerdem hat er auch keine Splitterform. Er heißt nur so, weil er aus dem Himmelsgewölbe herausgebrochen ist.«

Xaah legte den Kopf in den Nacken und schaute zum wolkenlosen Blau auf, das sich zwischen den Baumwipfeln abzeichnete. Schweigend kratzte er seinen kahlen Schädel, ein sichtbares Zeichen dafür, dass er angestrengt nachdachte.

»Von da oben soll der Brocken kommen, den wir suchen?«, fragte er. »Und er ist zu uns auf die Erde gefallen?«

»Richtig«, bestätigte Archat. »Der Himmelssplitter ist nicht von dieser Welt, das macht ihn doch so mächtig. Nicht einmal die Sucher der Elfen können seine Aura durchdringen, die wie ein Schutzschild gegen jedwede Magie wirkt. Deshalb hat Mondrak das Krallenauge doch unter dem Himmelssplitter verborgen, nachdem er es den Orks geraubt hat. Damit sich kein anderes Volk mehr Radras mächtigen Kraftfokus zunutze machen kann.«

Ob Xaah wohl zu würdigen wusste, dass er gerade in geheimes Wissen eingeweiht wurde, das nur auserwählten Trollen zugänglich war? Wohl kaum.

»Und woher wusste unser Oberster Schamane, wo solch ein Splitter zu finden ist?«, bohrte er weiter.

Archat unterdrückte ein Seufzen. Das hatte er nun davon, dass er einem tumben Gesellen wie diesem Steinmetz zu erklären versuchte, was vor sich ging. Jede Antwort, die er gab, zog nur weitere Fragen nach sich. »Die Einschlagstelle ist unseren Schamanen schon seit Generationen bekannt«, setzte er trotzdem zu einer neuen Auskunft an. »Nachdem sie entdeckt hatten, dass rund um den Krater nur Albinos geboren wurden, wussten sie, wie sich der Himmelssplitter für unser Volk nutzen lässt.«

»Aha«, tat Xaah zunächst verständig, bevor er nachhakte:

»Und was haben diese Alpinos mit dem vom Himmel gefallenen Brocken zu tun?«

»Albinos!«, korrigierte Archat schärfer als beabsichtigt. »Siehst du denn nicht, dass all die Tiere, die hier herumkriechen, weiße Leiber und rote Augen haben? Das haben sie, weil sie unter der starken Aura des Himmelssplitters aufgewachsen sind.«

Missmutig starrte Xaah auf eine Schnittwunde in seinem rechten Zeigefinger, die von einem Froschbiss herrührte. Dass die üblicherweise harmlosen Tiere rund um den Teich scharfe Zähne hatten, gefiel ihm ganz und gar nicht. Sein einziger Trost war, dass der Übeltäter sein Leben ausgehaucht hatte. Mit zerquetschtem Leib lag er auf dem Grund des Sees. Weil der Frosch im Todeskampf so schön gekreischt hatte, suchten die übrigen Trolle nach weiteren Exemplaren, um dem ungewöhnlichen Totengesang erneut zu lauschen. Vergeblich. Wenn es noch weitere Kröten in der Umgebung gab, hatten sie das Weite gesucht.

»Du weißt viel, was andere Trolle nicht wissen«, bemerkte Xaah, weiterhin in den Anblick seiner Wunde vertieft. »Hättest du dich seinerzeit nicht mit Mondrak überworfen, wärst du inzwischen ein bedeutender Schamane oder hättest schon seine Stellung eingenommen.«

Im Sticheln war Xaah ein wahrer Meister.

»Kein Troll kann ewig gegen seine Überzeugung leben«, gab Archat ungehalten zurück. »Hätte ich mich nicht gegen Mondrak aufgelehnt, hätte es irgendwann in Mord und Totschlag geendet.«

»Genau das meinte ich ja, als ich sagte, du könntest bereits an seiner Stelle herrschen«, legte Xaah nach, ohne aufzusehen.

Anstatt sich aufzuregen, blieb Archat still. Irgendetwas

in Xaahs Worten hatte einen Gedanken in seinem Kopf angestoßen. Was war, wenn er die ganze Sache vollkommen falsch anging? Vielleicht war das Krallenauge so versteckt, dass es selbst ein einfacher Lastenträger finden konnte, der nichts von der Himmelsmechanik verstand? Immerhin war es Zufall gewesen, dass Archat zu den Trollen gehörte, die Mondraks *Ruf* gehört hatten. »Was würdest *du* tun?«, fragte er, einer plötzlichen Eingebung folgend.

»Was?« Xaah sah überrascht auf.

»Stell dir vor, ich wäre nicht hier«, erklärte Archat. »Du wüsstest nur, dass dieser Stein den Zugang zum Krallenauge verbirgt, das du zu Mondrak bringen sollst. Was würdest du tun, wenn du alleine wärst?«

Xaah kratzte sich erneut am Kopf. Dann beugte er sich vor, packte mit beiden Händen den großen Stein, den er mit seinen langen Trollarmen gerade so umfassen konnte, und richtete sich ächzend auf.

Mit so viel Dummheit hatte Archat nicht gerechnet. Entsetzt versuchte er, den anderen von seinem Tun abzuhalten, doch es war zu spät. Mit einem saugenden Geräusch löste sich der Stein aus dem weichen Untergrund. Xaah stemmte ihn ein Stück in die Höhe, bevor er ihn zur Seite wälzte. Falls er durch Kettenzüge mit einer Mechanik verbunden gewesen war, war diese nun unwiederbringlich zerstört.

Doch der verdammte Findling war einfach nur ein Findling.

Archat wollte schon erleichtert aufatmen, als er ein Kitzeln an seinen Fußsohlen spürte, dem ein dunkles Grollen aus der Tiefe folgte. Kurz darauf erbebte der Boden, auf dem sie standen. Dank ihrer mächtigen Beine, die wie massive Säulen aufragten, warf das die Trolle nicht um, doch die Erschütterungen waren so stark, dass die umliegenden

Baumwipfel zu rauschen begannen. Die Äste schüttelten sich, bis ihre Blätter abfielen. Einem grünen Ascheregen gleich, schwebte das Laub langsam zu Boden.

Wo das Geäst morsch war, krachte auch Holz in die Tiefe.

»Erdbeben!«, schrien einige der Lastenträger entsetzt, denn sie wussten aus Erfahrung, dass solche gewaltigen Stöße häufig in einem Steinschlag endeten.

»Das ist nicht meine Schuld!«, rief Xaah voller Entsetzen. »Archat hat gesagt, ich soll das machen!«

»Beruhige dich!«, übertönte ihn Archat. »Du hast nur eine verborgene Mechanik ausgelöst.«

Tatsächlich bohrte sich an der Stelle, an der der Findling eben noch gelegen hatte, eine von Meisterhand gemeißelte Granitsäule in die Höhe. Der große Fels war nur ein Gewicht gewesen, das den im Boden verborgenen Mechanismus blockiert hatte. Nun, da das Gegengewicht verschwunden war, gingen gewaltige Veränderungen vor sich.

Im Zulauf des Teiches, nur wenige Schritte von ihnen entfernt, entstand ein Strudel. Das hatte mit dem passgenauen Quader zu tun, der sich aus dem Bachbett erhob, bis er das Niveau des Ufers erreichte. Anstatt sich an der Barriere zu stauen, strömte das Wasser darunter ab. Offensichtlich hatte der angestiegene Quader einen Ablauf in eine riesige Kaverne geöffnet. Und nicht nur dort, auch am Grunde des Splittersees mussten trichterförmige Aushöhlungen entstanden sein, denn der Wasserspiegel des langgezogenen Teichs fiel so schnell ab, dass die Trolle dabei zusehen konnten.

Sobald alles wie vorgesehen funktionierte, verebbte das Erdbeben. Erleichtert nahmen die Lastenträger zur Kenntnis, dass ihnen die umstehenden Bäume nicht auf den Kopf fallen würden. Auch Xaah erkannte, dass keine Gefahr mehr drohte. Triumphierend reckte er seine Faust.

»Seht ihr das?«, brüllte er. »Seht ihr, was ich vermochte, als unser ehemaliger Schamane versagt hat?«

Archat verspürte nicht übel Lust, dem Kerl den Kopf zu spalten, aber vielleicht brauchte er seine Zwergenaxt noch für etwas Wichtigeres. Innerhalb der modrigen Brühe geriet etwas in Bewegung, das ihm zu denken gab. Zwischen all den Strudeln schlug die trübe Brühe Blasen, als begänne sie zu kochen. Gleichzeitig zeichneten sich lange weiße Stränge ab, die an die wild um sich schlagenden Tentakel eines Kraken erinnerten.

Mächtige Fangarme waren das, die selbst einem Troll gefährlich werden konnten. Leider sahen das nicht alle Kameraden so.

»Albino-Aale!«, schrie Ugat verzückt. »So große, dass ein Troll von einem einzigen Fang satt werden kann! Das wird ein Festessen!«

Die doppelköpfige Streitaxt eines Zwergs wie ein handliches Beil schwingend, bahnte sich Ugat einen Weg durchs Schilf, um sich seinen Fang nicht entgehen zu lassen. Tief sanken seine nackten Füße in den schlammigen Untergrund, der noch kurz zuvor mit Wasser bedeckt gewesen war. Kaum hatte er sich einem der schlanken Stränge genähert, die sich wie wild gebärdeten, fuhr dieser auch schon spritzend in die Höhe.

Das, was Ugat entgegenschoss, wirkte wie eine menschenarmdicke Schlange mit blinden Augen. Nadelspitze Zähne blitzten hinter einem wie mit dem Messer eingeschnittenen Maul hervor. Doch weder eine Schlange noch ein Aal hätten sich so stark auf ihrer Schwanzspitze abdrücken können, dass ihr Vorderleib dermaßen aus dem Wasser geschossen wäre.

Was war das für eine Kreatur, die den Himmelssplitter

bewachte? Ein Krake, wie ihn die Meere noch nie gesehen hatten? Mit gefräßigen Mäulern an jedem Fangarm?

Wie gefährlich die Ausgeburt des Splittersees war, bekam Ugat zu spüren. Zielgerichtet biss sie sich knapp oberhalb seines Ellenbogens fest. Vor Wut und Schmerz aufheulend, packt Ugat das Vieh direkt im Nacken. Mit einem harten Ruck riss er es los, obwohl es den Kiefer fest geschlossen hielt. Blut spritzte auf.

Dunkel quoll es aus der Wunde. Auf die Größe eines Trolls gesehen, war das sicher keine tödliche, aber dennoch eine gefährliche Verletzung.

Zumal weitere Fangarme aus dem Wasser schlugen.

Die meisten von ihnen reichten nicht weit genug. Kurz vor ihrem Ziel klatschten sie ins Wasser zurück. Einer war jedoch länger. In einer instinktiven Abwehrbewegung schlug ihn Ugat mit dem flachen Axtblatt zur Seite, doch anstatt ins Schilf zu fallen, streckte sich die Tentakel noch weiter, bis sie seinen Hals erreichte. Hilflos verfolgte der Troll mit, wie sich das mit Zähnen versehene Ende um seinen Nacken schlang. Um ihn blitzartig tiefer ins Wasser zu zerren. Gleichzeitig gebärdete sich der Fangarm in seiner rechten Faust so wild, dass Ugat sein Gleichgewicht verlor. Er versuchte, sich gegen den Zug zu stemmen, vergeblich. Röchelnd stolperte er zwei Schritte nach vorne, so dass er in die Reichweite weiterer Aal-Tentakel geriet.

Zum Glück eilte ihm einer seiner Kameraden zu Hilfe.

Naza durchtrennte den Würgestrang mit einem mächtigen Hieb. Dunkelrot, fast schon schwarz, sprudelte es aus den verbliebenen Hälften hervor. Während das um Ugats Hals geschlungene Ende sofort erschlaffte, peitschte das andere noch eine Weile unkontrolliert herum, bevor es in dem absinkenden Wasserspiegel versank.

Wieder zu Atem gekommen, entledigte sich Ugat des Aals in seiner Hand auf die gleiche Weise. Auch die erneute Enthauptung vermochte die restliche Brut nicht zu beeindrucken. Weitere Fangarme brachen aus dem Gebrodel hervor, um nach den beiden gefährlich weit vorgedrungenen Trollen zu schnappen.

Wild um sich schlagend, wehrten sie sich ihrer Haut. Das war kein leichtes Unterfangen. Ugat und Naza hatten große Mühe, ihre tief im Schlamm versunkenen Füße so weit zu lösen, dass sie rückwärtsgehen konnten.

Nun waren Archats Fähigkeiten als Anführer gefragt. »Auf ihr Trolle!«, feuerte er die übrigen Lastenträger an. »Alle gemeinsam!«

Sofort stürzten sich Lastenträger von beiden Ufern ins Wasser, schwangen ihre erbeuteten Waffen und griffen sich, was sie zu packen bekamen. Wo sie im Wasser nichts erwischten, pflückten sie bissige Mäuler von ihren blutenden Leibern ab, um sie danach auf Länge zu kürzen. Viel Schmerz und Pein ging damit einher, doch da die Trolle so gut einstecken wie sie austeilen konnten, behielten sie am Ende die Oberhand.

Auch Archat blutete aus mehreren Wunden, als ihm auffiel, dass viele der überlebenden Stränge auf verletzte Artgenossen losgingen.

»Zurück!«, befahl er. »Sie erledigen sich bereits selbst!« Tatsächlich konnten sich alle Trolle von ihren Gegnern lösen, ohne erneut bedrängt zu werden.

Dunkles Blut von öliger Beschaffenheit trieb auf dem verbliebenen Wasserspiegel wie Fettaugen auf einer Brühe. Zwischen den Schlieren dümpelten erschlaffte Schlangenleiber, und die aufgewühlten Fluten wirkten endgültig, als würden sie vor Hitze brodeln. Unter dem stetig fallenden

Pegel trat ein aufgeschmolzener Brocken hervor, mit harten Spitzen und großen wabenförmigen Vertiefungen. Archat erkannte die göttlichen Strukturen. Es handelte sich um den Himmelssplitter, der vor Äonen im Land der Trolle niedergegangen war.

Halb auf dem göttlichen Stein, halb davor zeichneten sich die Umrisse eines weißen Tierknäuels ab, dem die angriffslustigen Tentakel entsprangen. Sie massakrierten einander aufs Schlimmste, weil sie zu einer Gattung gehörten, die alles attackierte, was blutete, selbst wenn es die eigene Art war.

Archats Vermutung, ihr Gegner wäre ein Krake, stellte sich als falsch heraus. Vielmehr hatten sie es mit Albino-Aalen zu tun, die unter der unheilvollen Aura des Himmelssplitters am Schwanz zusammengewachsen waren. Deshalb konnte sich der missgestaltete Wurf nur auf Beute stürzen, die in die Reichweite ihrer Fänge geriet.

Die Trolle warteten, bis das gesamte Wasser mit dem vergossenen Blut durch die trichterförmigen Strudellöcher abgeflossen war, bevor sie darangingen, allen Aalen, in denen noch Leben steckte, den Garaus zu machen. Erst danach wagten sie es, nach dem Krallenauge zu suchen.

Im Schlamm war es sicherlich nicht deponiert, und der Himmelssplitter sah weiterhin so aus, wie sie ihn kannten. Also befahl Archat seinen Kameraden, den metallenen Stein, der sich von drei Trollen mit den Armen umfassen ließ, mit vereinten Kräften zur Seite zu wuchten. Kein leichtes Unterfangen, denn der Himmelsstein wog schwerer als Bandors härtester Granit. Dazu kam der Morast, in dem sie wateten.

Lastenträger waren es jedoch gewohnt, unter schwersten Bedingungen zu arbeiten. Keuchend setzten sie zweimal an, dann gelang es ihnen. Als der Splitter nach hinten kippte, gab er eine steinerne Umfriedung frei, in der der skelettierte Kopf eines Weltenwandlers ruhte. Genau dort, wo das Krallenauge bereits zu Lebzeiten gefunkelt hatte, lag es an seinem Platz. Hier war es gut aufgehoben gewesen, bis Mondrak entschieden hatte, dass das Versteck im Schutze der Himmelsaura nicht mehr sicher genug war.

Von einer plötzlichen Ehrfurcht erfüllt, legte Archat die Zwergenaxt zur Seite und griff mit beiden Händen zu. Einst ein lebendes Ding, war das Krallenauge mittlerweile ein transparenter Kristall, der die dreifach geschlitzte Pupille, die in seinem Inneren schimmerte, nur nachahmte. Sobald Archat den Kraftfokus berührte, fühlte er ein unangenehmes Kribbeln in den Fingern, das jedoch rasch verflog. Gleichzeitig begann das Krallenauge, von innen heraus zu pulsieren, als wüsste es, dass eine Zeit neuer Aktivitäten angebrochen war.

Von den anderen Trollen umringt, stand Archat auf, um es ans Ufer zu tragen. Vorsichtig setzte er einen Fuß vor den anderen, um nicht auf den glitschigen Aalen auszurutschen, die den modrigen Untergrund bedeckten. Ganze drei Schritte weit kam er, bevor er einen stechenden Schmerz in seiner Rechten spürte. Zunächst befürchtete er, dass ihn das Krallenauge für unwürdig hielt und deshalb mit Schmerzen strafte. Dann entdeckte er die winzige Befiederung, die in seinem Handrücken steckte.

Dass ihm der Stich eines so kleinen Pfeils so große Pein bereitete, war dem Troll unerklärlich, bis er spürte, wie sich etwas seinen Unterarm hinaufbrannte. Da wusste er, dass die dünne Spitze mit Gift bestrichen war.

Leises Zischen erfüllte die Luft, gefolgt von dumpfem Schmatzen. Plötzlich wuchsen auch anderen Trollen kleine Federn aus Armen, Beinen oder Oberkörpern. Keiner der Getroffenen jammerte, denn ihre mit Bissen übersäten Leiber schmerzten ohnehin in höchstem Maße. Aber alle verzogen ihre groben Gesichter, weil sie spürten, dass sich in ihren Adern etwas ausbreitete, das ihnen Verdruss bringen würde.

»Blasrohre!«, warnte Archat. »Schnell, hinter den Himmelssplitter.«

Weitere Einstiche im Rücken bewiesen, dass der Beschuss des unsichtbaren Gegners weiter anhielt. Am Grunde des Teiches befanden sich die Trolle wie auf einem Präsentierteller. Als sie die Deckung erreichten, hielt der Ärger an. Auch von der Bergseite aus hagelte es herab, wenn auch nicht so intensiv. Wütend versuchten sie, die schmale Baumlinie, die vor dem steilen Fels verlief, mit Blicken zu durchdringen. Sich dort zu verbergen war schwierig. Prompt zeichnete sich ein schneeweißer Umriss im Unterholz ab.

Xaah reagierte von allen Trollen am schnellsten. Unter einem lauten Aufschrei schleuderte er seine Zwergenaxt auf den heimtückischen Heckenschützen – und traf.

Unter einem lauten Gurgeln taumelte ein Albino aus dem Gestrüpp hervor, sein grünes Blasrohr in der Hand, Xaahs Streitaxt tief im Brustkasten steckend. Schon nach wenigen Schritten brach der weißhäutige Gnom in die Knie und kippte zur Seite.

Wenigstens hatte ihr Gegner damit ein Gesicht.

Außerdem kaufte der Tote den übrigen Gnomen den Schneid ab. Um die geduckt dastehenden Trolle zu treffen, mussten sie sich zum Schießen aufrichten, das gestaltete sich von nun an gefährlich. Allerdings war die Zahl ihrer Äxte und Streithämmer endlich, und nicht jeder von ihnen würde auf Anhieb so gut treffen wie Xaah.

Hätten sie sich doch beizeiten ein paar schwere Streitkeulen geschnitzt, mit denen sich alles plattschlagen ließ.

Xaah mochten ähnliche Gedanken durch den Kopf gehen, als er sich einen der herumliegenden Aale griff, um ihn wie eine Peitsche zu schwingend.

»Kommt heraus, wenn ihr euch traut«, schrie er, und knallte dabei dreimal laut mit dem weißen Strang in der Luft.

Kein einziger Pfeil zischte heran, um ihn daran zu hindern. Xaah mochte ein Stinkstiefel sein, der gerne lästerte und stichelte, doch als Kämpfer war er gut zu gebrauchen, das musste Archat ihm zugestehen.

»Nur die Ruhe, Xaah!«, ertönte eine fremde Stimme. »Je mehr du dich aufregst, desto schneller erreicht das Gift in deinem Blut das Herz. Sobald das geschieht, ist es aus mit dir!«

»Wer bist du?«, mischte sich Archat aus der Deckung heraus ein. »Gib dich zu erkennen und sag gefälligst, was du willst!«

»Bist du es, Archat?«, fragte die fremde Stimme zurück. »Komm hervor, ich will dir einen Handel anbieten.«

Die übrigen Trolle murrten bei diesen Worten. Längst nicht alle hatten Treffer einstecken müssen. Außerdem mochte eine für Gnom und Tier tödliche Dosis bei ihnen kaum mehr als einen Juckreiz auslösen. Archat mahnte trotzdem zur Ruhe.

»Ich will hören, was der Kerl zu sagen hat«, erklärte er leise. »Wir müssen wissen, warum sich diese Albino-Gnome für das Krallenauge interessieren. Paktieren sie mit dem Nekromanten, muss Mondrak das erfahren. Außerdem verschafft uns die Verhandlung Zeit, uns eine Taktik zu überlegen.«

Die anderen sahen ihn aus großen Augen an.

»Eine Taktik?«, sprach Xaah aus, was alle dachten. »Wozu

soll das gut sein?« Kein Wunder, dass das Volk der Trolle dem Niedergang geweiht war.

»Verhaltet euch ruhig«, forderte Archat. »Ich bin der Träger des Krallenauges, also beugt euch meinem Urteil.«

Ehe jemand dagegen aufbegehren konnte, erhob er sich bereits. Als er über den Himmelssplitter hinwegspähte, sah Archat einen Albino-Gnom in fester Lederhose, der ein junges Zwergenweib, das er mit dem Messer bedrohte, wie ein Schutzschild vor sich herführte. Die Zwergin in der Tracht einer Küchenmagd kam ihm bekannt vor, doch bunte Lichter, die vor seinen Augen explodierten, verminderten seine Sicht. Entweder hatten ihn die Bisswunden stärker geschwächt als gedacht, oder das Pfeilgift entfaltete seine erste Wirkung.

»Wer bist du?«, verlangte Archat zu wissen. »Woher weißt du, wie wir alle heißen?«

»Mein Name sagt euch nichts«, erwiderte der Gnom. »Und wie ihr heißt, weiß ich von diesem kleinen Täubchen, das sich in meiner Gewalt befindet.«

»Ich bins, Imtje!«, rief die Magd da aus. »Erkennt ihr mich denn nicht, ihr Trolle? Wie oft habe ich euch in Felsheim das Essen serviert, wenn ihr aus den Steinbrüchen gekommen seid? Dieser Kappok hat mich gefangen genommen.«

Als er ihre Stimme hörte, wusste Archat auf Anhieb, wer Imtje war. Er kannte sie als stets fröhliches Ding, der er nichts Schlechtes nachsagen konnte, gleichzeitig war sie aber nur eine von vielen Küchenhilfen, mit denen die Trolle zu tun gehabt hatten, ohne je eine von ihnen näher kennenzulernen.

»Übergebt mir das Krallenauge, dann lasse ich Imtje am Leben«, verlangte der Gnom.

»Sie ist kein Troll«, antwortete Archat. »Warum sollte uns ihr Tod irgendwie scheren?«

Imtje schluchzte bei diesen Worten leise auf.

»Ohhhh«, heuchelte Kappok traurig. »Das ist aber nicht nett von euch, wo sie doch extra mit ihrem Liebsten ausgezogen ist, um andere Zwerge davon abzuhalten, euch für eine Schlacht verantwortlich zu machen, an der ihr keine Schuld tragt. Zumindest hängt sie mir mit diesem Mist schon den ganzen Tag in den Ohren.«

»Orm?«, entfuhr es Archat ganz gegen seinen Willen.

»Ja genau!«, rief Imtje zurück. »Nehmt euch in Acht vor ihm, er sinnt auf Rache, weil er die Wahrheit nicht kennt.«

»Der alte Eisenbeiß hat seine Tracht Prügel bereits bekommen«, höhnte Xaah aus dem Hintergrund.

Archat bedeutete dem Kameraden unwillig zu schweigen. Offensichtlich waren Dinge geschehen, von denen selbst Mondrak keine Kenntnis hatte. Außerdem war ihm etwas eingefallen, das ihnen weiterhelfen mochte.

»Nicht einmal ein Zwergenkönig wäre es wert, gegen das Krallenauge ausgetauscht zu werden«, erklärte er Kappok. »Trotzdem ist es sinnlos, die Magd zu töten. Der Kraftfokus wurde mit einem Bann belegt, so dass ihn nur Trolle unbeschadet berühren können«. Eigentlich hatte Mondrak gesagt: »Nur jene, die einen Weltenwandler zu zähmen vermögen«. Aber das kam ja wohl auf dasselbe heraus.

Kappok lachte schallend auf.

»So ein Unsinn!«, behauptete er. »Das ist doch gelogen!«

»Glaubst du wirklich?« Archat grinste breit. »Dann komm her und versuch dein Glück, wenn du dich traust.«

Dabei präsentierte er das Krallenauge in seiner ausgestreckten Hand, die er herausfordernd in die Höhe hielt.

6.

Wäre nicht das Messer an Imtjes Kehle gewesen, Binek
hätte längst alle Vorsicht fahrenlassen. Ein paar lange Sätze
mit seinen Beinen, in denen die Sprungkraft der Elfen
steckte, und schon wären die Fäuste geflogen, ganz egal, wie
hoffnungslos unterlegen er Kappok war. Lieber im Kampf
sterben, als weiter hilflos mit ansehen zu müssen, wie der
heimtückische Gnom sie für seine Zwecke missbrauchte.

Zum wiederholten Male warf sich Binek vor, nicht genügend Widerstand geleistet zu haben. Gleich zu Beginn ihrer
Begegnung, als Kappok noch benommen von dem Wirbelwind gewesen war, hätte er die Entscheidung suchen sollen.
Aber hätte es Imtje überhaupt etwas genutzt, wenn er sich
für sie im Kampf aufgeopfert hätte? Hätte Kappok sie anschließend wirklich laufenlassen, weil sie zu unwichtig für
ihn war?

Ohne es zu merken, ballte Binek seine Hände so fest zu
Fäusten, dass sich die Fingernägel tief ins Fleisch bohrten.
Seine Gedanken drehten sich fortwährend im Kreis. Sosehr
er sich auch das Hirn zermarterte, er kam einfach zu keiner
Lösung. Nur eins war gewiss. Dass er Imtje nie wieder unter
die Augen treten durfte, weil er sie so sehr im Stich gelassen
hatte. Er konnte kaum mit ansehen, wie sie von dem Gnom
vorgeführt wurde. Und dass die elenden Trolle ihr Leben
so geringschätzten, drehte ihm schier den Magen um. Wie
demütigend es für sie sein musste zu hören, dass ein aus
dem Schlamm gekratzter Stein wichtiger als ihr Leben sein
sollte.

Binek war so sehr mit seinen Selbstvorwürfen beschäftigt,
dass er Kappoks Anruf zunächst überhörte.

»Binek!!« Erst beim zweiten Versuch drang die Stimme an sein Ohr. »Du sollst herkommen, habe ich gesagt!«

Die Faust eines Wächters, die sich in seinen Rücken bohrte, unterstrich die Forderung. Von dem Stoß angetrieben, lief der Halbelf los und stand schon wenige Herzschläge später am Rande des ehemaligen Teiches. Was er dort zu sehen bekam, ließ ihm den Atem stocken. Die Klingenspitze, die sich in die weiche Stelle unter Imtjes Kinn bohrte, war mit Blut besudelt.

Das Flehen in ihren Augen galt trotzdem nicht ihrem eigenen Schicksal. Im Gegenteil. Binek konnte deutlich in ihnen lesen, dass sich die Magd nur um ihn sorgte. »Geh nicht«, flüsterte sie, obwohl sie mit jedem Wort den Schnitt in ihrer Haut vergrößerte. »Archat hat gesagt, dass das Krallenauge jeden tötet, der kein Troll ist.«

»Dummes Zeug«, wiegelte der Gnom ab. »Diese Bergaffen lügen doch, wenn sie das Maul aufmachen. Oder sie sind wirklich so dumm zu glauben, was ihnen ihre Priester auftischen. Einerlei, es gibt keinen tödlichen Bann, der das Krallenauge schützt. Warum sonst haben sie den Kraftfokus geborgen, obwohl er hier so lange sicher versteckt war?«

Vermutlich, weil die Trolle von deinen Bemühungen erfahren haben, dachte Binek, behielt aber seine Überlegung für sich.

»Geh schon«, forderte Kappok. »Schaff mir den Kristall herbei, und ich will alles vergessen, was zwischen uns war.«

»Lässt du Imtje dann ziehen?«, wagte Binek zu fragen.

»Natürlich«, antwortete Kappok eine Spur zu schnell. »Wenn ich habe, was ich brauche, weiß ich mit euch beiden ohnehin nichts mehr anzufangen.«

Binek hatte lange genug im Pfuhl gelebt, um zu wissen, wie sehr das nach einer versteckten Todesdrohung klang.

Doch was blieb ihm übrig, als zu gehorchen, wollte er seine Liebste nicht auf der Stelle sterben sehen.

Ganz ruhig und gefasst wandte er sich dem bizarr anmutenden Felsen zu, der auf dem Grunde des trockengelegten Teiches lag. Falls ihn die Trolle erschlugen, wusste Imtje wenigstens, dass sie ihm jedes Risiko wert gewesen war.

Ein letzter Blick in den Himmel, um noch einmal das freundliche Licht der Sonne zu sehen, dann wollte er den entscheidenden Schritt wagen. Da stutzte er, weil er zwei Gestalten ausmachte, die von dem Bergsattel hinter dem Splittersee auf sie herabsahen. Im gleichen Moment, in dem er sie zu fixieren versuchte, tauchten sie ab, trotzdem glaubte er, zwei Elfen erblickt zu haben.

»Was ist mit dir?«, blaffte ihn Kappok an. »Hast du die Hosen voll?«

»Zwei Elfen«, stammelte Binek, ohne auf die Beleidigung einzugehen. »Was haben die hier zu suchen?«

»Zwei Elfen?« Die Panik in dem Gesicht des Gnoms war kaum zu übersehen. »Was stehst du dann noch hier herum? Hol mir das Krallenauge, aber schnell!«

Die Tatsache, dass es jemanden gab, den Kappok so sehr fürchtete wie andere Leute ihn, flößte Binek neuen Mut ein. Sah der Nekromant, dass er seine Aufgabe gut erledigte, sorgte er vielleicht dafür, dass Imtje und er mit heiler Haut davonkamen? Binek wusste, dass dieser Gedanke nur ein Strohhalm war, doch er musste sich einfach an etwas klammern, weil er das Fünkchen Hoffnung brauchte, um weitermachen zu können.

Mit leichtfüßigen Sprüngen setzte er sich ab.

Seine Schuhe versanken in dem Schlamm, der den steinernen Untergrund mit den Strudellöchern bedeckte, nur leicht – im Gegensatz zu den Trollen schwebte Binek regelrecht über den Matsch hinweg. Ehe die grauen Giganten begriffen, was vor sich ging, stand er bereits vor ihnen.

»Verschwinde, du Dummkopf«, herrschte ihn jener an, den Imtje Archat nannte. »Du weißt nicht, was du tust.«

Binek ließ sich nicht beirren. Vollkommen gefasst formte er aus seinen gewölbten Händen eine Schale, die er dem Riesen entgegenhielt.

»Das Krallenauge«, forderte er, »wie von euch versprochen.«

Archat schüttelte den Kopf. »Nein, das war nicht abgemacht. Der elende Gnom soll es sich holen, damit seine Kumpane sehen, wie ihn Mondraks Abwehrzauber in kleine Stücke reißt.«

Der Troll glaubte fest an die Macht des Bannes, der jeden Unbefugten tötete, sobald er sich des Kristalls zu bemächtigen versuchte, das war nicht zu übersehen. Trotzdem rührte sich Binek nicht von der Stelle. Er hatte keine andere Wahl, obwohl ihm die dreifach geschlitzte Pupille, die ihn anzustarren schien, tiefe Furcht einflößte.

»Den Kraftfokus«, forderte er. »Gib ihn freiwillig heraus, oder ich nehme ihn mit Gewalt.«

Einige Trolle lachten über die Drohung, doch Xaah sagte: »Tu ihm doch den Gefallen, wenn er so sehr darum bettelt. Sobald die Gnome sehen, wie ihr Schlitzohr zu Staub zerfällt, ziehen sie freiwillig ab. Dann haben wir endlich Zeit, uns um das Gift in unsern Adern zu kümmern.«

»Dein Freund hat recht«, stimmte Binek eilig zu. »Mein Tod ist mindestens so beeindruckend wie Kappoks eigner. Aber kümmert euch um die Felsheimer Magd, wenn ich nicht mehr bin.«

Archat sah ihn aus traurigen Augen an.

»Also gut«, stimmt er nach einer Weile zu. »Wenn es dein

ausdrücklicher Wunsch ist.« Dabei senkte er seine ausgestreckte Hand, in der das Krallenauge ruhte.

Wie es so vor Bineks Gesicht lag, wirkte es überhaupt nicht gefährlich, ja noch nicht einmal sonderlich mächtig. Trotzdem zweifelte das Halbblut keinen Moment daran, dass er sterben musste, wenn er es berührte. Alles in ihm schrie danach, einfach fortzurennen, doch Binek war schon zu oft geflohen, ohne dass sich dadurch irgendetwas verbessert hätte. Warum also nicht mit einem großen Knall abtreten und dadurch wenigstens erreichen, dass Imtje, die nie etwas mit Kappok zu tun gehabt hatte, zu ihrem alten Leben in Felsheim zurückkehren konnte?

Dieser Gedanke besaß etwas seltsam Tröstliches für den Halbelf. Plötzlich fühlte es sich an, als träte er aus sich selbst heraus, um alles, was von nun an geschah, wie ein Fremder zu beobachten.

Alle Angst fiel von dem Halbblut ab wie überflüssiger Ballast. Er hatte mit seinem Leben abgeschlossen.

Seine Hände zitterten nicht einmal, als er sie ausstreckte, um das Krallenauge zu ergreifen. Schnell und geschmeidig langte er zu. Erst als er die kalte Kristalloberfläche unter seinen Fingern spürte, verkrampften seine Muskeln in der Erwartung des tödlichen Schmerzes. Ein, zwei Atemzüge lang hielt er das Krallenauge so in Händen, doch nichts geschah.

Wenn es jemanden gab, der sich darüber noch mehr wunderte als er selbst, war es Archat. »Aber ... das kann doch nicht wahr sein«, stammelte der Troll verblüfft.

Binek überlegte nicht lange. Hastig riss er die Kugel an sich und rannte davon. So schnell, wie er es vermochte, kehrte er zu Kappok und Imtje zurück. Geschafft! Binek brachte dem Großmeister der Dunklen Gilden, was er haben wollte, wofür dieser Imtje und ihm die Freiheit schenken würde.

Im Teich hob großes Geschrei an.

Die Trolle fühlten sich betrogen und wollten ihm ihre Äxte hinterherschleudern. Binek zog den Kopf zwischen die Schultern und rannte weiter. Geschwindigkeit war sein größter Vorteil.

»Waffen runter!« Archats Stimme erfüllte die gesamte Lichtung. »Wenn das kein Zeichen der Berggötter ist! Dieser Bengel muss einer sein, der Weltenwandler zu beherrschen vermag.«

Mit einem gewaltigen Satz katapultierte sich der Halbelf aus dem leeren Splittersee und landete direkt neben Kappok, der sich schier ausschütten wollte vor Lachen. Vor lauter Freude hatte er sogar seine Messer sinken lassen. Erleichtert streckte ihm Binek das Krallenauge entgegen. Hielt es der Gnom erst einmal in Händen, vergaß er sie vielleicht lange genug, dass sie sich unbemerkt davonstehlen konnten.

»Diese dämlichen Trolle«, feixte Kappok triumphierend, während er Imtje zur Seite stieß. »Haben wirklich geglaubt, dass sie den Großmeister der Dunklen Gilden austricksen ...«

Kappoks freie Hand streckte sich dem Krallenauge entgegen.

Es war noch gut eine Unterarmlänge entfernt, als sich ein greller Blitz aus der Kristallwölbung löste, der ihm direkt in die Fingerspitzen fuhr. Kappok erstarrte mitten in der Bewegung. Übler Schwefelgeruch stieg am Ende des Lichtbogens auf. Schreie voller Qual und Agonie entfuhren seiner Kehle, während seine Hand innerhalb von wenigen Lidschlägen verkohlte. Ganz schwarz lief sie an und schrumpfte dabei so stark, dass sie nur noch so groß wie die eines Gnomenkindes war. Tränen liefen über sein verzerrtes Gesicht, während er in die Knie brach.

Das verschmorte Etwas gegen seine Brust zu pressen vermochte die Pein nicht zu lindern. Immer lauter schrie er.

Und schrie.

Und schrie.

Erst als er sich so stark krümmte, dass nur noch ein leises Wimmern zu hören war, wurde das Freudengeheul der Trolle laut, die den Schutzbann ihres Obersten Schamanen hochleben ließen. Binek und Imtje schreckten aus der Lähmung auf, die von ihnen Besitz ergriffen hatte. Obwohl sie der Albino-Gnom so schlecht behandelt hatte, verspürten sie beinahe Mitleid mit ihm. Die Sumpfgnome, die Binek bewacht hatten, sannen auf Rache, obwohl er von allen Anwesenden am wenigsten verstand, was gerade vor sich ging.

Aber das interessierte die Albinos nicht. Ganz besonders nicht den mit der gespaltene Augenbraue, der mit bloßen Händen auf Binek zustürzte, obwohl er dabei die Schussbahn für jene blockierte, die ihre Blasrohre an die Münder hielten. Zunächst wusste der Halbelf nicht, wie er sich gegen die rücksichtslosen Gegner zur Wehr setzen sollte, doch als ihn der Vorderste des Trios fast erreicht hatte, kam ihm die rettende Idee.

Grimmig dreinschauend, riss er das Krallenauge in die Höhe und schrie: »Blitz und Donner über euch und die Euren!«

Dabei ruckte er mit dem Kristall in ihre Richtung, was den Eindruck erweckte, ein weiterer Blitz stände kurz vor der Entladung.

Kreischend warf sich der Gnom mit der gespaltenen Augenbraue zur Seite, um der Vernichtung zu entgehen. Seine Kumpane folgten seinem Beispiel. Keiner von ihnen verspürte das Verlangen, dasselbe Schicksal wie ihr Anführer zu erleiden.

Rasch klaubte Imtje das Messer auf, das Kappok hatte fallen lassen. Es war ihr eigenes. Derart bewaffnet, packte sie Binek am Ärmel und zog ihn mit sich fort. Die Gelegenheit zur Flucht war günstig. Die Gnome wälzten sich am Boden, in dem hilflosen Versuch, einem möglichen Blitzschlag auszuweichen.

Archat und die anderen Trolle heulten vor Wut, als sie Binek mitsamt dem Krallenauge verschwinden sahen. Alle weiteren Gefahren missachtend, rannten sie los, um ihr Artefakt zurückzuerobern. Auch die neuen Blasrohrsalven, die ihnen entgegenschlugen, vermochten ihren Sturmlauf nicht aufzuhalten.

»Schießt sie zusammen! Schlagt sie, wo ihr könnt!«, schrie Kappok, als er wieder einen klaren Gedanken fassen konnte.

Das Letzte, was Binek sah, als er noch einen Blick über die Schulter warf, war, wie Gnome und Trolle zwischen den Bäumen aufeinanderprallten. Ein tödlicher Kampf entbrannte, in dem die verfeindeten Parteien mit Blasrohren, blanken Klingen und Zwergenäxten fochten. Die Anzahl der Kämpfer war auf beiden Seite in etwa ausgeglichen, und die körperliche Überlegenheit der Trolle wurde durch ihre Verletzungen und die Wirkung des Pfeilgiftes aufgehoben.

Binek wagte deshalb nicht, sich auf die Seite von Archat und den Seinen zu schlagen. Zumal ihn Imtje zum Weiterrennen drängte. Die Küchenmagd hatte nicht vergessen, dass die Trolle sie für das Krallenauge opfern wollten.

Keuchend kehrten sie zu Flocke und Nachtstern zurück. Binek wollte die erbeutete Kristallkugel gerade in einer Satteltasche verstauen, als sich eine weißhäutige Gestalt neben ihnen aus dem Unterholz schraubte. Der Gnom musste auf ihre Rückkehr gewartet haben. Das Blasrohr lag bereits fest an seinen Lippen. Die Mündung des fingerdicken Rohrs zeigte auf Binek, der den Pfeil schon auf sich zurasen sah, doch so weit kam es nicht.

Ein schmatzendes Geräusch erklang.

Aus dem Hinterkopf des Gnoms wuchs plötzlich eine Streitaxt hervor. Ohne einen weiteren Laut von sich zu geben, sackte der Gnom zur Seite und verschwand zwischen grünen Farnfächern. Hinter ihm brach ein bärtiges Gesicht durch das Unterholz, das sich kurz verzerrte, als der Zwerg, dem es gehörte, seine Waffe befreite.

»Orm Eisenbeiß!«, rief Imtje erfreut. »Wie schön, euch zu sehen. Wir suchen euch schon seit Tagen, um euch wichtige Kunde zu überbringen.«

»Später, gutes Kind!«, wehrte Orm ab, bevor er sich einen Weg durch das Gestrüpp bahnte. »Zunächst einmal sollten wir ein wenig Abstand zwischen uns und das Gezücht bringen, das diese Gegend unsicher macht. Doch keine Sorge, der starke Arm des alten Eisenbeiß wird euch weiterhin beschützen.«

»Oh, vielen Dank!«, antwortete Imtje vergnügt. »Aber der zukünftige Vater meiner Kinder hat eine Waffe erobert, die ihresgleichen sucht. Vor ihr fürchten sich alle Gnome des Waldes oder zumindest die, die schon wissen, was sie anzurichten vermag. Der da gehörte wohl noch nicht dazu.«

Dabei deutete sie auf das zuckende Bein des Sterbenden, das aus dem nahen Gebüsch hervorragte.

»Imtje!«, rief ihr Binek zu, um ihre Redseligkeit zu zügeln.

»Schon gut«, wehrte Orm ab. »Ich habe so einiges von dem gesehen, was am Himmelssplitter vorgefallen ist, obwohl mich die Verwerfung ein Stück weit von den Trollen entfernt ausgespuckt hat. Zum Glück hat sich jetzt eine Gelegenheit ergeben, zu euch zu stoßen. Was hier eigentlich vor sich geht, könnt ihr mir erzählen, sobald wir auf den Pferden sitzen.«

Damit hatte der alte Kämpe vollkommen recht, und so schwangen sie sich in die Sättel, wobei Imtje hinter Binek aufsaß, weil Orm so schwer war wie sie beide zusammen. Danach ließen sie Flocke und Nachtstern die Zügel schießen, um endlich in sicherere Gefilde zu gelangen.

7.

Ascan und Mandu stiegen aufrecht aus dem klaren Quellsee auf, der kaum tiefer als eine Pfütze war. Nicht der kleinste Tropfen haftete ihrer Kleidung an, als sie über dem Wasser schwebten, dessen Oberflächenspannung an einen prallgefüllten Trinkbecher erinnerte. Eine Handbreit Luft unter den Sohlen, schwebten sie über den Gegenpol hinweg, bevor sie sanft zu Boden sanken.

Kaum standen sie fest auf beiden Beinen, begann sich der kleine Quellsee, erneut unter dem Zufluss eines herablaufenden Rinnsals zu kräuseln. Solch ungünstige Bedingungen von Imor aus so zu beeinflussen, dass eine Spiegelreise möglich war, zeugte von großer Meisterschaft. Totenzehrer oder nicht, Mandu verstand sein magisches Handwerk.

Dank der Prägung durch den zurückgekehrten Sucher hatte er die Durchgangsmöglichkeit in unmittelbarer Nähe des Krallenauges aufgespürt. Kampflärm deutete an, dass sie gerade rechtzeitig kamen.

Der felsige Untergrund, auf dem sie standen, ging übergangslos in feuchten Marschboden über. Dort versickerte das abfließende Nass, um sich in tieferen Schichten als Grundwasser zu sammeln.

Ascan nahm seinen Bogen vom Rücken und legte einen Pfeil auf, bevor er dem als Elfen maskierten Nekromanten folgte. Zwischen kleinen Harthölzern hindurch und über vielerlei Gestrüpp hinweg gelangten sie an einen trockengelegten Teich, dessen modriger, von schneeweißen Aalen durchsetzter Grund feucht glänzte. Die unnatürlich langen Fische waren an ihren Schwänzen miteinander verwachsen. Ein grotesker Anblick, nur übertroffen von dem mit Spitzen, Graten und wabenförmigen Kratern übersäten Steinbrocken, der sich in unmittelbarer Nähe zu den abgeschlachteten Tieren erhob.

»Ein Meteorit«, entfuhr es Mandu. »Kein Wunder, dass meine Sucher die Spur des Krallenauges verloren haben. Seine Aura ist jeder traditionellen Kunst gewachsen.«

»Meteorit?« Ascan verstand nicht genug von Magie, um etwas mit diesem Ausdruck anfangen zu können.

Mandu lächelte mitleidig, bevor er sich zu einer Antwort bequemte. »Ein Himmelssplitter, der auf die Erde gefallen ist«, erklärte er von oben herab. »Für den Fall, dass du dich mit den unbeholfenen Erklärungen der Himmelsmechanik auskennst, die die Trolle zur Grundlage ihres Glaubens erkoren haben.«

Ascan ließ sich nicht anmerken, wie sehr ihn die Arroganz des Nekromanten anwiderte. Andere zu erniedrigen, um sich selbst zu erhöhen, war für ihn ein Zeichen von Schwäche.

»Ach so, einer dieser Steine, die als Feuerbälle aus den Wolken fallen«, sagte er leichthin. »Ich interessiere mich eher für gefalteten Stahl und wie er zu schwingen ist.« Sollte ihn der Nekromant ruhig unterschätzen, das konnte von Vorteil sein.

Anstatt sich in weiteren Erklärungen zu ergehen, ließ Mandu den Sucher aus seiner gewölbten Handfläche aufsteigen. Zunächst flog die Sphäre auf den Himmelssplitter zu, beschrieb aber schon auf halbem Wege einen Bogen, um am jenseitigen Ufer zu verharren. Ascan und Mandu gelangten an die betreffende Stelle, indem sie einen aufgestauten Bachlauf überwanden.

Als sie die ersten Toten entdeckten, legte Ascan einen Pfeil auf die Sehne. Die zahllosen Gnome, die ihren Weg säumten, waren ausnahmslos Albinos. Einigen waren Arme und Köpfe abgeschlagen worden. Ein Streithammer, dessen Spitze eine Augenhöhle ausfüllte, legte die Vermutung nahe, dass ein Kampf zwischen Zwergen und Gnomen getobt hatte – bis sie zwei tote Trolle entdeckten, deren riesige Pranken Streitäxte umklammerten, die für kleinere Hände gemacht waren.

Ein Schlachtfeld wie dieses hatte Ascan noch nie gesehen.

Die toten Giganten schienen mit laubgrüngefiederten Pfeilspitzen gespickt. Erst bei genauerem Hinsehen erkannte er, dass die winzigen Metallstifte in Wirklichkeit mit grünem Farn versehen waren. Einige Stichwunden gab es auch, sie waren aber eigentlich nicht tief genug, um ein Ableben zu erklären. Trolle steckten so manches klaglos ein, was andere umgehend tötete.

Mandu zog ein graues Augenlid in die Höhe, um einen Blick auf die darunterliegende Netzhaut zu werfen, die gelblich verfärbt erschien.

»Vergiftet«, lautete seine Diagnose.

Ascan hatte nichts anderes erwartet. Ein Dutzend Treffer mit dem Giftpfeil mochte ein Troll wohl verkraften, aber irgendwann wurde die Gesamtdosis zu stark für ihn. Vorsichtig sondierte der Elf die Umgebung. Der Kampflärm hatte sich tiefer in den Wald hineinverlagert, doch es mochte versprengte Gnome geben, deren Blasrohre ihnen gefährlich werden konnten.

Fürchterliche Klagelaute drangen zwischen den Bäumen hervor. Welche der streitenden Parteien auch den Rückzug angetreten hatte, die andere machte sie gerade bis auf den letzten Mann nieder.

Um das Krallenauge konnte es längst nicht mehr gehen. Einen blauweißen Schweif hinter sich herziehend, flog der Sucher immer wieder ein Stück in östliche Richtung und kehrte zu ihnen zurück, um die Richtung anzuzeigen, in der das Artefakt verschwunden war. Sie wollten der Sphäre gerade folgen, als ein trockener Ast unter einer Sohle zerknackte.

Ascan spannte den Bogen, um die hellen Umrisse eines Albino-Gnoms ins Visier zu nehmen, der nur ein Dutzend Schritte von ihnen entfernt aus dem Unterholz brach.

»Nicht schießen!«, bettelte die taumelnde Gestalt, die ihre rechte Hand gegen den Brustkorb presste. »Seht euch lieber an, was mir das Krallenauge angetan hat.«

Noch ehe der Gnom auf die Knie sank, erkannten sie, dass es sich um Kappok handelte. Klagend hielt der Geschundene seine schwarz verschrumpelte Hand in die Höhe. Der Gnom erkannte seinen Herrn und Meister, trotz der Elfenmaske, die Mandu trug.

»Bitte, hilf mir, Herr«, bettelte er. »Mein Gehorsam wurde mir schlecht vergolten. Die Trolle haben das Krallenauge mit einem Schutzzauber belegt, der mir die Hand raubte.«

»Sei froh, dass du überhaupt noch lebst«, sagte der Nekromant nach flüchtigem Blick. »Das hast du nur meinem Zauber, dem schwarzen Fieber, zu verdanken, der dich zum Schwarzblüter gemacht hat.«

»Aber es schmerzt so sehr, Herr«, jammerte Kappok weiter. »Es schmerzt so sehr.«

Mandu rührte das Schicksal seines Sklaven wenig.

»Welcher Troll ist mit dem Krallenauge entkommen?«, wollte er wissen. »Ich dachte, im Steinernen Wald wären uns alle Schamanen in die Falle gegangen.«

Kappoks Gesicht verzerrte sich übergangslos zu einer Maske des Hasses.

»Der elende Dieb ist kein Troll«, stieß er wütend hervor. »Sondern ein Bastard aus Imor, der mir einst untertan war. Ich hätte ihm niemals trauen dürfen, diesem Wanderer zwischen den Völkern, den ein Elf und eine Hure aus dem Pfuhl in finsterster Nacht zeugten.«

Dass sich ausgerechnet ein Großmeister der Dunklen Gilden über Habgier und Hinterlist beklagte, fand Ascan befremdlich. Trotzdem ließ er den Bogen sinken. Angesichts Kappoks beklagenswertem Zustand konnte er niemandem mehr ernstlich gefährlich werden.

Mandu beschäftigte etwas anderes. »Ein Mensch, bei dem der Schutzbann versagt, der dich so stark gezeichnet hat?«, fragte er. »Wie ist das möglich?«

»Kein Mensch – ein Halbblut!« Kappok spuckte voller Abscheu zur Seite aus. »Spitze Ohren hat er, dieser Bastard. Doch eines von ihnen habe ich diesem Binek aufschlitzen lassen, weil er …«

»Schweig still, du Schwätzer«, fuhr ihn Mandu an. »Sprich gefälligst nur, wenn du gefragt wirst.«

Wie unter einem Peitschenhieb zuckte der hässliche Gnom zusammen. In stummer Klage präsentierte er seine verstümmelte Hand noch eindringlicher als zuvor. Schließlich hielt er es trotz der Drohung nicht länger aus.

»Seht doch, was er mir angetan hat.« Dicke Tränen liefen über das kalkweiße Gesicht. »Dabei wollte ich das Krallenauge an mich nehmen, um es für Euch in Sicherheit zu bringen. Und weil Binek es unbeschadet halten konnte, wäre mir nie in den Sinn gekommen, dass es mich so schrecklich verbrennen würde.«

Mandu ließen die Klagen vollkommen kalt.

»Dieser Binek muss ein mächtiger Magier sein«, überlegte er. »Anders ist nicht zu erklären, dass der Trollzauber bei ihm keine Wirkung zeigt.«

»Der und ein Magier? Niemals!« Kappok zitterte vor Angst, als er widersprach. »Der ist nur ein Tunichtgut, der sich jetzt mit Zwergen abgibt. Ist sogar schon so tief gesunken, dass er sich ein kleines Flittchen angelacht hat, das unentwegt von der großen Schlacht zwischen Elfen und Zwergen erzählt.«

»Die Schlacht um Felsheim?«, fragte Mandu alarmiert.

Kappok vergaß vor Überraschung, wie sehr seine verbrannte Hand schmerzte. »Ja genau, da kommt sie wohl her.«

Mandu sah zur Seite.

»Wir brauchen diesen Bastard lebend«, erklärte er Ascan. »Hier gehen Dinge vor sich, die mir bisher verborgen geblieben sind. Das gefällt mir nicht.«

Der Söldner nickte zum Zeichen des Verständnisses.

Der Nekromant wandte sich ab, um dem Sucher zu folgen, doch Kappok hielt ihn zurück. »Gebt acht, Herr, dass Euch der Bann der Trolle nicht genauso zusetzt wie mir.«

»Keine Sorge, mit dieser Schutzmaßnahme habe ich gerechnet! Und entsprechend Vorsorge getroffen.« Bei der abschließenden Erklärung warf er Ascan unwillkürlich einen Seitenblick zu, was diesem zu denken gab.

»Bitte, Herr«, bettelte Kappok weiter. »Meine Schmerzen sind kaum auszuhalten. Es fühlt sich an, als würde meine Hand fortwährend in Stücke gerissen. Außerdem kann ich Euch mit nur einer nicht so gut dienen.«

»Warum sollte ich meine Zeit mit dir verschwenden?«, fragte der Magier gereizt. »Du warst mir auch mit zwei Händen nutzlos.«

»Aber, Herr!«

»Also gut.« Mandu wandte sich dem leeren Teich zu. Er deutete auf die Kuppe des Himmelssplitters, die in der Mitte lag. »Schaff mir das Ding nach Asum, und ich werde dich heilen.«

»Aber, Herrrrr!« Kappoks Stimme war bloß noch ein einziges Greinen. »Wie soll ich das machen? Meine Männer sind den Trollen zum Opfer gefallen.«

»Das ist allein deine Sache.«

Ohne den Gnom eines weiteren Blickes zu würdigen, stieg der Magier eine Handbreit hoch in die Luft. Es sah so aus, als würde er wachsen, bis er sich lautlos drehte und davonzog, ohne seine Beine zu bewegen. Trotz des kürzlichen Spiegeldurchgangs nutzte er die Kräfte der Levitation ohne die geringsten Anzeichen einer Anstrengung. Seine Kräfte waren seit seinem Eintritt in Grimms Dienste stark gewachsen.

Mandu und der Sucher zogen Richtung Osten davon. Ascan eilte ihnen nach, ohne auf Kappoks Wimmern zu achten. Der Gnom würde sich schon durchschlagen, obwohl er nur noch über eine Hand verfügte.

Der Lärm zu ihrer Rechten war verstummt. Das Scharmützel hatte einen Sieger gefunden. Die übriggebliebenen

Trolle saßen in einiger Entfernung in einem Tannenhain auf dem Boden und verspürten wenig Lust, sich dem Nekromanten und dem Elfensöldner in den Weg zu stellen. Dafür stießen die beiden auf einen Gnom mit gespaltenem Schädel, der neben einer Stelle lag, an der sich zahlreiche Hufabdrücke im morastigen Boden abzeichneten.

Binek und seine Gefährtin waren beritten und schreckten vor Gewalt nicht zurück. Ascan kam das gelegen. Er tötete lieber, wenn es gegen wehrhafte Gegner ging. Von nun an hätten sie nur den Hufspuren zu folgen brauchen, doch die vorauseilende Sphäre erlaubte ein höheres Tempo. Ascan war ein ausdauernder Läufer, der mit dem schwebenden Magier gut mithalten konnte. Zu schnell durfte Mandu nicht levitieren, wollte er nicht Gefahr laufen, mit Ästen oder Baumwurzeln zu kollidieren.

Die Pferde, die sie verfolgten, waren wesentlich langsamer. Als sich der Wald zu lichten begann, kamen sie in Sicht. Das von Kappok beschriebene Pärchen war wirklich unverwechselbar. Er ein junger Bursche, rank und schlank, mit unübersehbar spitzen Ohren, auch wenn sie nicht die stattliche Länge eines Elfen hatten, sie ein Weib, das gut zwei Köpfe kleiner war als er. Neben ihnen ritt ein bärtiger Zwerg, der seine blutbesudelte Streitaxt verkehrt herum über den Rücken trug.

»Das sind sie!« Mandu musste ihn für blind oder einen Dummkopf halten, sonst hätte er sich den Hinweis erspart.

Ohne weiteren Atem zu verschwenden, erhöhte der Magier das Tempo. Aufrecht stehend, glitt er durch das hohe Gras zu ihrer Linken. Die Luft um seine Hände, die locker am Körper herabhingen, begann zu flirren. Blau durchzogene Lichtbögen wanden sich spiralförmig um seine Finger.

Die beiden Pferde zogen auf einem befestigten Weg davon, der sich wie ein braunes Band durch eine mit Schilfgras bewachsene Landschaft wand. An einigen Stellen wucherte das Rohr so dicht, dass der Bewuchs auf Wasserlöcher hindeutete. Es waren Flecken wie diese, denen die Gnomensümpfe ihren Namen verdankten.

Wer die Levitation beherrschte, brauchte sich vor dem Morast nicht zu fürchten. Mühelos pflügte Mandu durch das Grün zu seinen Füßen. Er beendete den Halbbogen an einem Punkt, der es ihm erlaubte, eine Wegschleife anzuvisieren, die vor den Reitern lag. In einer lässigen Bewegung streckte er die Hände aus. Kaum befanden sie sich auf Höhe der Schultern, wuchsen sich die Energiespiralen zu Bällen aus, die zeitgleich davonschossen.

Zischend jagten sie über das Feuchtgebiet hinweg, in einer stetig absinkenden Flugbahn, die an dem befestigten Weg endete. Lautes Donnern begleitete die Einschläge, die einen tiefen Krater hinterließen. Der aufwirbelnde Sand formte eine aufpilzende Staubsäule, die sich in einen breiten Schleier verwandelte, der mit dem Wind nach Norden wehte.

Die Wirkung auf die Pferde war spektakulär. Wiehernd stiegen sie auf ihre Hinterläufe und brachen zur Seite hin aus. Ihre ungeübten Reiter wurden kräftig durchgeschüttelt. Binek und seine Freundin hielten sich noch ganz passabel, aber der Zwerg rutschte seitlich aus dem Sattel. Er fiel nur deshalb nicht zu Boden, weil es ihm gelang, sich in der Mähne festzukrallen und seine Beine zangenförmig um den Pferdeleib zu pressen.

»Flocke! Nachtstern!«, rief die Zwergin mehrmals, um die in Panik geratenen Tiere zu beruhigen. Nach einem kurzen Galopp hatte sie Erfolg damit.

Sah es eben noch so aus, als wollten die Tiere bis zum

nördlichen Waldrand durchgehen, trotteten sie plötzlich und blieben schließlich gänzlich stehen. Das gab der Magd die Gelegenheit, aus dem Sattel zu springen und dem bärtigen Axtträger zu helfen, den sie laut als Orm ansprach.

Orm – Felsheim. Mochte das der alte Eisenbeiß sein?

Ascan verwarf den Gedanken so schnell, wie er sich in seinen Kopf geschlichen hatte. Seine Vergangenheit war ausgelöscht, selbst wenn der Hochwald so nahe lag wie seit Jahrzehnten nicht mehr.

Den Bogen in der Linken hetzte er über den befestigten Weg, bis er auf gleicher Höhe mit den Reitern war. Mandu schloss schwebend zu ihm auf.

»Kommt her zu uns!«, befahl er lautstark. »Wenn ihr das Krallenauge übergebt, lassen wir euch am Leben, andernfalls …«

Die unvollendete Drohung hallte noch von der rückwärtigen Baumlinie wider, als Orm die Streitaxt vom Rücken zog. Die Waffe drohend in die Luft gereckt, schickte er sich an, mit dem Pferd zum Angriff anzureiten. Ascan zog ihm diesen Zahn, indem er den Bogen anlegte. Als er an dem Pfeil entlangsah, zielte die scharfe Eisenspitze direkt auf die Nasenwurzel des Zwerges.

Der Veteran erkannte in seinem Gegner sofort einen Meister seines Faches. Umgehend zügelte er sein Pferd und ließ die Axt eine Handbreit sinken. Mandu knurrte bei diesem Anblick. Dass ein drohender Pfeil mehr Respekt verschaffte als seine Magie, verletzte seinen Stolz.

Dicht neben dem Krater gab es einen neuen Knall, der sich in einem Glutball manifestierte. »Lass das«, forderte Ascan halblaut. »Wenn wir sie noch mehr ängstigen, reagieren sie wie Tiere, die in die Ecke gedrängt werden. Außerdem wolltest du diesem Binek ein paar Fragen stellen.«

»Das war ich nicht«, gab Mandu zurück, ohne die Lippen zu bewegen. »Hier steigen Sumpfgase auf, die leicht entzünden. Ich muss von nun an vorsichtig mit meinen Energiebällen sein.«

Äußerlich gab er sich weiterhin als Herr der Lage.

»Zu mir!«, forderte er herrisch. Dabei hob er seine Hände, um die sich neue Lichtspiralen drehten.

Zwischen Binek und den Zwergen war Streit entflammt. Gesprächsfetzen, die zu Ascan herüberwehten, ließen erahnen, dass Binek die Kristallkugel herausgeben wollte, während Orm verkündete, dass er keinem Elfen von Vurak bis zum Brakelmeer vertraute. Der Sucher kreiste die ganze Zeit über einer der Satteltaschen.

»Was ist, wenn sie dir das Krallenauge geben?«, fragte Ascan, um die Zeit zu überbrücken. »Bist du dir sicher, dem Schutzbann der Trolle zu widerstehen?«

»Keineswegs«, antwortete der Nekromant, der sich breit grinsend umwandte. »Aber ich weiß genau, dass *du* es kannst! Was glaubst du eigentlich, warum du mich bei all meinen Ausflügen nach Bandor begleitest?«

Es kam nur selten vor, dass Ascan vor Überraschung die Worte fehlten. Dies war einer dieser seltenen Momente.

Leise in sich hineinlachend, hob Mandu die von magischen Strömen umflossenen Hände, um den Druck auf Binek und die Zwerge zu erhöhen. Beinahe gleichzeitig schlug etwas so heftig in seine linke Schulter, dass er zurücktaumelte. Mit vor Überraschung weit aufgerissenen Augen starrte er den Pfeil an, der in seinem Schlüsselbein steckte. Immerhin – er war noch so menschlich, dass seine Wunden bluteten und schmerzten.

Die blauweißen Spiralen um seine Hände verblassten, während er auf die rotdurchweichte Stelle seines Gewandes starrte. Der Pfeil begann zu knistern und zu dampfen. Anstatt zu entflammen, löste er sich mitsamt der Metallspitze in Luft auf. Der sprudelnde Blutstrom ebbte ebenso ab.

Während sich der Magier selbst heilte, hielt Ascan Ausschau nach dem Heckenschützen, der wie aus dem Nichts aufgetaucht war. Zu seiner Verblüffung entdeckte er nur das flüchtige Dreiergespann, das ebenso erstaunt wirkte wie er. Erst als er das hinter ihnen liegende Gebiet absuchte, bemerkte er ein verwirrendes Flirren, das zunächst wie eine Luftspiegelung anmutete, bis sie unversehens die Gestalt einer Elfin annahm, die mit einem Bogen auf ihn zielte.

Elende Hochwaldpriesterin!

Rasch schwenkte er mit dem Pfeil auf sie ein, doch zu spät. Ein gefiederter Blitz raste geradewegs auf ihn zu. Instinktiv warf sich Ascan zur Seite. Er spürte, wie etwas durch seine auffächernden Haare strich, dann rollte er schon über die Schultern ab und nutzte den erhaltenen Schwung, um aus der Rollbewegung heraus auf die Beine zu kommen. Sein Bogen war sofort wieder gespannt, doch seine Gegnerin nirgendwo mehr zu sehen.

Ihre Umrisse wurden erst sichtbar, als sie eine Handvoll Pulver auf den Sucher warf, der daraufhin von Bineks Satteltasche abließ. Die Flucht in Richtung des Magiers ging wenige Schritte später in einen Sturzflug über, der im Morast endete.

Wie sehr Ascan diese Feiglinge hasste, die sich Vorteile durch Magie verschafften. Aber so gut war die Priesterin auch wieder nicht, dass sie ihre Tarnung in der Bewegung aufrechterhalten konnte. Er wartete auf das nächste Flirren und achtete gleichzeitig auf Bewegungen im Gras oder Abdrücke im Boden.

Aufkommender Galopp störte seine Konzentration.

»Halt ein, Ascan!«, rief eine Elfin, die auf einer braunen Stute aus dem Wald geritten kam. Ein weiteres Pferd führte sie am Zügel hinter sich her. »Wir sind aus Silberfeste! Erkennst du mich denn nicht? Ich bin Avea!«

Übelkeit stieg in ihm auf. Avea? Was hatte die hier zu suchen?

Avea, die er so sehr geliebt hatte, aber die nicht mit ihm der Enge von Silberfeste entfliehen wollte! Wie viele der Kinder, die sie eigentlich mit ihm großziehen wollte, sie wohl inzwischen mit einem anderen hatte?

»Und wenn schon!«, schleuderte er ihr wütend entgegen. »Selbst wenn du der Hochwaldkönig persönlich wärst, es könnte mich nicht weniger interessieren!«

In seinem Zorn spannte er den Eibenbogen so weit, dass die Sehne zu reißen drohte. Das elende Weib vom Pferd zu schießen wäre ein Leichtes für ihn gewesen. Doch statt den Pfeil auf die Reise zu schicken, als die Schusslinie perfekt war, zögerte er, zum ersten Mal seit undenklichen Zeiten.

Avea – die ihm das Herz gebrochen hatte. Wie groß seine Liebe zu ihr doch gewesen war.

Ihr bloßer Anblick beschwor längst vergessene Gefühle in ihm herauf. Rasch löste Ascan sie mit der Kälte aus, die ihm seit zwanzig Jahren innewohnte. Als er die unerwünschten Aufwallungen im Griff hatte, war sie noch näher heran, noch leichter zu treffen. Der Druck seines weiß angelaufenen Daumens ließ bereits nach, als zwischen ihm und ihr ein Feuerball explodierte.

Andere hätte das in heillose Verwirrung gestürzt, aber nicht ihn, den Söldner mit der langen Kampferfahrung. Ascan wusste sofort, dass er nach der Priesterin suchen musste. Kurz hinter den sich verflüchtigenden Flammen entdeckte er das Weib. Den Bogen trug sie mittlerweile auf dem Rücken, dafür hantierte sie mit den gleichen Glasgranaten herum, die er ebenfalls ab und zu verwendete. Normalerweise dienten sie dazu, den Gegner zu blenden, aber natürlich ließen sich damit auch Sumpfgase entzünden.

Ascans Pfeil passierte die zusammenbrechende Feuerwand, noch ehe sie sich gänzlich auflöste. Mit rauchenden Federn überwand er das letzte Drittel der Distanz, die zwischen dem Schützen und seinem Ziel lag. Aber die Priesterin bewegte sich nicht weniger geschmeidig als Ascan. Im letzten Moment wirbelte sie zur Seite – und der Pfeil bohrte sich hinter ihr in den Morast.

Ohne nachzudenken, legte Ascan den nächsten auf. Rein instinktiv, wie Tausende Male zuvor. Inzwischen hatte er die Erbschwingungen seiner Gegnerin aufgefangen. Ihre Blutlinie war seit vielen Generationen in Silberfeste verankert, und sie selbst war ihm ebenfalls bekannt. Es war Neene, die schon in der Zeit, in der er um Avea geworben hatte, zu den unpassendsten Zeiten aufgetaucht war, um ihre traute Zweisamkeit zu stören.

»Schnell!«, trieb ihn Mandu an. »Bevor es zu spät ist.«

Seine rechte Hand auf die linke Schulter gepresst, setzte der Magier alle Kräfte zur Wundheilung ein, deshalb musste er hilflos verfolgen, was vor sich ging.

»Keine Sorge«, knurrte Ascan. »Die erwische ich noch.«

»Nein, nicht sie!«, herrschte ihn der Nekromant an. »Töte den Bengel! Er ist der Einzige von ihnen, der das Krallenauge berühren kann. Sie darf ihn nicht dazu benutzen, den Kraftfokus in den Hochwald zu bringen.«

Gehorsam schwenkte Ascan auf das neue Ziel ein.

»Nur die Ruhe«, forderte er. »Die Bande entkommt uns schon nicht.«

»Und ob sie uns entkommt«, widersprach Mandu. »Die

Priesterin weiß, was sie tut. Sie will mit der ganzen Gruppe hinter einer Flammenwand verschwinden.«

Der Nekromant mochte recht haben. Avea hatte inzwischen zu den Zwergen aufgeschlossen, die Priesterin stand mit zwei Glasgranaten bereit, ein neues Feuerwerk zu entfachen. Blieb nur die Frage, warum sich zwei Hochwaldelfen für ein Halbblut und zwei Zwerge interessieren. Aber das taten sie wohl gar nicht. Vermutlich ging es ihnen um die Macht des Krallenauges.

Deshalb schrie die Magierin auch nicht vor Entsetzen, als er Binek anvisierte. Erstmals blickte er dem Jungen, der ihm erschrocken entgegenstarrte, mitten ins Gesicht. Irritiert bemerkte Ascan, dass ihm die jugendlichen Züge seltsam vertraut vorkamen. Dabei waren sie sich bestimmt noch nie im Kampf begegnet.

Ohne dass er es wollte, nahm Ascan die Familienschwingungen seines Opfers wahr. Es war nun einmal das tief in jedem Elfen verankerte Erbe, dass er die Blutlinie eines anderen Elfen wahrnehmen konnte. Ascan musste trocken schlucken, als er erkannte, dass Bineks Blutlinie seine eigene war.

Das durfte doch nicht wahr sein!

»Schieß endlich«, forderte Mandu, doch Ascan konnte nicht.

Er war wie gelähmt.

Dann war es zu spät. Avea langte bei Binek an, und Neene warf ihre Glasgranaten zielgerichtet in zwei Sumpfgasfelder.

Eine gewaltige Doppelexplosion erklang.

Glutrot stiegen zwei Feuerbälle auf, die sich zu einer prasselnden Flammenwand vereinten. Eine siedend heiße Luftwelle rollte über Mandu und Ascan hinweg. Reglos ertrugen sie den glühenden Hauch, den dichter Funkenflug begleitete. Mehrere Atemzüge lang schien die Welt nur noch aus roten und gelben Lohen zu bestehen, die sich knisternd durchs Schilfgras fraßen. Genauso schnell, wie die alles verzehrende Feuerwand aufgestiegen war, fiel sie wieder in sich zusammen.

Alles, was blieb, war ein breiter Aschestreifen und der durchdringende Schwefelgeruch, der in die Nase stach. Von Bineks Gruppe und ihren Pferden fehlte jede Spur. Nur die Hufabdrücke, die sie bis zu der Explosion hinterlassen hatten, waren zu sehen.

Ascan steckte den ungenutzten Pfeil zurück in den Köcher. »Gut, dass ich mir den gespart habe«, sagte er. »Selbst wenn ich dem Halbblut ins Herz getroffen hätte, wären seine Leiche und das Krallenauge nicht mehr da.«

Mandu nahm die Hand von seiner Wunde. Die Blutung war versiegt, doch er wirkte geschwächt. In seinen Augen funkelte blanke Wut.

»Ich habe dir befohlen, den Jungen zu töten«, grollte er.

»Ja, ich weiß«, gestand Ascan freimütig. »Aber da warst du schon verletzt und vielleicht nicht mehr Herr deiner Sinne. Kurz zuvor, als du ihn unbedingt lebend haben wolltest, warst du dagegen im Vollbesitz deiner geistigen Kräfte.«

Er wusste selbst, wie lahm seine Ausrede klang, aber was machte das schon? Wenn er Mandu richtig verstanden hatte, brauchte ihn der Magier lebend, um das Krallenauge schadlos zu transportieren.

Mit ausdrucksloser Miene starrte Mandu auf seine blutverschmierte Hand, die er mehrmals schloss und wieder öffnete. »Ich wollte Binek lebend, als keine Elfenmagierin zu sehen war, die ihn dazu benutzen könnte, das Krallenauge in den Hochwald zu bringen. Was genau hast du daran nicht verstanden?«

»Nimm ihre Spur auf«, schlug Ascan vor, »und ich mache den Schaden bei unserer nächsten Begegnung gut.«

Mandus Augen verengten sich zu schmalen Schlitzen. »Was nützt es mir, eine Spur aufzunehmen, wenn ich fürchten muss, dass du mir beim nächsten Mal ein Schwert in den Rücken bohrst?«

»Bezichtigst du mich etwa des Verrats?«

»Weitaus schlimmer! Ich werfe dir vor, ein Elf zu sein, der seine Gefühle nicht kontrollieren kann. Das wusste ich schon die ganze Zeit, denn nur Elfen wie du werden Abtrünnige ihres Volkes.«

Ascan lachte bitter auf. »Ein Söldnerelf, dem Mitleid vorgeworfen wird? Davon hat die Welt noch nie gehört.«

»Unsinn!«, zeterte Mandu. »Das weißt du genau. Ihr Söldner geht den Weg der Gewalt, weil eure Erziehung nichts anderes zulässt. Aber ich durchschaue dich besser als du dich selbst. Und ich gehe nicht das Risiko ein, dass du die Weiber, die deinen Namen kennen, plötzlich schonen willst. Oder diesen Knaben, der dir wie aus dem Gesicht geschnitten ist.«

Ascan spürte ein Gefühl in sich aufsteigen, das ihm seit Jahrzehnten fremd war: *Angst.*

»Was willst du damit sagen?«, fragte er.

»Binek muss dein Sohn sein«, antwortete der Nekromant, »alles andere ergibt keinen Sinn. Deine Gabe ist nur sehr selten in deinem Volk vertreten.«

Zum ersten Mal keimte in Ascan der Gedanke auf, dass nicht Grimm den Nekromanten für seine Zwecke auserwählt hatte, sondern der Nekromant den Orkfürsten, weil Ascan in dessen Diensten stand.

Zum Glück entspannte sich Mandu wieder.

»Sei es, wie es sei«, seufzte er, »vielleicht ist es gut, so wie es gekommen ist. Ein weiterer Streiter mit deinen Talenten wäre mir in Grimms Reihen willkommen. Vielleicht wird Binek sich uns anschließen, wenn er erst einmal weiß, wer du bist?«

»Da wäre ich mir nicht sicher«, wiegelte Ascan ab. »Wer weiß, was ihm seine Mutter über mich erzählt hat.«

Mandu ging nicht auf seine Worte ein. Obwohl seine Verletzung äußerlich verheilt war, hatten seine Augen allen Glanz verloren. Unter der Maske aus Elfenhaut sah sein Gesicht vermutlich aschfahl aus. Hoffentlich hatte er noch genügend Kraft, um eine Passage nach Imor zu öffnen. Ascan fröstelte bei dem Gedanken, sich bei einer Spiegelreise im Zwischenreich zu verlieren.

»Kehren wir heim, solange es geht«, schlug Mandu vor, als hätte er die Gedanken des Söldners gelesen.

Statt zu schweben, ging er tatsächlich zu Fuß.

Ascan schloss sich ihm an, blickte aber nach einigen Schritten über die Schulter und fragte sich, wohin es seinen Sohn wohl verschlagen hatte.

8.

Atemlos verfolgten Imtje und Binek, wie sich die Elfen in den Wald zurückzogen, in dem der Splittersee lag. Dass die Erste Priesterin, die sie aus Felsheim kannten, kurz nach ihrem Zauber zusammengebrochen war, machte ihnen nicht wenig Angst. Aus einem von Neenes Nasenlöchern quoll Blut hervor.

Avea hatte den Kopf der Bewusstlosen auf ihren Schoß gebettet und versorgte sie mit Tinkturen, die sie den Lederbeuteln an ihrem Gürtel entnahm. Gleichzeitig versuchte sie, Binek und die Zwerge zu beruhigen.

»Es geht ihr bald wieder gut«, versicherte sie mehrmals, als müsste sie sich ebenso Mut zusprechen wie den anderen. »Einen solchen Tarnvorhang ohne die Hilfe eines Zirkels zu weben kann schon einmal die Kräfte einer Magierin übersteigen.«

Binek und seine Gefährtin nickten stumm, obwohl sie kaum etwas von dem verstanden, was die Erste Heilerin erzählte. Bei Orm sah das anders aus. Nach einer Weile, als Ascan und der Nekromant außer Sicht waren, ging er auf die flirrende Glocke zu, die sich über sie gestülpt hatte. Ihre Wände erinnerten an einen fließenden Wasserfall. Als er seine Hand ausstreckte, um zu prüfen, ob sie sich ins Freie schieben ließ, rief ihn Avea verärgert zurück.

»Lass das bitte«, forderte sie. »Es sei denn, du möchtest, dass wir doch noch unseren Feinden in die Hände fallen.«

»*Unseren* Feinden, soso«, grummelte der alte Eisenbeiß, ließ aber von seinem Vorhaben ab. »Ich nehme an, genau *so* einen Tarnvorhang habt ihr Elfen auch benutzt, um eure Truppen unbemerkt vor Felsheim in Stellung zu bringen.«

»Wie recht du hast«, giftete die Heilerin ungewohnt bissig. »Aber erst nachdem ihr Zwerge unserer Vorhut mit Hilfe eines Geheimganges in den Rücken gefallen seid.«

»Warum auch nicht?«, brauste Orm auf. »Schließlich habt ihr Elfen vorher …«

»Schluss damit!«, schnitt ihm Imtje das Wort ab. »Du weißt noch nicht einmal, dass die Trolle völlig zu Unrecht der Aufwiegelung bezichtigt wurden, und fängst schon wieder neuen Streit an. Kümmere dich lieber um die Pferde, bevor sie scheuen und davonlaufen.«

Als Küchenmagd war sie es gewohnt, vorlaute Mannsbilder zur Räson zu bringen. Selbst an dem alten Eisenbeiß gingen ihre scharfen Worte nicht spurlos vorüber. Leise etwas in seinen grauen Bart brabbelnd, ging er zu den braunen Stuten, die sich am ängstlichsten zeigten. Sie beruhigten sich aber rasch, als er leise auf sie einsprach und am Hals tätschelte.

»Also gut«, zeigte er sich nach einer Weile einsichtig. »Ich höre mir an, was ihr zu erzählen habt. Aber können wir das nicht an einer etwas gemütlicheren Stelle machen?«

»Erst nach Einbruch der Dunkelheit«, schlug Avea vor. »Damit wir sicher sein können, dass der Nekromant wirklich fort ist.«

9.

Obwohl bereits die Nacht hereingebrochen war, fühlte sich Neene weiterhin kraftlos und matt. Trotz des Feuers, das inmitten der Gruppe knisterte, fühlte sich ihre Haut unnatürlich kalt an. Um ihre Gefährtin zu stützen, setzte sich Avea hinter sie und begann damit, ihre langen Haare zu zwei kunstvollen Zöpfen zu flechten, wie sie die Silbergardisten in Zeiten des Krieges trugen. Das hatte sich Neene durch ihren heldenhaften Kampf gegen Ascan und den Nekromanten wahrlich verdient.

Angenehmes Schweigen erfüllte die Runde. Nachdem alle ihre Erlebnisse seit der Schlacht um Felsheim erzählt hatten, hing jeder seinen Gedanken nach. Orm wusste nun, dass er Archat und den anderen Trollen unrecht getan hatte, weil in Wahrheit Velb für das Versiegen der Heiligen Quelle verantwortlich war. Dass Ornus und Endrik in Silberfeste waren, war ebenfalls zur Sprache gekommen. Und natürlich hatte Avea mehrmals ausführen müssen, wie sie genau im richtigen Augenblick zur Rettung eilen konnten. Dass sie bei ihrer Suche nach Binek zunächst an einem steilen Felsgrat gescheitert waren, von dessen Höhe sie einen ersten Blick auf den Splittersee werfen konnten, gerade in dem Moment, als sich der Austausch von Imtjes Leben gegen das Krallenauge angebahnt hatte, behielt sie dabei für sich.

Dieses Versagen war den beiden Elfinnen unangenehm. Und letztendlich kam es darauf an, dass sie – bei dem Versuch, die Felshöhe zu umrunden – im rechten Moment auf das Halbblut und die Zwerge gestoßen waren. Binek zu erklären, warum ihn der fremde Bogenschütze im letzten Moment verschont hatte, brachte Neene aber nicht übers Herz. Auch Avea schwieg sich zu dem Thema aus, weil es ihren eigenen Plänen zuwiderlief.

Binek saß schon eine ganze Weile in sich gekehrt am Feuer und sah sich immer wieder nach der Satteltasche um, die er in einiger Entfernung deponiert hatte, aus Furcht, der Kraftfokus könnte jemanden verletzen. Dass Kappoks Hand schon aus einiger Entfernung zu einem leblosen Fleischklumpen verbrannt worden war, ging ihm nicht aus dem Kopf. Avea wusste, was mit Binek los war. Die plötzliche Verantwortung, die auf ihm lastete, war schwer zu schultern. Zu schwer offenbar. Zur Hälfte war er eben doch nur ein schwächlicher Mensch mit all den Fehlern, die dazugehörten.

Irgendwann löste er sich aus Imtjes Umarmung, um zur Satteltasche zu gehen. Dort ließ er sich im Dunkeln nieder, um seinen Gedanken nachzuhängen. Seine Grübelei nahm ihn so sehr gefangen, dass er nicht einmal bemerkte, wie sehr er seine Gefährtin mit diesem Verhalten verletzte.

Missmutig betrachtete sie Neene und Avea, die stolzen Elfinnen, die sich selbst genug waren. Nicht einmal ein Gespräch mit Orm war möglich, da dem alten Zwerg, wie es ihm zustand, die Augen zugefallen waren.

»Ihr beide steht euch wohl sehr nahe?« Ein wissendes Lächeln umspielte Imtjes Lippen, als sie das fragte.

»Ganz gewiss«, antwortete Avea, während sie ihre Flechtarbeit beendete.

Als sie eines der Haarbänder, die nicht zur Anwendung gekommen waren, zurück in die Gürteltasche steckte, nutzte sie die Gelegenheit, um unauffällig etwas Schlummerkraut an sich zu nehmen und in ihrer Faust zu verbergen. Anschließend bettete sie Neene, die wieder schlief, neben sich auf die Erde.

»Das Feuer ist schon arg runtergebrannt«, gab sich Avea besorgt. Dabei täuschte sie vor zu frösteln. Das lieferte ihr einen Vorwand, beide Hände über die brennenden Äste zu halten, die in einem Kranz aus zusammengesuchten Steinen vor sich hin knisterten.

»Es ist also wahr, was man sich über dein Volk erzählt«, stichelte Imtje. »Ihr zarten Elfen friert sehr leicht.«

»Wie recht du hast.« Avea lächelte der Magd ins Gesicht, während sie ihre Hände ineinanderrieb, als wollte sie sich wärmen, um einen Vorwand zu haben, das Schlummerkraut unauffällig zu zerkleinern. Lautlos rieselte das grobe Pulver in die Flammen, während sie fortfuhr: »Es hat eben nicht jeder eine so robuste Natur wie ihr Zwerge.«

Imtje ging nicht auf diese Neckerei ein, vielleicht, weil sie spürte, dass ihr das nicht über ihre Traurigkeit hinweghalf. Avea verabschiedete sich mit der Entschuldigung, dass sie noch ein wenig trockenes Holz sammeln wolle. Aus sicherer Entfernung verfolgte sie, wie sich die Schlummerkrautschwaden ausbreiteten. Bald darauf wurden Imtje die Augenlider schwer wie Blei. Zweimal versuchte sie angestrengt, sich wach zu halten, dann fiel ihr Kopf zur Seite. Leises Schnarchen bestätigte, dass das Kraut seine Wirkung erzielte. Orm und Neene würde so schnell nichts wecken.

Zufrieden machte sich Avea ans Werk.

Nachdem sie eine kräftige Prise Kurtisanenpulver in die rechte Hand gestreut hatte, ging sie leise auf Binek zu. Obwohl sie von der Richtigkeit ihres Tuns überzeugt war, begann sie zu schwitzen. Warum nur? Die Zeichen der Wald- und Quellgötter waren nicht zu übersehen! Da war zunächst das Krallenauge, das ihnen praktisch in die Hände gefallen war, sowie die Tatsache, dass sie gerade ihre fruchtbaren Tage hatte. Das alles ließ nur einen Schluss zu: Sie musste jetzt tun, was getan werden musste! Jedes Zögern wäre ein Zeichen mangelnden Glaubens gewesen und damit ein Zeichen ihrer Schwäche. Und wer schwach war, konnte seinem Volk nicht dienen.

»Lass mich bitte ein wenig allein«, bat Binek, als sie zu ihm trat.

»Sofort«, versprach sie. »Zuvor muss ich dir jedoch etwas zeigen.«

Als er endlich aufsah, pustete sie ihm das Kurtisanenpulver ins Gesicht. Kleine Funken glühten auf, überall dort, wo es in seine Haut drang. Einen weiteren Teil atmete er durch die Nase ein. Auf beiden Wegen gelangte die stimulierende Mischung rasch ins Blut.

»Was soll das?« Binek schüttelte verwirrt den Kopf und sackte beinahe augenblicklich zur Seite.

»Schhhh, alles wird gut«, versicherte Avea leise, während sie ihn ein Stück von der Satteltasche fortzog und auf dem Rücken liegend ausrichtete.

»Was, wer ...« Was um ihn herum geschah, rückte in weite Ferne.

Zufrieden strich ihm die Heilerin über die Stirn und zog sein linkes Lid in die Höhe. Bineks Augen hatten sich nach oben verdreht, so dass nur noch das Weiße zu sehen war. Sein Atem ging stoßweise, weil das Blut in seinen Adern zu brodeln begann.

»Wer ...«

»Ich bin es, Imtje«, log sie ihn an.

Er wiederholte den Namen seiner Gefährtin und versuchte, nach ihr zu greifen. Alles verlief, wie die geheimen Schriften verkündeten. Mehr als ein unzusammenhängendes Murmeln bekam er nicht mehr zustande. Trotzdem glaubte er, Imtje beizuwohnen, als das Blut in seinen Lenden zusammenströmte. Rasch öffnete Avea Bineks Gürtel und zog ihm die Beinkleider herab. Was sie dabei zu sehen bekam, ließ sie frohlocken.

Alles verlief nach Plan.

Rasch raffte sie ihr Kleid in die Höhe und ließ sich auf Binek nieder. Es war keine körperliche Lust, die sie empfangsbereit machte, sondern das, was sie mit ihren geschickten Bewegungen erreichte. Endlich würde sie erhalten, wonach sie sich so lange sehnte. Ein Kind aus einer Blutlinie, in der die Erstgeborenen über Tiere zu gebieten vermochten.

Es war eine Macht, die es nur bei den Elfen gab. Eine Macht, die sogar Herrschaft über das Krallenauge verlieh, wie sie nun wusste.

Das Kurtisanenpulver wirkte besser als erhofft.

Avea musste nicht lange warten, bis sie das Leben spürte, das ihr Binek schenkte. Sie konnte förmlich spüren, wie es in sie einströmte, sich seinen Weg suchte und ihrem fruchtbaren Schoß etwas schenkte, das über fünf Jahre in ihr heranwachsen würde. Im gleichen Moment, da die Verbindung zwischen ihr und Binek vollendet war, spürte sie neue Empfindungen und Eindrücke, die alles übertrafen, was sie sich jemals erträumt hatte. Die alten Schriften logen nicht. Sie würde nicht nur ein Kind von besonderem Talent gebären, nein, in der Zeit ihrer Schwangerschaft verfügte sie über die gleichen Kräfte wie das Ungeborene, das sie unter ihrem Herzen trug.

Als alles vollbracht war, träufelte sie Binek eine Tinktur auf die Lippen, die dem Kurtisanenpulver entgegenwirkte. Zufrieden verfolgte Avea, wie sich seine Atmung normalisierte. Nachdem sie ihn wieder angekleidet hatte, bewies ihr eine erneute Kontrolle seiner Lider, dass mit ihm alles in Ordnung war.

Wäre nicht das Krallenauge gewesen, sie wäre einfach zu ihrem Platz am Feuer zurückgekehrt, und niemand hätte je von ihrer Tat erfahren. Doch das mächtige Artefakt veränderte alles. Kehrte sie mit ihm nach Silberfeste zurück, gab es niemanden mehr, der auf sie herabblicken konnte. Nicht einmal Beldor. Der Schutzbann der Trolle spielte Avea völlig in die Hände.

Die Götter meinten es gut mit ihr.

Aufgeregt wandte sie sich der Satteltasche zu. Als sie offen vor ihr lag, überkam sie ein Anflug von Furcht, trotzdem griff Avea beherzt zu. Für eine Umkehr war es zu spät. Ein dumpfes Vibrieren ließ sie zurückschrecken, aber das war Unsinn. Wäre sie nicht in der Lage, einen Weltenwandler zu beherrschen, wäre sie längst zu Staub zerfallen.

Leise jauchzend presste sie die Kristallkugel zwischen ihre Brüste. Sie liebkoste sie sogar, wie sie in einigen Jahren ihr Neugeborenes liebkosen würde. Erleichtert lief sie zu Neene, die immer noch schlummerte. Aber die Heilerin hatte die richtige Tinktur in ihren Taschen, um sie rasch zu Kräften zu bringen.

»Sieh nur«, forderte Avea, als ihre Gefährtin die Augen öffnete.

Neene war noch nicht richtig wach. Verwirrt schüttelte sie den Kopf, aber das Bild, das sie sah, blieb das Gleiche. Avea hielt das Krallenauge in Händen.

»Wie ist das möglich?«, flüsterte sie ergriffen.

»Die Götter haben mir große Macht verliehen«, hauchte Avea zurück. »Komm schnell, wie kehren nach Silberfeste zurück, ehe die anderen erwachen. König Loyn selbst wird uns empfangen, und niemand wird mehr wagen, unsere Liebe zueinander in Frage zu stellen.«

Die Erste Priesterin hielt sie am Arm zurück. In ihren Augen blitzte es verärgert. »Moment mal«, sagte sie. »Soll das heißen, du willst das Krallenauge stehlen?«

»Stehlen?« Avea verstand nicht, wovon ihre Gefährtin sprach. »Was meinst du damit? Vergiss nicht, wie lange es im Besitz von Radra gewesen ist, der mächtigsten aller Hohepriesterinnen. Und hier gehört es doch niemanden, am wenigsten dem Halbblut, das mit ihm überfordert ist.«

»Binek«, hauchte Neene erschrocken. »Was hast du getan, um eine Macht zu erlangen, die der seinen gleicht? Die Macht, dem Trollbann zu widerstehen und wahrscheinlich noch mehr.«

Avea wusste die Angst, die sich in Neenes Augen spiegelte, zunächst nicht zu deuten. Dann wurde es ihr klar. Es gefiel der Ersten Priesterin nicht, plötzlich die Unterlegene zu sein. Natürlich hatte sich jetzt alles gedreht. Aus der Ersten Heilerin war die neue Anwärterin auf das Amt des Hohepriesters geworden. Aber gut, daran würde sich ihre Gefährtin schon gewöhnen.

»Uns läuft die Zeit davon«, drängte Avea zur Eile. »Folge mir, sobald du völlig klar bist. Ich bereite unsere Rückkehr in den Spiegelsaal vor.«

»Nein, das kannst du nicht!«

Avea, die bereits stand, sah lächelnd auf ihre Gefährtin herab. »O doch. Von nun an bin ich dazu in der Lage. Und zu sehr viel mehr.«

10.

Neene blieb nichts anders übrig, als ihrer Gefährtin zu folgen. Wie erwartet, fand sie Avea an einem kleinen Teich wieder, der ihnen als Trinkwasserstelle gedient hatte. Obwohl rund um sie herum alles windstill war, rauschte es in den Pappeln, die das Ufer umstanden. Eisige Kälte schlug ihr entgegen. Kein Wunder, die spiegelglatte Fläche, die hinter der Heilerin mattsilbern glänzte, hatte nichts mehr mit dem von Blättern bedeckten Gewässer zu tun, das sie kannte.

Hier wirkte Magie in ihrer stärksten Form.

Nicht einmal sie hätte einen so perfekten Durchgang schaffen können. Aber sie vermochte sich nicht über Aveas neue Talente zu freuen. Nicht weil sie neidisch darauf war, sondern weil sie wusste, dass aus einer solch finsteren Tat, wie sie ihre Gefährtin begangen hatte, nichts Gutes erwachsen konnte.

Ganz abgesehen von dem Verrat an ihrer Liebe. Neenes schlimmste Befürchtungen – angestachelt durch das Drama um Ascan und Aveas drängenden Wunsch, Binek nach Silberfeste zu holen – hatten sich noch böser erfüllt, als sie sich jemals auszumalen gewagt hätte. Avea war es die ganze Zeit nur darum gegangen, ein Kind von besonderem Talent zu empfangen, um ihre eigenen Kräfte zu mehren. Das war die Wahrheit, die sich nicht länger leugnen ließ.

Geliebte Avea, ich erkenne dich nicht mehr wieder. Schlimmer noch, ich habe dich wohl nie richtig gekannt.

Von all dem Schmerz, den die Priesterin empfand, bemerkte ihre Gefährtin nicht das Geringste. »Sieh dir an, wie perfekt es geworden ist«, sagte sie mit einer stolzen Geste in Richtung Wasseroberfläche. »Dabei war es ganz leicht, du kannst es dir nicht vorstellen. Dieser Kristall ...« Sie streichelte die Oberfläche des Krallenauges, als wäre es das Gesicht ihrer Liebsten. »... er verleiht seiner Besitzerin unvorstellbare Macht. Wie schade, dass du es nicht selbst ausprobieren kannst, weil dich seine Berührung töten würde.«

Neene hatte es satt, sich dieses Geschwätz anzuhören.

»Du hast mich betrogen«, warf sie Avea vor.

Die Heilerin gab sich ahnungslos. »Wovon redest du?«, fragte sie. »Glaubst du ernstlich, ich würde mit einer kleinwüchsigen Küchenmagd anbändeln?«

»Weich mir nicht aus! Du weißt, wovon ich rede.«

Avea lachte schrill, in einer Stimmlage, die Neene noch nie bei ihr gehört hatte. »Du bist doch nicht eifersüchtig auf Binek?«, fragte sie. »Das hatte doch nichts mit Liebe zu tun, sondern damit, was das Beste für uns und unser Volk ist. Gerade in diesen schweren Zeiten.«

»Rede keinen Unsinn. Was du getan hast, hattest du schon geplant, bevor ein Elf von dem Versteck des Krallenauges wusste.«

»Das hier ist weder der rechte Ort noch die rechte Zeit, um uns zu streiten«, versuchte Avea, sie zu beruhigen. »Komm mit, in Silberfeste werden wir das alles klären.«

»Der Junge ist dir also egal?«, fragte Neene. »So wie sein Vater?«

»Aber natürlich«, erwiderte Avea mitleidig. »Ich liebe nur dich, das weißt du hoffentlich.« Dabei strich sie ihrer Gefährtin, die diese Geste ohne sichtbare Regung über sich ergehenließ, sanft durchs Gesicht.

»Selten hat eine Elfin schlechter gelogen«, sagte Neene bitter.

Avea wurde wütend.

»Jetzt reicht es mir«, schrie sie gekränkt. »Folge mir oder lass es bleiben. Ein Krieg steht bevor, mit einem Nekromanten, der vor nichts zurückschreckt. Spiel die Beleidigte, wenn du willst. Ich ziehe es vor, mich in den Dienst meines Volkes zu stellen, wie es sich für eine Elfin unseres Standes geziemt.«

Neene wurde ganz kalt. Gleichzeitig sah sie den Weg, der vor ihr lag, in aller Deutlichkeit vor sich. Es war an der Zeit, Buße zu tun, dafür, dass sie als Erste Priesterin so schmählich versagt hatte. Sie hätte erkennen müssen, was Avea vorhatte, doch ihre Liebe zu ihr hatte sie mit Blindheit geschlagen. Das war ein unverzeihliches Vergehen gegenüber den Wald- und Quellgöttern.

»Ziehe hin in Frieden«, gab sie der Ersten Heilerin mit auf den Weg. »Ich bleibe bei jenen, denen so übel mitgespielt wurde, obwohl ihnen die Götter eine wichtige Rolle im Kampf gegen den Nekromanten zugedacht haben.«

Ihre ehemalige Gefährtin starrte sie ungläubig an.

»Höre ich recht?«, fragte sie. »Ich halte das Krallenauge in den Händen, und du ziehst diesen Bastard und seine Zwergenfreunde meiner Gesellschaft vor?«

Über ihnen donnerte es, vielleicht als Ankündigung des Hagelschauers, der in einem drei Schritte breiten Streifen rund um den Teich niederging. Neene fragte sich, ob das Aveas Wünschen entsprach oder ob das Krallenauge den Gefühlen seiner Besitzerin unwillkürlich Ausdruck verliehen hatte.

Die Priesterin erhielt keine Gelegenheit mehr, danach zu fragen. Avea, die selbst erschrocken wirkte, wirbelte herum und sprang kopfüber auf die Spiegelfläche zu. Obwohl sie hart wie Eis erschien, passierte Avea sie mühelos. Sobald auch die Füße verschwunden waren, verblasste alles, was die Magie geschaffen hatte. Nur die Hagelkörner, die auf Neenes Rückweg unter ihren Sohlen knirschten, mussten auf normalem Weg schmelzen.

Als sie ans Feuer zurückkehrte, schlief Orm noch, doch Imtje kniete bei ihrem bewusstlosen Gefährten. Vielleicht hatte sie der Donner geweckt oder ihre natürlichen Instinkte, die bei einer großen Gefahr anschlugen. Den Kopf ihres Gefährten mit beiden Händen haltend, blickte sie aus verweinten Augen auf.

»Was willst du noch?«, fuhr sie die Priesterin an. »Ihr habt doch, was ihr wolltet! Aber warum musstet ihr meinen Liebsten dafür niedergeschlagen? Er hätte euch das verdammte Krallenauge auch freiwillig gegeben.«

Neene hatte sich nicht überlegt, wie sie alles erklären sollte. Und sie wusste es immer noch nicht.

»Ich bin nicht dafür verantwortlich«, war alles, was sie sagen konnte.

Die Magd blickte von der offenen Satteltasche zu dem Halbblut und wieder zurück. »Diese Kristallkugel ist mir egal«, sagte sie. »Aber was ist mit Binek geschehen? Er wird einfach nicht wach. Diese Benommenheit ist doch nicht normal.«

»Er wird sich erholen«, versprach Neene. »Avea hat ihn

nicht niedergeschlagen, sondern nur mit einem Zauber betäubt.«

Imtjes Augen verhärteten sich.

»Nur betäubt?«, fragte sie scharf. »Was soll das heißen? Glaubt ihr Storchenbeine etwa, ihr habt das Recht, so mit uns umzuspringen?«

Mit einem Satz auf den Beinen, hielt sie plötzlich ein Messer in der Hand.

»Was willst du überhaupt noch hier?«, schrie sie aufgebracht und spuckte angewidert zur Seite aus. »Dich auch noch an unserer Hilflosigkeit weiden?«

Es wäre der Ersten Priesterin ein Leichtes gewesen, dem Zwergenweib den Arm zu brechen, doch sie konnte Imtjes Zorn gut verstehen. Die Unterstellung, dass sie aus niederen Motiven zurückgekehrt war, schmerzte sie trotzdem. Aber was konnte sie antworten, ohne noch größeres Unheil heraufzubeschwören? Wenn sie gestand, dass sie aus Scham über Aveas Niedertracht handelte, musste sie auch beichten, was Binek *wirklich* widerfahren war. Aber das brachte sie nicht fertig. Dieser unaussprechliche *Frevel*, zu dem Avea ihre Fähigkeiten als Heilerin missbraucht hatte, ließ sich einfach nicht in Worte fassen.

Niemand, weder Mann noch Frau, gleich aus welchem Volke, sollte so etwas über sich ergehen lassen müssen. *Es ist das Beste für ihn und Imtje, wenn sie nie davon erfahren*, versuchte Neene, sich einzureden, und wusste doch im gleichen Moment, dass sie sich damit nur selbst belog. In Wirklichkeit hinderte sie ihre verdammte Erziehung daran, die ganze Wahrheit einzugestehen, der elende Stolz, der ihr ein Leben lang eingetrichtert worden war.

Die Schuldgefühle, die in ihr tobten, mussten ihr anzusehen sein. Ruckartig ließ Imtje das Messer sinken und schaute betroffen drein. »Ach je, du Arme«, sagte sie plötzlich. »Du bist wohl noch schlimmer betrogen worden als wir. Denn du hast gedacht, du würdest deine Freundin kennen.«

Die Worte der einfachen Magd lösten etwas in Neene aus, das angeblich so selten wie ein Gnom mit gutem Herzen war. Elfentränen. Entgegen der landläufigen Meinung gerannen sie jedoch nicht zu wertvollen Perlen, sondern zogen nasse Bahnen durch Neenes staubbedeckte Wangen. Nachdem der Damm einmal gebrochen war, fiel ihre Selbstbeherrschung endgültig in sich zusammen. Schluchzend verbarg sie ihr Gesicht in den Händen. Wie sehr sie sich auch für ihre Gefühle schämte, sie konnte einfach nicht anders, als immer weiterzuweinen.

Bis sie sich plötzlich in zwei tröstenden Armen wiederfand.

Imtje, die genauso verheult war wie sie, drückte Neenes Kopf fest gegen ihre Schulter. Seltsamerweise half das der Priesterin in ihrem Schmerz.

»Es ist nur … es ist weil …«, versuchte sie es doch mit einer Erklärung, doch Imtje ließ sie nicht weiterreden.

»Schon gut, ich habe gesehen, was zwischen dir und Avea los ist«, sagte sie tröstend. »Bleib erst mal bei uns, bis du weißt, wie es mit dir weitergehen soll.«

Wie herzensgut und naiv zugleich. Neene ließ Imtje in dem Glauben, dass sie nur an gebrochenem Herzen litt. Das würde es erleichtern, ihre schützende Hand über Binek zu halten, der durch seine Herkunft in Dinge verstrickt war, die er nicht im Geringsten überblickte. Ja, solche Buße würde den Waldgöttern gefallen. Und Neene vor einer schmachvollen Rückkehr nach Silberfeste bewahren.

»Aber was werden die anderen beiden dazu sagen?«, fragte sie, von neuer Zuversicht durchströmt.

»Denen erzählen wir einfach, dass du genauso betäubt worden bist wie sie«, schlug Imtje vor. »Was wirklich geschehen ist, bleibt unser kleines Geheimnis. Was hältst du davon?«

Neene war einverstanden.

Und so besiegelten sie ihren Schwur mit einer letzten herzlichen Umarmung.

Imor

Ascan beschlich ein ungutes Gefühl, als er seine Kammer betrat. Krok stand am Fenster und verdunkelte die einfallende Sonne. Er verbrauchte auch unangenehm viel Platz und raubte jedem anderen im Raum die Luft zum Atmen. Nicht aus Bosheit, sondern durch schiere Körpermasse. Menschliche Turmkammern waren einfach nicht für Orks geschaffen.

Ascan ließ die Tür offen stehen, obwohl ein Fluchtversuch durchs Gebäude sinnlos war. In dem Rathaus wimmelte es nur so von kampferprobten Orks, und auch seinen Schwertkünsten waren Grenzen gesetzt. Falls Krok hier war, um ihn zu töten, blieb Ascan nur der Weg durchs Fenster – nachdem er den Ork bezwungen hatte.

Krok machte allerdings keinen feindseligen Eindruck, als er sich umwandte. »Der Nekromant behauptet, du hättest versagt«, erklärte er dabei. Vollkommen ruhig, als wären ihm die Geschehnisse am Himmelssplitter gleichgültig.

Bei einem Elfen wäre Ascan fortan misstrauisch gewesen, aber Orks wiegten keinen Gegner in Sicherheit, um anschließend hinterrücks zuzuschlagen. Sie brüllten laut herum und prügelten wild um sich, alles andere war wider ihre Natur.

»Mandu will sich nur bei euch einschleimen«, sagte Ascan leichthin. »Außerdem könnt ihr mir nichts tun. Wie es scheint, bin ich der Einzige von uns, der das Krallenauge gefahrlos berühren kann.«

»Eine seltene Gabe«, gestand Krok ein. »Schade, dass dein Sohn sie ebenfalls besitzt. Und auf der gegnerischen Seite steht.«

»Der steht nirgendwo«, versicherte Ascan. »Bastarde sind in Silberfeste noch weniger gut gelitten als Elfensöldner.«

»Mandu sagt …«, begann Krok.

»Wenn wir uns wiedersehen, mache ich meinem Sohn schon klar, wer hier das Sagen hat«, unterbrach ihn der Elf.

Krok verzog keine Miene in seinem fleischigen Gesicht. »Ich mag deinen Humor«, sagte er. »Das sollte doch gerade ein Witz sein, oder?«

Zum ersten Mal glaubte Ascan, das dünne Eis knacken zu hören, auf dem er sich bewegte. Krok bemerkte sein Schweigen mit Genugtuung.

»Sei vorsichtig«, warnte der Ork. »Der Nekromant wird dich loswerden wollen, sobald er dich nicht mehr braucht. Was mich betrifft, ich hasse Magie. Sie hat uns Orks ins Verderben gestürzt. Doch es ist Grimms Wille, dass wir sie einsetzen, um unseren angestammten Platz zurückzuerobern. Er verlangt deshalb, dass das Krallenauge herbeigeschafft wird, ohne dass dafür ein Tropfen Orkblut vergossen werden muss.«

»Er kann sich auf mich verlassen«, versicherte Ascan. »In Silberfeste kenne ich mich aus wie in meiner Manteltasche. Was jedoch meinen Sohn betrifft, so kann ich noch nichts garantieren. Ich muss mir über meine Gefühle zu ihm erst einmal selbst klarwerden.«

»Und die anderen Elfen?«

»Binek ist kein richtiger Elf. In seinen Adern fließt das Blut einer menschlichen Mutter.«

470

Kroks grüne Stirn legte sich in Falten.

»Ein Weib aus Imor«, erklärte Ascan bereitwillig. »Nach meiner Flucht aus dem Hochwald bin ich bei ihr untergeschlüpft. Dabei muss es passiert sein. Ich habe über siebzehn Sommer nicht mehr an sie gedacht, doch jetzt, wo ich ihm begegnet bin, habe ich ihr Gesicht wieder deutlich vor Augen.«

»Mit der eigenen Brut ist es so eine Sache«, gestand Krok ein. »Unsere Götter haben es so eingerichtet, dass wir alles tun, damit unsere Blagen uns überleben. Wäre es anders, gäbe es unser beider Völker gar nicht.«

»Da ist was dran.«

»Schön, dass wir uns in dieser Sache einig sind. Und sonst?«

»Und sonst gilt meine Treue König Grimm und all mein Hass dem Volk der Elfen.«

»Das wird Grimm reichen. Vorläufig, zumindest.« Krok wandte sich bereits zum Gehen, als ihn Ascan noch einmal ansprach.

»Traut ihr dem Nekromanten eigentlich?«, wollte er wissen. »Grimm und du?«

Krok hielt im Gehen inne. Die Dielen knarrten unter seinem Gewicht, als er sich auf seinen schweren Stiefelsohlen drehte.

»Wir sind Orks«, sagte er nach kurzem Überlegen. »Wir vertrauen nicht mal unseresgleichen. Und noch viel weniger trauen wir Menschen, Zwergen oder Elfen. Doch falls es dich tröstet: Von allen Kreaturen auf dieser Erde trauen wir dem Nekromanten am allerwenigsten.«

ENDE

ANHANG

Personenliste

DIE MENSCHEN

Anka	Küchenmagd der *Goldgrube*
Binek	Schlitzohr und Halbelf
Hanthor	Stadtmagier von Imor
Horvah	Meister der Todesschatten
Kappok	Großmeister der Dunklen Gilden
Mandu	Magier in König Grimms Diensten
Odar	Meister der Bettlergilde
Oswin	Marschall der Stadtgarde von Imor
Rigo	Fischer aus Norva
Veit	Meister der Diebesgilde
Velb	Waldläufer im Grenzland

DIE ZWERGE

Birol	Hüter der Nekropole
Endrik	ein Holzknecht
Gohlik	greiser Zwerg aus dem Grenzland
Hezio	Oberster Hüter der Nekropole
Imtje	eine Küchenmagd

Murin	Gastwirt der Felsklause
Orm	ein Veteran des Großen Krieges
Ornus	ein Holzknecht
Ragatz von Odemar	Oberhaupt der Odemar-Sippe
Runert der Allmächtige	einer von Endriks Vorfahren
Wighild	Hüterin der Nekropole

DIE ELFEN

Albriel	Waldfürst von Silberfeste
Amonee	Mutter von Ascan und Eyron
Ascan	ein Elfensöldner
Avea	Erste Heilerin
Beldor	Hohepriester von Silberfeste
Etego	Unterfeldwebel der Wachmann- schaft
Eyron	Hauptmann der Silbergarde
Hortrud	Kammerzofe
Jalon	Hohepriester aus Eichental
Kervis	Erste Gleve der Silbergarde
Lonin	Obergardist
Loyn	Hochwaldkönig
Neene	Erste Priesterin
Orella	Hohepriesterin aus Siebensee
Oriel von der Au	Ratsdame im Silberrat
Radra	abtrünnige Hohepriesterin aus der Zeit der Hexenkriege
Robur von der Au	Junggardist der Silbergarde
Rumetin	Hofmarschall der Silberfeste

Silene	Obergardistin
Simur	Hohepriester aus Rodenau
Syk	Hohepriesterin aus Dornholm

DIE ORKS

Barlog	ein wortkarger Krieger
Bortas der Mächtige	früherer Orkkönig
Grimm	Sohn des Gremm, neuer König der Verfemten
Krok	Grimms Rechte Hand
Moron	Orkkönig auf dem Eichenthron

DIE TROLLE

Archat	entlassener Lastenträger aus Felsheim
Azzizha	weiterer Priestergehilfe niederen Ranges
Gambu	niederster aller Geringen
Horb	Priestergehilfe niederen Ranges
Mondrak	Oberster Schamane im Steinernen Wald
Obra	Mondraks persönlicher Diener
Ugat	weiterer Lastenträger aus Felsheim
Xaah	weiterer Lastenträger aus Felsheim